漠庭長歌

THE EPIC OF HUNS

快快◎著

广东人民出版社

·广州·

图书在版编目（CIP）数据

漠庭长歌 / 快快著. —广州：广东人民出版社，2023.4
ISBN 978-7-218-16351-2

Ⅰ.①漠… Ⅱ.①快… Ⅲ.①长篇历史小说—中国—当代 Ⅳ.①I247.5

中国版本图书馆CIP数据核字（2022）第248108号

MOTING CHANGGE
漠 庭 长 歌

快快 著

版权所有 翻印必究

出 版 人：肖风华

策　　划：李　敏
责任编辑：李　敏　罗　丹
封面设计：WONDERLAND Book design
　　　　　仙德
封面题字：梁锦豪
封面绘画：罗羽茵
责任技编：吴彦斌　周星奎

出版发行：广东人民出版社
地　　址：广州市越秀区大沙头四马路10号（邮政编码：510199）
电　　话：（020）85716809（总编室）
传　　真：（020）83289585
网　　址：http://www.gdpph.com
印　　刷：广州市豪威彩色印务有限公司
开　　本：787毫米×1092毫米　1/16
印　　张：36.75　字　　数：470千
版　　次：2023年4月第1版
印　　次：2023年4月第1次印刷
定　　价：98.00元（全两册）

如发现印装质量问题，影响阅读，请与出版社（020-85716849）联系调换。

主要人物关系图谱

匈奴王庭

右贤王庭

右贤王浑邪
- 兄妹：
  - 长子冒干鸿——清嘉
  - 次子冒干烈

单于庭

单于呼延顿

- 大阏氏完察萍（匈奴）
  - 长居次努哈敏
    - 朗天（通古斯）
    - 萧承（乌桓）——萧载
    - 小云、小蝶（侍从）
  - 四居次措木央
    - 斯图亚
    - 小娜（侍从）
  - 二居次摹雪
    - 凌风
    - 萧声、素琴（侍从）
  - 五居次千山
    - 胡杨
    - 泽恩、阿忆（侍从）

- 二阏氏忘忱（汉）

- 三阏氏玛拉齐尔（波斯）
  - 姐妹
  - 二居次图拉齐尔（波斯）
  - 三居次图拉齐尔（波斯）——云朵儿
    - （侍从云朵儿）
  - 兄妹
  - 拉夫格尔（波斯）
    - 巴斯佳、卓尔鸣
    - 库卡格尔

- 阏氏恕怨（汉）——珑儿
  - 狄灭
  - 狄威（儿子）

丁零王庭

狄惢

缘分就是在对的时间遇到对的人。

而其中最难能可贵的,是善始善终。

目录

引子   4

上 卷

第一回   努哈敏猎雁铸佳遇   措木央含羞叙离情   2

第二回   单于到访露行迹   图拉遣归生好感   11

第三回   念父仇骄子道谎语   遭戏弄痴女断情根   19

第四回   爱恨交加赌良姻   琴箫相和遇知音   27

第五回   嫁乌桓居次别挚亲   访丁零单于会恩怨   36

第六回   无猜儿避雨伏长情   鸳鸯侣逐臣埋祸患   45

第七回   平叛乱单于陷困局   展才略双女解危机   56

第八回   望月三天伤离别   怀远半生担重任   65

第九回   驻氐羌暮雪掌新任   回波斯图拉见故亲   76

第十回   联近邻朗天护族脉   抗远敌萧承中毒刺   86

第十一回   表夙愿萧承驾鹤去   闻噩耗朗天踏尘来   94

第十二回	二阏氏以德报怨　颛王爷争权忘本	102
第十三回	萧贵就计间叛将　阿玖入套忠大王	111
第十四回	侍女弃主图容身　胞妹自保拒援兵	120
第十五回	烽烟至忘忧助胡杨　战火平阿敏护乌桓	130
第十六回	掌门人谈和今昔事　墙头草命丧明暗争	141
第十七回	三段感遇醒本意　一朝顿悟返迷途	150
第十八回	留后招拉夫让步　问前程图拉解围	161
第十九回	重情义巴兄解剧毒　含愧疚蝶女勉良言	171
第二十回	图谋反夫人遇劫　经患难主仆交心	181
第二十一回	小蝶舍身赎罪救主　众人齐心锄叛惩奸	193
第二十二回	冤家一对得和解　归途半程获新生	203
第二十三回	天伦团聚牵肠肚　父女冲突成水火	215
第二十四回	暮雪义举救同根　拉夫巧言藏异念	225
第二十五回	执己见首领相争　护周全图拉继位	238
第二十六回	笼囚雀含屈别东土　凤求凰怀伤归西沃	249
第二十七回	两代公主难逃宿命　半生父女终释前嫌	261

下卷

第二十八回	古部临劫求修好　幼女误信欲抗命	276
第二十九回	汉区出逃露马脚　王庭追踪得援手	287
第三十回	狠兄妹有意堵生路　善母子无悔担死罪	299
第三十一回	动情晓理劝单于　弄巧成拙舍千山	310
第三十二回	疏提防新娘遭抢　急相救阿忆脱身	321

第三十三回	千山沦为盘中棋　恩怨不作局外人	333
第三十四回	阴差阳错喜相会　里应外合巧布局	342
第三十五回	大祭夜得浴火重生　石道内欲谋位再就	351
第三十六回	尽丁零恩怨难恩怨　赴莘粥千山过千山	360
第三十七回	边缘人初尝异客苦　亡国女终圆游侠梦	369
第三十八回	慈母仙逝留遗憾　知音重逢慰伤怀	380
第三十九回	逐沙场胜者得美人　夺失地败兵生阴谋	390
第四十回	失道者作恶误己　迷途人存善成仁	403
第四十一回	乐莫乐地远众星聚　悲莫悲树倒猢狲散	416
第四十二回	改恶念颉天归隐　露锋芒千烈蛰伏	426
第四十三回	一厢情愿索进贡　十年期满踏归途	439
第四十四回	亲姐妹冷血拒手足　旧相识热心济孤身	451
第四十五回	利熏心毒夫疑暗鬼　情蔽眼妒妇害淑人	461
第四十六回	右贤王欲纵故擒　五居次逢凶化吉	470
第四十七回	左贤王独断失良机　大阏氏明察洞逆心	480
第四十八回	作玉碎清嘉替罪　保瓦全千山屈从	491
第四十九回	江湖侠应征悟归属　天涯客齐聚探平生	503
第五十回	数载蓄谋得复国　一朝随心思归汉	514
第五十一回	汉匈争霸拉帷幕　乌桓取道越坎坷	525
第五十二回	临绝境老侠相救　归故土小人暗谋	538
第五十三回	机关错用难回天　关山历尽空余恨	551
第五十四回	大漠苍茫沉浮定　风月亦关儿女情	563

后记　我和我的三个世界　　　　　　　　　　575

引子

西汉初年，北方雄踞着匈奴汗国。匈奴完成了北方游牧民族在漠南的大一统，正谋求在漠北的势力和稳固与周边邦部的关系。此时正值第一帝国时期，南方的汉地处于文景年间，正逐步恢复实力；东方是通古斯部落，即汉地所称的东胡，实力不容小觑；北方是假意归顺的丁零部落，虎视眈眈，意欲反扑；还有荤粥这个由上古遗民组成的小部落，在一片山麓绿洲中发展种植业，基本处于自给自足的状态，不常与外界往来。西方则复杂得多：中亚雄踞着实力强盛的波斯帝国，西域有大月氏，堪称匈奴的劲敌；而夹在中间的还有西域若干部落，如乌孙、氐羌等，它们如同墙头草，欲投靠大国伺机而动。匈奴汗国的首领为呼延顿单于，他有三个妻子、五个女儿。

在匈奴，后妃叫做阏氏，公主称为居次。大阏氏完察萍是汗国的贵族右贤王之女，育有长居次努哈敏、四居次措木央；二阏氏忘忧是汉地和亲过去的公主，育有二居次暮雪和五居次千山；而三阏氏玛拉齐齐尔，则是波斯帝国国王的妹妹，育有三居次图拉齐齐尔。我们的故事由此开始。

漠庭长歌 上卷

第一回

努哈敏猎雁铸佳遇　措木央含羞叙离情

　　王庭后面的山坡上，长满了郁郁葱葱的忘忧草。一个约莫十岁的小姑娘静静地坐在草丛中间，好像一只蝴蝶停在那里。马蹄声在耳边响起，接着又传来了有些焦急的清脆喊声："千山居次，别在这里晒着了，长居次的宴会就要开始了，快回去吧！"侍女阿忆下了马，过去扶着千山，又用手帕把她额头上被太阳蒸起的薄汗擦去。时值五月，草正长，虽说风吹过还寒，可在这日头底下，皮肤也有些发烫。两人一同上马朝王庭赶去，千山笑道："这些花竟和我母亲的名字是一样的。"阿忆应道："我从前在中原待过，忘忧草在中原叫黄花菜，听说是忘忧阏氏和亲过来时把它们带来的，从此便叫做忘忧草了。"千山原也觉得这么亲切的名字定是和母亲有什么关系，现在就深信不疑了。她们在马背上，见沿途不少人马赶着许多牛、羊、粮食、酒等东西往王庭送去，一些萨满教巫师也陆续来了。毕竟是每年一度的盛会，总归办得热闹。

　　回到大营，努哈敏的侍女小云和小蝶正带着下人们为宴席作最后的准备。她们又是端放盛器、又是到外头去传唤食物，忙忙碌碌的。今天是努哈敏十八岁的生日，适逢匈奴的五月大典，"国之大事，在祀与戎"，匈奴每年唯春、秋二次大祭办得最盛，单于干脆将努哈敏的生日放到一起庆祝，自然要大办。三姐姐图拉齐齐尔只比努哈敏小一两岁的光景，也在帮着大伙儿布置，见千山妹妹进来，便将她揽来，让她先到一旁坐着歇息。千山仰头看去，长姐努哈敏正半卧在营帐正中央单于的座位上，边手舞足蹈地指挥着众人，边和大阏氏谈笑；比千山年长一两岁的四姐姐措木央则被她母亲揽在怀里，乖巧地听着。千山在她们对面坐下，阿忆规规矩矩地站在她身后。这时候，单于掀起门帐进来了，三阏氏玛拉齐齐尔在一旁侍奉着，方陪着单于到王庭各处视察大典的情形。措木央忙上前乖巧地向单于、阏氏问好，单于高兴地抚摸着心肝女儿的头发。努哈敏见单于进来，吐了吐舌头，忙一起身、小跑过来，拉着单于笑道："单于请坐。"单于毫无愠色，拍了拍她的手也哈哈大笑起来。

千山不见母亲和姐姐，正四处看去，单于见千山站在一旁，也将她一把抱起，问道："怎么不见你母亲和姐姐？"千山还没回答，阿忆便识趣地出去找她们了。大家坐定不久，忘忧便带着女儿暮雪进来了，侍女鸾凤和素琴跟随在后头。忘忧拜见了单于，恭敬地说："单于，我们去望月斋拜了神女才回，祈求长居次健康幸福。"忘忧阏氏信奉神女教，神女教供奉氏羌族的上古女酋长西王母，相传，她结合了氏羌的信仰和中亚拜火教。传说中，这个西王母态若飞天，吃过灵丹妙药可以长生不老，居于天上接受人们朝拜，以保佑百姓趋福避祸。除了氏羌，神女教也在匈奴南边的汉人区盛行。此地虽属匈奴管辖，但因与汉地交接，汉人汇集于此，因而被称为汉人区；在汉人区有个望月斋，是当地神女教徒的朝拜地。忘忧和亲过来之后，因思念故土，时而到汉人区去，神女教也渐渐变成了她的一种精神寄托。女儿暮雪耳濡目染，从小跟着信奉。单于听了忘忧的话，甚为满意，叫她们赶快入席。

宴席上，众人面前摆满了各部献上的牛羊肉和美酒，努哈敏夹起最大块的肉，咬一口肉、灌一口酒，还一边说说笑笑逗着单于和母亲，笑声直穿营帐，传到好远好远。等到萨满法师过来为成年姑娘跳神祈福，努哈敏也跟着他们一起跳大神。她把面具罩在脸上，时而拿开，时而走到席中吓唬妹妹们，年纪稍小的措木央和千山都叫出声来。暮雪倚着母亲撒娇道："大姐姐每年生日正赶上大典，热热闹闹的真好啊。"忘忧听完慈爱地安慰着女儿。跳完大神，单于痛快地干了一碗酒，大笑着说："努哈敏，你这哪像个姑娘家的，总是这么大大咧咧，再这么下去，哪个匈奴汉子敢要你？"努哈敏一拍桌子，脸上泛起了红晕："不要就不要，谁稀罕？我要当就当女大王！"单于笑着摇头："你呀你呀，整个汗国怕只有你敢这么跟我说话。你瞧央妹多灵巧，倒像你母亲小时候。"完察萍是匈奴右贤王的女儿，单于和她很小就结识，难怪他这么说。

正说着，一个侍卫走进来，恭恭敬敬道："报单于，右贤王派人给长居次送贺礼来了。"单于一挥手，高兴地说："好、好，拿进来吧。"完察萍的父亲右贤王有自己的王庭，离匈奴王庭有一定距离。前不久父亲感慨自己年纪大了，就将右贤王的位置让给了她哥哥浑谷邪，这会儿大概忙着交接的事情没法来赴宴。完察萍抚摸着努哈敏的肩膀："看，外公和舅舅多有心，专程给你送来贺礼。"努哈敏笑得灿烂，却装作满不在乎道："外公若是有心，怎么不亲自过来给我过生日。"完察萍嗔道："诶！这孩子怎么说话的。"单于也笑着无奈地摇头。

等到外人都散去，单于对大家道："如今漠南已定，我的孩子们也都大了。最近乌桓的老首领刚没，新任首领正准备举办继位大典。自从十多年前与通古斯一役，乌桓一直附属我们汗国，也该让你们小辈之间多加走动以维系感情。阿敏，明日你和图拉一道启程到乌桓去，代表匈奴参加他们的继位大典。切记行事不可乖张，中途也不要贪玩误事。"努哈敏正愁在王庭中无趣，这会儿单于派自己外出，真是求之不得，便与图拉一同领命谢恩。

宴席后，众人来到草原上，由萨满法师带领着祭拜天地、日月和祖先，又围着篝火行拜火礼。夜已然深，依稀的星空冷峻了苍穹。孩子们和侍从们无忧无虑地围着篝火又唱又跳，而大人们安静地坐着，各怀心事。完察萍适才见单于放手委派努哈敏以大任，又知这个大女儿一向好强，说不准真是块当女大王的料，心中欣喜。单于的五个女儿渐长，他自己也打算逐步试试她们的才干，好为日后打算。眼下独努哈敏和图拉锋芒渐露，而阿敏为正统匈奴女子，单于倒是更属意于她。看着闪烁的火光，玛拉也想起了波斯的家。波斯也有拜火教，也行拜火礼。她自从情属单于，决心嫁过来以后，明面上已和哥哥决裂，不能再回到波斯了，幸而有单于和女儿图拉可以依靠。席坐繁星夜，同思故乡月，忘忧又怎能不想她的大汉呢？汉地遥远，自和亲以来，南边一直都没有音讯，连一个信使都不来慰问故园人。她在王庭中虽说贵为阏氏，但身为汉人，只能屈居于次，身边只有陪嫁的侍女鸾凤陪伴，尚能聊解心意，又怎会不念故土呢？

次日，努哈敏和图拉带着侍从启程去乌桓，努哈敏在王庭时本就肆意，难得远行更是如同脱缰的马儿，与图拉一路说说笑笑，心血来潮时还表演些马上的杂技。时而用单脚站在马背上，时而只用双脚勾着马背，时而甚至倒立起来。她忽上忽下，跃然在无垠的草原和骏马之间，犹如腾跃于白浪中的鱼儿，全不顾还有诸多侍从跟随。图拉打趣道："怪不得单于让我顾好你，阿敏姐适可而止啦，别摔着了！"侍女小蝶则说："不打紧的，她一直都这样。"却和小云小心翼翼地在两旁护着。

一连几日，众人边走边闹，终于来到乌桓边界。努哈敏也有些倦了，便问图拉道："这个乌桓，究竟有什么来头？"图拉略为思索，道："只知当年乌桓原属通古斯部族，后来通古斯与匈奴不和，在战役中乌桓被我们夺取，便成了我们的属地了。"努哈敏笑道："就是了，如果他们敢不从，就叫单于给些颜色他们瞧。就凭那个通古斯也敢与我们争漠南？早晚连他们也收拾了。"说罢，又觉兴致大起，见空中不时有雁群飞过，忙命侍女们备好弓箭。图拉平日最擅射猎，也拍着手要和努哈敏比拼一番。两位居次弯弓搭箭，这时一只落伍的大雁飞来，正是下手的好机会，努哈敏手疾眼快，箭将要出弦，突然对面远处一支快箭正中雁身，大雁倏然掉落。努哈敏有些怒了，把弓扔在地上，策马就往大雁掉落的地方赶去。侍女们跟上来劝道："居次不可冲动，切勿生事。"努哈敏拿鞭在空中抽着："有何不可，看谁敢阻拦我。"侍女们只好纷纷躲开。努哈敏用鞭一抽马，迎着对面的队伍跑去。

为首的是一个与努哈敏年龄相仿的小伙子，英气天成，目光明澈，举手投足间有着初成的雄风，身后跟着一个矮矮胖胖的中年男子，颇为厚实，远处还有一群侍从跟随。努哈敏远远喊道："哪里来的蛮子，竟敢抢本姑娘的猎物。"小伙子听她声音婉转又不乏娇俏，心中弦动，示意侍从们不用上前，哈哈笑道："我见这顽雁落单，破坏了姑娘成群出游的兴致，便帮姑娘射落。姑娘若要讨回，拿去便是了。"努哈敏听这话心头赞赏，又见他容貌俊朗，眉眼间藏不住喜悦之色，只道："本姑娘今天高兴，这只大雁就赏给你了，我便不要了。"小伙子再次哈哈大笑起来，示意侍从把大雁拾起，说道："我欣赏姑娘落落大方的真性情。若能有友如此，实为幸事。"努哈敏脸上泛起一片红晕，问："你是乌桓人？叫什么名字？怎么今日也有兴致来此打猎？"小伙子摸了摸鼻头，道："正是，我叫朗天，这几日来此寻友，便在附近住下了。"他指了指身后的中年人，"这是我家老仆萧贵，喊他贵叔就行。敢问姑娘芳名？"努哈敏狡黠地笑笑，只说自己是牧场主的千金，又将身后的图拉带上来一并认识了，图拉礼貌地回应。朗天向努哈敏打了个眼色，努哈敏明知道他在表示"你看别的姑娘多礼貌"却没有说出来,也打趣地朝他皱了皱鼻子哼了一句,脸上却又羞了几分。随后,众人在一块儿打猎嬉笑,随从们把打到的猎物烤了,再将各自的干粮拿出来,坐下来边吃边聊,很是畅快。

太阳已经向西偏了,图拉将说笑哑了嗓子的努哈敏拉起,向朗天等人告辞。努哈敏对图拉道:"反正我们已到了乌桓,这里离乌桓王城也不远,不如就在此暂住几日,也好时常相聚。"朗天笑道:"姑娘若不嫌弃,有兴致便过来,我随时恭候。"努哈敏等人纷纷表示相识之乐,挥手道别。图拉见努哈敏说得在理,又揣度出姐姐的心思,便听她的话在不远处驻扎下来。努哈敏一改平常大大咧咧的性子,自个儿偷偷地乐,也不怎么和别人说话。侍女们看着她泛起红晕的笑意,大概都猜到了七八分,也都在"吃吃"地笑长居次竟然也有害羞的时候。努哈敏起先并不理会,后来索性和她们呓语道:"怎么会有这么好的人?如此合得来也是难得了。"而后又补充说,"你们谁都不许向朗天透露我的身份,否则你们就死定了!"

如此痴心的人却不独努哈敏一个。另一边,朗天微笑着,背着手在草原上踱步,一直到夕阳西下。萧贵在后面跟随着,不忍破坏他的兴致,只得悄声提醒:"大王,我们当真要在此暂留几日?会不会……耽误了大事?要知道我们这次来,是为了劝服乌桓臣服我们通古斯啊。"其实朗天全名呼延朗天,正是通古斯的王,自从父亲战死,便由萧贵这个老臣辅佐继任。父亲从前不敌匈奴,失了乌桓,连性命也搭上了。此次见乌桓易主,他正从通古斯来试探新首领的口风,若不肯松动,恐怕日后免不了一战。朗天道:"无妨,只要在继位大典前赶到王城即可。"心中却满是努哈敏的一颦一笑。萧贵仍不放心,劝道:"可方才一行人恐怕来头不小,不见得是乌桓当地人,特别是那个三姑娘的样貌,十足是外邦女子。此次我们人马不多,只求先礼后兵,万不能惊动了匈奴,引发大仗。"朗天也定了定神道："我们的身份毕竟瞒着她们，贵叔你放心，不会误事，往后言行小心谨慎便是了。"又道，"管她是谁呢，有此佳遇已属难得，走吧贵叔。"说罢，大笑三声，纵身上马而去。

说回匈奴王庭。这天，单于正在大营中商议大事，只见有人来报："回单于，我们的人从东边回来，打探到通古斯有劝降乌桓之意，欲趁新主继位谋求叛乱，如今通古斯王已带了不少兵马往乌桓去了。"单于听后，将手中的酒泼在地上，大嚷道："愣头小子，不自量力，岂不知我们匈奴从来是'马上得天下'，竟以为可以三言两语劝降？简直愚蠢至极。待我命人带兵前去震慑一番，也叫乌桓识相。"说罢，便出大营而去。

大营外，措木央像往常一样去找斯图亚。斯图亚是英勇大将军的遗腹子，在军营里长大，从小耳濡目染，精通兵法，骁勇精明，深得单于的喜爱，甚至把他当做义子。措木央乖巧机敏，长得更是美若天仙，众人都称其是匈奴汗国最漂亮的姑娘，备受单于宠爱。单于也放心让斯图亚带着这个掌上明珠一起玩，两人青梅竹马，除去斯图亚日常在军中训练，其余时间两人总待在一起。这天是个多云的日子，草原上褪去了翠绿的光泽，两匹马踏着草原上未干的晨露，慢慢停了下来。斯图亚将措木央从马背上抱了下来，在落地前还缓缓地转了几圈，措木央咯咯笑了起来。他们刚在一块大石头上坐下，就见单于从远方策马而来。单于下了马，斯图亚忙起身行礼，措木央张开双臂迎着父亲跑了过去，单于一边把她搂在怀中，一边对斯图亚说："男子汉长大了该有所作为，总是要你陪着阿央并不好。"斯图亚连忙说："能陪四居次是我的荣幸……"可单于摆摆手打断了他的话，继续说："你从小就在我身边长大，我看你能成栋梁之才。而今我正想为组一支精英部队，已经与乌桓要了一块地用于训练。此次要派你领一些年轻武士一同前去，既是训练，也作震慑。若乌桓照旧臣服，则彼此相安无事；若他们动了归顺通古斯的念头，那便拿他们来练兵吧！"

他顿了顿，又说："若真如此，便要看你们的造化了。养兵千日，用兵一时，只看你有没有你父亲那般出色，日后能不能担起大任了。"斯图亚听罢，忙领命叩谢："斯图亚感谢单于的栽培，为振我匈奴雄风，我赴汤蹈火，在所不辞。"倒是揩木央眼里不舍，拉着单于的衣袖道："单于，通古斯有备而来，若真交了手，斯图亚哥哥他们寡不敌众，岂不危险？让我也一同去吧。"说罢，她红着眼看向斯图亚。单于轻轻抚摸着女儿的头，没像以前那样顺着她："傻丫头，要想成为最出色的将领，少不了要经受考验，你去只会让斯图亚分心，难道你愿意他为了陪着你而毁了前程吗？"揩木央便不敢再央求了。斯图亚紧紧握住揩木央的双手，说："央妹，你就放心吧，我定不负单于，也不负你，你只管等我回来。"揩木央啜泣着点头，流下泪来。单于拍拍两人的后背，上马回去，只留他们二人依依作别。

斯图亚走后，揩木央总觉无趣，她只在大营附近与侍女小娜一同玩耍，有时到母亲完察萍跟前去，却难有解闷的法子。单于和完察萍商量着，揩木央也是个十二岁的姑娘了，心灵手巧的；平素听忘忧说汉族女子擅女红，眼下努哈敏和图拉不在，要不让她白天到忘忧那去学学，又有暮雪和千山陪着，打发一下时间也好。完察萍皱了皱眉，考虑良久才说："单于说是就是。只是不要让她染上神女教那些乱七八糟的东西才好。"

单于带着揩木央来到忘忧帐中，里面虽不明亮，但很整洁，弥漫着檀木的香气，算得上温馨。当中还有一个专门供放神女像的地方，前面插着几炷香，下面有朝拜的垫子。本来忘忧和千山两人都在床上坐着，见他们到来，忙迎上来。揩木央往日并不常接触二阏氏，有些怯怯地叫了一声："二阏氏好。"忘忧亲切地抚了抚揩木央的肩膀，揩木央嗅到忘忧身上淡淡的花香。忘忧听闻他们的来意，又惊又喜，仿佛是尊贵的天神捧着最珍贵的明珠降临。她恳切答应道："刚好千山和阿央差不多年纪，一起学有个伴。单于放心，我一定不会亏待四居次的。"千山见备受单于宠爱的四姐姐往后常来，也很是欢喜地拉起她的手。单于临走时不忘交代忘忧："让阿央在你这里，我自然是放心的。只一样，万不能让阿央接触神女教。"忘忧答应下来。

往后好些日子，措木央在忘忧帐中与千山做伴，两个小孩子玩笑着做起女红，暮雪姐姐在时，她们又央着她教古琴，也不为真能学到东西，只是觉得新鲜。忘忧总细语温存的，有时亲自做几个汉地小菜给孩子们吃，处处照顾周到。措木央在这边消遣着，总算冲淡些对斯图亚的思念。

第二回

单于到访露行迹　图拉遣归生好感

不日，斯图亚部众遣人回来向单于禀报："禀单于，斯图亚将军见过乌桓的新任首领萧承，表示愿继续效忠匈奴，维持其作为附属部落的进贡，还望单于能赏脸出席他的登基大典。"单于捋着胡子道："不错，这小子识相。不过我不是已经让努哈敏和图拉两个丫头去了吗，怎么，他们没有看见？""这个……回单于，我们确实没在乌桓王城见到二位居次。"单于有些惊诧，道："这么些日子，原早该到了。定是这两个丫头路上贪玩误事，耽搁了要务，实在可恶。"完察萍心中担忧，在一旁道："阿敏贪玩，可图拉向来是有定性的，怎么会如此胡闹？莫不是路上碰上了通古斯的人马，遇到什么麻烦？"单于也皱了眉，道："罢罢，既然乌桓有诚意，干脆我们一同去，顺便找找两个丫头。王庭的事，暂且交由右贤王处理吧。"完察萍这才略为放心些。

措木央听闻单于和母亲要到乌桓去，心中记挂着斯图亚，也央求母亲带她同去。完察萍本不放心带她去，只让她留在王庭中："到时你舅舅过来，让他带上你千鸿、千烈两位表哥照看你，岂不好？"措木央却直摇头,仍道要去找斯图亚。完察萍拗不过,又想,总比她留下接触那些汉人的什么女红要好,便带她一同去了。

再说努哈敏等人驻扎下来,果真常常去见朗天等人,并一同到周遭游玩。每天太阳刚升起,努哈敏便迫不及待地催着侍女们出发,总是到日暮时分才归来。图拉明白阿敏姐的心意,便不跟着去了,只带着侍女云朵儿在附近转转;同时,又不免隐隐担忧她们已耽误了些时日,再停留下去恐怕误事。这日,努哈敏出门前,图拉向她提起自己的担忧,努哈敏心中为难,天色不早又着急往外赶,只好道:"我今日就同他言明,你也不要忧虑了,让我再去见他一次吧。"便上马疾驰而去。

如往常一样,朗天和萧贵已经在等了,努哈敏迎上去,与朗天并排骑行,侍女们和萧贵远远跟着。"如果每天都能这么轻松自在该多好啊,可惜我们都有要事去办,总有一别。"努哈敏不由得轻叹。"是啊,离开后便要处理许多烦事,也不能像如今一样,有你陪我谈天说地了。"说罢,朗天也有些伤感。努哈敏问:"你家中没有兄弟姐妹陪你说话?"朗天答:"我是家中长子,有一个收养的弟弟。但我们从小关系就不是太好,不过父亲倒是待他挺好的。""那你母亲呢?""在我父亲去世的前几年,母亲就去世了,她生前对我们兄弟二人都好。只是这个弟弟,说不定以后还有很多麻烦呢……"朗天说着,又烦恼了几分。

很快他定了神,反问道:"怎么这段时间都不见图拉姑娘?"努哈敏见他方才有些哀愁,便打趣道:"难道我来不好吗?我每天一大早就赶来,你却想着我的妹妹?要不我下次把四个妹妹全带上给你?"朗天果然被逗乐了,看着努哈敏道:"你呀你呀!可惜我心里只有你,再装不下其他姑娘了。"努哈敏眼睛明亮了起来,顾着看前方的路,不接话了。

不知不觉,天色变暗,雷声闷闷地响着,苍穹变成了水墨画,大朵的乌云是水墨画的主角,连风也来凑合,把马腿肚子高的草吹得呼呼作响。

努哈敏有些焦急："怎么办，好大一场雨要来了。"他们的随从们也纷纷赶上来。朗天镇定自若地说："不要怕，我知道附近有个岩洞，是个躲雨的好地方。"说罢，便一手抓着努哈敏坐骑的缰绳并驾前行，众人快马加鞭地跟着两人，豆大的雨滴洒落，空气直叫人发闷，幸而尚有丝丝凉风吹来。很快，众人陆续钻到岩洞中去避雨，刚一进去，雨势便如同倾盆，一阵阵风灌进了岩洞，叫人神清气爽。朗天和努哈敏先到，便往最里面的角落去了。努哈敏拍打着衣袖上的水，顾不得几缕湿头发贴在脸上。石洞里安静得只剩下雨声和两人的呼吸声，她看向朗天，突然开口："你刚才说的都是真的？"她的声音很轻，仿佛有些颤抖。朗天注视着她，她的发梢和长长的睫毛上带着几滴雨珠，那如同星河般明澈的大眼睛、连同美妙的脸庞有些紧张，颊上泛起红晕，是这苍茫大漠难得开出的荷花。朗天轻轻拨开她脸上的湿发，重重地点头："是，我喜欢你，我的姑娘。"朗天抱紧心爱的姑娘，轻轻吻在她的脸上。努哈敏只觉自己慢慢融化在他的怀中，哪里还愿提分别之事，心中只盘算着让图拉去王城就好，自己从此便跟着朗天。

待到雨停，已近黄昏，两边的人跟着主子分别回去。小云和小蝶担心长居次穿着湿衣裳着凉，一行人匆忙朝驻地赶回。不承想，才到驻地，便见许多侍卫里外把守着，又听内里传出隐约的斥骂声。努哈敏心中一紧：糟糕，莫非是单于来了。小云和小蝶对视一眼，也觉心中发凉，亦只能硬着头皮进去。营帐中弥漫着沉郁和焦躁的气氛，单于正端坐在中央，脸上怒容未散，完察萍在旁坐着，拥着措木央，图拉则在咬着唇站在一侧。努哈敏心中大惊，哆嗦着说："见过单于、阏氏。"完察萍见她回来，暗自松了口气，又见她身上的衣衫仍未干透，便命两个侍女先与她到后头换身干净衣裳再出来。原来，单于一行人在去乌桓的路上打探两个居次的行迹，恰巧今日在营帐附近见到图拉，又听侍从们说长居次外出，恐怕要日暮才归，便干脆在营帐中等努哈敏回来再细细盘问。图拉本想派人告诉努哈敏一声，可外头侍卫把守，单于又不许她离开，心中暗自焦急，忖度着应对的说辞。

努哈敏换好干净衣裳来到大营中，与图拉一同站在单于面前。单于大声喝道："当日我命你们二人到乌桓参加大典，谁知你们竟贪玩，至今未至。若误了期限，我们宗主大邦的颜面何存？"努哈敏一时不知如何应答，图拉忙道："我们甚少远行，一时兴起，见附近景致甚好，想着离大典还有一段时日，便停留在此地游玩，一时分不清缓急，望单于恕罪。"单于的脸色这才缓和些，道："图拉，你一向稳重，怎么也跟着胡闹！"又问努哈敏身后的小云、小蝶："你们说，都把你们居次带到哪儿去了？"小云故作镇定道："回单于，我们只是在附近的草原上骑马打猎，今日为了躲雨耽误了时间，所以……"单于呵斥："主子顽劣，你们这些做丫头的也不会提醒吗？"两个侍女忙跪下来谢罪。完察萍见状，赶紧劝道："单于消消气，女儿们有错应该责罚，幸而现在为时未晚，明日随我们一同启程到王城便是。"

单于接过话道："正是，而且从现在起，你们哪儿都不许去！"努哈敏不由得"啊"一声惊呼出来，完察萍朝她使了个眼色，她只好默然，不禁脸色发白、手脚发冷，与图拉一同答应下来。完察萍隐约觉得努哈敏有些变了，像隐藏着什么，但此时不好细问，就先作罢。图拉方要离开，却又被完察萍叫住，道："好图拉，你这番出来也有好些日子了，你母亲在王庭担心，托我一并寻你们二人。如今既然单于亲自来访乌桓，你也不必牵挂这边的事了；不如早些回去陪着你母亲，单于又不在她身边，你回去让她安心些。"图拉看了看措木央，又看向努哈敏，终于还是一口应下来。

夜里，图拉正在收拾行装，只见小云小心翼翼地走来，悄声道："三居次，我们居次有事相求。"图拉心中猜到几分，便随小云过去。努哈敏见到图拉，像是盼来了救星。她拉着图拉，着急地说："我这一去，又没法去和朗天说，他等不到我，可要焦急坏了。好妹妹，你若回匈奴，就顺路代我去捎个信吧。"图拉料到此事，心头一热，便一口答应下来，又问道："只不过，朗天那边，我该怎么说才好？"努哈敏叹了口气，道："你就说我家中有要事，催我返程。其实这一别，也不知道往后有没有机会再见到他，若可以知道他住何处，便最好了。"说罢眼中竟湿了。图拉会意，拉着努哈敏的手劝解。

这时，措木央也过来了，努哈敏抹了一把眼泪，便拉她一同坐在床边。图拉招呼几句便出去了。措木央问道："阿敏姐姐，你这些天都去哪儿了啊？听她们说每天都早出晚归的，若是好玩，下次可要带上我。"努哈敏故意拍落衣服上的沙土，遮掩着脸上的一道红晕，嗔道："听她们嚼舌根乱说。"措木央伸手去搂着阿敏姐，阿敏甩开妹妹的手："你啊你啊，好的不学，竟然去学汉人的女红。我们匈奴姑娘就应该干大事不拘小节，看你从小就这么娇滴滴的，以后怕不是被斯图亚搂在怀里为他做衣裳。"措木央小声嚷嚷了起来："你瞎说什么！"然后又羞红了脸扭到一边去。"好啦好啦，"努哈敏走过去搂回妹妹，"喜欢便喜欢，怕什么承认。过几日你便开心了不是？去到王城就能见你的斯图亚哥哥了。怕不是就是那小子告密，害我被单于逮着，到时定要和他算账。"这一来可算说中措木央的心事，一时间又喜又羞，听到姐姐要找斯图亚算账又是不肯，姐妹俩自然玩闹一番。

次日，图拉收拾好行装，便到往日和朗天等人碰面的地方。朗天不见努哈敏，只见图拉和她的侍女前来，有些诧异。听图拉道："阿敏姐因家中有要事相催，恕其不辞而别，只遣我捎个口信。阿敏姐对朗天大哥一片情义，还望往后有机会相见。"朗天心中绞痛，可想到偶然相遇终有一别,又觉无奈,道:"我对阿敏何尝不是痴情一片?不知姑娘家在何处,等我把事情办妥了,定会去寻你们。""我们原是匈奴人,恰好路过此处遇到你们。若朗天大哥日后有机会,便来匈奴一聚吧。不知你们又居于何处?"朗天听闻匈奴二字,脑子"轰"的一声,萧贵在一旁答道:"我们……就住这附近,若姑娘有心,再到此处寻我们就是。"说罢,双方便告辞。

待图拉走后,朗天愣在原地,口中念叨:"怎会是匈奴人……"萧贵忍不住插话道:"大王,今日部下来报,说匈奴遭了许多兵马到乌桓,还说单于呼延顿要亲临登基大典,估计过几日便到。恐怕,我们须抓紧赶到王城,先发制人啊。"朗天平定下来,道:"没错,我们这就启程到王城去找新首领和谈。既然匈奴有备而来,贵叔,你也派人回通古斯调动兵马,若匈奴轻举妄动,我们也有所防备。"萧贵领命,又言:"大王,你可曾怀疑过努哈敏的身份?她们是匈奴人,又怎会偏逢这几日被家中叫回?莫非与单于有什么联系?她说过她们姐妹五人,图拉姑娘看着像是外邦人,莫非她们真的是匈奴居次?"萧贵劝道,"大王,莫忘先王和通古斯的大仇啊。"朗天缓缓坐下,萧贵坐在他的旁边,继续道:"大王,我知道你深爱着努哈敏,可一邦之主应以大事为重,趁此机会,放下来吧。何况你兄弟颢天正虎视眈眈啊。"过了几阵风,朗天才站起身来,说:"好,贵叔,你说得对,从今往后,我便断了这份心。"说罢,便策马远去。

图拉与朗天别过后,心中思绪万千,不想这么快回到匈奴去,只在附近逗留。侍女云朵儿知道她半是为了努哈敏和朗天惆怅,半是因为大阏氏不留她而无奈,可惜自己嘴笨不懂得劝解,只得说:"居次,说不定当真是三阏氏念着你,托大阏氏唤你回去呢。"图拉摇摇头道:"云朵儿,你不必说。母亲虽然总依着单于,可我做什么都是支持我的。大阏氏这样,也不是一回两回了。自有她的道理。只是我本就不愿意去和她们争，有什么好防的？幸好阿敏姐和我从无嫌隙。既然出来了，干脆四处转转再回去吧。"图拉二人没走多远便是个大牧场，成群的绵羊如同白蘑菇，成群的牦牛如同黑木耳，全种在了莽莽的草原中。动物们都在安静地吃草，饱满的白云仿佛要融化在蔚蓝的天空中，一切是那么平和静谧。图拉勒马停了下来，对云朵儿说："这个地方好，你也到附近玩去吧。"云朵儿知道图拉从小就喜欢独自找个安静的地方冥思，便也不去打扰她，独自走开了。

图拉坐在马背上，任由马儿惬意行走，凝神遥望着远方。突然，一只失控的牦牛冲过来，马儿受惊扬起前蹄，把图拉摔了下来。放牧的人连忙过来查看，见图拉跌在地上伤到了腿，几番挣扎都站不起来，焦急地向图拉道歉。图拉见此人大概比自己年长十岁，常在外风吹日晒，有放牧人才有的面容。看他一紧张话都说不清楚，图拉忍不住笑了。放牧人见眼前的姑娘笑了，也挠挠头笑了。放牧人朝山坡上的小屋大声喊去，里面出来了一个姑娘，和图拉年龄相若，容貌质朴，脸颊红扑扑的惹人喜爱。她起先想独自扶起图拉，可图拉身材高挑，单凭她一人之力无法支起，又怕反而弄伤了她。她和男子商量了几句，便去把牛群、羊群赶好，男子对图拉说了句"冒犯了"，便拦腰抱起她走向小屋。那个姑娘安置好牛羊，也到木屋里来，细心地查看图拉的腿伤，并帮她处理伤口。趁着这个机会，女子向图拉介绍道："我叫卓尔鸣，这是我的哥哥巴斯佳，我们是这片牧场的主人。我们两兄妹从小相依为命，是哥哥靠放牧把我拉扯大。其实我们是匈奴人，在王庭附近有一块牧场。不过那边冬天天气冷，牲口很难存活，便在秋天赶场到南边的乌桓来。这会子那边的水草茂盛，我们正要往匈奴去呢，不想误伤了姑娘。"

图拉一听他们亦是匈奴人，也激动起来："这不巧了！"她不愿说谎，便也表明了自己的身份。兄妹俩的脸上多了几分惊喜，一时手忙脚乱的，尤其是巴斯佳更是慌得说不出话来。图拉让他们不必紧张，只当她普通人才好。谈起匈奴，三人又聊开了，两人看着图拉举手投足间机敏风趣，叫人感到亲切，是打心底里喜欢她，很快便将她当做朋友，叫图拉感到安心舒服。尤其是卓尔鸣与自己年龄相近，两人说说笑笑，如同亲姐妹。巴斯佳插不上什么话，只高兴地默默注视着神采飞扬的两人。图拉觉得十分自在，自己已经很久没有这般畅快地说话了，一下将之前的烦恼抛诸脑后，不由得道："你们真好，就如同我的家人一般。平时在王庭中，倒没有人陪我说这么多话。"卓尔鸣问道："其实在王庭中，也没有特别快乐吧？"图拉点头承认："说实话，我还挺羡慕你们的，我喜欢草原，喜欢牧场，喜欢做大自然中无拘无束的生灵。我的母亲从波斯远嫁而来，和那边也断了联系，无亲无故的，很多风俗习惯都和这边不同。但她有着深爱着的单于，一切都可以抛开。我反而莫名会觉得孤独。"说完这番话，她内心也舒坦多了。巴斯佳忙说："图拉姑娘，反正我们的牧场也在王庭附近，若你以后想来，就把我们这也当做你的家。"卓尔鸣也赞同，朝图拉笑了，眼睛弯弯的。图拉开心地握着他们的手，补充说他们就是她的兄长和妹妹了。

这时，侍女云朵儿过来寻图拉，见居次负伤，十分自责。云朵儿正愁不知道如何带居次回匈奴，卓尔鸣道："反正我们也是同路。图拉，你的腿脚不方便，不如同我们一起，让我哥哥拉马车载你。"图拉感激地说："那有劳大哥了。"次日，四人被成群的牛羊簇拥着，一路向北而去。巴斯佳在前面抓着缰绳，图拉在后面坐着，两人一路说笑，笑声很久才消散在原野中。卓尔鸣和云朵儿则在后头骑马赶着牲口，卓尔鸣远远看着巴斯佳他们，不由得笑起来。哥哥以前不苟言笑，即使在家中也很少主动说些什么。图拉真的像是一位仙女，带给了哥哥欢乐，也让草原平添了一份生机。这样无忧无虑的时光，只求慢一点才好。

第三回

念父仇骄子道谎语　　遭戏弄痴女断情根

　　再说单于带领众人前往乌桓王城，途中，斯图亚已派遣不少部众前来相迎，单于道："也好，我们先到他们军中看看，就在王城城郊；过几天再进城见新首领也不迟。"说罢，又侧头看一旁的揩木央，见女儿喜形于色，也不觉哈哈大笑起来。来到军中，斯图亚早已带领几个亲信在大营外迎接，他看见揩木央站在单于身边，目光全在自己身上。斯图亚一边安排部下，一边朝她眨眼微笑，这一来揩木央的眼光又变得躲闪，扯着姐姐到外面营帐中安顿下来。待女眷们去歇息，单于在营帐中听斯图亚汇报近期的情况，最近精英队伍的一众将士训练成果颇丰，又闻乌桓一向安分，附近也没有动乱，单于缕着胡子点头称赞："嗯，不错！斯图亚小子，我果然没有看错人，好好干，以后必能立功。"斯图亚拜倒在地："谢单于栽培，斯图亚当赴汤蹈火，在所不辞。"

　　用过膳，揩木央在侍女小娜的陪同下来到军营中，把守的士兵见四居次亲自前来，如同见了天女下凡，连忙拜见，又护在她前后道："四居次，单于和斯图亚将军正在里头练兵呢。"揩木央脚步更快了，她穿行在军中，只见两边的士兵有用刀铤互搏的，有摔跤的，有在马上厮杀的，空气中弥漫着血汗的气息。她从小跟着斯图亚在军中，看惯了这些也不怕，倒是那些守卫担心误伤着她，纷纷叫士兵们停下让出一条路来。措木央走了好一段路，才见单于和斯图亚正在草原上训练骑兵，她站到看台上，成群的战马在场中奔驰着，单于在前方弯弓搭箭，鸣镝一出，以斯图亚为首的将士们齐声高呼，成千上万支弓箭如密羽一般在空中跟随；路过用干草扎的假人堆时，众士兵手起刀落，干草飘在空中，如群蜂飞舞。措木央看着如此盛大的场面，又见单于和斯图亚威风勇猛，不由得激动欢呼。待众士兵练毕回营，斯图亚策马来到看台前，一把将措木央抱上马，措木央在后座紧紧用双臂环着斯图亚，两人肆意地在草原上奔驰着，欢声叫喊，打破了久别重逢的羞涩。

而另一边，努哈敏却消沉不已。小别几日，努哈敏对朗天的思恋不减反增，方才称胃口不好，只囫囵吃了几口便推托离开，如今又在帐中暗自思忖，悄悄叹息。小云掀帐进来，道："居次，外头天色正好，不如我同你去散散心，也不算辜负了来此一趟。"努哈敏却全无心情，摇头道："以后恐怕是没有与他再相见的机会了，既然如此，又何必让我遇见他？"小云心疼不已，仍劝她出去透透气，免得越陷越深。努哈敏终于依了，小云扶着她出去，又吩咐小蝶："若大阏氏问起，便去回一声。"小蝶应允。

这王城建在乌桓山下，两人沿着山麓缓行，时而停下赏景，努哈敏的心绪算是缓和了些。忽然，努哈敏眼尖，只觉坡地上有个敦实的人影摇晃着往上走去，竟像是萧贵。努哈敏大惊，心想：贵叔怎会在此？便冲那人影喊去："贵叔，是你吗？"只见那人一愣，略略回过头，却跑得更快了。努哈敏更相信那便是萧贵，想必朗天也在附近，转而大喜，便自顾自追了过去，口中不停喊着，心中疑惑萧贵为何躲着自己。小云拉不住她，也慌张地追着努哈敏，边追边喊："居次，小心摔着！"

那人果然是萧贵。原来，朗天一行人连夜赶到乌桓王城，一早便去与新首领萧承和谈。朗天于情于理劝萧承归顺通古斯，毕竟乌桓与通古斯同根同源，只是上一代被匈奴夺了去。若是现时双方实力暂不足以与匈奴抗衡，不妨养精蓄锐，静待时机成熟合力回击匈奴。谁知那萧承圆滑得很，虽恭维着通古斯，可话里话外仍表露要奉匈奴为宗主，后来又道："大王，通古斯经匈奴一役，元气大伤，但终究是留得青山在；可乌桓被分出来孤立无援，只能周旋于大邦之间，四周强权虎视眈眈，无非是找个强盛的去依靠罢了，能够保全尚且不易，此中苦衷还望大王了解。"朗天无法，只能道："若是如此，日后免不了兵戎相见，萧首领自行揣度吧，告辞。"朗天深知匈奴兵力强盛，加之乌桓又不配合，日后攻打绝非易事。他心中烦闷，于是独自到城外的山麓中透气。萧贵这番来正是来寻他。

眼看努哈敏追了上来，萧贵只好硬着头皮迎上去。努哈敏又惊又喜，忙拉着他问："贵叔，怎么你们也在此？莫非……莫非朗天也住在这王城中？"萧贵支吾着答是，又反问："那姑娘又为何恰好到此处来？"努哈敏一急，脱口道："我是跟单于来的，朗天在哪儿？我想见他。"萧贵惊呼道："原来你果真是匈奴的居次。"努哈敏见说漏了话，也就不再隐瞒，还道要带朗天去见单于。萧贵犯了难，只得称朗天猜到了她是匈奴长居次的身份，认为两人不般配，不肯相见，劝她还是尽早忘了朗天。不料努哈敏一听又气又急，大喊着："我从不信什么身份、地位不能般配，世界上再没有什么东西抵得上真心相爱了。若他肯，我愿恳求单于让他来匈奴；若不肯，让我嫁到这里来，我也甘心，就一辈子留在乌桓不走了。结果却因为我的身份，他就……连面都不肯见了！我真心一片，谁知道，他却拿我的感情当儿戏！"说到最后，她的声音嘶哑了，这几天的委屈一下涌上心头，不由得痛哭起来。小云赶紧在一旁安慰着她，老练的萧贵也有些不知所措了。

这时，身后的林子中传来了马蹄声，紧接着传来爽朗的呼唤声："说得好啊！什么地位身份！什么冲突仇恨！全都是狗屁！若是错失了这缘分和真情，才会抱憾终身！"说完，朗天翻身下马，一把抱住努哈敏。原是朗天在林子中听到努哈敏的一番话，他一时间心血翻涌，竟顾不得之前的顾虑，冲出来想留住努哈敏。努哈敏更是泣不成声，仿佛重获珍宝一般喜悦，身子激动得微微颤抖。朗天搂着梨花带雨的努哈敏，更是怜惜，道："我们并没有辞别，却又不期而遇，这是天定的缘分，什么都不能将我们阻隔，便不要再分开了！"

小云见此景，也不免感动落泪，唯有萧贵心中忧虑，正欲劝阻，只听山坡下有马蹄声传来。朗天见前一匹马上坐着一个妇人，服饰华贵，远远望去十分雍容庄重，眉眼间与努哈敏有几分相似，小蝶紧跟在她的身后。努哈敏大惊，连忙上前行礼："阏氏，你怎么来了？"完察萍打量着朗天，笑说："阿敏，这几天我已觉察到你有事瞒我，知女莫若母，你也到了为心爱男子动情的年龄了。今天我见你久久未归，便和小蝶出来看看，还真让我有所收获。"朗天行礼道："不知大阏氏光临，有失远迎。"事已至此，努哈敏便挽着母亲撒娇道："母亲，我们彼此相爱，我要跟朗天在一起，你帮我同单于说说吧。"又将朗天介绍给母亲。完察萍神色有些狐疑，道："既然你是乌桓人，我们倒是客人了。小伙子，不如你就随我们回去一同拜见单于，你年轻有为，单于必定欣赏。"朗天知事情不妥，可事发突然，又见努哈敏的神色充满希冀，他一咬牙，真去见见这个对头人又如何，便答应下来。萧贵惶恐，朗天在他耳边交代几句，他不忘叮嘱朗天务必以大局为重，切忌感情用事。他们走后，萧贵便匆忙返回驻地召集人马，以防朗天在匈奴大营遇到不测。

众人入大营见过单于，完察萍在单于耳边低语了几句。单于注视着朗天，单刀直入道："呼延大王如今年少有为，到访也不提前知会一声，怎么不见萧大臣一起到来，让我好好招待一下。犬女无知，怎么大王也和她一般见识。"努哈敏一听，以为朗天便是乌桓的新首领，满心欢喜，暗暗骂道，这狡猾的小子，竟骗我那么久，害我担惊受怕。朗天看了看努哈敏，对单于道："单于果然好眼力，此次特意前来，不知单于是否愿意接见。"此时完察萍向单于示意让努哈敏出去，单于于是对众人说："我要和这位大王详谈，诸位先出去吧。"努哈敏见两人神色不对，心中惶惶，也被完察萍哄了出去。

众人走后，单于收起客套，道："当年你继位时还是个乳臭未干的小子，十多年不见，你小子是越发长进了，竟将算盘打在阿敏身上，莫非你忘了匈奴与通古斯之间的仇恨，倒要结为翁婿之好？"朗天正色道："当年一役，我父亲丧命于此，我岂会忘记？你们匈奴蛮横，大举进攻通古斯，夺去乌桓这一水草丰美之地，又将剩余部族驱至鲜卑山，致使通古斯一族四分五裂，被迫臣服匈奴。如此大辱，我怎能不报？"单于冷笑道："你父亲贪得无厌，屡次进犯，最后竟向匈奴讨要疆土——要知道，土地乃是匈奴的根本，岂可随意侵犯？我姑妈便命我带兵东进，给你们些颜色看看。你父亲的项上人头，便是我一刀砍下的。"朗天刷地一下站起，拔出刀来："原来杀我父亲的是你！好啊，现在仇人已知，待我取你首级以祭我父王。"单于猛地起身愠色道："毛头小子，你们外强中干、兵马薄弱，是自找的。你要杀我只管来，且不说你远不是我的对手，这乌桓乃是匈奴属国，你妄想走出匈奴营帐，更别提活着离开乌桓。就凭你们那些兵马便敢来收复乌桓，简直笑话。从来统治都靠恶战，你那嘴皮子的功夫，哄我女儿还行，竟妄想与乌桓和谈？简直是天大的笑话。"

朗天想到以通古斯如今的势力无法与匈奴抗衡，又想到与努哈敏的情义，一时无策，哼的一声将刀推回，瞪着单于道："你我的公仇私恨，今日且不计,我呼延朗天来日再在沙场上与你来个了断。"单于料到通古斯的兵马也在附近,话已至此,加之看在努哈敏的份上,也不必大动干戈,便也哼了一声,道:"今日就放你小子一条活路,若往后再干涉我汗国属地,再纠缠我的女儿,便和你父亲一样下场。"朗天心中屈辱,补充道:"努哈敏那边我自会去说,你无须干涉。"说罢,大踏步走出营帐。努哈敏见朗天出来,着急地迎上来询问。朗天见她始终以为自己是乌桓首领,心生邪念,欲以此挑拨匈奴与乌桓的关系,便道:"阿敏,我已劝服了单于,明日你到城外来,一切自然有分晓。"说罢,他托起努哈敏的脸,像是端详了许久,终于在她额上轻轻一吻,翩然而去。

次日,努哈敏带着云、蝶二人如约来到城外,只见朗天背着手,高高站在那山坡上,萧贵紧跟在他的身边,众多士兵围着,拦住坡下人的去路。努哈敏觉气氛不对,可一时不知何事,喊道:"朗天,你找我来究竟何事?""努哈敏,你既知我是乌桓首领,今日就是要告诉你,我是不会娶你这种没有礼节、不守规矩的女子的。我宁与通古斯合力抗击匈奴,也不会屈尊联姻,臣服匈奴。"努哈敏一瞬间有如五雷轰顶,惊呼道:"呼延朗天,你……你怎么会说出这种话来?昨日你不还说什么都不能将我们阻隔,怎么如今出尔反尔?"朗天的脸色变得惨白,萧贵在身后稍稍扶稳他,他仍冷笑道:"那些只不过是哄女孩子的玩笑话,又何必当真?之前的感情,我本就没有认真对待,劝你也别自作多情了。"努哈敏的脸色变得惨白,哽咽着一句话也说不出,摇摇晃晃差点儿摔下马。萧贵附和道:"我们乌桓的美人无数,大王尚且看不上,居次还是请回吧,难道想让这么多将士、奴仆看你笑话不成?"努哈敏怒吼:"好,呼延朗天!你等着,明日我便让单于出兵灭了乌桓,让你未登基便死在他的刀下。"说罢,便掉转马头疾驰而去。朗天在坡上几近昏厥,临了,想到这个害人的谎言,又仰天长叹:"闹剧!这就是一个闹剧!"努哈敏远远听到此言,以为朗天说自己出丑是个闹剧,两行泪不争气地横流。两个侍女哪里见得居次受这样的屈辱,都想冲上前为居次出气,可见努哈敏用衣袖狠狠抹了一把泪,已跑出很远,只好也一抽马鞭跟了上去。

努哈敏走后,朗天才走了几步,仿佛全身失去了力气,整个人瘫在草丛里。萧贵劝退了其他想过来搀扶的守卫,在一旁坐下,叹息道:"大王,其实何必如此,她迟早都会知道的。"朗天哽咽道:"我好糊涂,我与她往后只能做仇人,便想着怎么才能让她死心,明知她最重面子,只有这样让她恼羞成怒,往后兵戎相见时才不会回头,可是这样伤她最深。我知道……这太残忍、太残忍了!"他又痛哭了好一阵儿,"这话就像利剑一样,一出口就收不回来,刺穿了她的心,也刺穿了我的心,就由得她去恨我吧,这样也好。"萧贵劝道:"许多时候,位高权重,身不由己。大王心善,始终没有告诉长居次她父亲与你有不共戴天之仇。既然不能两全,只望大王今后以社稷与子民为重,也算对得住自己的选择,减轻些罪过和愧疚。"朗天逐渐冷静下来,紧紧握着萧贵的手点头说:"贵叔,你说得对,只希望以后通古斯能强大起来。我们之间的恩怨,留到沙场上去解决吧。"

那边努哈敏回到王庭,气急败坏地要单于派兵攻打乌桓以解心中之恨。单于不解其中缘故,起先努哈敏心中委屈,断不肯说,后来经完察萍劝导才大致将城外的事说了出来。单于怒骂:"呔,那臭小子根本不是什么乌桓首领,他是通古斯王。岂有此理,不仅羞辱我们阿敏,还妄想挑拨匈奴与乌桓的关系!待我下次给他个教训,一举将其消灭。"完察萍也轻搂着大女儿,劝道:"阿敏,你毕竟涉世未深,被臭小子骗取了感情,只当买个教训,明日我们便入城去。听斯图亚说这个新首领恭敬识相,好去让他招待一番。"努哈敏听着,也暗下决心在大典上要给朗天几分颜色瞧瞧,以报今日之仇。

临别，斯图亚率众护送单于一行人入王城，措木央一直跟在斯图亚身边，迟迟不肯分开。斯图亚紧紧握住措木央的手，道："好央妹，你且去，我在这里好好训练，定不会叫单于和你失望。到时你们出城，我再与你一道回匈奴。"措木央答允，又说了许多道别的话。斯图亚离开后，措木央转头见努哈敏正远远地冷眼看着，她知姐姐这几日分分合合，颇为消沉，有些不好意思地过去搂着姐姐，想说些什么。努哈敏见她吞吞吐吐的，便抓着她的手道："你呀，总是这么忸忸怩怩的，我劝你还是别被甜言蜜语冲昏了头，感情有什么可信的，你现在小，以后便懂了。"措木央心中不服，但见姐姐未消气，只好点头。努哈敏摸了摸妹妹的头，心中更是五味杂陈。

第四回

爱恨交加赌良姻　琴箫相和遇知音

　　乌桓的新首领萧承听闻单于等人今日到访，早早便带领众人打开城门恭迎。众部下分列两旁，牲畜、皮货、谷种等贡品堆满在地，待单于一行人经过时，部众吹起手中牛角、羊角以示欢迎。单于见此排场，心中满意，点头称好。努哈敏姐妹也觉有意思，皆细细打量着两边。萧承在马下亲自给单于请安，努哈敏见这个新首领长得敦厚老实，看上去没什么王者风范，心中只觉瞧不上；又联想着萧贵年轻时大概和他差不多相貌，不由得笑了起来。努哈敏平素言行豪爽，常叫人忘记她也是很美貌的姑娘，如今多了几分惆怅和憔悴，更是显得无比娇媚。萧承一看到这位长居次就动了心，她一笑起来更是我见犹怜，连声音都是清脆动人的，竟把一旁的措木央比了下去。他赶紧上前亲自扶努哈敏下马，又叫一旁的侍女为她更换上干净的披风，不禁当众由衷赞美道："长居次翩翩美貌，有如天女奉上的大漠明珠。今日居次跟随单于降临乌桓，真叫我们蓬荜生辉啊。"努哈敏往日鲜有听闻旁人径直夸她的貌美，更何况措木央也同在，试问姑娘家的谁听了会不欢喜？努哈敏面露喜色，在心中夸赞这个萧承有眼光。

努哈敏来到萧承准备的住处，营帐外是一片紫色的鸢尾花海，帷帐上挂了许多用金丝和琥珀制作的饰物，间或点缀着铃铛花；床铺上是南方锦布做成的柔软被褥，梳洗摆设一应俱全，床头的雕花松木奁中还放着许多从汉地贸易而来的金饰玉器。努哈敏拿起一对金丝穿珠绿松石耳坠细细端详，又捻起一支凤头玛瑙簪子放在发间，摆弄一番后掷回，目光便锁定在一串白玉璎珞坠饰上，终于将一串带有垂珠的镂空金花球手链戴在手上。四周打扫得一尘不染，倒是在地上和铺上都散落着许多花瓣和干草，散发着幽幽芳香。努哈敏卧躺在铺上，缓缓闭眼深吸，也觉身心的疲意消散了几分。这里头的布置十分合自己的心意，她心中不由得对萧承又添几分好感。

往后几天，萧承怕努哈敏烦闷，除了接待各部落的来客，他时常陪同着她们姐妹在王城内外走走。乌桓比匈奴更靠南些，草原依着丘陵之势，倒不觉得茫茫无际。在好些地方百姓兼事农业和畜牧业，农田在这里并不罕见。常有男子冶铁煅金，妇人则事织绣，时而到南边与汉地互市。措木央道："这里与二阏氏之前与我说的汉地景物很像呢。"努哈敏虽嘴上不屑，心中到底是对这一切充满了好奇。萧承幽默风趣，边走边讲些有趣的事情给她们听，照顾得很是周到。单于和完察萍见努哈敏几日下来状态逐渐好转，心中欣慰。单于称赞道："这小子看上去愚钝，实则思虑周全，又诚心归顺我们汗国，是个可栽培之人。他父王过去也曾向我请求，待萧承小子继位后与我们结个秦晋之好，我想到时到右贤王庭找个居次赐婚予他也是良姻。"完察萍点头道："又或者过一两年待暮雪、图拉她们大些，也可修两地之好。我们汗国居次众多，且都美貌智慧，单于万不用愁。"

一日，萧承与努哈敏一同到城外山坡上看武士们摔跤赛马。措木央因前日中了暑气，由侍女小娜在帐幕中照顾，云、蝶二人也在完察萍身边伺候着，便没有跟随。努哈敏重回故地，又记起那日被朗天当众羞辱的情形，心中忿忿而又隐隐作痛，再提不起兴致来。萧承察觉到努哈敏心中不快，便叫武士们撤去，忍不住问起缘由。努哈敏素来傲气，即便是对大阏氏都没有细说，此时见萧承眼中关切，终于再难隐忍，便道："我之前听闻一个故事，方才想起，实在替那女子伤感。"然后如数把事情讲了一遍，只是把自己和朗天替换为故事中的人物，又丝毫不提匈奴、乌桓与通古斯几地。讲到后面，她怒火中烧，不由得又失声痛哭起来。萧承见眼前这位天女一般的姑娘泪珠从光洁的颊上滚滚而下，心中充满爱怜，正色道："一段感情最重要的就是真诚和责任，不管那个男子是有意为之还是另有隐情，他错在隐瞒和欺骗，玩弄女子的感情是他的错，不能怪女子单纯。居次，莫说是你，我也替她愤怒难过。"努哈敏听到这番话，也止住了泪水，不由得问："若你是那个男子，会对那个女子好吗？"萧承憨憨笑着，然后认真地看着努哈敏，说："如果让我遇到这么好的女子，我一定会。"努哈敏心中盘算着什么，低头不语。

很快就到了萧承的登基大典，此举是首领们实地考察其他部落以及巩固关系的机会，其余部落的首领大多都应邀而来。这几日，首领们陆续到了，萧承带着几个心腹奔忙在王城内外接待。众人相互问好，也纷纷向萧承贺喜；萧承应对自如，与谁都能攀谈一番。典礼上，萧承特意邀请单于坐在东向最尊贵的位置上，努哈敏几人在侧，也觉风光无限。此时朗天携萧贵前来，被安排在匈奴众人的右侧席位，努哈敏瞧见，双唇紧抿，别过脸去。朗天有意无意地朝这边看，见单于面露得意地朝他点头，也只好铁青着脸别过头去。

众部下将祭品搬来，萨满法师开坛做法，在火坛面前跳大神，祭奠老首领和祖先亡灵。法师穿戴的神鼓和腰铃在舞动中雷鸣般作响，他们一边口中念念有词，一边将酒肉倒入火坛中。众人在后面跟着跪拜火神，祈求神灵和祖先庇佑。一番宴饮过后，在众人的注视下，乌桓资历最老的大臣萧德把象征着王权的火神冠戴到萧承头上，宣布萧承登基。萧承站在众人面前宣讲了一番自己的掌权目标和对臣民的承诺，再用委婉的措辞表达对各部落的友好之意。最后，他看向单于等人，当众宣布日后效忠匈奴汗国，愿意保持并巩固两地关系。单于得到了大国应有的面子，自然十分高兴。努哈敏瞥了一眼朗天，只见他脸色阴沉，她心中亦有种报复的快感。

又听萧承说道："若单于看得起小王，不知是否有意与乌桓结个翁婿之好，想必会让两地更为和睦。"单于点头道："你父王从前也与我说过此事，如今你成才，又如此有诚意，这自然是好啊。我汗国与右贤王庭的居次虽不说倾国倾城，也说得上美貌聪慧，与萧首领定会是天作之合。"萧承欣然承诺道："我自然恭敬不如从命。无论是哪位居次和亲过来，我定如约每年悉数进贡，也定会从一而终地待她好，独尊她而不再纳旁的女子，在场的各位首领都可作证。"说着，却不禁朝努哈敏看去。单于捋着胡子，更为满意。

努哈敏本无意于此，可她想起朗天过往编造自己是乌桓王的谎言，又以此挑拨两地关系，说什么乌桓首领不屑于娶自己这种女子，又言不会屈尊联姻、臣服匈奴。谁知萧承这些天待自己事事妥帖，又瞥见在场的朗天正咬着唇低头不语，脑海中无数念头闪过，却最终落入一片空白。也不知是有意气朗天还是怎么的，她竟神不知鬼不觉地站了起来，全场的目光瞬间集中在她身上。努哈敏再无退路，径直道："单于，乌桓王重情重义，令世间薄情男子蒙羞。我努哈敏要与乌桓王结亲，留在乌桓，以证匈奴与乌桓之好，日后合力助汗国一统漠北。"这边匈奴众人不由得大惊，连单于都不曾想过这一角色会由阿敏承担。完察萍更是吓得脸色都变了，一把拉住女儿道："儿啊，这等大事岂可当儿戏啊，你要知道你嫁过来便……"她不好当着在场的人明说，急得直劝住："总之千万不能意气用事，你先考虑清楚，日后再议！"那边朗天听闻，一下子面如死灰，他明知道这些话都是努哈敏有意赌气与自己对着干，自己当时以为编造谎言只会让两人形同陌路，没想到竟害她冲动赌上自己的姻缘，这都是自己的罪过。

努哈敏明知道自己是一时性急才这么说的，又被母亲拦着，心中正犯难，却见朗天长叹一声，欲起身劝阻又被萧贵拦下。她心中一急，更是笃定地恳请道："单于，你过去担心女儿所托非人，如今难得有人真心待我，我自己知道、也会承担以此付出的前程和代价。汗国那边，四个妹妹还小，日后定当有为匈奴效力的机会。你就答允女儿这回吧，我绝不后悔。"萧承断未料到努哈敏如此坚决，又惊又喜，更是上前郑重承诺了一番。单于略定了定神，也不顾一旁完察萍的耳语，随即哈哈大笑，答应了这门亲事，并且当即封了努哈敏为匈奴的左谷蠡王。在匈奴的统治中，单于之下依次有左贤王、右贤王、左谷蠡王和右谷蠡王，统称为四角。其中匈奴以左为贵，通常左贤王只封给继任者，如今右贤王被完察萍母家继承，左谷蠡王暂缺，努哈敏虽不能再继承大统，也算是谋得高位了。

老臣萧德拿来萨满历，圈出了几个黄道吉日，让双方挑选婚期。努哈敏一咬牙，指出最早的日期，即是三个月之后。朗天心如刀割，他知道此事已再无别法，只希望这个萧承能如所承诺的对努哈敏好，恐怕才能弥补自己心中的痛楚。"阿敏姐，你真要这么快离开我们吗？"措木央问道。努哈敏瞧见朗天离开的背影，强忍着泪水说："这件事越快越好，最好快到我来不及反悔。"就这样，婚期已定，单于一行人也准备启程回匈奴准备嫁妆，再将努哈敏风风光光地嫁过来。

未等单于一行人回到汗国，长居次出嫁的消息就传遍了匈奴。王庭和右贤王庭的众人又惊又喜，连同底下的人都一并忙活起来。三个月虽不短，但诸多事务还是提前准备为宜。听闻长居次出嫁的消息，王庭内负责打金打银的匠人、制衣的妇人、经营贵礼的商人都忙碌起来，就连忘忧和玛拉也帮着缝制嫁衣和头纱。得知王庭需要不少牲畜、食物当做贺礼，图拉想起巴斯佳兄妹，便将这些事情都交由他们包揽，好让他们获得许多王庭的封赏。兄妹俩自然是感激不尽，更欣喜于图拉能更常来庭郊牧场中与二人闲谈作乐。

恰逢汉地的中秋佳节将至，按照往年的惯例，忘忧每逢汉地节日都会到汉人区的望月斋去朝拜。不过此时完察萍未归，王庭又有诸多要事忙碌，忘忧这些天疲于应付，也抽不开身来，便让鸾风去唤来暮雪道："你千山妹妹还小，最近我又为你姐姐的事情忙碌，实在没有功夫到望月斋去。好女儿，你从前每次都跟我一块去，也很熟悉了，这次就替我到望月斋去朝拜，也一并为你阿敏姐祈福。"说着，又拿出一包银子交给暮雪道："我上次见望月斋年旧，你将这些银子交给修静师太，让她拿来修葺望月斋吧。"暮雪应声，正欲出门，忘忧想到女儿总待在王庭颇无趣的，又道："好暮雪，你难得一个人出去，若是想散心，便在那多待几天，千万要照顾好自己就是。"暮雪答应下来，心中有些紧张，更多了几分自由的快乐。

次日，她带上心爱的琴，和侍从素琴、箫声一同出发。沿路的风景鲜明可爱，仿佛与以前跟随母亲一同出游的景色相异。不日，他们来到汉人区，这里是汗国南部的边陲，与汉地接壤，匈奴人会来此与城墙外的汉人互市。此处聚集了相当数量的汉人，形成了与汉地相似的城市景象。来到这里的汉人，或是迫于汉朝豪强地主的压力逃避于此，或是过来经营谋生，或是因为战争被俘虏于此，或是与匈奴人通婚在此生活，缘由林林总总，共同的乡土情结让他们在此经营着共同的家园。匈奴对这片区域也不怎么管，只要它依然是自己的领土就行。因临近中秋，街道上也热闹了起来，商贩在摊档上摆满了各色灯笼、瓜果点心、自家酿的桂花酒。许多人家的孩童身着花衣，在街道上玩闹。暮雪走走停停，与侍从们谈笑着，许久没有这般愉悦。

望月斋隐于闹市之中，因其具备比较成熟的教义和仪式，加上文化的共通性，神女教也成为很多异乡汉人的信仰。随着佳节将近，前来朝拜的人也都多了起来。暮雪来到望月斋中，与平民一同进行了朝拜仪式，祈求西王母保佑一切平安顺遂、逢凶化吉。暮雪端跪在垫子上，诚心为王庭和长居次祈福；受母亲的影响，她同样为汉王朝祈福，虽然她从未去过母亲的故乡。仪式完毕后，她从箫声那里接过善款交给望月斋的住持修静师太。修静师太向她和忘忧阏氏道了谢，又如往常一般请暮雪一行人来到后院歇息。望月斋是前斋后院，后院是斋中人住的地方，一般教徒是不能进来的。得知暮雪等人要小住几天，修静师太忙吩咐小徒灵音好好招待，为他们打点好房间，又和暮雪一同品着南方带来的茶，小聊了一会儿。

望月斋后面有一块草地，草长得不高，绵绵软软的，间或还有几簇鸽子兰。傍晚，前来朝拜的人基本散去，秋日的燥热也消退了。暮雪和两个随从来到草地上，万籁俱静，她不由得拿起琴弹起一曲。悠悠的旋律，恍若琴弦上的小水滴，随着弦动弹到碧绿的草坪上，又飘到了后院出墙来的竹子上，古雅的琴声与寂寞的斋院相映成趣。本来竹子是南边的，这里竟也有几棵修长的竹子，伴着苍苍树木环绕着庭院。暮雪许久没有感到如此洒脱，她把琴交给素琴抱着，大踏步来到草坪中央转着圈跳起舞来。夕阳的余晖洒在她的身上，化成一个温柔的影子，她身上的一席红披风和那俏皮的裙边，都随风舞动着、盘旋着，如同一首无词的欢歌。

这时，一阵箫声传来，和着她的舞步，与她的舞姿缠绵着融为一体。素琴和箫声微微吃惊，四处张望着，暮雪似乎沉浸其中并没有停下。待一曲终，暮雪的舞步也随之收住。她看到一个男子正站在她的不远处，手里握着一根木箫，刚刚一曲的余音仿佛还停在箫上。暮雪腼腆地笑着，有些不好意思地退到素琴和箫声身边。一舞过后，她苍白的脸泛起了血色，头发也有些凌乱，微风吹动了她的红色披风，如同下凡的仙子站在那儿，这一幕深深印在那男子的脑海中，令他想起十年前那个女孩的脸庞和一段珍藏已久的往事。但他并未声张，先说道："刚刚听到姑娘的琴声，又看到姑娘翩翩起舞，忍不住以箫相和，还请多多包涵。在下凌风，一介游侠，今日相遇实在有缘，不知能否与姑娘再和一曲？"暮雪答应了，拿起琴，听得凌风起的调是汉曲有名的《故园旧梦》，是自己熟悉的曲子，便弹奏了起来。琴箫相融，大有高山流水之意。

一曲过后，暮雪也大致介绍了自己。听闻她是居次，凌风神色有些复杂，竟似闪过一丝感慨。暮雪问道："我母亲是汉人，这把琴原是她的，这首《故园旧梦》也是她教给我的。凌风公子莫非也是汉人，怎会识得这首曲子？"凌风摇摇头："我是个游侠，不属于任何一个地方，如果按出生地而言，应该是通古斯人吧。我自幼到处游历，木箫是我在汉地学的，从此爱不释手，也学会了很多曲子。"暮雪打心底羡慕这种自在的生活，又不免疑惑："你到处游历，你的家人不担心吗？"凌风淡然地笑道："我爹娘在我很小的时候就不在了，我是靠着同族的叔伯轮流抚养大的。后来，我知道了我们一族本也是各处漂泊，后才定居在通古斯。我从小放荡不羁，稍大些就决定到处游历，先是跟随族中长辈外出，后来便独行了。我们一族在当地算是富商，爹娘留下的财富亦不少，盘缠是足够的。自从当年得到一个好心人的恩惠，我便也常拿出钱财分给有困难的宗族兄弟，在旱涝年头也会拿来赈济附近的邻里，以延续这份善举。"

暮雪心中钦佩，抱拳笑道："凌风公子潇洒游历、与人为善，我暮雪实在是又羡慕又敬佩。"素琴忍不住插话道："我们居次也与公子一般，有一颗慈悲之心。有一年居次还年幼，我们那边闹霜冻，很多小麦田受了灾，很多百姓都成了饥民。还是二居次恳求单于把王庭的储备粮分给他们以解燃眉之急。此次居次也是带善款来修葺望月斋。"凌风听闻，眼中更是闪烁着光芒。暮雪打断素琴道："区区小事又何必再提？何况我们神女教的教义本就是'对内要听从本心，对外要与人为善'。我自幼受到熏陶，只是随心照做而已。"凌风略有思索："听从本心，与人为善。这八个字果然字字如金，我凌风十分钦佩！"暮雪亦觉心中倾动，自己打小与母亲、妹妹二人相处最多，从无遇到如此投缘之人。

两人于是谈论起许多关于汉地和神女教的历史和习俗，凌风又将多年游历的趣事说与暮雪听。一连几日，两人都如约来此倾谈，琴箫相和。在中秋当日，两人又一同到街上游玩，在斋中赏月，免去暮雪许多离家之思，更让惯于独行的凌风感受到团圆之夜相伴的温馨。素琴和箫声见两人如此投趣，又见居次很许久没有如此畅快，心中甚是欣慰。

眼见努哈敏大婚之期将近，暮雪也要启程返回王庭。临别，听闻暮雪时常会到汉人区来，凌风深情道："我往日漂泊，并无什么家国之念，只是一介天涯莽夫罢了。你我如此投缘，你生活在这里，我就将此当成我的家，在这里搭几间木屋，长久地驻留在此。以后你若来寻我，只要奏起琴，我定当随时赴约。"侍从们见有如此真情之人，不免心中感叹。暮雪明白了凌风的心意，与他依依惜别，将怀中的琴抱得更紧了。

第五回

嫁乌桓居次别挚亲　　访丁零单于会恕怨

再说努哈敏回到王庭后，倒成为了这里最闲的人，她仿佛对一切事情厌烦起来，什么都不管不顾，每天睡到中午才起，没事就在王庭里转悠，偶尔去看看为她准备嫁妆、收拾行李的小云、小蝶；又觉心中烦闷，绕过为她奔忙的人们径直回到自己帐中躺下。想到女儿嫁去乌桓后便要亲自打点一切，完察萍见努哈敏仍如"甩手掌柜"一般，又忧又恼，常催着她对自己的婚姻大事做主，又在闲时唤她来身边叮嘱一番。努哈敏只是有一句没一句地听着，不太上心。

大喜前夕，王庭中热闹非凡，之前领命的各路匠人、商人、牧场主都纷纷将贺礼呈上，各个教派的住持、师傅也受邀前来为长居次祈福，贺礼被堆叠在大营帐的周围，散开好远，装点在草原之上。乌桓前来接亲的队伍早就到了，使臣已经安顿下来，打算明日一早便将努哈敏迎去。汗国各处盟邦、属地的宾客陆续前来贺喜，又进贡了许多礼品。右贤王庭的人也提前过来帮忙接待打点，才让完察萍等人稍稍停歇。

努哈敏本不情愿出去迎接宾客，被单于呵斥几句才勉强出去向外公、舅舅行了礼，随他们一同接待。突然，一个侍卫递给单于一封信，说是通古斯王派人送来的。努哈敏的目光躲开了，但一直听着单于拆信的动静。单于对身边的完察萍说："那小子说他无暇到来，只叫人送来了些许贺礼，还说了一些祝福的话。"努哈敏正眼也不愿瞧那封信。不过说来奇怪，之后她回帐中换了一套华丽的衣裳，还细心打扮了自己，神情和以前截然不同，变回一个即将出嫁的新娘子，笑语盈盈地向客人问好，又主动去过问小云、小蝶行装收拾的情况。众人大为震惊，完察萍的父亲打趣说："阿敏这孩子啊，可能现在才醒悟自己马上要出嫁了。"

另一边，几个妹妹也没有闲着，暮雪领着修静师太安顿下来，又和千山一同到母亲跟前赶制绣品。图拉接下巴斯佳送来的货品后，只简单说上几句，便帮着分拣大营外的贺礼。完察萍不愿措木央闲着，便喊她去帮着图拉登记送来的贺礼。右贤王浑谷邪的两个儿子冒千鸿和冒千烈见状也连忙向姑妈请缨，要与措木央一同去帮忙。说起措木央的这二位表哥，这两小子从小逢年过节都跟着爷爷、父亲到王庭拜访，自幼就对措木央这个美人胚子十分倾慕。只可惜见面的次数毕竟不算多，每次见面长辈们又在场，需保持着拘谨，两兄弟只能远远垂涎。最可恶就是那个斯图亚，总是在央妹身边转，他这个臭小子又不是什么王公贵族，却总光明正大陪着央妹，兄弟俩对他是又嫉妒又厌恶。上次见他公然拉起央妹的手，更气得他们咬牙切齿，简直视斯图亚为眼中钉、肉中刺。说来也奇，这个浑谷邪和妹妹完察萍不同，他倒是对汉人的文化充满兴趣，平日里也总督促着儿子们读书习武，连他们的名字，都是仿照汉人有名有姓的方法取的，当时还特意去请教过忘忧阁氏。这下好了，斯图亚正整顿队伍准备护送长居次到乌桓去，自己兄弟二人又随父亲在王庭小住一段时间，便能时常伴在央妹身边了。

见完察萍应允他们帮忙，他们一人牵起措木央的一只手，陪着她雀跃地跑向大营。措木央拿起那些礼物细细端详，又给它们起了古灵精怪的名字让兄弟俩记录，惹得大家发笑。待到他们将要礼品搬到库房中，千鸿千方百计地让马匹不动，千烈则小心翼翼地扶央妹上马。搬了几趟后觉得无趣，三人便交给来往的侍卫去办，到一旁的草场玩去了。这两个表哥，千鸿憨厚些，千烈机灵些，措木央知道他们殷勤，也觉得与他们相处开心自在，对他们从来一视同仁，只当作亲兄弟那般喜欢，却远不能与斯图亚相提并论。她时常会送些小玩意儿给他们权当是答谢，千鸿、千烈两傻小子却如收到天底下最宝贵的东西那般欣喜忘形。

夜深时分，宾客们都各自歇息去了。完察萍也催着努哈敏早点休息，明天要神清气爽的才好。努哈敏注视着月色下阏氏温柔如水的目光，不知怎么的，这许多天来的委屈全涌上心头，瞬间泪如雨下。完察萍知道她这些天心中一直不好受，只是她一向倔强，断不肯说出来；想到她之后就不能再依靠自己了，心中怜惜，轻抚她的脸，与她一同走入营帐中。努哈敏呜咽着："母亲，我也不知道是怎么回事，这段时间我好烦躁，总觉得所见所闻、所做的决定都不是自己的，怎么就这样把自己嫁出去了？我……我不想这么快嫁到乌桓，我以后一个人在那边可怎么办啊？"完察萍抱着哭成泪人的女儿，安慰着："事已至此，也不是什么坏结果。萧承虽说只是我们属地的首领，长得也不讨喜，可看得出来他是能护你周全。而且他在大国之间周旋，游刃有余，又有我们汗国在背后撑腰，你在乌桓不会受什么委屈的。小云、小蝶她们自小跟你，都在那边相陪，有什么事情派人捎个口信回来就是，哪怕是亲自回来也不难。"说着，做母亲的不禁也湿润了眼眶。

见努哈敏稍稍缓和了些，完察萍还是没忍住把压在心头许久的话说了出来："你呀你，怎么能够一时兴起就赌气和亲呢。你是长居次，性情才干都受单于欣赏，本来最有资格继任，你却主动放弃，将汗位拱手相让，岂不可惜。阿央虽受单于宠爱,毕竟性格温顺乖巧,怎么可能与几个姐姐相争?""母亲,我过往说要当女大王,都是闹着玩的,这次一气之下又都全不顾了。我不在,图拉她也是个好苗子,阿央柔弱,恐怕驾驭不住整个汗国啊。只是你这么一说,我真是太糊涂了。"说罢,她又流下泪来。完察萍抹去努哈敏眼角的泪痕,道:"图拉有外邦的血统,怎及你和阿央?你过去之后,倒也不是没有机会;若之后我们收复了乌桓,你再回来继位也未尝不可。"完察萍又同女儿交代了许多事情,母女俩不知不觉长谈了一夜,次日清晨,就直接梳洗打扮了。

乌桓迎亲的队伍已在王庭外候着了,努哈敏在云、蝶二人的侍奉下穿上嫁衣、戴上了头纱,来到草原上。她跟随法师向火神辞别,随即接受了各教住持的祝福。上马之前,努哈敏拜别了单于,又向外公和舅舅辞别。完察萍的父亲见这个从小到大经常逗自己开心的外孙女要离开,也不免挥泪,交代她在外要多珍重。努哈敏与其他阏氏、居次作别,握着阿央的手叮嘱道:"我过去常惹单于和阏氏担心、生气,你一向乖巧,但也要独当一面,为汗国效力才好。"之后她又紧紧握着完察萍的手不放,听了母亲几句嘱咐后,泪眼婆娑的她才依依不舍地松开手,一跃上马,作别心爱的匈奴汗国,朝乌桓而去。

又过几月,草原上远远地跑来一对使者,大伙儿本以为是努哈敏来信,却发现是丁零送来的一张请柬。丁零要易主了,说是老首领狄煞在这寒冬中离奇暴毙,如今新首领狄灭继位,邀请单于去参加他的登基大典。这丁零从前与匈奴在漠南平分秋色,后来被匈奴赶到了漠北,两地结了仇,也断了来往。这个狄灭,据说同他父亲一般残暴凶狠。单于读完请柬,良久,喃喃道:"真是大河后浪推前浪啊,我们这一代人,老啦!很快就是他们年轻人的天下啦。"

晚膳过后,单于在大营外散着步,忽然感觉身后站着一个人,静悄悄的，不作声响，要不是散发着淡淡的香气，很难察觉到。"谁？"单于猛地转身，见是忘忧。"是我，方才不敢打扰单于静思，就在这里等着。""你前一阵子染了风寒，都大好了吗？难得你有兴致出来，就陪我逛逛吧。"他拉着忘忧的手同她并排走着。单于清楚这个汉人妻子没什么事的话不会惊动自己，于是问道："找我何事？"忘忧停下来，行了个礼，说道："单于，听说你要出访丁零，我有一事相求。"单于点点头，忘忧继续说道，"我有一个姐姐，之前是大汉的恕怨公主，比我大几岁。虽与我不是同一个生母，但她是我年幼时在宫中最好的伙伴，待我很好。当年，丁零的国力同匈奴一般强盛，为了与北方部落交好，大汉就派了我们两个不是嫡系的公主和亲，恕怨先嫁去丁零，后来匈奴更强大了，我便嫁来这里。几十年来我们姐妹两人再无音信，我实在想念她。听闻单于这次要到丁零去，若单于不嫌，可否帮我打探一下恕怨公主的下落，我也能心安了。"单于轻轻搂着忘忧，念及这些年她一直跟着自己，诞下两个女儿，汉地每年进贡不少珍宝粮食过来，她自己却一直别无所求，心中难免怜惜，答应道："你这些年在这里无亲无故的，很是可怜。丁零与我们并不交好，加之你前些日子操劳，身子也不大好，可惜不能带你同去。这只是区区小事，我答应你，帮你去看看她就是了。"忘忧感激不已，连连道谢。

北方的春天来得很晚，新年伊始，草原上仍旧是一片枯黄，间或还堆着些残雪。新首领狄灭当众宣讲着他的雄心壮志，倒与他脚下这片苍凉很般配。这个狄灭，年纪虽轻，他满脸大胡子拉碴，肤色黝黑，身体结实强壮，如同一介武夫。他如同吃了豹子胆一样，口气大得很，不仅说要恢复势力、重振雄风，甚至鼓吹一统漠北各部，重新与匈奴在漠南抗衡。漠北的其他首领被气得吹胡子瞪眼，觉得这家伙太不自量力了，比他父亲还横；单于轻蔑地笑笑，心想，怕是日后这个搅屎棍又要妄图搅动大漠风云了，只看我日后如何收拾你们丁零。

大典结束后，未等单于去找，狄灭就亲自来到单于跟前，大笑着，劈头盖脸扔下一句："呼延单于，之前你们把丁零赶到退居北方，我父亲无能抗击，我可不怕，迟早我也要让你匈奴落得如此下场。"单于也笑着回了一句："就凭你们的实力可别痴人说梦了。莫说你们不能重振漠南，恐怕连漠北也无立足之地。"狄灭哼了一声，只道："走着瞧。"又听单于问："听说你父亲有个恕怨阏氏，是大汉和亲过来的公主。我受人所托，可否让她出来一见。"狄灭正愁无处撒气，一听便仰天大笑："哈哈哈哈！堂堂呼延单于竟然要见一个被遗弃的老贱人，你该不会是对这个又老又丑的女人感兴趣吧？那我可要拱手相送了！"单于忍着气，嘲讽道："雕虫小邦，果然连个拿得出手的女人都没有。你且带我去，让我看看你父亲当年的品味也好。"

狄灭冷笑道："好笑，我父王正眼也不看她，你也不看汉地送来什么货色。"一边说，一边走向王庭中一个草草搭建起来的市集，径直走进了一栋酒楼，牌匾写着"万春楼"。说是酒楼，实则是模仿汉地用松木搭起几层高的简陋建筑，第一层是吃饭喝酒的地方，二楼往上则关了许多年轻姑娘接客陪酒。狄灭笑着说："大名鼎鼎的呼延单于来这些地方，不觉有辱身份吗？"单于没有理会，只问道："恕怨不是你父王的一个阏氏吗，怎么会在这种地方？"狄灭不屑地道："阏氏？简直是天大的笑话。听我父亲说，这婆娘嫁过来的时候也算有几分姿色，但天天哭哭啼啼的，实在叫人心烦。我父亲哪里受得了这种女人，便打了她一顿，又杀了她带过来那几个侍女。谁知道这婆娘娇气，就成天病恹恹的，还动不动就寻短见。我母亲也厌恶她，觉得这种女人让她死了算是便宜了她，要羞辱羞辱才好，就把她扔到了这万春楼。哈哈哈哈，实在解气啊。在这里过得舒不舒服，你自己问她去吧。"

单于听了有些震惊，不由想：汉人的遭遇实在是见怪不怪了，只是未曾想他们对一个和亲的女子都要想尽办法去折磨。如此残暴，难怪丁零难成大业。狄灭将单于带到柴房中，又叫来万春楼的老板道："把那个老瘸子喊出来吧。有个贵客要见她。"只见那个老板走过伙房，到一个斟茶倒水的老妇身边说了几句话，她啐了一口，老板便一拳朝她肩膀挥去，那个水壶应声打在地下摔得稀碎，妇人也被拽着进了柴房。

　　这就是恕怨？单于打量着她，她应该只比忘忧大几岁，可鬓角布满了银丝，头发凌乱，皱纹爬上了脸，整个人没什么血色，手脚皮肤皲裂开来，腰背也佝偻了；穿着简陋的粗麻衣服，一双已经磨穿的鞋子；一只脚已经瘸了，露出的皮肤可见新伤旧伤。她神情冷漠，那双眼睛仿佛已经干涸，正用十分戒备的眼神盯着单于。看样子她就住在这柴房中，过得当真如匈奴的奴仆一般。恕怨直勾勾地瞪着单于："呸，你这个蛮子首领，来见我做什么？"单于见她是个不好对付之人，也懒得纠缠，答道："你的妹妹忘忧公主，当年和亲到我们匈奴来。"恕怨大吃一惊，神情凄然："可怜的妹妹啊，怎么她也和亲到匈奴了！"接着恶狠狠地质问道："呸，你们这些蛮夷，都不是什么好东西！你说，你到底对她怎么样了？"单于有些愠色，故意道："哼，我们这些所谓蛮夷自然不像丁零这般婆婆妈妈，想尽办法折磨人。换作我们，早就一刀了结了你的性命。怪不得丁零成为我们手中败将。"恕怨听闻，以为忘忧送了性命，正欲发狠，又听单于笑道："可惜她如今活得好好的，还有两个漂亮的女儿，否则怎么托我来看你呢？"

　　恕怨冷静下来，注视着单于好一会儿，目光才稍柔软下来，道："好吧，你既然能听忘忧的话来看我，看来你真的没有伤害忘忧，还算是良人。我那忘忧妹子的福气比我好。"单于方才听了狄灭所言，不免又问起恕怨来到万春楼之后的遭遇。恕怨的眼睛盯着一堵墙，眼神时而空洞，时而愤慨,那堵墙在她的眼前一时模糊一时清晰,她压着声音说:"假如你不介意听我的笑话,那我也不介意说出来。他们把我弄到这破地方来,就是我进入地狱的开始……不!是一来到丁零,就是入了地狱。他们把我当成奴隶一样卖给万春楼,让我住在废弃的柴房里,逼我去做最苦最累的活,由得他们打骂。那个恶霸王,间或便来拿我消遣。后来,我发现自己有了身孕,他们也忌惮着我肚子里是个龙种,不敢再轻举妄动。虽然我恨死了狄煞,但毕竟这也是我的孩子,我为了她决定活下来,不再去寻死。"

单于追问道:"那后来这个孩子呢?"恕怨突然激动起来,扭头看着单于:"后来,孩子都快要出生了,有一天晚上,那个老板酒后失态,闯进我的房中。我那时被逼得没有退路,想着反正这个孩子也是个苦命儿,不如一起死了,我便纵身跳下了楼。"恕怨如疯了一般用手抓着自己的头发,连单于都觉得惊悚。缓了好一阵子,她才接着说:"等我醒来之后,发现自己并没有死,只是摔断了一条腿,但他们告诉我,我的孩子……没了。"她停了下来,陷进了无限的痛苦中,许久才缓悲痛道:"这件事之后,我觉得自己这条命是孩子的命换来的,我反而想好好活着,仅仅是活着,不再有什么希望,就这样得过且过。"

恕怨说完,自始至终没流一滴眼泪。这么些年来,从未有人听过她说这番话,没想到今日竟说给一个蛮子首领听,真是荒唐。单于听了也不禁摇头,心想这也是个烈女子。半晌,恕怨补充道:"我何尝没有过希望呢?我年轻时天天盼着大汉派使节过来,哪怕来看看我,帮我捎去几句话也好。几十年了,终究是等不到。我眼泪也哭干了,心也死了,只是我终究还是想念故园,想念先帝和我的忘忧妹妹啊。"单于道:"忘忧也想见你,可惜这次不便带她过来。""这大概是我的命,我这一辈子只能这样过了,还是不要让忘忧妹子见到我这副模样了。单于,万不能告诉她我的遭遇，不必带她来，只跟她说我一切都好，一直惦记着她，让她好好做个阏氏，彼此留个念想吧！"恕怨说着，眼中燃起来一丝光芒。

这时，门外狄灭催促起来，敲门声如同一个个雷炸开在这破落的房中，木板咿呀作响，灰尘簌簌落下。单于起身作别，叫恕怨好好保重。方转过身去，突然，恕怨跪倒在地，拉着单于的衣角，央求道："单于，我求求你，一定要好好对待忘忧，好好对待你们的两个女儿，别落得我这般下场。我恕怨做牛做马，无以为报啊！"单于动容，连忙答应，又把她拉起来。他走到门外，全然没在听狄灭在说什么，只是一声长叹。

第六回

无猜儿避雨伏长情　　鸳鸯侣逐臣埋祸患

　　大漠的冬季万物凋零，生机黯然，一切都掩盖在层层风雪之中，十分单调，对于爱玩闹的孩子们来说更甚。尤其是这个冬天，单于到丁零去了，努哈敏走了又少了许多欢声笑语，王庭中更显寂寥。千山从入冬后就盼着来年春天到汉人区去看热闹的上元灯会。过去每逢元宵、中秋这些汉族佳节，汉人区便会根据习俗举办一些活动，忘忧之前总会带着暮雪、千山一同去赏花灯、猜灯谜，千山一年到头都在翘首以盼。上年中秋母亲已无暇带自己前去，今年的元宵佳节便更显珍贵。千山屡次热衷地谈及汉人区的灯会，措木央也不免对其充满兴趣，便也缠着二阏氏带上自己一块去。忘忧这半年来身体都不大好，最近愈发不适了，眼看佳节将近，孩子们又如此热衷期盼，决心抱恙前往。暮雪担心母亲的身子，本想劝妹妹这次就不去了，可终究不忍看千山眼中的失落，便答应由自己带她二人前去。

　　另一边，措木央知道完察萍一向不欣赏汉地文化，一直不敢开口提起这件事。她终究按捺不住游玩的心思，便找斯图亚商量对策。斯图亚笑道:"这不难,你只管去和大阏氏说,我同你一起去,大阏氏会允许的。"措木央正苦于每天在王庭被母亲和千鸿、千烈两个表兄盯着,没有和斯图亚单独相处的机会,闻此心花怒放,拉着斯图亚一同参见完察萍。完察萍见斯图亚经过在兵营的训练后变得更强壮了,整个人英姿勃发,打心底里更是喜爱。措木央与母亲请过安后,便提起自己要去参加汉人区的元宵灯会。完察萍果然皱起了眉,道:"你堂堂匈奴居次,怎么想去那些地方?定是那些人的花言巧语哄了你。"措木央侧目看向斯图亚,听他接道:"大阏氏,央妹这些日子一直待在王庭,也无聊得慌了,不如就让她出去走走,住上几天。请阏氏容我陪着她一同前去,食宿一应由我来负责,一定不会有什么意外的。再说了,汉人的文化虽然为我们所不齿,可若日后要成为一位好首领,也少不了知己知彼呀。"完察萍眼睛转了转,点头道:"那好,机灵的小子,阿央就交给你了,千万别让她染上汉人的什么风气。"两人一口答应,都明白她指的是神女教,可明明神女教并非汉地的宗教嘛,两人不由得相视一笑。刚要离开,完察萍又忽然叫住他们:"欸,要不叫上千鸿、千烈和你们一起去?"措木央连忙回绝:"他们堂堂皇孙屈身去逛汉族庙会终究不好,阏氏,只是我玩心重,没必要麻烦两位表哥陪着。"完察萍一想也对,再叮嘱他们几句便放他们出去了。

二人去拜见忘忧,措木央见暮雪终是不忍留下生病的母亲,自己外出;又见千山左右为难,口中只道无妨,心中却难免不情愿。她便道:"二阏氏,不如就由我和斯图亚带千山妹妹一同去吧,斯图亚会带上一行侍卫护在前后,阏氏大可放心养病。"忘忧见孩子们都渐渐大了,也同意让千山跟随他们到汉人区,又劝暮雪不必陪着自己。千山自然是欢呼雀跃,暮雪尽管想念凌风,思量再三还是决定留下来照顾母亲,只叫箫声跟随众人一起去,帮忙照看妹妹,其实暗地里还写了一封信托他交给凌风。千山知道单于走后,母亲一直挂念着恕恕姨妈的下落,便揽着母亲的手道:"阏氏,我会到望月斋给恕恕姨妈祈福的,她在丁零一定会平安无事的。"忘忧见这个小女儿如此乖巧,心中宽慰,笑着摸了摸她的头。

元宵当日,众人已来到汉人区。白日里千山先随箫声到望月斋中,她虽还不是神女教的信徒,但也学着身边朝拜的人们那样为王庭和亲人祈福,其中不忘提到她的恕恕姨妈。望月斋众人见她学得有模有样的,又知她是忘忧阏氏的女儿,都对这个伶俐的小居次疼爱有加。修静师太带着她来到内院,拿出许多甜点给她吃,又让小徒灵音领着她去玩。见天色向晚,千山拜别了修静师太,回到住处收拾一番,便与措木央二人一起去灯会赏灯。

一开始,措木央二人因初次过上元节,对许多习俗不明所以,拉着千山给他们说道说道,千山只觉有了玩伴,兴致颇高。箫声见斯图亚二人一路照顾千山,便也独自去传信给凌风了。不想后来措木央和斯图亚对这边熟悉后,只自顾自地说着话,慢慢地走着,常常驻足猜谜赏灯,完全不理会千山;阿忆、泽恩、小娜那几个侍从年纪尚小,玩心仍重,难得自由也玩开了。千山起先还时常停下等措木央二人,后来自觉无趣,便快步走着,也无心赏灯,一路走到街的尽头。她看着身边一簇一簇的彩灯,又望向天边黯淡的疏星,不由得十分想念母亲和姐姐。此时,空中天色阴沉,月色被遮挡着,渐飘起了小雨,幸好自己出门前便拿了伞在身边。千山拐进了一条岔路,收起伞在一户人的屋檐下边躲雨边等着其他人。

这里已远离了热闹,千山望着稀疏的行人发着呆。忽然,她看见一个和她约莫年纪的小男孩手扛着一个大包裹从灯会那条长街拐了进来,在雨中小跑着。千山不忍,撑着伞跑去给他遮雨,一边招呼他到房檐下避雨。小男孩先是一惊,看见一个娇弱的小姑娘正拉自己到她伞下,不由得也咧开了嘴。两人同撑着一把伞走到屋檐下,千山仿佛觉得这个小男孩穿过了一道无形的隔膜,和自己走进同一个世界。站定后,小男孩放下手中的东西，千山将自己的手帕给他擦拭发上和手臂上的雨水。小男孩害羞地笑笑，便介绍说自己叫胡杨，父母亲都是汉人。胡杨自陈，他小时候，父亲被匈奴人捉来干苦力活，母亲带着他也在这边定居下来，做些缝补衣服的活计帮补家用。后来父亲病逝，母亲独自把他拉扯大。现在胡杨长大了，白天也去帮忙搬运粮草、学习打铁赚些小钱。见今晚元宵灯会往来的人多，母亲便做了些手工艺品叫他拿来卖。得知他是汉人，千山更觉得亲切了。她不愿说自己是王室贵族，只回应说自己叫千山，母亲本是汉人，嫁到匈奴来，便也在匈奴生活了。

胡杨好奇问道："千山这个名字，更像是我们男孩的名字，怎么你家里会给起这样的名字？"千山答道："我在我们家里最小，前面有四个姐姐。匈奴人认为男儿雄武能一统四方，母亲怀我的时候，父亲盼是个儿子，便让母亲预先起个男孩的名字，想借此赌个男孩。谁知道生下我还是个女孩，名字也不费心改了，就一路是这么叫了。"胡杨说："你是最小的孩子，一定最受父母亲喜爱吧？你的姐姐对你好吗？"千山摇摇头："我父亲最宠爱四姐姐，她聪明灵巧，长得也好看，几乎所有人都对她好，她还有一个自幼的玩伴，我其实十分羡慕她。其他姐姐都大我好些，好像近来都各怀心事，很少与我一道，只有二姐姐经常陪我和母亲。"胡杨听后，想到自己平素也只能与母亲做伴，倒是十分理解。他安慰着千山，又从包裹中拿出一只兔子形状的纸灯笼送给千山，千山自是爱不释手。见雨逐渐停了，胡杨该与千山道别归家了。千山不舍，但见侍从们寻来，也只好与胡杨匆匆作别。

次日，斯图亚和措木央早早出去看早庙会了，千山倒不想去，只带着她的两个侍从在客栈附近闲逛，走走停停，来到转运货物的集散地。汉人区位于游牧和种植区的边界，许多货物如粮草、布料等会在此地装卸补给。千山上前看着人们忙碌地劳动，把货物搬到车马上运走，又从运来的车马上卸下，偌大的货物沉重得压弯了背。忽然，身后传来货物掉落的一声闷响，紧接着是几个人的责备声："小心点啊，摔坏了货物怎么办？"千山转头见地上果然倒了一堆货物，一个小伙子跌在旁边，好像摔得不轻，她定睛一看，这小伙子竟是胡杨。千山忙跑过去扶起跌在地上的胡杨，又拿出一锭银子赔给货主。泽恩和阿忆吓了一跳，也赶紧跟过去搭把手。

　　问清胡杨家的位置后，三人把胡杨送回家去。胡杨母亲本来在家中缝补衣服，听闻邻里说儿子受伤了，赶紧跑出去寻，一出门没多远就看见他们将胡杨搀了回来。她对千山三人一番感谢，把他们请回家中招待。胡杨家的装饰与普通平民家里没什么两样，只有他们母子两人居住，自然是不大。他父亲离开以后，房子长期没有修葺，已然残旧，墙上的砖瓦有些残缺，下雨天屋顶会漏水。一些打铁的用具和做好的马蹄铁堆放在屋子的一角，陈旧的桌子上放着衣服和一些碎布，还有一个烛台，留着昨夜的残烛。胡杨向母亲介绍了千山，千山礼貌地叫她杨婶。杨婶见眼前这个水灵灵的、有汉族血统的姑娘很是喜爱，又欢喜于儿子在这无亲无故的地方结识了新朋友。杨婶握着千山的手，和她聊家长里短。千山也觉得杨婶特别亲切，她身上有母亲的气息，有慈母一般的爱。胡杨则在一旁看着两人聊天，时不时插上一两句话，见两人如此聊得来，更是乐呵呵的。

　　时值正午，杨婶让胡杨先陪千山聊天，自己要张罗着留他们在家里吃顿饭。千山准备要返程了，便委婉回绝了杨婶几度挽留的好意。临别，千山拿出几锭白银交给杨婶，让她带胡杨去看看跌打的郎中，杨婶坚决不肯收，说："千山姑娘啊，你帮了胡杨这么大忙，又陪我聊了那么久，理应是我感谢你，怎么能反过来要你的银子呢？"说罢，再三地将银子放回千山的手中，又道，"你若念着我们，有空便常来坐坐吧。"胡杨也十分恳切地附和。千山点点头，有些黯然道："我父亲管得很严，不一定会允许我常来。但一有机会我定是会来找你们的；或许我还会和母亲、姐姐一起过来，她们经常在家，没什么人可以说话，见到你们一定聊得来。"辞别之后，她便回到下榻处，与措木央等人一同启程返回王庭。

待千山回到母亲的帐外欲进去请安时，只听单于也在帐中，正和母亲谈着什么，她便示意侍从们不要作声，好奇地在外头窥探。又见暮雪姐姐也刚好过来，便招她来一同在外头听着。听得单于正与母亲说起恕怨姨妈在丁零的遭遇，在母亲的一再追问下，单于神色凝重地把恕怨的经历简略地叙述了一遍，母亲听得几乎晕厥过去，一直心痛地流泪。两个女孩听着，心中发怵，也默默哭了起来。尤其是千山想到自己才为恕怨姨妈祈福，可她仍是摆脱不了这般遭遇，五脏六腑犹如被捣碎般难受。暮雪赶紧搂着妹妹，把她带到自己帐中。忘忧为恕怨悲戚着，心中不免添了几分对单于的感激。单于统领大漠，是一介枭雄，所幸他平时也是个重情重义之人，对自己已算是好的。她连忙收住了眼泪，起身拜谢。"你有病在身，原本我不应该告诉你的。但我不爱瞒人什么，你听过便是，不要太动情了，好生歇着吧。"单于不忍她悲戚，便也抱紧了她。

再说努哈敏嫁到乌桓之后，婚后的生活还算甜蜜，萧承也像所承诺的那样，对她照顾周全，十分宠爱。除了早晨到大营和文臣武将商议公事，每天下朝后处理完公事基本都陪在她身边；他亦减少出巡的时间，很多事情不再像以前那样亲力亲为，而是把权力下放给左右几个重臣。他常常带着她四处游玩，让她熟悉乌桓，陪她去看冰川、石林等奇观——哪怕是他再熟悉不过的风景，尽量使妻子减轻思乡之苦；知道她喜欢中原的绒和匈奴的皮衣，萧承常常差人到互市购回，时而亲自带她到互市中挑选喜欢的珠宝饰品和坐骑弓箭。努哈敏从小不受约束惯了，萧承又特意允许她和侍女们可以在王城随意走动。努哈敏心中欢喜，不再像刚来时那般为自己的冲动而后悔，打心底里更加爱惜萧承。

这天议事完毕后，萧承领着努哈敏来到大营，向她引荐群臣。老臣萧德率领众大臣前来参见努哈敏。这个萧德之前在登基大典上是见过的，他是乌桓的老臣，约莫五十多岁，脸上、手上的皮肤长满了皱纹和龟裂，略显苍老，却依然中气十足，一举一动稳重之极。他单手抚在胸口，深深向萧承和努哈敏躬身行礼，而神色未有丝毫改变。努哈敏有些拘束地笑着打量他。之前萧承也和自己说过，这个萧德虽说思想十分守旧，但为人忠诚可靠，已经辅佐了三朝。可见到群臣，努哈敏却感觉他们不甚和善，若不是她有萧承撑着腰，在这边恐怕很难和众人相处。等到朝臣们退下，萧承又带着努哈敏来到军营。乌桓有正、副两员大将，主帅叫呼延玖，祖上三代都是武将，曾为乌桓立下不少大功，因此他为人十分高傲，常常目中无人，有时候就连萧承也要迁就他三分；副将呼延庄可谓一表人才，为人处世比较机灵，作战时与呼延玖的配合默契。见到萧承带着努哈敏过来，呼延庄率先上前，恭敬地朝萧承和夫人行礼，最吸引他的莫过于努哈敏身后穿着粉紫衣裳的小蝶。他偷偷瞄着小蝶，又朝她眨眨眼睛，小蝶显然是看见了，低下头去不看他，嘴角上扬，手指搓着衣角。呼延玖则一副盛气凌人的样子，只对着萧承微微行礼，却直接略过了努哈敏，反而斜眼看着她，眼中满是不屑。呼延庄用手肘碰了碰他，示意他行礼，他却轻蔑地扬起嘴角，故意对呼延庄说："我呼延玖，可不会见人就拜。"萧承只好轻声向努哈敏解释他的性格一贯如此，努哈敏本想斥骂一顿，可眼看丈夫都要让他几分，也就姑且忍下了。不过心中暗暗较劲道：你们别看我是女子就轻蔑我，等有机会我定要你们看看我的威风。

一天，萧承正要去大营，努哈敏一把拉着他，说自己难得想关心一下朝政，央求他带自己一起上朝。萧承深知群臣并不待见夫人，而且几位重臣对努哈敏是匈奴长居次的身份有所介怀。萧承才继任不久，以萧德为首的大臣不满他一味屈服于匈奴而屡次上奏；甚至有人如呼延玖还提议要与通古斯议和，合击匈奴；如今让努哈敏一并上朝恐怕会使他们不快。见萧承犹豫不决，努哈敏温柔注视着他，娇滴滴地说："我也知道大臣们对我有些意见，我这不也想主动踏出和解的一步嘛。"想到阿敏生性聪颖又背靠着匈奴的势力，若日后能与自己一同商议军政大事，未尝不是一件好事。耐不住夫人的甜言蜜语，萧承还是带上她到大营中去。果然，一看到努哈敏端坐在萧承身边，萧德的脸色变得难看，其他大臣也在窃窃私语。而站在另一边的呼延玖也一边笑着摇头，一边和呼延庄嘲讽努哈敏。努哈敏本想着在大营中舌战群雄以挣回面子，可营中的大臣无非都在汇报些小事，并不需要雄才大略、据理力争。她根本插不上话，反而越听越无聊，不由得用手撑着脸昏昏欲睡。

只听得商议声渐息。忽然，此时萧德等人相互打着眼色，紧接着他上前一步，对萧承行了个大礼，正色道："老臣愚钝，可有几句肺腑之言想对大王一说啊。"萧承连忙请他起来说。萧德看了看努哈敏，说："臣以为人君者当以社稷为重，大王新婚之喜可以理解，但时常陪伴美人实在不妥，一来有失威严，二来有损时光。加之夫人身居高位，成天不顾仪表，和几个下人在王庭内乱闯乱撞，嘻嘻哈哈，成何体统。再者，大营朝政乃关乎乌桓要事，不应是夫人的分内之事，劝夫人还是安分守己为好。古语有言，忠言逆耳，还望大王恕老臣直言不讳，不耻听取老臣所言。"

呼延玖应和道："要知道自古以来红颜祸水，当年有商纣王烽火戏诸侯。如今我乌桓虽暂为属地，但并不代表事事要经匈奴管辖；大王可不能因此妄自菲薄，成了这骄横女子的奴才。"众臣均应和："正是正是，话糙理不糙啊。"萧承面有难色，努哈敏本就没想这么多，听他们一味地血口喷人，大喝道："你们这群人好大的狗胆，特别是你个呼延玖，竟敢这样说！你们这什么破朝政我才不稀罕听，再说本姑娘性格如此，到处走动也是大王特许的，岂有你们说话的份儿？"可怜萧承，先是忙于安抚夫人，让小云、小蝶来带努哈敏回去歇息，又忙于平复众人的怨气，终于是不欢而散。努哈敏愤懑难平，开始记恨起呼延玖。

次日，努哈敏打算出去打猎散心，叫小蝶去备好弓箭马匹。等了许久也不见她回来，不知又跑哪里去了，便叫小云去寻。小云心中已然猜出小蝶的去向，径直朝着军营那边寻去。自从那次呼延庄和小蝶眉来眼去，两人便逐渐好上了，小蝶本就是大胆敢爱的人，常常从努哈敏这边溜出去，偷偷去找呼延庄。果然，刚来到军营，小云便远远看见他们两人在马厩旁边窃窃私语。她正想过去喊小蝶，只听得身旁营帐里有人在谈论努哈敏的事情，听声音是呼延玖，她便偷偷躲在一旁凝神听着。只听呼延玖和旁人说道："我上次去找我那守城门的兄弟才知道，原来之前那婆娘……什么夫人，就那婆娘，想攀附通古斯王，谁知道别人压根儿看不上她，还玩了她一把，她倒还真信了，真可笑，守城的官兵都在看她笑话呢。咳！你们说，就这么一个别人不要的残渣余叶，我们大王还像宝贝一样捧在手里，你说传出去简直笑死人。"

小云听了勃然大怒，可又不敢与其正面冲撞，只好猛然转身就走，却与前去营帐的小士兵撞个满怀，对方"啊哟"一声，呼延玖便警觉地在里面问道："何人？"小云只好硬着头皮掀起幕布，冲进营帐，争辩道："你别仗着劳苦功高就胡说八道，我们居次和你们大王是天造地设的一对，由不得你这么诋毁主子。"呼延玖哈哈大笑："我看这丫头倒挺咄咄逼人的，口齿倒也伶俐。婆娘的两个丫头，呼延庄要了一个，这个留给我当使唤丫鬟也挺好。"说着还一把抱住小云，他旁边的亲信们都哄笑起来，小云又恼又羞，奋力挣脱，一股脑儿跑回努哈敏那里。努哈敏见她去了许久，又没带回小蝶，刚想责骂，却见她满脸泪痕，很是惊讶，连忙询问。小云见萧承在旁边，也不好照直说，只道呼延玖肆意说夫人的流言蜚语，又羞辱了自己。努哈敏心中早就不顺，骂道："岂有此理，简直敢对我的人这样无理！"又和萧承说，"都是你，老是纵着他！难道嫁给你的女人就是要受委屈的？你可是首领，你的威严都被熊吃光了？"萧承忍不住站起来："这家伙这段时间愈发无法无天了！我和你一起去训斥他一顿！"

才到大营，只见小蝶神色慌张地走来，见到努哈敏前来，连忙和呼延庄一起行礼问好。见小蝶脸色煞白，吞吞吐吐地好像有话要讲，努哈敏眉头一提，小蝶只是看向呼延庄，说："居次，我……我不敢讲。"努哈敏正气在火头上，呵斥小蝶道："你这蹄子还不快说，小心我收拾你！"小蝶忙说："我说！我说。居次，你的马和弓箭都不翼而飞了。呼延庄将军说，是呼延玖……他私自拿了你新买的马匹、弓箭去打猎，还放走了马、折断了弓……我的好居次，真的不关我的事啊。"努哈敏气得直瞪萧承，大喊："我要杀了他！"又反手给了小蝶一巴掌："你有什么用，看点东西都看不好。"呼延庄心疼极了，把小蝶拉到一旁，萧承赶紧喊来呼延玖质问。

呼延玖却不以为然，理直气壮地说："马是我放的，弓是我折的，但那又如何？你那把雕花的弓，我乍一看还挺精美的，但用两下就松了，留了也没用，还不如折了。那匹汗血宝马，骑两下就跑不动了，留它何用，干脆放了。"努哈敏气得语无伦次，怒道："那是我的东西，你本来就没有资格动。"呼延玖更得意了："没了就当赏我了呗。之前我看中什么坐骑兵器，直接拿来用，大王见我喜欢都是直接赏我的，根本不需要过问。"萧承之前也迁就他很久了，忍不住厉声训斥了他几句。谁知这呼延玖竟反咬一口："大王，何必为这个女人责骂你的功臣呢？这样下去，群臣吏民怎么信服你，你不怕失民心吗？何况，你恐怕是不知道我们这位夫人下嫁的真正原因……"努哈敏失去心爱的东西本就心痛不已，现在心中的刺被触到，彻底被激怒了："呼延玖，反了你了！"她恶狠狠地对萧承说："我与他不共戴天！你不赶他走，那好，我回匈奴去。你管不了他，我让单于帮你管！"

萧承自然觉得权威受到了挑战，他当着众人对呼延玖说："你休得无礼！我看你身为武将，留在朝廷中只会搬弄是非，实在也浪费才干！最近大月氏、丁零势力渐起，西、北面边境不甚安定，自明日起，你率领队伍去边境驻守，让呼延庄留下保卫王城就好。"呼延玖实在没想到萧承竟敢当众落他面子，他咬牙切齿，大骂道："好啊，你们不仁，休怪我呼延玖不义。与其在此唯唯诺诺为人臣子、屈尊匈奴，倒不如到边塞谋出路。终有一天你会知道乌桓离了我呼延玖便不行。"说罢，他愤慨地离去。呼延庄见局面紧张，也驱散了围观的众人。萧承心疼地搂着努哈敏，道："都是我不好，之前总是纵容部下，害你受了不少委屈。我如今把他打发走了，也借此杀鸡儆猴。我知道你念着匈奴，如今军心不稳，我不便走开，过几日我派些护卫送你回去探望单于、阏氏可好？那些马啊、弓箭啊，你沿途若是有看中的，尽管拿去。"努哈敏觉得丈夫为自己挣足了面子，面上转怒为喜，自然和萧承亲热一番去了。

第七回

平叛乱单于陷困局　展才略双女解危机

　　天下局势，大国对峙，小邦雄起；狼子野心，锋芒毕露；合久欲分，长和必战。在匈奴汗国西南部的甘青高原上有一个边区，叫做氐羌。氐羌是神女教的发源地，信奉的西王母是氐羌上古的女首领。自秦以来，匈奴和西域诸国雄起，氐羌诸部不愿疲于征战，或是被大国吞并、毁灭了自己的文化信仰。他们选择归顺匈奴汗国，并约定作为汗国的一个边区，可以保有神女教信仰，由自己的宗教首领进行区域管理，互不干涉。匈奴汗国斥资在氐羌建了一个朝拜的庙宇，称为怀远斋，有感怀远地之意；与汉人区的望月斋相似，怀远斋的住持便是氐羌边区的宗教首领。一直以来，王庭对氐羌边区没有过多管辖，边区在信仰的笼罩下也颇为安定。大月氏自从被匈奴打败、驱至西域，一直对这个毗邻的边区有所图谋。最近，怀远斋的住持暴毙，怀远斋的藏经阁又莫名被一把大火烧毁，一场蓄谋已久的诡计悄然露出水面。

　　这夜月黑雁飞，趁着夜色，几匹快马从大月氏直奔向氐羌。城墙之下，几个蒙着脸的黑衣人已在那候着。来者飞身下马，带头的黑衣人一手

第七回　平叛乱单于陷困局　展才略双女解危机

举着火把、一手拿刀，迎了上去，低声说："支托将军，快进营去说。"那几人便跟着黑衣人走进了不远处的大营。黑衣人开口道："支托将军，上次合作的事，和月氏王禀告了吗？"支托答："大王同意了。你那边进行得怎样？"黑衣人说："放心，我们的人已经把那个不肯合作的老师太杀了，又找到了一个小丫头片子配合，到时只要把那丫头推上住持的宝座，然后声称西王母原是你们大月氏的，而氏羌从前被匈奴血腥占据，反正藏经阁被烧也没有古籍依据了。稍加煽动，那些愚蠢的氏羌人肯定会闹独立。"支托哈哈大笑："到时我们出兵相助，把匈奴人困在氏羌打个落花流水，你们如愿掌握大权，可别忘了我们的功劳啊。"黑衣人赔笑道："正是，大月氏相助的情义我们岂敢相忘。而且将军也可以一报当年贵国被匈奴欺压的大仇了。"支托心里冷笑道："到时氏羌在你们手中，我们夺过来总比在匈奴手中容易得多。"嘴上仍旧赞同。

黑衣人及其部下带领支托将军众人进入氏羌城中安顿，又派人马去接应大月氏其余部众。趁着天未破晓，他独自溜到怀远斋中。怀远斋的住持刚过世，诸多弟子被暗杀，房屋又被毁，周围是死一般的寂静。他找到了住持的二徒弟慧仪，这个小徒体格娇柔，眉目之间流落着不安分。她看了看左右无人，便把黑衣人带到一处僻静的地方。黑衣人开口："慧仪，上次我说的你都记下了么？"慧仪点点头。黑衣人拿出一份叠好的纸，递给她，说："这是模仿写你师父的笔迹写的遗书，如果到时有人质疑，我们会利用这份遗书，全力助你继承住持一职。你乖乖配合我们，氏羌独立之后你定有享不尽的荣华富贵。若不肯，你便如你那顽固的师傅和师姐一般下场。你是知道的，你师父不欣赏你，没有我们，接任的肯定是大师姐慧明，哪里轮得到你？"慧仪神色间流露出一丝惊慌，随之乖乖地向黑衣人承诺下来。

不多久，边区叛乱的消息就铺天盖地向匈奴王庭袭来。单于一大早在庭上来回踱步，怒火中烧。出去打探消息的大臣回来禀报道："回单于，这一切叛乱都是起于怀远斋。"单于吼道："快快说来！"大臣接着说："边区的怀远斋按惯例本应由慧明接任，这几日不知道从哪里跑来一份遗嘱，却称由慧仪继任，实则是一些不安分之人不满氐羌控制在我们匈奴和怀远斋之下，意欲将其割裂。先是怀远斋内自相残杀，后来那慧仪继承住持后，竟敢声称西王母原是大月氏人，还说边区本属大月氏管辖，是被匈奴血洗后强抢的。如今藏经阁古籍被毁后没有对证，那帮作恶之人勾结大月氏的外部势力加以煽动，氐羌那些愚民竟要闹独立了，还打算向匈奴进攻。"单于大骂："反了！反了！小小一个边区，现在竟敢勾结大月氏骑在我头上了。那大月氏，只恨当年平定漠南时没有一举将其歼灭，今日又来挑事，我如今就去好好教训他们！"

说罢，单于当即集合几千精兵，欲去讨伐叛乱的边区。听闻单于冲动出征，图拉出来劝道："单于，大月氏向来有复仇的野心，这件事恐怕蓄谋已久，这次恐怕是一个诱饵，我们切勿贸然出兵，还是从长计议吧。"完察萍也劝道："是啊，单于。听闻氐羌山地居多，易守难攻，何况我们才带区区数千兵力，恐怕不敌。"单于正在火头上："不出兵，难道就对这明目张胆的挑衅坐视不管吗？氐羌区区一个小地方，我数千精壮足以把这个昔日的手下败将杀个精光。"见如此，两人也不好再劝。单于吩咐了斯图亚几句，又从右贤王庭调来兵力保护王庭，便出征去了。

多日过去，单于那边都没有消息传回。王庭众人心中急切，只听营帐外突然传来马蹄声，原是一个小士兵赶回报信称："单于带我们直闯氐羌，谁知氐羌地方小，里面势力却很大，又有敌国势力相助。对方诱我们深入腹地，那边尽是些高地、山脉，我们本就不识路，弟兄们抵受不住那边的恶劣气候，又觉呼吸不畅，大军已被围困了好几日，得不到补给，将士们饥寒交迫。我难得找到机会逃脱报信，望王庭有解救单于的妙计。"

大家见这个小士兵伤痕累累，心中更为忧虑，都觉得单于此次果真是操之过急了。

完察萍主持着大局，命人将小士兵带下去疗伤，又唤来斯图亚等部将，一同商讨对策。完察萍道："单于孤军深入，敌军里应外合，意在切断我们的援军，逼迫我们让出氐羌。单于他们处境艰难，撑不过太长时间，若无万全之策，宁可放弃了氐羌，也要救出单于的大军来。"正在大家一筹莫展之际，图拉接过话说："我有一计，只是不知是否行得通。"完察萍有些惊愕道："你且说！"图拉道："若氐羌易守难攻，我们不妨来个围魏救赵。我先带些人马去氐羌城中与他们假意和谈，说是愿意放弃氐羌，让他们先松开包围，放了单于。再请右贤王庭的部众兵分几路去攻打大月氏，引他们的军队回去保卫，待他们撤军之后，虚晃一下就走。等他们放单于时，斯图亚将军在精英部队中挑选一些从小熟悉山地的士兵分批攻入城去，大军包围在城外，里外夹击。没有了大月氏的援军，料想氐羌的叛军也不能坚持多久。"

斯图亚听闻，连称好计，附和道："我队伍中的将士体格精壮，训练有素，能够担此重任，请阏氏放心。还请右贤王麾下的弟兄尽早赶往大月氏，路途所需时日不少，不能耽误了。"完察萍于是让大哥先派兵前去，留剩余兵力保卫王庭，图拉与斯图亚也去整顿行装。玛拉忧虑女儿的安危，劝道："计虽是好计，但图拉你只身闯氐羌实在太危险了。"图拉道："母亲放心吧，我有一身武艺，可以保护好自己。加之人少才不会让敌方起疑，又有斯图亚将军配合，不会出什么乱子。"

这时，一直在旁侧卧着的忘忧让鸾凤搀着坐起来，和众人说："我忽然想起一件事情。怀远斋被毁的经文，望月斋存有誊写备份。若能从中追根溯源、找到依据，证明氐羌本是神女教的发源，而氐羌本归顺于匈奴，也许就能平定那边百姓的叛乱。但是那些经文都是羌文，只有望月斋的修静师太懂得，需找她帮忙。"暮雪听闻，主动请缨道："母亲你好好养病，我去望月斋拿经文。"她看向图拉，"三妹妹，你们先备战，之后我便把经文给你们送去。"征得各方同意后，三人都分头去了。措木央见两个姐姐各显身手救单于，也说着要和斯图亚一起去，但被完察萍训斥了几句"别添乱了"，也只能作罢。忘忧和玛拉忍不住默默流泪，本来单于已叫人忧虑，而今女儿也参与其中，叫她们如何放得下心？

暮雪来到汉人区，望月斋如今已经修葺过，内外干净整洁，里头的古物被擦拭干净，依然流露着古朴的风味。斋中寂静无比，并不见修静师太如往常一般在前斋相迎，只有几个小徒在扫洗。徒弟灵音听闻暮雪到访，匆匆从后院出来相迎。暮雪说明来意，灵音道："师傅这几天病得很重，正在房中休息。"修静听到两人的对话，拖着病躯走出来。暮雪慌忙搀扶，劝其好生歇息。修静摆摆手，道："不打紧的，命数天定，当然是正事要紧，老妪愿意竭力相助。"说罢，便带暮雪来到后院的藏经阁，指挥灵音把相关的古籍翻找出来，道："这些都是羌文的古籍，记载得很凌乱，而且年代久远字迹不清，要摘录、翻译出来实在要费很大工夫。如今我这身子、这眼力，只怕会耽搁不少时间啊。"

暮雪又怎忍让修静师太在重病之下费此功夫，可单于那边的情况危急，又不容耽搁。正踌躇，忽听墙外传来一阵箫声，暮雪心中一动，目光闪烁。修静会意，让她先去相见。暮雪连忙走出院外，见是凌风，忍不住将心底的彷徨一吐为快。凌风听后，却不住笑了起来。暮雪急了，气得背过身去："你不帮我想个妙计就罢了，怎么还笑我。"凌风灵巧地转到她的面前，故意作了个揖道："不必担心，你们不就是要找一个会羌文的人嘛，在下正是。"暮雪喜出望外，连问他怎么识得羌文。原来，凌风族里有位长辈在氐羌地区生活过，家里也有些羌文书卷。凌风小时候觉得好奇，缠着这个长辈教他羌文，虽没有认真学，但他颇具天资，潜移默化中就通晓了。暮雪越发觉得凌风是个了不起的人，她深深地拥抱了凌风一下，拉着他走进望月斋，把他介绍给修静师太。修静师太看着二人，心中欣慰，叫灵音准备好油灯蜡烛，铺开古籍，磨好墨，湿好笔，准备拉开一场"恶战"。

一连几天几夜，众人不眠不休，争分夺秒地忙活着。修静师太翻阅古籍，将关于氐羌的典故一应找出；凌风接过来翻译羌文，暮雪负责重新编排誊写；灵音时而添添灯油、加加墨，时而出去接待来朝拜的人。几日下来，修静师太一直不肯停下休息，只硬撑下去。凌风和暮雪有时累得实在撑不住了，便轮换着眯一会儿，约莫不到半个时辰便又起来续上。到了第三天夜里，众人终于将相关的典籍摘录完成，统共有十个竹简之多，总算大功告成了。暮雪催着修静师太去歇下，而自己不敢懈怠，决意要连夜将其送去氐羌边区。"你这几天已经这么疲惫，又是一个姑娘家行夜路，怎么能行？我实在不放心。"凌风劝道，见暮雪执意摇头，便道："要去也须我同你一并去。"说罢，两人便骑上一匹快马，直奔氐羌去了。途中，暮雪终于感到一丝安心，连夜的劳累让她不知不觉贴着凌风的后背昏昏睡去。凌风更加打起十二分精神，听着耳后暮雪均匀的呼吸声，看着远方漆黑的路和漫天的繁星，不由觉得，我们是这大地的孩子，若日后亦能与她相守江湖，便该多好。

再说图拉和斯图亚的大军已来到氐羌之外三十里地，他们趁着夜色驻扎下来，在营中商量对策。不久前，他们收到消息称右贤王庭的兵力已到达大月氏边境，准备虚张声势攻打大月氏。斯图亚按照计划部署好三路兵力，一路全是在山地长大的将士，埋伏在城侧，届时分几批攻入城去；一路在东边守候着，以接应暮雪居次；其余的大部则留在营中，准备围攻氐羌并接应单于的军队。军营里的精英队员各个充满斗志，欲拼死将单于救出、平复氐羌。斯图亚再三询问图拉是否要多带些兵力前往："三居次，你可千万要小心谨慎，那些策反的人定是老奸巨猾，十分奸诈的，要不我还是派一支队伍和你一同去吧。"图拉拒绝道："我一人去和他们交涉，才不会让他们起疑心，他们没有戒备我才容易进去。"斯图亚一再叮嘱，见天色渐亮，图拉纵身上马，直奔氏羌。

图拉来到氏羌的城门之外，向城内通报是匈奴的三居次特此前来和谈。支托将军和那几个蒙面黑衣人来到城墙上，见城下只有一个十六七岁的姑娘，也没带什么兵器，想必不难对付，就命人把她放了进来。图拉来到城楼上，径直走到支托跟前，丝毫不怯场，道："单于糊涂，宁愿军队被围困也不肯放弃氏羌。我这次来，是打算与大月氏和谈，我们匈奴愿意让氏羌独立，之后氏羌如何，我们概不过问。"支托将军心中窃笑，又不禁怀疑道："无凭无据，我们怎么相信你个丫头说的话？"图拉拿出一张写好的契约书，说："怎么样？这回是真的吧？"支托见上面果然盖着单于的虎印，欲伸手来拿，但图拉把那张纸拿开："你们先把单于的军队放咯，我再给你。反正你们人多，我就一个人，又不会出什么乱子。"支托看向黑衣人，黑衣人在他耳边说："先放人，我再派人跟着，在半路干掉。"于是支托传令让内里围困的士兵让出一个口，放单于等人出去。

半日，终于见单于的队伍从氏羌出来。刚撤去没多远，突然侧面有一支人马追来砍杀，双方又交上手。这时只听四周马蹄声起，斯图亚的部众从四面八方包抄过来，那支人马很快便人仰马翻。单于的士兵看到援兵都提起干劲，前后合力，与斯图亚部众一起杀回氏羌境内。城头上黑衣人正要抢图拉手中的契约书，突然部下来报："将军，大月氏受匈奴军队攻打，大王命你速速带兵返回。"支托大惊，趁此时，图拉一手夺过黑衣人腰间的刀，架在支托的脖子上，钳制住他，道："快命你的部将撤退！谁让你们外邦势力在此横行霸道？"众黑衣人见支托受制，都不敢轻举妄动，纷纷拿起兵器对着图拉。这时，城外扬起了一片黄尘，马蹄阵阵，匈奴汗国的军队乌云一般压过来，三两下把城门攻破，闯入氐羌城中与叛军短兵相接。众黑衣人见形势不妙，纷纷抱头鼠窜。不多久，斯图亚率兵占领了城头，将支托押解下去。图拉松了一口气，把那张契约书撕碎了。

图拉与斯图亚方拜见过单于，讲了前后计策，不久，远处又出现了一队人马，为首的一匹马上坐着两人，正是凌风和暮雪。两人翻身下马，来到城楼上，见过单于等人，又集合了全城的百姓。暮雪把那些经文通通展示出来，当众宣读，证实了氐羌归顺匈奴的历史，神女教所崇拜的西王母原是氐羌首领，归根到底还算是属于匈奴祖先部落，神女教与氐羌都与匈奴汗国有很深的渊源。部下也在怀远斋中将慧仪捉拿，连同那些被生擒的叛徒一并带到城头，让他们当众承认之前的作乱都是伙同敌国势力一同策划，以吞并氐羌、歪曲信仰。氐羌的百姓听闻，高声欢呼，对城上的单于平添了几分信服，纷纷对着单于等人拜倒在地。单于也承诺日后依旧秉持互不侵扰的约定，反而是氐羌的臣民高声请求单于驻兵守卫，以免内外势力再次勾结，鱼肉百姓。单于自是同意。

稍加整顿几天后，单于留下些许部众留驻氐羌，便率众人返回王庭。他见军中的士兵都十分信服、敬重图拉和斯图亚，每次他们一到军营里，士兵都欢呼高喊着他们的名字，他对二人也是青眼有加。可更让他没想到的是平素看似柔弱的二女儿暮雪这次竟帮上如此大忙，他想起还有个凌风，便对暮雪道："听闻这次那位凌风少侠相助不少，不如你带他来，让我一见如何？"暮雪心中忐忑，晚宴后便领着凌风来到单于面前。单于神色和善，示意暮雪上前，让她把前因后果讲来一听。暮雪含蓄的言语中处处夸奖着凌风精明能干，不过在单于面前又不敢过于外露，讲到最后不由得含笑低头，双颊憋得微微发红。单于一边听暮雪讲述，一边打量着凌风。这小子看上去久历风尘，眉眼间透露出一股侠气，身上散布着漂泊者的淡然，还有一丝野性。他身上半披着一张貂裘，里面厚厚的麻草衣裳有几许磨破之处，总是未及缝补的速度。乍一看上去，说不清他来自哪里，只能说他也是这广袤天底中的一员罢了。听闻他本是通古斯人，尽管暮雪一再解释他以四海为家，单于还是皱了皱眉头。

半晌，单于抬抬手，对凌风说："这位少侠，你此次助我收复边区，为匈奴立下大功，回头自有重赏！如果你愿意报效匈奴，不妨进王庭谋个一官半职，这都不是难事。"凌风却只是稍加回礼，道："举手之劳，何足挂齿？"他扭头看了看暮雪，笑道，"只当为暮雪居次解了燃眉之急罢了。我本不情愿谋求功名，才选择漂泊、去寻找什么才是我真正想要的。单于不必为我过多考虑。"单于心想：这小子十分古怪，他又瞟了一眼暮雪，这二丫头平日颇为安分，怎么会认识这样的人？这汉人区果真不寻常，非但有神女教，还有这些形形色色的人。他见凌风执意不要赏赐，便打算带他回王庭再好好宴请一番。可凌风再次婉拒，只说自己暂留几日便回汉人区去。单于作罢，挥手让他回去。暮雪本还在心中盘算，如果单于赏识凌风，说不准日后留他在王庭中，能与自己常常相见。而今得知凌风的志向，又见单于脸色紧绷，只好暗暗抛下这个念头。

凌风也与暮雪依依辞别。图拉与暮雪两个女孩儿头一回立了大功，心中是说不出的喜悦，图拉猜出二姐姐心中所念，又是打趣了一回。一路上这约莫年纪的二人说说笑笑，仿佛不觉疲惫，同时她们都迫不及待地想回到王庭中，与各自母亲分享这个喜讯。

第八回

望月三天伤离别　怀远半生担重任

　　再说王庭这边，单于等人脱离困境且平复了氏羌叛乱的消息才传回，完察萍等人喜出望外，早早地便着手准备大摆宴席为凯旋者庆功。这天一早，她就命人烹羊宰牛，将几大坛子酒搬来大营，却依然觉得太素，又命侍卫到周遭打些野味回来烤，权当是加些滋味。等众人回到王庭，完察萍和玛拉领着大伙儿策马到几里开外为他们接风洗尘。按照匈奴的惯例，凯旋者接过侍卫们准备好的火把，围着留守王庭的人们绕着圈儿，寓意将胜利的光芒布泽大众。

　　席上，单于红光满面，夸耀几个孩子的聪慧英勇，最后不忘说道："我这一赌啊可算赌对了！我明知他们两国要引我们深入再一举攻克，我便孤注一掷，打算以氏羌为代价，考验斯图亚的精英队伍和诸位小辈。果然，图拉这孩子让我刮目相看啊！斯图亚的精英队伍也没白练！甚好、甚好。"说罢，他咕咚咕咚就喝下一碗酒，又向暮雪道："好姑娘，平日竟是我小瞧了你。我本还打算以武力收复氏羌，现在有了经文的帮助，更是不必费一兵一卒，恐怕氏羌以后对我们是死心塌地了，真不愧流着我们匈奴的血统！忘忧，你生了个好女儿，我敬你们母女俩一碗！"

　　几个孩子被单于当众夸奖，也眉飞色舞地讲起了这些天的经历。原来这一切单于早有布置，众人这才放下心头大石，举杯畅饮。忘忧见女儿平安回来，还立了大功，病早就好了一大半。方才单于主动与她们敬酒，她眼中不觉蓄满了泪，她搂着千山，慈爱地久久注视着暮雪，仿佛是她花了大半辈子精心雕琢出来的上好的工艺品。同样是做母亲的，玛拉也兴高采烈地一边倾听着孩子们的故事，一边为单于斟酒。完察萍在旁边听着，听闻单于夸耀斯图亚的战术高超，自然是笑逐颜开；但说到另外两个女孩儿时，心中不禁闪过些不快，尤其是听闻图拉在军中名声大振，脸色有些异样地低下头去，再抬头时脸上光彩依旧，仍笑吟吟地夸奖着她们。措木央坐在母亲身旁，羡慕而崇拜地听着斯图亚战场上的事情，可听见连母亲也在夸奖两个姐姐时，眼中多了一丝不忿，斯图亚立即察觉到了，复和她说说笑笑，得以顺利掩盖过去。

　　暮雪在宴席上总归还是循规蹈矩一些，宴会一毕，便迫不及待地来到母亲的营帐中，事无巨细地叙述一番。千山在一旁听着，见这个平日里总是文文弱弱、独自抚琴的姐姐，而今立下大功，也羡慕不已。在母亲面前，暮雪才敢放开胆子去讲凌风的好。忘忧不难发现她谈到凌风时，语气充满爱慕，脸上闪过阵阵绯红。忘忧清楚这丫头已经到情窦初开的年纪了。忘忧脸上笑着，心中却在轻轻叹气，结识到凌风这等侠义之友何尝不是件幸事呢，甚至拥有爱情本就是美好的。但是这游侠的身份，却令忘忧不禁为二人的未来担忧：说到底，暮雪和他有过多接触到底是不是对的，她自己也说不清楚。

　　母亲和姐姐聊得火热，千山几次想要插话都不能，她在一旁叫唤几声母亲，忘忧只是对她眨了眨眼，并没有停下之意。看见千山噘起小嘴，暮雪爱怜地把妹妹抱在怀中。千山正想着要不要也炫耀一下自己认识胡杨母子来争一口气，忽然，单于掀幕走入。未等众人起身，他便慈爱地对暮雪说："我想和你母亲商量些事情，你带千山出去玩吧。"暮雪暗暗吃了一惊，心想：单于以前可从不找母亲商量什么大事的，我这一立功，单于一定会待我们母女更好些吧？忘忧何尝不是这么想。两个孩子出去后，她受宠若惊地请单于坐下。单于先关心她的身体情况，随后说："氐羌那边，也都整顿了一番，把慧仪和勾结敌国势力的那些黑衣人都处理了，只可惜那个大月氏的支托趁乱逃脱。那边的民众也希望我们多加管治。我想，为了边区的安定和平，是时候要想个长久之策。"忘忧点头道："单于的分析十分在理。"

"那边的人信奉神女教，最听从怀远斋住持的话，你是知道的。现在住持这个位置空缺，我打算找一个合适的人选，将其册封为右谷蠡王，我想……最好是我们王庭的人。这样既能直接管辖，又能增加王庭在边区的权威。"忘忧的内心涌上了许多不安。未等忘忧开口，单于接着道："王庭中，信奉神女教的只有你和暮雪。不过我也不甚了解你们神女教的事。我打算，明日启程去望月斋，找修静师太商量商量。我们叫上暮雪一同去吧。"忘忧见单于的眼神坚定，分明已经是下定决心了，说去商量，实际是去寻求望月斋的认同罢了。她心中怅然，央求道："单于明鉴，若是容许，请让我受此重任。暮雪还年轻，怎能到如此偏僻之地度过余生？"单于没有表态，只让她好生歇息，便出去了。

营帐外头，暮雪正听千山说了胡杨一家的事情，并答应妹妹不往外头说，见千山也倦了，便哄着她回去歇息。单于离开后，暮雪不知方才商论何事，忙回到母亲身边。她见母亲脸色阴沉，眼含泪水，便软磨硬泡让母亲告诉自己。暮雪听罢，心乱如麻，母亲年纪大了，身体也不太好，怎能让她独自守在僻远之地？霎时间，她的思绪如同翻江倒海，一股热血冲上头顶，心中默默决定无论如何都是自己去担这个重任。可她又不由得暗自忧愁，氐羌路途遥远，易遭叛乱，自己人生地不熟，一去不知何时才能归来，怎得安心？更何况还要治理一方，岂是自己力所能及的？不过她心中仍怀有一丝希望，那就是凌风。凌风曾说，若她暮雪不是个居次，他愿跟随着天涯漂泊。他又是个游侠，兴许真的可以跟随自己一同前去，一生相伴。暮雪翻来覆去地想着，一夜无眠。

次日，单于等人启程到望月斋去，暮雪知道千山一定也挂念着胡杨一家，便说服了单于带上千山一并前往。众人来到望月斋中，鸾凤、素琴等侍从等在外头，单于三人进见修静师太。修静师太自从上次不眠不休帮忙翻译经文，已经耗尽了精力，病情不断加重。见到单于等人过来拜访，她仍竭力起身欲叩见，单于等皆劝她不必行礼，好生躺下就行。单于先是感谢修静师太相助，随后开门见山地说："氐羌之乱已经平复，我想重新修葺怀远斋，并从王庭中挑选一人去当住持，不知师太意下如何？"修静挣扎着起身，说："感谢单于如此替神女教和氐羌百姓着想。单于知道神女教的住持必须信奉本教……"她顿了一下，不由得看了看暮雪，"只是地处僻远，举目无亲，要号令一方，实在苦了暮雪居次啊。"忘忧忙上前道："师太，我愿替暮雪前去。"修静闻此言，却摇头道："二阏氏，你可知道，根据教义，神女教的住持要由未婚女子担任，而以后永不得成婚。望单于再三考虑。"暮雪听闻，脸色骤然变得惨白，忘忧则抱着女儿，凄然落泪，单于皱眉不语。

忘忧看向单于，声音颤抖着："单于，让暮雪一个人孤独终老，未免太残忍！"单于心中未免有些不忍，他清楚暮雪心中想着一个人，那就是凌风。可他从不爱优柔寡断，他看向暮雪，说："凌风那小子甚是奇怪，哪怕你不去氐羌，也不可能嫁给他。他再有情，也不会跟随你到氐羌去。"暮雪见单于如此决绝，泪水不由得夺眶而出。修静师太知单于意已决，心中惋惜；她上次就觉得凌风暮雪好一对才子佳人，而今却眼看有缘无分，怎不伤悲，便开解道："若是凌公子执意跟随，也未尝不可。只要是神女教的信徒，便可由居次带去。"

单于见暮雪楚楚可怜，心中一软，将暮雪唤到身旁，说："暮雪，单于知道是委屈了你。可是，氐羌那边的情况你也清楚，当下只有你能担起这个重任，你这一去，就是汗国的大功臣啊，我会封你为右谷蠡王，与你大姐努哈敏平起平坐，这番荣耀，不仅为你自己，也是为你母亲和妹妹争得的。氐羌虽然僻远，但怎么说都是我们汗国的地方，并不是老死不相往来。到时我多派些侍从过去伺候你，再派些军队去边界驻守，不让敌国肆意入侵。你应知道，氐羌的位置重要，往西边制衡着大月氏等西域诸国，往东边沟通乌桓、楼烦等小部，又与汉地相近，况且地势易守难攻，对匈奴稳固漠南有着非凡的意义。望你体谅单于的难处、为汗国着想啊。"他顿了顿，才说："至于凌风……那小子古怪，若他肯成为信徒跟你去，我也阻拦不了。只是以他的性情，恐怕不愿屈居一隅吧。"

暮雪默然。半晌，她含泪叩谢道："能担此重任已是暮雪的荣幸，单于的恩赐无以为报。只是暮雪还有三个请求，不知单于能否依我？"单于自当答应。暮雪道："第一个请求，是请单于替我好好照顾阏氏和千山。阏氏在这里无亲无故，千山年纪小，时常贪玩，如果她们要去汉人区，希望单于不要限制。第二，许多汉人为了躲避汉地的税赋、灾祸来到匈奴，也有的汉人是被捉来做苦力的，他们的处境艰苦，处处低人一等。我走之后，望单于能够开恩，命王庭内外的匈奴人善待汉人。"忘忧听到这两条已经泪如雨下，单于也为之动容，一口答应。暮雪接着说："第三，我不求凌风跟我前去，只求在走之前，再让我去见见凌风，希望单于允许我和凌风单独相处三日，第四天旭日东升时，便可来接我赴任。"单于绷起脸，拒绝道："不行，不行。凌风那小子狡猾，把你一个人留在那里说不准有什么差池。万一他做了什么出格的事，又或是用甜言蜜语劝你收回去氏羌的念头,这可怎么收拾?"

暮雪承诺道:"单于,我暮雪是自愿去氏羌的,不会允许自己有什么差池。"忘忧也在一旁求情:"单于,请你相信暮雪吧,她是个自重的姑娘。给她这三天时间,就当让她放下这段感情,你就成全她一次吧。"修静师太也央求道:"是啊,三日谈尽终身事,一朝成全两心息。"她把暮雪唤到身前,说:"当住持很重要的一点是做到内心平静、不为情所动。我教你一套打坐修心之法,可以助你免受情动,保持内心的平静,你要经常修习。"单于半信半疑,修静师太出面传授修心之法无非也是想让自己准许,既然如此,也不好再多干涉。他在忘忧的半推半哄下离开,留下暮雪独自去找凌风。

再说千山来到汉人区后,并没有跟随众人到望月斋,她在阿忆和泽恩两个侍从的陪同下去找胡杨。他们去仓库找了一圈,没看着胡杨搬运货物的身影,最后来到他家中,发现他正在门前打着马蹄铁。两个孩子一段时间没有见面了,千山叫了一声"胡杨哥哥",胡杨放下手中的活儿,开心地迎上来与她击掌。两人直接坐在门槛上聊了起来,侍从们则远远地守护着他们。千山总算找到可以痛快说话的人了,自从单于他们回来之后,整个王庭的焦点都在那几个胜利者身上,就连母亲也只顾拉着姐姐问长问短,千山都被忽视好久了。想到这,千山不由得说道:"我的姐姐都好有成就,都能闯出自己的一条路来。可我却如此平庸,什么也不擅长,什么都帮不上忙。"胡杨也叹气道:"我也是,小时候总是不甘平庸,但越长大越发现,我的身份地位就是如此,很难逾越,也许一辈子只能干着这些活了。"两人都沉默着,有些落寞。

杨婶送完衣服回来了,见千山过来很是惊喜,但隐约觉得气氛不太对,便坐在千山身旁,问道:"发生什么了?是胡杨那臭小子欺负你了吗?"胡杨连连否认,直说了刚才的对话。杨婶搂着千山,对两孩子说:

"你们不能叫平庸,而是叫平凡。这世上赫赫有名的人居少,平凡的人居多,我们固然平凡,但也有着自己的价值。平凡的人有着普通的幸福,而往往那功成名就的人都要舍弃一些东西,承受着常人没有的痛苦。所以才说平凡可贵啊。"两个孩子似懂非懂地点点头,多少有些释然。

单于和忘忧走后,已是黄昏,残阳西落,皎月初升,竹影微动,风送草声。又值一年三五中秋夜,当时在此地初见凌风,而今心境已经迥然不同。暮雪弹起琴,琴声中哀怨幽远,一改平日的柔和婉转。弹者有意,听者有心,凌风察觉到琴声中的不寻常,也以相应的箫声应和,缓缓走到暮雪身边。暮雪只是低头注视着自己的琴,没有说什么,凌风可以想象到她尽力遮掩的婆娑泪眼。暮雪缓缓走到草坪中坐下,她明知道只有短短三天,却半响说不出一句话,凌风也不问,只是默默坐在她身边,以沉默相伴。在黑夜的苍穹笼罩下,无言的两人与这原野形成一种和谐。过了不知道多久,暮雪才说:"我想在这里住几天。"她说话的声音很小很小,压抑着哽咽的气息。凌风只答一声:"好,已是一年了,我知道你会来。"他心中满是疑问,感觉气氛压抑得不知从何问起。夜深了,天也转凉了,凌风叫暮雪先进到屋去歇息,有什么想说的赶明儿再说。暮雪摇头,只愿意在这天地之间无言地静默。夜里更是严寒,凌风进屋去取了他最珍贵的青狐裘为她披上,继续坐在她身边。

两人沉默了整整一夜,天将破晓,东方的天色慢慢变浅,星光也黯淡下去。仿佛要抓住黑夜的尾巴,暮雪突然开口,把事情原原本本地讲了。凌风的心揪得很紧,有一种钻心的痛。这么多年他一直在寻求一个有归属感的地方,好难得才遇见暮雪,认定了暮雪所在之地便是自己的归宿,现在却要眼睁睁地被夺去。凌风不由得骂道:"这个单于也太自私了,以女儿的幸福作为自己的工具。"暮雪叹息:"那也不能怪单于,他身为一国之君,也有他的难处。让我去当住持,也是出于统治的需要啊。"凌风说:"我不管什么统治啊、战争啊,反正每个人都应该有自己的意愿、决定自己人生的自由。你们神女教说'对内要听从本心',我知道你是不愿的。"

暮雪凄然道:"我又何尝不想呢?你不知道,我们姐妹和母亲身为汉人,在王庭里没有什么地位,总是抬不起头、遭受冷眼。我们上次立了大功,单于对我们另眼相待。这次为了说服我过去,还特意封了我当右谷蠡王,我和母亲一辈子都没有享受过如此高的待遇。我这一去,虽然自己受点苦,但可以让汉人和神女教徒少遭点罪,也是值得的啊。"她顿了顿,"像我母亲虽然贵为大汉公主,可当国家不够强大时,也要被送去和亲。比起和亲可能遭到的厄运,我更宁愿去当住持了。"

凌风听后有些震撼,又有些不解:"你们都把家国看得好重,我反而不太注重这些,大概是因为我是向来漂泊,从来没有什么归属感。直到遇到你,我才有了一种心灵的安定。哪怕上次帮你们翻译经文,根本就不是为匈奴汗国贡献什么,而是想要帮你解忧,陪在你身边。"暮雪听了十分感动,她突然想起什么,对凌风说:"对了!我之前听修静师太说,只要是信徒就可以跟着我一同去。若你也信奉神女教,你便可以同我一起……"但她话一出口,便慌忙止住,才发觉:我怎么可以如此自私,既然我注定孤身,又何必耽误凌风?凌风思考良久,内心十分挣扎,他抬眼深情地看着暮雪,可最终垂下眼去,充满歉意地说:"我从小向往自由,不仅愿意漂泊,也追求思想的永远自由,不希望有绝对的精神信仰。暮雪,请你原谅我……我一时之间,实在是不能下这个决心。"暮雪的心一沉,心中默想:来日方长,可我们恐怕是有缘无分了。不过听他拒绝了,暮雪反倒少了许多愧疚。

"不谈这些了,既然时间不多了,我们先过好当下吧。我们这几天就自由自在的,好让我后半生难过之时,还有难得的记忆可以回想。"暮雪凄然笑道。凌风领会，道："你也很久没有休息了，去睡一个时辰，然后我们去骑马奏乐吧。"劝暮雪回屋后，他自己则躺在草坪上，任凭风从脸上刮过，吹得全身冰冷，直打寒战。暮雪醒来后，凌风已经喂好马匹，他们骑着马在草坪上疯跑，跑累了，便瘫在草坪上漫无目的地聊着天，说累了，就拿起乐器相互应和。白昼黑夜，乐此不疲。这种无拘无束、不受时空限制的生活实在太美妙了，美妙得让暮雪都动了心，想一直这样下去，永不结束。

第三天的太阳也终于落下了，暮色中，暮雪脸上的笑容和那薄薄一层细汗，还有那有些凌乱的头发，让她在凌风眼中不像过往一般是画中的仙子，而真真切切是眼前的美人儿。凌风忍不住一把抱住暮雪，相拥着倒在草地上，说道："我不想让他们带走你，你不要离开我，要不我们生米煮成熟饭，他们又奈我们如何？"暮雪突然心酸起来，却轻轻挣脱开来，说声"不行"，站起身，向残照走去。凌风跟上来，拉着暮雪的手，坚决地说："暮雪，跟我走吧，这种生活多好，且把什么家国的烦扰抛在脑后吧，我们浪迹天涯，只羡鸳鸯不羡仙，多好啊，何必把自己后半生的幸福搭进去呢？"

暮雪在一瞬间几乎要被这些天的幸福冲昏头脑，想不到自己也考虑起凌风的话。她有些想逃避，想要多点思考的时间，想到天亮的时候就要离开，她脑子里乱成一片。一边是遥遥无期的孑然守候，一边是无忧无虑的神仙眷侣的生活，她动摇了，神不知鬼不觉竟点了点头。凌风见暮雪竟应允，一时间喜出望外，道："单于天亮时便要接你走，我们先作休息，养精蓄锐，五更天时就离开。"暮雪点头，可她知道单于在外头肯定早已布置好兵马将这一带包围起来，要私自出逃，谈何容易？她不动声色地说："那去休息之前，我们再合奏一曲吧。"这一次的乐声，是缠绵的，可谁知道其中又隐藏着多少离别意？

两人分别回房睡去，月色如水，洒在地上。暮雪这时格外地清醒，她打起坐练着修静师太教她的修心之法，她想到单于、母亲、凌风、恕恕，想到过往的事情，想到许多许多，而后心慢慢趋于平静，突然想通了些什么："从前我总是抚琴自怜，这段时间以来，才逐渐寻找到被需要的感觉，或许这便是责任感，便是人生的意义所在；神女教讲求听从本心，或许，这正是我的本心。凌风，我知道你会怪我自己走了，若我做出的选择便是听从本心的选择，你会成全我吗？"她的七情六欲渐渐放下了，决定跟单于回去，当怀远斋住持。她和衣起身，留下一封信在桌上，她看着烛光摇曳，一瞬间明白了修静那句"三日谈尽终身事，一朝成全两心息"的含义，忍不住还是眼含热泪。

暮雪掩门而去，就着月色看见远方王庭的人马已经在远处等着了。其实单于回去之后一直不得安心，好几次想派人来查看，都被忘忧劝住了。正如暮雪所料，这天子时一过，单于就耐不住性子，早已派斯图亚等人重兵包围这里。凌风有了暮雪同意之后，他心中踏实，睡得正好，忽听见马蹄阵阵远去，他猛地起身，冲到屋外，却见暮雪已和一队人马远去。他发疯地跑了几步，忽而明白了暮雪的心早已决，追也是徒劳。他魂不守舍地走进暮雪的房间里，拿起了那封信，上面却只有几句话：

家国情重藏本意，

儿女痴心难维系。

地僻路远莫问寻，

自当珍重闯天地。

三日谈尽终身事，

一朝成全两心息。

读毕，凌风潸然泪下。

上次努哈敏与呼延玖有矛盾之后，萧承爱妻心切，劝她回匈奴住上一段时间。这天，努哈敏回到王庭，除了外头把守的侍卫，竟没什么人迎接，连大阏氏都没有出来。她好生奇怪，问侍从们："单于和大阏氏呢？"侍从们刚回答："回长居次，他们都在大营帐里，今天二居次……"后半句还没出口，努哈敏就已经奔向大营帐去了。努哈敏掀开幕帐，里面暮雪坐在正中。她已然穿着好了神女教最庄重的华服，上面用金丝绣着许多树木，当中是通天神树的图腾；头戴象征着氏羌的鸾鸟冠，准备出发去当住持。暮雪一扭头，和努哈敏四目相对。千山在一旁搂着暮雪痛哭，死活不肯松手；忘忧、玛拉、图拉等人在一旁暗暗垂泪。努哈敏见此景，霎时间一阵眩晕，泪水竟也夺眶而出。她过往虽不和暮雪亲近，可毕竟也是亲手足，何况她孤身在外久了，见到此情此景难免伤感。她冲过去一把抱着暮雪，动容地说："我们姐妹几个才长大，却就聚少离多了。你此去如同孤雁，道阻且长，只有牵念，千万要珍重啊。"暮雪不觉又一次湿润了眼眶。在场其他人见了，不免颇受感触。暮雪和亲人一一作别，向着远方启程。

后来，单于曾派人到望月斋打探消息。在暮雪去怀远斋不久后，修静师太便与世长辞，她的大徒弟灵音接过衣钵，担任望月斋的住持。侍卫们到望月斋后面的草原上去寻，也没有再寻到凌风，只在木屋中发现了暮雪那封信被用羌文工整地誊写了一遍。

第九回

驻氐羌暮雪掌新任　　回波斯图拉见故亲

　　王庭派去驻守的大军簇拥着暮雪，浩浩荡荡地朝氐羌进发。两次到氐羌虽时日不远，可恍如隔世。暮雪的脑海中盘旋着这些天来的一切，自己与凌风的相处本就该如世外桃源一般神秘而纯粹，却因自己的缘故被牵扯到众人面前；原以为两人之后的时光尚久，却只能用短短三天作别。这一路北去，沿途都是老树枯枝残雪，过去的人和事，在匈奴王庭也好，在汉人区也罢，往后全不是自己的生活重心了，就如马蹄车辚辘印在这雪地上一般，终会被这漫天纷纷扬扬的大雪掩埋，只剩下一片无声的纯白。

　　暮雪昏昏睡去，待素琴唤她醒来时，车马均已停在了怀远斋前。这座怀远斋虽不比望月斋久远，看上去却更显古老而堂皇。望月斋只有一层，分前斋后院，青墙之内足以一览；而怀远斋也有前后别院，看上去宏伟许多，整体是朴素的木石之色，主殿最高，明暗为三五层，后头有一座精巧的阁楼有新烧毁的痕迹，想必便是藏经阁。

　　原先的斋中弟子纷纷迎出来，周遭也围了许多专程来看的百姓。暮雪等人下了车马，弟子中目前代为掌事的阿萨上前见过暮雪，便领着他们进主殿。暮雪先吩咐箫声带后面的大批人马到别处休整补给，而后便与素云跟随众弟子进入殿中，朝神女像跪拜。掌事弟子阿萨不知暮雪有何打算，便上前询问："住持远道而来，氐羌一切如何打点，还请住持发落。"暮雪笑道："大家不必多礼，我初来乍到，实在陌生。我倒认为一方人治一方水土，不知这氐羌或者这怀远斋中，有什么德高望重之人，还请向他求教。"那弟子答道："不瞒住持，自从老住持仙逝，氐羌群龙无首，倒是我们这斋中住着一位掌星长老，毕生钻研星象，在我们这里最有名望。怀远斋建成后，他一直就住在内院之中。"暮雪欣喜："以星象知吉凶，果真有如此神奇之事，我才疏学浅未曾耳闻，今日不知能否拜见长老，一详其道？"阿萨又朝暮雪一拜，便带领两人进入内院之中。

内院的正北有一座高耸的青塔，塔顶有露台可以观星，唤作观星塔。此时正值夜幕初降，阿萨禀告后，便带暮雪和素琴进入塔中。只见一位长须银发的老者闭目坐于其中，屋中烛火昏暗，初进去只见其须发飘动。这位老者正是掌星长老，闻三人进入，他睁眼打量着正中的暮雪，目光炯炯，笑道："你们来得正好，此刻正值昏见与昏中之时，快随我一同到塔顶观星。你们从外面进来，可要先在这黑暗之中养养眼，才能看到众星。"暮雪等人在这昏暗中能看清事物之后，便随长老一同登上塔顶。

掌星长老立于平台之中，缓缓道："氐羌生于氐宿，此乃东方七宿之三，位于苍龙之胸，所以氐羌自古人杰地灵。而神女星位于氐宿之中，主氐羌的兴衰更替，是神女在天上的化身。前些日子，角宿值日，角宿似龙角，主斗杀，易生祸端，我本觉不妥；后又见西边箕宿发出幽幽之光，风沙渐起，果然有好搬弄是非的小人从中作恶，才致氐羌动乱，差点毁于外敌的手中。"暮雪听闻，大为震惊，正想接话，却听长老问道："住持，你是否生于腊月廿三大雪之日？"暮雪更是惊奇不已，答道："正是，长老怎么晓得？"长老捋着胡子道："甚好甚好。氐字解木之根本，上能支天柱，下能扎深根。当日住持取来经文言明氏羌之根源，正是草木枯黄之时。得知居次来当住持，只见匈奴之天狼星紫气萦绕，直至氐宿；轸宿乃住持生辰之星，居于朱雀之尾，大有掌方向之意。如今轸宿主星归位，神女星又复明亮，可知住持将守护我们氏羌的长久安宁。"

暮雪等三人听闻，连朝掌星长老叩拜，暮雪恭敬说道："小女子初来乍到，资历尚浅，还望长老赐教治理氏羌之举。"长老扶起三人，客气道："暮雪住持远道而来是我们氏羌的幸事。氏羌世代信奉神女，遵循自然，神女能预知吉凶、助子民趋利避祸，便将此象托付在星辰之中。要治理好氏羌本不是难事，若住持信任，只需依照星象之道行之，用心而为。住持聪慧谦逊，我愿授予你毕生所钻研的星象之道，到时要祸福将行，也好未雨绸缪。"暮雪惊喜不已，直称要拜掌星长老为师，再次跪谢。

此后，暮雪安心经营氏羌之事，依照掌星长老所言，奎宿、胃宿之方位乃天之府库，便于此种植作物、修建粮仓囤积粮食；毕宿主富饶，似守护一方沃土之门，便于此驻守大军，保护氏羌万民。此外动土、修筑、祭祀等大事均按照星象之运动，烧毁的藏经阁也修复了。百姓生活安乐，自然信服这个新来的住持，氏羌之事暂且不谈。

这天，匈奴王庭中来了一队波斯使者，守城之人连忙来禀，玛拉听闻不禁惊诧，求得单于恩准后忙放其进来。波斯使者见到玛拉，立即行过波斯礼，齐声呼着："玛拉齐齐尔。"为首一人呈上一封信，原是玛拉的大哥、波斯国王拉夫格尔送来的。在波斯，贵族女子的名字后面会带上齐齐尔，而贵族男子的名字后面会带上格尔。玛拉的手微微颤抖，仔细读着来信，大意是拉夫说过去自己太过专横强硬，如今觉得自己年老体衰，十分挂念亲人，想见一见分隔多年的妹妹和素未谋面的外甥女图拉，特邀二人随使队回波斯小住。玛拉把信读了再读，心中百感交集，又向身旁的单于转述了一遍信中所述，抬头小心翼翼地看向单于，似作请求。

半晌，单于道："拉夫从前宁可与你决裂，也不愿将自己的妹妹嫁与我，哼，怎么今时今日忽然想开了？"原来，波斯地形有利，常与别国贸易，一般有海路与陆路两种方式。从陆路到中原等地贸易，需途径匈奴地域。正因时常有商队往来，不少匈奴人便动了邪念，伺机抢夺来往商队的钱财和货物，其中不少波斯人曾遭受此劫，财货被掠夺、打斗死伤者无数，都恨透了匈奴人。只是这一路获利颇丰，虽说风险极大，便也多雇些身强力壮的随从，依然成行。当年图拉要跟随大哥拉夫的商队到中原贸易，拉夫劝妹妹沿途危险、不必跟随，可年轻的玛拉初生牛犊不怕虎，执意要去。

半途中，他们的商队正巧碰上单于带着一队人马外出打猎，以为是强盗，便与他们打了起来。未曾想单于三下五除二便收拾了挑事的几人，哈哈大笑道："我堂堂匈奴单于，岂会看得上这几个小钱？"这一来，一旁的玛拉不由得心中倾慕，邀约道："我们这是不打不相识，不如大家坐下同饮几杯？"单于何尝不被这个玲珑有致、貌若天仙的异域女子深深吸引住，他干脆留众人小住。几日相处下来，两人便坠入爱河。待到拉夫等人要返程，玛拉竟誓死要留下嫁给呼延顿。拉夫气得火冒三丈，骂道："你堂堂波斯王妹，放着波斯国这么多好男儿不要，竟下嫁给这强盗蛮子作三阏氏？你就不怕被民众耻笑？你要我在大众面前怎么抬得起头来？"单于当时年轻气盛，执意要娶玛拉，与拉夫大吵一顿。拉夫拗不过二人，便明面上与妹妹决裂，再不让她回到波斯去。

玛拉手中紧紧攥着信，眼泛泪光，这么些年来，自己再没有见到过亲人，也没有回过波斯，心中何尝不想念？她拉着单于道："年龄大了心总宽些，或许大哥知道自己已经年老，路途遥远难见上一面，才特意恩准我和图拉回去见见亲人。"单于仍担心道："万一你们一去便不回了，或是将你们软禁起来，可如何是好？"玛拉劝道："当年我宁负波斯，也要追随单于，此心已决；若是他没有真正想通，让匈奴的妹妹和外甥女回去却软禁起来，不是更为天下人耻笑吗？他最好面子，定不会如此。"单于思索良久，终于叹了口气，点了点头。玛拉心中激动，亲吻着信，又亲吻了单于，单于爱怜地抱着她。

待到图拉出来，玛拉与女儿讲了此事。图拉能出远门自然也是高兴的，和母亲相拥着欢笑；可毕竟她从未去过远在天边的波斯，虽说是小住，心中难免有些彷徨和不舍。她利落地收拾好随身行装，剩下的交由侍女云朵儿去打点，便耐不住性子，到庭郊牧场那边找巴斯佳兄妹一叙。

上次图拉去氐羌救单于时间紧迫，来不及和他们道别。而后巴斯佳兄妹从一些来往的侍卫口中听闻此事，成日为图拉忧心，尤其是巴斯佳每天跪拜神灵，祈求图拉平安归来，才终于把图拉盼了回来。后来她无意中从卓尔鸣口中得知，又是感念又是愧疚，与他们来往更紧密了。兄妹两人听闻玛拉的往事，又见图拉和母亲有机会回到波斯一聚，由衷地替她高兴。巴斯佳眉眼间略有忧虑，不忘提醒道："好图拉，虽说波斯是你母亲的故土，但去波斯长路漫漫，你一个姑娘家的，在外也要多加小心谨慎才好。"卓尔鸣笑着打断哥哥的话："图拉聪明机警，你就不要瞎操心啦。只一件事，你去后，我们也该转场到南边去，要开春才回来。这一去，也不知道我们何时能再见了。"说罢，她脸色又黯然了许多。图拉笑着拉着她的手，道："傻丫头，我这次只是去小住，你也知我心念匈奴，波斯再好，也定会回来的。"巴斯佳不忍她们伤感，便笃定道："图拉，你只管放心去，我们会在这里等你回来。"

次日，玛拉母女随使队启程，王庭众人听闻玛拉此次竟真的返娘家去，纷纷出来相送，也顺便一睹波斯使者的样貌。两个小的都嚷嚷着让图拉带些波斯手信回来，图拉轻轻捏了捏她们的脸，答应下来。忘忧在一旁听着，眼看玛拉终于能回故土，而自己却无人问候、无人牵挂，忍不住默默流泪。

第九回　驻氐羌暮雪掌新任　回波斯图拉见故亲

一行人穿行在大漠之中，先是草原，继而是沙漠、戈壁，进入平原之后又跨越了些许山脉、河流；时而骑马，时而换作骆驼，一路上景致变换，让图拉称奇；途中时而看见游牧的人驱赶着牛羊，时而是些商队，更多时候并无人迹，只有些弃置的毛毡、穹庐在河边或原野上。玛拉一路谈起自己儿时在波斯的经历，又讲了许多当地礼节，图拉只当故事一般听着，伴着驼铃悠悠，竟别有一番趣味。

这日，众人终于抵达波斯王城，玛拉抬眼看向四周，只觉异客的陌生感与儿时的熟悉感全杂糅在一块儿了，心中五味杂陈，不自觉地屡次抬眼张望，又闪躲着低头回避，眼中竟有了泪。图拉看着新奇，连地上的雀和路边的草都觉得可爱，一味儿想抓捕各处新鲜。拉夫格尔带着一些随队的侍卫缓缓走来，玛拉攥着女儿的手上前，见大哥整个人比起二十年前苍老憔悴了许多，看起来十足像自己的父亲，在侍卫搀扶时更显虚弱，需细细追寻才能在眉眼间看到当年的雄风，玛拉心疼地红了眼眶。而她玛拉自己，发鬓也有了几缕银丝，只是遮掩在发饰下并不显眼，脸上也起了些许皱纹，不再是当年那个倔强的小女孩了。时空的分隔让兄妹两人错失了多少青春岁月，待到再见时人亦老了。

见到哥哥，玛拉激动不已，连忙行了波斯礼，图拉也跟着母亲向舅舅行礼。拉夫把两人扶起，亲切地拥抱着妹妹，然后细细打量图拉这个素未谋面的外甥女，说："这孩子长得就像玛拉年轻的时候，都是那么英气水灵。"这时，一旁的摄政王尼夫格尔走上前对拉夫道："大王，宴席已备好，齐齐尔一路跋涉辛苦，不如入席再详谈。"这个尼夫是波斯的远亲贵族，为国屡立大功，被封为摄政王，协助拉夫处理朝政。拉夫笑道："好！那就先给你们接风洗尘。"说罢，拉着妹妹和外甥女走入王宫中去。

走入内殿，只见宫人来往上菜，或戴头纱，或绑小辫，那帽上的珠翠和流光的耳饰点缀着，映着一张张姣好的面容，融入各处雕花、琉璃和白璧的背景之中。拉夫坐于正中，玛拉、图拉和尼夫分列两侧，云朵儿与诸位侍从站于后侧侍奉。尼夫吩咐人去把自己的儿子找来，却久久不见，不禁嘟囔了几句。桌上摆满了许多图拉未曾见过的菜肴，一律用银质盘子盛着。诸如用石榴肉酱与核桃焖的鸡肉、撒上藏红花碎的羊肉抓饭和烤羊排，有一盘深绿色的羹，只见些野菜和面条于其上，尝一口则有牛奶发酵的微酸，杯盘之中还间着馕饼和甜酱。席间，一些女郎出来先是鞠上一躬，然后载歌载舞，一切都让图拉大开眼界。

拉夫喝着酒，脸上神采飞扬，一扫方才的疲态，他询问玛拉这些年在匈奴的生活，又问起许多关于图拉的事情。听闻图拉之前救父立了大功，不由称赞道："好图拉，舅舅也为你感到骄傲啊，不愧是巾帼英雄！"倒把图拉夸得有些不好意思了。待喝得五分醉了，他又对玛拉感慨道："妹啊，当年我意气用事，又好面子，苦了你这么多年，实在是大错！也该罚我这将死之身这些年不能与你们相见。"说罢，竟老泪纵横起来。玛拉忙安慰大哥说自己这些年在匈奴并不委屈。拉夫又道："我已经同摄政王他们商量过，今后你们随时回来，想住多久就住多久，留下来都行。唉，不管怎么样都好，你和图拉来了就好，回来就好！"

席后，拉夫顾不得休息，便与尼夫一同带着图拉母女参观王宫。走着走着，众人来到了王宫的侧苑，眼前出现了一座幽静精致的楼阁，门上金匾写着"光明阁"三个大字，原来这里是宫廷的藏书阁。图拉来了兴致，问过舅舅同意后便好奇地走进去。里面有三层楼，第一层最大，藏的是本国史书典籍，还有若干与军事、政事相关的书籍；第二层则是用波斯语翻译的外国名著，同样也包括文学、军事、哲学等一系列译本，据拉夫说，波斯帝国位于大陆的中间位置，沟通东西方自然得以博览各国经典，有助于治国理政；第三层高高在上，则更显庄严肃穆，存放的都是波斯拜火教、波斯明教和其他宗教的经文。图拉来到第二层，她对翻译的书籍颇感兴趣，便一直往里走，细细看着柜子上的一排排书，竟看到有西方希腊罗马时期的一些哲学书，还有大汉王朝之前的一些书。尼夫解释道："这些不是现在西汉王朝的书了，在西汉之前，有个秦朝，这些书是比秦代还早的，他们那边叫什么《中庸》《尚书》，还有一本叫什么《易经》的很难读懂。听说他们的秦朝烧掉了好些儒家的书籍，反而我们这边还保留了一些。"图拉觉得十分神奇，想着到时回去一定要去问问忘忧阙氏。

再往里走，众人听见细微的翻书声，看见角落里坐着一个穿着贵族服饰的男青年，手捧着一本书，神情专注。见有人过来，他赶紧起身行礼。摄政王骂道："混账东西，今天有贵客到来还不作陪，竟躲在这里看书。"然后又怪不好意思地向图拉母女介绍："这是犬子，库卡格尔。贪玩误事，有失远迎，实在抱歉。"库卡听着父亲教训，忍不住好奇地看一眼她们母女俩，碰巧图拉也正打量着库卡，两人目光碰上，图拉也不似其他波斯女子一般含羞，和母亲规矩地还礼。库卡心中一动，不由得朝图拉咧嘴笑了笑。尼夫又吩咐他快些一并陪同两位齐齐尔，库卡挠了挠头，放下书本，是一本翻译过来的《孙子兵法》，又恭敬地行了礼，跟在了众人身后。经过自己身边时，图拉不禁又看了他一眼，这个库卡比自己还要高些，长得倒是俊朗，也是个规矩实干的，就是输了朗天的几分豪情，又缺了凌风的几许不羁。

一连几天，拉夫都陪着图拉母女在波斯王城内外四处走动，除了畜牧之外，波斯还是一个种植业大国，城郊有无垠的肥沃田野，上面种满大麦小麦，时值秋天，空气中飘着泥土和麦子的芬芳，好一派祥和安宁的气氛。图拉喜欢阳光下的大片农田，但总觉得缺少大漠之上那种自由奔放。玛拉见大哥已有些乏力，便劝他回去歇息，尼夫也说有自己陪着就行，干脆让库卡带着图拉到处转转，让他们两个年轻的孩子做伴还自在些。拉夫点头同意，便由玛拉搀扶自己回到寝殿中去。

玛拉扶大哥侧卧下来，见他已然脸色发白，脸上豆大的汗珠流下，便倒了一碗水端来，担忧道："大哥，你可要注意身子，怎么这次来竟见你如此憔悴？"拉夫也不隐瞒，一边拭汗一边说："唉，这几年不知怎的，身体是每况愈下了，有时腿脚都站不稳，有时走得快些就喘，还常常胸闷头痛。唉，大概是从前东征西战太劳累积下的债，恐怕没几年命了，所以想把你们接回来多看几眼。"玛拉心痛不已。拉夫又接着说："我现在最放心不下的，是波斯的王位继承人。你也知道，我的身体不争气，这么多年了都没有子嗣。可这个偌大的国家都靠我们贵族王室和功臣掌管着，震慑着子民和周边的地区，我上哪儿去找一个有贵族血统的继承人？于是乎，我就想到了图拉。这次也知道她优秀，能文能武，还有军事才能和政治远见，而且图拉无论是名字、穿着、信仰还是风俗习惯，依然保留着我们波斯的传统，这是个多好的人选啊。"

玛拉犹豫，道："可是大哥你不知道，单于重视图拉，若是你把图拉讨过来，单于一定不乐意。况且图拉这孩子从小在匈奴长大，她自己也不一定会愿意。依我看，那个摄政王不也是贵族吗？他儿子库卡也十分出众……"拉夫慌忙打断："欸，怎么行。他们原先只是十分远房的亲戚，是很低等的贵族，出身与平民无异，你怎么能把王位给外人呢？再说呼延顿不是有五个女儿吗，选哪个不可以，怎么非要揪住图拉？你需知道，贵族统治是我们王位的底气，如果王位落到了那些平民手中，我们贵族就从此垮台了，这和亡国无异啊。你作为波斯贵族，也该为我们着想，怎么你这次又要偏帮呼延顿？"玛拉也无他法，只得说："那好，我配合你。但单于那边……"拉夫倒不怎么忧虑，说："呼延顿那边，我自有办法，不必担心。你先不要和图拉说这件事，也不要和呼延顿说，现在仍不是时候。等时机到了，我自会亲自去匈奴把图拉领回来。"玛拉答允下来。

玛拉回到房中,见图拉已经从外面回来。玛拉心事重重,趁机试探道:"对了图拉,这几天在这边生活,感觉如何?"图拉点点头,道:"我喜欢这里,我第一次来,样样都觉得新奇,但有时竟也有种熟悉的感觉。"玛拉又进一步追问道:"那如果之后我们要在这里长住,你乐意吗?"图拉听了,心中不免有些疑惑和惶恐,但见母亲眼神灼热,不忍伤她的心,只答道:"这里是阏氏的故乡,也算是我的半个故乡,怎会不乐意?正好要花上一段时间去慢慢习惯才行。"说罢,图拉心中却莫名升起对匈奴王庭的众人和巴斯佳兄妹的思念。

第十回

联近邻朗天护族脉　抗远敌萧承中毒刺

这边其乐融融喜团聚，可另一边的情况却不容乐观。自从狄灭在丁零称雄，急于谋求在漠北的一方势力，因其忌惮匈奴的强悍兵力，便把目光放在了东边，打算派兵攻打自以为实力较弱的通古斯一族。不日，丁零部众直奔通古斯位于大鲜卑山的龙脉，意欲夺其核心，一举占领周遭地盘。很快，丁零对通古斯发起猛攻的消息传到乌桓来，努哈敏也略有耳闻，几番想找萧承了解情况。可萧承获知消息后，连日来都与文臣武将一同商讨对策，正愁着要不要出兵和通古斯联合抗击丁零，不仅因乌桓与通古斯相近，大有唇亡齿寒的危机感，更因乌桓原属通古斯一族，虽说当时各部被匈奴打得四散，但如今龙脉受犯，其余各部首领群情激昂，纷纷率兵前去支援朗天大王，驱逐丁零大军。当萧承问及是否出兵，文臣武将意见不一，萧德等老臣主战，认为龙脉即族脉，亦是乌桓之根本，须极力保住；呼延庄等人却以为乌桓已有匈奴庇护，当下自保要紧，无谓再去蹚这趟浑水。萧承心中更赞成老臣们所说，当下并无表态，只道再加考虑。

努哈敏见萧承回来，连忙问及此事，本来她听到通古斯被袭击时，心中还有些报复的快感；可后来却又听萧承说要出兵援助通古斯，好生奇怪，埋怨道："他们被打与我们乌桓什么相干？你这样多管闲事，反而要惹祸上身。再说了，明明我们匈奴才是宗主国，你却偏帮通古斯，真是奇了怪了。"萧承解释道："夫人有所不知，我们乌桓虽说已与原部分离，臣服于匈奴，可终究属于通古斯一族。如今丁零攻打的大鲜卑山事关我们的命脉，若龙脉断，我们必将受牵连、断族运，日后再难东山再起。事发突然，未来得及与单于禀报，还请夫人理解其中的缘故。"努哈敏见他说得恳切，也没有再反驳，只道："你何必要去，呼延玖不是驻守边境吗，让他去杀敌便好。"萧承道："这次护龙脉事关重大，通古斯各部的首领都亲自带兵前往，通古斯的呼延大王这些天也是亲自上场杀敌，骁勇血拼，我自然也该亲自带领众人才好。"

努哈敏见丈夫满腔热血，要与那朗天一同卷入沙场之中，又猜想在这般恶战中，朗天或许负伤，不知怎的就动了恻隐之心，搂住萧承说："你难得有这般雄心，只是这一去，千万要自己小心才好，刀剑无眼，你不要硬拼，多多提防着，千万别搭上了性命。"她叹了口气，又说，"你们与通古斯，虽说往日有不快，既然此次是同盟，好歹两军也要互相帮扶着。"说到后面，不觉哽咽了。萧承见努哈敏一心支持自己的举措，还这般挂怀，心中怜爱，安慰道："夫人你只管放心，我虽笨拙，过去也有沙场退敌的本事，此一去，凯旋指日可待也。"说完，萧承意已决，便要出去和将领们商量排兵布阵。他掀开帐幕，碰见小蝶正端着洗漱的盆子在外头候着，见到他忽然出来，眉眼间略有些慌张。萧承并没有在意，只吩咐她去照顾居次。

萧承集结麾下部众，赶往大鲜卑山与通古斯军汇合。不日，通古斯一族的各部聚于大鲜卑山，一同抗击丁零的入侵。通古斯那边见有援军相助，士气大振，正好利用山地易守难攻的优势，分成诸路盘踞在大鲜卑山各处；又在山麓原野中放置许多绊马索，阻挡敌军的前路部队。待敌军的后路攻来，通古斯大军便顺延河谷而下，或是在两侧山头射箭，或是推掷山石落下，或锯断树木挡其去路，使敌军受困于半山，不多久他们兵力不支，便向四处溃逃。各部协力将丁零大军驱至山外近百里，狠狠地打击了丁零的气焰，眼看胜利在望。丁零大军无策，决定佯败撤退，埋伏起来，半夜再等待时机袭击山麓的通古斯大营。通古斯各部果然上了当，见敌军败北，欢呼雀跃，想着连日征战劳累，便决定明日再继续驱逐丁零余部，今夜先让将士们休整一番。

深夜，通古斯大军的营帐外点起一堆篝火，营中士兵早早入睡了，外面巡逻、守值的几队人马手持火把，也被那明灭的火光熏得昏昏欲睡。乌桓的营帐在另一侧，萧承心中放心不下，睡下后又起身率部下的一支队伍在自己营地的范围巡了一圈，并无异样。正欲返回营中，只听闻远方似有些众多马蹄声，像是从通古斯大营那边传来，萧承便又率兵前去，正好见到对面一大批人马朝通古斯大营冲去。他们身穿黑衣，人影融化在黑夜中，若不是借着月色都很难发现。从他们身形衣着来看，应该是丁零的人。萧承见状，立即带着人马从侧面拦截，丁零的人本以为躲过了通古斯的巡逻，没想到却有这一群人马半路截击。敌军被打得措手不及，只好转过头来和萧承他们迎战。短兵相接，月色下兵器碰撞的尖锐声音、兵马的厮杀声，瞬间把宁静的夜空填满。经过几个回合的较量双方也分不出个胜败，但因对方人多、自己人少，萧承这边渐渐有些招架不住，伤亡渐多。

忽然，后方尘土飞扬，传来人马厮杀的激烈声，原是通古斯大军在大营中睡得正酣，突然听见外面传来厮杀声，慌忙出来应战。对方将领心中着急，一发狠劲便朝萧承直冲来，萧承一个不留神，被对方用马刺一下刺入肩胛骨。他只觉一阵刺痛，一下子晕得摔下来马。眼看对方将领上前就要补上一刀，却一下愣住，手中的刀停在空中，一把长刀便从他胸后刺穿了身体，当场毙命。赶上前的那人正是朗天，他救了倒在马下的萧承，护送他回大营之中，让留守的部下为萧承清理伤口、包扎上药，自己继续率兵消灭丁零的残余势力。

　　待到天明时朗天回营，丁零诸人已如鸟兽散尽，不能再威胁通古斯的安危。朗天来到萧承跟前询问伤势，萧承感激道："都是些小伤，无碍的，还要多谢大王的救命之恩。"朗天连连摆手："莫要感谢我，今天是我呼延朗天感激你萧大哥啊。要不是你们发现了丁零这群亡命之徒，挡在我们前面，我和士兵们早就把命断送了，大恩大德无以为报。"其他士兵也纷纷拜谢萧承。可没过半日，萧承只觉得伤口里直发麻，后来还蔓延到了伤口周围，却掩盖不了本来的刺痛，而且流出的血还隐隐发黑。萧承隐约感觉不妙，看来自己是中了刺上的剧毒，自己究竟还是轻敌了，昨夜巡逻竟忘记穿上刀剑不入的防护甲。朗天知道后更是眉头紧锁，道："不好，我曾听闻丁零那些亡命之徒擅长制蛊毒，恶斗之中便将其涂在兵器上，使对方中毒；而这些蛊毒配制复杂，又被巫化，一般解药难以解开。萧大哥，这次我们双方行军都没有带太多解毒的药，恐怕你还是尽早回到乌桓为好。"朗天命人把上好的金疮药给萧承敷上，略加休整，便亲自护送萧承回乌桓去。

　　时隔数日，眼看就要到乌桓了，朗天也不好再相送，准备与萧承作别。萧承暗自担忧自己的状况，便与朗天道："这一路实在有劳大王照料，我只是有些不好的感觉，恐怕不能顺利渡过这劫了。"朗天安慰道："回到王城便有更多解毒的药，萧大哥吉人自有天相，多加珍重，切勿多虑。"萧承顿了顿，又道："若我果真不治，留下我夫人努哈敏，孤身一人不知会如何。还希望大王到时能多担待些，念在乌桓与通古斯好歹是同族之邦，勿要相煎太急啊，否则挑起与匈奴的矛盾就不好了。"朗天知他话中意思，只是笑笑，又嘱咐几句，便告辞了。

努哈敏听说萧承凯旋，亦闻他负了伤，又喜又急，忙来到军前迎接，一下扑入萧承的怀中，而后念及他的伤势，又急着要看伤口。萧承回来之前就交代过部下不要向夫人提起中毒之事，免得她担惊受怕。看着他肩胛上红肿的伤口深达肉骨之中，努哈敏心疼得直掉眼泪，萧承见她如此，忙抱着她安慰道："傻丫头，都是小伤，没有什么大不了的，打仗嘛，哪有不受伤的，我这不是打赢回来了嘛？"努哈敏随之也笑着擦掉眼泪，用手轻触着伤口周围，轻轻吹气，一边嗔道："他们一时说你大胜，又一时说你受伤，可吓坏了我们，这次好不容易有了，可别把孩子吓没了。"萧承面露喜色，搂着努哈敏的腰，问道："是真的吗，阿敏，我们迎来我们的孩儿了？"努哈敏撅着嘴点头道："是啊，前段时间我难受极了，你偏又不在，我多害怕不能亲口告诉你呀。"说罢，便簌簌地哭了起来。萧承知道夫人委屈，将她搂得更紧了，想到自己的伤势，只在心中默默叹气。

接下来几日，萧承的表现并无异常，白天上朝处理完公事、巡完军营之后就陪在努哈敏身边，只是晚上借着妻子怀孕要分房为由，睡在另一个营帐中，传医生疗伤给药。他再三吩咐众人要小心保密，千万莫让努哈敏知道。王城的医者找来不同毒物的解药和民间的偏方，又曾尝试以毒攻毒，都无法治愈。他伤口发麻的范围越来越大，一直蔓延到半个上身，倒是刺伤确实在慢慢愈合，刺痛感略微减轻了，红肿也消尽了，肉眼看上去日益好转，故当努哈敏追问起来也瞒得过去。努哈敏没有收到半点风声，诚然以为他的伤已痊愈。可他自己深知毒已深入脏腑，也许会在某天集中毒发，万一毒发，就回天乏术了。

一天夜里，努哈敏早早睡下了，小云在帐中收拾一番后，正准备歇息，但听得帐外远处有许多人快步走动，还有一些人压低声音在说着什么，两种声音混在一起，尤显着急。小云心中不安，又担心惊醒努哈敏，便点了烛台蹑手蹑脚地出去查看。只见萧承所在的营帐外黑压压一片人

第十回 联近邻朗天护族脉 抗远敌萧承中毒刺

影,小云隐约觉得不妥,这几日她见首领的气色很差,嘴唇也稍微发黑,只是不仔细瞧是看不出来的,莫非大王受了别的伤,却瞒着居次?小云觉得不妙,来往的侍从正匆忙取了什么东西过去,她也忙跟了过去。原来,正如萧承自己所料,刺伤只是表面上痊愈了,毒性却在体内慢慢扩散累积。这天夜里,有医者献上一个民间方子,先由萨满法师对艾条作法,用金蚕丝缚住艾条,合与狼毒花、翠雀花的根茎一并燃烧,再于艾条上涂上剧毒的乌头花液,熏向神阙、关元、百会、大椎等几处大穴,只求以毒攻毒。未曾想,此一来便激发了萧承脏腑中的毒性,只见营中一团紫黑色烟云升起,恐是那体外的毒终究敌不过他体内的毒,集中发作起来。他那个曾经的伤口像是不断被剑刺一般,疼痛难忍,半边身子麻得厉害,躺在床上动弹不得,他疼得喊了出来,嘴角也跟着渗出了发黑的血。营帐内外,大臣和医者忙成一团,一边驱散着营中紫黑色的烟,一边为大王敷上镇痛的草药,才勉强缓解了些。

小云来到营帐外面,碰巧见到老臣萧德,他早就看不惯努哈敏那不谙世事的样子,只可惜大王不让群臣泄露消息,只得瞒着。可如今他见大王病重,努哈敏却仍不管不顾,心生不满;看到小云过来,干脆把她拉到一边,一五一十地全盘告诉了她,还让她千万要告知努哈敏。小云得知大王的伤势远比自己所想严重,如同当头一棒,心想若真是如此,留下居次和腹中孩儿,在这个尔虞我诈之地,孤苦伶仃的,可如何是好?她不由得心酸起来,不知如何与居次说道,内心煎熬了一夜。

次日一早,小云才服侍努哈敏起身梳洗,努哈敏见今日萧承迟迟没有过来,不由得嗔了两句,小云听着忍不住背过身流泪,却被努哈敏瞥见,追问她原委。小云一咬牙把昨夜所见所闻一并说了,怕居次听了支持不住,忙先扶好她。努哈敏听完果然嚎了起来,痛哭流涕,倒在小云肩上;而又猛地站起身,不顾小云的劝阻,奔去萧承的帐中。萧承此时已好些了,正斜躺着，见努哈敏冲进来抱住自己直哭，料想是昨夜的动静瞒不住她了，也不再隐瞒，只是唤她："阿敏，你快起来，别哭伤了心，对身子不好。"努哈敏依然哭着，说："你的伤原来这么严重，你何苦瞒着我？"萧承憨憨地笑着："要是告诉你，只能徒增你的担忧，到底改变不了什么。再说了，我可能福大命大，说不定你待我更好些，过几天就没事了。"他这时还不忘打趣，这副样子，像极了努哈敏初见他时一般，努哈敏见到更是伤心，心中追悔莫及，也觉得从前自己任性不识得他的好，怎么上天竟要把她在这边唯一的依靠都夺去？努哈敏抹了泪，一改往常的娇纵，亲自细致入微地照顾萧承，也不让小云、小蝶插手，她的贤惠令众人出乎意料。萧承想到她日后无人惯着，事事需自行定夺，便也放手让她去了。

午后，努哈敏见水壶已空，便亲自去城外河边接水。她出了营帐，见萧德、呼延庄几人聚在一起，在一旁窃窃私语，看向自己说着"红颜祸水"这类的话。努哈敏勃然大怒，走过去把水壶往地上一扔，质问他们。萧德他们见努哈敏过来也不躲闪，直言道："大王弄成这样和你脱不了干系，为何不许议论？"努哈敏冷笑道："你们保护大王不周，反倒将责任推给我了？"萧德道："当时你把呼延玖将军赶走，王庭兵力损失，保护不了大王，难道不是因你而起？"呼延庄也补充道："原本我们不赞成出兵，谁知你竟蛊惑大王率兵去救通古斯，无非是为了保住那边的呼延朗天不是？如果不是救他，大王也不会中毒刺。"其余几人听了，更是跟着起哄开来。努哈敏明知他们诬蔑，却一时百口莫辩，忽而想到当时自己与萧承说这番话时，小蝶那丫头正在营帐外头听着，定是她口无遮拦，添油加醋地讲给这个呼延庄。

这时萧承见努哈敏去了这么久未归，又听见外面的争吵声，便叫小蝶去看看。努哈敏正在气头上，见小蝶过来，更是火上浇油，她一把扯过小蝶，朝她反手就是一巴掌，小蝶被打得眼泪直冒。"死蹄子，我叫你四处乱说。"努哈敏语无伦次地骂道，一会儿说要把她发配到荒漠冷死、饿死，一会儿又说把她遣回去，让单于狠狠发落。她见呼延庄极力护着小蝶，还说要把呼延庄也发配充军。小蝶慌忙跪下求情："居次请息怒，我是从小就跟着居次的，并未有异心。求居次饶了我和呼延将军，我今后再也不胡作非为了，一定好好待奉居次，求居次让我继续跟着吧。"

萧承听得外面闹起来了，忙叫小云等人过来搀扶，硬撑着出来查看。待问明了情况，他心知众人一向看不惯努哈敏，这下又把主战派与主和派的矛盾强加在她身上，便解释说："诸卿有所不知，我其实早已决意要相助通古斯，只因同族大义为重，与私交无关，只怪我当日没有及时言明，让你们误解了夫人。此次我方与通古斯是盟军，他们遇袭，我们本应相救，呼延庄你作为副将，知道当时危急情形，理应说清道明才是，怎么带头污蔑夫人？况且是朗天大王在危急关头救下我，让我有这条命回来见你们大家，怎么如今反责难于他？"众人不好再多言，纷纷向努哈敏赔了不是。萧承见努哈敏对小蝶下此狠手，便让小蝶起身谢罪便是，不必再跪着。努哈敏望向小蝶，目光如冷箭一般，直言道："我给她一巴掌，是因为她叫我尝得背叛的滋味。"她的话狠狠的，依然带着怒火，身体微微晃动，小蝶吓得直缩在呼延庄身后，小云和萧承忙劝住努哈敏，让呼延庄先将小蝶带走。

众人散去后，萧承安抚着努哈敏，一边轻声劝道："敏啊，以后你作为首领，要懂得些为人处世之道，也要慢慢学着宽容、懂得笼络人心……我知道你的性格，这很难为你。但今后若我不在了，你也少了依靠，我们的孩子继任，离不开你这个母亲的支持。女子本柔，为母则刚。为了你自己、为了孩子，一定要学会更圆滑些，去挣得更多人支持。"努哈敏不忍萧承为难，强忍着泪，答应下来，服侍丈夫回去休息，心中愈发感到无助了。

第十一回

表夙愿萧承驾鹤去　闻噩耗朗天踏尘来

　　自从那晚尝试了以毒攻毒的偏方之后，萧承的症状愈发严重，不仅曾经的伤口刺痛得厉害，甚至在呼吸之间，五脏六腑都扯着痛，连说话都没什么力气，时不时还咳出些黑色的血来。萧德等部下要治那个送偏方医者的罪，努哈敏也急得要去请萨满法师来为萧承跳神夺魂。萧承摆摆手，制止住他们："罢了，古人云生死有命，我这次原本就不见好，何必再降罪于旁人，也不需要折腾一番。待我去后，只将我放入山林中随风而去，也省得让其他人陪葬了。"他一番话，把努哈敏这几日所有的幻想通通打破，曾经这个健康而值得依靠的人，如今遭此变故，在眼皮子下一天天地衰弱下去。努哈敏心中始终不愿接受，但眼下只能依了他，让他不要多说，先躺回去歇息好，自己仍四处打探治疗的方法，期望能有奇迹发生。

　　夜里，萧承感知自己大限将至，便让侍从唤来努哈敏和众人再交代几句。努哈敏见侍从来找，心中一凉，忙到萧承跟前来，见他竟难得地坐起身来，已明白了七八分，眼中蓄满了泪，跪着抓紧他的手，将脸靠近，免得他花太大力气讲话。萧承紧紧握着努哈敏，说："阿敏，我当时在登基典礼上说要护你一辈子，恐怕要食言了，不过我的诺言都是真心的，这辈子，我只爱你一个女人，也只能是你了。"说着，他沙哑地笑笑，努哈敏伏在他手上，泪流满面。萧承又补充道："我本来担心我死了之后，各路都来争夺首领之位，都排挤你。现在好了，你只需扶植我们的孩子当下一任首领，我托孤于萧德、呼延庄他们，以后朝廷之事可以问萧德，他是乌桓老臣了，忠心耿耿；军营那边，就委托给呼延庄吧，他虽年轻，但军事才能显著，是可靠的人才。有他们的辅佐，加上有匈奴做靠山，你们母子是站得住脚的。"

萧承喘了几口气，又道："我只是担心，我们的孩子年幼，外头那些大邦虎视眈眈，想趁乌桓空虚前来攻占。虽说边防委托给了呼延玖，可我还是有些不放心，阿敏，我来不及帮你们调和关系，你往后要找机会和他修好啊。"努哈敏一一答应下来，内心深处空落落的。萧承又吩咐一旁的小云要好好照顾居次，他叹了口气，沉吟道："后面的路可能很难走，小云，我知道你是居次最信任的侍女，你也最明白你们居次的心思，日后遇到什么困难，务必要好好开解阿敏，陪她坚强。"小云强忍着泪，应了下来。

这时，群臣都来到了帐外，萧承喊来萧德几人，将努哈敏母子托付予他们。他对萧德说："你是三朝元老，我知道你一直忠心耿耿，往后更要辅佐好夫人和幼子。"转而对呼延庄说："我晋升你为王城主帅，行阵之事就托付与你，不妨在军中发掘一些年轻的士兵，守护好王城的安定。呼延玖那边，我也下令封他为戍边大将军，你们多加联络，若日后局势不定，让他及时反映，千万守好边防。"萧承喘息了一阵，又交代了些自己的身后事。努哈敏听到他死后要行萨满的送魂仪式，即由法师用神棒打断死者和亲属身上的连线，让魂魄勿依恋原地，远去阴间，便忍不住扑到萧承身前，央求道："不要……不要让他们送魂，可不可以留下来，陪在我身边。"说罢，她哭得更凶了。

萧承抚着努哈敏的头发，苦笑着安慰道："傻姑娘，你往后该有你的新生活，萨满不让亡魂留下，便是不想让生者对往事有过多牵绊，不能因亡魂纠缠而丧失对以后的希冀。"见努哈敏连连摇头，知道她此时必定是听不进去的，又笑道，"你知道为什么人在一天中有将近一半的时间要睡觉、做梦吗？我们这边有种说法，说是人的灵魂在梦中可以暂时远离身体，去和其他灵魂交遇，自然也可以在梦中见到已逝的人。于是神灵把一天的时间分成两半，一半的时间陪逝去的人，一半的时间陪现实中的人。所谓心诚则灵，若你想念我到了极致，我便能在你的梦中陪着你。所以啊，不必悲伤，我只不过去了另外一半的时间了。"努哈敏听了这般描述，如梦如幻，稍稍止住了眼泪。末了，又听萧承道："我这一生虽短，但能有你们的辅佐，又能娶得阿敏作夫人，便少了许多遗憾。"说罢，便安然而逝。

萧德率部下安置好大王的尸身，安排人守着，又命人分头去准备几日之后的葬礼。努哈敏仿佛全身都失去力气，也不再哭了，她勉强镇定下来，支开旁人，自己亲自守在萧承的棺椁旁。小蝶见她情绪不好，现在还要守灵，怕她坏了身体，本想劝阻，但小云摆摆手，同小蝶一起出去了。连日的照顾已劳累非常，加上怀有身孕，在这黑暗安静的帐中，努哈敏忽然觉得好累好累，自己又悄声哭了一场后，就伏在棺边昏昏睡去。夜里，小云悄悄进来，见居次已然入睡，长长的睫毛和憔悴的脸上仍有泪痕，怕她坐在地上着了凉，便拿来一床被子为她盖上，又在地上围了一床褥子，才蹑脚回去。睡梦之中，努哈敏回到了匈奴王庭的草原上，与单于、阏氏和几个妹妹一起，做回儿时那个无忧无虑的长居次。待她次日醒来，花了好久才反应过来今日所经历之事和如今自己的处境，都与从前的一切恍如隔世，却再也回不到过去了。她俯身看着静静躺在棺椁里的萧承，他的脸平静得如同熟睡一般，她伸手摸了摸萧承的脸，眼看着物是人非，不由得悲从中来。她唤来小云，让她遣人到匈奴汗国去，让单于、阏氏他们过来参加萧承的葬礼，顺便也来看一下自己。

可待那几个侍从回来时，却没有将匈奴王庭的人带来，努哈敏这些日子望眼欲穿，本想着单于、阏氏来时能有个主意和依靠，如今竟不能够，一时悲愤交加，直骂那些侍从。那几人哪敢多言，只颤抖着道："长居次，小的传了话去，可匈奴现在正和西域交战，单于不在王庭，阏氏又抽不开身，只叫小的送了封信来给居次。"努哈敏将信一把抽来，信中，完察萍写道：前段时间大月氏欲攻占乌孙，乌孙王向我们匈奴求助，单于为报大月氏策反氐羌之仇，便领兵往乌孙。怎料大月氏此次有备而来，与乌孙又相近，竟不同上次那般无能。匈奴距西域有一定距离，远水难救近火，单于连日征战，与敌方僵持不下。为母甚是念你，又闻此噩耗几日不能眠。但二阏氏因念暮雪，早前已至氐羌边区；三阏氏亦携图拉归波斯，如今我须留驻王庭，不能脱身。阿敏，我知你的委屈，你如今渐长，亦即将为人母，有些困难你要自己承受，而母亲无法相助，你当照顾好身体，我有机会定去看你，而今只能挥泪遥念。努哈敏读完信，一下跌在席上，她从未想过在自己打击最重之时，汗国这座靠山竟失了灵。母亲不但来不成，反而还说了一堆大道理；单于也是，丢下亲女儿不管，却有这闲工夫去援助其他部落。她深深埋下头去，仿佛整个人掉入了一个无底洞中。

说回朗天率众回到通古斯，他的弟弟呼延颢天带着众臣出来迎接。这个颢天，是先王收养的一个孩子，也没什么人知道他的来历，长得文文弱弱的，脸上倒是清秀，只是心中时不时盘算着些阴谋诡计。他们两兄弟从小就互不愿意搭理，朗天知道这个弟弟看自己不顺眼，自己也是打心底里不喜欢他，不知道骁勇善战的父王怎么会收养这个时常翘着手指、哼着小曲儿的"小白脸"。朗天刚下马，只见颢天行了个礼，道："恭迎王兄凯旋。连日征战有劳了。"朗天听着，觉得假惺惺的，没多说什么，只是微微点头，便和迎上来的萧贵一道离开。

等离颢天远了，萧贵同朗天汇报了这段时间的军政之事，而后悄声道："大王，恕我冒昧，我看这段时间颢天王爷有些不妥，大王千万要提防着些。"朗天也发现近来这个一向舞文弄墨的颢天有时也关心起政事来，什么都过问两下，不过朗天也不搭理，只当他是装模作样地和文臣武将搭腔，不知这段日子又搞什么名堂，便问道："贵叔何出此言？"萧贵看看四周无人，压低声音说道："颢天王爷最近与武将焰增走得十分近，似乎在谋划着什么。大王，你和颢天都是我看着长大的，他的心思我是一目了然，我看他近来尤其躁动，恐怕有二心。"朗天冷笑道："军政大权均在我手中，凭他有什么能耐要图谋不轨？待我抓到他什么把柄，决不轻易放过他。"虽这么说，心中也有了几分提防。

这天，正当朗天和诸位将士设宴庆祝大捷，忽然，营外有人来报乌桓首领萧承病逝。朗天猛地一惊，桌上的酒杯都碰倒在地，没想到那毒竟真要了萧承的命。他心中悲痛，当即起身说要赶去祭奠萧承，以报相救之恩和尽同族之情。一旁的颢天却忽然说道："这个糊涂的乌桓首领当时宁可归顺匈奴都不理会王兄的情面，如今死了与我们有什么关系？如此兴师动众，未免太掉面子了。"朗天忍气解释道："乌桓与我们本为一族，此次又助我们抗击丁零，此事关乎两国修好，哪来面子不面子？"颢天见自己理亏，讥讽道："同族又如何？别人的靠山匈奴汗国都不理，你倒如此上心。我看你不是去祭奠，而是趁机去安抚那个努哈敏夫人吧。"朗天怒斥："休得一派胡言！萧承首领为救我们才中了毒，如今连性命都搭上去了，我们大军得以保全，全靠他们及时拦截敌军的袭击，我们去祭奠本就理所当然。你一天到晚不学好，尽做些离间之事，怎对得起先王的栽培？"众大臣听朗天之言在理，也纷纷附和。颢天被当众奚落，自觉无趣，只"哼"了一声，便被萧贵劝了下去。宴后，朗天随即集结了些许侍卫，连夜赶往乌桓。

葬礼那日，天还未亮，小云便来禀告努哈敏，称朗天带着一队人马过来祭奠大王。努哈敏本来睡眼惺忪，一听朗天来全醒了。她愤懑地问道："他来做什么？若不是救他，大王也不至于死，如今还好意思来？"她明知这件事不全怪朗天，可自己憎恨他，便把责任都推到他身上了。小云劝道："我们这些日子颇为无助，什么都要靠萧德他们打点。我知居次心中怨恨，可朗天总算是个相熟的人，若是能帮上一二，也能好些。"努哈敏冷冷地说："只求不是帮倒忙吧！我现在这般处境，都是他害的。当时他那么对我，我认了；好不容易有萧承待我好，又因为他的缘故，一切都被夺走了。你快叫人将其逐去，我不要在大王的葬礼上见到他。"小云又劝："好居次，这些我都明白。只是我们要听大王生前的嘱托，不可意气用事。通古斯有心过来，念在同族之情，恐怕仍要接见。"努哈敏长叹了一口气，终于跟着小云走出营帐。

众人来到山林之中，按照萧承遗愿将其风葬。萨满法师在萧承的尸首捆上细线，另一端由努哈敏牵着，法师在细线上作法祷告完毕后，举起神棒便将细线打断，而后闭眼感应亡魂的去向，弯弓搭箭，朝远方射去。法师在坛中燃起一团火，众人跟随法师一并朝箭的方向跪拜。紧接着法师又吩咐萧德等人用河水给萧承净身，将玉璧放入他的口中，又在他身上摆上玉片，最后再用金银饰品挂在他的四肢和脖颈上。这便是乌桓的玉石祭祀，传言道"玉葬通来世，金银通阴阳"，只求亡魂离开后，在冥冥中仍和人间有所联结。而后，他们将尸身放入用桦树皮缝制好的棺木中，横放在两棵截断的松树干上，旁边的原野上开满了金莲花。法师们摇着腰间的铃鼓，与在场众人同饮三碗酒，口中喃喃着扬长而去了。

朗天时而朝努哈敏看去，只见她有些木然，泪水却不断流过苍白的脸颊。努哈敏忽一转头，与他四目相对，眼中尽是愤怒与委屈。她的一呼一吸之间，小腹微微隆起，看来是已有了身孕。唉！朗天在心里长叹，自己亏欠努哈敏实在太多，要不是当初自己一时冲昏了头脑，又怎会把这个娇弱的女子逼成这样呢？无奈这些均不能言明，他只能开口道："今日我呼延朗天携众人前来祭奠萧首领，若无首领当日舍身相救，我呼延朗天早已死在乱军之中。还望诸位能够节哀，若有帮得上之处，我朗天愿尽绵薄之力。"说完，他向努哈敏这边行了一个大礼。努哈敏没有说话，只是淡淡地还了礼。

　　一连几日，朗天均携侍从在乌桓帮忙打点，努哈敏有时碰见他也只是客套几句，或许因为与他从前相识，在乌桓这群冷脸的文臣武将中，竟逐渐对他有些依赖。这些天来她心中苦涩，只希望除了云、蝶之外，能有多一人关心自己，哪怕是仇人也罢。再见到朗天时，心中五味杂陈，却始终未得表露。等到一切打点完，朗天集合随从，前来与努哈敏作别。朗天见阿敏几番想开口，终又咽下，无奈自己担忧颛天作乱，不敢耽搁太久，又怕因自己的存在徒增她与乌桓众人的嫌隙，只得离去。努哈敏和大臣们把朗天一行人送出城门外，两人坐在马上相对而视，仲有万语千言都说不出口。努哈敏长叹了一口气："过去的事，不提也罢。"经过这几日的劳累和伤感，加上怀有身孕，努哈敏的脸色蜡黄，唇色泛白，坐在马上似乎有些不稳。朗天暗自心痛，让努哈敏多珍重。努哈敏缓缓吐出一句"不送"，便转身离开。

　　努哈敏回到住处，觉得胸闷难忍，小腹也涨得难受，不由得干呕了起来，小云赶紧过来，轻轻拍着她的后背，喂她喝了些水，又给她吃了些才摘的酸果籽，才慢慢缓了过来。努哈敏躺在床上，心乱如麻，未待思绪沸腾便入睡了，梦里乱七八糟的，自己迷迷糊糊地呓语着什么。她忽而惊醒，只觉心烦意乱，忍不住要干呕起来。她猛一起身，只觉两眼一黑，头昏脑涨，又跌落下去。小云见状，赶紧请来医者，诊过脉后说她是肝脏郁结，加之怀有身孕，不宜动气，否则积郁成疾，对肚里的孩子不好。努哈敏突然怒了，骂道："我身子不好，你们关心的不是我，倒担心对孩子不好！"她一口气涌上来，把桌上的碗拿起来就往地上砸，磕出沉闷的响声。小云见形势不对，赶紧送医者出去，再去取些药回来。

待她回来时，远远听见努哈敏喊小蝶过来倒水，但小蝶不知又跑到哪里去了，没有应声。这时只听得帐中传来瓦片摔碎的声音，原来是努哈敏把另一只碗扔在地下，刚好撞到前一只碗上，摔得破碎。小云快步回去，飞奔进帐中，惊见努哈敏正拿着剪子胡乱剪自己的头发，额头都被插出血来。见到小云，努哈敏哭道："关心我的人都去了，只剩我也没有意思。"说着就要把剪子插向胸口。小云赶紧去抢，好在努哈敏身子虚弱，况且她并没有自尽的勇气，只是一时想不开，不费力就把剪子抢了下来。

小云把剪子扔在一边，抱着努哈敏说："我的好居次，你为什么要犯傻？我答应过大王，会一直照顾好你、保护好你，陪在你身边。如果你离了我，我可怎么办？"努哈敏也搂着小云，道："现在也只剩下你还爱护我，其他人都不会了。可如今无依无靠的，大王走后，在这边就更难了，我们怎么过得下去？"小云道："哪怕只有我们两个人互相依靠，也要好好过下去，不看旁人的冷眼。"说着，两个人簇拥着哭成一团。后来，努哈敏渐渐安定下来，小云为她包扎好额上的伤口，又帮她修整了头发。努哈敏服下刚开的药，终于沉沉睡去。

第十二回

二阏氏以德报怨　颛王爷争权忘本

次日一早，城门才开，值守的呼延庄便见一行服饰特殊的人风尘仆仆而来，最前方的两匹马上是两个女子，看上去像是母女，连忙质问道："来者何人？"那个中年女子答道："我是匈奴汗国的二阏氏，这是努哈敏夫人的二妹妹。我们听闻乌桓的变故，从氐羌赶来。承蒙这位将军去通报一声，让我们见见夫人。"呼延庄听是匈奴汗国的人，赶紧去找来小蝶确认。小蝶一看，果然是忘忧阏氏和暮雪居次来了，心中疑惑，听闻她们是从氐羌顺道过来看望长居次的，连忙领她们进城中候着，自己去向努哈敏传报。她昨夜晚归被小云说了一顿，此时正好可以将功补过。努哈敏此时并未全醒，听闻外头小蝶急匆匆赶来，口中喊着："居次快醒醒，你猜是谁，阏氏和暮雪居次竟来了！"小云一听，也激动不已，一改往日的稳重，拉着小蝶就走进帐中。努哈敏大惊，一时分不清是真是梦，又仿佛跌入迷雾之中，不知在何时何处。她睁眼直盯着帐顶愣了神，才连忙坐起，颤颤地说："快，快请。"小蝶连忙跑出去将两人接来，小云飞快地帮努哈敏梳洗一番，心中感念：这回好了，王庭那边有人过来，总算能给居次一些安慰。

原来，正如完察萍在回信中所言，忘忧先前因思念女儿，到氏羌看望暮雪。未曾想刚到那边不久，匈奴便在西域掀起一场恶战，所幸只在乌孙境内厮杀，并未影响氏羌，一切还算安定。忘忧却还是放不下心，在怀远斋中朝拜神女像以保佑单于平安归来，私下又和暮雪念叨道："战争是最不该发生的啊，单于这次竟主动去西域挑起事端，只怕到时把自己陷入困境中，到时该如何是好？"暮雪安慰道："母亲莫要担心，匈奴过去曾打败大月氏，如今又与乌孙联手，应是所向披靡。"忘忧轻叹："单于总是爱插手别国的事，我看无非就是想得个渔翁之利，顺便将乌孙降伏；可是一旦失手，莫说得不到好处，甚至可能殃及池鱼，连匈奴都要被牵扯进去。即使得了，还不知能不能'马上治天下'呢。"暮雪心中庆幸道，幸亏母亲如今不在王庭，才能说得这么痛快，不然被大阏氏听见，又要说其打击单于统一漠北的大计了。

后来，母女俩忽然听闻乌桓的变故，专门派人去打听，又得知王庭那边无暇照管，大阏氏没有过去抚恤长居次。忘忧心酸道："本来这是段好姻缘，这才多久，怎就生出这种事来？唉，阿敏那孩子，从小顺风顺水的，哪里经得起这样的打击？偏偏又没人过问，现在都不知道怎么样了？"说着，便落下泪来。暮雪也叹息道："是啊，都以为她有了个好着落，怎么知道又……以后孤儿寡母的在外头，也没个依靠。"在自己往日启程来氏羌时，与阿敏姐相拥告别的情形仿佛还在昨日，她正难过，忽听得母亲说："氏羌离乌桓不似匈奴那么远，不如我们去看看你阿敏姐姐，好给她些安慰啊。"暮雪听了，随即应和道："我正想去看看她，可是这一路奔波辛苦，又怕战事变故，阏氏不必前行，就交由我去吧。"忘忧摇头道："这没有什么，我这个做阏氏的理应去看望她，好歹在精神上有个支持。"暮雪见母亲坚决，答应和她同去。她吩咐侍女素琴和掌事弟子阿萨照看好怀远斋，再带上服侍母亲的鸾凤、侍从箫声和几个士兵、随从，一行人便出发去乌桓了。

本来在梳洗时，努哈敏还与小云喋喋地谈论着她们为何前来，待到小蝶将两人带入帐中，暮雪忙上前挽着阿敏的双臂，眼中又是欢欣，又是爱怜。努哈敏久违地见到两人，直愣住，把之前所想的都抛诸脑后，半晌才喊一声"二阏氏、二妹妹"，就哽咽住了，泪水涟涟，再说不出话来。暮雪拉着努哈敏坐下，忘忧也坐在一旁，握着她的手，见努哈敏整个人都瘦脱了相，心疼不已，含泪道："孩子啊，苦了你了。"努哈敏听闻她们是专程远道而来看望自己，更是感动，直言道："出事之后，我就天天盼着能有亲人在身边，原以为单于和母亲会来，后来只有小云照顾，小蝶那死丫头又总是胡作非为，这里的人排挤我，萧承不在更是如此。我嫁到这边，这些年来流的泪水比过去廿年都多，眼看心都死了。你们能来看我，已经是我的造化。"忘忧见她可怜，拉着她问了许多近况。努哈敏心中苦闷许久，这下终于忍不住一吐为快，将在乌桓受的委屈一并说与她们听。暮雪不愿姐姐伤感，谈起许多儿时的趣事，又讲了许多氐羌的风土人情给她听，听得兴致来时，努哈敏与暮雪一起拍手大笑。她见二妹妹也是独身一人掌管一方，实质和自己是一样的人，也有许多困苦要克服，便更觉亲切，似乎有聊不完的话题。

见时候不早，努哈敏吩咐侍从，要为她们洗尘接风、大摆筵席，又命人安排好她们带来的士兵、随从的食宿。萧德见匈奴王庭的人前来，听她们与氐羌相关，不由得谨慎起来，生怕来者不善、别有图谋；又见努哈敏在大祭期间如此铺张接待，心中有些不满。手下人见她们人少势弱，态度未免也有些轻视，努哈敏见他们接待不周，不由得上前呵斥，却被萧德劝说："夫人，首领才逝不久，大家情绪低落，即使是接待夫人母家的客人，也要适可而止啊。"

暮雪见努哈敏果真常受众人的气，忙站到努哈敏身旁，正色道："萧大臣，我们只是来看望大姐姐，别无他意，你老人家不必多想。阿敏姐远嫁来乌桓，独自承受了许多苦，念在与你们大王情深，几次三番与你们交好以求共度时艰。若你们对她不敬、对未来的主子不敬，主心不稳，乌桓又怎么可能强盛？任你大军防御多么了得，不过是外强中干，到时只能任由周边的大邦欺辱。匈奴是乌桓的靠山，我们氐羌也是。倘若你们不能够信服夫人，小小属地只能等着自取灭亡。"萧德见她振振有词，句句在理，不敢多言，只得退下；手下人见这柔弱的居次竟如此厉害，还是匈奴的右谷蠡王，都咋了舌，不敢再敷衍了事。努哈敏见二妹妹为自己在乌桓树立了威信，心中感动，连对暮雪行礼道："好妹妹，请受我努哈敏一拜。""阿敏姐，你这是干什么？"暮雪连忙扶起，与母亲一同拉着努哈敏入席畅谈。

　　这段日子里，忘忧和暮雪留下小住陪伴努哈敏。忘忧作为过来人，传授给小云和小蝶不少孕期、接生和坐月子的经验，又嘱咐努哈敏要注意补充些什么营养、选择什么布料的衣物和不同月份的睡姿等，几人都受益良多，不再如无头苍蝇一般。努哈敏在私底下向忘忧她们抱怨小蝶，说她这段时间被呼延庄骗得团团转，总是跑得没影儿，向着外人不向着自己。忘忧开解她道："小蝶年龄也不大，只是被恋爱冲昏了头脑，本身也并无恶意。身在他乡，还是要信任从小跟着自己的人。"还提醒努哈敏可以对呼延庄也好些，小蝶自然也会感激的。又道："好阿敏，你要记住，千万不要怪罪你的母亲，她要守着王庭也确实不易。"两个孩子没想到忘忧会这么说，微微吃了一惊，继而心底一酸。努哈敏动容，一一应了。

　　待过了些时日，忘忧担心留下时间长了会让乌桓众人对努哈敏不满，又记挂留在王庭中的小女儿千山，便准备离开。努哈敏不舍，但她知道她们的难处，也不作过多的挽留，坚持要送她们出城。努哈敏想到这段日子仿佛像是回到从前，一大家子生活在王庭中那般亲切快活，又想到二阏氏和二妹妹对自己这么好，以前自己仗着是长居次，任性妄为，竟然对她们不理不睬的，还瞧不起她们，便觉惭愧懊悔，忽地就拜倒在忘忧和暮雪跟前，道："二阏氏、二妹妹，我从前年幼无知，对待你们不敬不爱，你们竟然以德报怨，在我最难的时候来看望我，我真的不知如何对得住你们。"忘忧和暮雪连忙将她扶起，道："那都是以前的事情了，提它做什么？"

努哈敏唤小云带鸾凤去拿回礼和干粮、路钱，以备返程之需。箫声等随从也先去备好马匹。这几天起风了，天气阴冷。一行人走向城门，努哈敏出到营帐外忍不住哆嗦，忘忧和暮雪打了个眼色，暮雪陪姐姐回帐中拿披风，忘忧和小蝶先走到外面。忘忧悄悄给了小蝶一些打赏，嘱咐她一定要好好照顾努哈敏，小蝶愣了一下，有些羞愧地接过来，唯唯诺诺地答应了。才出了城门，努哈敏便忍不住呜咽起来："我们家人坐在一起谈话，其乐融融的，实在是太美好了，是我这段时间不敢想的。我们姐妹以后总是要聚少离多，眼看又要分隔天涯，我如何舍得与你们分别？"暮雪念及自己这些日子的转变和境遇，亦不免动容。忘忧搂着两个女孩儿，安慰道："好孩子，你们都成长了。虽然我们相隔甚远，可心中彼此惦念着，总有相逢的时候。"临了，三人又互相道了珍重，努哈敏望着亲人远去的背影，迟迟不舍得回去。

再说朗天从乌桓回通古斯后，一天晚上，颢天忽然以关心大王为由前来拜见。朗天见他一脸虚伪的神色，知他心里有鬼，便开门见山地笑道："怎么？这段时间总缠着我，你小时候可不屑于和我玩的。这次来又有什么高见？"颢天也笑了，慢悠悠答道："小时候我们兴致不同，而今有了共同关心的事情，自然就走得近些。"朗天冷笑，反问道："是吗？"颢天见大哥不愿意搭理自己，更是变本加厉地说："父王以前最在意我，小时候他叫咱哥俩学习技艺、钻研兵法，你不听，尽使野性子；反倒是我一切听从，学到不少本领。大哥，你还记得吗？"朗天听得生恶，岔开话题道："既然你知道父王栽培你，那你更要铭记父王的养育之恩，为通古斯出份力才好。"颢天只是"哼"了一声，说："父王一世英明，只是有一件事做得不妥，就是把国家交给你这个不会带兵、不配治理国家的亲儿子，你从小不学无术，性子又放荡不羁，他早该看出来了。"

朗天的怒火"噌"地一下冒了起来，质问道："你凭什么这么说？"颢天也撕破脸，直言朗天不孝："父王在时，通古斯威震大漠，连匈奴也要让他几分；后来却被那个呼延顿打得退居东隅，连性命都丢了。你非但没有完成父亲的遗愿，一雪乌桓被夺的耻辱，去砍杀呼延顿、重振通古斯；还爱美人不爱江山，先是和那个仇人的女儿勾勾搭搭，全然不顾杀父之仇；如今看她嫁去乌桓，岂不是连失地都放弃夺回了？真是没用！"

未等朗天还口，颢天又道："现在匈奴疲于应敌，乌桓的首领方去世，大权旁落，我们就应该先下手为强，把乌桓部落夺回，再去攻打匈奴汗国。这样做才勉强能对得住父王的在天之灵。"朗天背过手去，拒绝道："趁火打劫本就不道义，何况我们才方迎击丁零，元气未复，又怎能肆意出兵呢？"颢天见他不肯，又软着口气劝道："大哥，我知道你旧情未忘，你不去攻打乌桓，不就是为了那个努哈敏。你想想，且不说那个女人是呼延顿的女儿，她现已为人妻，还是个寡妇，有什么可留恋的？简直是丢尽了面子。我们通古斯美人多的是，你真是傻儿没眼光。何况，待到大仇得报，把乌桓收复之后，想要纳她为妾也是易如反掌的事情。"

"岂有此理！你休得胡说！通古斯与乌桓本就……"朗天才开口，便被颢天打断，他冷笑道："你休要再拿那套说辞来应付我，救命之恩也好、同族也罢，沙场上有什么道义可言。正所谓无毒不丈夫，你如此优柔寡断，怎可能治理好通古斯？"说罢，颢天变了脸色，从腰间抽出一份树皮简子,递过去道:"你仔细看!大臣们联名上书,要求大王有所作为,如果仍旧不为通古斯的利益着想,那就不妨推翻你另立君主。"原来,趁朗天几次外出,颢天想尽各种办法威逼利诱大臣们弄出这样一份联名奏折。话已露骨,颢天留下一句:"总之你今晚回去好好想想,明日在大营中如何跟群臣交代,你好自为之!"说罢,便快步走了。

朗天瞬间睡意全无,只留在帐中来回踱步,他派人把萧贵找来,将方才之事原原本本地告诉他,和他商量对策。萧贵紧皱眉头,道:"我之前也隐约觉得颢天不妥,原来是将你推上台面,抓住你的软肋,欲加罪于你。"朗天怒吼道:"要不是他走得快,我刚才恨不得一刀杀了他。做君主的本来就该心狠手辣,反正他打小就处处与我作对。"萧贵赶紧劝住:"大王千万不要冲动!要知道,以颢天这样的软骨头,哪有这个胆量,一定是背后有人指使他,恐怕就是那个武将焰增,只不过我们空口无凭,千万不可鲁莽。再说众多文武大臣都签下了请愿书,你把颢天杀了,不就证明你是他口中懦弱无能的人吗?既然他将此事公之于众,就是用族仇相逼,众人自然重视起你是否有所作为,这关乎你日后的威严啊!"朗天忍不住抱着头坐在地上,抱怨道:"欲加之罪,何患无辞。父王也糊涂,怎会收养这个来历不明的颢天,摆明是要同他亲生儿子过不去嘛。"

这时,萧贵突然清了清嗓子,低声道:"大王,原本先王不让我透露颢天的身世,可如今他既然威胁到大王你,我也不得不说了。"朗天来了兴致,听他道:"其实颢天是先王与一个奴隶女子所生。一开始先王碍于身份,私下纳了那个相好的奴隶女子为伎人,留在自己身边,隐瞒了她的身份。后来先王得知她有孕,本也无意娶她,又害怕事情抖出来,面子上过不去。见一个部下对她有意,便将其许配给那个部下,将他们安置好,腹中子也当做那个部下的孩子。那个女子温文尔雅、又多才多艺,她丈夫不知道她原本的身份,很是宠爱她。她自知自己能摆脱原先的身份已是万幸，也因为瞒着腹中孩儿的事，觉得对不住丈夫，也尽力侍奉夫君，两人很是恩爱。可惜……"话没说完，萧贵却叹了口气，朗天赶紧追问。

萧贵抿了抿嘴，感伤道："可惜不知怎的，先王见他们二人过得幸福，却嫉妒起来，有一次因为部下所进谏与自己看法不合，一怒之下竟赐死了他。我那时年轻，又是先王的心腹，便被派去抚恤那个女子。我去到那里，见她的气色十分差，她对我说她恨先王，自己无法拥有就要剥夺旁人的幸福。还托付我说倘若日后有什么不测，一定要帮着照顾好孩子。我当时不知道怎么劝解，只是将大王所赐的钱粮交给她。但后来她生下儿子后，还是殉情了。之后你父王就把颢天接到身边抚养，也不与众人交代他的身世。你母亲没有过问太多，对你们兄弟俩一视同仁。"说罢，萧贵久久摇着头。

朗天听着，不知为何想到了自己与努哈敏，心中惴惴不安，他恨父王的无情，不由得脱口而出："我绝对不能去伤害乌桓，伤害……努哈敏的。"萧贵突然跪下行礼道："大王请三思，你千万不要为情所累、将社稷让给颢天啊。要是这样，我通古斯的江山一定会败在他的手中！"朗天长叹，扶起萧贵道："自从我决意离开努哈敏，就已经下定决心要复仇，要以通古斯的子民为重了。可是贵叔，如今攻打乌桓一事受文臣武将所迫；颢天的身份，碍于先王的颜面，断不可当众揭穿，实在没有万全之策，明日在大营中要如何应对才好？"萧贵沉吟道："这一时情急，也无他法。大王，我们不如先顺着他们的意，答应他们去攻打乌桓，做缓兵之计，也好把进攻的主动权抓在手中，免得他们胡来，这样或许还能最大限度地保全乌桓。只一点，大王须切记在众臣子面前要隐忍些，免得被颢天那小子抓住马脚。"

朗天抓抓头，脸上有些不情愿："我们通古斯人向来说一不二，如此违背自己的真心，未免太难受了。"萧贵忙劝导："哎，这并不是什么难堪的事情。大王，正如颢天所言，'无毒不丈夫'，身为君主，这个'毒'不一定是狠心；为了保全自己和所在乎之人，少不了用一些心计去与他们周旋，这不比做一届枭雄更符合大王心中的道义吗？"朗天心里明白，暗自道：呼延颢天，你不仁，别怪我与你斗下去，终有一日我要让你身败名裂。

第十三回

萧贵就计间叛将　阿玖入套忠大王

夜已深了，在遥远的边塞有几个人影，一个人骑在马上正吩咐着另外两个人一些事情。其中一个人问道："呼延将军，你真的要去……"马上的人答道："当然了，他们对我不仁，我便对他们不义，死丫头片子，这一次我势必要一报从前的耻辱。"又交代道，"我走之后，你们一定要放机灵点，见人说人话，见鬼说鬼话，记住了吗？"那两个人影轻微晃动了一下，闪开了，剩下一人一马飞奔而去，消失在黑夜中。

次日，大营中，待众部下参拜完毕，颢天上前一步，主动提起："昨日我向王兄提议收复乌桓，以报我通古斯之大仇，不知王兄考虑得如何？"朗天早知道他来这招，神色自若，向众人说道："我昨夜考虑良久，我们无疑是要攻打乌桓的，可我们才与丁零大战归来，总要有个休养生息的过程。王弟有何妙计，不妨从长计议，待到大军的元气恢复，安排好详细的部署，我们再一鼓作气攻下乌桓。"听此言，不少大臣连连点头。颢天见他果然用"拖"字诀，忙抢过话来："王兄，正如我昨日所言，作战讲究天时，现如今乌桓首领病逝，群龙无首，匈奴疲于应战，远水救不了近火，正是攻打的好时机，难不成你还要等他们养肥咯再打？再说了，我们打败丁零，士气高涨，不如乘胜出击，定能满载而归。"底下人听了，又觉得颢天说得有理，都变得摇摆不定，看向朗天，等待他示下。

这时，焰增从中走出来，附和道："大王，我认为王爷讲得在理，望你当机立断，莫要再犹豫而错失时机了！"未等朗天接话，焰增又开口道，"这几日从乌桓来了个投诚的将军，愿意和我们联手，里应外合，攻入乌桓。这位呼延将军原是乌桓主帅，三代都是功臣，在军中很受重用，后来不知什么原因被贬边疆，心生怨恨，决定叛乱。有了这个'贤内助'，我们收复乌桓的事情一定会顺利许多。"果然是忠不过三代，朗天在心里鄙夷，想必这人也是个厉害的角色，如果任由他与颢天勾结去对付阿敏，后果不堪设想，倒不如先笼络住他再说。因而他脸上故作高兴，说："好、好！真是天助我通古斯也。来人，马上传这位呼延将军到大营来！"

只见来人趾高气扬，走在带他上来那两个侍卫的前面，傲慢地扫视着周围众人，全没有背叛故国的窘意，此人正是呼延玖。他看见朗天高高在上坐着，又瞥了眼退到一旁的颢天和焰增，已了解了几分，也不理会他们，径直走向朗天面前行了个礼。朗天先开口道："呼延将军，我已决意攻打乌桓，不知将军是否愿助我呼延朗天一臂之力？""我既然前来，定是有诚意的，大王不必怀疑。我想和大王单独谈谈，事关机要，还望诸位先行退下吧。"他这傲慢的语气，让在场许多臣子心生不忿，心中直骂这个乌桓的叛徒居然好大的口气。颢天和焰增没想到他还来这招，不住地给他打眼色，他却全然不顾。朗天倒觉得有趣，挥一挥手，让众人退下。

呼延玖和朗天相互对视了好一会儿，各自在心里盘算着。本来和呼延玖串通好的是颢天和焰增等人，他们说朗天优柔寡断下不了决心，让自己与他们合作——当然他也知道朗天和努哈敏的传言，自然见怪不怪；还说等事成之后，颉天借机推翻朗天夺得王位，必然是重重有赏。可方才明明见朗天决意要攻打，况且就这形势而言，朗天才是真正的掌权者，那颉天分明就不入流，他们的许诺能算老几？

于是，呼延玖决定先发制人，道："我呼延玖从来说一不二。只是我曾听闻大王与乌桓之间的流言蜚语众多，军中无戏言，大王这次到底是不是真心攻打？"朗天哈哈大笑，道："那些话我自然也听说了一二，对于你的主子努哈敏，相信你比我更熟悉。她虽有三分姿色，但性格太坏，我当年就是始乱终弃也不为过。呼延将军既知是流言蜚语，怎么竟还相信？我不妨告诉你，只有这个江山，才是我最珍视的。"呼延玖听他说得这么干脆，打消了几分疑心，这边鹬蚌相争，不如自己来个渔翁得利，便又道："大王是个爽快人，乌桓之事就包在我身上，你们大可以放心。从前颉天王爷曾答应我，事成之后会让我居高位、享厚禄。但我呼延玖不笨，岂能不知大王才是真正的是一邦之主，既然追随大王，又怎会理会他们的雕虫小技？"朗天自然领会，答应道："好，呼延将军也是个明白人，若你一心一意追随我，给你更丰厚的赏赐、更高的地位都不在话下。"呼延玖听了，满意答道："既如此，大王，我们先各自留些时间准备兵力，届时我们里应外合，再一举攻下乌桓。"双方约定好期限，呼延玖便告退。

朗天回到自己的营帐中，便找来萧贵参谋一番。朗天道："这个呼延玖所掌的兵力不容小觑，所幸现在为我们所用，还不至于出什么乱子。如今主动权在我们手中，到时收复乌桓，是战是和再议不迟，好歹先帮乌桓稳住这个叛徒。"萧贵认同，半晌又道："大王，还有另一件事，我们也需警惕。呼延玖既是个趋利之徒，又与颉天他们勾结在先，我怕颉天他们有二心，事成之后，未必不会与呼延玖再联手、利用他来对付你，防人之心不可无啊。"朗天点头道："是了，我也看出呼延玖并未全信我，这个墙头草，确实可能出尔反尔，到时要先将其置于死地。"又忧虑道，"而今时间紧迫，呼延玖那厮又瞒着乌桓，努哈敏那边全无防备，定会处于危难之中。但若是惊动了那边，又或拖延下去，呼延玖也必定会怀疑，反就不好了。"

萧贵略加思索，缓缓道："大王，我有一计，既能让呼延玖不生疑，先死心塌地地听我们的话，又能借机让乌桓王城那边有所知觉。只是这一招实在有风险，不知大王意下如何？"说罢，他便在朗天耳边说了一番。朗天皱眉道："现下别无他法，不妨一试。我们就以其人之道还治其人之身，既知道呼延玖不忠，也反来利用其这一特点，让他和颛天等人产生矛盾。只希望乌桓那边的将领可要撑住才好。"

次日，一大清早下了一场小雪，雪花洋洋洒洒的，落在草原上，像鹅毛一般轻。颛天见这般美景，披上皮毛大衣，带上亲信焰增到外头空旷的地方走走。正经过一排排营帐时，忽然听到有两个人躲在营帐一侧悄悄讨论着什么。颛天见状，猜想这两人鬼鬼祟祟的，肯定有什么不可告人的秘密，便也拉着焰增躲在一旁听着。他偷偷瞄过去，见是萧贵和信使乔布齐，见萧贵在，颛天疑心更重了。只听得乔布齐说："我之前多次来往乌桓和通古斯，对那边情况略有了解。那个呼延玖已经被乌桓王城忌惮许久了，他手中并无什么可靠的信息，与之合作用处不大；现在保卫王城安全的是呼延庄，我与他是旧相识了。他本事虽大，但也是见风使舵的人。"萧贵故意左右看了看，接过话："不如让他为我们所用，就可以抛开颛天王爷和呼延玖的胁迫，自成一家，一举攻下王城来。"原来，萧贵故意和乔布齐相谋好，在这里候着颛天，让他故意听见呼延庄也可利用，挑拨他与呼延玖的关系。

颛天不知呼延玖已与朗天约定，果然中计，不顾焰增的劝阻，连忙蹦出来，站在两人身前，用他典型的兰花指对着二人，怒问："你们两个偷偷摸摸的，说些什么？"两人故意装作慌张，萧贵忙解释："我们只是在谈一个老朋友，多谢王爷关心。"颢天冷笑，说道："我可是什么都听见了，还想骗我？"又指着乔布齐问："攻打乌桓这种大事，我也有参与，为什么要瞒着我？还想要抛开我，没门！"乔布齐和萧贵使了个眼色，慌忙跪下说："小的也是奉命行事，还没来得及告诉王爷，也因大王才是主帅，就先说与萧大臣听了。"颢天更是气愤，道："我虽不是主帅，但里应外合的计策难道不是我想出来的吗？我与大王兄弟同心，难道王爷就无权过问了吗？"乔布齐忙认错求饶，颢天心想这个小子认识呼延庄，说不准日后能用得上，暂且放他一马。

乔布齐谢恩，起身离开，萧贵刚想转身告辞，颢天知他一心偏帮大哥，这口气憋在心中很久了，当即勒令他留下。萧贵也不慌不忙，行了个礼道："王爷，还有什么吩咐吗？"颢天道："贵叔，我们之所以叫你一声贵叔，是感念你从前一直跟随父王，忠心耿耿，也一直辅佐我们兄弟二人，从小到大护我们周全。但既是这样，就理应待我们兄弟一视同仁，为何一直要偏帮大哥，置我于不顾，还要无端猜忌，和大哥串通对付我？"萧贵缓缓答道："两位王都是我看着长大的，又岂能偏袒？只是先王将首领之位给了朗天大王，我当全力辅佐他，便跟在他身边罢了。我们这些做臣子的，都应以忠于大王为己任，相信这为人臣子的道理，王爷也该明白。"颢天听他此话，字里行间还在说自己的不是，更为恼火，又想发难于他。身边的焰增忙拉住颢天，不让他说太多，怕言多必失，说出反叛的话来。

萧贵刚要告退，焰增突然说："且慢！"这一声把萧贵和颢天都吓了一跳。焰增恶狠狠地打量着萧贵，说："萧大臣，我可是听说你原本是乌桓人，如今听大王要攻打乌桓，岂知道你会不会有异心，阻碍他收复失地之大计？"焰增所说，确有此事。萧贵承认道："将军说得没错，当年乌桓还是我们的属地时，先王求贤若渴，曾出访乌桓，挑选青年才干辅佐大业。先王赏识我，见我虽不是善武之才，也算有几分谋略，便将我们一干人从乌桓带回王庭。没错，乌桓是我的故土，可先王待我有恩，我对通古斯从来忠心耿耿，不敢有二心，这些两位王都是知晓的，你又何必因我的身世让我背上罪名呢？"焰增一挑眉，冷笑道："谁知你心中所想的又是什么？凭你这漂亮的说辞，我才不信。"说罢，又将颢天拉到一边耳语："王爷，这萧贵老谋深算，精明得很。你瞧他话中有话，不知是否已识破了些什么，留他下来，只会阻碍我们夺权的大计。倒不如趁机一刀解决了他，再扔到郊外去，神不知鬼不觉的，好免了后患。"

颢天心中一惊，再怎么说也好，贵叔毕竟于他们兄弟俩有打小的情义，自己再如何埋怨他，始终不会动杀心。他连忙回绝道："将军，这萧贵毕竟是大哥身边的人，不可贸然动他。况且若此事被发现，不就更坐实了我们叛乱的罪名？我们还是不要打草惊蛇吧。"他不顾焰增一再劝告，向萧贵道："我自然是信得过贵叔的。我和大哥有时意见不同，这在兄弟间是再正常不过了，我劝贵叔你不要从中作梗，干涉我们之间的事。否则，别怪我不讲情面。"说罢，便放他回去了。

颢天听了一席萧贵和乔布齐相谋好的话，果然心动。萧贵走后，他立马叫焰增去查清楚呼延庄的底细，自个儿在营帐踱步，自言自语道："瞧呼延玖那小样，上次单独见过朗天之后，便一副小人得志的样子，果然不可靠。"一会又说，"乔布齐看来也是可用的人啊，反正他和呼延庄相熟，倒不如两个一起拉拢，哈哈，很快，这个天下就是我的啦。"待到焰增回来向他证实了呼延庄果然是乌桓王城的主帅，尤其在萧承去世之后，王庭统兵之事都委托在呼延庄身上，颢天更加下定决心去争取呼延庄。亏那个呼延玖朝自己炫耀了那么多功绩，不过是只纸老虎，倒不如去劝降呼延庄，到时功归自己，再争首领之位也就好说了。

夜里，颞天悄悄将信使乔布齐传来跟前，故意质问道："你好大的胆子，竟敢私自与敌军勾结？"乔布齐早听萧贵分析过，料到颞天会召见自己，从容答道："小的不敢，萧大臣今日问及我与呼延庄将军的交情，我便如实回答了，至于如何行动，还要听从大王和王爷的发落。"颞天见他识趣，便取出一封信，吩咐道："你马上去，把这封信交给呼延庄，旨在拉拢他。具体的我已在信上写得清楚。你告诉他，若是能控制住王城，把努哈敏活捉回来——咳咳，你知道的，大哥怜爱她，战争中刀剑无眼，谁伤了她都不好。捉回来，让我好好保护这位夫人。事情办成之后，我通古斯必重重有赏。我的意思，你清楚了吗？你若听话，好歹算将功补过，否则，我便到大王跟前告你一状。"乔布齐当然是心知肚明，料到颞天会"先人一步"，他十分配合地说："王爷，我明白你的意思，你大人不计小人过，我一定会把事情办得妥妥的。"颞天知他是个聪明人，也高兴地说："好啊，你也一样，事成之后，重重有赏啊！只是千万不要告诉萧贵和大王，否则的话，有你好看。"乔布齐不忘提醒道："王爷，我觉得这件事还须尽量瞒着呼延玖将军，小的打算绕另一条道前去。"颞天一听，马上赞赏道："果然是可以栽培的机灵小子，那就快去快回吧。"

乔布齐走后，焰增问道："王爷，怎么还要把努哈敏活捉回来？"颞天大笑道，用兰花指点了点焰增的脑袋，说："瞧你这榆木脑袋！把她活捉回来，才能用来要挟朗天换取首领之位啊。"焰增有些厌恶，并没有表露出来，仍问："可这一去，不就惊动了乌桓王城吗？何况，若呼延玖将军知道了，定会生疑。"颞天却笑着摇头，道："你啊你，怎么尽瞎想。我们成大事者不拘小节，若总是瞻前顾后，又怎能抢占先机呢？"焰增白日里见他不肯杀萧贵已是留下后患，如今见他如此，更觉得"朽木不可雕"，不过脸上仍堆笑恭维道："是，是，王爷神机妙算，鄙人不能比啊。"

很快，呼延玖部署好乌桓边境的兵力，过来和朗天对接。朗天问："将军有没有什么办法可以轻易攻取乌桓，不浪费兵卒，不轻易伤到百姓？"呼延玖道："这不是难事，难得大王为我们乌桓着想。等你们大军过来，先佯装和乌桓开打，乌桓边塞其他部众实力不强，应该也支持不了多久，相信费不了你们多少兵力。夜里，等双方休战，我再将你们余部放进来，直奔王城，将其包围，里面也不过是些虾兵蟹将，若他们没有防备，不出一日便可攻陷了。"朗天称赞道："将军果然好谋略！如果你能在我手下，一定大有用武之地啊。"他又暗暗点醒呼延玖："我这个人啊，算不上有多大才能，聪明劲儿也不如我弟弟，唯独是用人专一这点我胆敢自夸，从不爱耍什么阴谋诡计。颢天这人机灵，从小就懂得许多道理，'过河抽板'这个词想必他再熟悉不过了，你可要提防着到时有人和你抢功。"呼延玖一听，知他话中有话，不免起了疑心。可看样子朗天也不会直接告诉他，便起身告辞。

果然，呼延玖刚一出大营，他的线人便来报告："将军，通古斯的王爷颢天派了一个使者去找呼延庄，好像是要来拉拢他，我们是否要去拦截？"呼延玖心生不满，"哼"的一声，骂道："好啊，这个呼延颢天，真以为自己算是哪门子的王爷，竟敢和我玩出尔反尔？"又道："那个呼延庄，怎与我相争？难道我还怕他！你就让他去，我看还能演出一场什么样的好戏来？"这时，颢天方要来找朗天，不巧听见呼延玖正大声嚷着这番话，顿时尴尬至极，一时又躲不开，只好上前与呼延玖打个照面，假意问道："呼延将军，你可是听见哪个爱嚼舌根的人胡说？我又怎会瞒骗将军呢？莫非是乔布齐那混账东西说的？"呼延玖见他还想隐瞒，更是气愤："哼，乔布齐？我看你是瞧不起我！还想让那个信使故意绕开我的士兵？可惜，我在乌桓算得上神通，你休想骗得了我！"

颢天自知理亏，只能赔着笑说："既然将军知道了，那我也不妨直说了。我只是想多找一个人配合我们，让这次行动事半功倍，你和呼延庄将军相熟，到时正好可以相互配合，一起立功瓜分乌桓，岂不好？何况将军你神通广大，到时功劳一定远远大于呼延庄，那些封赏依然还是将军你的呀。"呼延玖当然知道这是在打圆场敷衍他，他放下狠话："哼！我可不是傻子，呼延颢天我告诉你，你休想我会放你的大军进城，我劝你还是老老实实跟着朗天大王好好干吧，朗天大王一天在此，这里都轮不到你说话。"朗天一直在帐中听着他们的谈话，心中相信呼延玖已与颢天割席。此时他朗声笑着，走出营帐，道："还是呼延将军看得起我朗天，我日后定不会亏待你。"颢天羞愧难耐，快步离去，心中更是憎恨王兄。朗天请呼延玖一并进入营中，拿出美酒、叫来美人，大鱼大肉款待他，赏赐了他很多钱财和兵器，还和他称兄道弟。呼延玖许久未有如此得意，内心更是铁定要跟着朗天大王了。

第十四回

侍女弃主图容身　胞妹自保拒援兵

再说乔布齐带着颢天的信来到乌桓王城之外，悄悄唤来呼延庄见面。两人寒暄了几句，乔布齐便开门见山地说明来意。呼延庄听到通古斯要来攻打乌桓，心中焦急，又听乔布齐说呼延玖经已叛变，要与敌军内外夹击乌桓，更是大惊失色。他接过信读了又读，得知颢天要劝降他，还要他活捉努哈敏，眉眼间不由得露出一丝愠色。他对乔布齐道："老兄，我们也有好些年交情了，此次来劝降，是不是有些不妥？"乔布齐答道："兄弟不要误会，我也是受人所托。你们乌桓之事本来也与我不相关，只是你我相熟，我便来报个信，我自然是不希望你干出有辱身份的事情。但这次通古斯攻势很猛，你们又有内鬼，我亦怕你成为阶下囚，或是战死沙场。有这第三条路，便还是来告知，斟酌损益，还是由你自行定夺吧。"呼延庄眉头紧皱，拍了拍乔布齐的肩膀道："好兄弟，怎么说都要感谢你来告诉我一声。无奈我们现为两主做事，不能同担祸福，只望日后可以再相见。"乔布齐也叹了口气说："既是如此，阿庄，只望你能顺利跨过此劫。我就不作久留了，先告辞。"呼延庄送走了乔布齐，回到营中，急得来回踱步。

　　小蝶刚服侍完努哈敏用过晚膳，便来找呼延庄。见他郁郁寡欢，小蝶把他轻扶到席上坐下，帮他揉着肩膀，温柔地问道："阿庄哥，出什么事情了啊？"呼延庄简略说道："通古斯趁我们国力弱，要来攻打我们，还想劝降我。"小蝶也吓了一跳，随即坐在他身旁，柔声细语地说："阿庄哥，你是这么厉害的大将军，有什么对付不了的吗？"呼延庄直摇头："你不知道，今时不同往日。我们乌桓上次大仗回来，首领就去了，军营这边一直都没有好好排兵布阵，之前呼延玖部众留下的空缺也没有调度好。据说他已经叛变了，要和通古斯串通攻打我们。通古斯这次有备而来，我们根本不是对手，和他们迎战是必输无疑的。"小蝶双唇颤抖，问："那……阿庄哥，你打算怎么办？你，你果真要投敌吗？这样干也太……"呼延庄站起身来："不！我好歹是一个将领，我不能背叛乌桓做敌人的走狗。只是我从来不喜欢打这些没有把握的仗，何况现在以卵击石，我不想留下等死，不如，我们在开打之前先走吧！"他突然一把抓住小蝶的双手。

　　小蝶愣住，脱口而出道："不行！阿庄哥，我们不能丢下夫人不管的。"呼延庄把她的手握得更紧了，说："我也不想这样，但是别无他法了。俗话说，君子不立于危墙之下。小蝶，不要再犹豫了，你跟我走吧，我们今晚就趁夜走！"小蝶犹豫再三，支支吾吾地说："可是……可是我们走了，到时千军万马攻打过来，居次怎么对付？她还怀有身孕，被抓住可怎么办？"呼延庄急了，劝道："小蝶啊小蝶，都什么时候了，你怎么还惦记着居次！她这么怀疑你，三番五次打你，你还帮着她。假如你留下来被通古斯那群人抓住，你想想那群猛兽会怎样对待你这么漂亮的女孩子！我带你走，是为了你好啊！"

　　小蝶也害怕，却依然跨不过心中的坎，泪水直冒，道："阿庄哥，我当然明白你待我的好，我也一早决定了要追随你到天涯海角，不离开你。只是我总觉得这样未免太无情了，上次二阏氏还专门吩咐我好好照顾居次呢。"呼延庄见她可怜，语气松了些："我的好姑娘，这样子，我们临走的时候留个口信，通知夫人一声，也让她们有个准备；何况只是我们二人离去，我的部众仍然可以保卫王城的安全。你过往不是常设想我们之后的日子吗，等我们快些到别处安顿下来，便可以实现了。"小蝶来不及多想，便答应了，仍先回去服侍努哈敏睡下，待到深夜再出来与呼延庄汇合潜逃。

待到努哈敏睡下，趁小云不在，小蝶坐在地下偷偷写着条子，她想着过去的点滴，一抬头又看见榻上熟睡的努哈敏，眼中盈满泪水。这时小云掀帐而入，小蝶慌忙将条子揉起藏于手中，却来不及抹泪。小云见她今晚心神不定，便来搂着她，悄声笑道："好小蝶，你怎么竟成泪人儿了？是不是……他，惹你生气了？"说着。她指了指军营那边。小蝶的泪涌得更凶了，只能勉强笑着点头。小云道："好丫头，别生气了，这里就交给我，你先出去透透气吧。"小蝶听闻，便走到努哈敏铺前给她掖了掖被子，趁机将成团的条子塞在一角，心里默念：居次，真的对不住了。这次让我们走，就当是成全我们吧。如果你侥幸逃脱了，多珍重；如果不幸……我小蝶来世再给你做牛做马赔罪吧。

她不敢逗留太久，忙转身出了营帐，飞快跑开不忍回头。四周寂静无声，只有月亮依然醒着，呼延庄在不远处等着她，小蝶一跃上马，呼延庄就拍马离开。小蝶看向呼延庄，问道："阿庄哥，现在各处都不太平，我们要逃去哪里？"呼延庄说："不用担心，我在中原汉地有个远房亲戚，我知道他的住址，就近我们和汉地的交界，些许时日就可以到。我们先去那里避一避，等过了风头，再另做打算吧。"两人骑着马，融入到茫茫原野中。

第十四回　侍女弃主图容身　胞妹自保拒援兵

　　第二天，努哈敏起床后不见小蝶，便让小云到军营那边寻她回来。小云方到军营，便见几个部下慌慌张张地跑着，差点撞到自己。他们见到小云，忙拉着她道："不好啦，小云姑娘，呼延庄将军不见了！"小云问道："许是有什么事情出去了？"那几人又道："不是的，他连行装都带走了，我们快些去禀告夫人吧。"小云连忙拦着急切的几人，道："夫人那边我去回禀，你们先不要把这个消息传出去。"说罢，她转身便回。

　　刚到帐中，只见努哈敏手中攥着张条子，眼神直愣愣的。她接过一看，是小蝶的字迹，再往下读，也慌了神，忙道："居次，我们快些找人去追回吧。""免了，他们去意已决，又怎么追得回？"良久，努哈敏终于眨了眨眼，一颗豆大的泪滚落下来，"小蝶啊小蝶，真够狠心啊你。亏你跟了我这么多年，大难临头自己先跑了。"小云脑中"嗡"的一声，一时不知如何慰藉居次，又想通古斯进攻的事情八成是真的了，如今呼延庄逃了，若果真如信中所说，呼延玖也投了敌，那乌桓的安危就难保了；比起这些，她更担心居次承受不了这般打击，变得愤恨伤痛，抑或萎靡下去，可如何是好？她的心一阵绞痛，忍不住扑通跪在努哈敏面前，喊了声"居次"！

　　努哈敏含着泪，看向她，坚决道："慌什么？那个负心人带兵打过来，你以为我们对付不了他吗，大不了拼个你死我活。我努哈敏可不是好欺负的孬种。"小云见居次振作，眼中放出光来，擤了一下鼻子，笑道："正是呢，幸得居次清醒，我们乌桓，可不当他们通古斯的手下败将。呼延庄走了，部下的万千将士都还在；小蝶离开了，我定不会丢下居次不管。通古斯既然攻来，不如就将往日的恩仇一并在沙场上解决了。"努哈敏深吸一口气，道："好，我堂堂匈奴居次、乌桓夫人，绝不会给人看扁。呼延朗天，我定与你决一死战。"

　　虽有这般豪情壮志，可努哈敏终究心中无底，不觉又烦躁起来，下人送来早膳时也不顾着吃,却把嘴唇咬得发紫,用箸和勺在地上画着什么。小云见状,提议道:"居次,不如我们去找萧德大臣谈谈,毕竟他是先王所托的重臣,如今形势紧迫,听听他的部署也好。"努哈敏却白了她一眼:"那个老家伙?他们巴不得把我们轰出去,何况他是个文臣,对于带兵打仗之事,能懂多少?"小云仍执着道:"居次,三朝元老还是会有他的见解和经验,乌桓也是他的部落,他不会见死不救的。另外,我们不如也修信去匈奴,这次乌桓为难,汗国不会坐视不管的。"努哈敏默然,许久道:"既然你开口,那我们不妨去找他商谈看看。不过求助匈奴嘛,我也说不准他们会不会来救我们于水火之中。你大可先修信去了,眼前的劫难,终究是要靠我们自己去渡。"

两人找到萧德,见他脸色铁青、牙关紧咬,努哈敏直言道:"萧大臣,想必你也知道了发生了什么事,眼下大敌当前,还须尽快想出对策来,免得误了时机。"小云见机,也奉承道:"萧老前辈,我们居次知道你阅历丰厚、德高望重,特意来向你请教战事的筹备。形势危急,希望你能辅佐我们一同抗敌呀。"萧德见努哈敏如同转了性子一般,主动前来商讨,又听小云言辞恳切,便点点头,向努哈敏行了礼,请两人坐下,道:"现在呼延庄那逃兵走了,重新选拔一个将领是首要之事。"小云问:"不知士兵们是否有推荐什么合适的人选?"萧德道:"掌管军营的卜卫大臣是我多年交好,他最擅识人。当年也是他发掘了两位呼延将军的才干。我们不妨到军营去找他问问。"

他们来到了练兵场中,卜卫正站到高台上。现下呼延庄走了,军营亏得有他把持着,不至于混乱。卜卫见他们到来,连忙迎上前。萧德问道:"卜将军,对于将领一职,可有合适的人选?"答曰:"有一个年轻的将士,叫呼雷,他实非等闲之辈。他在几次大仗中屡立奇功,领兵作战的经验丰富,只不过之前呼延玖和呼延庄妒才,他一直被打压,不受重用。"

第十四回　侍女弃主图容身　胞妹自保拒援兵

他叹气道："都怪我当年提拔了他们，自己反倒被晾在一边，识才而不能用，只能任由他们在军中一手遮天。"努哈敏道："如此说来，军中不乏奇才。这个呼延庄走了倒是好事，免得他居功自傲，反而埋没了众人的本事。"随即他们唤来呼雷，又走访军中，发现呼雷在军中很受欢迎，名声好，让他带兵大家都信服。萧德也觉得呼雷性情好、军事才能卓越，是个不错的人选。他又去问了众大臣意见，均一致认可提拔他当将领。

当下，卜卫集合了众士卒，几人往下看去，是整整齐齐、黑压压的一片。努哈敏对着这些铺开的行列，喊话道："相信大家也听说了呼延庄潜逃之事，敌军入侵，他不去领兵抗敌，反而将乌桓抛在一边不顾，不知你们如何看待？"见底下众士兵愤慨，都在骂呼延庄不忠。努哈敏激动道："虽说我一介女流平日不过问军中之事，但我嫁过来，也算是乌桓人，对此实在是愤懑难平。这次通古斯要来兼并我们，注定是一场恶战，若是你们想走的，我毫不阻拦，也不定罪。但留下来的，必当洒血沙场，一旦发现有背叛的和逃跑的，即严惩不贷。"士兵们士气高涨，纷纷喊出誓言；又听要选呼雷当将领，更是士气大振，无形中给努哈敏建立了威信，卜卫和萧德也暗暗佩服这个丫头。

大营中，努哈敏几人聚在一起，领着众臣子筹备迎战事宜，诸如派兵布阵、准备粮草、打探消息，尽可能把一切事情在最短时间内安排好。萧德逐渐觉得努哈敏夫人并不是自己想象那般娇纵，处理事情当机立断，调度有方，颇有几分运筹帷幄的霸气。而她身边的小云姑娘也十分有灵气，虽是个侍女，但眼光独到，遇事不乱，与她主子相辅相成，便对她们另眼相看了。这时，努哈敏吩咐道："萧大臣，你且带人去储备粮草，安顿好子民；卜大臣，营中调度之事由你来负责；边防那边，还须另择良将把守，那个呼延玖已经叛变，再要不得，快将其绑来处置。"

不想萧德却道："夫人，我看那不过是敌国奸细为了蛊惑军心，故意编造的说辞，只骗得了呼延庄这样无用的人。呼延玖这人我了解，他是几代单传的武将，族中屡立大功，断不会做如此忤逆之事。"努哈敏始终怀疑，道："不成，边防之事岂能儿戏！这个呼延玖，断不可留。"萧德又道："我知道他之前太放肆冲撞了夫人，夫人也许对其存有偏见。可前些日子卜将军才到边塞看过，一切安好如常，夫人不必多虑。"卜卫也道："是啊，夫人。就算呼延玖果真叛变，若此时生事，会打草惊蛇，反而引得他注意，狗急跳墙了，就领着通古斯大军过来，我们反而没有筹备的时间了。"

放在往常，努哈敏定要急得去与萧德争论一番，可如今要凝聚人心，总不好冲动；但若要依了他们所言吧，也始终不放心。呼雷见夫人为难，提议道："不如我们以呼延玖所把守之地为外疆，在王城之外百里地再以丘壑之势划定内疆。我带人在敌军攻来之处布下绊马索和带毒刺的陷阱；在丘壑边掘暗道、砌壕沟，让我等伏兵藏身。纵使外疆被反贼入侵，内疆也能防得住攻势，既不至于惊动呼延玖将军，又能迷惑敌方，做到外松内紧也是好的。"努哈敏拍案叫绝，卜卫等人也纷纷点头称妙，努哈敏便由他全权去筹备，自己才觉得稍微安心了些。眼看着各处战备已步上正轨，努哈敏不再迷茫，真正有了带领乌桓共患难的感觉。同时她又挂念起萧承来，心想若丈夫在世，也一定会以自己为傲吧。

再说匈奴汗国接到乌桓的来信，听闻通古斯要大举进攻乌桓，而乌桓的两位主将都靠不住，完察萍念及阿敏这个宝贝女儿一时不知能否率众抵御敌军，心中焦急。这段日子她本已不好过，之前匈奴参和到大月氏和乌孙之战中，未曾想大月氏准备充分，又与西域盟国联合起来，实力倍增，给匈奴汗国一个下马威。匈奴不仅没能在乌孙境内速战速决，反而致使战线拖长，将大部的兵力拖在那儿。这回匈奴夺取乌孙的美梦恐怕是要泡汤，反倒是敌军愈战愈勇，竟朝匈奴这边打来，在沿途大加杀戮，眼看很快便要波及汉人区。其他的部落见匈奴疲于应战，也纷纷骚乱起来，如北边的丁零、坚昆、西边的呼偈、南边的楼烦，这些本被匈奴降服的败者如今肆无忌惮起来，竟也试图进犯匈奴的边境。

而今单于所率的大部仍在西域与敌军纠缠，大哥浑谷邪所带右贤王庭的兵力已分成几路，和千鸿、千烈他们一同领着，到几处边塞攻打骚乱的部落，而斯图亚的精英队伍则驻扎在王庭外，时刻保卫着王庭。完察萍留守在王庭里，眼下与阿央相伴。前段时间千山觉得王庭中无人理会自己，嚷着要到汉人区去，忘忧和暮雪又迟迟未归，完察萍便任由着打发了她去。自己时常派人打探敌我的消息，一次竟得知单于在恶战中身受重伤，更是日日牵挂担忧。当下又闻乌桓的噩耗，纵然是当着女儿的面，也忍不住流下泪来。措木央听闻姐姐那边的遭遇，又看着无助的母亲，莫名的害怕涌上心头，一时无从安慰，也拉着母亲的衣袖，一边哭，一边道："阏氏，不如我们去找外公想想法子吧。"完察萍觉得有理，她也颇为牵挂右贤王庭那边父亲的安危，决定立即启程。

右贤王庭不在单于王庭之内，所幸距离不远，平常也有来往，不出几日便到了。父亲是颇有资历的老贵族了，以前戎马一生，常和单于在营中共商朝政，是单于十分尊敬的长辈；只是现在老了，王位和部众都交给了儿子，自己只在右贤王庭之中颐养天年。自己这个女儿，过往在右贤王庭中何尝不是如努哈敏和措木央那般养尊处优呢，如今她年已半老，人也忧愁得憔悴，可在做父亲的面前，她吐露烦心事的样子，永远还是那个向自己求教的乖女孩。老贤王安慰道："依我看，单于久经沙场，这次也定能化险为夷，不会有大事的。只是下次一定要叮嘱他，切忌贸然发起进攻，这般涉远夺地，纵然有再充分的把握也是不够的。"听完察萍又埋怨另外两个阏氏只顾各自避去，老贤王也劝解道："那两个阏氏，本就不属于汗国的，大难当前，她们不想面对汗国的危难也是正常。只有你，我的好女儿，是单于的人，是汗国的主，也该是你要多承受着煎熬啊。"

完察萍听着耳熟，想到上次自己在信中也是这般和阿敏说理的，更是愧疚不已，不由得哭诉："父亲，我对不住阿敏，上次萧承离世，我抽不开身去，只当是她人生中的一个历练，不但没有帮上忙，还说了一堆大道理。这次她在水深火热之中，若我们匈奴还是不能派兵去救，便不是了。"老贤王心里自然也很不是滋味，他又是担心外孙女的安危，又见不得女儿的自责，相比之下他冷静许多，道："斯图亚的精英队伍还在，眼下敌军暂不至于攻来王庭，我们两边也相安无事，不如让他先分出一部分人去援助乌桓，最起码能保全阿敏。"

完察萍连连点头，谢过父亲。她不容耽搁，次日一早便携措木央返程，顺道去庭郊军营见斯图亚。斯图亚见大阏氏母女到来，忙出来相迎，问道："大阏氏亲自到来，莫非是王庭有什么变故？"三人边走入大营，完察萍一边将乌桓之事讲了，才坐下道："斯图亚将军，还望你能调度一部分兵力去营救乌桓。"斯图亚站在她们面前，面露难色，道："我何尝不想护长居次周全，可单于启程前特地交代，我部须以守卫王庭为首要之任，我们部众不敢贸然离开。何况从现在的形势来看，匈奴四面受敌，万不可松懈；如果去援兵乌桓，只怕路途上就耽搁不少时间，倘若再被通古斯部纠缠，都不知何时能赶回。我万不能有负单于所托，让王庭有任何差池。"

完察萍知他为难，却也不松口，道："王庭这边暂时安稳，乌桓已是岌岌可危。将军若担忧援兵乌桓会分散王庭的兵力，不妨抽调一小支队伍前去突围，将长居次救出也好。单于爱女心切，想必不会怪罪于你。"措木央也央求道："是呀，斯图亚哥哥，有劳你去助阿敏姐一臂之力。"斯图亚心中不愿，可见大阏氏脸色不好看，不敢违逆于她，只能半推半就地先答应下来："是，大阏氏，我即刻去与部众商讨对策，调派人马过去。"完察萍见他答允，知阿央与他许久未见，便留机会给他们二人倾谈，自己先出去了。临走前她又不忘对阿央耳语道："你与斯图亚感情深厚，我们待他也不薄。我看他并未确切答应要助乌桓，你快帮着劝上几句。"

完察萍走后，斯图亚皱起眉头，却说："阿央，我不想瞒你，长居次被困，我和你们一样心急。但是军令如山，我定当先保王庭周全，实在是无法去救长居次啊。"措木央迟疑道："可是……可是阏氏眼下再无他计，只当你们是救命稻草一般。若不从，阿敏姐那边便无人管顾了，匈奴可是乌桓的靠山啊。阿敏姐我是了解的，单以她独立无援，哪里撑得过去？"斯图亚牵着她的手，说："阿央，休怪我无情。莫说乌桓只是附属于我们，哪怕我们部众要派兵去救，也必然是先助单于，又怎么可能先救属地呢？即使我们派兵去救，通古斯有备而来，我们人数不多，又怎敌他们千军万马？纵使能敌，也只会如同西域那边一样，将匈奴的人马卷入通古斯之战中，无法再抽身回来护王庭。王庭防守空虚，便是置你们于危险之中了。"

措木央心中恐惧，也改变了主意，道："那，那便不去好了。可是阿敏姐那边可怎么办？"斯图亚似乎早有了对策："放心，央妹。即便乌桓这次无力应对被通古斯夺走，我们匈奴度过困境后，定能一举反攻通古斯夺回乌桓，给那些趁火打劫的部落一个教训。再说长居次与通古斯王有故交，即便乌桓被通古斯攻占，他们也不会恣意伤害长居次的。你要知道长居次既然嫁到乌桓，便是乌桓的人，她的安危不能再与匈奴要事相提并论。大阏氏那边，你只顾和她说我们已出兵去救了，免得她太担心。"措木央言听计从，心中暗暗发虚，觉得对不住阿敏姐，只希望她吉人自有天相，能够免遭此难。

第十五回

烽烟至忘忧助胡杨　　战火平阿敏护乌桓

再说忘忧和暮雪看望完努哈敏，便打算经汉人区回王庭。自从暮雪到氐羌后，忘忧许久没有和女儿一同来汉人区了，如今难得过来这边散散心，又是和暮雪一起，更是心情舒畅，顺便在望月斋住上几日，正好来祭奠修静师太。住持灵音见她们远道来临，忙接她们入内，吩咐其他小徒收拾好里间安顿她们。如今离灵音接任修静的衣钵已有两三载光阴，看着从前这个乐于奔忙的小徒如今稳重许多，也带起弟子来了，忘忧十分欣慰。忘忧一手握着灵音，一手牵着女儿，感慨道："望月怀远，原是一脉，幸得你们辛苦维系啊。"三人齐到修静师太的灵前参拜，忘忧感念这位老故人，又勾起许多往事来，眼下两地安好，不免也释怀了许多。母女俩就这样在此小住了一段时间，每日品茗弄琴，参拜闲谈，很是惬意。暮雪仍会到后院弹奏古琴，有时在日暮时分忆起凌风来，偶有清风送过，甚至觉得那阵箫声亦随风飘来。听灵音说，自从自己走后，这附近也再没见凌风的行迹了。暮雪凝神望着远处那几间木屋，轻叹一口气，不再多想。眼看也过了好些日子，忘忧颇为挂念留在王庭中的小女儿千山，怕千山许久不见自己会难过，便催着暮雪准备启程返回。

不料，这几日有许多从西面来的流民纷纷涌入汉人区。很快，西域要向汉人区进军的消息也传到众人耳中，听闻他们为了报复匈奴挑衅，在沿途烧杀抢掠，战火很快便蔓延过来。忘忧心中担忧百姓的安危，不觉叹道："若是攻到这里，战火之下，难免生灵涂炭。可怜这边的百姓多是汉人，匈奴对这片区域甚少管治，又从来看不上汉人和神女教，即使援兵到来，也不会在意百姓的性命。更何况，望月斋的藏经阁藏有许多神女教的古籍，之前怀远斋的藏经阁已被毁，断不能再失去这边的了。"灵音同样忧虑，道："多谢阏氏关怀，我望月斋众人定会誓死保护经文。只怕届时战火烧来，避之不及啊。"忘忧道："正是，若你们能将经文带走，先避过这阵子才好。王庭那边有重兵把守，大概是安全的。只是大阏氏他们向来不喜神女教，恐怕不会答允。"

暮雪听闻，也行至她们面前道："不如且去氐羌一避？氐羌易守难攻，加上如今防守到位，大月氏上次吃过亏，应该不会再来碰壁。正好可以将古籍先行存放到怀远斋中。"灵音听了，朝暮雪行礼谢道："这样甚好！多谢暮雪住持了。那事不宜迟，先准备一二日，我携众弟子随你护送经卷至氐羌去。""好，我也遣人到氐羌去，让阿萨带些弟子在半道接应。"暮雪道，又对母亲说："阏氏，我们要不要去接了千山妹妹来？"忘忧道："这样怕会耽搁，你们先去吧，我自回王庭陪千山。有侍从跟着，你不必担心。"

说罢，几人便到街上买些粮草以备途中所需。街上拥挤非常，想必是众人得知战乱的消息后，都来抢购物资。街边许多小摊档已被抢得干净，只剩了一些歪瓜裂枣在那里；有些摊档则已被推倒在地，摊主不见身影，推车的木板破烂、散落一地，压坏了许多食物，腐烂在地，惹来蝇蛆盘旋。很多百姓拖老携小、扛着包袱向南边逃难。一行人见此场景，不免心中惶惶，几个小徒见状先分头买去，箫声等几个侍从将阏氏几人护好，先到一旁暂避。

忽然，忘忧望见斜对面的米铺前站着一个汉族装扮的妇人，她身边跟着一男一女俩孩子，她边给银子、舀米，边时不时护着他们；而远远看着那女孩子的背影，越看越像是自己的女儿千山。她不由得大惊，忙示意暮雪看向那边，暮雪也觉得相像，正欲跟过去查看。突然，一队流民在路中间冲撞着，过路的行人避之不及，也朝两边跌去。一时间，街上人们尖叫起来，忘忧母女的心一瞬间提到了嗓子眼。那边的妇人和小男孩牢牢地将看似千山的女孩儿护在身后，才没有让旁人伤及她。

待那些人散去后，忘忧忽闻背后有两人急匆匆地朝对面奔去，她回头一看，竟是泽恩和阿忆两个侍从。忘忧忙拉着他二人，两个侍从看到二阏氏和二居次，惊讶万分，连忙参见。这么说，那边的姑娘便果真是千山了。忘忧斥道："你们怎能如此胡来，千山居次贪玩，可你们怎么能贸然将她带来汉人区呢？如今四处不太平，不安心留在王庭，却到处跑，多危险啊！"阿忆回禀道："回二阏氏的话，千山居次前些日子留在王庭中，不得二阏氏和二居次陪伴，大阏氏又甚少理会，居次觉得冷落；居次听闻许多流言道单于受伤，心中恐惧，便……便命我们过来汉人区，我们劝不住，只得由居次过来。承蒙这边相熟的杨婶照顾，居次在此住了一段时日，耽误了返程。"说罢，两个侍从忙向忘忧请罪。

忘忧越想越后怕，问道："怎么千山要独自前来，大阏氏也不过问？"见两人默然，心中更觉对不住千山。暮雪从前听千山说过胡杨母子之事，她大概明白了几分，朝母亲耳语解释一番。两个侍从正欲带千山居次过来，暮雪拦下他们，她知道妹妹在胡杨母子面前并未表露真实身份，怕此一去会被戳破，反有碍她和胡杨母子之间的情谊。她便吩咐两位侍从晚些时候再找个借口，将千山接来望月斋中问个明白。忘忧理解女儿的想法,也觉得妥当。

正如两个侍从所言,千山之前被独自留在王庭中,左等右等都不见母亲和姐姐回来,偏巧同在王庭的大阏氏平素也不管她;阿央姐姐时常待在大阏氏身边,间或觉得烦闷了才来找自己说两句话。千山只觉无趣,她心生一念:倒不如悄悄到汉人区和胡杨母子同住一段时间,杨婶待自己如亲女儿一般,好有些慰藉。放在平时,千山是没有这个胆量擅自离开,但再这般下去只怕要闷出病来,她便鼓起勇气带着随从来了。

杨婶见她一路赶来,又听她说在家中被忽视,好生可怜,忙带她进屋,让胡杨好好陪着,自己到灶台做了顿好吃的招待千山。在这段日子里,千山有胡杨做伴,不再觉得郁闷。白日里胡杨到外头搬运货物或是打马蹄铁,自己便学着帮杨婶剪裁布料、做些汉地的小吃,生活是有滋有味。好景不长,这些天听闻战火即将蔓延至此,杨婶心中忧虑,心想若要逃难,也不知能躲去何处,汉地焉会愿意收留这么多难民?想到千山姑娘若跟着自己母子,必定要受好些苦,便劝她尽早回家去。阿忆和泽恩也催促居次快些回王庭。无奈千山念及胡杨和杨婶的安危,终究不放心回去。这日他们几人出来买粮食做些储备,才刚好被忘忧他们碰见。

傍晚,阿忆与泽恩借机将千山居次带来望月斋,鸾凤领着他们到忘忧房中。见到母亲和姐姐,千山先是有些迟疑,愣了几秒之后,不由得"哇"一声扑来搂着母亲,撇着小嘴,委屈得快要哭出来,之后又拉着姐姐不放。忘忧紧紧搂着女儿,听她说了分别以来之事,并没有责骂她,只轻柔地抚着她的后背,笑道:"乖孩子,既然你来汉人区与我们汇合了,便与我们一同到氐羌吧。你今晚且去答谢杨婶他们,明日就随我们启程。"

千山见母亲并没有责怪自己,也恢复了笑脸,随即又羞怯怯地请求道:"阏氏,可不可以……也带杨婶和胡杨一同去氐羌避一避,他们都信奉神女教，也一向安分，不会出什么乱子的。胡杨平日里做惯力气活儿，也可以帮忙搬运经文。他们留在这里，无亲无故的，都不知道能逃到哪里去。"忘忧见她善心，很是宽慰，只笑道："你问问暮雪姐姐，只要她答允，自然是可以的。"暮雪看千山眼中怀着希望，想起自己之前求情带上凌风的情形，心中感慨，随即便点头答应，只是叮嘱千山一定要征得胡杨母子的同意才好。千山与她们商量出一套说辞，反复提醒她们不要说漏自己的身份。

当晚，千山向胡杨母子编造了一套说辞："杨婶、胡杨哥哥，实不相瞒，今天是二阏氏召我去的。二阏氏是从前汉地和亲过来的忘忧公主，因一次偶然的机会与我家相熟，可能是同为汉人的缘故吧，我承蒙二阏氏喜爱。听二阏氏说，他们要护送望月斋的古籍到氏羌，免受战乱所损，此次也邀我同去。只是望月斋的弟子人少，他们的侍从又毛手毛脚的，便想找些帮手一同护送经文，只是一定要是信奉神女教的，问我识不识得。我便想到了你们，要不我们一同前去帮忙，也好在这次的战火中自保啊。"对于忘忧公主的名声，杨婶早就耳闻，这一来她受宠若惊，抓着千山的手答谢道："能得到阏氏的赏识和千山姑娘抬举，实在是荣幸之至啊！这下可算解了我们的燃眉之急，不然这兵荒马乱的，我们也不知能去哪里呀。姑娘，请让阏氏放心，我们母子俩定当竭力护送的。"千山见她答应，欣喜道："忘忧阏氏那边尽管交由我去说，你们与我胜似亲人，忘忧阏氏为人和善，又同为汉人，一定会对你们很好的。"

次日，胡杨母子带上连夜收拾好的行装，来到望月斋与众人会合。灵音扶着忘忧出来，回头望着望月斋，恋恋不舍道："这么好的斋院，只怕要毁在这战火之中，实在可惜了二阏氏修葺的一番心意啊。"忘忧握着她道："哪里的话，只要人得以保全了，斋院再修又算得了什么？"众弟子和侍从也忙着将藏经阁的古籍和备好的粮草装到马上，胡杨连忙过去搭把手。暮雪昨日特意交代过箫声，也分些简单的活儿给胡杨，让他觉得自己是能帮上忙的。看着杨婶也要去帮忙，忘忧忙叫住她道："老姐妹，听闻你对千山照顾有加，实在麻烦你了。我嫁来匈奴，许久没有年纪相当的汉人姐妹和我结伴说话，如今难得见到，我们应在一处。那些活儿让他们年轻人去干就好。"杨婶一愣，她看向忘忧，又看看千山，心中仿佛敞亮了些，忙跪拜道："二阏氏啊，你对我们的恩德，我们哪里受得起啊！"忘忧忙将她扶起，道："区区小事，何必如此见外？"说罢，就拉她同坐到一辆马车中。杨婶眼泛泪花，道："那我就恭敬不如从命了。"又朝千山道谢："千山姑娘，这次我们母子能免于劫难，是沾了你们的福气啊。"

一路上，或许是同在汉地长大的缘故，忘忧与杨婶颇为投缘，两人讲起许多汉地的往事，长途跋涉之中也少了烦闷。谈及和亲之事，杨婶对忘忧公主向来敬重，如今不免直言："二阏氏啊，我们的忘忧公主，多亏了你，匈奴和中原才两相为好，我们边塞才有几日安宁啊，只是……苦了你了。"忘忧听杨婶说边塞的百姓对她敬重，也感动落泪，释怀道："这些年过得虽苦，倒也是值得的。"

胡杨有时会被箫声指派些任务，其余时间都陪着千山身边，两个孩子有说有笑，做母亲的看着，也觉安心。暮雪和灵音在前头领着一行人，并排骑着马，有一句没一句地聊着。只是这不免又让暮雪想起凌风，想起他之前与自己一同策马送经文到氐羌的情形。局势如此，凌风这个游侠不知还好吗？她极力收回飘渺的思绪，望向远方高低起伏的山峦。半途中，他们就遇上阿萨带着众弟子前来接应。有他们护送，暮雪更是放心了不少。两队人合二为一，赶在敌军攻来前将古籍平安送达怀远斋的藏经阁众，众人又在暮雪安排下住下，远离了战火，算得上安稳闲适，暂且不提。

说回乌桓和通古斯的情形。因呼延玖一再催促，朗天也不便拖延，他部署好部众之后，带兵大举进攻乌桓，也不忘留几个心腹在通古斯，以防有什么变故。颢天上次在呼延玖那里碰了壁，知朗天也对自己起了疑，只与焰增留在通古斯没有跟过去，依他所言就是静观其变，再想办法给朗天致命一击。呼延玖早早在边塞等着与朗天部众接应，双方按照原来的方案，佯装激战了几日，随即里应外合，开出缺口放他们过去，向王城那边进军。

王城中，努哈敏成日与几位重臣留在大营中，听着各路探子回来禀报战局实况，一边商量着对策。当她得知是通古斯王呼延朗天亲自领兵前来，努哈敏早有预料，可心中仍是不甘，又问是否只他一人，他那搅事的弟弟颢天有没有跟来。答曰没有。努哈敏凄然一笑，心中道：好你个呼延朗天，果真够狠毒啊，亏你上次还假模假样来帮忙，今日便趁火打劫，非要把我逼上绝路你才会善罢甘休。可又不免想他会不会是被颢天所迫而来，但若是如此，颢天怎会没有跟来？她猛地捏了自己一把，暗暗骂道：努哈敏啊努哈敏，别人都要踩在你的头上了，你却还在为他开脱。可不要忘了他以前是怎么对你的。想罢，她略一定神，挥手让探子出去。

这时，又听有人匆匆来报："夫人，不好了，外疆已被攻破，呼延玖将军他……他竟领通古斯的大军朝内疆而来。"此事早在努哈敏的意料之中，她啐了一句道："呼延玖，果然是个叛徒。"营中其他大臣直骂呼延玖不得好死。萧德听闻，脸色煞白，立即跪下叩头谢罪，称都是自己当时坚持任用呼延玖，引狼入室，甘愿领罚。努哈敏让他快起来，道："萧大臣，大敌在前，忙什么责罚，自然是抗敌为先，这次只当是个教训，以后要带眼识人。幸好我们听从了呼雷将军的计策，快去命人通知他们一定要守好内疆，再调些重兵来把守王城。"萧德连连磕头，领命而去。

朗天所带大军顺利进入外疆之后，走了几十里，便发现还有一处内疆，是依照丘壑之势而筑，并有重兵把守。朗天不由得在心中暗暗赞叹努哈敏的防卫策略，面上却是大惊，看向呼延玖。呼延玖也没有料到王城竟瞒着自己再加防守，想必是已经发现了自己的投敌之举，顿时脸色发黑，直称努哈敏奸诈，又警惕地注意着朗天的动静。朗天知他是个极骄傲之人，怕他面子上过不去，一时冲动不知会做出什么来，故意说："上次听闻颢天那小子私自派了乔布齐去勾结呼延庄，定是走漏了风声，让乌桓起疑。"呼延玖一听，便大骂颢天"坏我大计"。

呼延玖抬眼望去，见远处把守的将领竟是昔日自己手下的呼雷，又朝那边骂骂咧咧道："呸！小子乳臭未干，就敢来带兵打仗，也只有那破丫头瞧得起你。"朗天听闻，顺势道："我想也是，就凭这群青头小儿，又怎能敌过呼延将军的骁勇之部呢？"呼延玖见朗天给足了自己面子，心中畅快，道："大王你就放心吧，待我率兵直破王城，把那丫头片子生擒了给你。"朗天窃笑，心想：这样更好，横竖死伤都是你们乌桓人，不用费我兵卒了，便由得他们先行。

守内疆的将士见到呼延玖引敌军来，义愤填膺，高声责骂呼延玖这个叛徒。这么一来，守军们士气高涨，誓要和乌桓共存亡，冲上前来与叛军和通古斯军激战一番。前方的叛军刚冲向内疆的原野，便被布置好的绊马索绊得人仰马翻，滚落在地，又摔进掩藏好的陷阱之中，被毒刺扎得生疼。后路的通古斯军见状，也不敢贸贸然上前，停滞在后头。呼延玖眼疾手快，在坐骑摔倒时顺势跃到另一匹马上，好不容易躲开此阵，他正率余部往里头奔去，忽然身旁的沟壕之中冲出一队人马，又与他们厮杀起来。双方的队伍纠缠着，竟是势均力敌，实在出乎朗天和呼延玖等人的意料。

本来朗天念及努哈敏的安危，只想随意攻打，如今到底还是得打醒十二分精神迎战。呼延玖的部众听见王城的人骂自己是叛徒，本已被煽动，觉得无颜面对本部落的弟兄；如今见状况凶猛，又是自己人打自己人，给通古斯作嫁衣裳，不免丧气。呼延玖见部下气馁，连忙呵斥他们，挥刀就砍下旁边一个临阵脱逃士兵的首级，举起道："谁敢退缩，都给我上！"手下的将士一开始忌惮呼延玖的命令，只能硬着头皮往前，后来也无心恋战了。呼延玖见士气不高，又见后头通古斯军不上前帮忙，只得勒令返回。努哈敏等人在军营中听闻乌桓大军的实力不输于通古斯，喜出望外，更有退敌的信心了。

一连几日，通古斯军尽力尝试攻入内疆，却始终被呼雷部众的各处布置拦在外面，相互僵持着。漠南部落的战争自古以来有"月满出兵、月亏退兵"的惯例，眼看就要到月亏之日了，通古斯却始终未能攻陷乌桓，士兵们都有些倦怠了。入夜，双方休战，朗天回到通古斯军驻扎之处，唤来萧贵商讨对策。萧贵看出朗天不恋战，劝道："大王，难道我们就此作罢？我明白你本意不愿攻打乌桓，可我们终究要夺回失地以报先王之仇；何况此举一旦未达成，我担心颢天王爷会以此为由逐你下台。"朗天道："贵叔，我并不是不想拿回乌桓，只是我们低估了他们的实力，要是强夺，会有更多死伤，我们不如智取。我打算明日只身去找努哈敏夫人和谈。"萧贵大惊，道："大王，你独往王城，他们素来恨你，实在太冒险了。哪怕去和谈，也须我陪你一同去。"朗天却摇头道："贵叔，你就留在营中看好那个呼延玖吧。他手中有兵力，我怕他一时性急做出不利于两地之举。和谈之事，我自有办法。与其藏着掖着，一直以来牵出两地这么多争端，倒不如敞开了说，一并将所谓的爱恨情仇解决了，倒干脆。"萧贵不敢违命，应了下来。

呼延玖听说朗天要去和谈，十分不解，以为他是轻视了自己的实力，刚要辩驳，只听朗天胸有成竹地对他说："放心，老兄。我素来懂得那个努哈敏的软肋，你若信我，我此次单枪匹马，就可以把乌桓拿下，顺便将毒刺的解药拿回给弟兄们敷上。老兄连日征战劳累，先在营中歇息几日不迟。"说罢，便让呼延玖安心留在大营里，叫萧贵好好招待呼延将军。

那边王城的守军见通古斯王呼延朗天单枪匹马闯过来，言之凿凿要与夫人和谈，不知道他要什么花样，赶紧去禀报。努哈敏一听，也皱起了眉，众人都不知道朗天这是什么诡计，纷纷劝夫人不要去。努哈敏内心一热，想着：我为何要怕他，大不了来个一刀两断。又想，我乌桓虽能与通古斯抗衡，可势力毕竟不如通古斯，若是对付十天半个月的，也无妨；若时日久了，恐怕也不能持久啊，倒不如去看看他到底要要什么花样。说罢，便命人备马，准备到王城外会一会这个死对头。众人连声劝阻："夫人不要冲动，这样一来，你和肚中的小首领怕是要冒险啊。"努哈敏也不顾，只带了些贴身侍卫，便上马而去。

城门之外，他们两人坐在马上，相对而视，像极了之前两人分别的情形，只是上次难得留下稍微改观的印象，这次已荡然无存，而她心中的怨恨又深了一层。侍卫们簇拥着努哈敏，守护在她两侧。努哈敏抬眼看向远方的山坡，想起往日朗天当众羞辱她之事，不由得冷嘲道："堂堂通古斯王，怎么两次来乌桓都是和谈？若是你有那嘴皮子功夫，上次就说服了萧首领，怎么这次又来损兵折将？"朗天知她心中难受，自己的负罪感愈发沉重，只是诚恳答道："回禀夫人，若要天下久安，毕竟在和不在战。此次我朗天特意前来，望与乌桓和谈。"努哈敏怒斥道："呸，尽说些好听的话。泱泱大国，竟趁着乌桓首领才逝、宗主战乱，便来趁火打劫；还意图策反我乌桓两员大将，私通内贼，里应外合，实在无耻至极！来人，给我拿下！"两边的侍卫听闻，纷纷举其弓箭对准朗天，左右亲信也准备上前捉拿。朗天也不惧怕，答道："有道义的部落不杀来使。夫人，我此次只身前来，你们要杀我简直是小菜一碟了。只是其中内有隐情，我们与匈奴三地之间历年的争端，也该敞开了说明白。加上这次乌桓的陷阱之阵了得，许多士兵都中了毒，其中不乏乌桓的弟兄，若无解药，他们恐怕性命难保。还望夫人让我进城商谈，等我把话说完，孰对孰错，日后如何取决，也都能清楚了。"

其实努哈敏心中也不愿让他们这么快杀了朗天，一直以来自己有很多事情想问个清楚，可惜一直抹不开面子、找不到机会。可她又担心自己一时耳软，又听了他的蛊惑之言，一再误事。一时竟无从决定，僵在原地。小云在一旁耳语道："居次，也许我们能从和谈中受到启发，找到敌对的策略；哪怕没有，拖延一下再想办法对付他也好。我们王城守卫森严，居次你如今也理智许多，不必再害怕他了。"努哈敏觉得有理，便同意让朗天进城协商。呼雷带领着大部守兵继续把守在内城门口。其余士兵分成两批，一批簇拥着努哈敏，加以保护；一批拿刀指着朗天，提防着他。朗天倒颇为镇定，主动把兵器交出，跟在努哈敏之后。反而是努哈敏见他这般，不知道他打的是什么算盘，心里发怵。

第十六回

掌门人谈和今昔事　墙头草命丧明暗争

朗天和努哈敏来到大营中分别坐下，努哈敏吩咐旁人在外头守着，只留小云和萧德在身边。她向朗天道："通古斯王，你要狡辩什么，请自便，我今儿个倒要好好听听。"朗天表面上看着气定神闲，可这一坐下来，却又不知道怎么开口。他想试着说明攻打乌桓绝非他原意，于是他向努哈敏做了辑，道："努哈敏夫人，恕我这次冒昧前来。原是我治理无方，受舍弟颢天以首领之位所胁迫，只得出兵攻打乌桓，夺回失地……"朗天将自己与颢天的纷争一五一十说了出来，未等他说完，努哈敏便冷笑道："说得轻巧，若是他胁迫你而来的，怎么偏是你带兵来，却不见那个呼延颢天？何况你们兄弟之争，却把我们乌桓拉进水深火热之中，这不就是把我们当成你们争权夺位的牺牲品？还将我们两员大将策反，亏你们做得出！"转而便愤怒地啐了一句。朗天忙解释道："夫人请息怒，我实在无加害之心。当时颢天找来了叛变的呼延玖，我忌惮他有兵力，会对你们不利，只能先行笼络住他，不让他与颢天过多勾结。佯装来攻打，只是缓兵之计，希望以此骗过甚至除掉颢天和呼延玖。这等卖主求荣的小人，我实在不齿,如今他在我的营中,被贵叔看守着,我一直想将其归还给乌桓处置呢。至于呼延庄,我本想借其惊动你们,好让你们有所准备,不承想他却如此懦弱,逃窜而去,唉,没想到反害了你们。"

努哈敏听了半信半疑,见他言辞恳切,又听他想尽办法为自己这边着想,竟隐隐约约地有些心软,答道:"如此说来,那倒要感谢你们通古斯掳走了这两个没用的东西。没有他们碍手碍脚,我们反而振作起来,不像你们想象中那般窝囊,是不是大失所望啊通古斯王。"朗天见她话语中有掩藏不了的得意,也不由得会心一笑:"你们的防卫和战术如此周全,我呼延朗天佩服之至,这些日子也让我大开眼界啊。"努哈敏见他放开了拘束,竟在这攀谈起来,未免太得意了。她收起脸上多余的神色,冷冷道:"既如此,便是通古斯不敌,才来和谈咯?"

"夫人,相信你从之前也有所耳闻,自古以来,乌桓部落就属于通古斯一族,从风俗传统到服饰语言都是一脉相承,像萧大臣这样老资历的子民是清楚的。"朗天缓缓道来,"不仅如此,我们两地连取名字的方式都是相似的。因为在匈奴汗国东南面,离中原汉地较近,受汉化影响大,两地人的名字都和汉人类似,只有一个字或两个字。乌桓部落更偏南,采用单字,通古斯采用两字,都不同于汗国匈奴族的三字名。只是后来我们两地被匈奴打败,受匈奴控制了好长一段时间,我们两地的贵族才被冠以匈奴最大的'呼延'和'萧'两姓。不瞒你说,连贵叔原本都是乌桓人,只是那时两地尚未分开,他被我父亲带去通古斯辅佐罢了。还有许多乌桓和通古斯的百姓现今仍频频和另一处的亲友来往,只是两地分开,添了许多麻烦。所有这些都足以证明乌桓和通古斯原本是一体的。"他顿了顿,努哈敏不作声,只有萧德频频点头。

朗天继续说:"后来匈奴与通古斯那场大仗,将我们和乌桓驱至东南,被迫臣服于匈奴。当时呼延顿的姑妈执政,看上了乌桓这块水土丰美的地方，便让乌桓成为了匈奴的藩属。我们游牧民族讲求水源和绿洲，乌桓部落对于通古斯来说十分重要。父亲当时无力还击，战死沙场，收复乌桓一事便落到了我肩上。""哼，那又如何，还不是你们实力不敌匈奴才至此？"努哈敏插话道。萧德也对朗天稍稍一行礼，道："大王，恕我直言，你们将乌桓丢了，归根到底还是你先父的原因，怪不得别人。当时你先父统治时，通古斯仍然十分强盛，甚至于比匈奴更甚。可他轻视匈奴，骄傲自大，三番五次向匈奴索要东西，先是坐骑、美人，而后竟然提出要索取与匈奴接壤的一千多里地，好大的口气！这才激得匈奴进攻通古斯，要给个教训。你们当时落败而逃，牺牲了乌桓。如今又想夺回，是不是也太目中无人了。"

朗天之前见呼延顿时，已经知晓了几分；想到还有颢天那档子事儿，也觉得父亲所行荒唐，忍不住直言道："这确实是父王做得不妥，以至于败了通古斯、输了乌桓，怪不得旁人。"努哈敏听他也不避忌，正在心中赞叹，却听他又道："只是我们通古斯一族向来重视复仇，为了报血缘之仇，不惜在氏族、部落间互相残杀。"他深吸了几口气，强忍了牙间的颤抖，别过头去不看努哈敏，说："那次战争中，呼延顿受他姑妈的指派，带兵攻入通古斯。我父亲带兵迎战匈奴，正好与呼延顿照面。我父亲的首级，正是呼延顿割下的。我当时年幼，还在苦苦追寻杀父仇人；不想这件事，呼延顿那次亲口承认了。这个仇，我岂能不报？"

努哈敏大惊，继而赶到一阵眩晕，"什么，你们，你们……"她口中喃喃，抓住小云的手。她只知匈奴与通古斯有过节，未曾想单于竟与朗天有杀父之仇。她心中一阵绞痛，难怪朗天见过单于之后便性情大变，几番将自己玩弄于股掌之中。她看向朗天，见他额头两侧和颈脖间青筋冒起，强忍着愤怒不看自己。难道自己与朗天果真势不两立，匈奴和通古斯两地也再无缓和的机会？她缓缓站起，眼神悲悯，坚决道："呼延朗天，这么说，哪怕你夺回乌桓也不够，日后是要去杀单于的了？好，若你杀了单于，我也绝不会就此善罢甘休的。"朗天听此言，转头与努哈敏的目光碰上，他强作镇定，捏紧拳头，也起身道："你到时要杀我，我也没有怨言。"说罢，他却如同泄了气一般，颓然坐下，双手抱头，喃喃道："只是这些仇恨，就这么一代代传下去，冤冤相报何时了。我们两个人，当初若是普通的青年男女，又怎会一步步发展成仇人，被卷进这家国的仇恨之中。"努哈敏脑袋嗡嗡的，念及他以后要杀单于，而自己又要去对付他，更是思绪如麻，道："中原有句古话'复仇者必自绝'。可想而知，执着于复仇的人都不会有什么好下场。我们的下场，也是注定了的。"

朗天轻声重复着这句话"复仇者必自绝，复仇者必自绝！"他有些凄然道："是啊，我之前被仇恨冲昏头脑，做出了许多对不住你的事。可到头来，于我于你，又有什么好处呢？上一代的仇恨，为什么要成为我们的枷锁？让好好的人自相残杀！"努哈敏听闻，也有些动容，坦白道："其实不瞒你说，以前我总觉得单于一统大漠，十分威武；可近来的种种，我却不免想这么四处征战正是许多祸害的根源。大漠上的部落分分合合，争霸仇杀，永无了断，害苦了多少人。"她闭了闭眼，半晌睁开，鼓起勇气道："我知道这么说太没有匈奴人的血性，也知道这个想法太自私。可如果我愿意将乌桓并回通古斯，之前的仇恨是不是也可以停止在我们这一代呢？"她径直看向朗天，眼神像是期待、像是祈求，更有求和的意味。

朗天动容，久久不肯离开她的目光，他挣扎了一番，内心既受努哈敏所言鼓舞，又因往日的仇恨痛苦非常，终于道："你说得对，也是时候做个了断了。既然部落的未来把握在我们这一代人手里，我们的命运就不该被前一代人左右，如今，就算是我对不住父王了。我从前确实太没有主见，既然是我掌权，又何须再囿于前人，囿于旁人的说辞，但凡不从的，我尽除去便是。只是你那边，又如何同匈奴交代？"努哈敏也一咬牙道：

"之前我曾听二阏氏和二妹妹说，为人处世要听从本心，我们就应做我们认为对的事情。如今我不仅是匈奴的居次，也是乌桓的首领夫人，我也有自己的判断，不需再对匈奴言听计从了。以后单于那边如何应对，我自会去承担。"话虽这么说，努哈敏内心依然有些惴惴不安，感觉事情的发展离她想象中的越来越远了。但眼下的豪情掩盖了这丝困扰，她也顾不得去过多考虑了。

两人达成了共识，努哈敏叫来众臣，与他们一并商讨。卜卫、呼雷等人没有异议，说全凭努哈敏夫人做主，连平日最顽固的萧德听了刚刚一番谈话也颇受感触。他一路看着两地的变迁，知道两地分开以来，许多本来有联系的子民因为战乱和路远都断了联系；乌桓长期受匈奴压迫，百姓受苦，实在有违民心；又见努哈敏不再恣着匈奴的姿态说话，而是将自己当做乌桓的首领去考虑，欣慰不已，也没有反对。

一连几日，双方约定各自撤兵的期限，又商量着日后的安排。朗天和努哈敏在许多问题上有一致的看法，心中只道默契，两人的距离不由得拉近了许多，间或不觉谈笑几句，不再如过往那般对峙了。小云在一旁着实为居次高兴。谈及如何处置叛徒呼延玖，努哈敏道："此人对你我皆是个大威胁，定要除之而后快，我现在就派兵去捉拿他。"朗天道："他手中仍有许多兵力，我见识过，他手下的士兵对他忠诚，只听从于他而不顾乌桓王城所令。只怕他一时狗急跳墙，发动兵变，免不了又是一场恶战。我们不如想个计谋，以其人之道还治其人之身，让他死得不明不白才好。"努哈敏听朗天耳语一番，便唤来呼雷吩咐了几句，呼雷领命而去，朗天也先行告退，回到营中。

通古斯驻地那边，在朗天去和谈后，萧贵怕呼延玖起了疑心，一直陪呼延玖在大营里饮酒作乐。呼延玖三番五次向萧贵抱怨："大王怎么有这闲工夫去耍那嘴皮子！倒不如趁此时进攻，杀他们一个措手不及。"萧贵笑着给呼延玖斟酒，劝道："将军有所不知，大王早就精心筹备，这次和谈必然万无一失的。你帮了大王一个大忙，大王很是感激啊。听大王说，这次去和谈便要让乌桓给将军坐高位、享厚禄，毕竟将军与我们合作，大力促成乌桓归顺之事。到时和谈成功了，那将军你可是第一大功臣啊！"呼延玖虽不全信，但听得自己不背负罪名还能在两边立功，又怎会不心动，他接过萧贵递上的酒杯一饮而尽。此时，忽听得朗天传令退兵，"什么！"呼延玖猛地站起，狐疑地盯着萧贵。

萧贵正欲解释，忽然一个侍卫走进大营，气喘吁吁地交给呼延玖一张字条。原来，颢天那边得知朗天去和谈，深感大事不妙，忙和焰增商量。焰增怂恿颢天道："王爷，不如我们传话给呼延玖警醒他，说朗天和努哈敏暗中勾结，一旦和谈成功，定会合力杀掉他呼延玖。不如叫他借机杀掉朗天，答允给他重赏，这样便可以斩草除根，借刀杀人。首领之位，便没有人和你争抢了。"颢天一听焰增要杀掉哥哥朗天，浑身一颤，他虽然一直对哥哥很不满，在焰增的鼓吹下，一心要篡权夺位。他只是不甘心自己做不了首领，可他却从未真正动过杀掉朗天的念头，也是从不敢想的。焰增见他犹豫，心中愈发对这个主子不满，他上前一步逼近道："王爷，这种千载难逢的机会，你不会想白白放弃吧？难道……你根本就无心夺位？亏我还一直卖命帮你！"颢天听他这么讲，连忙否定。眼下焰增咄咄逼人，没有时间再考虑了。颢天把心一横，答应下来。焰增眉目间才缓和了些，赞扬道："这才是嘛！无毒不丈夫，王爷，你是个成大事的人。"颢天勉强地笑了一下，照焰增所说的写下一张字条，交给呼延玖留在通古斯的亲信，让他连夜飞奔送去给呼延玖。

呼延玖打开字条，也觉上面说得有理，不免更疑心朗天果真被那努哈敏的甜言蜜语哄骗了，不只撤兵，下一步就要联手收拾自己了。他一手拿起长刀，对着萧贵，正欲发狠。这时，朗天掀帐而入，见此情景，笑道：

"怎么，趁我不在，两位竟有兴致比武来了。"呼延玖见朗天回来，稍微收住了些，放下刀，问道："大王，此番和谈状况如何？"朗天哈哈大笑，道："如将军所愿，通古斯已然收复了乌桓，无需再费一兵一卒。努哈敏那丫头片子也答应了要大加封赏将军你为乌桓的英勇大将军，也欲亲自赔礼道歉。有我做担保，不会有差错。不信，你随我到王城中去看，那些老臣和毛头小子正恭候你去参加封赏大典呢。以后将军你就是乌桓一人之下、万人之上的主宰者。等我们玩够了，再解决了努哈敏那丫头，整个乌桓，不就是将军你的了？"呼延玖听闻，心中赞叹朗天竟能让那丫头片子死心塌地，又闻自己即将大权在握，瞬间不由得志得意满，完全没有了戒备。

他一时激动，一刀杀了传话的亲信，又将颉天的字条将给朗天看，仰天大笑："呼延颉天简直是脑袋长草，竟欲离间我和大王，幸好我没中他们的阴谋诡计。大王为我着想，我呼延玖在此谢过。"朗天接过字条，内心暗暗高兴，这下可算抓住了颉天的把柄，看来回去收拾颉天的时机也成了。他大力表扬了呼延玖，让他先去换件干净衣裳，之后随自己去参加封赏大典。呼延玖大笑而去。呼延玖走了之后，朗天还是有些不放心，问萧贵道："贵叔，我这么说会不会有破绽？"萧贵说："一个人追名逐利到极致还哪会顾虑这么多？呼延玖就是这样的人。大王，我们是时候派兵回去控制住颉天和焰增的部众了。"朗天点头，让他去布置。

那边颉天和焰增见亲信久久未归，又从线人口中打听到乌桓要封赏呼延玖做英勇大将军。焰增料想呼延玖肯定没有按自己说的做，气急败坏，连声称："呼延玖这个人，墙头草！果真是靠不住啊！"反而是颉天暗自庆幸呼延玖没有杀掉哥哥，他在一旁听着焰增抱怨，只是时不时附和着。焰增一把抓着颉天，焦急道："王爷，这下我们非但没有除掉朗天，必然也被抓住马脚了。他一定会派兵来捉拿我们，我们须快些逃去，等风头过了,再想办法除掉朗天。"又在心里骂颢天:竖子不可同谋!颢天才意识到处境之危,不禁害怕起来,由得焰增摆布,连夜整顿部众离开王庭。他在部众的掩护下,先行藏身在隐秘之处,幸而及时察觉,没被朗天部下赶到捉拿,暂且躲过一劫。

呼延玖整理了一番,便随朗天进入内疆之中。他趾高气扬地走着,见呼雷部众铁青着脸站在两边,纷纷低下头去。他心中得意,径直来到呼雷跟前,朝他脸上啐了一口,道:"怎么,你往日不是威风得很,扬言要将我们这些叛徒赶尽杀绝吗?怎么今日像只死狗一般?"又对一旁的卜卫道:"好你个老东西,竟让这小子补位对付我,亏我从前还是你提拔上来的。今日我就要给你几分颜色瞧瞧。"说罢,就要提刀。呼雷和卜卫知他得意不了多久,也不与他辩驳。朗天忙劝住:"呼延将军,何必同小人计较,快进王城去,别耽误了时辰。"呼延玖这才稍微收敛了些。

时辰一到,城门大开,努哈敏率几位重臣走出城外,把呼延玖引进城去。她在朗天的勒令下,假意当众给呼延玖赔不是:"呼延将军,之前是我小女子有眼不识泰山,低估了将军的才干,耍小性子把将军贬到边界,我在这里给将军赔不是了,还望你多包涵,以后整个乌桓还要靠将军你啊。"努哈敏想到不过是假装说几句低声下气的话,很快就能把这个恨之入骨的人置于死地了,也不在意,反而给足了劲,将神色语音都演得逼真。小云等人本担心一向坦率的居次不配合,如今看她说得如此到位,也不免觉得好笑。呼延玖见昔日这个看不惯的小女子当众给自己赔了罪,又见众人喜悦之情溢于言表,以为他们觉得是他呼延玖的到来让乌桓得救,更是得意,嚣张答道:"之前的事,不妨一笔勾销。我大人不计小人过,你们往后都给我看着点,否则,别怪我狠辣。"其他人听了觉得好笑,亏他还能把这话说得出口。

封赏大典上,努哈敏命人送上价值连城的珍宝,又请来许多女子歌舞助兴。小云等侍从将下了蒙汗药的牛羊肉和美酒端来呼延玖面前，早已吃下解药的萧德众臣也前来举杯庆贺。呼延玖洋洋自得，举起海碗豪饮，又命人不断送来新切好的肉食。很快，他便觉得喝到醉醺醺的，在几个侍女的搀扶下进里间躺下了。朗天看着颢天写给呼延玖的字条，心中使坏，找来王城中一个疯疯癫癫的牧民，将"杀呼延朗天必有重赏"的字条给他看；又把那人引到呼延玖的帐外，告诉他里面躺着的人就是字条上所写的呼延朗天。那个疯癫的牧民乐呵地抓起宰牛刀就径直冲入帐中，举起刀对着床上的呼延玖大喊一声："颢天让我来取你狗命！"说罢，手起刀落，呼延玖还没来得及反抗，就一命呜呼了。想必他至死都不清楚是哪一派杀的他，哪一派利用他。朗天在外头看着，心中窃喜，努哈敏也忍不住围上来看，又被里头血腥的场面吓得直躲在朗天身后。两人相视而笑，或许这就是对墙头草的最好惩罚。

　　萧德等大臣草拟了诏书，向乌桓子民宣布了两个部落统一之事。一连几日，平息了战火的草原上重新恢复生机，百姓们载歌载舞，高声赞扬着，把成群的牛羊赶回草原上，点起篝火祭拜火神庇护。两地沟通的人们也赶忙收拾行装，到另一处走亲访友，抑或远道去大鲜卑山参拜龙脉；原先苦于匈奴奴役的百姓和苦于每年上缴牲口、粮食的子民得以解脱出来，饱餐一顿加以庆贺。努哈敏见四处欢欣，知自己做了件顺应民心的事情，畅快了许多。不过她不忘交代小云等人切忌向匈奴那边走漏风声，心中仍在苦苦盘算日后如何向单于和王庭众人推说。

第十七回
三段感遇醒本意　一朝顿悟返迷途

再说小蝶跟着呼延庄走后，一开始两人担心被追兵追回，一路日夜兼程，不敢耽搁。后来，呼延庄见没有追兵追捕他们的迹象，料想努哈敏那边已遇燃眉之急，肯定不会再来理会他们二人，干脆放慢了脚步，沿途赏赏风光，或与小蝶卿卿我我。他们带了足够多的盘缠，越靠近中原，路途中市镇逐渐多了起来，不再是游牧的大草原。若经过集市，他们到了饭点就进酒楼、茶馆小斟、小品，夜里找家不错的客栈落脚；若行了几十里没有市镇，就吃些干粮，夜里再找户人家，花点钱借宿一晚。一路下来，很是闲适，倒像是一趟旅程。小蝶跟在呼延庄身边，颇为心安，沿途不乏享乐；可越是如此，长居次越成为她心中隐隐作痛的刺，她只能竭力不去想，任凭时间冲刷。

一日，两人赶了整天的路，终于来到一个小市镇。眼前是家小酒楼，两人又饥又渴，迫不及待地走进去，打算吃上一顿好的，晚上顺带在此住下。酒楼的装潢不算华美，在火把的摇曳下倒显得温馨，毕竟这也是一个小地方，能找到这样一家还算不错的店落脚，他们也很满足了。周围坐了几桌都是来往南北的客人，店主人很热情，呼延庄和小蝶刚坐下，他便命伙计们捧上热乎的好饭好菜来招待，当然也可能因为看到呼延庄腰间挂着的几锭闪闪发光的银子。呼延庄和小碟吃上美味的酒菜，交谈间称赞了几句，内心满足，他便把几两银子拍在桌上，赏给店家，店家欣然接过，更亲自热了一壶清酒送来。

不一会儿，店家又笑嘻嘻地走过来，在呼延庄身边弯下身子，热情地推介道："这位客官，小店有几位歌女，会唱些中原的小调，还能弹些胡地乐器，不知客官是否愿意听上一曲助助兴？"小蝶对这些并无什么兴致，奔忙了一日，她只想快些吃完，和呼延庄聊会儿就歇下了。她刚欲伸手拉呼延庄让他拒绝店家，岂知呼延庄饶有兴致，手一挥，大喊道："好！那就来一个，给爷听听也好！"说罢，又朝小蝶挑挑眉，道："你也看看哈。"呼延庄喝了些小酒，酒劲上头了，言行比昔日在军中放荡许多，全然没有注意小蝶微微皱起的眉头和有些不乐意的脸。小蝶无计，知道阿庄哥酒兴高了不听劝，只好跟着笑笑，咽下嘴里的话。

在店家的吆喝声下，一个年轻女子抱着胡笳低着头走过来，她的身材消瘦，穿着打扮都是中原女子的样式。她朝两人行了个礼，神色有些木然，而后坐在一旁的凳子上，边弹边唱起来。胡笳声忽高忽低，婉转明晰，拍子错落有致，和着她有些哀婉嘶哑的嗓音，仿佛听见曲中有大漠的风鸣马嘶，藏着离人的马蹄哒哒。周围几桌的客人闻声看来，纷纷挪移凳子往这边靠拢。女子也不在意，只自顾自地弹唱着。在演奏中，她偶尔抬头，小蝶看到她的脸有些苍白，眼神充满忧郁，不由得怜悯起来，甚至有些好奇她的身世。女子一抬眼看见小蝶正看着自己，也轻轻对她点头，脸上多了几分笑意。几曲胡乐过后，女子放下胡笳，又拿起一旁的琵琶，唱起些中原的小调。呼延庄此时也酒足饭饱了，他对这些中原的曲子不甚感兴趣，略微点着头听了一阵儿，打上几个哈欠，见周围的人也陆续回桌饮食了，他打赏女子一些碎银，就催着小蝶回客房休息。

侍候呼延庄睡下后，小蝶反而来了几分精神劲儿，她几经反侧，方才的酒意让身子微微发烫，躺在床上却难寐了。她也不勉强自己，干脆起身，拎起披风，蹑手蹑脚地出了房间，来到外面的院子里乘凉。初秋的夜有些冷了，秋蝉也停下了低语，扑面而来的凉风吹得小蝶打了个寒战，她连忙披上披风。夜色中，她忽看见方才那个卖唱的女子也在院中静静坐着，看着外头空无一人的大街。她穿着薄衣，头上是一片依稀的星空，在寂静中瑟瑟然。听到身后的脚步声，那女子忙拭去眼中的泪，转过头去，见是小蝶，朝她笑了笑。小蝶也报之以微笑，在她身旁坐下，道："夜寒霜重，当心着凉。"两人都觉得对方亲切，有意无意地寒暄了几句。那个女子说自己叫做阿月，确实是中原女子。几句交谈后，小蝶忍不住问："阿月，恕我冒昧，你怎么会来到这乌桓边境给人卖艺？莫非是家中有什么变故？"阿月听后，低下头去，神色有些凄然。小蝶慌忙道："阿月姑娘，我不是……"

阿月复抬头笑笑，轻声地说："其实这也不是什么不能说的事情，我在这边许久了，都只被当成取乐的工具，小蝶，难为你关心我，若你不介意，且听我讲吧。"小蝶忙答应。"从前我生活在中原时家中贫苦，靠在街头卖艺为生。后来，我认识了一个同样是在街头耍杂的男子，或许是经历相同，不久便两情相悦，我们私下里结为夫妻，日子清贫但总能互相扶持着。"阿月娓娓道来，"可惜好景不长，我丈夫因为一些琐事得罪了官府，刚好那时一个官员的公子犯了大罪，官府寻思着要找一个人顶替他受惩戒，便把我丈夫当成替罪羊，给他安上无须有的罪名，发配到边疆去。我们都是一介草民，哪有什么能力去反抗，只能逆来顺受。我放不下他，誓要跟随他到这遥远的胡地来，一路相伴相随。"小蝶动容，一时觉得自己和阿月有些相似，更是清醒了些，凝神细听。

阿月又道："我们经历了千辛万苦，好不容易在这胡地的边界定居下来，继续靠着卖艺维持生计。谁知有一天，一个乌桓的富人女子经过，她看我丈夫顺眼，百般勾引他，又几番刁难我，还提出要让他入赘。"她顿了顿，"我本以为他一定会顾念我们的情感，婉言拒绝；谁知他竟觉正中下怀，不仅勾搭上了那个女子，还听了她的话，把我卖到了这间小酒馆做歌女，自己和那个女子逍遥快活去了，再也没有管过我的死活。幸好店家存了几分善念，只让我好好卖艺，没有强迫我做别的。只是我这一辈子，便就毁在这里了。"阿月说到后面，不由得簌簌落泪。小蝶听了阿月这番话，颇为悲悯，本想说几句安慰的话，但一时间无言，只将一条洗净的帕子放在阿月手中，又紧紧握住她冰冷的手。阿月谢过小蝶，轻轻用帕子拭去了眼角的泪，身子因啜泣和寒意微微抖动。小蝶劝她快进屋中免得受寒，阿月点点头，与小蝶道了别，便轻悄悄地走回酒楼中去。

　　阿月离开后，小蝶愣在原地好久好久，等到身体终于经受不住寒冷的侵袭，才回到房中，用被褥裹紧自己。可她满脑子都是阿月的故事，更是难以入眠了。第二天，呼延庄起身后见小蝶气色不大好，便问她为何昨夜不睡。小蝶忍不住把阿月的故事和呼延庄说了。呼延庄听了却满不在乎，冷笑道："哼，这能怪谁，只能怪这个女人没脑子，不带眼识人，到头来还赔了嫁衣裳呗。这种人值得你为她担忧一夜？"小蝶没想到呼延庄如此反应，又气又悔，她后悔自己怎么就把她们的交谈告诉了呼延庄，料想不到他竟如此冷血，实在是不该啊。小蝶憋着闷气，与呼延庄辩驳了几句，却又不敢太明目张胆地袒露自己的不满，她逐渐觉得自己和阿庄哥之间的距离越来越大，大到连自己的想法都不敢向他表达了。呼延庄不耐烦道："行啦，不要再为这些事争个没完的，时候不早了，快些启程吧。"小蝶本想临行时再去见一见阿月，与她说上几句话，可阿月已在外头给客人弹唱。小蝶实在等不及，便被呼延庄催促着拉走了。

两人又沿途辗转了几日。这夜，两人进了一片山林里，正愁着找不到地方投宿，争吵了一番是否返回。见天色已晚，前后也没有落脚之处，两人又多走了一会儿，打算碰碰运气。前头地势渐趋于平坦，远远地竟看见有缕缕炊烟升起，他们不由得加快了脚步，朝那边策马而去。迎面是一个大院子，里头有好几间房屋，在此地应该也算得上是一处大户人家，后面的山头下也有几户院落次第排开。走近这个庭院，其中的几间房屋看着相当雅致，是用山中的紫竹搭建起来的。扑面而来的不是米饭香，反是草药的香气，浓厚而甘苦，融入山林的清新之中。原来那升起的烟，是里面在熬药。

小蝶上前叩了叩门，一个女佣人出来开了门，问明他们的来意，便把他们邀了进去。从女佣人的口中了解到，这确实算是当地的一个大户，主人姓谷，精通医术，为了方便研究草药，便举家搬进山林中生活，也免受两地的豪强骚扰。若是附近村落有山民生病不适，都会来找谷老爷看病。谷老爷心慈，秉持着悬壶济世的情怀，他知道山民们清贫，常常不收患者们的诊金和药费，只写好药方，吩咐下人熬了送去。久而久之，谷家在当地颇有名望。

主人谷老爷听到有客人来投宿，也出来和他们相见，吩咐管家空出一间房间给他们住，又邀他们一起用膳。大伙儿坐下后，谷老爷喊来女佣，皱着眉头，关切地问道："维素那丫头哪玩去了？赶紧把她喊回来吃饭了。"女佣答应了出去，不久就把一个年幼的小姐和一个小丫头领回来，都在桌边坐下了。谷老爷向两人介绍道："这是我家小女维素，我就这么一个女儿，太宠着她，总是到处乱跑，让你们久等了。"小蝶连称"无事"，呼延庄也礼节性地笑了笑。

这位谷家千金礼貌地朝客人问了好，便乖巧地坐好吃饭了。倒是那个和小姐年龄差不多的小丫头话很多，一边侍奉着小姐用餐，一边兴高采烈地谈起今日的趣事。她爱惜地抚了抚头上的花环，稚嫩的声音咯咯笑着，道："今天我和小姐出去采花，小姐还编了个花环给我戴在头上呢。小姐对我最好了，我以后一定好好侍奉小姐。"谷老爷宽慰地笑了，叫她先赶紧吃饭，"食不言、寝不语"，别说那么多话了。

小蝶看着两个小女孩儿，目光温柔，也由衷地称赞花环好看。维素小姐会心一笑，连忙将自己头上的花环拿下，送给这位小蝶姐姐，还亲自帮她戴上。小蝶看着她小心翼翼的样子，突然鼻子一酸，忆起了幼年时的努哈敏。那时小云还没有来，自己和努哈敏也跟眼前这两个小姑娘约莫年纪。努哈敏作为长居次，平日不受管束，常常带着自己在整片草原疯跑，玩着捉迷藏、挖跳兔、打牛毛球的游戏，也干过诸如摘花、捉蝴蝶的事情；冬天还在干枯的草地上拾起厚厚的积雪打雪仗。小蝶本身也是个苦命的孩子，在很小的时候，父亲作为一名不起眼的小兵，在战争中死去；母亲因为无力独自抚养幼女，把自己抛弃了。所幸大阏氏完察萍怜悯自己，把自己收留在身边侍奉长居次。努哈敏性格比较娇纵，有时难免拿自己发发火、出出气，除此之外其实一直都对自己挺好的。反倒是小云，是后来稍大点才派来侍奉居次的。因她行事周全、心思细腻，很快便与自己不相上下，甚至更受居次的青睐和信任。可是如今呢，居次遇到困境了，自己却跟着才认识不多久的呼延庄一走了之，全然不顾及她的安危。

小蝶想得出了神，心中的刺越发扎得生疼，饭菜也变得难以下咽，没吃上几口就假意说自己累了，先行回房间休息去了。呼延庄也没有看出什么端倪，依旧和谷老爷高谈阔论。倒是维素小姐和小丫头几番前来关心自己，还询问要不要叫爹爹开些驱疲消滞的药给她喝。小蝶连连感谢，让她们不必照看自己。呼延庄回来后见她魂不守舍的，引她说了几句话，她都不愿搭理，只觉无趣，自顾自睡了。往事源源不断地涌入小蝶的脑海中，小蝶愈发挂念努哈敏，又觉身边的呼延庄愈发不懂得自己了。刹那间，她顿时感到悔恨孤单，然而事已至此，又不能改变什么，不觉泪湿枕襟，熬着漫漫长夜。

次日一早，两人起身，谷老爷早起，正拉伸筋骨，维素和小丫头都还在熟睡。于是他们便向谷老爷告辞，又顺手给了他一锭银子答谢，再次启程上路了。不久，两人已然进入汉地，来到一座边陲小城。时值日暮，城门已闭，两人没能进城去，见城郊有一片低矮的房屋，打算在那里凑合地过上一晚。这一块地儿的主人是赵大人，他从前是这座小城的官员，如今已经告老。小蝶见这片房屋中住了许多老人家，一问才知道，原是赵大人用半生储蓄起来的银两买下了这片地儿，建成一个元老院，给过去守城的老兵居住。这些老兵过去保卫城池，忠心耿耿，如今年长，精力大不如从前了，许多以往埋下的病根也发作起来。他们积蓄不多，戎马一生，许多人没有成家，到老了还是没有一个安定的归宿。这个官员不忍见这群以前为城池卖命的老兵没个居所，便自掏腰包给他们提供了一个所得上是"家"的地方，好让这群老弟兄能聚在一块生活、聊天，也算是安享晚年了。

小蝶听了，为之动容，不免想起了自己的父亲。若是父亲当年没有战死，老了不知是否也能这般生活。当年自己还年幼，但也依稀记得父亲在兵营的弟兄十分照拂自己和母亲；父亲离开后，他们将存下的钱粮送到自己家中。后来母亲抛弃了自己，还是他们将自己带到大阏氏跟前，才不至于流落街头。如今小蝶见到这些老兵，只觉熟悉和亲切，或许自己当时喜欢上阿庄哥，也有这层因素在吧。

晚饭过后，老兵们搬上板凳，围坐在外面空地上，一边冲泡着茶水，一边聊天。小蝶和呼延庄经过，老兵们热情地叫住他们一块儿来坐坐。小蝶停住了脚步，正欲上前，呼延庄却推了她一把："走吧，和这群汉人老鬼有什么可聊的？"谁知小蝶没听他的，反而看着他的眼睛说："不嘛，阿庄哥。你也知道，我父亲之前也是一个士兵，可惜他很早就不在了，我对他的了解太少了，我倒有几分想去听听他们的故事。""带兵打仗的事我跟你说就行，这些无名小卒，能讲出什么来？"呼延庄又拉她走。小蝶听罢，忽然眼中有些愠色，甩开他的手，道："是，都是无名小卒，不像你是个大将领却临阵脱逃。"说罢，也不理睬呼延庄，径直走向老兵那边。老兵们见这个小姑娘过来，热情地搬来一把干净的凳子，让出一块地来。呼延庄见小蝶这段时间愈发乖张，忍不住嘟囔了几句，自顾自回到房中。

小蝶和老兵们寒暄了几句，向他们介绍了自己，只说自己是打乌桓来的。她借着月色打量着他们，才发现很多老兵身上都有旧患。比如方才招呼她过来的老兵，凑近看才见他的一只眼睛已经瞎了。小蝶问其故，那个老兵说道："嗐，这眼睛坏了好久咯！我们很小就当兵，后来调来换去的，彼此都不知道其他人的真姓名，久而久之，大家都喊我'独眼'；还有那个撑拐杖的老头儿，都叫他'瘸子'。我们都是在和东胡打的那场恶战中受的伤。"瘸子大爷应和道："对啊，我们都是老战友了。小蝶姑娘你应该是乌桓人吧，不过你年纪小，不一定清楚。当年乌桓还附属于东胡时——啊，就是你们说的通古斯，通古斯军穿过乌桓，试图要把我们这座小城也收归到通古斯的版图呢。我们城池虽小，但绝不容侵犯。于是全城士兵和通古斯人殊死搏斗，最终撑到了京城的援兵到来，把通古斯贼打回老巢去。唉……不过，我们少了只眼、断了条腿都算幸运了，我们很多战友，都死在那场恶战之中。"他说罢，直摇头叹气。

一旁的老潘头忙安慰道："嗐，那么多年的事情了，提它作甚？还是要感激我们的大恩人赵大人给我们建了这座元老院，好让我们到老了有个安身之所啊。"瘸子大爷和独眼大爷忙应和："是啊是啊，还真得感谢大恩人，其实我们算哪门子的元老，现在老了不中用了，成了累赘，他却待我们这么好……"小蝶见老潘头体魄挺健壮的，看起来没有什么旧伤，只道他厉害。独眼大爷笑着说："小蝶姑娘，你可别被这老家伙的外表骗咯，他其实比我们好不了多少，一到阴雨天，他全身的骨头都要痛到不行。"老潘头笑着打趣："你这家伙，看不得我好，非要拆穿我，让小蝶姑娘笑话。嗐，这都是以前戎马半生落下的病根子了，提它做什么？还是问问小蝶姑娘吧。"

小蝶不禁也笑起来，坦言道："我父亲以前也是一个士兵，但在我很小的时候就牺牲了，我对他一点印象都没有。"瘸子大爷回应道："孩子，你也不要太难过了，你的父亲战死沙场、马革裹尸，足见他的忠诚。我们这些当兵的人，有很多不得已，但无论是一个将领，乃至只是一个小兵，'忠'是我们最基本的要求。"独眼大爷也承认："对，其实不光是我们这些当兵打仗的，每一个人都要应忠于自己的主子和部落才是。"小蝶听了心潮涌动，想想自己，再想想呼延庄，霎时间羞愧难当，甚至觉得自己的行为根本对不住已故的父亲。她跟呼延庄出逃是一时冲动，可这些天屡屡反省，更有如钻心的痛。当晚，她又听老兵们讲述了许多戎马故事，脑海中父亲的影子变得愈发鲜明起来，她也愈发明白了自己的心意。

过后几日，他们二人一路向南，小蝶格外挣扎，她满心都是乌桓和居次，又觉呼延庄根本不在意自己，跟了他，以后都不知会怎样；可是出来已有些时日，又已经行至汉地了，似乎不能再挽回。晚上，呼延庄喝酒回来，坐在床上搂着小蝶，欣喜道："再过几日，我们就到了！"小蝶心中却丝毫不觉高兴，试探道："阿庄哥，我们出来了那么久，你就一点儿也不挂念生你养你的乌桓吗？"呼延庄有些狐疑地看着她："你说我会想念乌桓？哼，怎么可能，乌桓都要被灭了，我难道还要待在那里？小蝶，我告诉你，人不为己、天诛地灭。"小蝶心中隐隐作痛，不由得想到：如此自私？对我也是吗？她深吸了一口气，又问道："阿庄哥，我想居次了，我们到底要躲多久，当真就不回去救他们了吗？"呼延庄冷笑道："小蝶，你这段时间到底在妄想什么？回去？你这是要回去送命吗？我跟你说吧，我这次出来，就没有想过要回去了，走得越远越好。还有啊，恐怕你那个居次已经被抓了。"小蝶忙追问其详。呼延庄径直说："上次乔布齐传信给我，上面不仅说通古斯要进攻我们，其实还怂恿我去生擒努哈敏。我没干这件事，已经算仁义了，不过给这么多奖赏，总会找到人干的。"

小蝶全身一颤，问道："通古斯叫你抓居次？那……通古斯指挥的人，是不是之前那个什么呼延朗天？"呼延庄敷衍道："大概是吧。"小蝶心中更没底了，那个呼延朗天，之前好歹也和居次有一段旧情，尽管他不认真对待，但也不至于如此赶尽杀绝吧？难道这世间的感情终究是靠不住的吗。呼延庄见她愣神，没好气道："唉，你别想了，就算我们不走，你以为仅凭我们两个人就能救乌桓？我告诉你，如果你现在回去，不仅自身难保，还要被当做叛徒处置，就算乌桓没事，他们能饶得了你？再说你看，那个元老院里的老鬼，如果没有那个什么大人，到头来还不就被官府当成累赘了吗？小蝶啊，现在我们已经没有退路了，乖乖的，跟我走，先安定下来，再见机行事，总不会有错的。"说完，他瘫倒在床上，转身睡着了。

小蝶越想越难过，心里悔恨不已。他作为一个将领，却说出如此不忠的话，这样一个自私自利的人，又会有什么前途？自己跟着呼延庄走，说不定到头来就像阿月一样被抛弃。自己真傻，当初被三两句甜言蜜语冲昏了头脑，竟然这么轻易就跟着他走了。"阏氏和居次待我有恩，居次和我从小一起长大，她现在陷入水深火热之中，我却不能够陪在她身边。"小蝶想着，一咬牙，动了要回去救居次的念头。这个想法一旦在脑海中扎了根，再也挥之不去了。可呼延庄说的不无道理，如今回去恐怕为时已晚，要不就被一同抓起来、难免一死，要不就被这个乌桓当做叛徒，居次也不会再待见自己了。她心底有些发凉，止不住地颤抖。转念又想，哪怕回去之后，单凭自己也改变不了什么，但无论如何，都要比在这里苟且偷生要好。念及此，她忽地全身血液翻滚，也停住了颤抖。回去，起码做个安乐鬼，也比流落他乡寝食难安要强得多。

  事不宜迟，趁着呼延庄熟睡，小蝶蹑手蹑脚地起身，悄悄从呼延庄的行囊中取出一些盘缠来，又带上才买的粮食，收拾了些随身衣物，走出去牵好马，瞒着呼延庄，在天亮之前悄悄踏上了返程。此刻，什么前途、阿庄哥，甚至是自己的性命，对她来讲已经变得无足轻重了，只愿能弥补自己万分之一的遗憾和过错。临了，她不忘留下一张纸条给呼延庄，烛泪落到纸上，烛光摇曳着，上面写道：

  患难一途勿挂齿，忠诚二字莫嫌迟
  别君去兮山外山，随我心兮不归还

第十八回

留后招拉夫让步　　问前程图拉解围

话分两头。那边匈奴右贤王父子三人带兵平定了汉人区和其余几处边塞的叛乱，便马不停蹄地赶去增援单于的兵力。匈奴与大月氏的这场纷争，战战停停，已打了几月有余。匈奴终究比大月氏强盛，这么持久地打下去，大月氏渐渐有些无力支撑，不再如刚开始那般猖獗，一边和匈奴的大军拉锯着，一边往西边退缩。而受战乱波及，西边小部落的植被遭到破坏，不能再如往常一般畜牧，加之粮食等必需品渐渐短缺，以大月氏为首的余部也逐渐往西迁，逼近波斯的东部一带。西域人垂涎波斯出产的饱满谷物和肥美禽肉，还有用不完的衣食供给，或大规模地自发去波斯掠夺，或由歇下阵来的士兵带领着，趁机来抢波斯的土地。波斯自然是不会任人鱼肉，一来二往地，便和这些部落发生了冲突，也被卷入和大月氏的战争之中。

波斯的兵力不容小觑，大王拉夫格尔从前也是征南闯北的一员猛将，在他的带领下，波斯得以从塞琉古的统治中独立出来建立自己的王朝，还夺来了米底亚等地，版图自然亦扩张了不少。奈何如今拉夫的身体日渐衰弱,不便再去带兵应战。这日,拉夫在朝上和众人商量着要派出一位青年才干去教训大月氏一番,拉夫也有意栽培这些小辈,便将库卡等人唤来一旁,图拉也在其中——自从拉夫有意让图拉继承王位,就时常将图拉留在身边旁听,不时询问她的见解和谋划,图拉的回答精准独特,拉夫颇为满意,常在私下里和玛拉赞叹。如今眼看大月氏偕同周边部落要在太岁头上动刀,拉夫本想着让图拉去领兵打仗,好试试她的本事。他刚看向图拉,这时,摄政王尼夫闻言,站出来推荐道:"大王,我们波斯不是软柿子,这次对付那些蜉蝣小国,不需要动用英武奇才,让犬子带兵去就够了。库卡之前屡次跟随大王出征,虽说是年轻小辈,经验算得上丰富。这次让犬子去练练手,收拾一下那群不自量力的东西也好。"见尼夫如此说,拉夫踌躇起来,眉眼一转,心想也好,图拉既是客,不便让她带兵前去,除非是她自己所求。

拉夫正要拍案定下库卡来,忽然他瞟见图拉正与玛拉耳语着什么,玛拉脸上又是欣慰又是为难,他便看向二人问道:"图拉,有何事不妨直说。"图拉听闻,也不怯,上前回禀道:"大舅舅,库卡将军年轻有为,退敌指日可待,只是不知库卡将军是否缺一个帮手。我愿助将军一臂之力,共同到东边抗敌,兵分两路胜数更大。我虽是一介女子,但也习武,平日里研读兵书,在沙场上不会拖后腿的。"拉夫听她主动请缨,又惊又喜;库卡听她愿意与自己同行,脸上更是挂着笑意。只有摄政王有些愕然,说道:"齐齐尔救单于的事迹我也有所耳闻,我深知齐齐尔的实力比犬子强上十倍。只是齐齐尔,你是客人,怎么能让你为波斯带兵打仗呢?"拉夫不动声色地咳了两声,插话道:"哎,怎么是客人呢,不久就是主人了!难得图拉有勇气去历练,有什么不行的。"图拉听了有些困惑,不知其所云何在,玛拉、尼夫等人却十分清楚拉夫的意思。拉夫见自己方才说得太露骨了些,便打着圆场道:"好孩子,波斯是你母亲的故乡，自然也是你的家乡，你领着波斯大军前去迎敌并无不妥啊。有你相助，波斯大军必定如虎添翼啊。"

图拉谢恩道："有大舅舅的信任，图拉当竭力替波斯抗敌。只是图拉还有一事相求，望大舅舅开恩才好。"拉夫随即挥手让庭上众人先行出去，独留下玛拉、图拉母女，问道："什么事，不妨直说。"图拉道："来波斯这段日子，我们母女承蒙大舅舅照顾，一切安好。可是我前些日子听闻匈奴汗国与大月氏发生冲突，单于还因此负了伤，部众被围困其中不得返。正如我深爱着波斯，我自幼在匈奴长大，闻此消息无时不牵挂那边的动向，无时不想着去出一份力解救他们。大舅舅，我们这次正好也要去东边对付大月氏，可否就当是借些兵力给我，待我们将敌军赶出波斯，也顺道去施以匈奴援手，与他们在东西两侧夹击大月氏？"

玛拉的心思何尝不是如此，她也无时无刻不牵挂着单于和匈奴的安危，只是她知道以大哥的性子不会平白无故地去插手别人的事情。这次听图拉说起，不免动容，但与此同时，她这个做母亲的，又怎么放心让女儿卷入这几场危险的战役中呢？她正纠结着，果然听拉夫沉吟道："图拉，我明白你放不下匈奴，可这种自损兵力去管别国死活的事情，我以往是不会干的。况且匈奴没有相求，我们却主动去插手，未免有损尊严。恐怕……"说罢，拉夫摇了摇头。图拉有些惘然地看向母亲，玛拉不忍图拉难过，也不甘心失去这个机会，决定和女儿一同说服大哥。她灵机一动，想到些说辞。她便先让图拉等人出去，由自己与拉夫商量。

拉夫知道玛拉想和自己求情，他坐直身子，刚想拒绝，玛拉一开口却说："大哥，这次是说服单于放图拉继承波斯王位的好机会，可要把握住呀。"拉夫没想到会她会这么说，也好奇起来："愿闻其详。"于是玛拉便按照想好的那么说："大哥细想，如果这次我们派兵去助匈奴一把，就是我们波斯有恩于匈奴了。据我所知，匈奴虽已统漠南，可西域的部落屡次生事，仍是单于的心腹大患。如果西面有我们波斯制衡着，那些小国家必不敢胡为。单于若肯放图拉回波斯继承王位，图拉本也算半个匈奴人，到时两边联手夹击，除去大月氏，自然是于匈奴有利的。何况，如果这次答允图拉，她必定会对你感激，日后继位之事也好说呀。"

拉夫听妹妹说得头头是道，不免笑起来，等她说完，冷不丁来了一句："傻妹妹，那……若我不救，单于说不准就命丧沙场，图拉这个继承者更是没人与我抢啊。"玛拉听了大吃一惊，以为是大哥和单于几十年来的仇未消，才出此言，连连劝到："大哥，就算你不喜欢单于，可就当是做个人情，日后也好去交涉呀。而且图拉这孩子倔强，从小与匈奴的感情比波斯深厚，让她继位，恐怕不服众。这次就当是让她得以在波斯展现实力，好树立起威信来，也了却她一个愿望，让她对波斯亲近些。"

玛拉自知大哥未必会听得进去，不过拉夫只是笑笑，道："你说的话不无道理，这次的事就当个筹码，等呼延顿打赢回去，日后我还要好好去会一会这个把我妹妹抢走的老冤家呢，到时再光明正大地把图拉接回来。我知道，你是挂念呼延顿才这么劝我的，我啊也活不长了，就当做件善事积积德吧。带回图拉的事，我自有办法，只是你往后可要向着我，不要再偏帮呼延顿让我心寒了。"玛拉也识相，连连谢过大哥。拉夫便唤图拉和库卡进来，吩咐他们调度兵将，过几日便一同启程到东边去。

两支队伍一并东行，路途僻远，行军也颇为苦闷。驻扎下来后，库卡和图拉常在一处商量排兵布阵之事，除此之外，也没有聊太多其他的事情。带兵作战时，两人交流就更少了，通常就是一两句指令性的话，碰个面便按照各自计划带自己的队伍朝不同的路线进发。库卡部众擅长与大月氏的兵力迎面交锋，图拉则善伏击那些来掠夺的流民。两支队伍的配合越来越默契，图拉麾下的波斯将士也对她的才干钦佩不已。经过连日的戎马倥偬，两支队伍合力将大月氏进犯之徒打得屁滚尿流，各自躲回原先的山头里扎寨而居，一时间不再敢来波斯四处骚扰抢掠了。捷报传回，波斯举国上下都对图拉和库卡这对年轻搭档青眼有加，子民们见图拉卖力护波斯安宁，更撤除了往日的偏见，对她更为信服了。拉夫听闻，不住地点头称赞，更是下定决心把图拉作为继承者看待。

  眼看库卡的队伍就要带兵返回，这日用膳后，已是夕阳西垂了，他们的大营就驻扎在临近大月氏的草原之上。波斯那边也有草场，可少见以前在匈奴那样气派的辽阔草原。如今见到，图拉早就想去草原上撒欢了。倒是库卡主动邀约道："不知这边的草原是不是从前齐齐尔所喜欢的？今日天色好，我们又取得大捷，不如一同到外头走走？"图拉心中喜悦，便让云朵儿去备马。两人骑行在原野上，傍晚的气候有些微寒了，不过天色很好，还有漫天淡淡的晚霞。图拉心畅神驰，骑着马缓行，听着马蹄踏落在枯草上的声响。不知怎的，她又念起之前在匈奴王庭时和巴斯佳兄妹一起嬉戏、谈天、放牧的情景，目中含情；想到他们转场归来不知是否还在原处，许久等不到自己的消息不知是否焦急，这次战乱不知有没有波及他们，她一时又忧虑起来。

  库卡看着图拉姑娘只是看着远方，时而微笑，时而皱着眉，也不和自己说话。库卡轻轻唤道："齐齐尔，你是不是想起匈奴了？"图拉把心收回，她意识到自己方才走了神，有些歉意地转过头对库卡笑说："格尔知道我心中所想，莫非这就是常说的'肚子里的蛔虫'？"库卡看着图拉的笑颜，心一下子醉了，他也笑着说："平日里我们忙于征战，只谈些正事，也不说别的。我还没有机会再好好了解齐齐尔呢。"图拉应道："往日我初来波斯时，有幸和格尔一同四处游玩，得以谈论了不少。这次与你并肩作战，才真正见识到格尔的才干，库卡你比起我尚小几个月，就有这般胆识和谋略，图拉实在佩服。"说罢，她见到库卡笑了起来，才意识到自己又在说些正经事儿，不由得嫣然一笑。库卡接话道："齐齐尔若乐意与我分享些旁的事情，我是再乐意不过了。我还未曾去过匈奴，姐姐可要告知我一二？"

图拉听他改了称呼打趣自己，也不恼，倒饶有兴致地说起匈奴的故事来。当她谈起自己姐妹，不由得又思忖着，大姐姐丧夫后也没能关心她，不知道她现在过得怎么样了？二姐姐独自在外，一个弱女子维护一方太平，却永远不能嫁给自己的心上人。如今她们的归宿已定，接下来就轮到自己了，她以后又该何去何从呢？她饮了一口挂在腰间的酒壶里的麦酒，口中的话不由得隐去了许多，只放在心里想。库卡觉得眼前的图拉目光柔软了下来，顺带着连容貌也抹去了几分棱角，浮现出少女的婉约，不再是沙场上那个英姿飒爽的巾帼英雄，而是一个需要被人疼爱的姑娘。听她说起姐妹几人而后又咽下了话，库卡连连追问，图拉知自己有些失态，便开起玩笑道："格尔怎么如此留意我们匈奴的姑娘？我见你人还不错，不如找机会介绍我四妹妹和五妹妹给你认识，她们文静温婉，与我的气质不甚相同。只是我听母亲说过，波斯女子一般不外嫁，不知道你们波斯男子会不会娶外面的姑娘？"库卡听罢，大笑起来，看着图拉深邃的目光，答曰："也不是不允许嘛，只不过波斯的女孩子都如齐齐尔你这般优秀，一般就不会外娶了。""你这小子嘴像抹了蜜糖。"图拉笑道，脸上却不由得泛起红晕。

库卡又问："齐齐尔，你这次回匈奴去，以后还会再回波斯吗？"图拉应道："当然，我母亲心系波斯，日后我会常陪她来小住。"库卡关切道："这次齐齐尔独自领兵深入困局之中，很是危险。我愿向大王请愿，随齐齐尔一同带兵前去。"图拉笑道摇头道："这次大舅舅特许我带兵前去，已是恩典。我有匈奴血统，由我去干涉，子民们不会苛责；你身为波斯贵族，何必参与进来？图惹旁人非议罢了。你有这份心，我已经很感激了。"库卡听闻，也识趣地点头应下，又几番叮嘱图拉千万小心保重。此时日落西山，两人在布满星空的苍穹之下一路骑行归去。

与库卡分开后，图拉部众稍作休整，便继续往东边去。因与波斯交战，大月氏的实力进一步受损，撤回了许多兵力护自身的周全，不愿再长久地与匈奴纠缠了。匈奴那边的状况日趋好转，右贤王父子的援兵到后，士气倍增，连日把敌军击退几百里开外。各部捷报频传，匈奴逐渐得以摆脱胶着的状态。图拉部众一路东行，遇见被围困的匈奴队伍便去帮他们解围，一边打探着浑谷邪父子和单于部众的消息。

这日，图拉竟碰上了斯图亚的精英队伍，她颇为惊喜，便将人马驻扎在斯图亚部众的营帐旁边，随斯图亚进大营中好好商谈一番。"右贤王他们征战数日已然疲惫，便趁月亮盈亏之际换我们精英队伍前来应战，由他们回王庭守卫。"斯图亚解释着，"如今大月氏败局已定，唯有围困单于的那一支兵力仿佛和单于有什么深仇大恨一般，誓要拼个你死我活，说是给匈奴一个教训。他们兵力不少，又布下一个大阵，将单于部众围困起来。单于身受重伤，无法带领部下突围，其余兵力又一时不能冲入阵中相救。我这次来，便是来救单于。"图拉道："既如此，不妨由我们两支队伍联手去救，胜算更大些。"斯图亚得图拉相助，想着自己的精英队伍损失也会小些，自然是答应："三居次，你还记得上次也是我们联手去解救单于，这一次也多亏你回来解围。"图拉笑道："别这么说，单于是我的父亲，我本就应该尽我所能去助他的。对了，王庭那边，大阏氏和央妹还好吗？我真想马上打完仗回王庭看看。"斯图亚听到她提起央妹，眼中更明亮了，道："她们很好！别看我们精英队伍人不多，可个个训练有素，足以保护好王庭，这次也一定不会让居次你失望。"图拉便放下心来。

次日，他们寻到了单于部众被围困之处。这个大阵的精妙之处在于把战线拖得很长，分散着兵力和呼延顿他们纠缠，让他们始终无法突围，而补给所剩无几，若没有援兵相助，恐怕支撑不了多久。按照图拉的说法，这就好像是用"软猬甲"围了一个巨大的网，松松垮垮的，但足以让内外相隔。之前右贤王他们赶到方圆几十里外就开始频繁地和敌军交手，也是打打停停，相互耗着，一直取胜不了，白白亏损兵力。

既是"大网"，中间必有空隙。这几日，斯图亚和图拉四处摸索着与敌方对抗，大致清楚了这"大网"的薄弱之处。图拉与斯图亚均打算抓住其中一个"缝隙"，与单于的部队内外配合，把"缝隙"撑大，直至把整张网"撑破"。于是，他们便不来回跑动了，只守着一个地儿往死里打，不多久，便成功与里头的人接应上，里外夹击着向四周扩充"缝隙"。

趁着夜里停战，图拉让部下在外头守着，自己跟着单于的士兵悄悄深入包围圈之内看望单于。她来到单于养伤的营帐中，左右守卫认出来是三居次，连忙跪拜，带她进里头见过单于。呼延顿眼睛半闭着睡在大榻上一动不动，每次呼吸都带着低沉的喘息声。之前单于的胸腔受了重伤，所幸没有危及到性命，可连日奔波，又缺乏药物补给，他现在憔悴沧桑，再拖延下去恐怕是凶多吉少。

图拉站在榻前，泪眼婆娑，喊了几声"单于"，呼延顿把眼睛睁开，见是图拉，定睛看了她好久，想要张嘴，就咳出血来。许久，他才把气顺过来，小声说道："图拉，是你来了。"图拉之前听说单于受了伤，便特地从波斯带了些疗伤的宝药'金凤丹'和一些用神仙草淬成的去毒消淤的药膏，她忙叫来随队的军医给单于用药。单于又小憩了一会儿，咳出几口淤血，果然气色好多了，喘息也平复了些。见单于恢复些许，图拉不敢耽误，把他们的战略大致说给单于听，打算趁晚上防备少，带着单于的人马从他们"冲开的大洞"逃出，再由自己和斯图亚消灭剩余的敌军。图拉一行人在进来之前已经和网阵之外的斯图亚接应好，就等着里应外合把单于等人送出去。单于清楚图拉是领着波斯的兵力来帮自己解围，又在极短的时间内破了这个阵，暗自佩服这个女儿的本事，如今自己这半条人命，就

第十八回　留后招拉夫让步　问前程图拉解围

任由图拉安排了。于是，图拉领着单于的部众，自己护在单于的马旁，单于前倾着身体半伏在马上，以尽可能快的速度向突围处行进。

就在他们快要冲出网阵时，突然，敌军的人马从四面八方冲来，图拉定睛一看，带头的首领正是之前从氏羌逃脱的支托将军。支托看见图拉，更是怒火中烧，骂道："臭丫头，哪里逃！上次害我差点丧命，难不成你们这次还是想来就来、想走就走的吗？"说着，就冲着单于和图拉连放几箭。图拉倏地跃到了单于的马上，挥舞着手中的长刀，"哐哐哐"几下把箭一一打落。圈外的人马此时也与他们汇合，眼看敌军从身后的四面八方围来，斯图亚道："三居次，你们先保护单于回王庭，我带兵去消灭他们。"左右几人默契地把单于围在中间，图拉挡在单于前面，带着人马往王庭奔去。

不想支托他们死咬着图拉和单于不放，尽管后部与斯图亚部众厮杀，前部还是甩开匈奴兵，朝图拉他们追来，还边追边放箭。在后头阻拦的士兵纷纷中箭摔下马去，他们没有了阻碍，追得越发近了。图拉仍竭力帮单于挡着飞来的箭，稍有闪失，她还是被一支箭射中了腿，她也顾不上疼痛，带着士兵们策马疾驰；又命精通搏击的士兵先互相掩护着，用短剑、刀戈与敌军近身搏斗，阻止他们放箭。而后头的波斯部众再分成几路引开追兵，图拉带着单于跟随其中一路而去，与其余兵力在前方汇合。

因为熟悉这边的地形，没几日，图拉众人就基本甩开了多数的追兵，只有支托亲自带领的一支仍在穷追不舍。图拉腿上的伤口却愈发严重，又肿又麻得厉害，估计是中了旨在夺人性命的毒箭。图拉想起乌桓首领就是因找不到解药而身亡，自己不知还能支持多久。她渐渐觉得自己受伤的腿变得无力，骑行的速度也慢了下来，脑袋还有些发懵。眼看支托发了疯似地追过来，她明白这样必然要拖慢整支队伍的速度，早晚会被追上。图拉见单于此时的状态已恢复了许多，她来不及多想，飞身上了自己原先的坐骑，叮嘱左右护好单于，先行去与其他部众汇合回去，自己则绕不同的路回王庭。与大家散开后，图拉挣扎着在附近左兜右转，与追兵拉开距离，有时又先行躲藏在隐秘处偷袭跟来的人，不多久便彻底摆脱了跟着自己的一小队人马。那个支托也被她从远处一箭射入胸口，倒地而亡了。只是她的手脚越发不听使唤，脑袋里也变得模糊。她知自己已离王庭不远，正朝着熟悉的地方跑去。就在她拼命想的时候，头部一阵剧痛，整个人就失去了意识，坠落马下。

第十九回

重情义巴兄解剧毒　　含愧疢蝶女勉良言

　　图拉醒来见自己正在一间简陋木屋之中，而四周又有种熟悉的气味，她躺在用麻布和柴草做成的床铺上。阳光从窗户照入屋中，如今应该约莫午后时分，风儿将一阵在太阳炙晒之下的青草香气送进来。图拉坐起身，腿上中箭的地方一阵刺痛，她低头看去，见伤口已被包扎起来，感觉已没有那么肿了，还被涂上了些什么，凉凉刺刺的。图拉想，定是什么人救了她，心中感激，她正想挣扎着往外走，忽听得外面有脚步声传来，她复躺下，合上双眼，假装依旧昏迷着，留心听着身边的动静。

　　只听得有两个人一前一后走进来，一个女子上前探了探图拉的额头，忧心说："都昏迷了这么久，你的药会不会没效啊？"这个声音十分熟悉，颇像是卓尔鸣！又听到一个低沉的男声回应道："不会的，不会的，我记得明明是这样啊。"这次分明就是巴斯佳在说话！图拉微微睁开双眼，见朝夕想念的两人出现在眼前，她狂喜地一跃而起，又因腿伤而痛得龇牙，把两人吓了一大跳。卓尔鸣忙上前帮忙揉着，巴斯佳闭眼双手合十朝空中拜谢道："好了好了，图拉姑娘吉人天相，总算是无事。"三人久别重逢，激动地拥在一起，又是笑又是泪。

"好大哥，好妹子，你们又救了我一回，叫我怎么答谢你们？"图拉连连称谢，又问起他们是如何救下自己的。原来，图拉摔下马的地方正是巴斯佳的牧场。昨日一早，巴斯佳兄妹正将羊群赶去吃草，远远地看见枯黄的秋草堆中躺着一个人，不知死活。兄妹两人相互壮着胆，走近一瞧，直吓了一大跳，躺在这里的人竟然是图拉。巴斯佳小心翼翼地把图拉背到屋中，让妹妹检查她的伤势。图拉并没有死，只是昏迷过去，她腿上受了箭伤，伤口红肿得发黑，似中了毒。巴斯佳长吁一口气，急忙道："当下快些帮图拉姑娘去毒要紧，毒解了，估计就能醒过来。"

他洗净手，帮图拉清理伤口，又尽可能地把伤口中的血挤出来，这些血呈墨绿色，并没有发出腐烂的血腥味，而是弥漫着一种特有的青草香气。巴斯佳有几分激动地对妹妹说："我大概知道这是什么毒了。我从前放牧，有一次赤脚在草原上行走时，曾被一种叫做锯边草的毒草划破脚，也是像这样伤口发黑，渗出有特殊香气的绿汁来。当时我也被吓得不轻，情急之下，自以为毒药周边必有解药，就随意拿旁边一种开小碎花的植株叶子捣烂、敷上，没过几天就全好了。或许图拉姑娘就是中了这种毒，我这就出去找解药来。"说罢，巴斯佳再三嘱咐妹妹照顾好图拉，就出去了。

如今是初秋时分，很多草都干枯了，想要在这茫茫草原之中寻到同样的叶子实属不易。巴斯佳凭借着记忆，到较南边的地方去寻，一直到这天的凌晨，才摸黑回到家中。卓尔鸣迎出来，见他蓬头垢面的，手脚也被草、叶割出了几个口子，他的手中抓着一把叶子，顾不上打理自己，便忙去捣汁儿。巴斯佳也不敢鲁莽，他在外头时故意用锯边草割伤自己，又再嚼烂叶子敷上，试了无恙后才拿回来。现时，他将捣出的汁儿倒入之前从图拉腿上挤出的血中，见墨绿色逐渐消退，变为正常的深红色。巴斯佳兄

第十九回　重情义巴兄解剧毒　含愧疚蝶女勉良言

妹俩欣喜万分，深信一定是用锯边草做成的毒药。他们把解药的叶子洗净捣烂，敷在图拉的伤口上，默默祈祷着图拉能好起来。果然才过半日，图拉便醒了过来。

图拉听了这几天发生的事，对巴斯佳兄妹这对救命恩人的感激更是难以言表，卓尔鸣开玩笑道："图拉，你这回可要怎样答谢我们？这下好了，不说以身相许，至少也要留下来陪我们住一段时间吧，顺便把伤养好了再走。"图拉眼神炽热，有些害羞地握着卓尔鸣的手，点头答应。巴斯佳忙呵斥妹妹："不许胡说！图拉姑娘能够平平安安出现在我们面前，就是最好的事情了，还要说什么感激、报答的。"卓尔鸣撅嘴道："你啊你，这会子就在装正人君子，前段时间图拉姑娘去了波斯，明明哥哥天天嘴上念叨的、心里想的，都是图拉姑娘。这会子我替你留她，你倒怨起我来了。"又转头对图拉道："好图拉，你肯留下就好了。你可不知道，你不在时，哥哥三两天没有一句话的，也没人陪我聊个天，这个家都快闷死了。"

图拉接过话："那不正好，现在我便来陪你说话了。"她怕巴斯佳不好意思，也转了话题道："是了，你们是不是也快到时间转场了，我留下了岂不耽误了你们？"巴斯佳道："图拉姑娘有所不知，我们上次转场去乌桓，住了几月，就听闻通古斯要来攻打，我们便又赶忙回到匈奴来。虽然这边也有战乱，毕竟波及不到王庭，周边还算安稳。如今乌桓的情况不知平复了没有，我们也不敢贸然过去，之前就屯好了粮食草料，这个冬天就干脆留下来，也好照顾图拉姑娘你啊。"图拉心中一惊，脱口道："什么，通古斯要攻打乌桓？那阿敏姐……对了，匈奴有派兵去救吗？"见巴斯佳兄妹默然摇头，图拉更是担心努哈敏的安危，按捺不住心中的冲动，想着伤一好就带兵前去查看乌桓的情形。巴斯佳兄妹心里一万个不情愿图拉又去冒险，劝了一阵儿，耐不住图拉的倔强，只好让她先好好养伤，再做打算。

紧接着的日子，图拉便与卓尔鸣同住，每天敷上草药、又吃自己从波斯带来的金凤丹，伤势日趋好转，很快便能如常行走了。三人无忧无虑地一同生活着、谈笑着，如过去那般亲密无间，甚至还胜于过去。图拉有时同兄妹两人一起到牧场上放牧，他们见她腿脚刚利索，总劝她回屋中歇息。图拉便趁机帮他们二人收拾房屋，将里头的东西摆放好，又将落灰的地方打扫干净。巴斯佳他们见到，忙劝下来，道："图拉，你伤未全好，又有许多大事情等着做，快别干这些粗活了，区区小事，不值当。你只当是在自己家中就好，何必见外。"图拉笑道："正因我把这里当成家了，才会主动收拾起来，你们不让我干，那才是见外呢。"巴斯佳赞道："图拉姑娘既能叱咤沙场，又持家有道，我们果真自愧不如啊。"他看着整洁的四周，不由得轻叹了一口气，"自从母亲走后，许久都不像这样，有个家的模样了。我一个糙汉子，拉扯妹妹长大，也不怎么打理；卓尔鸣她也被我带得随意惯了，也不收拾，我们兄妹俩住了这么久都邋邋遢遢的，还是图拉你心细啊。"

卓尔鸣正打趣着让哥哥留图拉一并生活，只听外头传来马蹄声，三人出去一看，见是云朵儿带着一队侍卫寻来了。云朵儿看见图拉，忙飞奔过来，跪拜道："谢天谢地，总让我找到居次了。王庭那边没有居次的下落，可都急坏了，特别是单于，已经为这件事发了好几次火。"图拉扶起她，问起单于的伤势和敌军的情况，听得云朵儿禀报单于已经基本痊愈了，斯图亚将军也将敌军赶回大月氏；虽说匈奴未能帮乌孙夺回被大月氏占据的大部分地盘，不过也在战火中救下了乌孙几岁大的太子扉靡，将其带回王庭中收养，寄希望于他长大之后在匈奴帮助下复国，能效忠匈奴、重击大月氏。

图拉也放下心来，吩咐道："云朵儿，你且去回单于，说我在这边养伤，就先不回去了。连日征战，波斯的队伍帮了我们不少，也求单于给他们些赏赐,让他们先回波斯去。如今匈奴危局已解,阿敏姐在乌桓受敌,我想伤好之后带兵前去支援她,你向单于请求派些兵力给我,我了解通古斯和乌桓的恩怨,该先由我去探个究竟。单于、右贤王他们的队伍元气大伤要好好休整,斯图亚的精英队伍还要承担着守卫王庭的责任,就不必劳烦他们了。"

云朵儿不敢有误,连忙将图拉所言回王庭禀告。单于听闻图拉留在庭郊牧场养伤,也不勉强她回来,还派人给巴斯佳兄妹送去丰厚的奖赏。单于回来后才得知乌桓的情况,眼见那边已耽误了这么久,亦是着急万分,听图拉请缨去支援努哈敏,就依她所言,整顿出一批精良的将士来,等到图拉养好了身子,便交由她带去乌桓。

图拉离开后,巴斯佳有些怅然地留在屋中,坐在桌前颓然地喝着浊酒。卓尔鸣收拾着图拉用过、留下的物品,她知道哥哥的心思,嗔道:"是,图拉姑娘聪明灵气,可你偏又是个榆木脑袋,有些心思你就一直藏着,她也未必知道啊。哥哥,你也老大不小了,又是个大老粗,若以后我嫁了出去,你也没个家室的,生活岂不是更马虎了。"巴斯佳略带苦涩地说:"图拉是个很好的姑娘,她心中充满着热血,是有鸿鹄志的,怎么能囿于这片小小的牧场中。我的年纪比图拉姑娘大上个十来岁,又只是一介草民,何必去耽误这么个好姑娘。她要去做什么,便由她去,我们就在背地里默默支持她、守候她就好,只要她能平安归来,我就心满意足了。"卓尔鸣点头承认,半响,她看着哥哥在烛光下的背景,轻轻叹息。

说回小蝶离开呼延庄之后,她顺着原路快马返回乌桓。虽说她发了狠劲要回乌桓与居次共存亡,可她一个女孩子家的,来时她依赖着呼延庄,没怎么认路,如今没有了呼延庄做依靠,食宿上没人帮着打点,又没有人保护在侧,当真觉得寸步难行。幸好她对近几日的来路还有些印象,又带了些粮食和盘缠,只顾埋头一直赶路。可想到之后越走越远,隔了也好些时日了，倘若迷了路、钱粮不够了又该如何是好？小蝶的内心迷茫，不过开弓没有回头箭，她只好硬着头皮走下去。这天眼看天色已晚，小蝶马不停蹄赶回到了那个边陲小城，她也不进城去，仍回到那间元老院投宿。

小蝶三步并作两步来到元老院的大门前，眼前的景物显得格外亲切。这时，瘸子大爷正捧着一碗面条坐在门槛上吃着，见她独身回到这里，十分惊讶，忙把碗搁在一旁，摸索着拐杖站了起来，小蝶也迎上去扶他。瘸子大爷一边带着小蝶走进去，一边朝里大喊着："老伙计们，小蝶姑娘来了。"里面独眼、老潘几个老头听闻，纷纷放下碗筷，挪出位置给小蝶坐下。小蝶一个人走了几日，此情此景有种到家见到亲人的感觉，只觉温暖。众人不见呼延庄，不由得问起缘故，小蝶吃着他们递上的暖呼呼的饭菜，鼻子一酸，也不加隐瞒，把事情和盘托出。她越讲越觉得羞愧，后悔自己弃义背主，老兵们一定会看不起、甚至憎恨自己这么一个叛徒。她把头低了下去，埋在因赶路而散落的头发中。待她讲完，老兵们都不作声，小蝶更是忐忑不安，期待他们说句话，哪怕是把自己骂一顿都好。

还是老潘头先开了口："小蝶姑娘，中原有句古话'道不同，不相为谋'。我们早看出来那个呼延庄目中无人，不愿你同我们亲近，你离开那个叛徒，我支持你的选择。"瘸子大爷也应和道："对！你一个姑娘家的，敢如此决然地回到主子身边，需要多大的勇气，实在是不容易，'浪子回头金不换呐'。"小蝶诧异于他们竟没有怪罪自己，声音颤抖道："可是，我也是一个叛徒……"独眼大爷递上来一碗热姜汤，宽容地说道："年轻人谁不会犯点错，你之前单纯，轻信旁人，也不稀奇；但你如今弃暗投明，做了自己认为对的选择，对得起自己，也对得起你的居次。你父亲若有感知，相信也会和我们一般欣慰的。"小蝶见他们理解自己，再忍不住潸然泪下，点点热泪滴入汤碗之中。

理解归理解，老兵们对小蝶独自返回还是不放心，他们知道小蝶人生地不熟，又是一个女孩子家的，途中不知会遇上什么波折。待小蝶睡下之后，众人便拿出之前守城时保留下来的地图，根据小蝶所交代的来时的路，连夜给小蝶绘制出一张从这里返回乌桓的线路图，又动员其他人去炒米、炒面给小蝶当干粮，再取出他们存了很久的银两，准备给她当盘缠。建元老院的老官员赵大人见老兵们今晚格外忙乎，也出来查看。他听说了小蝶的故事，也感慨这姑娘难得，好一个敢作敢当之人，便也来帮忙。

小蝶在房中翻来覆去，想着老兵们对她说的话，心中感动不已；同时担心前程未卜，难以入眠。她听得外面的大伙儿正忙乎着什么，又闻到阵阵炒米面的香气，便和衣起身出去。老兵们见小蝶来了，纷纷围上来，独眼大爷把包装好的干粮、盘缠一并交给她，瘸子大爷又展开地图，教她怎么行走最是安全快捷。小蝶见众人为自己做了这么多，忍不住再次掩面流泪，老兵们安慰道："傻丫头，好端端的怎么就哭起来了，我们知道你真心待我们好，自然也放不下你呀，这些都是些举手之劳，不算什么的。"

这时赵大人也来到小蝶跟前，小蝶见到他，连忙抹去泪痕，行礼拜见。赵大人十分和蔼，与她寒暄了几句，又交给她几张写着地址的纸条和几封刚写好的信，说："这些都是我之前在官场上的旧相识，如果你经过这几处，途中遇到困难了，可以去找他们，我在信中托付了，他们会好好招待你的。"小蝶听罢，又对赵大人跪地就拜。老兵们把小蝶扶起来后，交代她一路上千万要注意；如果回去见乌桓已被攻占，还是要先保全自己，再设法回匈奴搬来援兵，救出居次。小蝶连连点头。老潘头又打趣道："唉，你们这群老东西尽说些废话，小蝶，让我来教你几招防身招数，这才是实用的。"说罢，他便拿出一把匕首送给小蝶，趁天未破晓，教了她几招以作防身之用。

转眼间天色已大白，小蝶也该要启程离开了。她说什么也不肯收下老兵们储蓄已久的盘缠，只收下那张宝贵的地图，把干粮绑好在马匹上。

小蝶这一去前路茫茫，不知自己能否侥幸活下来，何况山水相隔，也再难和这群胜似亲人的老兵们相见。她实在不舍，强忍着泪，深吸了几口气，和老兵们辞别。忽然又转过头去，对赵大人跪下行礼道："赵大人，你对大家仁慈宽厚，又建此元老院让他们颐养天年，实在让天地动容。我小蝶虽是个外人，也是个戴罪之身，可诸位叔伯对我有恩，如同家人一般关怀我。小蝶别无所求，只愿恳请大人今后一如既往地善待他们，我小蝶今后无论在何处，都会祈求你得善报的。"赵大人也为之动容，忙请小蝶起身，答应下来。老兵们听她说得恳切，更是不忍她回去遭罪。可小蝶心意已决，众人一连送了她几里路，才回到原处，大伙儿心中怆然，默默祈求小蝶平安。

有了老兵们给的地图，小蝶心里踏实了许多。她按照图上所表明的原路返回，不日便回到了山林里的谷老爷家中投宿。谷老爷见她没隔多久就独身返回，也不多问，依旧热情地接待她进院中歇息。他见小蝶脸色不太好，便趁着佣人去煮饭时，邀她坐下，为她诊了诊脉。察觉到小蝶因连日赶路而疲惫，又因心中情志失调而致脏腑有些郁结，便开了几服药给她调理，并不收钱。这一来，倒是小蝶有些过意不去了。她方道了谢，维素小姐和小丫头见她来了，都忙围上来，缠着小蝶姐姐说话。小蝶再次见到这两个小女孩，心中欢喜，便用手帕和针线做了一些小玩意儿送给她们，两个孩子爱不释手。用晚膳时，她们也跟在小蝶身边，小丫头一如既往的话多，将这些日子的趣事一一说与小蝶听，维素在她的带动下也笑着补充。谷老爷见他们聊得畅快，在一旁微笑听着。小蝶与她们畅谈，很快便将烦恼抛诸脑后，她许久没有这么无忧无虑了，也在这两个小姑娘身上找回了童真。小蝶乐意陪着她们，一直到深夜里哄着她们入睡了，才恋恋不舍地回自己房中休息。

当天晚上，小蝶梦到了儿时和努哈敏一同玩耍的日子。梦中，两人的关系又回到了从前一般好，就像谷家这对主仆一般，同吃、同睡、同游，小蝶的梦境很久都没有似这般美好。直到旭日东升，温柔的阳光唤醒了小蝶的双眼，她才猛然醒来，觉得自己仿佛还置身在王庭之中，正要快步起身去服侍居次，走了几步，才想起自己身在何处，所有的这些美好只是南柯一梦，这一切都再难重来了。小蝶怅惘地跌在床上，用枕头蒙着脸恸哭起来。

临行时，维素小姐和小丫头舍不得小蝶离开，一早起来做了些小糕点，要来送给小蝶。小蝶蹲下来，抱着两个孩子道谢，又慈爱地抚摸着小丫头的头发，说："小姐对你不错，以后你一定要好好待她，千万不要辜负她对你的一片真心噢。"又对两人说："你们从小一起长大，以后有什么事情都要相互扶持，你们是主仆，更是亲人啊。"两个孩子似懂非懂地点点头，小蝶莞尔一笑，笑中带着几分凄然。她哄着两个孩子回到院内，转身上马离去。

再往回走了几日，小蝶回到昔日的市集酒楼中，只为得以再见上阿月一面，上次走得匆匆，都未曾与这个同是沦落天涯的苦命女子作别。小蝶穿得素净、又憔悴了几分，店家记不起她就是上次跟在呼延大爷身边的女子，对她十分冷淡，只是唤人上了壶凉酒、几碟粗肉，便自顾自地去招待有钱的客官了。小蝶找来店家，给了他几钱银子，吩咐他叫阿月出来陪自己聊会儿天。店家见有人花钱请阿月，出手算是阔绰，管他是男是女，连忙喊阿月出来，又亲自为她们添上温酒和小吃，笑嘻嘻地让她们慢用。阿月见是小蝶过来，又惊又喜。小蝶把她的乐器接过放在一旁，又邀她坐下饮酒吃菜，她哪里敢当，还是小蝶几次拉劝，才终于放胆同饮。

入夜，待阿月将酒楼收拾打扫完毕，两人意犹未尽，小蝶干脆邀阿月来到房中，与她彻夜长谈。上次阿月把身世坦诚相告，小蝶也不瞒了，将这段时日的经历和盘托出，两人深感彼此的身世多舛，她们坐于床上，相互倚靠在对方的肩头，望着窗外澄澈的月色，又垂下泪来。阿月直言道：

"小蝶姑娘，你实在让我敬佩。我们如此投缘，若你不弃，我们不如义结金兰。我在这世上也没个亲近的人了，你认下我这个姐姐可好？"小蝶早有此意，爽快地叫她一声姐姐。两个姑娘将烛台端来，往各自手背上滴落一滴烛泪，烛泪溅落，烫出了一朵梅花样的烙印。

两人相互依偎着说了很多心里话。谈到阿月的前程，小蝶说："阿月姐姐，你听说过凤凰涅槃吗？这里是你的伤心地，但你要记住，你是一只凤凰，这里是你涅槃的地方，是你生命历程中重生的地方。"这话是对阿月说的，更像是小蝶对自己说的。阿月有些迷茫地点头，小蝶又提议道："阿月姐姐，你之后要努力卖艺赚钱，早日把自己赎出酒楼，再找个可靠的人嫁了——或者自力更生，一样可以回到正常的生活，不会再遭这种罪了。"说着，小蝶在自己的行囊中捣鼓了一阵，将剩下的钱银都放在阿月手中，让她存着以备不时之需。阿月忙用手推托，称："这是你路上要用到的，怎能给我呢？"小蝶坦然地笑了："好姐姐，我都快回到乌桓了，剩的钱也用不上了，留着做什么，你收下吧，你的前途是很光明的。"次日，两个姑娘依依作别，小蝶这次纵然不舍，可心中倒是坦荡了，仿佛已经完成了该做的事情，她爽朗地道着"后会有期，勿多牵念"，便与阿月相拥而别，独留阿月靠在门边目送她走远，泣涕涟涟。

第二十回

图谋反夫人遇劫　　经患难主仆交心

自从上次呼延玖把颢天的逆反之心抖搂出来，颢天和焰增收到风声，只得连夜逃离王庭，在焰增部下的掩护下，暂且到焰增未发迹前的深山老巢中扎营住下，打算躲过风头再说。所幸朗天的部众仍未搜查到这边来，总算有惊无险，他们的日子还算安稳，只叫部下轮流到外头值守着，又派些线人分头到乌桓和通古斯打探情况。颢天见暂时危及不到自己，心也定下来，如往常一样在营帐中来回踱步吟唱着中原的古篇；还亲自为这些古篇配乐，配好乐后，又唤他特意从通古斯带来最心爱的侍女前来伴舞。焰增早就看不惯颢天这般，见这小子一直就这么拖着，原来要夺位的雄心荡然无存，可恨他朽木不可雕。焰增便总有意无意地嘀咕着，丝毫不忌讳颢天王爷的地位。颢天自知道理亏，每次听到也只是一笑了之，没有和焰增执拗什么。

一天，颢天如常唤自己的侍女进来伺候，怎知连叫几声都不见她，连外头的侍卫也无动于衷。颢天觉得奇怪，正准备亲自出去看看，这时，焰增掀帐而入，颢天一看他手上提着的东西，吓得差点昏了过去：只见焰增一只手提着那个侍女的首级，另一只手上的大刀正淌着淋漓的鲜血，侍女的身体横在大营之外，守卫们也都惊愕得不敢吱声。颢天被这血腥场面吓得头晕目眩，张着嘴却说不出来一个字。焰增把手上的东西丢在地上，趁机说："王爷！你知道历史上我最敬佩谁吗？是秦二世胡亥。想当年，胡亥虽不是遗诏中继位的人，但独得一方势力。后来，在中车府令赵高和丞相李斯的拥立下，胡亥登基继位，做假诏书逼死哥哥扶苏，自己成为名正言顺的秦二世。是，秦朝的历史很短，但管他朝代的长度呢！能杀兄继位、一手遮天，在历史上留名该有多威风！"颢天知道他话中有话，连连点头。谁知焰增也不是这么好哄的，他逼近颢天，用手指着他说："再看看你！王爷！作为一个马背上民族的人，成天舞文弄墨，就像个中原的娘们！你说，你屡次不听我言借机杀掉朗天，到头来还将自己暴露了，到底是不是还顾及兄弟情谊，根本都不想抢夺这个王位？既然如此，我又何必助你这一臂之力，你就永远活在你哥哥的影子下好了！"

颢天一听此话，也不再吓得直抖了，立马站直身子，扯了扯衣角，被激将道："哼，我呼延颢天，绝不是这等窝囊小人，我赶明儿就把王位杀回来！焰增将军，你杀掉这个女人，干得好，点醒了我，不然我就该像朗天那样，被努哈敏那个女人迷昏头了。"焰增听他终于又找回这番"雄心壮志"，暗暗发笑，淡淡回了一句："王爷知道我的良苦用心就好。"虽是这么说，颢天心里还是七上八下，或许因为这是件亏心事，他始终下不了决心去把朗天杀掉；再说，朗天那边守卫森严，而自己已经阴谋败露，如丧家之犬，要暗杀哥哥谈何容易？

焰增见他踌躇半天，知他不过还是口中说说，咽了几口唾沫才没有骂出来，正色道："王爷，我们如今被动，不可再犹豫了，不知下一步有什么打算？"颢天干笑着，倒真的突发奇想，说出一条计策来："焰增将军，我们何须夺位？我要呼延朗天亲自让位给我才威风。我们何必去动呼延朗天，只要随便巴结个乌桓人，给他点好处，叫他把努哈敏劫持了，再叫大哥来见见他心爱的姑娘，看他是选择让出王位，还是眼睁睁地看着我们手刃努哈敏。到时他自然乖乖让出王位，我们还不费一兵一卒，何乐而不为呢？"

倒不要以为颛天狠不起来，他只是不敢对哥哥下毒手，被逼急了还真敢对其他人下毒手。焰增在心里鄙夷这种下三滥的手段，不过想想如果这样行得通，的确省了不少麻烦。他半信半疑地盯着颛天，问道："你确信他会为了救那个女的放弃王位？"颛天丝毫不怀疑："当然，人人都知道他对那个女人一片痴心，这次他选择和谈，不就是为了保护努哈敏嘛。如此计划，定不会错。哎，若不是上次呼延庄不合作，我们早就大功告成了！"他再三央求焰增尝试这个方法，又托焰增去部署。焰增略加思索，还是决定再相信这小子一次，才答应下来。他提议道："据我们的人回来禀报，呼延朗天正在通古斯和乌桓到处捉拿我们的人，捉到之后，通通先押去乌桓的大牢中。那大牢里的人也复杂得很，有乌桓本来的罪犯，有内鬼，还有叛逃的人。我们不妨故意派些人到乌桓去，潜进大牢里，再想法子游说那边的人与我们勾结，一来绑了努哈敏，二来放我们进去，到时便叫他朗天来个措手不及也好。""可是我们也到乌桓去，岂不危险？万一被抓了去可如何是好？"颛天听罢，又担心起来。焰增在心里骂他没出息，劝道："俗话说，'不入虎穴，焉得虎子'，我们得手之后到乌桓去，才是最安全的。难道王爷没听说过'灯下黑'吗？"颛天听他说得在理，便也不再干涉，交由他去布置了。

乌桓那边，朗天和努哈敏联手除掉内奸呼延玖，又冰释部落间的前嫌，两人的关系也跟着回暖。谈及朗天时，努哈敏的眼中少了往日的敌意，她也不再像从前那般钻牛角尖了，自顾自在心中和解道，萧承的死并不能怪朗天，而朗天此次出兵也是迫于无奈，以往朗天对自己的无情和出尔反尔，大抵都是因为被仇恨冲昏了头脑，其实并不真正想伤害自己的。这么想着，努哈敏其实已经原谅朗天七八成了，这些日子，她好几次和朗天遇见时，都笑着回应了朗天的招呼，甚至在看向他爽朗的笑容时，眼中不禁又孕育着少女的情愫。她几度不切实际地幻想着，或许她和朗天还能回到原先的关系，感情不正是历久弥新嘛？小云知道居次的心思，她既是怜惜又是动容，居次受了这么多伤害，竟就如此轻易地原谅了呼延大王，真真是个痴情的人啊，只望呼延大王不要再负居次的一片真心，不然自己决不放过他。倒是努哈敏在一旁笑小云没有经历过这么深刻的感情，又怎么能够理解自己的一片心呢。

朗天这段时间留在乌桓着手接管之事，时常能见到努哈敏，两人常一块儿洽谈诸多要务。朗天何尝不觉得这段时光如从前一般美好，他多想再久留些，否则回通古斯后面临争权夺位，哪还有这般融洽的生活。尽管自己已经派人肃清和捉拿颢天的人，又遣亲信乔布齐回去留意着通古斯的动向，可他依然心系着通古斯，想着处理完这边的事务就立即启程赶回，免得出什么乱子。有时他不免惆怅地想，自己怎么偏偏生下来就是通古斯的大王呢，哪怕是小小的乌桓王，也比现在好太多。虽说自己与阿敏已经把之前的误会说开了，但匈奴与通古斯的纷争一日不结束，自己与阿敏便始终存在着隔阂。临行前，朗天还是一心想把努哈敏单独约出来，亲口为从前的胡言和妄举道歉，毕竟之前谈及旧事时，碍于旁人在侧，总比不上单独倾谈这般开怀。于是，次日午后，朗天就派萧贵去接努哈敏前来，自己则留在营帐中，亲自做一桌好肉好菜给她赔礼道歉。

努哈敏听闻朗天就要返回，心中失落，正想再私下去会一会他，果然这就派人接自己过去。她激动不已，简单收拾了一下，就坐上朗天为她备好的马车。乌桓的部下担心有诈，想多派些人跟着，努哈敏却坚持不用他们跟随，只带了小云在身边。正当他们一行人悠悠走着，半路上突然杀出一路人，直冲努哈敏的马车来。随行的人很快就和拦路的蒙面人打得难解难分，小云忙护在努哈敏身边。努哈敏被吓得不轻，顿时心一凉，想到：难不成朗天又要害我一次？但看朗天的部下和他们打得这么激烈，又不像是朗天的人马。正当小云想护着努哈敏突围出去，有人神不知鬼不觉地掀开马车的布帘，小云忙挡在居次身前与其搏斗，可对方力大无穷，将小云一把拽了出去。另一个人拿着一条沾有迷魂香的手帕在努哈敏面前挥了挥，还没等她喊出"小云救我"，就失去了意识。

这些蒙面劫匪，确实不是朗天那边的人，而是乌桓的内鬼，当头那个，正是萧德的独生子萧信。这个萧信从小乖张，不像父亲那样传统守旧，小时候被父亲责骂多了，愈发叛逆起来，父子两人向来不和。萧信我行我素，在他成长中，萧德忙于辅佐首领也渐渐疏于管教，萧信长大后，性格更是顽劣粗暴，却没几分才识，私下里倒是与呼延庄等军中的人交好。看在萧德这个老臣的份上，萧承让萧信掌管牢狱，给了他一份牢头的差事。掌管大牢又正需要萧信这种蛮横性格的人，让他做这一行，结果还算叫人满意。

这段时间乌桓被通古斯收复，朗天所捉拿的叛徒也暂时关押在乌桓的大牢中，牢房里人多口杂，生出不少是非，萧信只得严加巡查。这天，他正在牢房走动之时，听闻颢天那边的一个奸细正在游说其他罪犯一同越狱出去，帮他们劫持努哈敏交给颢天发落。一开始，萧信听见他们要越狱，不由得火冒三丈，二话不说就把那个游说的人绑起来，吊在架子上毒打一顿，又上前去用马鞭抽打那几个听他游说的犯人。一时间，牢房里嚎叫声不绝。待他打完这顿出了气，也清醒了许多，想起方才那个奸细说要绑努哈敏，他竟有些动了心。自从努哈敏嫁到乌桓来，他早就看她不爽了，和他父亲等人早期的想法一样，十分不服这个匈奴女子做乌桓的主人，在他眼里，乌桓的主人就该是乌桓人来当。只可惜自己一个小小的官，也决定不了什么，只能眼巴巴看着努哈敏越来越得人心，甚至连父亲这样冥顽不灵的人都改变了看法，还支持她把乌桓收归回通古斯，他打心里直骂父亲"老糊涂"。

这些日子，萧信越想越憋屈，军营的几个兄弟走的走，死的死，自己留在这里，本就想找个法子对付这个所谓的夫人。如今机会来了，他不由得动了邪念，打算和颛天他们合作，帮他们劫持努哈敏。正所谓"人不为己，天诛地灭"，萧信自然是不关心谁当通古斯王，他只盘算着和他们联手，配合他们劫持努哈敏之后，再暗中把她杀掉，然后把锅推到颛天他们身上。努哈敏若死了，便是一尸两命，首领之位的血统自然就断了。父亲萧德劳苦功高，首领之位定是先由他代理，他年纪大了，这个位置始终会传到自己手中。但凡努哈敏和她的孩子在一天，首领之位都不可能是自己的，只有干掉她，自己坐上这个位置才从不可能蜕变到可能。

于是，萧信便让狱卒悄悄带来那个奸细，那人被暴打了一顿已经是皮开肉绽，又被召见，更是吓得不轻，连连磕头求饶。却听这位牢头大人言之凿凿要与自己合作，奸细惊得不敢相信，几番确认了他不是哄骗自己的，才笑逐颜开道："大人英明。小的探听到今日通古斯王要接努哈敏夫人到营中设宴款待，还望大人放我们的人马进城，与我们一同去劫车。我们这次只是借你们夫人一用，定不会伤她分毫，大人你放心，事成之后，我们王爷重重有赏啊。"萧信并没有暴露自己要杀努哈敏的心思，这次能借他们之力绑来努哈敏，省去了自己不少的工夫，他只是笑道："好啊，既如此，人捉到之后，就暂且放在大牢之中由我们看守，才不起疑。"那人见他思虑周详，更是信任了，丝毫想不到他谋划着在牢中控制努哈敏后要暗下毒手，便在萧信的包庇下离开大牢去找颛天部众汇合，预备一同去劫持马车了。

再说那些蒙面人无心恋战，虚晃几下就四散跑开，小云挣扎着从地上起身，和其他侍卫回到努哈敏的马车旁，小云掀开布帘，里面已经没有了努哈敏的身影。这一吓可不轻，她顿时感到天旋地转，眼前发黑，差点昏了过去。她深吸几口气稍稍缓过来后，不禁怀疑：难道是朗天大王故意邀约，其实是想加害于居次？可她见萧贵此时也慌慌张张地过来，手臂上还负了伤，口中着急道："小云姑娘，我们快些分头回禀，派人去追寻夫人的下落吧。"看样子，也不像是朗天等人设的局。两人不敢拖延，便各自分头前去召集人马了。

　　朗天命人把自己做好的饭菜摆好，又布置了一番，等候多时依然没有见努哈敏到来。他不由得感到惆怅，心中想，难道阿敏果真不愿原谅自己了吗。可转念一想，他深知以努哈敏的性格，她绝不会不来的。她这么久都没有到，自己去接的人马也没有回来，莫非……是半路上出现了什么变故？朗天浑身一震，立马起身出去寻。说时迟那时快，萧贵带着一队人马冲了过来，火急火燎道："大王，糟了，夫人被半道里劫去了。"朗天急得赶紧追问，萧贵一一具言。朗天大惊失色，呼着："都是我不好，我应该亲自去接阿敏的。到底……到底会是谁要做此恶事？"萧贵一时也想不到对方会是何人，只劝道："大王，我们赶紧发动人马去搜救，别耽搁了时间。"那边，小云也急忙回去将事情告知萧德等人，众人都吓得不轻，萧德马上命人关闭城门，带领人马分头搜救起来。

　　萧德带着部下来到城门边上搜寻，没走多远，突然听见侧边一队人马喊着："快看那里有个人！"萧德听闻，忙带人围了过去，一见此人，脸一黑，说道："是你？"原来，这人竟是早已逃窜的侍女小蝶。小蝶经过好些天的奔波，终于回到了乌桓。越靠近城门，她心跳得越是厉害，眼前的城池看上去安然无恙，守在城外的既有通古斯侍卫又有乌桓人，她不清楚发生过什么，也不知道努哈敏和小云等人的情况，更不晓得自己要受到什么惩罚。来不及多想，忽然，她见两边的守卫要关上城门，便一咬牙拍马溜了进去。不料刚到里头就被萧德他们捉个正着，小蝶有种末日降临的感觉，全身发颤，也不想着逃走，就驻马停在那里，等着未知的到来。

自从上次没看出呼延玖是个叛徒，差点酿成大祸，萧德便对叛徒痛恨有加，一度想去把呼延庄和小蝶追回来好好惩罚，奈何疲于应付乌桓的事情，就没有再去追究他们。这下倒好，小蝶自投罗网，碰巧他正值气头上，便朝小蝶脸上啐了一口，骂道："你这叛徒还好意思回来？你们俩，把她给我关进大牢里，其他人跟我走，找到夫人要紧。"小蝶被左右两人拉下马，推了个踉跄。她从前没被这么无礼对待过，虽说做好了回来受罚的心理准备，眼泪还是一下子充盈了眼眶，吧嗒吧嗒直往下掉。

那两个押她的人见她曾经也是矜贵的丫头，现在这么可怜兮兮的，态度也稍微缓和了一些。其中一个说："大难临头自己逃走，现在乌桓安定了想回来享福，可没有这样的好事！"小蝶忙问起这段时间发生的事，听说乌桓和通古斯和解了，心中也暗自感激上苍，又觉奇怪道："刚刚听你们说要去找夫人，难道她……出了什么事情？"另一个人声音里充满了焦虑："本来呼延朗天设宴邀请夫人过去，结果半道上夫人就被歹徒劫走，去向不明。唉……"小蝶顿时收了泪水，心一沉，算来努哈敏已怀胎八月，如今出了这等事情，万一有个三长两短可如何是好。她很想出去帮忙寻找，可那两人把她推进一间空牢房中，转身就锁上门离开。小蝶急得直喊，那两人已经走远。她心想着居次这都不知道哪里去了，自己却被关在这破地方，什么也帮不上，更觉焦急和委屈，甚至想找法子逃出大牢。

不知过了多久，突然，大牢门口传来脚步声，然后大门一开，外面的月光照入。她看见门口人影晃动，几个人走了进来，又隐约听到有人讨论什么"终于抓来了'大肚子'"，"一定要在天明前干掉她"。小蝶不免起了疑心，心想：难道他们所说的"大肚子"是居次？只见他们押来一个人，朝自己这间牢房走来。小蝶蜷缩在角落，见他们押解的人正是努哈敏！她大惊，不知这些乌桓人为什么要劫杀努哈敏。小蝶深吸几口气，让自己冷静下来，盘算着要先保护好居次，再看看如何找机会救她出去。救居次的重任忽然间落在自己身上，居次的命也就掌握在自己手中，而且只有自己一人，没人能帮自己了。任凭她怎么设法冷静下来，心都快跳出喉头。

为首的萧信将努哈敏推到这间牢房中，忽然发现这间原本的空牢房中竟有一个女子，也大吃一惊，就要杀她灭口。小蝶见他来捉自己，情急之下，她隐约认出这个蒙面人是萧德的儿子萧信，这人和呼延庄关系好，自己也曾见过几次。她心里有了点谱，装作冷静地喊了一句："萧大哥，是你吗？别来无恙啊。"萧信一愣，凑上前一看，见是小蝶，狐疑道："你们不是已经走了吗？怎么你会在这里？"小蝶假装嗔道："萧大哥，阿庄哥已经找到了好去处，他担心你们这些留下的兄弟，便叫我回来，带大家一同去躲过此劫。没想到，这才刚一进城门，就被你爹抓了来。阿庄哥和你是一路子的人，为什么现在连你也要杀我？"萧信半信半疑，又下意识用身子挡了挡地上的努哈敏，应道："哼，再怎么说，我是牢头，你是叛徒，杀了你不是理所当然的吗，哪有这么多情面讲？"

小蝶知他理亏，故意看了一眼地上的努哈敏，朝他打眼色道："这么看来，我们应该是一伙人，人为私利，我们又有什么错呢？萧大哥，我知道你和阿庄哥的关系铁，你做好心把我放了，就当给个面子他吧。我之前被这些人折磨，才不要管她死活呢，我当时就是这么想才离开的。我走后，自然就当什么都没发生过。万一你在这里干得不乐意了，不妨随我去找阿庄哥避避风头也好啊。阿庄哥如今依靠了汉地做了大官，你们去到，他定不会亏待你们的。"

听小蝶这么胡诌了一通，萧信还真觉得有理，自己这次的计划不能保证万无一失，若是失败了，也得找个靠山啊。想必小蝶也是为了保命，别无他求，不妨留她一条后路也好。他怕现在放小蝶走太明显，倒不如趁天明前他们杀掉努哈敏时趁乱放走，还能让她顺便帮他们把尸首带出去，免得留下痕迹。若是暴露了，也可以嫁祸于她，说是她们在狱中自相残杀的。于是，他不忘叮嘱了小蝶几句，便离开了。萧信等人走后，小蝶见留下来的几个守卫哈欠连天，就主动劝道："差人大哥，你们去休息吧，这个犯人我帮你们看住就好，这个恶女人以前总打我骂我，我誓不会让她跑掉！"那几个差人见她和萧信相熟，也放松了警惕，没有看得这么紧了，都到一旁睡去。见四下无人，小蝶连忙将努哈敏扶到柴草堆上躺好，抽出老潘头大爷送的匕首斩断捆着她手脚的绳索。见她昏迷不醒，便照着谷老爷教的方法，按下她百会、水沟、凤池、太阳几穴，不多久，果然见效，努哈敏动了动手脚，逐渐清醒过来。

　　努哈敏睁开双眼，用手扶着头，觉得头昏脑涨，见四下是大牢，又猛然看见小蝶也在眼前，十分愕然，当即以为是小蝶伙同呼延庄祸害她，便指着她惊呼："你……是你抓了我来的？"但她见小蝶连连摆手，又发现小蝶同样为阶下囚，头发凌乱、衣服破烂、脸上布满了灰，很是惊讶，又问，"是不是萧德偷偷派追兵去把你们捉回来的？还是说呼延庄那个混蛋把你抛弃了？"小蝶还是连连摇头否认："居次，我千不该万不该就这么抛下居次不顾的，小蝶知道错了，小蝶轻信了呼延庄而不顾居次的恩情，实在该死。这次回来，求居次责罚。"努哈敏叹了口气，怜悯地看小蝶，道："傻丫头，你为什么还要回来？你真是傻丫头，你跟着呼延庄走了，我也不打算追究了，就当从来没有过你这个人，你就远走高飞得了，为什么还要回来遭这个罪？"小蝶听到这番话潸然泪下，她一回来就遭受各种冷眼，努哈敏这个最应该责备她的人，却丝毫没有怪罪她，她握着努哈敏的手道："居次打我骂我都好，可千万不要不让我伺候你。我听呼延庄说呼延颢天要找人劫持居次，就想着赶回来相救，可惜……我还是晚到了一步。"

努哈敏看着自责的小蝶，心也软了些，摇头道："我的好小蝶，仅仅凭你一己之力又哪能救得了我？现在人为刀俎，我为鱼肉，时也，命也，恐怕是在劫难逃了。这次果然是那个颛天使的坏，不过朗天已经勒令捉拿他了，他又怎么能抓得了我？"小蝶估计了一下前因后果，就把萧信的话和自己的见闻讲给努哈敏听，料想是颛天与这个萧信互相勾结。"呼延颛天捉我，无非是想拿我去要挟朗天争夺王位，可这个萧信为什么非要置我于死地不可？"努哈敏一时陷入了绝望之中，仰头看着一片黑暗，悲从中来，小声喃喃道："这一年来灾祸不断，本来以为一切都结束了，能过上几天好日子，怎料又生出这事来。我死了倒好，朗天也不用受威胁了。只是可怜我的孩子，还没出生就要跟着我送死，也好，总算可以与萧承一家三口团聚了……只是我终究是见不到单于、几位阏氏和妹妹了，可怜他们一向关心我，我就这么不明不白地死了，他们可要担心坏了吧，我真的好想他们……"说罢，努哈敏亦垂下泪来。

小蝶抱着努哈敏，凑在她耳边道："居次，小蝶有方法救你出去，这个法子很冒险，但哪怕有一线生机，居次也不妨一试啊。"小蝶的声音紧张得沙哑，像是下了很大的决心。努哈敏已经抱着一死的心了，仅凭她们主仆二人，还能有什么活命的法子，她只是摇摇头，说了句："连累你了。"小蝶更急了，又劝道："居次，我从前背叛了你，你信不过我也是正理。可是居次，小蝶求你再信我一次吧，他们在天明前就要害你，留在这里只能等死，你肚子里的孩子不仅是乌桓的未来，更是你和萧大王的未来，你要放手一搏，千万不要就此放弃啊。"努哈敏可怜小蝶，听她声声哀求，更是心软，想着：也罢，反正难逃一劫，小蝶肯回来救我，至少在自己死前，也让她知道自己依然是相信她的，她是能活下去的，这样她后半生是否不会这么愧疚呢？况且自己死了，孩子就没了，乌桓就断了继承，也会陷入混乱，不妨搏一搏生的机会，说不准一切都有转机了。于是努哈敏便答应了小蝶，听从她的计策行事。

　　折腾了那么久，努哈敏体力不支，腰酸背痛，便听小蝶所言先行歇息一阵，存留体力，侧身躺下了。小蝶帮她揉肩捶背，突然眼泪就掉下来，努哈敏也伤感地看着她，小蝶也不相瞒，呜咽道："今将死生别离，恐怕这是小蝶最后一次侍奉居次了。"努哈敏以为她指的是自己难逃一劫，也摇头叹息。她伸手抹去小蝶脸上的泪水，小蝶也撕下一块稍微干净的布料为努哈敏擦去脸上的灰。来乌桓这么久，努哈敏难得与小蝶如此共情，也是两人最亲近的时刻。此刻，努哈敏不再当小蝶是侍女，而是她的患难姐妹，两人之前心中的隔阂慢慢化解。深夜，大牢里很冷，小蝶和努哈敏相互依靠着取暖，一起盖着牢里的薄被，正如儿时两人相拥入眠。两人谁都没有睡，只是静静躺在这长夜的死寂之中，想象着大牢外如水的月色。

第二十一回

小蝶舍身赎罪救主　众人齐心锄叛惩奸

　　小蝶和努哈敏依偎了一夜，待五更天打响，外头的守卫也换了一轮。天将破晓，小蝶一骨碌爬起来，推了推努哈敏，急切地压低声音和努哈敏说："居次快醒醒，是时候要闯出去了。接下来要听我的，不要问原因，才能有望逃脱。"小蝶示意要努哈敏和自己互换了外衣，又在自己的脸上糊上泥土，带上面纱，努哈敏一开始脑中混沌，不晓得小蝶在使什么计策，也不抱什么希望，只是木然地听着小蝶的指示。直到小蝶把地上的枕头塞进衣服里面，努哈敏这才恍然大悟，连忙制止。这时大牢外响起人声，想必是萧信带着人马过来解决努哈敏。小蝶赶紧捂住努哈敏的嘴，示意她不要发出动静，又轻声在她耳边说道："居次，你答应过我的，不许反悔，我有办法逃出去的，他们看在阿庄哥的份上不会杀我的，你不要担心。"随即小蝶对着努哈敏坦然一笑，努哈敏的眼中满是惊恐与不舍，她拉紧小蝶不肯松手。行刑人愈走愈近，小蝶补充道："居次，等会儿我出去给你留个门，他们走后你赶紧往左手边跑，我来时见那门的锁已然损坏，也没有人守卫。外头是个小巷子，里面有很多存放粮草的仓库，可以先躲起来。"努哈敏来不及多想,脚步声就来到门外。

监牢门被打开,小蝶突然朝外面低声喊去:"我已经把她控制了,点了哑穴,接下来我们两清了。"外面的人回道:"行,把人交出来,你可以走了。"小蝶挣脱了努哈敏握着的手,隔着面纱吻了一下努哈敏的脸庞,几滴泪沾湿了她的脸庞。然后小蝶毅然挺着大肚子走出去,来到门口时踉跄了一下,假装是被里头的人推出来的。出去之后,她一下子被那群豺狼虎豹控制住押走了。她没有回头,哪怕她多想再深情望一眼居次,为了不露出破绽,她只能在心里道别。

人群走远了,努哈敏却愣在原地,她的心在滴血,可却没有流出一滴泪,眼眶如同火燎一般滚烫。直到孩子踢了一下她的肚子,努哈敏才瞬间回过神来,出了小蝶给她留的门,在漆黑的狱道中摸索着,飞奔到左边的巷中,果然见到有许多无人把守的废旧仓库,她就近找了一间藏进去。努哈敏暂时感到一丝安定,眼泪顿时哗哗流了下来。很快,她听见监狱另一边喧嚣起来,有人大喊:"我们中计了,这个死丫头骗我们,快追!"说着兵器碰撞的声音、人马声都往这边靠近。眼见他们就要搜到这里了,可努哈敏心中沉痛,又经过方才那一遭,脚步沉重得再难迈起。若他们赶来搜查仓库,自己将要束手就擒。正当他们来到巷口,突然从斜巷冲出一队人马和他们厮杀起来。努哈敏松了一口气,也管不上救兵是何人了,趁机蹑手蹑脚走出仓库,想从巷子的另一边逃脱。

这队人马并不是朗天或萧德搬来的援兵,为首的却是乔布齐。上回说道,朗天吩咐乔布齐留在通古斯观察颢天等叛乱者的动向。前几日,乔布齐收到消息,称颢天等一众人马竟已悄悄潜入乌桓城中,他不敢耽搁,打算连夜赶来乌桓向朗天大王禀告。昨夜他刚入城中,正好碰上萧信带队去捉拿努哈敏。乔布齐从前与呼延庄相熟,自然也和萧信以兄弟相称,曾一起喝过几次酒。萧信见上次颢天派乔布齐来策反呼延庄,以为他也是同颉天一伙的，生怕泄露消息让颉天知道自己要暗地里杀了努哈敏，又嫌乔布齐关键时刻在这里碍手碍脚的，就打发了一个手下带他去喝酒。直至深夜，两人相谈甚欢，萧信那部下的酒量还不如乔布齐，一下子喝高了，不慎泄露了萧信要杀努哈敏的消息。乔布齐听闻颉天原来是想借这个女子来要挟大王，若是被萧信杀了，反而是件好事。他并不讨厌努哈敏，只是觉得她一天不死，颉天手上始终抓着朗天大王的软肋。像现在这样，通过乌桓自己的人干掉努哈敏，反而可以平息通古斯一场夺权内乱，于自己这边毫无损失，只是委屈大王要难受一阵了。那个人见他并不打算干涉此事，也信得过他，不由得向其透露更多关于这次行动的消息。

　　随着离天亮的时间越来越近，很快就接近他们动手的时辰了。清晨的寒气使乔布齐的酒意醒了几分，他竟开始变得忐忑起来：虽然努哈敏一死，或许能让通古斯免于内乱，但乌桓群龙无首，却会让他们陷入持续的争斗之中，成全这样损人利己的事未免太自私了。如今乌桓亦是通古斯的属地，这样一来或许也会波及通古斯。想到主子朗天对这个女子如此痴情，叫人感动，倘若努哈敏死了，亦不知大王会如何？万一他从此丧失意志，岂不更糟。俗话说，救人一命胜造七级浮屠，现在好歹也是母子两条人命，又怎能眼睁睁看着他们下手呢？如果自己能把努哈敏救下而不是落入颉天手中，大王也不会受威胁了。他愈发坚定了救人的决心，听那个人说本来他们约定五更后就将努哈敏秘密杀死，自己一定要抢在他们之前把人救下来。见那人已喝得烂醉，倒在桌上，乔布齐留下几两银子给店家，自己就先行带上一队人马飞奔到大牢，正好遇到了萧信部众搜查努哈敏，便交上了手。

　　努哈敏趁着他们两队人马打斗，从另一侧逃出小巷，本以为能够逃出虎口，没想到，这边巷口早已等了一队人，挡住自己前方去路，为首者正是呼延颉天。颉天的消息灵得很，他在大牢中早就安插了几个线人，他们一见萧信提前把努哈敏带走了，就认定这小子想抛开王爷，连忙给颢天捎来消息，颢天与焰增便慌忙带人赶来。这下得来全不费工夫，他们竟在路上就遇到了独自逃窜的努哈敏。颢天看着努哈敏惊恐的脸，不怀好意地作了个揖，道："小弟颢天见过嫂嫂，请恕我救驾来迟。"他的语气里充满了戏讽，阴森森的笑意直让努哈敏全身颤抖。原来这就是和朗天争权夺位的颢天，今日也是她第一次见到。努哈敏不由得向后退了一步，警惕地看着他。颢天邪魅一笑，又说："我特意前来请嫂嫂去看望朗天大哥，请嫂嫂和我们走一趟吧！"努哈敏一听，知道他果然想以自己的性命要挟朗天让出王位，她咬着唇，又退后一步，冷冷道："不必了，你向来想取我性命，如今机会来了，赶紧杀了我。"颢天哈哈大笑，逼近一步道："这么个美人儿，怪不得大哥挂念。你若就这么死了，大哥该有多心疼啊，不妨跟我们去会一会他再说。"说罢，他大喊一声："嫂嫂请，得罪了！"他后面的人便将努哈敏五花大绑地压走了。

努哈敏被这群人推搡着，无力挣扎，心中也丝毫没有逃脱的方法。她被他们押着向城楼下的祭天台那边去。当她经过方才那条巷子的另一头时，在微弱的晨光下，忽见地上躺着一个人，面纱被扯下丢在一边，肚子上的棉枕头也被用刀挑到一旁去了，一把刀直插在胸脯，泥泞的面容因疼痛而变得狰狞，牙齿紧紧咬住嘴唇，嘴角流出血来，手背上残存着一个梅花烙印。努哈敏走过她身边时，依然能辨认出就是小蝶。想到小蝶这傻丫头是白送了性命救自己了，努哈敏忍不住眼泪飞溅，凝噎着就要挣脱后面的人，扑到小蝶的尸首上，心中又有无名的怒火腾起。押解的人由不得她冲动，花了好大的力气才控制住她。努哈敏几番扭头看去，想到自己也许很快也要被杀死，和小蝶相聚了，反而不再那么害怕，直勾勾地任凭他们压着自己往前走去。

朗天那边率众到各处去寻了一夜，无果。小云、萧贵、萧德、卜卫、呼雷等各路人马前来汇合，众人纷纷摇头叹息。朗天手脚冰凉、面如死灰，他仍不死心，与众人来到祭天台上，集合起不少人马，打算发动全城的百姓帮忙寻找，若能救回努哈敏，不论多少酬金，朗天都在所不惜。人群刚刚聚集过来，突然，一队人马从西北方向走来，远远看去为首的正是颢天，他们径直奔来朗天等人的面前。朗天见颢天竟在此处出现，心中大喊"不妙！"，想必是这小子弄出的幺蛾子，不知他要对努哈敏下何毒手。颢天来到祭天台前，由焰增扶下了马，抢在朗天开口前"关心"地问道："王兄，你迟迟不回通古斯，是在帮忙找那位乌桓夫人吗？"朗天一听，怒火中烧，断定是他搞的鬼，他一把抓住颢天的衣领，喝道："一定是你把她藏起来了，你到底想怎么样！快点把她交出来，有什么事好商量。"颢天示意他捉住自己衣领的手："欸，你这样像是好商量的样子吗？君子动口不动手。"朗天"嗻"的一声，狠狠吁了口气，咬着牙无奈放开了手。

颢天气定神闲地理了理衣服，随即拍三下手，喊了一句："请嫂嫂上来。"几个侍卫押着努哈敏，从队伍后面走到众人跟前。见努哈敏双手被绑在身后，一个士兵拿刀架在她的脖子上。小云冲上前来想救下居次，却被颢天身旁的焰增狠狠往后推了一把，跌了个踉跄。围观的人群发出一阵哗然，双方守卫瞬间拔出兵器，兵戎相向，护着自己这边的人，但谁都不敢轻举妄动。

颢天、焰增和几个侍卫一块架着努哈敏站上祭天台，未等他发话，努哈敏便朝朗天喊道："呼延朗天！他无非就是想借我夺位罢了，你千万不能答应，不然就中了这个逆贼的诡计了。你不要管我，让他们杀了我去陪萧承和小蝶吧。如今乌桓是通古斯的属地，只要你在位，为乌桓选出个好首领来，通古斯和乌桓都不会动乱的。"而以萧德为首的乌桓部落人一听到先王的名字，像是炸开了锅似的，都纷纷责骂朗天、颢天两兄弟，乌桓部落才归顺通古斯，就被他们拿来当做牺牲品，实在是上了大当了。颢天命人堵上努哈敏的嘴，又喝令下面的人闭嘴，他也不含糊，直截了当地提出要朗天把王位让给他，他便放了努哈敏，两地也就相安无事了。朗天明知道他会来这一套，但一时间没有两全之策，他心乱如麻，方才又听得民情激愤，抬眼见努哈敏受制于人、楚楚可怜，只晓得说："行，我答应你，你马上放人，待回到通古斯，我就把位置给你。"

话刚出口，还没等颢天得意，就轮到朗天的部众不干了。萧贵等人一并跪下，求道："大王！千万不能这么做啊，我们都信服你，通古斯也需要你来统领。你如果退位，由得呼延颢天这个叛徒取代，我们宁愿以死请命！"呼延颢天听他们这么说，也有些慌了，不过他还是故作镇定，骂道："好啊你们这群愚蠢的人，别以为通古斯离了呼延朗天就不行，我呼延颢天一样有支持我的部众，等我上位，先把你们给处死！"

朗天深受触动，深情对众将说："诸位请起，各位的忠心我心领了！王位没了，我当一介武夫又如何？可乌桓夫人母子一尸两命，我们怎么能牺牲乌桓的利益来换取我们的平定呢？何况，哪怕让呼延颢天当权，像他这般不得民心的统治者，始终是要被推翻的。"萧贵见他一意孤行，仍跪着求道："大王三思啊，你若不肯让位，这叛徒也未必会杀了努哈敏夫人，可你一旦让位，这逆子哪里还会给你们留活路啊。"朗天长叹一声，把贵叔扶起，他转头看向努哈敏，见她连连摇头，被堵上的嘴发出呜呜的声音，他注视着她，坚决道："我欠你的已经太多，不能再对不住你了。我们已经被这些权力位置的纷争所累久矣，能救下你当一对亡命鸳鸯，这个大王不当也罢。"

按理讲朗天已经答应放弃王位，颢天应当放人。可他得寸进尺，这一刻的威风是他盼了许久的，他愿意拖着不放人，朗天也没辙；看着努哈敏一直在受折磨，朗天焦虑的样子也十分之精彩。他方才听众人都不服他，这下便故意道:"哼,趁着众人都在,作个见证,呼延朗天,你不必回通古斯再让贤了,现在就将王位给我吧。还有啊,刚刚你说谁不得民心,始终被推翻?贵叔,你说我不敢杀努哈敏?呼延朗天,最好把话说清楚,否则你别想她活着回去。"努哈敏此时已经累得有些虚脱,才听朗天喝了一声"你别胡来",她便觉双腿发麻,眼前一黑,就要晕过去,脖子也朝着刀刃的方向倒下。

台下人们惊呼起来,就在这千钧一发之际,远处突然传来一把响亮的女声:"住手!"与此同时,一支快箭飞来,那个拿刀的人一声惨叫,连人带刀一起掉落在地。大家才缓过神,定睛一看,一支箭直穿拿刀人的手、插进了他的胸口,却丝毫没有伤到努哈敏。那人倒地身亡,努哈敏也顺着他滑落在地,小云赶紧飞身上前把努哈敏扶下来。台下顿时一片大乱,乌桓和朗天的兵马趁乱控制住了颢天的人。就在这时,那个女子已策马跑到众人面前,原来是匈奴三居次图拉齐齐尔。

图拉自从一别巴斯佳兄妹后,就率兵马不停蹄地赶来救援乌桓。经过好些日子的奔波,她刚到城门口就看见乔布齐的人马把萧信部众打败。乍一看,她还以为这是通古斯的队伍来侵犯乌桓,就率兵上前想和他决一死战。幸好乔布齐作为信使,认出眼前这是鼎鼎有名的匈奴三居次,想必是匈奴派援兵来了,忙喊住:"三居次且慢!我也是来救努哈敏夫人的。"图拉见他这么说,也喊部下"停手"。乔布齐长话短说,向图拉解释了事情的缘由。听闻努哈敏被颢天他们劫持了去,情况紧急,图拉来不及多说,抛下队伍,独身飞奔,自己便先赶去救援。她远远看到祭天台上的情景,便拉弓放箭,将努哈敏给救了下来。

努哈敏被小云扶到乌桓部众之中,被团团保护起来,朗天见危局已解,又是图拉来救,不由得赞道:"三居次好箭法!"图拉笑着朝他拱了拱手,忙翻身下马,前来查看努哈敏的情况。这时,只听颢天那边的队伍中一片混乱，转身看去，竟是焰增突然劫持住颥天。颥天和众人一样没想到会有此变故，霎时脸都煞白了，全身颤抖，眼中满是茫然恐惧。朗天也有些吃惊，喝道："你们做什么？"颥天好不容易喘上一口气来，硬着头皮，用发抖的声音大声呵斥："大胆狂徒！你……你你你想造反吗？"没想到焰增压根不怕，把刀架得更紧，支着颥天便对朗天道："大王，如今这叛徒已经被我捉拿，就等你来处置了。"朗天见他竟反过头来拿颥天邀功，大笑道："你们原就是一伙的，你以为这样我会放过你吗？呼延颥天，你真是愚昧啊，你以为他是真心想辅佐你吗？不过是想利用你罢了！"

焰增被朗天说破，一时间气不过一处来，朝天上大吼三声，凶神恶煞地对着颥天骂道："没错、没错，你这烂泥扶不上墙的，我帮你夺权，是因为从你手中夺走王位，比从你哥哥手中夺权容易得多。你手下人马忠于的是我，不是你！现在他把王位给了你，到时候整个通古斯都是我的了，快把王位给我！"颥天追悔莫及，却被焰增抓着领子，说不出一个字来，台下的人都像看戏一般看颥天自作自受。焰增见大家都愣住了，便挟持着颥天，半痴半疯地狂笑道："王位是我的了！"同时就要带着人马往外走去。

这时，乔布齐带着自己的部下和图拉所带来的队伍赶到，与企图出逃的焰增部众厮杀起来。焰增一队人被打乱了阵脚，朗天和呼雷等人也率众群起而攻之，三下五除二就把颥天的势力杀的杀、捉的捉，焰增也在这混乱中被萧贵一刀杀死。朗天的人牢牢地把颥天绑了起来，颥天的部下也纷纷跪地求饶，声称绝不再背叛朗天大王。颥天知道大势已去，也跪下来哭着喊着，求大哥饶过他这条小命，自己做牛做马都在所不辞。朗天也不说什么，他喊来萧贵，让他在台上当众把颥天是私生子身份抖搂出来。他历经这些波折后，决定不再像以前那样维护父王的威严，虽说死者为大，但总不能为了维护死者的形象，而让生者受其害，何况朗天他早已看不惯父王这种行径，在这一刻，什么前尘往事都不重要了。只有这样，才算为自己找回一个公道来稳固自己的王位和权威，颢天这么一个好面子的人，这才是对他最好的惩戒。

下面众人听到真相后一片哗然，颢天第一次知道自己的身世，又听旁人嗤嗤作笑，顿感无地自容，仿佛周遭的人都在讥讽他这样的身份还敢篡权，简直是不自量力。又听闻原来是先王逼死了自己的母亲，心中更增加了一份对先王的憎恨。下面的兵将纷纷请求朗天大王处死这个祸害，努哈敏这时已经逐渐清醒过来了，也咬牙切齿地看向颢天，希望朗天将他置之死地。朗天何尝不对颢天恨之入骨，可念在兄弟俩从小一起长大的情分，朗天一时不忍下此毒手。他看向一旁的萧贵，神色有些为难。萧贵叹了口气，道："杀与不杀全凭大王裁决，只是当年颢天的母亲托我照顾他，如今他酿成这般大祸，我应引咎自责啊。"朗天见他如此，也不禁长叹一声，将手中的刀扔下，心想：颢天这逆子，终究没有那个胆量杀我，他纵然谋反，不过是被奸人利用，如今他认明了自己的身份，这次饶他一死，或许日后他能改邪归正吧。

想罢，朗天也收起杀念，下令道："既如此，我就对你网开一面。不过死罪可免、活罪难逃，反贼颢天今后不再是我的王弟，贬为一介草民，不许再居住于通古斯王庭中，往后自寻生路，与我通古斯王再无瓜葛。"这在颢天看来哪里算是罪罚，明明就是恩赐，经此一事，他再无脸面留在王庭中了，巴不得躲得远远的。颢天一个劲儿地谢朗天的不杀之恩，便灰头土脸地落荒而逃。侍卫们不情不愿地放他走，努哈敏见朗天终究还是留呼延颢天一条活路，心中愤懑难平，可终归是尊重他的决定。萧贵见状，也领着众部下称颂大王重情重义。

众人散去后，努哈敏带着乌桓众人，在图拉和小云陪伴下匆忙朝方才那条巷子赶去。小云见居次有些魂不守舍，口中一直念着"小蝶"的名字，又听她先前被颛天劫持时说"死了去见小蝶"，心中已然猜到小蝶或是遇到了不测。果然，来到巷口，便见小蝶的尸身横在地上。众人惊异于小蝶的突然出现而又暴毙，见努哈敏、小云、图拉和云朵儿几个从小与小蝶相熟的人扑在尸身上痛哭不已，忙上前慰藉，劝她们不要太动情而伤了身子。努哈敏哭了一轮，终于止住泪水，在小云和图拉的搀扶下缓缓起了身，命人把小蝶安葬好。

众人问起缘由，努哈敏便向他们讲述了小蝶如何回来救她的事情，讲到动情处，不觉又号啕大哭起来。众人听闻，皆叹惋，云朵儿等几个眼浅的女子也随之落泪。萧德听闻竟是自己的儿子萧信带头反叛，差点害死了主子，羞愧不已，一头撞向小蝶的石碑上，想以死谢罪，所幸一旁的呼雷手疾眼快，一把拦下来。萧德仍挣扎着嚷道："不要拦我，这个逆子做出这等罪恶之事，让我这个老脸往哪放？我对不住乌桓，对不住首领所托，活着也是无地自容啊，不妨让我以一死来谢罪吧！"众人没有过多怪罪他，都纷纷摇头，劝住他。

努哈敏也收住泪水，说："萧大臣是有错，错就错在没有管教好儿子，让儿子犯下滔天大罪。不过反贼萧信也被信使乔布齐杀死了，算是给我和小蝶一个交代。萧大臣本身是忠心耿耿的，大家都知道，也罪不至死。你失去了儿子，还望你不要憎恨我们，以后就要好好将功赎罪，依旧效忠于乌桓。"萧德感激涕零，连叩九个响头谢恩，直言："那个忤逆子是罪有应得，我这具老骨头一定好好效忠于乌桓、效忠于夫人和将来的小首领，定当鞠躬尽瘁、死而后已！"说罢，他又起身四处寻萧信的尸首，找到之后，手起刀落，把首级从尸身上砍下，骂道："逆子，我恨不能在你生前手刃你！"众人忙又上前劝下他，跟随努哈敏一并回大营中休整了。

第二十二回

冤家一对得和解　　归途半程获新生

在众人无微不至的照顾下，努哈敏好好休养了几日，体力和状态得以恢复了许多，小云这次是一刻也不敢离开努哈敏了，生怕自己这位多苦多难的主子又出什么意外。努哈敏又是心疼又是打趣地说："小云，你也睡去吧，你这一直不合眼的，还怕我飞了不成？"自从失去了小蝶，她是加倍地珍惜小云了，此刻见到图拉和小云陪伴在侧，乌桓也一切安好，之前的乱局终于是度过了，念及此，再次觉得恍如隔世，她心中满怀安稳的喜悦，愈发感念当下的好了。朗天铲除了颛天的叛乱势力后，也不如之前那般着急回通古斯了，他怕努哈敏这边又遇到什么乱子，想着再留几日，安顿好她们再走也无妨。

傍晚，努哈敏说帐子里闷，要出去透透气。图拉和小云在左右两边陪着她到王城外的小河边，湿润的空气抚着一尘不染的河岸，努哈敏找了岸边一块平整的大石头，迎着风坐着，凝神眺望，小云和图拉在身后不远处守着，一切都那么宁静。远方，朗天正好也来到这边散步，远远见到这么一幅唯美的画面，被深深地吸引住，在夕阳斜照中缓缓走来。小云和图拉和他打了招呼，朗天关切地轻声问候了努哈敏，知她一切安好，心才定了些。两人知道努哈敏想与朗天单独倾谈很久了，只是苦于一直没有机会，便都识趣地走开。

朗天在努哈敏身旁边坐下，努哈敏不回头，也不作声，只是嘴角微微勾起。朗天的话打破了宁静："这几天休息得可好？"努哈敏轻轻点着头，侧过头去望着他笑笑。朗天看向城外远处的山坡，忆起往日这里发生的一连串事情，长叹一声道："这场闹剧终于结束了，希望以后都不再有了。"努哈敏听到闹剧这个词时，忍不住皱了皱眉头，她想起那日朗天就是用这个词当众嘲讽她的，不免怨道："何苦来说这个，当时挖苦我还嫌不够吗？"朗天知道是时候要解释清楚之前的误会了，忙答道："阿敏，我当年说的怎么会是你呢？当年一闹，你我皆是戏中人，我们都被裹挟在这世代的情仇中，身不由己，多么荒谬，这才我当时所讽的闹剧。如果可以改变，我一定不会让这场闹剧发生。如今这一切终于结束了，可都不能再重来了。"努哈敏摇摇头，眼中有些哀婉，也多了几分坦然。她握着朗天的手，轻声道："都过去了，又何必再纠结于此，现在这样不都挺好的嘛。如果没有这些天的经历，恐怕我们几地的世仇才是永远没有办法抚平呢。"

朗天动容，也紧紧握着努哈敏的手道："阿敏，是我害苦你了。当时我脑子发昏，故意说了这么多伤人的话，后来，我也知道你是为了气我，才到这乌桓来……既然我无法改变，无法对你好，看见你托付给萧承，他对你那么好，好歹可以减少我内心的愧疚。哪里知道，他为了救我，唉……"朗天顿了顿，用另一只手掩面，好一阵子又道，"不想我们通古斯内部的纷争，又把你和乌桓推到险境，我欠你的实在是太多了。可是阿敏，你听到那些我对你不敬的话，都是我迫于当时的场面才胡说的，其实我一直都念着你、从不愿去伤害你。"朗天讲罢，不由得孩子般地呜咽起来。

努哈敏轻轻搂着他安慰道:"你说这些我知道的,我曾经十分怪你,甚至特别恨你,但很多时候我也钻了牛角尖。萧承说得对,你们是一族的,相互帮助再正常不过了,打仗又哪可能没有死伤?再说,你救了他,让我能够陪他最后一段时光,不然我可能连一面也见不着。"努哈敏她说着,泪水盈满,抬着头看向天空不让泪流出来。又道:"那天其实你也启发了我,我们如今独当一面,不能再囿于过去,要有我们的路。往后我们两地就算好了,也不要太难过了。"

朗天把话说开来,心结也解开了,他收住眼泪,慨叹道:"阿敏,是我负了你,你却不怪我。往后我们两地好了,就能和从前一样往来了。我们是不是也能同从前一样好?"努哈敏嫣然一笑,打趣道:"谁想和你往来,你之前害我痛苦了那么久,你就等着慢慢赔罪吧。"朗天见努哈敏笑了,心情跟着变得开朗起来,也乐道:"那我呼延朗天就在此听命于夫人你,日后做牛做马,全听候夫人的发落。谁要是欺负阿敏,就是和我过不去。"两个人有说有笑,复在那里打闹着,仿佛回到了从前。小云和图拉远远看着阿敏终于笑逐颜开,内心宽慰,又看他们俩宛如小孩儿一般,丝毫不觉得一个是大王、一个即将要成为母亲,也在心里窃笑。

那天夜里,努哈敏在睡梦中痴痴地笑着呓语,小云睡在她身旁,为她掖好被子,温柔地望向居次,这应该是她经受这么多磨难以来,第一次能做个好梦吧。次日早晨,待努哈敏醒来后,小云端来一碗热茶,边为居次梳理头发,边笑着追问:"好居次,你昨夜该是发了个美梦,讲出来让我听听?"努哈敏含羞笑了,缓缓道来:"萧承他终于进到我梦中来了,我梦到他回来了,拉着我快步跑着、笑着;他跑起来的时候扯到了之前中毒刺的伤口,他就摁着伤口笑着说痛,我心疼他,过去搂他,他便将我抱上马去,一起向远方飞驰而去。"努哈敏一边说,不禁甜甜地笑了,又含着朦胧的泪光,一如她刚嫁来乌桓时一样。她按着小云的手,道:"小云,你还记得吗？萧承说过，离开的人会在梦中陪着我，度过一天中另一半的时间。"小云紧紧握住努哈敏的手，附和道："正是呢，居次。时间的两头，都会有人深深地爱着你、陪着你的。"

两人正聊着，图拉便来向大姐请早，小云连忙铺好地方请她坐下。努哈敏往日早有耳闻匈奴陷于战火中，却一直未能了解详情，这几日只在图拉的只言片语中听说了一些，便开口问道："图拉，你从汗国那边来，到底怎么样了，单于退敌了吗？他的伤好了吗？王庭没有受到侵扰吧？"图拉听她问了一连串的问题，想到她连日在这边遭受着种种痛苦，许久回不去，心底仍关切着汗国，不由得心疼起来，叹了口气。努哈敏见她叹气，以为是匈奴的情况不利，抑或是单于出了什么变故，眼里满是不安道："难道……"图拉回过神来，赶紧抓紧她的双手，打断她说："好姐姐，不要多想，汗国一切都好，敌军都退了，单于的伤也全好了，一众兵卒在王庭外守着呢，不会有事的。"努哈敏的心才稍微安定下来，接着又激动道："图拉，我们回匈奴汗国去吧，阔别了那么久，我真想回去看看，见见单于、阏氏和几位妹妹呀。"图拉知她思乡心切，忙道："好好好，等我这个小外甥出生了，你调养好了身体，我们就回去。"

努哈敏却推了推她的手，说："不、不，我们不如现在就启程。"小云吃了一惊，劝道："居次，这怎么可以，太匆忙了！何况你已怀胎八月有余，将近临盆，路途遥远，这么奔波怎么行？"努哈敏反驳道："我不想再拖了，之前大大小小的事情一直阻碍着，现在难得安定下来，不能再犹豫了，再拖下去，恐又节外生枝。如果等到孩子出生，还要休养一段时间。到时孩子太小也不方便带回去，留他在这里我也不放心，又不知要拖到什么时候了。何况如果赶得回汗国，在那边生产有阏氏她们照料着，总比在这里好。"图拉总觉得不妥，又想到另一个法子道："要不我们遣人去匈奴，请大阏氏来过来，到时还能照顾你的月子。"小云也赞成，连夸三居次聪颖。可是努哈敏依然执着道："不成，这信来信回的，又不知要耗上多少日子了。没事的，我让随从护着，我身体全好了，一定撑得住，在路上不会出什么事情。"这时，朗天在外头听见几人说话，也进到营中。努哈敏见他来，忙寻求他支持道："朗天，你不是说都听我的，快帮我说几句。"朗天亦觉这样冒险，可他深谙努哈敏的性子倔强，既然下了决心，旁人很难劝得动，他也不忍她一等再等，沉吟道："阿敏，你若真要赶回去生产，不如这样，你们先安排人马护送周全，我也派人去通古斯传令人马沿途护送，顺便带上我儿时的乳娘来，在半途上有个照应；匈奴那边亦派人通知，好让他们有所准备才好。"努哈敏听朗天为自己谋划好，也拍着手赞道："如此甚好，就这么定下来吧。"

于是乎，努哈敏便风风火火地跑去吩咐萧德，托付他先代为管理乌桓之事，萧德见她依然信得过自己，感激涕零；她又交代呼雷等人，打点好军中各种事宜。乌桓众人听努哈敏要即日启程，一开始颇为担心她和胎儿的安危，都不愿她冒险。可部下们见她坚决，又明白她的心情，后来拗不过她，只得派上一大批精锐的人马，由卜卫领着，在途中护她周全。努哈敏归心似箭，只是简单收拾了一下，便和众人一同启程。

一路上，众人担心骑马颠簸，给努哈敏准备了马车，也挑平坦的路走，小云在马车里头照顾她，图拉骑着高头大马在马车旁护送着，有时和小云交换着陪努哈敏。虽说努哈敏往常是在原野上跑惯了的，胎儿的状况也稳定，可将近临盆之时在车中颠簸了一路，还是叫她难受，加之深秋里凛冽的寒风直往马车中灌，吹得人头晕。小云在车座上放了几个柔软的垫子，放下车帘子，又让居次斜躺在自己身上，吩咐随从日暮后便尽早驻扎下来，让居次躺下歇息，努哈敏这才勉强忍下来。

可没过多少天，这日，一行人才启程，努哈敏便觉得肚中疼痛难忍——其实她前一晚上肚子就开始阵阵作痛，她只当是孩儿不听话，没有太在意。这个时候更是一阵又一阵地收缩着，几近让她晕厥过去。努哈敏推开小云递来的水壶，半躺着呻吟起来。小云连忙扶好努哈敏，当两人的腿相互碰在一起时，小云只觉得湿漉漉的一大片，估计马上就要临盆了。努哈敏已疼得整个人伏在小云身上，小云护着她，抽不开身，急得大喊图拉。图拉喊停了队伍，下了马，到车中查看努哈敏的情况。如今他们离匈奴还有几日的路程，看来小婴儿已经等不及要冒头了。

来不及多想，朗天就早早命人就近搭起帐篷，里面放好干净的被褥和工具。所幸自己的乳娘前几日已来到，如今朗天连忙找她来帮努哈敏接生，总算解了燃眉之急，不然图拉和小云她们女孩子家家的，哪里懂得这些。女眷们搀扶着努哈敏进帐篷中躺下，努哈敏痛得满脸是汗，仿佛全身都在痉挛。朗天带着乳娘进来，嘱咐了她几句，出去之前不忘握了握努哈敏的手，轻声说了一句："不怕，我在外面等你。"乳娘吩咐几个女孩儿去准备好干净的布，到外头河边打来清水，再点起火来烫烫刀刃以作消毒，图拉几人便分头去做了。乳娘温柔地编着歌谣教努哈敏怎么用力、怎么呼吸。小云和图拉备好东西后，也过来安抚和照料。朗天一个人在外面干着急，背着手来回踱步，心里默默祈祷一切平安。他听着努哈敏在里面撕心裂肺的呻吟声，大约过了有一个时辰，便听里头传来婴儿的哭声，一个男孩出生了。乳娘出来，眉开眼笑地回禀努哈敏母子平安，朗天那扭成一团的心总算是松开了，才发觉自己也出了一身汗。

等到图拉掀开帐子走出来，她看见朗天焦急的眼神，笑着示意他可以进去看努哈敏了。只见努哈敏露出疲惫的微笑，初为人母的她眼中闪烁着幸福的光芒，颤抖的双手将孩子紧紧搂着。此刻朗天正单膝跪在榻边，握着努哈敏的手关切地说话，图拉不由得与小云相视一笑，旁人不知道的还以为初为人父的是朗天呢。努哈敏此时也疲惫不已，朗天便带众人出了去，留她好生休息，孩子也先交由乳娘带着。乳娘看出图拉好奇地看着这个小外甥,眼中满是爱意,又有些胆怯。她也和蔼地笑着,叫图拉试试抱他。图拉从乳娘手中把小宝宝小心翼翼地接过来,乌桓的一众随从全都围了过来,对这个小首领赞不绝口,信使们也连忙把这一喜讯分头报回匈奴和乌桓了。

待努哈敏休息足了,图拉才将孩子抱回给努哈敏。努哈敏心情大好,开起玩笑来:"你瞧着孩儿多亲你,要不认你做干妈好了。你也老大不小了,快些觅个夫婿,也生个胖小子。"图拉有些羞涩,嗔道:"什么话?这可是我的小外甥,你瞧你当了母亲了还这么不正经的。"努哈敏也不恼,和大伙儿商量起给孩子取名的事情。"我方才其实哪里睡得着,一直都在想他的名字呢,终于给我想到了一个好的。就叫'萧载'。一来取厚德载物之意,二来'载'与'承'一脉相承,和他父亲的名字很匹配,三来谐音'消灾',足以保佑这孩子平平安安长大。"努哈敏兴奋得脸色微微发红,直说了一连串的话,旁人哪里插得上嘴。众人被她的一大番话逗乐了,纷纷大笑,说着"好名字,好名字"。

努哈敏这一来也没法立马回匈奴了,干脆就在原地住下来坐月子。在朗天乳娘的悉心照顾下,努哈敏身子恢复得很好,小萧载也长得壮壮的。乳娘很稀罕这闺女,她性子幽默,倒和努哈敏的豁达直爽颇合得来,待努哈敏就好像自己的亲女儿一般疼。她找着乐子说:"我这一把年纪,都许久没有干接生这活了。我从小带呼延大王长大,他小时候的趣事啊,是多得讲不完;这下又请我出山,看着这水灵的闺女和娃儿,想不返老还童都难了。"逗得努哈敏哈哈大笑,又缠着乳娘讲朗天儿时的糗事儿。朗天见阿敏暂时回不去匈奴,她在这边过得悠然自得,又卸下往日的痛苦,变回从前那般快乐,自然也心情大好。

匈奴汗国那边收到乌桓使者的来信,得知努哈敏已在途中诞下一子,完察萍欣喜得直搓着手喃喃自语:"太好了,阿敏当母亲了,我都当外婆了。"措木央也过来搂着母亲,兴奋不已。单于的伤才初愈,依旧在静养,如今听大女儿无恙,也露出了笑意,又问来使道:"那边现在是什么个状况?都有什么人在?"听闻通古斯王呼延朗天也在侧,他急得猛然起身,咳嗽不已:"那小子怎么会在阿敏身边!之前他去攻打乌桓,这下又缠着阿敏,不是送羊入虎口吗?这怎么行,我现在就去把阿敏接回来。"完察萍忙在一旁扶着他,帮他拍着后背,道:"单于你莫激动,你看图拉在信中也说之前是一场误会,阿敏在那边有这么多人陪着,不会有事的。"单于哼了一声:"误会误会,那小子狡猾,又不知道在打什么主意,只怕阿敏又被他害了。"完察萍知道他的心事,安慰道:"单于放心吧,我这就先过去看看阿敏,把她接回来。阿敏她在这半途上生子,也没个人照料,怪可怜的。"单于略一沉吟,答允道:"也好,你先去看看,你见到那小子,记得把他带回来,我要当面跟他说清楚,让他不要再动歪心思纠缠阿敏。"措木央也祈求母亲带她同去:"我可想阿敏姐了,也想快些看看小外甥嘛。"单于应道:"那里什么人都有,有什么可去的?"完察萍劝道:"单于才大好,勿动气,那边离王庭不远,图拉她们也在,照理不会有什么危险的,只需让斯图亚派一队人马暗中保护就好。"单于才点点头,由得她们过去,完察萍便吩咐小娜等侍从拾好行装启程。

这天努哈敏一行人正准备启程回匈奴,守卫忽然来报说匈奴有人马来接应。努哈敏愣神了许久,往外看去,马背上俨然笑吟吟坐着的,竟是自己的母亲完察萍和阿央妹,努哈敏喜极而泣地迎出去,母女三人久别重逢,一见面就抱成一团又哭又笑的。朗天怕外头的寒风吹得她着凉,来请她们进营帐中谈。完察萍打量着朗天,听努哈敏拉着自己的手说道:"这次多亏了朗天大王一路照顾。"她便朝朗天笑着示意谢过他,又走上前去,拉着图拉和小云,感激道:"好图拉,这次承蒙你相救你阿敏姐姐，你果真是有勇有谋的好姑娘。好小云，你照顾居次有功，不枉我托付你。"她不见小蝶，问起缘由，听闻小蝶前后的经历，不由得又同姑娘们一起抹了泪。这时乳娘抱来小婴儿，完察萍又谢了乳娘一番，赶紧抱着这个小外孙哄了好久，对他爱怜不已。身边的措木央见到母亲怀中的小萧载，也开心地逗着他玩。

母女俩坐下之后，完察萍捧着女儿的脸，又拉着她的手细瞧，这才一年不见，阿敏已被接连的遭遇催着成熟起来，偶见沧桑和风韵。完察萍既是心疼又是愧疚，直道："难为你了，我的乖女儿，你这些天受了苦，怪我不能来，哪怕陪你经历一点儿。"努哈敏看着母亲伤感，宽慰说："得亏当时有二阏氏和二姐姐来看过我，图拉也来救下我，其实朗天也不想真正加害于乌桓。阏氏，如今我都从这些难事过来了，没事了。""当时我也让斯图亚派兵过来，不知有没有帮上忙。"完察萍补充道。"斯图亚？"努哈敏脱口道。"对呀，当时王庭得知通古斯来攻打乌桓，我便命他过来增援，你不见他？"

努哈敏疑惑，正欲追问，一旁的措木央见事情就要败露，忙插话道："或许当时斯图亚将军所带部众不多，前来对敌时又不曾得空去拜见姐姐，所以姐姐你不曾留意。对了阿敏姐，我们也快些启程吧，单于他可牵挂着你了。"努哈敏见她如此回应，心中猜到了几分，也不说什么，只是向母亲问起家中的近况。完察萍道："是啊，单于身体大致好了，如今正挂念你呢；现在匈奴安稳了，二阏氏她们也正从氏羌那儿赶回来；三阏氏还在波斯，也修信来说她大哥拉夫格尔有意同她一起过来拜见单于呢。"努哈敏听大伙儿都要回王庭中，更是归心似箭："如此说来，王庭可算要同以前一般热闹了，我多想快些回去！你不知道，我在乌桓的时候，有多想念咱们原来那个大家庭。"完察萍遂决定明早便启程返回王庭。当天夜里，两人彻夜长谈都未能化解连日的思念，丝毫不觉得困倦。

临行前，朗天本打算就此与努哈敏等人作别，不料完察萍却极力邀请朗天一同去匈奴，说要好好答谢他一番。朗天怕过去见到呼延顿这个仇人之后又生出许多事端来，再三拒绝，努哈敏也替他一再推托。这一幕与几年前何其相似，朗天不知道又会有什么等着自己，可他转念一想，这次阿敏自作主张将乌桓归顺，若到时被单于问起，定会狠狠责罚她，哪里还念及什么父女情分，还不知道会发生什么呢。若自己不去，就是抛下阿敏独自去承担这个后果，未免太不仁义了。于是，他不再推脱，决定硬着头皮跟他们一块去，便朝完察萍道："盛情难却，既如此，我呼延朗天就跟你们走一趟。"努哈敏见他答应，吃了一惊，一时间忧虑与感激杂糅在一起。朗天想，此一去，无论发生什么，反正自己定都担下来，不要让努哈敏为难就好。他便吩咐萧贵先带人回通古斯，自己带上乳娘，便跟着他们一同回去。

在路上，完察萍母女几人共坐在一辆大马车中，照顾着年幼的孩子，一直絮絮叨叨地聊着天，努哈敏也将怎么和朗天和好的经过讲给阏氏听，只是掠过将乌桓归顺通古斯的事情。完察萍以为努哈敏还不知两地的世仇，以为他们只是化敌为友罢了。提到乌桓之事，完察萍忽然想到什么，问努哈敏："我听单于前些日子提起，说乌桓已有一段时日未向匈奴进贡了，这是怎么一回事啊？"努哈敏一惊，脸色有些不自然。这些日子，她曾和朗天数次讨论如何将此事回禀匈奴，虽然她每次都信誓旦旦地说要一人做事一人当，对他们有话直说就好，但她心底里是一直发毛，始终不敢把乌桓归顺通古斯之事抖搂出来，进贡的事，就这么搪塞过去了。如今大阏氏提起来，大概是瞒不住了，毕竟还没见到单于，不如先告诉阏氏，也好商量商量对策。完察萍见女儿满怀心事，不住追问。努哈敏倒不是很怕母亲，知道她即便责骂自己，也不会对自己下狠手，便将先前的事情一五一十全坦白讲了。

完察萍听着，满脸震惊，她既心疼又气愤，没想到这个丫头竟有如此大的胆子敢公然违反单于的旨意。半晌，她拍着大腿怒斥："你呀你，太鲁莽了！单于统治我们匈奴一族，自然希望开疆扩土、扬威八方。可你竟然把他辛辛苦苦打下的江山拱手让人，你这不是反了吗？"努哈敏自知后怕，小心翼翼地问道："那单于知道这件事了吗，他……他有什么表态吗？""我之前就觉得蹊跷，就打着圆场说乌桓一定是因为今年劫难太多，暂时搁置了这件事情。谁能想到你竟然这么干！"完察萍叹了口气。努哈敏委屈又惧怕，一下冒出眼泪来。完察萍心疼地抱着女儿，说："阿敏，我知道你也有难处，要保全乌桓，可你总不能一声不响就自作主张啊。单于如果知道这件事，必定勃然大怒，管你是不是他女儿，照样没商量。他从来最注重的就是疆土，你又不是不知道！你也是一邦之主，应该能体谅他啊。回去之后，若单于问起，我尽量替你求求情，你千万要小心道歉。"努哈敏自知理亏，只能顺着母亲这个救命稻草，连连赔罪答应。

待一行人回到王庭外，图拉远远看见一个女子和王庭的守卫聊得畅快，女子身旁的马上挂了两个大背篓，她的背影甚是熟悉，像极了卓尔鸣。图拉起了玩心，便让努哈敏等人先行去拜见单于，她蹑手蹑脚地走过去，故意给侍卫做手势叫他不要说话，然后绕到卓尔鸣后面吓唬她一下。卓尔鸣回头见是图拉，拍着心口欢喜地笑着，侍卫也恭恭敬敬地向三居次请安。卓尔鸣说什么也要带图拉去庭郊牧场见见大哥，她转过头去，悄悄和侍卫道别，然后和图拉一同上马回去。

这一切都被图拉看在眼里，她故意笑道："以前不是巴斯佳大哥过来送货吗，现在怎么是你？"卓尔鸣有些害羞道："前段时间哥哥放牧时摔伤了膝盖，我来替他送货，认识了这个侍卫，一来二往的聊得投机。反正在家的时候，大哥就像个闷瓜似的不说话，我想找个人聊聊天嘛。于是后来就主动和大哥说把送货的任务交给我，现在就成了我的活儿了。"说着，卓尔鸣又低着头笑了起来。图拉又打趣她说："你们是不是有好感？尽管和我说，我来做这个主。""你个图拉，现在倒轮到你来取笑我。"卓尔鸣反击道，"你什么时候能成我的嫂子了，这我才高兴呢。"图拉也装作不再搭理她，一扬鞭飞快向前跑去，不让卓尔鸣看到自己红彤彤的脸。

　　两人到了庭郊牧场，见巴斯佳正背向他们坐着，默默注视着羊群吃草。图拉悄悄跑到他身后，用双手围着他的肩脖。巴斯佳一把抓住那双手，喊了一声："老大不小了，别闹！"然后才发觉那双手细腻洁白，上面还有抓弓箭、刀剑起的茧，分明不是妹妹卓尔鸣。他一回头见是图拉，而卓尔鸣在一旁咯咯笑着呢。巴斯佳连忙松开手站起来，又惊又喜，一时间都不知道说什么了，有些不好意思地挠挠头，道："原来……是图拉姑娘你来了。图拉姑娘平安回来就好！"便忙请图拉坐下。图拉问起他膝盖的伤势，又拿出随身携带的药粉准备给他敷上。巴斯佳忙谢道："哎，老毛病了，不打紧、不打紧的。"图拉让他坐下，帮他卷起裤腿，将药粉倒在手心帮他擦上，一边道："你们帮了我这么多，也该让我帮些小忙了。"巴斯佳更是受宠若惊了，坐在那儿动都不敢动，口中谢了又谢。卓尔鸣在一旁看着，偷偷地乐，又问起图拉这趟去乌桓的情形。图拉笑道："阿敏姐顺利回来，王庭众人眼看也陆续赶回来了，我母亲也不例外。想必这次啊，我可以留在王庭中不到处去了，往后总算能够常来同你们一起了。"兄妹俩听她这么说，也激动不已，只要图拉能常来看看他们，就已经很心满意足了。

第二十三回

天伦团聚牵肠肚　父女冲突成水火

得知汉人区已的战火已停,暮雪和灵音计划着将望月斋的古籍送回,可又不知望月斋是否在战乱中被毁,便打算先由灵音带上弟子们回去查看情况,待那边安顿好了,暮雪再将经文护送回去。忘忧离开王庭许久,也是时候带着千山回去了,自然也把胡杨和杨婶一块送回。暮雪为他们几人打点好行装,与忘忧道:"阏氏,你们先回去,我听阿萨禀告北边山麓的百姓遭到了雪灾,房屋尽毁了,我还得先去安抚他们。过几日我护送经文回汉人区,完了就回王庭去。你们路上一切小心。"忘忧应了下来,也嘱咐了女儿几句。一旁的杨婶忙拉着胡杨上前朝忘忧和暮雪拜谢:"二阏氏、二居次,这次多亏了你们的仁心,为我们母子着想安排,才让我们在这战火中有个容身之所。哎呀,你们的恩德,都不知道如何感谢才足够。"他们这些日子一同生活着,时常一起煮食、闲谈,融洽得如家人一般,暮雪拉起他们道:"哪里的话,与人为善本就是我们该做的。你们也是善心之人,这番回去,神女定会保佑你们安居乐业。若日后有缘,还请你们到氐羌来。"杨婶感激不已,让胡杨朝阏氏、居次叩了几个响头,便与众人一同返回。

待他们回到汉人区中，所过之处皆饱受战火、满目疮痍，百姓们都往各处逃了，有些实在无处可去的人只能返回，躲在完好处苟且度日；不少民居和店铺都被烧毁，里面的东西也被抢掠一空，胡杨母子他们原先住的地方也不例外。他们下了马，见原先的家已经面目全非了，不由得愣在原地；千山也在这里住过一段时日，见状也是忍不住呜咽起来。忘忧过来搂着千山，问鸾凤拿来一袋子银两，塞到杨婶手里，叫她赶紧修建好房屋继续好好生活。杨婶说什么也不肯收下，道："这怎么行，二阏氏你们已经帮了我们许多，不必再破费了。"忘忧复把钱袋子推过去，道："老姐妹，我们他乡遇见又十分投缘，客气什么。你们赶紧安顿下来，别苦了孩子。住下来以后，千山来看你们也方便些。"这时灵音也走过来道："我们去望月斋那边看过，斋中倒还完好，只是一些铜铁被偷了去，大抵是那些蛮子忌惮神女教，也不屑于来破坏。杨婶，你们的屋子修好前，不妨先来望月斋小住几日。"忘忧和千山都点头附和，杨婶见状，终于接过了银两，千恩万谢，与胡杨一齐跪在忘忧她们面前拜了再拜。

忘忧和千山也在汉人区中稍事停留几日，顺便帮王庭查看汉人区在战争中的损毁情况，打算回去之后禀告单于，让王庭派些侍卫来协助修复。战乱结束后，原先住在汉人区的百姓陆续回来，互相帮着修葺受损的房屋，人们也在集市里交换着布匹、粮食等用品。这么一来，汉人区才慢慢恢复了些许人烟。胡杨也如往日一样，到集市上去摆摊打马钉，或是帮着母亲送衣服，若是有来往的货商需要劳力搬运货物，他亦前去。千山平日里形影不离地跟在胡杨身边，或是帮些小忙，有时帮不上来，在一旁心疼地看着。那些同胡杨一起搬运货物的小伙计们见有这么个漂亮姑娘总跟着他，都嗤嗤偷笑。胡杨自己有些害臊，虚晃着拳头装着要打他们。胡杨搬完货物后，从口袋中拿出手帕擦脸，千山见手帕正是自己初见他时递给他擦雨水的那一条，而他一直带在身边，心中更是甜丝丝的。待到忘忧带着千山启程回王庭，母子俩目送着她们走远，千山一步几回头与胡杨道别，胡杨使劲地挥着手。胡杨妈妈看着儿子，叮嘱道："我们千万要把二阏氏、二居次和千山姑娘的恩德记在心上，以后一定要好好报答她们。"胡杨重重地点头。

王庭中，努哈敏一行人回来到大营中拜见单于。阔别数月，单于见回阿敏，心中欢喜，起身过去搂住她，道："丫头，你受苦了。"又主动地把小外孙接过来，高兴地说着："小家伙，你是我第一个外孙，定是个有出息的。唉，希望你能像你父亲一样英勇。长大后啊，你就可以接过你母亲的位置，做我们匈奴的左谷蠡王啦。"努哈敏听到这里，心里发虚，幸而没有表现出来，也在一旁笑说："是啊单于，都说他与萧承长得相似，想必日后也可以有所作为吧。"没来得及多说几句，单于猛然瞥见通古斯来的乳娘在一旁站着，不由得问道："对了，呼延朗天那小子呢，是时候跟他好好谈谈了。"完察萍等人忙劝下他道："好不容易才一家团聚，理应开开心心地说会儿话，怎么这时又要找人理论了。"单于这才稍微收敛些。

这时，图拉从外头回来，不久忘忧和千山等人也赶回王庭中，大伙儿自然是欢聚一堂。努哈敏再次见到忘忧母女，欣喜得直扑过去，抱着千山，又拉着忘忧的手亲切地聊起天来。措木央儿时和千山一起跟忘忧学过女红，也和她们母女很熟络。完察萍见两个女儿都对这个汉人阏氏这么好，连努哈敏也一改小时候的态度，和二阏氏母女十分亲近，未免不太欢喜。单于不见暮雪，便询问起来。忘忧答道："暮雪公务缠身，一定要处理完才走，所以晚我们一步，过些日子应该也就到了。"单于大笑道："好，好！我们很快又能一大家子聚在一起了。"

他又过去拍了拍图拉道："你母亲来信，说你大舅舅也想来拜访我。

嗐，这老冤家，我倒要看看他过来有何贵干。他们已经在半途中了，过些日子啊也就到了。"图拉见单于和大舅舅的关系并没有像母亲之前说得那么僵，也舒心不少。单于又拉着图拉赞道："图拉不愧是我呼延顿的好女儿，这回全赖她又救了我一次，把阿敏也救回来，立下不少大功啊。听说还帮拉夫那老贼驴打了胜仗，看来我匈奴的好女儿不仅扬威大漠，还要名震波斯了。"众人听了都赞不绝口，唯有完察萍双眉间心事重重，她摸了摸措木央的头，也与众人一块儿咧嘴笑了笑。一连几日下来，大家其乐融融，很是热闹。

虽说表面一片祥和，但努哈敏回来后不免提心吊胆，她知道乌桓之事瞒不了多久，现在只不过先拖着，可终有露出破绽的一天。果然，一天夜里，她把孩子哄入睡后，叫小云拿些清酒和小食来，打算小酌一下，缓解这些天初为人母的劳累。刚喝上一会儿，突然，只听有侍卫来传话，单于让长居次马上到大营中去，说是有要事商讨。努哈敏深感大事不妙，纸终究是包不住火的。她借着酒意，倒也没有那么惧怕了，连忙收拾了一下自己，叫小云看好小萧载，自己随侍卫前去大营。

刚进去，就见单于坐在大营中央，满脸怒容，完察萍和措木央等人站在一边，努哈敏朝她们看去，完察萍眼中忧虑，措木央则低下头去。努哈敏故作镇定，向单于请安，单于也不给她赐座，劈头盖脸就质问道："说！你是不是把乌桓部落送给通古斯了？你将我们匈奴的利益置于何地？"努哈敏脸色发白，鼓起勇气回答道："是，既然单于你都知道了，我也无需辩解了。"单于更是气愤，骂道："你个不肖女，好大的胆子啊你！还想瞒着我是不是？我原先将你和亲过去，是为了维持乌桓部落，让乌桓始终忠于我们匈奴。看来，我是搬起石头砸自己的脚了！老子辛辛苦苦打下的天下，你就这么拱手让人？"说罢，单于气得吹胡子瞪眼，不禁猛地咳嗽起来，捂住受过战伤的胸口。完察萍见状，慌忙上前抚着单于的背,一边求情说:"单于,阿敏这孩子自幼贪玩,对这些大事没有经验,肯定是当时乌桓情况紧急,为了保全大局,才一时明辨不了是非,叫通古斯花言巧语给骗去。"接着她又对努哈敏说:"阿敏,别愣着,个中缘由是什么,你快给单于说说。你这次闯下了大祸,还不快点和单于道歉。"

努哈敏累积了许久的委屈一下子涌上心头,她含着泪道:"我知道单于你定是会责罚我的,可是你有考虑过当时我的情形吗?你也会说,你们把我扔去那么远的乌桓,就是为了保住自己的属地,我一个人在那里孤零零的,出那么多事情也没有人过问一下;萧承死了,小蝶也死了,几个将军叛逃了,眼看那通古斯要打过来,乌桓本来都要被灭了,你们倒好,援兵都没有派一个。要不是我几番命大,早就和你那个小外孙一尸两命了!单于现在反还问我要乌桓?"单于见她哭诉着,明白其中确有苦衷,他的气也消了些,说道:"这么说,是通古斯把乌桓夺走的了?哼,那个呼延朗天,我本来就要和他好好算这笔账,阿敏,你随我一起去把乌桓打回来。"

不想努哈敏竟说:"不,单于,乌桓不是通古斯夺的,是我自愿与他们和谈归属的,这和朗天没有关系。"单于一听,刚消了一些的气又噌地一下上来了:"你说什么?"完察萍等人在一旁吓得大气也不敢出,心里直骂努哈敏糊涂。却见努哈敏也不畏惧,仍理直气壮道:"通古斯和乌桓本就是一族的,是当年单于出征通古斯时把乌桓夺取过来在先。如今乌桓的子民都渴望归顺通古斯,而不是生活在匈奴的压迫之下,我们也是顺民意而为罢了。我知道匈奴和通古斯有世仇,可是冤冤相报何时了,倒还不如把乌桓让回去,做些牺牲,好让仇恨停在我们这一辈身上,不要再往下蔓延了。"单于听她胡诌了一堆话,更一心觉得是朗天那小子花言巧语,把努哈敏教得放肆,恐怕因为与自己有杀父之仇,于是在自己女儿身上开刀,使这些诡计利用她骗取乌桓来报复自己。他甚至觉得所谓呼延颢天的出现就是逢场作戏的苦肉计，以获得同情来夺取乌桓的归属。

单于怒骂道："混账！你个不肖女被那呼延小子迷昏了头，来人，快去把那个毛头小子给我带来，我要杀了他！"他本就正值气头上，还见努哈敏一再维护呼延朗天，又在那妄言道："单于你不要血口喷人，我知道你与朗天有杀父之仇，现在这个仇恨平息下去了岂不好？朗天也不会来寻仇了，两地也安好了。你既然把乌桓交由我统治，不只是你的女儿，也是乌桓的夫人，我也有自己的决定，难道非要像你一样四处扩张、以强凌弱，到头来像这次打大月氏一样，弄得两败俱伤吗？"单于再忍不住怒火，用手中的大刀狠狠地劈开眼前的桌子，同时又猛烈咳嗽着，吼道："反了你了！我没有你这个女儿，从此匈奴再也没有左谷蠡王！我要亲自带兵，把通古斯和乌桓夷为平地，把你和那个他娘的朗天都杀了。"

朗天的帐篷离大营不远，这夜他心中隐约觉得不安，便出帐外查看，远远听到了争吵声传来，他心一沉，心想八成是努哈敏和单于为乌桓之事争执起来。他一心挂念努哈敏的安危，他知道阿敏性子倔强，又处处维护自己，生怕单于一怒之下对努哈敏不利，就急匆匆赶了过去。来到离大营不远的地方，便听到努哈敏在里头放声大哭："好啊，好啊，没有就没有！你这么专横冷血，有危难的时候，当过我是你女儿吗？还说派了斯图亚来解救我，我看你们是自身难保，哪里还管得了我？我现在还巴不得走呢，我不仅要把孩子带走，还要把阏氏、妹妹接走，免得在这里遭罪！我还不如回乌桓享我的福去！"又听完察萍在一旁喝道："你说的这叫什么话，弱肉强食本来就是自然法则，我们匈奴强大，自然有能力兼并扩张，你怎么能怪单于呢！"那边单于也怒气冲冲道："哼，斯图亚不救你是对的，我特地交代他不能贸然离开，省得浪费兵力救你这个白眼狼！"

朗天掀帐而入，见努哈敏瘫坐在地上，披头散发，流着眼泪。他上前一步，对单于道："呼延单于，一切都是我们之间的仇恨，不要牵连阿敏，也不必牵连乌桓。过去的情仇已经害苦了阿敏，如今我意已决，要放下这个杀父之仇，你我之间，也一笔勾销。"单于见他过来，更犹如火上浇油，冲他怒骂道："用不着你来假惺惺的，说什么原谅我的杀父之仇，啊？我告诉你，老子用不着你原谅，就和你去决一死战，看看你有多大的能耐！还一笔勾销？你得了便宜当然会卖乖，在我外出征战时趁火打劫，妖言蛊惑我的女儿，骗走我的疆土，你今天打不赢我就休想出这个门！"朗天压制住怒火，自己年轻力壮并不惧怕单于，甚至有很大胜算。只是一旦开打，总有死伤，无论谁胜谁败，都是叫努哈敏为难。

朗天正踌躇着用什么借口推脱，这时只听大营外传来阵阵婴儿的啼哭声，众人朝外头看去，只见小云抱着啼哭的小萧载走了过来。单于喝道："混账东西，把他带来做什么？"小云道："孩子见母亲许久不在身边，啼哭不止，我实在没有法子，才来寻居次，望单于恕罪。"说罢，努哈敏冲上前去，抱起孩子，孩子竟停止啼哭了。小云上前一步，对着单于道："单于，试想一下，假如你的小外孙在居次的爱护下长到六七岁，突然有一天被一个比居次更美丽的妇人抢走，虽然给他好吃好住，但你说小萧载是不是依旧想回到母亲身边？"见单于来了兴致，又道，"乌桓就是这么个孩子，原来的母亲是通古斯。被我们夺取后，单于英明，给了百姓很多福祉，可其实我们去到乌桓之后才发现，那边的子民却不领情，毕竟那里有一种东西，是我们给不了的……"努哈敏见这丫头竟如此大胆，不禁倒吸了一口凉气，以为单于定要迁怒于小云了，不想单于竟追问："说！是什么？""是归属感。通古斯和乌桓原是一族，匈奴称霸大漠，人人敬畏，可土地易归顺，民心却难。"小云继续说道，"单于，若通古斯和匈奴世代交恶，乌桓夹在中间甚是为难，不仅居次难做，之后这些仇恨也会蔓延到小萧载的身上，从此以往、源源不绝，害苦的终归是自己人啊。"

单于的表情稍微缓和了些，陷入了深思。半晌，朗天开口道："小云姑娘的话说得在理，既然无论我们哪一方得到乌桓，都免不了继续斗下去，不如干脆让乌桓独立出来，也不要夹在中间为难了。"单于黑着脸，没好气道："哼，乌桓区区小部落，如果不从属于某个大国，没有了保护伞，一下就被吞并了。你想得倒美，竟想就这样了结我们两地的仇恨？"朗天笑笑说："那我们都和乌桓约定为同盟，有两个大国爱护着，乌桓想被欺负都难了。单于，多个敌人不如多个盟友，你自己思量吧。再说了，这次只不过是解决了乌桓之事，我也不想趁你大伤初愈来与你决斗，免得落下个趁火打劫之名。日后在沙场上，再把通古斯和匈奴的仇恨做个了结吧。"单于考虑良久，也觉得此举行得通，就权当是分了一块领土给大女儿独自治理，也默许了，只放了句狠话称："哼，你须记着，匈奴和通古斯之间没完！日后我总会把你们打个落花流水。"随后，两人各自出了营去，努哈敏也抱着孩子，在小云的搀扶下回了自己帐中歇下。她心里明白，这件事虽说算是了结了，但自己和单于之间已有了裂痕，或许关系再难缓和了。

次日一早，侍卫来报玛拉和哥哥拉夫一同从波斯远道回来，图拉兴高采烈地跑出去迎接，单于随其后出了王庭，完察萍等人也都围了过来，眼看一大家子人聚得越来越齐全了。玛拉见到阔别已久的单于和图拉，连忙拥过来，又回头去将大哥扶下马来。拉夫显得更加虚弱了，脸上找不到一丝血色，这趟长途跋涉似乎已经耗尽他的体力。单于也与他拉了拉手，道："多年不见，既然你与玛拉关系和缓啦，我也叫你一声大舅哥吧。这次来有何赐教啊？"拉夫也拱拱手道："哪里哪里，我老啦，身体情况也每况愈下，你也是看得见，剩下多少日子都是上天赏赐的，我这次拼尽全力来，就是想见见你这个老冤家。之后啊，还要求你办一件重要的事情。还要多谢你培养了图拉这么个好姑娘啊，这次她可是帮了我们波斯大忙，看来我把玛拉嫁给你也不亏嘛。"单于忍不住贫嘴道："那当然，毕竟是我匈奴的姑娘，以后啊就是我呼延顿的接班人啊！"说罢，又拉着图拉夸奖了一番。玛拉知道大哥的心思，生怕他听到又要生气了，刚想劝住，就见两人哈哈大笑，并没有像以往那样动不动就较上劲，也松了一口气，倒是一旁大阏氏她们黑了脸，玛拉也多少是明白的。

他们两人在回王庭的路上有一句没一句地聊着，气氛远比玛拉想象中要和谐得多，于是玛拉也放心地和两人打趣道："你们这对欢喜冤家怎么做不成了？"拉夫苦笑着说："我这年龄大啦，也不那么较真啦，看到你和图拉过得好，以前的事，都无所谓了，趁现在行走得动来看看你们，也随便和这个妹夫和解吧。"单于也没有倔强，同样说："是，我们都老啦，很多东西也看透啦，就既往不咎吧。"只有玛拉心里清楚大哥此行到来的目的，她心中隐隐发怵，不知大哥何时以及如何向单于提起索取图拉之事，只能静观其变。

而在旁人看来，单于和拉夫果然不再像年轻那样水火不相容了。拉夫来的这几天，他们倒像老朋友似的总在一处攀谈，单于也不再纠结于努哈敏的事情了。拉夫从前听闻匈奴有个厉害的长居次，便向单于问起。单于一听他提起努哈敏，不由得又发起脾气来："嘻，提她做什么，那个孽障，把老子的江山给他人作嫁衣裳！"拉夫便追问起来，听闻了单于和努哈敏之间的事，也劝单于："你也不年轻啦，这次又受了重伤，怎么还是这么倔？你我年轻时，就是太去计较这些事情，把功名和领地看得那么重。我如今没多久活命了，什么波斯王位对我来说都无足轻重，才知道啊，最应该在乎的是自己的身体和亲人。你可别到我这般田地才后悔啊。"他咽了咽唾沫，又说，"年轻的时候，谁都会热血。未来的天下始终是年轻人的，我们管不了这么多，何必那么耿耿于怀，伤了感情？"单于听了，也没有去顶撞，半晌只是颓然道："唉，不服老不行啊。"

拉夫除了找单于聊些天下局势，有时单于嫌他烦了，他便常拉着玛拉谈些旧事，或在图拉和斯图亚两个孩子得空时与他们谈古论今，或谈说些兵法策略。要知道拉夫也曾是一个热衷于带兵打仗的猛士，图拉和斯图亚听他讲述起过去打的几场骁勇之仗，亦平添了几分敬佩。这天，拉夫才用过膳，在外头便见朗天和努哈敏在一处闲谈，两人见到他来，都起身邀他过来一并坐下。拉夫娓娓道："呼延大王、长居次，我大概也听说过你们和单于之间的事。你们也知道，单于年纪大、脾气倔，你们这些年轻人要先顺下他的意，两代人的观念不同，多沟通就行啦。一次不行就两次，两次不行就三次，反正记着不要说得太硬就好。那个老鬼啊，我是知道的，他终究还是心疼自己的女儿，很多气话啊都是随口说说，你们小年轻也别往心里去了。"努哈敏有些动容，苦笑道："若是单于能有大王你这般开通就好了，我其实也不愿意怪他，只是他逼得太绝，我们之间也不知道还能不能和好如初呢。"拉夫笑道："过些时日吧，找个机会大家说开了就好，想要化解矛盾啊，急不来的，我会帮着你们劝劝他。"说罢，他又看向朗天，似笑非笑地说："一般想抱得美人归不能仅讨女孩子欢心，还要讨老丈人欢心啊！"弄得努哈敏和朗天都怪不好意思的，怨他一把年纪还老不正经的。

经他这么一说，单于和努哈敏的关系也没有刚开始那么僵了，父女两人都试着给出和好的信号，只是像拉夫所说，这都是急不来的，得等个机会。努哈敏为此也是很感激拉夫。王庭众人这些天和他相处下来，见他并不像单于过往所说的那般难对付，倒是个幽默温和的老头子，都与他和和气气的。玛拉见大哥放下了以前的架子，能和匈奴众人相处得好，欣慰于两边的关系总算调和了。现在王庭里众人基本都聚齐了，就剩下暮雪还没有回来，忘忧在心里暗自担心，不知道暮雪这么久还没回来，会不会是遇到了什么意外，几番让鸾凤派人去打探消息。她看着大家都因为客人到来而开心，也不便说出来，只能时不时和千山提到自己的担忧。

第二十四回

暮雪义举救同根　　拉夫巧言藏异念

氐羌那边，暮雪收到灵音的来信称望月斋大体没有受损，她这些天也已去看望了雪灾之下房屋受损的百姓，之后命人整理好当初从望月斋运来的经文，将其打包好放在马上，准备率众启程。暮雪交代素琴看管好氐羌之事，自己带着箫声等侍从护送经文，因携带的东西多，也让阿萨等弟子跟随帮忙。暮雪知道母亲心中挂念，也想快些回去，便挑些小路走，也省得沿路遇到各种盘查和纷争，好保护那些古籍。

一日正午，他们赶路赶得累了，就在一个驿站里稍作歇息。这时，另一伙自南边来的人也到这里歇脚。说来也奇怪，这里的路又颠又窄，骑马都不舒坦，他们竟然还拉着一辆马车，暮雪不由得开始注意起他们。那伙人见暮雪他们人多势众，也时不时警惕地看着他们。这里是氐羌的范围，暮雪他们还穿着神女教的服饰没来得及更换，那伙人也没起什么疑心。先下马的几人摆好带来的食物和水，竟朝马车中嚷了几句蹩脚的汉语，让马车里面的人出来。可细看他们的装扮，分明不像汉人，言行也和暮雪常见的匈奴人或氐羌人不同，一时间竟无法分辨他们的身份。紧接着，马车上下来了一个汉人姑娘，她脸色很不好，看来是车马劳顿太久引起的，两只眼睛红肿着，像是刚哭过。她的头发凌乱、脸上原先扑上的胭脂水粉都布着尘土，可却盖不住她原本的美貌。她摇着清瘦的身子，眼神木然地缓缓走落马车，还拌了一下，腿脚看起来不太灵活。她坐下来默默地吃喝着，也不说话，不一会儿就被那伙人喝了几句，似在责令她吃快些，那个姑娘被吓得一激灵，身子往后缩了缩，看样子十分惧怕那伙人。

　　暮雪好生奇怪：这个汉人姑娘怎么会和这伙人待在一起？看样子她并不情愿，又被他们这么粗鲁地对待，莫非她是被绑架来的？她想着，不由得定睛望着那个姑娘，那个姑娘偶然扭头，看见暮雪正看着自己，木讷的神色也动了一丝涟漪，低下头去，而后又扭头瞥了一眼。这一来，却被那伙人发现了，恶狠狠地瞪过来，暮雪只得转回头去。那群人见状，也不再理会他们，自个儿一边举碗喝酒，一边讨论着什么，他们的语言和匈奴的有些相似，但又不尽相同，不知是哪里的话。暮雪留心听着，大概只听懂了"劫走""大王""奖赏"这几个词。她和坐在旁边的箫声对望一眼，深感此事不妙；又见一旁的弟子阿萨凝神听着，似乎是懂得他们所说的话。

　　暮雪向阿萨做个手势，阿萨探过头来，暮雪悄声问道："他们讲的是不是丁零语？"只因她知道阿萨的本家原是丁零人，丁零被匈奴打败后，族人四散，他们家族才在氐羌定居下来，所以他自幼就会一些丁零语。阿萨证实了暮雪的猜想，悄声道："回住持，正是丁零语。我从他们刚才所谈论的，大概听出了这个姑娘是他们之前去汉地经商时顺手从汉地劫走的，如今正准备带回丁零献给狄灭大王。他们还说以前许多人去给狄灭献美貌姑娘，都换取了很多奖赏，他们这次去便是图谋这个。"

　　暮雪听了，眉头紧皱，心想这姑娘若由得他们带走，可不知要遭多少罪了，自己那个怨怨姨妈贵为和亲公主，在丁零都过得惨痛，何况这个被劫走的姑娘呢？见这个姑娘也是汉人，算是与自己同根，更下决心想要解救她。这时，只听后面那伙人纷纷起身去备马，可能怕露出什么马脚，直催着那个姑娘快点走。暮雪回头看去，正好见那个姑娘也目不转睛地看着自己，眼中写满哀求，被那伙人推搡着回马车上。她临上马车又向暮雪他们这边望了几眼，随后故意用衣袖遮挡着，扔了一条手帕在地上，就被带上马车走远了。

暮雪捡起那条手帕，看到上面绣着一幅画，是一只鸟被困在笼中；旁边还绣着一首汉诗："贵为金丝雀，而今笼中囚。羔羊入虎口，泪往心里流。"同行的人纷纷起了恻隐之心，暮雪叹气道："丁零的人个个凶悍，我们怎么才能救出这位姑娘呢？"箫声道："我想他们一路往北去，今晚一定会在我们昨天住过那户人家留宿。住持，不然我们跟过去，看能不能找机会放倒那几个强盗。"暮雪点头赞同道："好，我们就兵分两路。经文重要，不容有失，箫声，你先带弟子们送经文回汉人区；阿萨懂得丁零语，就随我跟着他们去。"箫声担心居次冒险，一再劝居次随他们回汉人去，阿萨也称自己能想法子帮那个姑娘脱离困境。可暮雪终究担心那个姑娘的安危，仍决意随阿萨调转马头朝着北方去。

一行人一路尾随着那伙强盗，不出所料，他们果然到暮雪昨日下榻的那户人家中住了下来。那户人家的主人也是神女教的信徒，向来敬重暮雪住持。今日见住持他们又返回来，十分惊讶，暮雪将遇到的事情简略地向主人家讲了，主人家听后也义愤填膺，决心配合住持行此善举，营救那个姑娘，只是不知有什么法子。这时，阿萨灵机一动，便凑在他们耳边说了个计策，众人纷纷点头，主人家也默契地进里屋去准备一番。

用晚膳时，主人家唤投宿的客人出来吃饭，又拿出上好的牛肉来招呼这两伙客人，那群丁零强盗看到之后眼睛发光，准备大快朵颐，其中一个人直喊："这么好的肉，可惜了没有酒啊！"这时，阿萨从主人家手中接过一大壶酒来，倒上几大碗，拿过去放在那伙人面前，用丁零语问候了几句。那伙人见又在此处遇到了暮雪他们，又听到其中有人会丁零语，以为是碰到了同路回去的族人，也热情地交谈起来。为首那个不免指着暮雪打趣道："我看，你们那位氏羌的公子倒对我们这个女人很感兴趣嘛，这个女人，可是我们要送回去进贡给大王的，你让他小心些，别打她的主意。"原来，暮雪为了方便赶路，也束起了发，穿着打扮都是男子样式，又屡次看向汉人女子，被他们以为是对姑娘打了主意，才被他们一路警惕。阿萨将碗递给他们，道："那是，大王的东西谁敢抢去？放心吧，我会去让我那兄弟注意的。"说罢，阿萨先干为敬，又催着他们快喝下。

其他人正准备喝，带头那个戒心很重，一扬手让他们先别喝，却示意让那个姑娘试着喝下。阿萨装作很生气，道："我好心请你们喝酒，你们却信不过我。那好，就叫这个姑娘顺便挑一碗喝，看毒不毒得死她！"说罢，他朝那姑娘打了个眼色。那个姑娘听了，也配合地站起来，拿了其中一人手上的酒就一饮而尽，喝完一会儿了都没有什么大碍。带头那人主动笑着向阿萨赔了不是，又客套了几句，再次举起那碗酒，和兄弟们干了。谁知没过多久，那伙人只觉得不适，就一个二个地全瘫倒在桌上，晕了过去。

其实，暮雪他们早料到他们警惕心很强，信不过自己，便也逢场作戏设了个局。之前他们在酒里偷偷下了蒙汗药，阿萨端来的碗中，只有一碗是没有毒的。他们盛酒之前，就已经在几个有毒酒的碗底写了汉字的"毒"字，而那碗没有药的则仍是普通的花纹。方才，他们站起来举碗时，坐在凳上的姑娘早就把碗底看得一清二楚。听到他们的对话后，就抢过那碗没毒的酒喝掉，引诱其他人喝。这一招实属是险棋，幸好那个姑娘与他们默契，猜到他们有意救自己，又看到了阿萨给自己使眼色，才破解了他们设下的迷局。

见那群丁零强盗都昏了过去，众人忙围到姑娘身边，暮雪拉起她的手，用汉语关切地问起她的遭遇。那个姑娘本能地缩了一下手，听暮雪的声音，才知她是女儿身，不禁脸上一红，连忙复拉起她的手，说自己叫清嘉，是被贼人从汉地拐来的，又忙跪下感谢众人。暮雪扶起那个姑娘，见她原来与自己同岁，只比自己小几月，也向她介绍了自己。又朝众人道："此地不宜久留，不知道蒙汗药的药力可以放倒他们多久，清嘉，不如你先随我们行一程吧，我们要回匈奴去，也要东行，到时再想法子带你回汉地，免得他们又追上来带走你。"她顿了顿，又担忧地说："只是他们一醒来，我怕会牵连到主人家，不知要怎么处置他们？"主人家的摆摆手，道："不怕不怕，住持你放心，这是我们氐羌的地盘，谅他们也不敢胡作非为。我就和他们说，是阿萨把这个姑娘带回去丁零邀功好了，让他们赶紧去追，别被抢功了。你们先带清嘉姑娘走要紧。"众人听说，都哈哈大笑起来。暮雪和清嘉向店主人道了谢，往外走去。

　　出了门，清嘉稍显窘迫地躲在暮雪身后，把长袍掀起一角来，露出细细的脚镣。怪不得她走路时一直不太利索，原来那群贼人还用着脚镣框住了她。暮雪忙接过阿萨手中的刀，三两下将脚镣劈开。清嘉又有些不好意思道："暮雪姐姐，其实我并不会骑马，所以他们才用马车拉我来的。"暮雪笑道："难怪他们要在山道上拉马车呢。好妹妹，没事儿，你同我骑一匹马吧，我尽量骑得慢些，你抱着我的腰，不要摔下去就好。"清嘉欣然答应，随即就被暮雪抱到马上。暮雪也一跃上了马，让清嘉扶好，便抽鞭启程了，倒是后边清嘉脸上又闪过一丝绯红来。

　　她们两人的马跑在众人后面，暮雪方才扶清嘉上马时，无意中见到她翻出的衣襟上有金丝线凤型花纹刺绣，暮雪不由得一惊，她从前曾在母亲的嫁衣上见过同一样式的图案，又听母亲说起在汉地只有公主的服饰上才绣有这种图案，怎么这位清嘉姑娘的衣服上竟也有一样的图案？暮雪心中疑惑，见此时离人群稍远些，不由得悄声问起。清嘉听她这么问，惊得差点儿摔下马去，既然被暮雪看出来了，她只好也不再隐瞒，颤抖着道："其实我正是当今汉朝的清嘉公主……"暮雪一听，惊得一勒马，这回又差点把清嘉公主摔下马去。暮雪连忙问："这么说，你就是当今汉地景帝的女儿？那……那些人是怎么把你捉走的？"

清嘉回忆道："那天，长安办请神庙会，我见宫外热闹无比，就趁宫女和嬷嬷不注意时偷偷溜出去逛，没想到走到一个转角处，就被那伙人劫了去。一路上他们对我严加控制，用铁链拴住我的脚，刚开始时还点了我的哑穴，直到后来离开了汉地，才帮我解了。最可恶的是他们还能听得懂些简单的汉语，我也不能喊叫求救；不过他们不会汉字，我才得以在扔下那条帕子求救。暮雪姐姐，你又是怎么知道这么多中原王室的事情？我先前看你的样子，便猜你是汉人，可是你怎么会在这里，穿着奇怪的服饰，还会骑马？"暮雪动容道："说来这件事情实在是巧，其实我的母亲以前也是汉人的忘忧公主，她是文帝的女儿，二十几年前她和亲来匈奴，我在这边长大，学会了骑马；后来又机缘巧合来到了氐羌，也就穿这边的服饰了。"

清嘉听闻，双手环得更紧了，激动道："原来是忘忧公主，我在宫中早有听说过忘忧公主和亲的事迹，想不到竟有一日让我遇上了。如此说来，忘忧公主是我的皇姑，暮雪姐姐你就是我的亲表姐了！"暮雪在前面也不住地点头，清嘉不由得啜泣起来："太好了，我本以为我这一遭要完了，那条手帕，本来是我在马车里绣着来怜我这回的不幸，没想到遇到你们救了我，刚好派上了用场。我那时就当是抓住了救命稻草，希望你能明白上面的意思来救我，我们果真有缘，救我的竟是我的同根！"

她说着，又不住惆怅道："唉，父皇最疼爱我，都不知我不见之后，宫中会发生什么，现在长安肯定闹得满城风雨了。"暮雪也反手抓着她的手安慰道:"好妹妹,等过几日我们顺路到了汉人区,就找那边的灵音师太借些纸笔来,你修一封信,我让人快马送回长安去。如果你愿意多留几日,就先跟我回匈奴王庭,我求单于派人护送你回去,这样保险些;顺便啊,也让我母亲见见你。自从她嫁来匈奴,就再没见过汉王室来的人了,能见到你,她该多高兴啊。"清嘉略加思索,也称好,这位远嫁匈奴的皇姑想必十分不容易,难得经过这里,自己也愿意去见见她,毕竟山长水远的,日后也不知还有没有机会再见到呢;何况能留在暮雪身边久一些,也是好的。

于是,一队人护送着清嘉公主启程。待他们回到汉人区,依旧在望月斋驻足歇下。箫声等人前些日子已然将经文送回,见住持他们平安到来,心也放下了。灵音将暮雪接进去,提起经文之事,也行礼答谢。暮雪扶起她,又借来了纸笔,磨好墨,清嘉公主忙上前来写下一封信,交代了自己连日来的遭遇,又摘下自己的镯子作为信物交给暮雪。暮雪接过,将信和玉镯子包好,吩咐身旁的箫声辛苦再去一趟,帮清嘉公主给汉王室捎去。箫声领命,稍加整顿便率几个侍从出发前去长安。

王庭中,这天忘忧正念叨着暮雪怎么还没回来,千山就从外面兴高采烈地跑进来说:"阏氏,暮雪姐姐回来了,还带回来一个很漂亮的汉人姐姐。"未等鸾凤搀扶,忘忧便迫不及待往外头赶去,果然见到一个看起来不到二十岁的汉族姑娘害羞地躲在暮雪身后,其他人正好奇地围着她们询问。暮雪见到忘忧出来,拉着清嘉迎上来,笑说:"阏氏,你瞧我把一个汉室公主给带回来了!她是当朝景帝的女儿,是你的侄女呢。"忘忧大吃一惊,连问其故,又邀她们先进营帐中坐下。众姐妹也十分好奇,纷纷跟了过来,围在忘忧帐中听着。于是暮雪将怎么解救清嘉公主的过程和盘托出,众人听了连声赞叹。

忘忧听了事情的经过,也转忧为喜,脸上满是笑意,眼角也显出几条皱纹来，她爱惜地拉着清嘉的手不放开，眼角泛起泪花道："皇兄登基时我就已经嫁来了匈奴，自从父皇驾崩后，皇兄哪有闲工夫再顾及我这个远嫁的女子，我与汉室的联系就更少了，一直心灰意冷。没想到，今天竟然还能让我见到汉王室的人，真的是苍天有眼啊。清嘉公主，难为你受了这些苦，还愿意来看望我。"清嘉公主连日来担惊受怕，如今见到忘忧母女愈发亲切了，也亲昵地靠着忘忧抽噎起来："皇姑，我自小在宫里就听说过你和亲之事，未曾想有一天能见到你。我从小到大都没有离开过长安，以为这次再也回不去了，若不是暮雪姐姐相救，我都不知如今身在何方任人鱼肉。"暮雪料到母亲重见汉朝王室的人会欣喜动容，更是暗自欣慰自己带了清嘉公主过来。

忘忧想到这边条件艰苦，生怕委屈了清嘉公主，又愁着景帝不知何时来接她，便道："暮雪，你先去找个舒服的地儿给清嘉公主歇下，我去禀告单于，求他派些侍卫护送公主回汉地。"暮雪应下，随即将自己过往在互市中买来的汉地布匹拿出来洗净晒好，给清嘉铺好一床柔软的床铺，又去找来几件干净衣裳给她换洗。清嘉见她们母女用足了心待自己好，不禁又泣涕涟涟。忘忧来到单于跟前，禀明了此事，请求道："望单于开恩，遣人护送清嘉公主回汉地。此举关乎于汉匈两地的交好，汉王室定会感念之至。"单于也不反对，便唤来完察萍，让右贤王庭派些人马护送。过几日，清嘉依依惜别忘忧母女，暮雪让她留着那几套匈奴装束，好留个念想，忘忧带着千山包好些风干肉等干粮给她路上充饥用。侍从护送着清嘉公主，行至与匈奴毗邻的汉地的定远郡；定远郡的官府早已接到京城谕旨，忙接过清嘉公主，好吃好喝地侍奉着，再严密护送她回京城，此处暂且不提。

这天，玛拉来到兄长拉夫的营帐里给他送晚餐，拉夫接过盘子来也不吃，随意地放在一旁，便问道："怎么样？回来了好些时日了，你问过图拉了吗？"玛拉叹了一声，摇摇头，问道："我们真的要这么做吗？"拉夫突然激动起来，道："我这垂死之躯，千里迢迢赶到这里，不就为了带图拉回去？妹妹，我们之前都谈好的，你是明白人，应该理解大哥和波斯的处境。"玛拉赶紧安抚拉夫："我明白，大哥你肯重新接纳我，又肯拉下脸面来匈奴造访，我怎么会不为波斯着想呢？我何尝不想图拉回波斯呢，你在这些天也看见的，大阏氏时刻提防着图拉，每每单于夸赞图拉，她都……唉，若图拉不走，日后还不好对付呢。"说着，玛拉顿了顿，轻叹一声，又说，"只是你也看见，单于他态度强硬，他已经失去了努哈敏这个好苗子，如今把所有的希望都放在图拉身上，口口声声说要她继位。若我们要带图拉走，绝不轻易能说服他，他说什么都不会放走图拉的。"

拉夫脸上却坦然，道："那个臭婆娘确实讨厌，图拉留在这还不知要受多少暗算呢？你倒不用愁单于不肯放，自然会有人帮忙说服单于的，关键是要说服图拉自己愿意才好。"玛拉有些困惑，道："既如此，图拉那边我会和她说去，只是大哥，谁会帮我们去说服单于？"拉夫捋着有些灰白的胡子，得意道："我来这些天，可不是白等的。我找的那些人自会帮我说话，估计现在已经有人去找图拉了，你也快去看看吧。"玛拉将信将疑，也连忙起身回去了。

原来，这几日单于忙于在大营处理事务，拉夫便独自四处转悠，正好见到完察萍带着措木央坐在王庭后的小山坡上，斯图亚也在那边守着。这几日下来，他们都觉拉夫这人热情和气，见他过来，便主动向他招呼，并让出一块空地来，邀他来坐下。拉夫坐在他们身旁，按照原先想好的那样，故意自顾自道："唉，我又老又病，都不知道图拉肯不肯跟我这个老病夫回去啊。"此话一出，果然吸引了三人的注意。完察萍打了个眼色，措木央坐近拉夫，关心道："怎么？格尔又要带走三姐姐吗？"拉夫看向她，有些夸张地比着手势，正色道："当然啦，我都赔了一个妹妹给你们了，难不成还要赔一个外甥女？图拉长大了，自然要跟我回去啊。"

完察萍心中一颤，紧张得也把身子往拉夫这边靠了靠，故意说道："格尔你是图拉的舅舅，带图拉回波斯住一段时间也是自然。"拉夫不假思索地应道："什么住一段时间？嘿！图拉都要去波斯当王了，就要一直生活在那里啦，还回来做什么？"随后又看向措木央道："不过你们如果想念她了，或许她三年五载的会抽空回来看你们一次。小居次，抓紧去和你图拉姐姐玩吧，以后见不到，可别太想她。"三人听了，不由得为之一振。"可是单于会同意图拉姐姐回去波斯吗？图拉自己已经下定决心了吗？"措木央不禁脱口问道，牙齿不住地打战，却被完察萍按了一下手。拉夫缓缓站起身来，一边走开一边说："我一介匹夫说的话又有多少人听？不过如果劝的人多了，亲近的人也支持，说不定他们父女俩就愿意了。"

拉夫走远后，三个人痴坐在那里好久。完察萍大喜过望，不觉眉开眼笑起来，图拉这几年屡获大功，单于一心想把汗位传给图拉，王庭上下都心照不宣。自从努哈敏嫁去乌桓后，完察萍一直失望至极，本来最有竞争力的女儿走了，这次又闯出这么大的祸来；剩下的几个女儿都不比图拉智勇双全——措木央虽深得单于喜爱，但不谙统治和兵法，单于又怎么舍得把汗位传给这个娇滴滴的女儿，让她去指点江山？现在猛然听到拉夫要带走图拉，这下机会来了，图拉一走，千山年幼又不谙世事，哪里能胜任这个汗位，也就只有措木央可以得到单于的垂青了。

措木央原本也没想过要与图拉姐姐争夺汗位，觉得自己天天像掌上明珠一样被单于和王庭众人宠着就很好。但自从阿敏姐嫁去乌桓后，母亲就在无形中给自己施加继承汗位的压力，总会有意无意地提一下。而措木央都只是笑笑，说句："哎呀阏氏，我觉得现在就挺好的。"完察萍见她总是不瘟不火，内心着急得很，有一次单刀直入地说："阿央啊，你以为你永远都是掌上明珠吗？说句不好听的，若单于哪天遭遇不测，往后还有谁会护着你？如果你的图拉姐姐当上了匈奴的单于，谁能保证她会一直待你好？她们是异族的波斯人，说不定容不下我们，也嫌右贤王庭势太碍眼，到时把我们都赶出王庭，让你的斯图亚哥哥永远与你分开；你的外公、舅舅和表兄弟说不定都要被杀害放逐。"揩木央哪分得清哪些是唬话，不由得颤抖着喃喃道："不会的，不会的。"完察萍见她害怕了，更是出多二钱力，道："怎么不会？别看她们现在这么温温顺顺，人一旦掌了权，为了保住位置，可是什么都干得出来。尤其我们是嫡系的匈奴人，一向最能掌权管事的，他们定会提防，到时甚至连这匈奴汗国都归到他们波斯名下了。乖阿央，听我说，只有继承了汗位，才能永远受宠于天下，才能为所欲为，保护你所爱的人。"揩木央似懂非懂地点点头，慢慢地，在完察萍的潜移默化之下，继承汗位的念头在她心中生根发芽了。

　　斯图亚自然更是比谁都希望央妹继位，他心底里早就笃定了自己和央妹是佳偶天成，自己过去也三番五次地助力央妹，往后更会如此。三人相视而望，都懂得彼此的心思，眉眼中流露出希望来。他们虽也认为单于会固执地想留下图拉，但说不定正如拉夫所言，他们这些身边人去合力劝劝，单于还是有可能放人的。毕竟只要有一丝希望，就绝不要放过。于是，完察萍吩咐道："阿央，你今晚先去看看你图拉姐姐，陪她聊会天儿，试探一下她的口风。至于怎么去劝单于，我们另想些说辞去。"揩木央一口答应下来。

　　晚上，趁着玛拉去看拉夫，揩木央悄悄来到图拉营帐里，打算过来探探她的口风，顺带游说几句。图拉见她今天没有去找斯图亚，而难得来找自己，不免有些意外，仍热情地把她挽进来坐下。揩木央先开口道："图拉姐姐，你觉得波斯好玩不好玩？我都还没到过那么远的地方去，你给我讲讲吧。"图拉一听，原来是阿央闷坏了想来听新鲜故事，也笑起来，给她讲了许多有关波斯的事情。她讲到热情的人们、肥沃的土地、阳光洒满的田野和干燥的麦草气息，神色中不由得十分神往，话语中不乏赞美。措木央见她这样，心里也暗暗高兴，她耐着性子听完，又问："原来波斯这么好！那图拉姐姐更喜欢在波斯生活还是在这里？"听图拉说都喜欢，措木央依着她撒娇："不行不行，一定要选一个嘛，假如要在一个地方长久地住下来，姐姐你会选哪个嘛？"图拉认真地沉思着道："我想我还是会选匈奴，毕竟这里是我熟悉的地方，波斯虽好，我又怎舍得离开呢？"

措木央有点急了，脸颊都泛红了，道："可是……可是你舅舅在波斯啊，你看他现在病得那么重，多想有亲人在身边照顾，何况波斯以后如果没有人继位，你又不去，那怎么能行？做选择还得要顾全大局的，总不能自顾自地嘛……"说着说着，她也不知道自己在说些什么了，又见图拉满脸疑惑，才猜出原来图拉并不知道她舅舅的想法，措木央不由得窘迫得低下头去。图拉看她牛头不对马嘴的，也好生奇怪，正准备追问。这时，玛拉走了进来，见措木央也在，有些意外，向她招呼了一声。措木央见她来了，连忙乖巧地说："三阏氏来找姐姐，我就不打扰了，我先走了，阏氏和姐姐早些歇息。"说罢，她红着脸快步离开了。

玛拉见她走得匆忙，图拉脸色也奇怪，便亲切地问道："图拉，刚才阿央找你聊什么了？"图拉猜想她们有事瞒着自己，也将措木央的话告诉母亲，问起缘故来。玛拉叹了口气，道："好图拉，这件事我早该告诉你了，阿央说的也不无道理。"随即，她便一五一十地将拉夫病重、波斯面临着无人继位的问题如实说了，又说如果她不回去，波斯贵族就会有何般的风险。图拉听了，有些震惊，转念一想，怪不得舅舅在得知自己立功后，特意邀请自己和母亲回波斯去，这次又不辞劳苦专程来匈奴，原来是为了把自己带回去。图拉心中犯了难：她喜欢波斯没有错，但那里毕竟只是母亲的故土，称不上是自己的故乡。自己虽然一直用波斯的名字、遵从波斯的习俗，但生在斯、长于斯，这份情感是不可替代的。自己并不想去争夺什么汗位，可单于认可自己，又难以推辞；反之自己并不是纯正的波斯人，母亲尚且与波斯割裂了这么久，自己过去后，又怎能使那边的臣民信服呢。

图拉抬头看向母亲，她脸上的表情也同样复杂，既是期许，又是担忧与无奈。图拉知道，大舅舅接纳母亲，大抵是为了自己，母亲欠大舅舅一个人情，若自己不去，定会叫她难做，自己也不甘心眼睁睁看着波斯内部争权夺位；何况，方才措木央已来试探自己了，若自己不去，大阏氏日后又怎能容下自己和母亲？无论如何，图拉都于心不忍。半晌，她点点头，向母亲表示自己会考虑这件事情。玛拉拥抱着女儿，流露出一丝苦涩的笑意。

第二十五回

执己见首领相争　　护周全图拉继位

这天,单于在大营中才忙完,拉夫便来求见,两人拉了几句家常,拉夫便单刀直入道:"老弟,我叨扰了这些时日,也该准备打点启程了。我这次走后,恐怕以后再难见到你,我来时说要求你一件事,现在也是时候讲啦,不然我怕我没命说了。"单于点头让他说下去,只听拉夫道:"我要带走一个人。"单于看他方才有些悲观,自以为他想让玛拉陪他最后一程,便开玩笑道:"你嫁妹妹给我,现在却老是要她陪着你,这还了得……"却被拉夫打断:"不,是图拉。"单于一愣,又缓过神来:"你想留个小辈给你送葬,你是她舅舅,自然是可以。"拉夫复道:"那好,到时可别怪我不放她回来。"

单于脸一黑,不由得警惕地站起身往后退了两步,问道:"放肆!你个王八羔子为什么要带图拉走?"拉夫有求于人,也不恼,仍然和颜悦色地解释道:"我带走图拉,自然不会亏待她。你也知道,我这么多年一直没有子嗣,可我人之将死,总要有一个合适的人选来继承我的王位。波斯这个偌大的帝国都是我们贵族王室的,图拉有我们的贵族血统,是再合适不过的。何况单于，你有五个女儿，个个出色，怎么我讨走一个都这么不给我面子？"

单于原本还是想尽量对拉夫客气，而今一听他要夺图拉回去继任，不就是分明要与自己作对？他心中早已敲定让图拉坐自己的位置，哪里舍得把自己的继承人白白送走，他瞬间暴躁起来，不留情面地说："混账！你个老贼驴别想打图拉的主意！努哈敏那死丫头自己独立出去，我就当没有这个女儿罢了。暮雪去了氐羌，也不可能回来继位。阿央和千山她们年幼，什么也不懂。图拉这块好料子，我定要留下给匈奴，她生在匈奴、长在匈奴，是彻彻底底的匈奴人，整个草原谁不知道她是我呼延顿的女儿？哪里轮到你说拿走就拿走？我任你拿什么阿猪阿狗继位，反正想要图拉就没门。"

拉夫强忍着怒火，道："这个由不得你说，图拉无论是名字、穿着、信仰还是风俗习惯，全都保留着我们波斯的传统，算哪门子的匈奴人？图拉回去，可是要统领一整个帝国，比留在这里当什么百兽之王强得多吧！"单于勃然大怒道："好你个老贼驴，你个不速之客这次来我们匈奴果然是有所图谋！你这笑面虎，还说什么不念往事，我看你就是为了报复我当年抢了你的妹妹，如今就要夺走图拉！你们波斯是死是活、谁来掌权与我匈奴有屁关系？总之图拉我是要定了。你若不谈此事，我还敬你几分；你若死缠烂打，别怪我不客气帮你把这副躯干做个了结！"说罢，他便拔刀指向拉夫。

营外的人听见里面剑拔弩张，忍不住纷纷冲进来。单于见几个阏氏和女儿都进来了，十分生气地吼着："谁叫你们进来的？"努哈敏见单于用刀指着拉夫，想起那日自己在大营中与单于对峙之事，又见拉夫素来宽容和气，亦是一个垂老之人，不免想是单于得理不饶人，便将拉夫护在身后，朝单于道："单于，来者都是客，你何必要这般咄咄逼人？"单于见众人都站在拉夫那边，与自己对着干，更是恼怒，提刀就上前，骂道："好你个老滑头，怪不得你这些天都假慈悲，哄得这些人都听了你的话！早知当初老子就不该可怜你让你过来，你这挑拨离间之人，今日我便要取你狗命！"努哈敏见单于动了真格，也直吓得往后面躲。

这时，大营的帷帐又被掀开，一个人进来禀报，原是斯图亚。单于正在气头上，不由得也骂道："斯图亚，你身为军中要将，也不知道规矩吗？"斯图亚忙请罪道："单于，是小的冒犯，请你降罪。小的并非无故闯入，实是有一军中要务向单于禀告。"单于放下手中的刀，让他说。"回单于，这两日我方部众发觉北边丁零又开始作势，他们近来集齐兵马、蠢蠢欲动，似要来犯，今日狄灭还放狠言道要一统漠北，看来我们也该以兵戎相见、准备一场恶战了。"

斯图亚刚说完，拉夫趁机说："单于，你们才平定完大月氏，现在又要去对付丁零啦？这些部落三天两头给你们添乱，你这边忙于应付丁零，若那边大月氏又伺机而动，你们可要疲于应付了。大月氏夹在我们中间，若有波斯在西面给你制衡着，平乱易如反掌；若波斯垮台了，你们汗国一样有危险，难道你不懂得只有强强联手才是上策吗？不然，如果我不帮你们，甚至和大月氏联手一起打匈奴，你们匈奴长期以来四面受敌又能撑住多久？"单于恼羞成怒道："你什么意思？你以为那些手下败将能动得了我？"拉夫冷笑道："可别忘了你这次差点就毙命沙场，要不是图拉率波斯兵马相救，你还能像现在这么得意？如果将来图拉当了波斯的王，以她的个性绝不会袖手旁观，匈奴有难也一定会来相助，到时两国联合一举拿下大月氏岂不是更好？否则，等波斯的平民夺权上台，贪得无厌地往东扩张，于你们何益？多一个敌人还是多一个朋友，你自己看着办。"单于心中不忿，可一时间竟想不到怎么反驳，只好憋着一股气。

完察萍见单于犹豫起来，也上前一步，悄声对单于说："单于，何苦

第二十五回　执己见首领相争　护周全图拉继位

要为此大动干戈，你五个女儿都是你的心头肉，为了传位之事和波斯大动干戈，恐为天下人会耻笑啊。"单于很清楚她一直以来的心思，她虎视眈眈想让自己把汗位传给措木央，便喝道："你懂什么，少管闲事。"不想完察萍也不退缩，反而坚决道："单于，你果真决定了吗？图拉这孩子样样都好，只可惜她并不是我们嫡系的匈奴人，我看着图拉长大，当然信得过她文才武略足以胜任汗位；可是外人却不一定晓得，只知道她是带着波斯血统的居次，即便是对右贤王庭的人，也需要我再三去解释周全啊。右贤王他们向来敬重您成大事者不拘小节，一直诚心诚意辅佐您，您现在与波斯争图拉，我怕他们不能理解您的良苦用心。现在为时尚早，若到时情况有变，继位的不是图拉，岂不是丢尽了脸面，何苦闹得不愉快。"单于见她拿右贤王庭压自己，更是冷冰冰道："图拉的才略天下人尽知，岂需要证明？外族血统又如何，她终究还是匈奴人。五人之中，没有人能胜过图拉。"

完察萍的口气软了下来，接着劝道："单于，图拉的才能是有目共睹的。可是你看阿央，她虽然没有图拉那么有成就，但她还小，发展空间那么大，可以慢慢培养嘛，单于你身强体健，也无需急着忧虑传位之事，又何必这么早下定论呢？"措木央站在完察萍的身边，听此言也识趣地跪下来，说："单于，阿央亦知自己远不及图拉姐姐，我愿向图拉姐姐学习，多去了解军政之事，将来为匈奴立下大功，请单于相信阿央。"单于当真是疼爱这个女儿，连忙说："你瞎掺和什么，这件事与你无关，快起来！"顿时，他的心也软了一些。

单于见他们早有图谋，如今接二连三来劝自己，气不打一处来，正想找个人来为自己撑撑场子，瞥见玛拉也在角落中站着，便唤她过来道："玛拉，你最清楚我的心思，也知道图拉满心在乎匈奴，当年波斯怎么对你，你也清楚，怎么如今你这个做母亲的也不为女儿着想？"玛拉看向拉夫，又看看完察萍那边，上前跪下道："单于，我跟你这么多年，知道你是个有情有义之人。你当时宽宏大度，允许图拉用波斯名、信波斯宗教、过波斯习俗，你是一个好父亲。如今波斯遇到困境，我虽是远嫁的女子，也是波斯人，我又怎么忍心？既然图拉回去能够有助于波斯，求你再宽容一回，恩泽波斯吧，波斯日后定会好好答谢匈奴的。"

单于依然不买账，痛心地说："玛拉，没想到你跟了我这么多年，你的心依然在波斯。是我的宽容害了我自己啊！"玛拉坚决地说："单于，我当年千里迢迢一定要追随你，就是铁了心要跟着你，我的心永远是属于你的。只是于公于私，我更希望图拉回去。匈奴不止有图拉，可波斯只待图拉去。身为母亲，我不逼图拉，不如我们等图拉回来，问问她的意愿吧。如果她不愿意去，大哥你也不要逼她去了。"拉夫点头答应："那如果她愿意去波斯，单于你是不是不会阻拦？"单于确信图拉不会离开，随即也答应下来，派人去带图拉来，却发现图拉此时并不在王庭，他便唤来了云朵儿，怒斥道："也不看好你们居次，她到哪儿去了，快些去把她寻来！"云朵儿应道："三居次大抵是到了庭郊牧场去，我这就去叫居次回来。"单于皱起眉头，喃喃道："快去！怎么老去庭郊牧场，那里到底有什么人这么重要？"

正如云朵儿所料，这时的图拉果然在庭郊牧场。自从那晚她听了母亲劝她的话，也心乱如麻，自己思虑良久都拿不定主意。她不想母亲为难，便只是自顾自想着，不去打扰母亲。夜里，云朵儿见居次难寐，也几番劝她先休息好了再做打算，却听图拉问自己的想法。云朵儿向来拿不定主意的人，凡事都听图拉的吩咐，只能答道："居次，你还是遵循心中所想吧，无论日后居次到哪里，云朵儿势必会跟在居次身边。"图拉也懂得她一片好意，不再追问了，想着不如去找巴斯佳兄妹商量商量。今天一早，图拉便往庭郊牧场去了，一开始只有巴斯佳在那儿将羊群往外赶，卓尔鸣又借着运货的契机去王庭找那个侍卫了。巴斯佳看出图拉心事重重，她眼神涣散，神色消沉，便主动问起缘故来。图拉如数讲了，巴斯佳不忍她难过，略显笨拙地称赞道："图拉姑娘不愧为我们的巾帼英雄，无论在哪里，都一样能够有一番作为的。"图拉淡淡地笑笑，道："旁人看我是风光无限，可我从来都不愿去争什么，只要在需要我时能出份力就好；我宁愿和你们兄妹一起，在这片牧场中谈笑度日，安安稳稳的，如这几年一般。"

巴斯佳听她吐露心声，想到她以后一个姑娘或许就要到人生地不熟之处统领一方，也有些担忧。听图拉问起自己的想法，巴斯佳思虑良久，他深知图拉是个不追求名利的女孩，但在这里却面临着权力之争，即使她自己不想，也会被无情卷入。她的母亲毕竟是个外族女子，在这里势力远比不上完察萍，大阏氏有右贤王庭做靠山，将来图拉要登上汗位也不会一帆风顺；而波斯那边是拉夫求着她回去，这是现成的香饽饽，也许回波斯才是更适合图拉的选择。他这么想着，也都如实说了。图拉听他说完，大吃一惊，她来之前本以为巴斯佳会支持自己留下来——其实，往往人在问别人意见的时候，自己心中已经有了答案，图拉抱着一丝希望，实则来寻求他们兄妹对自己心中想法的肯定。图拉不由得心想：你好糊涂，竟劝我回波斯，殊不知我回去就再难以回来了，我最难割舍的正是你们啊。

这时卓尔鸣也送货回来了，听他们两人说着话，也大概明白了发生什么事情，心中怨哥哥是死脑筋。图拉不由得也袒露道："说实话，我之前到波斯小住时，常常都想念你们，我在这里，好难得才拥有你们这么交心的人，我多么珍惜。若我去了波斯，身在王室，所有的这些更不是轻易能找到的。何况，我属于临危受命，也不知到那边以后会如何？"卓尔鸣本想安慰图拉几句，却听大哥一本正经道："图拉，我们不值什么的，你若到波斯以后，也会逐渐结识到知心的朋友。你自小不在那边长大，到那边去了，要处理好人脉关系，像你们大阏氏那样将那边的贵族亲戚作为自己的靠山，才能巩固自己的势力；遇到有缘分的，也好成家立业，有了家庭便不觉离开故土的孤单落寞了。"卓尔鸣一听这话，哪还了得，这个哥哥连些暖心的话都不懂讲，非要说什么大道理，她拉过有些惆怅的图拉，忙道："哪里的话，图拉，你不要听他的，若你想留下来，就留下来好了。若你要走，却舍不得我们兄妹，只要你大舅舅同意，我们甘愿跟你一起去波斯！反正这边我也住腻了，正好到别处去瞧瞧，还能陪着你。"

巴斯佳听妹妹这么说，心头一热，也觉得自己方才糊涂，连连附和道："图拉姑娘，你注定是个成大事的人，我们无论如何都会追随着你的。卓尔鸣说得对，反正我孤家寡人，在哪儿都一样，去波斯还能和你有个照应，哪怕在那边当一个屠夫也没有问题！"图拉听他们坚决，心中动容。自己当局者迷，或许果真到波斯去才是更好的选择，不过她纵然再舍不得他们兄妹，也不情愿他们陪自己去犯这个险。他们如今在这片草原上安稳度日岂不好，何苦为了自己而要他们放弃原先的生活呢？何况他们作为外族人到波斯去，在那边又没根没底的，纵使是自己也不知会面临什么，更不要说他们了。到时去了那边做些苦活累活，又被本族人欺压，自己心里哪里过得去？何况卓尔鸣那丫头分明是与王庭的侍卫互生好感，不过讲一时义气才这么说，让她跟自己去岂不是棒打鸳鸯么？图拉这么想着，心中已然做了决定，她叹了一声，却觉得更明晰坦然了。这时，只听得云朵儿远远寻来，图拉听他们二人再三嘱咐自己回去向大舅舅问明将他俩带去波斯之事。图拉没有说什么，只是紧紧搂了搂巴斯佳兄妹，向他们拜别，便随云朵儿回王庭去了。

图拉回去王庭之后，见大营中坐满了人，单于、母亲、大舅舅和大阏氏他们都在，似乎都候着自己。图拉料到他们要和自己说继位的事情，看样子单于和大舅舅方才已有了一番争执，单于一直阴沉着脸，大舅舅

第二十五回 执己见首领相争 护周全图拉继位

脸上却有了重病以来未曾有过的光彩与希望，母亲眼光则闪烁着，有些为难；大阏氏他们目光紧盯着，就像虎视眈眈地盯着猎物的狼。图拉边听他们说，边在心中盘算着：反正自己心意已决，倒不如先唬一唬他们，看他们会耍些什么花样，好问清楚自己去波斯继位的顾虑，也为匈奴多争取些利益来。图拉正想着，便听拉夫问道："图拉，这下就看你自己怎么选了。"

图拉装作沉思，卖着关子道："我一开始是想留在匈奴……"措木央不由得"啊"的一声，刚出口就被完察萍捂住了嘴，图拉看过去，她第一次见到央妹的眼神中充斥着狰狞与不满。单于面露喜色，母亲也有些惊讶地看着自己，大舅舅脸上的光芒和希望瞬间消失了，急得站起来质问道："图拉，我们波斯地大物博，同是泱泱大国，哪一点比不过匈奴？我知道你在匈奴长大，总把自己当做匈奴人，可你这么多年都是像波斯人一样过的，就是这长相也是波斯女子一般，你的根其实是在波斯。你看你二阏氏，虽远嫁过来，却念念不忘自己的家乡，连暮雪和千山都一直心连汉室。图拉，你也要顾念自己的故土啊。"说罢，他缓和了些语气，又劝道，"好图拉，我知道你一直留恋匈奴，若你舍不得母亲，我让玛拉也陪你回去长住；我曾听你母亲说起你在庭郊牧场的朋友，好像叫什么巴斯佳、卓尔鸣，你若要带他们一同去，也无可厚非嘛。波斯包容，哪里就容不下他们了。"

单于听到拉夫提起巴斯佳他们，脸上俨然一副"哪壶不开提哪壶"的神情，但他不能容忍拉夫先发制人，怒斥道："拉夫，你说过不干涉图拉的意愿，怎么现在又在威逼利诱？图拉，你不要信他的鬼话，你看看他以前是怎么对你母亲的？玛拉单是跟了我这个'蛮子'，就要被迫与波斯割裂，你以为拉夫就会真容得下巴斯佳他们这些匈奴人？图拉，你若是日后当上匈奴单于，要将巴斯佳他们接到王庭、接到身边来，一切都随你意，岂不更好？"拉夫听他重提旧事，更是气愤，也怒道："你血口喷人！"说罢，就挥拳上来。图拉忙隔开他们，缓缓道："大舅舅，其实我方才还没说完。我是想过回波斯的，只是我在那边势单力薄，你和母亲的情况……你也清楚，总不能时刻当我背后的靠山，我这个在匈奴长大的女子回去，恐怕不能够服众。"

　　拉夫知她担忧什么，见她好不容易回心转意，连忙说："傻孩子，其实你哪需要担心这点，大舅舅我啊，早就给你布置好了。不瞒你们说，我已经给图拉和库卡格尔定下了婚约。我之前看图拉和库卡联手抗敌，在波斯取得很高的声誉，子民早对这对金童玉女赞赏有加，怎么会不服众？加上摄政王尼夫格尔屡次和我提起要喜结良缘，上次库卡还亲自登门表达他对图拉的爱慕，我见他们实在般配，就和尼夫说好了。"玛拉惊讶极了，插话道："可是大哥，你从来没有和我这个做母亲的提起，怎么就定下了？"拉夫解释说："图拉、玛拉，希望你能明白我的良苦用心。库卡一家是远房贵族，还被封摄政王，手里有不少军政大权，图拉上位之后，一旦我不在，他们是夺位的一个大威胁；反之，倘若两家结良缘，同揽大权，图拉少了一个威胁者，又能得到他们远房贵族和功臣们的支持，成为背后的势力，更能巩固图拉的地位啊。这件事我本想让图拉回去波斯后再让库卡亲口告诉你，但你们现在问起，我也只好直言。"

　　图拉心中愕然，自己一直视库卡为战友罢了，倘若有什么感情，也当他是弟弟，甚至还远没有巴斯佳在自己心中的分量，从未想过联姻一说。这突如其来的决定一时间让她难以接受，她不由得脱口道："不，大舅舅，我从未想过这层，我和库卡只是朋友罢了。"单于伺机冷笑道："图拉，你看到啦，你还没回去就被这老贼安排得明明白白的。这没有自主权的王位，不要也罢。"

　　拉夫忙劝道："哎，图拉，你不要听单于乱说。你还年轻，对待感情还是懵懵懂懂的。你须知婚姻中最爱的不一定是最合适的,选择最爱的人,婚姻不一定美满;但选择合适的人,婚姻才有好结果。你和库卡门当户对,他又深深爱慕你,简直是天作之合。我知道你和库卡感情并不深,但以后朝夕相对,总能慢慢培养的。"完察萍顾不得单于的脸色,也应和着称赞道:"这唾手可得的王位,多好的姻缘。图拉,你大舅舅讲得有理,你可不要排斥王庭内的婚姻,你瞧我和单于,照样是幸福美满。你还犹豫什么?如果我是你,我一定义无反顾地去波斯,免得以后在匈奴夜长梦多。"她的意思很明显,就是在下逐客令。

完察萍冷冰冰的语气和措木央的与其年纪不相符的神情在图拉的脑海中盘旋着。图拉知道大家都已把话挑明了,无论自己是否有意,匈奴已不再是自己可以久留之地,尤其大阏氏她们对自己耿耿于怀,眼下,再没有比回波斯更明智的了。反正图拉早已下定决心,也不犹豫。她见单于欲说什么反驳,忙劝住:"单于,你不必说了,我其实回大营前本就想好要跟大舅舅回去了。"单于一脸错愕,又听图拉对拉夫道:"大舅舅,我不需要母亲跟我回去,她陪在单于身边多好。至于巴斯佳和卓尔鸣,我也不会带他们走,我们朋友之间,哪怕远隔山河,都能念着彼此的。"

其实方才听拉夫主动提起可以带他们回波斯,图拉也重新考虑要不要和他们一起去,但后来听自己与库卡联姻之事已决,便更坚定了不带他们去的决心。她知道巴斯佳对自己的一片心,也感受到自己对他超乎朋友的情谊,卓尔鸣时常打趣,也想促成他俩,只不过年龄和身份是永远跨不过的坎。与其让他去等待一段没结果的感情,倒不如彼此安好,让时间和距离去消磨掉这些超乎友谊的情感,他可以只是把自己当做妹妹看,而自己也把他们当成家人。暮雪在一旁听着,想到自己与凌风当年一别,不由得感慨;努哈敏见图拉果断,心中也暗自佩服,却对母亲和阿央的尔虞我诈暗暗增添了几分不满,倒巴不得图拉妹妹快些远离这些纷争。

又听图拉对完察萍说:"大阏氏,我去波斯之后,王庭这边有劳你打点了,我的母亲也托你照顾。你也知道,我和巴斯佳兄妹一向是真心朋友,他为人憨厚老实,靠经营庭郊的牧场养活自己和妹妹。只希望我走后,你们可以多关照我这个朋友。"完察萍神色不再紧绷,一口应下来:"那是自然,这都是我该做的嘛。你放心吧图拉,巴斯佳那边,我答应你,一定划分整块草原给他,再建最坚固的住所,买最好的牛羊赠予他们!"

图拉又对拉夫道:"大舅舅,匈奴是生养我之地,我随你回去,于匈奴难免有些损失,大舅舅你有所表示才显道义。我既是波斯和匈奴两地的人,两边也该结成盟国。日后若匈奴有难,或是有物资不足之时,还望舅舅你能允许我支援匈奴。"拉夫脸上恢复了那份光芒,也爽快应下来道:"那当然了!图拉你日后掌权,都由你来安排。单于,感谢你培养了这么个好女儿给我们波斯,回头我定会叫人好好答谢。你放心,我带走的只是图拉,我妹妹哪里舍得离开你,图拉有空也一定会回来看你的。"此刻已由不得单于挣扎了,他看了一圈身边的人,深知大局已定,又听图拉最后仍尽力为匈奴和身边人争取利益,也不免动容,只好长叹一声,挥了挥手,由得图拉跟拉夫走。拉夫携图拉拜谢单于,双方定下等开春后天气和暖些再启程回去,也好让图拉再留些时间与心爱的匈奴汗国作别。

第二十六回

笼囚雀含屈别东土　凤求凰怀伤归西沃

没过多久，汉地那边果真派来一队使节，带着几十匹马的礼品，直奔匈奴王庭来了。使节带来的是各色丝绸、茶叶、器皿、粮食和金银饰品等，这架势都快赶上当年忘忧和亲过来时所带的嫁妆了。尤其是小一辈的几个女孩儿哪里见过这么多的谢礼，人人叹为观止。单于见状，忙命部下安置好这些人马和物品，前头几个使节长官过来拜见单于，后面的部众则跟随匈奴侍卫去打点。单于把他们请进来，又叫人把忘忧母女三人唤来，让她们在自己身边坐下。使节们恭敬地上前拜见忘忧公主，忘忧见如此隆重的场景，早就激动不已，一时间更是感念圣恩，双手微微发颤，惶恐地请他们平身。其他几个姐妹好奇，也纷纷跟了进大营，各自找地方坐好，连完察萍和斯图亚他们在安顿好汉使和物资后也都跟过来看了。一时间大营中布满了人，颇为热闹。

为首的使者会讲匈奴语，他礼貌地向单于表达了匈奴救回清嘉公主的谢意，又赞扬了匈奴泱泱大国的治理有方和汉匈两国长期以来的友谊。单于开怀大笑，说道："好，好！不过我看你们这次来头不小，恐怕不止为了这一件事情吧？"使者会意一笑，连称："单于英明，我们这次来还专程带来了圣上的旨意，望单于容我们宣读。"见单于点头答允，来使展开圣旨，忘忧慌忙跪下接旨，暮雪和千山一时间有些不知所措，也跟着母亲跪下了。使者读一句原文，又用匈奴语翻译一遍，好让单于等匈奴人听得懂。

圣旨上一共说了三件事，为首的一件是念在暮雪居次救清嘉公主有功，特封其为汉室的忠义之女，又赏赐她许多珍宝，这次也一并带过来了。暮雪心里暗自笑道：我不过是路见不平，又见清嘉与我同有汉人血统罢了，一开始也不知她是汉王室的人，哪里谈得上什么忠义呢？不过她见母亲在一旁欣喜若狂，又对汉室千恩万谢的，便上前一步谢恩。众姐妹都替她高兴，单于见她宠辱不惊，也不贪慕汉地的什么虚荣，不由得心中赞许。

随即，使者便宣读第二件事，称汉王室将忘忧公主和亲来匈奴后，二十多年来，汉匈两地少了很多纷争，两地边界的百姓和平相处，实在为两地安定做出很大的贡献，为中原得以休养生息立下大功。当今太后感念忘忧公主历年来的功劳和苦劳，又知她独身在塞外并不容易，特地写了一封信托使者带来，以此表达对忘忧的慰藉。此举在忘忧的意料之外，她一时震惊不已，随即感激涕零、声泪俱下地接过信来拜了又拜。暮雪想起是清嘉在去信中向她父皇提到了忘忧之事，难怪今日汉地会专程派人来慰问母亲。当时清嘉写信时嘴角微微上扬的得意样子一瞬间展露在暮雪脑海中，她不由得笑了起来，心中直夸她真是个小机灵鬼，不由得更是思念清嘉了，也不知她回汉地后过得怎样，便猜测这接下来的第三件事情就是与清嘉相关的。

果然，等暮雪才回过神，使者便开始宣读第三件事了："这段时间清嘉公主和匈奴结下深厚的友谊，公主被汗国救下，也佐证了汉匈两地之缘分。为了延续两地和好的传统，现汉王室决定将清嘉公主和亲到匈奴来，再续往日忘忧公主维系两地和睦之举。除答谢忠义之女外，此次运来的物资也是公主嫁妆的一部分，过后便择日亲自将清嘉公主携其余礼品送来与单于和亲。望单于再修秦晋之好，再续两地和平。"

此话一出，在场所有人顿时一片哗然。忘忧只觉一阵眩晕，她心中隐隐作痛，料到汉王室定认为汉室公主被劫这件事不光彩，还不如将清嘉做个顺水人情送来匈奴和亲，以维系两国的关系，便不用再挑另外的人选了。自己在这边熬了几十年，这一辈子注定是这么过了，可怜清嘉这个年轻貌美的公主怎又会沦落得自己这般下场，又要在这风沙中赔上女儿家的大好青春。皇兄怕是昏了头脑，怎会舍得将自己宠爱的女儿嫁给一把年纪的单于，这不是糟蹋了清嘉的下半生吗？完察萍听到要把清嘉公主和亲给单于，不由得眉头紧皱，往日一个忘忧和玛拉不够，如今又来个年轻的丫头片子，这汉人小妮怎么能当阏氏、和自己平起平坐呢？暮雪是与清嘉有着深厚情谊的，她知道清嘉常自诩自己是最受圣上宠爱的公主，也不知她远在中原听见此噩耗会如何。暮雪如鲠在喉，她本想站出来说句什么，见母亲在旁边脸色苍白，眼里蓄满了泪，便紧紧扶着母亲。料想皇命难违，清嘉又怎么能够逃得过呢？众人心里忐忑，齐齐看向单于，看他如何回应。

单于沉思片刻，终于道："我老啦！自从我遇见了玛拉，知道了真正的儿女私情，就不再稀罕更多的阏氏了。再说了，要那么多妻妾有什么好啊？一有事情，个个不是哭哭啼啼，就是联合起来对付我，把疆土人丁都给老子丢尽了，真扫兴！我命中无儿，这也是我今生最大的遗憾，如今我也不强求了。斯图亚是我义子，也算是我的半个儿子了，你们那公主要是送了来，我总不能落你们面子……"揩木央一听，全身一颤，以为单于要将这个什么公主打发给斯图亚，瞬间倒吸了一口凉气，眉头皱紧。单于专门看了一眼这丫头，笑了起来："但是呢，年轻一代里也不止有他，右贤王庭的千鸿、千烈都是我们匈奴的年轻才俊，屡次辅佐有功，如今也到了婚配之年了。千鸿年纪稍长，还没有娶正式的阏氏，要不我就把清嘉公主许配给他，那些嫁妆财货也当做是给右贤王庭的赏赐。反正右贤王浑谷邪素来对汉文化感兴趣，正好成全了他们，你看这样好不好？"说罢，他看向完察萍。

措木央在一旁面露喜色，完察萍也点头谢恩。她知道千鸿、千烈两小子自小迷恋措木央，可阿央钟情于斯图亚，哪怕日后有什么变数，总不能让他们兄弟干等着。千鸿年长，比起千烈鲁莽些、也愚钝些，自己也偏爱千烈多于千鸿。既然单于不贪恋，眼下把清嘉这个丫头片子配给千鸿是再好不过了。只是千鸿那小子脾气倔强，免不了自己去好言相劝一番。看来图拉一走，单于更是看重右贤王庭的势力了。忘忧母女尽管万般不忍清嘉公主和亲来匈奴，但听单于将她许配给千鸿，他们年龄仿佛，又见右贤王历来较单于温雅些，总比嫁给单于要好上数倍，已经是不幸中的万幸了。众人纷纷赞叹单于的深明大义，单于见此事敲定，也让汉使们去歇息了。

正如暮雪所料，清嘉在宫中接到圣旨时，简直不敢相信自己所听到的，几近晕厥过去。她想不明白，自己往日是被父皇捧在手心的，怎么说翻脸就翻脸，要自己和亲到那蛮夷之地，还要嫁给那个老奸巨猾之人。她不由得呜咽着，跌跌撞撞地跑去求自己的母妃，母妃向来受宠，也许让她找父皇求情还能行得通。不想母妃搂着清嘉，也落下泪来，说圣上心意已决，让她不要再逃避了。此言一出，清嘉只感觉五雷轰顶，哭得更凶了，直言父皇狠心。母妃无奈地流着泪，她的解释正像忘忧所想的那样，宫中认定清公主被掳走有失脸面，她与那些蛮夷匪徒相处了这么久，又被匈奴蛮子相救，难保发生了什么事情；既然匈奴有恩，不如就将其做个人情和亲过去，反正当朝本也准备挑选新的和亲公主，各个妃嫔都不忍将女儿送去，如此一来，便不用周折了。

清嘉听宫中蜚语污蔑自己，更是急了，连忙哭着辩解道："母妃，女儿始终是清白之身，实在没有落入泥淖之中啊！何况救我之人也是女子，是忘忧公主的女儿呀，母妃，你要相信女儿啊！"母妃叹了一口气，摇头流泪道："哪怕你所言属实，可毕竟是与蛮夷搭上了，宫中的流言有如泥淖把人淹没，哪里证得干净？纵然你不和亲过去，带着这不光彩的经历，日后也难觅个好户侯了。清嘉，如今尚能风风光光和亲过去，你就从了吧。"清嘉的泪已经把帕子浸湿，她哑然跌在床上，无语凝噎，心早已碎成两半，只得如个木偶一般，木然地任人摆布。

夜里，忘忧在营中恭顺地捧着汉室太后的信，读了又读，潸然泪下。千山在一旁为阏氏抹着泪，她见上面无非都是些客套的溢美之词，似乎还不太明白母亲这么多年盼这封信的煎熬，悄声问道："阏氏，这个太后是你的生母吗？"忘忧含泪摇头，低声说："不，不是。我亲生母亲是一个等级不高的妃嫔，她得不到父皇的喜爱，在我年幼时就郁郁而亡。汉王室的妃嫔有很多，皇子、公主也就更多了。我很少能得到父皇和其他妃嫔的关注，只数同是庶出的恕怨姐姐对我最好。那时外面的游牧部落总是来挑衅、攻打汉地，汉地为求安定，父皇就将我和恕怨、还有其他一些平时没那么受重视的公主和亲到北方部落去。恕怨先我几年去了丁零，后来匈奴实力超过了丁零，父皇将我和亲来匈奴。起初，我还有一丝期盼，可这边已有了个匈奴阏氏在前，汉人女子总是抬不起头来，我不如大阏氏权势大，也不如三阏氏得宠，只能默默忍受这边的一切。山高路远，我从没有再回过汉地了，我苦苦等了二十年，只盼那边能念着我。皇兄和太后之前与我并不相熟，而今能派人前来，还说我有功，这番话、这封信，对我而言是多么无价。"千山不禁沉思起来，纵使清嘉姐姐这么受宠爱的公主，关键时候都要被当做棋子舍弃，又想到母亲和二姐姐一个和亲、一个远赴氏羌，自己往上又有备受单于喜爱的阿央姐姐，她不由得心中战栗，开始为自己以后的命运发愁。

很快，完察萍就将和亲的消息带到了右贤王庭中，她拉着哥哥，唤来两个侄子，将这一喜讯告知。千鸿听后，非但没有丝毫欣喜，反觉愤懑，他嘟囔着："这怎么可以？我才不要娶这个汉人女子呢，我日后还要娶央妹来，若是我娶了她，还怎么对得住央妹！"在场众人听了，都暗自觉得好笑，完察萍口头上仍要哄着自己的侄子："怎么不能？大丈夫三妻四妾的很正常啊，你日后接过你父亲右贤王的位置，想娶多少个阏氏都可以。只要你真心喜爱央妹，先娶谁后娶谁不都一个样吗？你可别受汉人那套长幼有序的坏规矩影响。"千烈心想，这个听不懂哄人话的哥哥还想娶央妹？看来以后他都不能与自己争了，只有那个该死的斯图亚还碍着自己。千烈心中畅快，依然装作苦难兄弟的样子，拍着千鸿的肩膀调侃着："大哥，没事，大不了你到时将那个汉人女子一刀杀掉，或者玩腻了让给我，然后再去娶央妹，有什么好怕的？"千鸿听不出好赖话，心中反而觉得舒坦了些，只道："那是自然，那个婆娘哪里比得上央妹？"浑谷邪听他们出言不逊，忙喝住两个儿子："瞎说什么？你们两个小崽子给我安分些，别给脸不要脸。千鸿，你还不快谢过单于？"千鸿、千烈见父亲恼火，也不再胡诌些什么了，只好照做，跪下来托完察萍回去向单于谢恩。

汉使们启程离开那日，忘忧忽然从营帐中追了出来喊住他们。汉使们见忘忧公主得到圣上的专程嘉奖，自然对她恭敬有加。带头那个使节行礼问道："不知忘忧公主有什么吩咐？"忘忧喘着气说："大人应该也知道，往年与我一同和亲到塞外的，还有恕怨公主，只不过她嫁去的是丁零。上次单于去拜访丁零时，才得知恕怨公主在那边过着凄苦的生活，那边的蛮子竟丝毫不念她是大汉的公主，随意使唤她……"说到这，她不禁泪如雨下，"同是孤身在外的女子，我恳请皇兄挂念我那个苦命的恕怨姐姐。拜托大人们去看望她一眼吧，哪怕是捎句话也好。有汉室的人过去，说不定可以震慑一下那个万恶的丁零王。忘忧我恳求各位大人了。"说罢，她就要跪下来。

带头的长官赶紧扶起她来，面有难色道："忘忧公主你别这样。我们实在也是痛恨丁零不已。可休怪我们狠心，只是没有圣上的旨意，我们不能贸然行动啊。何况……我们已和丁零断绝联系多年，丁零如今和我们并不接壤，也不会构成太大的威胁；加上丁零王的凶残天下皆知，实在没有必要前往招惹……"忘忧有些绝望地退后几步，眼中满是哀求。使节们见她这样，只能打着圆场说："不过忘忧公主你放心，我们一定会禀明当今圣上，问明他的旨意。到时想必也能够让恕怨公主得主隆恩、化险为夷的。如果忘忧公主没别的吩咐，小的就先告辞了。"他们对忘忧行礼后，便率着一队人马回头远去。忘忧怅然若失，她知道使节们说的只是安慰的话，恕怨的苦恐怕再难消解了。她呆呆地立在那儿，直到鸾凤出来寻她，才回过神来，无声地叹息。

在留在王庭仅有的一段时间里，图拉曾去庭郊牧场与巴斯佳兄妹告别。图拉娴熟地帮他们赶着羊，又一同在坡上坐下。图拉如实和他们说自己去意已决，巴斯佳有些怅然，仍拍了拍图拉的手，道："这样好，这样好。你去了波斯那边要好好珍重，我们会一直守在这边等你，你若有机会回来，就像往日大捷后那样来找我们说说话吧。"卓尔鸣与图拉一直以来亲如姐妹，她年纪又轻，见图拉要久别了，哪里舍得，泪水已不住在眼眶打转，在一旁啜泣起来。图拉将她搂过来，道："傻丫头，你们在这边也要好好生活，我一直向往在这大牧场中过着牧羊女的自在生活，你呀，就当帮我实现这个愿望，过上我梦寐以求的生活才好。再说了，我又不是不回来了，只是要隔得久些，说不定下次回来，你已经嫁给了他，还要请我喝孩子的满月酒呢。"卓尔鸣在她怀中又是哭又是笑，好一阵子才哄好。

图拉又转身对巴斯佳道:"巴斯佳大哥,谢谢你一直像亲妹妹一样待我,我也一直把你们当作家人那样看待。你和卓尔鸣就是我在王庭以外的亲人,不仅屡次救我、照料我,还给我带来了许多快乐的时光,我这一生都忘不了。我哪怕是去了波斯,也会一直记住你们和那段快乐的日子的。你们在这边要一切顺利和乐,我也就安心了。"巴斯佳强忍着泪,也艰难地吐着几个字:"我……我们也忘不了你。"图拉也用另一只手搂着他的肩膀,补充道:"王庭的人已经答应我,之后会给你们一片草场和一些良种牲畜,就当是我留下给你们的一片心意,千万千万不要拒绝,也让我的心中能好过一些。我离开之后,好好过日子,勿念我。"才说完,巴斯佳这个魁梧的男儿也不住抽泣起来。兄妹三人抱作一团,就此别过。

启程那日,图拉整装待发,跟着拉夫一众人马回波斯了。玛拉也先跟着去波斯安顿好女儿和哥哥,待图拉在那边一切妥帖了,她再回匈奴陪在单于身边。单于带着王庭的众人,一直把图拉送到王庭外。单于一路没怎么说话,只是临行前嘱托了几句,就别过脸去,猛灌了一口囊中的烈酒。完察萍带着措木央跟着过来,作为大阏氏,她一直帮图拉此番远行打点着内外,还挑选了一些侍女跟着去侍候;如今她拿了一堆金银首饰和皮毛衣物,做出倾囊相送的样子。措木央也围着图拉说了许多依依惜别的话。图拉亲了亲阿央的脸颊,让她在王庭中帮单于分忧,又以一手抚胸,谢过完察萍连日来为自己打点。

忘忧她们也来到图拉跟前,将她们专门去望月斋求得的平安符给图拉带上,又不免叮嘱一番。图拉乖巧地让二阏氏帮自己带上平安符,与暮雪紧紧搂作一团,而后两人又埋在二阏氏的怀中。暮雪与自己年纪最近,又都是特立独行的仗义女子,她从来觉得自己与暮雪十分相似。只是暮雪感性些,偏她又习得心定之法;而自己理性些,偏又是个习武带兵的,两人犹如是八卦阵上的黑白两鱼,总是心意相通的。暮雪如今不常动情,此刻亦不免感伤，她低下头，见千山也在掩面哭泣。图拉像以前一样，将千山半抱起转了个圈，轻轻搽去她眼角的泪水，一边安慰她："傻丫头，我会回来看你的，别哭。你看阿敏姐和暮雪姐姐虽然不住在王庭了，不也能常回来相聚吗？"

在众姐妹之中，要数努哈敏和图拉感情最深。两人性格豪放，从小常在一起嬉闹，又一同经历过几次生死，在完察萍眼中她们是竞争者，可她们却从没有隔阂。等图拉与众人都道别完了，努哈敏把手中的孩子递给小云抱着，才终于挤了上来，一把搂住图拉，号啕大哭，她在经历了诸多波折后，此刻甚至比之前去乌桓还要伤心。图拉之前一直装作坚强，此刻也再忍不住离别的滋味，和努哈敏一同哭了起来。渐渐收住泪水后，她再把小外甥接过来哄了哄，笑着说："小家伙，你可是我看着出生的，快些长大，帮我照顾好你母亲。"努哈敏扭过头去遮掩那不争气的泪水，也悄声道："你过去也是好的，起码不用再对着你不喜欢的争夺了。她们为了自己的目的，不给你好脸色，危难关头是连我也不顾的，我算是看透了。只是图拉，你要知道我们的姐妹情谊毕竟是真的。"图拉重重点头，终是与她握别，图拉最后向单于深深一拜，又奋力去拥着他好一会儿，终于离开。众人看着图拉的队伍渐行渐远。

送行队伍浩浩荡荡，王庭外每片草原上都有臣民驻足观看，队伍经过时，纷纷挥帽相送。自从当日图拉一匹快马直奔王庭，巴斯佳就再没能等来图拉。巴斯佳和妹妹得知图拉出发去波斯的日子，这天干脆放下手中的所有活儿，一早就来到自己那片牧场等待队伍经过。将近响午时分，图拉他们终于来了。拉夫骑着高头大马走在队伍的最前面，图拉和她母亲紧跟其后，后面有几十人的使节队伍跟着。一行人走得不紧不慢，在阳光下庄严肃穆。图拉一身华衣，鲜艳的衣服随风飘扬。她束起发来，头上戴着波斯金闪闪的皇冠。巴斯佳他们在一旁远远目送着，他更是紧紧盯着图拉，好像耗尽了一辈子的目光。可是他没有招呼,没有叫喊,只静静看着队伍渐行渐远,渐渐消失在视线之外。

待队伍走远后,突然,巴斯佳朝着图拉离开的方向发狂地跑起来,跑到累了,瘫坐在路旁。卓尔鸣赶来,将泪抹去,她和哥哥并排坐下,听着他一边大喘气一边抽泣。她理解哥哥心中的苦闷,或许他们的感情从来不像自己想的那么简单。他此举不为挽留图拉,有些事情,明知一定追不上的,也不妨去跟随一段,做个了结。半晌,巴斯佳说:"我会一直关心她的消息的。"两人站起身来,一路漫步回去,干着平常的活儿。

后来,卓尔鸣把自己和王庭侍卫两情相悦的事情告诉了哥哥,巴斯佳没有阻拦,让她嫁给了心上人。这样一来,他们也不再是无名无分的人,也跟着成为贵族。巴斯佳执意留在牧场,让妹妹跟着丈夫一起搬过去王庭那边住,说是结了婚就不要老黏着哥哥了。由于庭郊牧场离王庭近,他便将其作为嫁妆送给了妹妹和妹夫;他没有拒绝图拉赐给他那片比原先大上不止十倍的草原和那些牲畜,仍自己一人建了一座小木屋,守在这块较为僻远的草原上。偌大的牧场上只剩下巴斯佳一人守着那些良种的牛羊,看它们繁衍着一代又一代。卓尔鸣不在这里了,巴斯佳孑然一身,无人说话,更显孤寂。卓尔鸣时常过来看望哥哥,她的侍卫丈夫有时打探到图拉的消息,她便把消息带给他。卓尔鸣三番四次劝哥哥过去和她们一家子一起住,可巴斯佳都委婉拒绝了:"没事,我一个人挺好,自由自在的。在草原住了一辈子,都习惯了。"卓尔鸣常关心地劝哥哥老大不小了,也要成家了,好有个人相互扶持照顾。但巴斯佳也还是那几句,不想耽误别的姑娘。卓尔鸣后来也不再说了,她明白,哥哥的内心忘不了图拉。

回到波斯之后,拉夫就以年迈为由,将位置传给了图拉,他拖着病躯,仍每天谆谆教导图拉有关统治波斯之事。波斯上下也对图拉信服,并没有图拉之前所忧虑的叛乱出现。可她即便如今在波斯养尊处优,备受尊敬，仍有种在人屋檐下的感觉，没有像小时候在匈奴那般自由自在了。不久，库卡就跟着尼夫格尔一块儿来向图拉提亲。库卡虽然年轻，但对图拉事事照顾周全，又时常陪着图拉，想些法子哄她开心，加之母亲在身边帮衬着，图拉总算少了几分离愁，渐渐适应了在波斯长住。图拉登基不久，在拉夫的安排下就和库卡喜结连理。这样一来，图拉既能巩固自己的皇位，拉拢远方贵族的支持，也好凡事有个人照应、商量，不用一个人在波斯那么为难。之前两人携手抗敌，举国上下都见证过两人的默契配合，对他们共同治理自然没有什么异议，平民和被收复之地的旧贵族忌惮王室的势力，也不敢趁着权力交替之时肆意作乱，波斯的秩序也终究是像拉夫所期盼那样一直安稳。

当二人的婚讯传回匈奴后，众人看见图拉哪怕远赴千山万水，终得到一段好姻缘，除了其他经受过政治婚姻的女子有些唏嘘，大家都在心中暗自祝福，完察萍还领着女眷们给图拉写信道喜。图拉收到信后，也展开笑颜，把信交给库卡和母亲看了。只是她心中明白，往往旁人所谓的关心，不过是在看热闹，只是其中滋味，或许如人饮水，冷暖自知罢了。每每这时，图拉不免心中有些小失落，她虽从没有表露出来，可玛拉是能体会到图拉的心情的，她自己年轻时追随单于，哪怕和波斯闹翻也无怨无悔，可现在却要女儿为了波斯的利益，放弃原本心中所向往，又要来承受一段所谓'合适'的感情，这一点，玛拉觉得一辈子都亏欠了女儿。

后来过不了多久，拉夫就病重去世了，临死前，他再三嘱咐图拉要依靠身后的贵族，不能轻易动贵族和功臣的利益，但凡事不可太放权，须提防着他们狼子野心；此外，还需提防着造反的平民、还有从旧敌塞琉古手中收复的米底亚等地，以防它们死灰复燃，再对波斯构成威胁。图拉一一答应下来，拉夫有此继任者，也放心去了。在处理完哥哥的丧事后，眼看图拉的政权也稳固了，玛拉别过女儿、女婿，依旧回到匈奴陪在单于身边。波匈两地在东西两侧相互制衡着大月氏,果然大月氏在之后很长一段时间里都老老实实的,再不敢胡作非为。以后的日子,库卡和图拉逐渐脱去原先的青涩,平日里相敬如宾,携手治理波斯,有时一同外出征战,一如初时的默契。两人还育有一个可爱的女儿,名唤湘湘齐齐尔,在外人看来,便是只羡鸳鸯不羡仙了。

第二十七回

两代公主难逃宿命　半生父女终释前嫌

就在图拉去了波斯没多久，汉王室便赴约派来一大批使臣，带着一队年轻侍女，簇拥着清嘉公主的婚车浩浩荡荡地一路来匈奴。先前，单于已和完察萍、忘忧母女提前到右贤王庭住下，为迎娶清嘉公主做准备。随着大喜日子临近，各处宾客和所送的贺礼都陆续到来，时间紧迫，单于庭的人也帮着浑谷邪和他两个儿子去招待宾客了。毕竟老贤王过世后，右贤王庭难得有这般热闹的喜事，如今确实该办得体面些。尽管如此，忘忧仍觉得右贤王庭上下并没有多么重视这次大婚，及他们来时，一切都只是草草准备，丝毫不觉得隆重。千鸿、千烈两兄弟除了来见过自己一次，平日里甚至没怎么露脸，千鸿这个新郎官更是常借习武不得耽搁为由，躲到后面的营帐里，或是跑到外头的草原去，等到日落后才归来。忘忧看不过去，她闲不下来，常去帮着布置打点。完察萍见她积极，倒没有表示什么不满，反而让忘忧去全权打理就好，自己跟过来看了几次就没再跟进，也偷得清闲去了。倒是浑谷邪见都是二阏氏在打点，倒有些过意不去，空闲时便来帮几把，常将"有劳二阏氏了"挂在嘴边，又说右贤王庭的下人都由她随意使唤。

待他这个当爹的去问千鸿的意思——毕竟这是长子的大婚，又涉及两地和睦，他也想办得风光些，好展现右贤王庭的豪气。不想千鸿显得冷漠，随口道："这些形式上的东西就不要太费神了，一切从简就好。"见长子不长进，浑谷邪气得全身发颤，忍不住大骂道："我知道你啊，总是幻想自己还有阿央妹，我告诉你，你就死了条心吧。这是你的大婚，是我们右贤王庭的喜事！你自己呢，当甩手掌柜什么都不管，让我堂堂右贤王给你打点，还要劳烦那边的忘忧阏氏。你像话吗你？"千鸿驳道："她忘忧阏氏爱管闲事我也没有办法，这也没什么不妥，汉人的事情自然是汉人去办啦。"浑谷邪听他妄言，直接给了千鸿一巴掌，骂道："逆子！你这是什么态度？你知不知道，你爹我喜欢汉族文化，你们两个的名字当年也是请忘忧阏氏给你们取的。现在单于把和汉族和亲的机会给咱们，不是正挺好吗？你给我识相些！"千鸿不敢再顶撞，在父亲走后骂骂咧咧了一阵，不过脾气算是收敛了些，也尝试主动去分担着些活儿。千烈见父亲发火，也不敢太放肆了，忙到外头去打点礼品，出去时倒不忘又嘲笑哥哥一番。

不日，清嘉公主的送婚队伍便来到了右贤王庭外，带头的使臣长官进营帐中来拜见单于和右贤王等人，向他们恭敬请安，又道："今日我等特奉天子之命，护送清嘉公主前来和亲。剩余的嫁妆也一并送来了，望单于和右贤王笑纳；所带之侍女，倘若清嘉公主所需不多，皇上特许其余人留在匈奴侍奉其他的王亲贵族。我等在此祝右贤王令尊与清嘉公主喜结连理、举案齐眉。"说罢，右贤王笑称："好！好！"便乐呵呵等命人带他们下去休息，单于却不语。完察萍见图拉走后单于总是闷闷不乐的，便借机开解他说："单于啊，虽然图拉走了，可是如今汉族公主风风光光地嫁过来，你也算是多了半个女儿啦。"单于低声骂道："混账，这怎么能比得上图拉！都是你瞎掺和。"自从图拉去了波斯，单于对她就没什么好脸色。完察萍心知肚明，也没辩驳什么，给单于倒上一碗酒就出了营帐。单于举碗而尽，越想越愤懑，也随之甩手出了去。

外头，清嘉公主由几个侍从扶下马车，迎面就见到忘忧她们等在前头迎接自己了。这些日子，清嘉公主婚礼的筹备都是靠忘忧带着两个女儿忙前忙后操持着，忘忧打心底同情这个侄女，自己和她同病相怜，又能帮上什么？只能尽力让这场仪式办得有些汉族的仪式感罢了。暮雪特意推迟了回氏羌的时间，只为等待清嘉的大婚，再见上这个妹妹一面，也留在母亲的身边帮忙。忘忧见到清嘉从汉王室的队伍中走向王庭，仿佛看见当年的自己，心中很不是滋味。

清嘉公主走到忘忧的跟前，环着她的双臂，有些悲戚地笑道："皇姑，想不到我们还能够再见面。这会我们可是亲上加亲了，我该入乡随俗，称你二阏氏吧。以后有我与你为伴，你在这边，就不会这么孤独了。"清嘉强露欢颜说的这番话，让忘忧听着心酸，忘忧只觉得清嘉再不是原先那个烂漫无虑的女孩儿了，她再来时仿佛长大了许多，神色都暗淡下去，那份苦或许已经在无数个慢慢长夜中消化完，融入她自己的心中。而今她脸上不再是愁容，而是将苦藏在心中。忘忧回想起当年自己和她差不多大小嫁过来时，哪有这般坚强，多少时候自己默默面壁哭泣，远不如清嘉这般隐忍。待忘忧再抬头时，清嘉已与暮雪、千山搂作一团哭泣，当时全靠暮雪姐姐保护自己，可如今身在虎穴之中，谁都不能再护着自己了，她心中更是悲戚。

随即，她们几人一同走进右贤王庭为她准备的营帐中，里面俨然一派汉族的气息，到处装饰着红色的绸带和花，迎面的桌上还整齐摆放着一套婚服——这都是忘忧亲手布置、亲手制作的。清嘉展开婚服，这比起汉室带来的那一套简便些，也融入了许多匈奴族的图腾刺绣，倒与周遭浓厚的塞外风光更为匹配。清嘉看到这一切，又是泪珠簌簌，感动地说："二阏氏太为清嘉着想了，清嘉实在是感激不尽……"一语未尽，她就哽咽起来。忘忧赶紧劝住她："傻孩子，大喜的日子不要哭。你这么好一个姑娘，自从我见你那天起，就觉得你比我的亲女儿还亲了。我们又是姑侄、又加了姻亲，自己人客气什么。"清嘉想到往日在宫中被流言蜚语所伤，如今却能得忘忧母女的真心对待，丝毫不计较什么，连日来的委屈跟随眼泪串串落下，直言道："多亏有你们同在这边，若不是，我该如何自处啊。"暮雪姐妹都来劝她，待她止住了哭，又去唤侍女拿来胭脂水粉给她补好。

大婚当天，单于和阏氏们、居次们一同被右贤王邀来大营里喝喜酒。待忘忧他们坐好后，清嘉公主在侍女们的簇拥下半推半就地披着头纱走来。她穿着忘忧为她缝制好的大红色嫁衣，披着从汉室带来红色为底、黑纹相配的对襟长帔，头上是真金雕花的凤冠。她羞答答地坐在忘忧身边，心中忐忑。未等宴会开始，千鸿便迫不及待地过来掀开她的头纱，见新娘子水灵漂亮，他眼前一亮，抱怨少了许多；倒是清嘉有些窘迫地低下头去，乍一抬眼时却被他那带着垂涎而又拉杂粗犷的脸惊到，心里怯了几分。

这时，只听音乐响起，众多年轻男女一同在草原上欢歌起舞，其他一些家丁侍卫在一旁舞起单鼓、又奏起胡笛和箜篌来，清嘉所带的侍女也以胡笳和琵琶相伴。千鸿、千烈见场面热闹非凡，都挤进人群中欢声唱跳，几个居次也忍不住过去，一起玩闹起来。清嘉一开始害羞地在旁边看着，后来被千鸿一把拉过去加入到人群中。起初千鸿的眼睛离不开这个漂亮的新娘子，边跳着舞边带她到各处炫耀一番；但后来清嘉没跳多久就累得不行，人群也渐渐散开，千鸿直说"扫兴"。两人回到大营中，清嘉跟着千鸿分别给长辈们敬酒，大家又欣赏了一会儿右贤王庭的马术表演。到了日

第二十七回 两代公主难逃宿命 半生父女终释前嫌

暮时分，单于本身心情沉闷，也觉无趣，就早早回到自己的营帐中了，完察萍等人见时候不早，也跟着回去。场上的人一下子走的走、散的散，消失了一大半。千鸿也急切地把清嘉带到自己的营帐中去了。其他人见新人离开，都各自回去了，难得的热闹瞬间化为泡影。

忘忧还不想回去，依然和暮雪、千山待在自己精心布置的大营中，看着夕阳西下，一杯又一杯麻木地喝着酒。暮雪和千山从未见母亲喝那么多酒，纷纷劝住母亲，鸾凤拿过来一件袄子给忘忧披上，也劝了几句。忘忧拉鸾凤坐下，眼中醉意惺忪，喃喃倾诉着："鸾凤，你还记得吗？当时我嫁过来的时候，单于的姑妈还在，她先前死活不同意匈汉和亲的事情，认为汉人就是低人一等，有损他们大匈奴的尊严；说像我这种娇滴滴的汉人女子，嫁过来也是没用的。只是单于那次一意孤行，偏要答应我父皇和亲的事情。我嫁过来后，因为单于的姑妈还生着气，单于也没敢把婚事大搞，也是马虎了事，甚至还远不如今天呢。当时的大营哪里有人布置得像今天那么喜庆？所以啊，我是真心希望清嘉能过得比我好些，至少她大婚的时候可以体面些。"忘忧说着，又斟一杯酒饮了，鸾凤也沉默着哀伤。两个女孩听母亲触景生情讲起的心酸往事，才知她为何如此劳心劳力地帮着右贤王筹办千鸿和清嘉的大婚。

千山忽然对母亲撒娇道："阏氏，求你千万不要送我去别的部落和亲，你帮我求求单于，我要陪在你们身边哪儿都不去。我宁愿去氏羌和姐姐一起当住持也不要和亲。"暮雪知道妹妹这段时间的所见所闻在她心中留下了不可磨灭的阴影，她搂住妹妹说："当住持有什么好的？你啊，就乖乖地陪在阏氏身边，帮我照顾好她，我该是心满意足了。"千山疯狂点着头。忘忧哄着女儿说："傻丫头，我怎么可能舍得你去和亲呢？再说了，现在王庭中就剩下你们两个年轻的居次，单于也不舍得。我不用你们陪，一直在我身边有什么好？我倒是希望你能够找到你真正喜欢的人，嫁给你的如意郎君，那时我也就放心了。"暮雪偷偷乐着，朝千山使了个眼色，千山知道姐姐心里指的是谁，一瞬间面红耳赤，急着从姐姐怀中挣脱。

再过几月，便到了匈奴每年一度的最盛大的秋祭。这年恰逢是单于姑妈仙逝的第二十个年头，完察萍见单于这段时间郁郁寡欢，便想借此与秋祭一齐大办，好让单于打起精神来。她便劝道："单于，这段时间以来，草原上发生了太多的事情，又生出许多悲欢离合来。我们不如举行隆重的祭祀仪式，一来抚慰姑妈在天之灵，二来祈祷姑妈和祖先们在天上保留匈奴和顺强大。"单于听了也觉得有理，便吩咐下去要大办。果然如完察萍所料，因要花费不少工夫，单于也振作不少。

秋祭比起五月大祭更为宏大，漠南、漠北的各个匈奴部落和附属地首领都携上几十马匹的祭品、祭器到单于庭来，右贤王庭的人自然也少不了过来筹办。此时，漠南部落的作物已经收成，或是把从中原所抢掠的粮食所带来了，漠北部落的牛羊也肥了，正好可以贡上祭祀，或是屯在单于庭过冬。完察萍、忘忧和新嫁来的清嘉阏氏忙着招呼各方来客，年轻的居次和王子们则携他们的侍从分头去整理祭品、摆放祭器，待一切打点周全了才请单于和右贤王来检视，其他的将军、侍卫则负责护好王庭的安全。平日里，单于和右贤王和各部来参见的首领商议大事，听他们汇报部中的动向和当年的收成，来客们言语间不忘夸赞单于统领匈奴之功，更举酒相贺过去一年的胜仗，希冀来年能夺取漠北更多地方。

祭祀礼那天，呼延顿单于亲自到王庭中的祭天台上主持祭天大典，各个部落的首领带着自己的人马围聚过来，王庭内外的子民也带着祭礼到此。祭天台上，侍从们早已将青牛、白马等牲畜和各种粮食、金银器物放在各色祭器上，一尊祭天金人被摆在最中央的案桌上，前方是熊熊燃烧的火盆，祭天台的四周围绕着各样图腾。单于快步踏上祭天台，带领众人朝祭天金人朝拜，又绕场参拜四周的图腾。单于口中念念有词，大抵意思是祈求天神和祖先庇佑匈奴能称霸大漠、部落和睦、消减灾祸和人畜兴旺。待单于走下祭天台，萨满法师便戴着面具走上去，挥舞的衣袖间鼓着神乐，侍卫们也纷纷用鼓乐号角相鸣。众人各处散开去，壮士们争去赛马、赛骆驼，年轻男女结伴歌舞，已有家室的人们就领着孩子跳皮绳。萨满法师一边唱着，一边来到人群之中，年老的牧民朝他们泼酸奶，他们口中学着禽鸟的鸣叫声，仿佛是飞禽附了体。牧民们将用于祭祀的牛羊放了血，法师便将手放入血盆中，捧起一捧喝下，再将沾满血的手抹在图腾的神像嘴上。

这边子民们尽情祈福，那边单于带着王庭众人来到王庭后的山林之中，当年单于的姑妈就葬在这山坡上。林前的那片山坡上，每年春夏之交时，不同地方开满了各色野花，石竹、高山杜鹃和金露梅相继开着，形成一片连绵的花海。匈奴强大之后就没再迁过王庭，姑妈也一直在这里安息。单于站上山坡，王庭的臣民们在山坡下站满，齐齐仰望着单于。努哈敏也在人群之中，看着父亲高高站着，神情庄严肃穆，威风之中已然有些老态了，他的鬓发变为灰白，因常年在外征战，皮肉也有些干皱变形了，努哈敏难免觉得有些心酸。单于见众人已站得齐整，便命侍卫们上马，绕着山林驰骋三周，再请萨满法师在山坡上跳大神，祈求先人的魂魄安息，保佑在世的人平安。紧接着，单于在地上的三个碗中斟满酒，一碗向上泼以敬天，一碗往下淋以敬地，第三碗恭恭敬敬地洒在姑妈葬身的那片草地上，以敬人。他一边这么做着，口中念念有词，山坡下的人们也跟着一块念。敬完天地人，单于又再斟一碗酒，一饮而尽。山坡下的人们也纷纷饮尽手自己中那碗酒，不论男女老少，毫无例外。

这些都做完之后，萨满法师再次来到单于跟前，对着姑妈的墓庄重地站立。单于单膝跪在法师跟前，底下千千万万人也齐声跪下。法师声情并茂念着缅怀先人的文字，单于和臣民低头听着，用手抚着胸口，偌大的草原上只剩下法师充满磁性的声音念着经文，其余皆是静穆。等法师宣读完毕，山坡下的人们一同用匈奴语喊出几句话来，气势磅礴，如雷贯耳。大意是：先人像明朗的月光在黑暗中引导我们，单于像火烈的太阳照耀整个草原，我们犹如繁星，将用尽自己的力量，点缀整个草原。只可惜，今日是个阴天，念这句话时天上没有太阳。

人群逐渐散去后，单于仍留在山坡上，对着姑妈的墓地，无声地斟酒、喝酒。努哈敏从后面缓缓走来，站定在他身后几米，默默注视着。单于没有回头，说了句："来干什么？"努哈敏答道："阿敏来看看姑奶奶。"单于姑妈离开得早，在这么多个居次中，也只有努哈敏对姑奶奶最有印象。那时暮雪还小，图拉才刚出生不久。单于让她来身边坐着，努哈敏拿过旁边的一个碗，也倒起酒来。起先两人都无言饮酒，还是努哈敏打破沉默道："我小时候，姑奶奶最宠我了，有什么好吃的、好玩的都先把我唤过来，我要怎么胡作非为都由得我，也不让你管。"说着，她笑着回忆，用手去拨弄着坡上快枯掉的花。单于哼了一声："就是小时候姑妈太宠你，才变成这么胡为任性，到头来，把老子的江山都给败了。"努哈敏也黯然叹气道："对啊，我小时候太没规矩了，现在想想，实在惭愧。"单于反倒来了兴趣，问道："你倒是说说，你都惭愧些什么？"努哈敏努努嘴，说："就比如，我小时候总是对二阏氏一点也不恭敬，也不爱惜两个妹妹，常常觉得她们低人一等就不愿搭理她们。可二阏氏以德报怨，你们上次全都抽不开身去看我，只有二阏氏和暮雪周折赶来。现在想想，真是惭愧。"

单于心里想，这其实也不能完全怪努哈敏。姑妈以前本就抱着看不起汉人的观念，加之她阏氏完察萍也是如此，努哈敏小时候，被灌输这些想法多了，自然也这样想。小孩子哪里懂得什么道理，只会把亲人说的全当真理了。想是这么想，单于嘴上却说："你知道就最好了。"见单于谈起姑奶奶有些心软，努哈敏趁机说道："单于，之前……之前阿敏自作主张，没有请示单于就将乌桓擅自让给通古斯，犯下滔天的过错，还和单于辩驳气坏了单于，都是女儿不好，阿敏知罪了。"其实单于之前听拉夫等人轮番劝说，火气早就消了一半，加上将乌桓独立出去也算是把事情解决了，他也没那天那么生气了。这次见一向倔强的努哈敏亲自低声下气地道歉，知她确实知错了，主动向自己服软。他心一软，回忆随之被勾起，仿佛从努哈敏身上看到年轻的自己，于是说："唉，年轻人，做事冲动，火气大，也是常有的事。其实我年轻的时候，也有过像你这样冲动的时候，顶撞了姑妈的旨意。"努哈敏见单于主动说起往事，连忙追问。

单于继续说道："当时姑妈支持我弑父继位，我刚刚掌权，就接到了汉文帝给我送来的信，大概和上次说的差不多，想要把忘忧和亲过来，维护两地的和平，停止多年的冲突。我当时根基未稳，匈奴又和大月氏、通古斯、丁零都有摩擦，匈奴被这些部落欺压多年，我急于与它们决一死战，一统漠南以博取匈奴各部落的信服，顺便给匈奴内部不服的首领一个教训，夺取疆土再考虑向南扩张。借和亲来先稳住汉地，也未尝不可。可是当时姑妈认为汉地有丰富的资源，而且那时汉地政权才建立不久，可以趁乱攻打，夺取肥美的土地和富饶的粮食水草。姑妈当时执意不让我娶汉地的公主，说我堂堂匈奴和汉地那小农之国联姻多没面子。我当时没有听进去，觉得姑妈年老糊涂了，而与汉地暂作姻亲也能获益不少，是自己的想法更胜一筹，就自作主张同意把忘忧娶过来。怎么，你当时是不是也觉得我老糊涂，就擅自与通古斯和谈了？"努哈敏有些不好意思，没有回答便岔开话题："那你娶了二阏氏，姑奶奶有什么反应？"

单于继续道："姑妈她没有管我，毕竟那时是我掌权了，我又在大漠中有了威望。不过我忌惮她的情绪，也不敢铺张办与忘忧的婚礼。姑妈之后就对忘忧冷冰冰的，时常在言语上对她冷嘲热讽，态度很坏，幸好忘忧初来是听不懂匈奴语，不过也没什么好气受了。后来暮雪出生了，姑妈也厌恶她，从来不会主动去哄逗，正眼也不多瞧，可能还不足对你的百分之一那么好吧。"想到这，单于想到忘忧母女这些年受的委屈，又感到十分愧疚。"可惜后来，我又任意了一回，更加激怒了姑妈。"努哈敏问道："你是说娶了三阕氏的事？"单于点头，说："玛拉跟着拉夫来匈奴那次，我和她就深深地坠入爱河。玛拉对爱十分坚决，宁愿和波斯断绝关系也要追随我。我之前从未感受到真正的爱情，直到遇到玛拉。她这份坚决打动了我，我说什么也要娶她，把她留在匈奴。但当时姑妈见这么个波斯女子，穿着奇装异服、五官立体玲珑，十足像见到怪物一般，说什么都不允许我娶外族女子。可我又一次违背了她，与她有了隔阂。在那不久，姑妈就开始患病，然后就发生意外离开人世了。现在想想，不免后悔啊。"

努哈敏抓住单于的手，轻声说道："不会的，姑妈对单于，就好像单于对阿敏一样，她知道是年轻人一时冲动才不听她所言，一定会原谅单于你的。"单于一句"谁说我原谅你了"还没有吐出口，只见努哈敏对着墓地诚心诚意地说："姑奶奶，请你一定要原谅单于之前的冲动，也原谅阿敏犯下的过错。单于和阿敏以后都会三思而后行，不会再冲动妄为了。"单于听罢，收回了那句话。

努哈敏也陷入回忆之中，姑奶奶后来记忆开始模糊，整个人因为年老变得糊涂极了，到最后连人也分不清楚。有几次，竟然把暮雪认成努哈敏，她过分的亲昵把小暮雪吓得直哭；有时，又把完察萍认成忘忧，对着她骂些难听的话，年轻的完察萍委屈得直掉眼泪；有时又几天不理自己，自己不免叛逆地疏远她；有时又把忘忧当做什么神灵，竟然跪倒在地对她拜了又拜，吓得忘忧呆若木鸡……可惜啊，后来没过多久，姑奶奶就因为不认路摔下了山坡，离开了人世。小努哈敏本来十分嫌弃什么都不记得的姑奶奶，但她突然去世了，不由得悲伤痛哭。现在想想，努哈敏倒觉得其实姑奶奶最后难得糊涂也挺好，她一世精明，糊涂时也令人讨厌；但也只有在一个人糊涂的时候，才不会对任何人有偏见，之前所建构的理所当然的是非黑白可以全盘颠覆，可以真正无爱无恨地对每一个人。

单于见她有些伤感，又解释道："阿敏，其实正如你刚刚听到的那样，在初期，草原上群雄四起，匈奴过去屡被四周的部落打压，单是匈奴族内部就存在着残酷的争夺。如果不霸道、不强硬，根本没有容身之地。我们匈奴就是这样一步一步走到今天的。我知道你生性善良，没经历过血雨腥风，总是想着单于不该扩张地盘、欺压弱小。可是，我们是这大漠的儿女，又是匈奴的主人，做事哪能优柔寡断，必定是要狠一些的，否则早就没有立足之处了，还哪由得你这般胡来？"努哈敏也理解单于的苦衷，说道："是我经历尚浅，之前没有从单于的角度去考虑。唉，如果每个部落本身就有一块地盘，大国不贪心，小国不懦弱，不用整天这样打来打去，就可以相安无事，乌桓也不用同盟都可以保护好自己了。"单于大笑："傻丫头，哪有你想得这么美好？你啊你，要你当统治者真的难为你了，还是当一辈子傻丫头好。"努哈敏嘟起嘴："其实，阿敏之前就是见每次单于主动出征总是把自己弄得很狼狈，伤到自己，阿敏真的太心疼了，觉得恃强凌弱受害的还是自己，才叫单于不要扩张。"单于也明白女儿的一番心意，心中感动，于是也答应努哈敏以后尽量把这些事都交给小辈去历练，自己也就不多管了。

努哈敏点着头，又听单于冷不丁问道："朗天那毛小子呢？怎么好久不见他了？"努哈敏说："噢……他呀，之前见我们发生不少事，不好插手，又心系通古斯，就先回去了。不过他听闻匈奴这段时间大办各种事情，也派人送来不少粮食和马匹当做贺礼呢。"单于"嗯"了一声，心中还算是满意，嘴上仍道："那小子，诡计太多，你以后还是要小心提防。""是了是了，阿敏会注意的。"努哈敏也笑着搪塞过去。"阿敏，之前是单于没有顾及你，让呼延朗天闹出这么一场事端，还让你孤身一人在乌桓受苦，还请你原谅单于。"到底，努哈敏终于和单于冰释前嫌，重归于好。

等努哈敏走后，忘忧也带着两个女儿来拜祭，她们已在山下等了一阵子，见单于和阿敏倾谈，便没有打扰，只是静静等着。单于见她们来，也唤她们坐到自己身边，道："忘忧，难为你了，姑妈和其他一些匈奴贵族之前对你们不太友善，你们还能特意来祭拜。"忘忧笑笑说："哪里的话，姑妈毕竟是长辈，当年有什么说得不好听、做得不对的，也都过去了。"单于见这么多年来忘忧在王庭中已被磨得毫无棱角，两个女儿也不能似努哈敏她们的性情敢肆意妄为，愈发觉得愧对忘忧母女。单于给忘忧斟了一碗酒，说："在这里生活定和你从前在汉王室有诸多不同吧，你一个娇贵女子嫁过来，确实委屈你了。这些年来，你们也受苦了。其实，见到我不用这么拘谨，我除了是单于，也是你们的亲人。暮雪、千山，你们不妨像阿敏那丫头一样，王庭也热闹些，不碍着什么的。"两个女儿也欢快地应了一声。忘忧见单于今日铁汉柔情，难得与自己坦诚相见，她真诚地说道："单于，自从我得知恕怨姐姐在丁零的遭遇，再对比起我的生活，又念匈奴、单于对我的好，我已经心满意足了，从不会有什么怨言。"

单于见她还是这样唯唯诺诺，便让暮雪、千山自个儿玩去，主动靠着忘忧坐下，将她搂在怀中，只觉她风韵犹存，骨子里那种似水的温柔和身上淡淡的香气融合在一起，是她独有的一份。见单于陪着自己聊着家常，又回忆起往事，忘忧的心结也解开了许多。不过最令她惊喜的是，单于竟说："我会让千鸿那小子好好对清嘉公主的。"这句话深深触动了忘忧的内心，她瞬间落下泪来，也紧紧埋入单于怀中，好多年他们都没有这么亲密了。

这场盛大的祭奠礼结束之后，努哈敏该带着孩子回乌桓了，暮雪是时候回去氐羌继续当她的住持，清嘉也跟着千鸿他们回右贤王庭中去了，图拉之前已去了波斯，玛拉还在途中未赶回。眼看一下就飞鸟各投林，整个大家族又不知道什么时候才能像这回一样热热闹闹地聚在一起。至于那些从汉地带来的侍女们，也分给了各家带去。一连几日，单于与完察萍、忘忧送着众人离去，彼此约定着飘渺的归期，女眷们觉得心中空落落的，在分别时又不免落下泪来。待众人都陆续走后，仿佛一瞬间大家都各自回到了原来的生活中去了，王庭瞬间变得冷清了许多，唯有大漠的风沙寄托着各人的思念。单于老了。（上卷完）

漠庭长歌

下卷

第二十八回

古部临劫求修好　　幼女误信欲抗命

在过去几年间，匈奴汗国两番击败了大月氏、平定西域的叛乱；又与汉地和亲，维系了和平；经努哈敏和朗天一事，也已暂且解决了与通古斯、乌桓的纷争。漠南的局势基本稳定下来，可漠北依然是单于呼延顿的心头大患。在丁零挑衅通古斯不成后，这两三年来，丁零又开始谋求在漠北扩张领土，而此次终于将重心对准了匈奴和其征服的部落，以报往年落败、被奴役之仇。丁零部族之前被赶至漠北一带，经过这些年养精蓄锐，逐渐强大起来，一直等待时机以重振威风。在恶霸王狄灭的率领下，丁零大军平日加强练兵，又用青铜和铁器锻造出许多尖锐的兵器，更是将桦木、柞木的枝干独烘烤弯曲后造出特有的高轮大车。在秋冬之时，狄灭率众驾着这种高轮大车直奔南面，攻打和抢掠漠北的小部落。这种高轮大车坚固无比，能轻易行过草原、沼泽和积雪冻土，士兵将铜铁制成之兵器置于其上，减去许多负重骑行之不便，行进神速。反倒是漠北部落难以在此恶劣形势下骑马与丁零人对抗，他们在寒风大雪的漠北原野上寸步难行，只得撤退躲藏。丁零得以迅速往南扩张，很快便要威逼到匈奴边塞。

第二十八回　古部临劫求修好　幼女误信欲抗命

匈奴王庭中，自从图拉走后，在完察萍的教导下，措木央常常主动请求留在大营中，陪在单于身边听他和部下商讨军政大事。当遇到些不明白的，便在部下退去后向单于请教；有时遇到些小事情，自己有不同的见解也不怕禀告。单于见阿央这么积极学习，心中欣慰了许多，图拉离去的那份失望也渐渐抚平，理所当然地觉得措木央是继位的人选，便许她长久地留在大营中听着、学着。夜里得空时，单于亦会唤她过来，将匈奴与其他部落的关系和战事策略一并剖析，免得她以后犯努哈敏先前同样的错误。

入冬以来，北边丁零侵犯掠夺的消息频传，许多臣服于匈奴的漠北部落也遭丁零进犯，纷纷派人向匈奴求助，可往往未等匈奴决定出兵，他们已经被丁零打得四散，原先的领地也遭丁零霸占了去。眼见丁零的气焰越发嚣张，给匈奴构成不少威胁，措木央听着单于与部下的议论，只觉得有些惶惶。自从丁零的恶霸王狄灭继位之后，就一直扬言要重振丁零，以报之前被匈奴打败的血海深仇。之前措木央也有听单于讲过，在上一代，丁零氏和呼延氏在北方游牧部落中平分秋色，但后来呼延氏愈发强大、丁零氏日渐式微，呼延氏在单于的带领下统一了整个匈奴，并逼得丁零氏迁到更北之处。听斯图亚分析，这个狄灭近年来就一直在挑事，无论是去挑衅通古斯和乌桓部落、抑或是在西域捣乱，鼓吹大月氏反抗匈奴，都是他们的主意，其实是为了把整个大漠弄得乌烟瘴气、战火纷飞，这样就可以削弱各家势力，遂了他们的意，到时将各部落逐一攻破；在打击完漠北的小部落后，再由漠北向漠南进军，就好比当时中原的秦国逐一灭了六国一样。如此说来，丁零下一个要对付的便是匈奴，恐怕开春之后就要来攻打。单于也考虑到这层，他紧绷着脸，命令斯图亚去部署好兵力，先行率兵到北面，准备迎击丁零。

果然没过多久，便有几位探子来大营报："禀告单于，丁零大军已侵袭到匈奴的边塞了，现如今正与斯图亚将军的部众打得不可开交。那些丁零蛮子，竟还自觉有理，称是我们汗国出面抢回了本要供奉给狄灭大王的清嘉公主，说要与我们好好算这笔账。"单于骂道："好他个丁零，好他个狄灭，我当时就该把他赶尽杀绝、不留一根毫毛！现在这毛小子竟敢踩在老子头上了！想要来打老子，只管来打，何必扭扭捏捏地找这么多借口！"

几日来，措木央在一旁听见各种战报频传，双方军队各有死伤，倒愈发坐不住了，匈奴和丁零势必有一场恶战，丁零敢主动挑衅一定是有充足准备的，而匈奴之前元气大伤也才复原，不知道能否在这场恶斗中保住大势，更担心斯图亚能否扛得住这场恶战。单于见她心中不定，便道："阿央，你怕什么？大漠的统治者要临危不乱，沉得住气。何况区区丁零败将，怎能让我们畏惧呢？"措木央应下来，可心中依旧是没底。又听单于吩咐道："来人！传右贤王父子到单于庭听命，再将氐羌的驻军也抽派一些去协助攻打丁零；还有，去查探通古斯和乌桓是否有一起迎击丁零的意向。"看来单于也感觉到此次丁零的难缠，他直喃喃道："如今不过都在南边迎击，若在丁零西北侧也有兵力制衡着前后夹击，才可谓是事半功倍。"

正想着，只听有部下报说荤粥派使臣求见。这荤粥，原本是上古时候匈奴族的古老部落，可以算是匈奴族的祖先了。随着历年来部族的融合变迁，匈奴族也在漠南建立了自己的汗国，便没有再见过所谓的荤粥部族出现了，只是有传闻称原先的荤粥部落还留有些族人，他们不愿融入到匈奴族中，只是聚在一处与世隔绝的地方生活，从不敢惹是生非，也没什么人招惹他们。单于心中纳闷，不知他们突然从何处冒出来，怎么还主动派使臣求见？单于略加思索，还是请使臣进大营相见。

来使身着以动物皮毛裁成的衣裳，讲着仍是纯正的匈奴语，他进来拜见了单于，言辞间不卑不亢。听单于问起荤粥之事，使者如实答来道：

"回禀单于，我们族人确实已有好多年没有与其他部落接触了，这些年来一直居住在一片水土肥美的绿洲中，得以发展畜牧和农耕，鲜有人知，大概就在丁零的西北面。"单于听闻，不由得心中一颤，又听他继续道，"相信单于也有听闻，丁零部落近来盲目扩张，沿途烧杀抢掠，许多漠北部落都不能幸免，哪怕连呼偈、坚昆等偏远部落都被席卷进来。我们莘粥处于夹缝之中，暂时得以保全，可过不了多久定也会成为丁零盘中的猎物。望单于念在莘粥亦是古老的匈奴部族，可否相助我们一把？我们莘粥不大，但也有能力在西北边堵住丁零的去路，与匈奴一同抗敌。我们莘粥历史长久，与匈奴的祖先和天上的神灵最能感应，若单于有意相助，他们定会诚心保佑匈奴汗国在漠北强盛繁荣。"

单于正想和其他部落联手，恰好莘粥在丁零西北面可以助一臂之力，可谓求之不得。不过他只是镇定道："要救你们于困境确也不难，你们那边若是不会冶铁炼铜，我叫人送些青铜铁器过去给你们当兵器抗敌，也是易事。我们本是一族，自然有难同担，将丁零反贼消灭得一干二净。"见单于有意相助，使臣却忽然面有难色，犹豫道："莘粥谢过单于好意，只是单于也知道，我们莘粥从来只是想要安稳度日罢了，这次威胁到我们的存亡，已是例外……"单于最烦这种说话吞吞吐吐的，便打断他："你要说什么就直说，何必一时一个样？"

使臣忙解释道："我们祖上决定领族人避世后，见后代匈奴各部族间纷争不断，便令族人不能随意干涉，以免引起不必要的祸端，除非是有特殊的情形，才能通过姻亲的方式与其他部落建立关系。素听闻单于有许多才能容貌都十分了得的居次，我们首领不敢违背祖训，恳请与汗国建立姻亲关系，到时我们共同抗敌就方便得多。"单于听闻，冷笑一声道："哼，怎么都来要我呼延顿的女儿？莫不说你们这么原始的部落，我女儿和亲过去要受多少委屈；更别提仅凭我们匈奴之力就能对付丁零，何必白白搭上我的女儿给你们，却不带给我们匈奴什么好处？"说罢，他便盯着使者那用皮毛随意缝制的破旧衣服嗤笑。

使臣会意，补充道："单于有所不知，我们莘粥虽不及匈奴强盛，但也不再是从前落后的氏族部落了。与漠南一样，我们选出的首领有独立的王庭，吃穿用度都是最好的，居次嫁过去定不会受委屈。我们身处绿洲之中，那边牧草、粮食都供应有余；若结成姻亲，日后会定期向匈奴进贡些粮食和灵丹妙药，以助匈奴丰衣足食、单于长生不老。只求我们成为属地后，匈奴也不要过于打扰我们这种与世隔绝的生活便是。"单于大致也心中有数了，能与莘粥结合也有一定益处，只是自己只有两个最小的女儿留在身边，再做和亲的打算恐怕不太好。单于沉吟许久，便叫使臣先出去休息，自己再做考虑。

夜里，单于在大营中静坐着，心事重重。措木央如常到来，悄悄走近单于，拿起椅背上的皮毛大衣给单于披上，单于回过神来，让她坐在自己旁边。单于正愁着莘粥之事，正好见阿央过来，便借机问问她的看法，看她如今考虑问题能有几成火候。措木央本也在为此事忧虑，听单于直接问自己，略微迟疑了一下，答道："依阿央所见，还是与莘粥合作为好。我们与丁零的势力不相上下，胜算亦很大，可若能与莘粥前后夹击，一定可以省下不少兵力，更快取得大捷。再者，以莘粥这个古老部落在匈奴部族中的威望，若与莘粥联姻，对我们匈奴以后称霸漠北增色不少，加之他们的粮食草药不正是我们所缺的吗？既然他们主动来求，我们答应下来也是有脸面的。"

单于见措木央而今分析局势头头是道，也很是欣慰，便附和道："不错，我们若得莘粥，再从两侧收复丁零，将这大片的疆土归于我们麾下，统一漠北的宏图就更进一步了！"他心中确有此意，只是这两个女儿年纪尚轻，再疏再亲的，都是自己的心头肉啊，哪里舍得送去莘粥做交易。或许是这短短几年间其他三个女儿都离自己远去了，单于越发珍惜这两个小女儿。他坚信匈奴定能靠一己之力歼灭丁零，而莘粥不争不抢也不会对漠北构成威胁，既如此，何必再以女儿去换取更快捷的胜利呢，不过是再战他几回吧。

见单于沉吟许久，措木央明白单于仍是犹豫不决，她自信尽管是和亲，定不会轮到自己，要去也是千山妹妹。这样一来，虽然难为了千山，可却能让斯图亚、舅舅和两位表哥少冒许多险了。她心生一计，便故意说道："既然身为居次，无论身在何处，都该为汗国有所贡献。若此举能解匈奴燃眉之急，单于，我的年龄比千山大，如果要和亲去莘粥就让我去吧，为了匈奴放弃自己的感情又算得上什么，既然三位姐姐都各自担起重任，这次便轮到阿央了。"单于知道她心中的小诡计，见她这么说只觉好笑。自己今日问她，只不过想考验她的能力，并不是真要她过多干涉这件事情，便也笑说："你啊你，就不要口出狂言啦。明知我不会派你去的，要派也是派千山妹妹呀。时候不早了，快回去歇息去吧。"说罢，他心中默默盘算着如何与那莘粥使者再交涉一番。

说者无心，听者有意。今日使臣一来，忘忧就听到一些关于和亲的风声，她成日里心神不安，生怕单于真的答应下来，要把千山也从自己身边夺走。王庭的女儿只剩下两个，措木央的年纪是比千山大些，可她是单于的爱女，如今一心要栽培她，又是正统匈奴人，单于怎会让她去和亲，那只能就是千山了。虽说之前单于曾答应自己今后会好好待自己和两个女儿，可现在匈奴局势紧张，说不准又有什么变数。忘忧越想越怕，用过晚膳后，便来大营中找单于，想试探一下他的想法；若是真的，再设法劝他打消这个念头。没想到，她刚来到大营之外，就听到单于和措木央说的那句话。忘忧顿时觉得五雷轰顶，差点整个人坐在地上。那一瞬间，仿佛上天把她所有希望都夺走了，她浑身失去了力气，甚至再没有勇气走进大营向单于问个明白，自以为此事已无回旋的余地。她不想直面任何人，听着里面措木央正走出来，连忙狼狈地转身走开，从营帐后面踉跄着绕回自己的住处。

这些日子，冒千鸿父子前来王庭接旨出征，清嘉伺机也跟了过来，和忘忧她们相聚，在这边小住一段时日。此时的清嘉已有几月的身孕，那边右贤王的阏氏和带来的侍女对她悉心照料，可终究是比不上能过来与亲人相伴，权当这边是她的娘家了。千鸿也不管她，任她随队伍过来。这天晚上，忘忧去大营找单于，她怕清嘉烦闷，便留侍女鸾凤陪着她边聊天边等自己回来。

清嘉和鸾凤倾诉自己在右贤王庭所经历之事：那右贤王喜好汉族文化，尽管他们认知里的汉文化多是不正宗的，不过也令她有了些许归属感。右贤王和他的几个阏氏表面上对自己还算客气，自己去行礼时，他们都会关心几句，尤其是自己有孕后更显得爱惜，吩咐侍女们好生照顾着。但千鸿的心还一直在措木央身上，对她总是忽冷忽热，爱理不理，欢喜时就拉着自己亲热，若不满了，便钻牛角尖，硬说是自己害得他不能亲近央妹。那个千烈，更是常常暗中对她冷嘲热讽，表面上又是另一套。其他下人见这二位小王尚且如此，也对自己不甚恭敬，自己带来的侍女常常被他们欺负。曾经的汉室千金又怎能受得起这样的气，清嘉却只能忍气吞声、以泪洗面，好难得这次才能过来诉诉苦。鸾凤想起过去忘忧公主和亲过来时，自己也遭过这些罪，又是心疼又是怜惜，却只能尽力劝勉着。

正说着，忽然听到阵阵脚步声向这边传来，一脚深一脚浅的，一声比一声微弱。鸾凤忙出营帐查看，只见是忘忧阏氏在外头，整个人往自己这边倒。她吓得不轻，赶紧扶稳忘忧，清嘉见状，也连忙前来帮忙，两人搀扶着忘忧进了营帐。忘忧神色憔悴，伏在榻上许久不得言语。鸾凤和清嘉见她如此，猜测是单于一定要千山去与荦粥和亲，心也跟着凉了半截，却一时语塞,不知道该怎样去安慰忘忧。半晌,忘忧哽咽道:"单于怎么竟然这么狠心,之前还说体谅我们母女三人这些年来所受的苦,现在……现在却翻脸不认人,要让千山也离我而去。可怜千山还那么小,莘粥像是在石缝中突然出现一般,又是那么与世隔绝的,她一个弱女子又怎么对付得了。我当年忍痛把暮雪送去氏羌,我的心早就碎了一半,如今千山再去,这不是要我的命吗!"清嘉听她字字泣血,自己也快为人母了,想想日后或许自己的孩子也要受这般苦,也无助地抚着肚子流泪。

这时,只听得营帐外头传来千山的声音,她一边喊着"阏氏",一边小跑过来。这一整天下来,莘粥派人提出和亲的消息不胫而走,千山自然也是知道的。白日里,她好几次遣阿忆和泽恩去打探消息,每次打听都没有定论,千山有种劫后余生的侥幸,却徒增加倍的忧虑,生怕单于哪一刻就答应下来了。阿忆见五居次一整天坐卧不安,便带她来找忘忧阏氏,想让二阏氏安慰一下千山居次才好。千山到来前还打着小算盘,心想自己若显得悲伤一些,母亲兴许能更亲昵地安慰自己呢。没想到她一进来,便见母亲神色悲悯,里头几人正安慰着。她不禁吓得愣了神,随即扑到母亲身上,一边哭一边嚷着:"阏氏你一定要帮我去说,我死都不要去和亲,我要留在你身边啊。"她从小就听过太多关于和亲的悲剧,日夜祈祷这件事不要发生在自己身上,这回看来自己终究是躲不过去了。命运啊,仿佛一瞬间把她拥有的都剥夺掉,若要长久地将来离开单于、阏氏和熟悉的一切,她宁愿自己从未有过这一切。清嘉想起自己和亲前也是这般哀求母妃,更是心中绞痛,缩在一旁默默流泪,不忍再看。

忘忧搂着千山,双眼无神地斜倒在床上抽泣,她恨单于从来爱惜疆土多于爱惜他的亲人,她恨千山怎么是自己所出,要是千山也是完察萍的女儿,就一定不会遭受这种折磨了。更何况,哪怕匈奴和莘粥合作后赢得战争,可自己的姐姐恕恕在丁零也同样会受到灭顶之灾。无论是赢也好、输也好，这场恶战的发生注定会深深伤害她所爱的人，可自己却什么也做不了，只能眼睁睁地看着一切发生。一种沉重而罪恶的无力感重重压过来，似乎要把忘忧给压垮。见怀中的千山如小猫一般嗷嗷大哭，忘忧的无力到了极点，却异常坚定地想着：无论如何，我不能再失去千山了。

一场痛哭后，千山才稍稍缓解了情绪，她收住泪水，有些明知故问道："我们真的没有其他办法了吗？"忘忧听了更觉悲从中来。这时只听得清嘉插话道："对啊，真的没有其他办法了吗？"同一句话在她的口中说出，却多了几分希冀和疑问。忘忧不解，只答道："我不妨明日再去与单于争辩一番，我就不信他丝毫不念父女之情。"清嘉却摇头说："我们为什么一定要听单于的呢？我们可以另想办法逃出生天。"说罢，众人都齐刷刷看向她，眼神中充满惊讶，鸾凤忙去外头四处看看，见没人，赶紧将帷幕落下。千山听闻，仿佛看到了救星，连忙扑过来，抓住清嘉的手追问。

或许是这段时间被压抑得太多，又或是不想千山再重蹈自己的命运，清嘉一下子变得叛逆起来，她刚刚脱口而出的一句话把自己都吓了一跳。她见千山恳求的目光，又不忍破灭她的希望，只好补充解释道："我之前和暮雪姐姐谈天，她说她曾经和一个叫凌风的男子相知相爱，在单于派她去氐羌时，凌风一度提出要违背单于的命令带暮雪私下离开。不过那时暮雪以社稷为重，还是舍弃了这不成熟的儿女私情，选择去氐羌。如果千山妹妹也有这么一个人可以托付，那就不妨不遵循单于的旨意，去过另一种生活。"千山、阿忆一听，不由得脱口而出："胡杨！"继而千山脸一红，便又不说话了。

忘忧从小到大从不敢违背任何旨意，她从来是这么恭顺、逆来顺受得像只羔羊。她乍一听清嘉的话，原本下意识要否决，不过后来任凭这个想法在自己脑海中反复掂量，又觉得有理，胡杨母子不知道千山的居次身份，这样说不准他们倒愿意冒这个险；只要能让千山平安，违逆这一次又算得了什么。忘忧回过神来，问女儿道："千山，你是坚决不情愿去的，是吗？"千山笃定地点头，又像害怕的猫儿，眼中闪烁着不定的光。忘忧长叹一声，抚着千山的头道："我也知道这个办法是公然违背单于的旨意，但起码能让你有另一条出路。反正你早晚是要离开我身边的，只要你后半生平平安安的，能过上平凡快乐的生活，我情愿是这样。"然后她硬是把"我受什么责罚都值得"咽了回去。

千山见母亲也同意，顿时像全身打了鸡血，牙齿不住地颤抖，道："我……我没有暮雪姐姐那么伟大，我只是想要和家人在一起，过些安安稳稳的日子就好。我们去找胡杨吧！不过清嘉姐姐，王庭戒备森严，有什么方法可以就此离开，不让单于找到我和母亲呢？"忘忧听了苦笑道："你这个孩子，怎么还想把我也带走？你能逃出去已是万幸了。我这辈子，就别再想有别的出路。不过我们确实该好好想个法子，这整个大漠都在单于的眼皮子底下，简直插翅难飞，要逃出去可不是易事阿！"清嘉也陷入了沉默，看来一时半会儿想不到什么好计策。千山见原来只有自己孤身一人去投靠胡杨和杨婶，未来同样是不可测的，甚至连怎么逃出去都是问题，不免又沮丧起来，将头靠在母亲的手臂上。

这时，阿忆忽地打破沉默，鼓起勇气道："我倒有一计，只是不知道能不能行。过几日就是元宵佳节，我们往年都会到汉人区去看灯会。要不以此为借口，说是千山居次和亲之前想再去看一次汉人的庙会。我们在灯会上制造混乱，提前让杨婶和胡杨他们做好接应，带着居次走。上元夜汉人区人多，匈奴又疏于管理，想必是很好逃跑的。我们回来就说……就说千山居次趁乱走失了，有什么责罚，我愿意一个人来承担。"千山听阿忆此言慷慨，心中倒是像被锥子刺了一般，她起身拉着阿忆道："不行不行，怎么可以让你来担责呢？"不想清嘉却觉这个方案甚妙，她补充道：

"此计行得通！我干脆提前派人去给定远郡的官员送信——当时我回汉时，他们曾接待我一番，还算相熟。定远郡和汉人区接壤，我让他们早早在那里等待，接应胡杨母子和千山，之后再找个地方，安排他们在汉地住下，再作打算。至于怎么留充足的时间给千山他们逃走……我们不妨先假意在汉人区寻找，过几天再回来报单于。他那时再派人去找，恐怕千山他们早就离开匈奴了。"

忘忧喜出望外，也同意说："对啊，有汉地的官员照应，又有杨婶照顾你们两个孩子，我也就放心了。"千山始终不情愿让其他人为了自己担罪，阿忆和自己一同长大，哪里忍心让她替自己受这个罪？一旦行迹败露，恐怕阏氏和清嘉姐姐、连同胡杨母子都要受牵连。胡杨他们一直都不知道自己的身份，要他们包庇自己逃走，岂不是瞒骗了他们？更何况未来前路茫茫，自己终归是要离开王庭、离开熟悉的人和地方，舍弃原有的一切走上一条不归路，甚至连再回来见一眼母亲的机会都没有了。见千山思前想后，忘忧不住催促道："乖女儿，我们先试试这条路吧，眼前别无他策，若是杨婶愿意帮忙尚且有希望逃出生天。比起和亲，难道你不愿冒这个险？"清嘉也劝道："是啊千山，我们就见步行步吧，总比你和亲去羊粥好。我们这样做，都是心甘情愿的，你不要顾虑太多。"千山已没有时间去考虑了，只知道自己定不会选择去和亲，她脑子一热，一咬牙就答应下来。接下来几日，她们几人将计就计，为千山的另一种人生设想铺路。

第二十九回

汉区出逃露马脚　　王庭追踪得援手

　　次日，单于在大营中听部下回禀战事情形，闻说氐羌的援军已去和斯图亚的兵力汇合，右贤王也派了部分兵力去攻打，剩余部众正在王庭外守着；通古斯那边也有意合力抗击。眼见自己这边分几路朝丁零反扑，丁零人乱了阵脚，连连败退。单于心中多了几分把握，正欲布置接下来的阵形战略，只听得营外侍从正请安道："见过二阏氏、五居次，单于正在大营中忙碌，待小的去禀告一声。"原是忘忧和千山来了，单于向外喊道："进来吧。"

　　只见忘忧拉着千山走来，神色有些悲戚，单于便问道："怎么了？"听忘忧咳嗽了几声，央求道："单于，过几日就是上元节了，千山这孩子从小都跟惯了我去汉人区看灯会。眼看着千山就要启程到莘粥去了，求单于再让她去看一次灯会吧，莘粥那么僻远的地方，千山这一去，往后也不知道什么时候才能回来了。"单于暗生奇怪，心想：我还没下令让千山去，怎么你倒提起来了？罢了罢了，肯定又是哪些个多事之人把此事谎报给忘忧。现在漠北的战事瞬息万变，我不妨先不急着说明，待千山看完灯会回来，正好也留给我几日考虑的时间。到时候如果胜算大了，不用她去，给她个惊喜也好。想到这，单于便道："定是哪个爱嚼舌根子的下人把这消息告诉你们了。既然如此，就只管去吧。反正你们往年是去惯了的，又何必与这和亲之事混为一谈？你这身子一到冬天就不好，快别忧心忡忡的了。"

见单于答应下来，又关心自己的身体，忘忧心中有些愧疚，仍不动声色地谢了恩，就赶紧带千山回到自己帐中。清嘉等人都在那里候着，见她们母女快步走回，千山的小脸紧张得红扑扑的，知道计划的第一步成功了。鸾凤和阿忆随即帮着千山居次收拾行装，泽恩也去外头备着车马准备启程。按理说千山这次只去几日，行装自然就不能太多，否则过于显眼；阿忆帮忙挑些日常的衣物，又不能过于华丽鲜艳，否则哪里像个平民的女孩儿。时间紧迫，她只将合适的衣服先装入包裹中，其余的先搁在一旁不管。

千山有些不舍地翻着那些不能带走的衣服，她拿起其中一件来，久久抱在怀里。她从小跟着母亲学女红，这几年她已过豆蔻年华，手艺有成，便在母亲的指导下自己一针一线做起嫁衣来。原本忘忧觉得她尚年幼，哪用早早准备嫁衣，碰巧一次在汉人区的集市上看到一块从中原运来的好布料，忘忧一心动就买了回来。千山央着母亲教她做汉地的传统嫁衣，忘忧禁不住千山的软磨硬泡，难得她以后愿意穿着汉族的服饰出嫁，便一针一线教她缝制。一开始千山只为了好玩，后来见母亲十分认真地对待，不由得也敬畏起来，那块红布不久就变为一件华美的嫁衣。这件衣服是她的骄傲，她一直都收在柜子的最里头珍藏着。不过每一次千山对和亲的恐惧多一层，就觉得这件衣服多一分沉重；现在再拿起，反倒轻松不少。忘忧见她捧着衣服久久不放开，知她不舍得，便轻声说："千山，带上吧，占不了多少地方，以后总会用得到。"千山忙将衣服叠好，小心翼翼地递给阿忆，让她一起收拾带走。

　　临行之前，千山久久抱着母亲不放手，怕外头的人听见又不敢大声哭喊，只得小声呜咽着。忘忧何尝不想与千山一块儿去？若只有阿忆等随从和千山一同去灯会，千山走丢这个借口暂且瞒得过；如果自己也跟去，单于还怎么可能相信呢？她多么希望自己可以再陪千山多一会儿，可为了千山可以顺利逃脱，只能忍痛早早和千山作别。忘忧紧紧抱着女儿，再三安慰，又叮嘱道："跟着别人一起生活不像在母亲身边一般，凡事不要顽皮，要听杨婶的话，毕竟你这一去，不再是居次，而是一介民女，没有侍女伴着你，也不许再高高在上地耍小性子了。总之……一切自己珍重便是。"说完，忘忧也哽咽住了。清嘉安慰道："二阏氏放心吧，我已经写好了给定远郡长官的信，等今晚人少，就派随从送信去，他们定当会好好接待的。时候不早了，千山妹妹也该启程了。"阿忆把千山轻轻拉走，一行人上了马，渐行渐远。忘忧目送许久，回到帐中去，在神女像前跪下祈祷。而后便称病不再出去。旁人问起，鸾凤只答二阏氏身体抱恙，不能同千山居次一块儿前去。

　　千山一行人马不停蹄向汉人区赶去。一路上，千山一直闷闷不乐，昨夜的思虑又一下子涌入脑海中折磨着她。阿忆和泽恩同在马车里，好不容易才以"二阏氏不和咱们一起走，也为保全二阏氏不受责罚"为由，劝居次放下母亲，又听她忧虑道："我到底该不该把我的真实身份告诉胡杨哥哥和杨婶？"阿忆大惊道："居次，可不能说！一旦他们知道你是居次，谁有那个胆量敢把你私自拐走，这可是滔天大罪，万一给单于抓到可是灭顶之灾啊！"千山一听，更是忧愁了："那可不嘛？我一直欺瞒他们，已经辜负了他们对我的一片好意，现在为了自己逃走，又撒下弥天大谎，如果不幸败露，我怎对得住他们？"阿忆怕居次在危急关头反悔，加之忘忧阏氏等人在临行前已千叮万嘱，万不能因此有所闪失，忙道："怎么会呢？只要我们配合得足够好，就不会露出破绽，才可以顺利逃脱。要想他们配合好，就更不能说了。居次，我们只按计划好的说就行。"千山愈发觉得过意不去，看向阿忆道："即便是我们成功逃脱，单于却一定要怪罪你和泽恩，我，我实在……"阿忆感念居次仍如此在意他们，道："居次有这份心，我们已经感激不尽了。阿忆这些年承蒙二阏氏和五居次关照，居次一走，我们也不能再效力，只能尽这份绵薄之力罢了。"泽恩猛地点头附和。

来到汉人区后，千山带着阿忆假意说要去买灯笼，让泽恩带着其余的随从先回客栈放下东西。支开他们后，两人就迫不及待地前往胡杨家。胡杨母子用忘忧给他们的银两筑了新家，屋子敞亮整洁，条件比以前胜过几筹，还剩下不少银两存了下来，在当地算得上丰衣足食。眼看明日就是元宵庙会，这会儿两人正在家中赶制些灯笼、人偶等小玩意儿，准备拿去庙会上卖。他们见千山忽然到来，又惊又喜，胡杨连忙兴高采烈地带她进来看新修好的屋子，杨婶将做好的小玩意儿递过来给千山，又去灶台那边将热好的饭菜端过来，请千山和阿忆坐下一块吃。

几人才拉了几句家常，突然见千山猛然朝着杨婶跪下，哭诉着："我父亲见利忘义，为讨好当朝权贵，要将我许配给一个凶狠的匈奴老官员当小妾，还请你们搭救我。"胡杨听千山哭诉，顿时义愤填膺，咬牙道："千山妹妹，不要怕，无论要做些什么，我们定会帮忙的。"胡杨母亲连忙把千山扶起来，心疼地说道："我可怜的孩子啊，你父亲怎么这么对你！可是我们也帮不上什么忙啊……要不，我们去求二阏氏和二居次帮忙，她们应该有办法的。"阿忆谢过胡杨母子，在一旁悄声道："二阏氏不想将此事闹大，便想出个计策来，让我们小姐趁着元宵看灯会的契机偷偷溜出来，往后再到南边的定远郡去找约定好的官员接应。"杨婶似乎明白了几分，她只是稍加迟疑，便坚决道："阿忆姑娘，你放心吧，这件事情就交给我们母子俩去办，我们定会保护千山姑娘的。"

千山见杨婶真诚相助，忍不住道："你们之前劳苦了那么久，这么难得才过上安稳的日子，若要为了我而四处奔命，叫我于心何忍？"阿忆见千山自己又打退堂鼓，不由得暗暗心焦，她怕杨婶反悔，本想说些什么圆回来，没想杨婶更为动容道："我们如今能有这份安稳，全仰仗二阏氏，也多亏了千山姑娘从中帮了我们许多，要不然我们早就死在战火中了。我们一直不知道怎么报答，现在只要能帮得上一分一毫，舍弃这些又算得了什么？"胡杨也应和着，拉起千山的手道："母亲过去常教我做人要懂得报恩，如今是时候轮到我保护你了。"阿忆听闻，长舒一口气，如此这般将整盘计划一五一十地告诉了杨婶和胡杨。胡杨听完，连呼"好计"，杨婶也点头答应下来。她将一个灯笼交给了千山，让千山和阿忆先回客栈中，到时他们自当按照计划接应。待两人走后，杨婶几番叮嘱胡杨不要跟任何人透露他们的计划，便带着儿子匆忙筹备起来。

到了上元夜，千山一行人在市集中走走停停，她假意去看路边摆卖的小玩意儿，又凑过去长街那边猜灯谜。随从们慵懒地跟在后面，到后来有几个匈奴小伙觉得无趣，就到一旁的小茶楼中待着了；泽恩一直跟在队伍后面，趁他们不注意也溜走了。千山一路慢慢走着，拐了个弯来到胡杨家门前，他们家也像其他人家一样，在门口摆了几张桌子，上面放着许多做好的小玩意儿。千山装作被上面形形色色的小绣球吸引住了，忍不住驻足挑选。杨婶在桌后笑脸相迎，说道："小姑娘，我家里还有许多不同花样的小绣球，要不要跟我进来挑选？"千山欣然答应，转头说："阿忆你和我进来选，你们其他人就在外面等着付钱吧。"说完，就跟着杨婶进屋中了。

这时，胡杨正站在街头，手中提着一个灯笼。他远远瞥见千山跟着母亲进去了，说时迟那时快，趁着一阵风吹来，他一扬手，灯笼里的蜡烛倾倒，烧到灯笼上，他假意是风将蜡烛吹倒，烧着了纸灯笼，而蜡油滴到自己手上。他"嗷"地叫了一声，一甩手把点燃的灯笼扔到一旁的柴草堆上面去了。风助火势，烈火熊熊烧了起来。过路的人们不知发生了什么，只见火光熊熊，慌忙去找水来救火。胡杨却又大喊一声："灯笼着火，来年红红火火！烧了柴草，来年招财又进宝！"他周遭的小朋友听着，都"咯咯咯"地笑了起来，学着他的样子把灯笼烧着扔到柴草堆中。眼看火势越来越大，人群熙熙攘攘，在街上挤成一团。千山那几个侍卫见状，慌忙喊："救火！别让火烧过来伤到居次。"说罢，都纷纷跑去救火了。可惜人们在街中你推我挤的，一下子都被堵在了路中间。

阿忆在门外盯着，见时机已到，匆匆返回屋中拉了拉千山，又示意杨婶可以做好准备了。阿忆抱着千山，说了几句离别的话，杨婶也拍了拍阿忆道："放心吧，我会照顾好她的。"说罢，阿忆冲出屋去。那群侍卫方往回赶，见阿忆慌忙朝他们跑来，口中喊道："不好了，居次跑到人群里去了，快去找找！"说着，她朝街中的人群指去，人们正往另一条巷子涌去，场面十分混乱。侍卫们听她这么说，也连忙跟着她一起跑去，口中一边喊着"居次、居次"，一边慌忙寻找着。

过了许久，外面人声渐消，杨婶探出头去看了看，见四下没有侍卫守着，便带着千山出了门。此时千山已经换上事先准备好的平民衣服，头上、身上的装饰也都取了下来，扎起羊角辫，脸上抹了灰土。杨婶带着千山从另一条岔路走，直奔向汉人区的南城门。出了城门，见胡杨已经赶着几匹马在那里等着了，泽恩也提早回到客栈把千山的包袱拿过来，并换上了提前准备好的另外几个包裹放在客栈中，免得旁人起疑。泽恩把行囊交给胡杨拿着，又把买来的干粮和多余的银两交给杨婶，轻声道："我不能再送你们了，一切小心。"说罢，三人上马，与泽恩挥手而别。千山只觉得脑中杂乱，由不得多想，就随胡杨母子策马南去。

泽恩在他们走远之后,忙赶回长街上,恰好看到阿忆等人从不同方向而来。泽恩抢先说道:"我刚去南边城门找过,没看见居次。"阿忆听他这么说,知道千山已经走远,便也说自己没寻到,说罢,她不禁呜咽起来。其他侍从也纷纷称自己没有寻到,见阿忆和泽恩这两个贴身侍从都吓得脸色发白,不由得一下乱了神,七嘴八舌都讨论着计策来。

　　这时,只见一队人马从斜巷中跑来,看样子亦是王庭的人。为首的见五居次的侍从聚在一起,显得慌乱,便过来向他们询问。阿忆见这个人有些面善,应该在大阏氏那边见过,听旁人叫他老訚。这个老訚的确是完察萍派来采购粮食的。所谓兵马未动、粮草先行,完察萍见王庭上年秋天储备的粮食已在寒冬中消耗得差不多,而漠北又卷入战乱中,便派老訚带着一队人马到汉人区来囤些粮食回去。

　　阿忆忽然见到大阏氏的人,难免慌乱,她硬着头皮将事先想好的说辞讲了一遍。老訚听了,皱紧眉头道:"我劝你们还是尽快回去禀告单于吧,让他多派些人过来帮着找找。我们有要事在身,还须尽快赶回,帮不了你们找居次。"阿忆慌忙阻拦道:"侍卫大哥行行好,你可千万不要急着禀告单于。五居次眼看就要去和亲了,在这节骨眼上把她弄丢了,你说我们怎么和单于交代啊?求侍卫大哥给我们些时日先在这汉人区找找,便是饶了我们的小命了。"说罢,阿忆装作吓得直磕头。其他人一向认为居次身边这个阿忆姑娘智勇双全,又受居次待见,向来以她马首是瞻的,此刻大伙儿都吓得嘴唇发青、六神无主,纷纷赞同她说的话。

　　老訚见他们一致同意阿忆所说,也不好再干涉,由得阿忆他们继续去满城地找,他便领着自己的人调头返回。可这个老訚跟随完察萍多年,绝不是个简单的人物,他觉得此事蹊跷,趁阿忆等人走后,他又拐回长街上,到胡杨的屋子附近逛了逛;而后打探到千山众人下榻的客栈,独身前去客栈中检查大伙儿的包裹。当晚,他便带着部下连夜赶回王庭中去禀报。

王庭之中，单于听闻这几日匈奴的部众接连取胜，心情大好，正唤三个阏氏到大营中与自己一同用膳。刚倒上酒，只见一个侍从慌忙来到大营中，禀告道："报单于，五居次在汉人区失踪了，还请单于查明。"单于听闻千山不见的消息，直称荒唐！他一开始以为这人是千山的部下，怒骂道："你们这群奴才真是白养了！看个灯会把居次都给弄丢了！"说罢，就要命人把老訚拉出去砍了。完察萍忙插话道："老訚，你不是奉命去运粮吗？怎么会有五居次的消息？还不快快道来！"忘忧没想到消息这么快传回王庭，还被大阏氏的人插手了，一时不知千山他们是否顺利，心底惶恐得很，新忧旧怨一起发作，"呀"地一声就昏了过去。鸾凤慌忙扶着她，玛拉也递上一杯水来。老訚将所见所闻一并讲了，完察萍边听着，边瞥了忘忧一眼，边在心中冷笑一声。待老訚说完，她还是走到忘忧身边，安慰道："二妹妹，你先别慌，听老訚这么说，事情怕远没有这么简单，还是有转机的。"又扭头问老訚道："你说可疑，不妨直言，好让单于明鉴。"

　　老訚看向单于，见他也让自己说，应声答道："回单于、阏氏，我那夜劝说五居次的侍从回王庭禀明情况，可他们却害怕担责，只愿意在汉人区寻找。素来听闻五居次身边的侍从敢做敢当，怎么会说出这么懦弱的话来？小人也问过其他侍从，他们称有个叫泽恩的，平时最喜欢逛庙会，可居次失踪那天他竟然没跟在一起，后来又独自从城门归来，实在可疑。还有那个叫阿忆的，是她和旁人说居次跑到人群里了，当时居次身边只有她，谁会知道其中经过呢？还是这丫头让我不必回来禀报。依我看，他们本身就有嫌疑，要找回居次，还请单于另派人随我去寻，当中还有不少疑点待一一查明呢。"

　　忘忧方才清醒过来，又听他分析了一番，只觉心里发毛，怕他说出更多的破绽，忙打断道："快别说了，许是那些侍从没遇过这么大的事，都乱了阵脚,眼下还是派人找千山要紧啊。"单于正欲发话,只听旁边的玛拉抢先道:"单于最近日理万机,又有漠北的战事要运筹,本就寝食难安,玛拉很是心疼。大阏氏忙于筹备战粮之事,二阏氏身子不好,依我看,还是由我去代为处理吧。"完察萍"啧"了一声,只道:"三妹妹,你才从波斯远路赶回不久,又要管此事,未免太劳累了吧。"可玛拉只笑着称:"无事,反正图拉走后我也怪清闲的,千山自幼惹人疼爱,我只当是亲女儿一样上心。"单于向来信任玛拉,听她这么说,也答应下来,分出一批部下来,连同老闫一起,让他们都听从三阏氏的号令。

当日,玛拉就带着一行人出发去汉人区寻找千山。临行时,她不忘去安慰忘忧道:"姐姐放心,汉人区虽疏于管治,但毕竟是我们匈奴的地方,千山不会随随便便就弄丢的,我一定会给你一个交代。"忘忧方才听老闫称还有许多蛛丝马迹,深感大事不妙。本来单于越迟知道这件事越好,怎么半路忽然冒出个老闫来报信,这时千山他们一定没有走远,眼下又有大批的兵马去寻,他们还哪里躲得开。她的唇齿颤抖着,说:"玛拉,让你费心了,我们做母亲的,都想孩子过得好。阿忆那几个孩子失了职,罪该万死……有时孩子做得不对,还请你开开恩。"这话明面上是在让玛拉饶恕阿忆那几个侍从,可是玛拉在去汉人区的路上反复琢磨着,越发觉得忘忧话中有话,不甚明白这话里的意思。

到了汉人区,玛拉安顿下来,便把老闫唤来,问他还发现了什么线索。老闫回禀道:"三阏氏,我那晚在他们走后,又去看了看千山居次光顾那户卖绣球的人家。我过去后,敲了许久的门都没有人应,后来,我用力把门撞开,发现里面空无一人,只剩下许多元宵节的小玩意、一些做马具的工具和一些残旧的衣裳。我就觉得奇怪,那天虽说百姓们都慌忙逃窜,可到那个时候,他们也应该回家歇息了,怎么那户人家却没了人,家中的东西也不见了,倒像是出逃了一般。后来,我又打探到居次的客栈,去检查了众人的包裹，看有没有什么线索。我想，若是居次她有意离去，说不定里面会留下书信什么的。不承想，当我打开居次的包裹时，却发现里面的衣裳虽然都算是鲜艳，但做工极差，不像是居次平常的衣物，倒像是在这汉人区临时买的，连大小型号都不一；那些由二阏氏亲手缝制的精美衣服，竟一件都没有在里面。我想，哪怕是居次无故失踪，也不会连包袱都被拿走，还精心作了掉包吧？"

玛拉听了暗暗吃惊，她感慨于老闾的观察力，她渐渐也觉得整件事是有意而为之。她不动声色，继续追问道："那你觉得最大的嫌疑是什么？"老闾有些得意道："三阏氏，莫不是居次和她的随从们早与那户人家串通好，现在已经逃之夭夭了？"玛拉仍平静地说："好，我已经大致了解了，你先回去休息吧。"待老闾退下，她不由得推想着忘忧的话，莫非整件事忘忧是知道的，那番话是叫她放过千山？

夜里，玛拉连忙悄悄将阿忆和泽恩传来。这两人假意到处寻了几日，这天忽然听闻单于派人来查明情况。若是王庭的人把居次追回来，整件事就泡汤了。他们坐立不安，到夜里果然被唤去。两人抬头一见是三阏氏，心中少了几分恐惧，但双腿止不住瑟瑟发抖。阿忆先开口，认罪道："小的不得力，没能照看好居次，现在居次不见了，实在应该处罚，任凭三阏氏发落。"玛拉见两人还不改口，先发制人道："你们好大的胆子！别以为我不知道是你们放走了千山，害得单于和二阏氏日夜担忧！早就有人怀疑你们了，都报到单于跟前去了，你们还不承认？"阿忆和泽恩没想到这么快就被揭穿，吓得脸色煞白，猛地跪在地上求情。阿忆跪着向前，一边道："三阏氏，是我的错，千不该万不该想出这样一条计策来放走千山居次。求三阏氏怜悯千山居次，小的实在不忍看着居次被送去荤粥那神秘偏远的地方和亲呀。三阏氏，你就帮我们一回吧！要怎么处罚都降在我们身上，可千万不要去抓回千山居次啊！"玛拉不动声色，喝道："你们可真够大胆啊，想要瞒天过海，现在竟然还要我来帮你们蒙混过关，看来是翅膀长硬了。"

泽恩见阿忆全揽在了身上，也鼓起勇气道："三阏氏，请您开恩！要是千山居次被抓回来，不仅要被送去和亲，而且这欺君之罪，恐怕连忘忧阏氏、清嘉阏氏也会受牵连。望您体谅二阏氏身为人母的心情，这次她任由我们胡为，是因为二居次已不在二阏氏身边了，她辛辛苦苦从大汉过来，万不能再叫她眼睁睁看着女儿重走自己的老路了！有什么责罚，泽恩一人承担，请三阏氏开恩。"阿忆咽下一口唾沫，也颤抖着说："三阏氏，你和单于的真爱能匹天地之长久，可你看各个居次却和心中所爱有缘无分，都免不了被王庭的枷锁束缚，连年纪最小的千山居次都不能幸免。三阏氏，求你就饶了千山居次吧，她这一去，沦为一介民女，往后再也见不到二阏氏了，也已是对她最残忍的责罚。"玛拉不禁感叹道："千山果真甘愿舍弃一切，沦为民女出逃？"阿忆见她动摇，更是声泪俱下道："二阏氏曾说过，只要千山居次一生平安快乐，哪怕是她们母女今后永隔也无憾。除此之外，实在是没有法子了。"

其实玛拉来之前也有听闻荤粥之事，当她知道连忘忧也一块儿骗单于，就被她的舐犊情深所打动；她上次忍痛将图拉送回波斯已经于心不忍，这次眼看千山又遭厄运，便有意站在她们这一边，想好要帮千山一把。加之她平时素来欣赏这两个机灵的随从，只是想试探他们是否果真重情义。恰恰他们的一番话说到她心里去了，便一下子展现出笑颜，抬手道："起来吧，这次我助你们一臂之力。不过你们要信任我，只管把全盘计划讲给我听，我才清楚要怎么帮千山。"阿忆和泽恩又惊又喜，没想到三阏氏不但不怪罪，还答应帮他们。他们知道三阏氏素来说一不二，也是有情有义之人，何况如今她是居次的救命稻草，当然信得过，便再三叩谢，将事情和盘托出。

这次毕竟要瞒天过海，玛拉自己也没有十足的把握，如果弄巧成拙，果真就像他们两人说的那样牵连甚广。玛拉听罢，嗔道："你们做事好不谨慎，现在那个叫老冏的侍从已经怀疑你们了，还闹得惊动了单于和大阏氏。他是个厉害的人物，千万不要小觑。这样吧，我明日就带人出城去寻千山以掩人耳目，顺便把老冏也带在身边，不让他起疑心，也免得他再捅出娄子来。你们说千山他们会去定远郡，我避开不找就是。"阿忆和泽恩拜谢了三阏氏。次日，果然见玛拉的队伍留了一部分人在城中，剩下的人分头去找，独没有往定远郡去，他们也一直没有打探到千山的音讯，两个侍从这才略微定下心来。

第三十回

狠兄妹有意堵生路　善母子无悔担死罪

再说王庭这边，玛拉走后一连几日都没有传回关于千山的消息，单于成天郁郁寡欢，对于漠北战事也没有过去那般上心了。他的脾气愈发暴躁，大营内外的侍卫都不敢轻易惹他。忘忧也常常闭门不出，据鸾凤所言就是成天以泪洗面。措木央好几次想去看望她，都被鸾凤拦在外头，谢过她的好意，措木央只得吩咐侍女小娜送些属地进贡的药材给二阏氏补补身子。她自己在这原野上无趣地逛荡了一轮，觉得有些泄气。草原上已经开春了，可今年的王庭却因战事和人事显得毫无生机。可惜斯图亚哥哥身在漠北领兵打仗，不能陪在自己身边，她便仍去找母亲完察萍。

完察萍正斜躺着，让阿央也坐到自己身边来。完察萍问道："怎么无精打采的？你方才又去看望单于和二阏氏了吗？"措木央点头，叹气道："我只去给单于请了安，见他在训斥部下，便退了出来；二阏氏总不肯见我。千山妹妹丢了，他们两人也跟着丢魂落魄了，好没意思。"完察萍冷不丁说道："阿央，难道你不觉得，二阏氏这段时间好生奇怪吗？"措木央不解，她细细思索，并没想到什么端倪，只道："二阏氏一到冬天，身子一向不太好，懒得理人也是正常啊。"完察萍微微一笑，坐起身子，一边把火炉子拿来烤火，一边道："看来你观察得还是不够细致啊。几天前，单于还没说让千山去辇粥，忘忧倒来自投罗网。如果放在以前，她哪怕仅是听到风声，还不苦苦哀求单于打消这个念头？哪有这么快认命的？"揩木央说："这确实可疑，不过有可能是她深知撼动不了单于的旨意呢？"

完察萍自己把手烤暖了，又抓住揩木央的手放在炉子上方取暖："说是这么说，可她如果真这么认为，那她该知道自己陪女儿的时间不多了，怎么不跟千山一同去汉人区，又偏偏还让千山往外跑？"揩木央又疑惑道："恐怕二阏氏身体抱恙，所以才没有跟去吧？"完察萍瘪瘪嘴，把火炉子一脚踢开，放下揩木央的手，说："我觉得生病就是个借口罢了。而且你看千山失踪的消息传回来之后，当母亲的一般都会发疯似的亲自去寻找。她倒好，整天把自己关着，也不知道在打什么算盘。我倒觉得，整件事都是她们母女自己策划出来的。本来老闾已经捉住了他们的破绽，若他来告知我，这件事早该水落石出了；哪里想半路杀出你那三阏氏来，还自动请缨要去找，说不定也是和她们一路的。"

揩木央听了完察萍的一番话，也觉得母亲说得有理，突然来了兴致，说："阏氏一说，我也觉得她们似乎不太对劲，所以千山她莫不是害怕和亲故意逃走的？她们也够大胆的啊，竟敢公然违背单于，不过总瞒不过阏氏的眼睛。"完察萍有些得意地笑了，说道："快去和你单于也说说吧，我怕他还被蒙在鼓里呢。"说罢，便赶着揩木央往外走。揩木央正欲出去，完察萍又叫住她："阿央，以后整个江山都是你的了，要学聪明些，千万不要那么容易被迷惑啊！还有，往后你的那些个姐姐妹妹都走了，王庭难免没有那么热闹，你倒是要习惯啊。"揩木央应声出去。

揩木央带着小娜去到单于的大营外，小娜有些忐忑地劝道："居次，单于他正在火头上呢，我们又没有什么证据，就这么去恐怕不太好。"措木央也停下脚步，思索了一会儿，才道："我也觉得不妥，可阏氏让我去说，大抵有她的道理。何况，单于先前总鼓励我将自己的见解直说给他听，说不准他又想考验我呢。"说罢，她果真进大营中去，把完察萍刚刚的分析一五一十地给单于说了一遍。单于脸色很差，听到后面，径直骂道："阿央！没有真凭实据你别胡说！你二阏氏、三阏氏是怎么样的人，我心知肚明。忘忧从来不敢自作主张，玛拉也从来刚正不阿，怎么会合伙来骗我？你这个做晚辈的，不要肆意去猜测！快退下去。"措木央本来兴致勃勃地说着，小脸红扑扑的；可单于如此严厉的一番话，马上把她骂得灰头土脸的，只答一句"单于，我知道了"，就灰溜溜地退了出去。

措木央心中憋着一股闷气，蹲在草原上将那初春才长出的草芽拔起来撒气。小娜知道四居次是个好面子的人，向来又是被单于好言哄着的，这下被单于说了一通，定是觉得掉面子了，她便劝解道："好居次不要恼，单于只是着急，并非有意要责怪居次。"措木央抬起头来，忿忿道："你平日里总恭维我，说我最得单于宠爱，我倒觉得单于对五妹妹更好。如今她走丢了，单于都忘了明辨是非，倒对我发这么大的火。若换作是我有什么闪失，恐怕单于和三位阏氏才没有这么关心呢。"小娜忙分辩道："居次万不可乱想，小的哪敢让居次有什么闪失。或许……或许单于急着找五居次回来，是想让她去和亲罢了。我们居次日后是要成大事业的，才不会计较这些呢。"措木央听了，心中才好受些。

这时，身后忽然有人喊来："说得在理！"措木央主仆猛地一惊，一回头见是冒千烈站在身后。千烈走上前来，用手勾了勾小娜的脸，让她先退下去，而后又朝措木央行礼道："央妹，好久不见。"措木央有些不耐烦道："千烈表哥，你怎么来了？"千烈见她脸色不好，拉起她的手，温柔地说："我过来是有事找单于的。让我看看，是谁惹央妹不高兴了，不妨说与我听？"措木央见他又来迎合自己，也讥笑道："你去找单于，怕不是又要被他训责一通了？"千烈忙问其故，措木央便如数说了。谁知千烈一听，直拍手道："央妹和姑妈真是未卜先知的活神仙！我这次来正是想和单于说，千山根本不是丢了，而是逃走了！"措木央听他证实了自己母女的猜想，也有些兴奋，忙问："这么说，你是抓住了她们什么把柄了？"千烈也顾不上去见单于了，忙牵起措木央的手，说："走，央妹，我带你去见一个人，就一目了然了。"

两人来到一个营帐里，见地上正跪着一个被五花大绑的人，身上满是伤痕血迹。措木央惊诧道："这个人是谁？"千烈哼了一声说："这个人，是那个清嘉阏氏的随从！一个没用的狗东西。"千烈让措木央先坐上营帐中央的主位，才缓缓道来："央妹，你也知道，你千鸿大哥不是娶了个汉人公主嘛。汉人没一个是好东西，自打那婆娘嫁来，我总是小心提防着她，生怕她生出什么乱子来！那天我和哥哥从右贤王庭过来听单于的差遣，那个清嘉婆娘也嚷着要跟来，说是来看二阏氏。晚上，我偶然看见清嘉和她这个从汉地带来的随从密语些什么，然后这人就马不停蹄地跑出王庭。我不放心，也偷偷派人去跟踪他，看他要去办什么见不得光的事。果不其然，这个人真的是被派去通风报信的。"

那天晚上，这个随从一直往定远郡那边跑去。那夜北风呼啸，风声掩盖了马蹄声，他一直没有留意有人始终在身后几里跟踪着自己。过了汉人区，他刚停下来歇息，忽然身后来了两个壮汉，三拳两脚将他打倒在地，吼道："说，你是干什么的！莫不是要去私通汉人来打匈奴？"这个随从被打得死去活来，连连求饶："大人饶命啊，我只是奉清嘉阏氏之命去给定远郡的长官送信，其余的我实在不知道啊。"一个壮汉骂道："狗东西！信呢？还不快交出来！"随从把信拿出来拆开，可上面写的全是汉字，千烈那两个手下也读不懂，便命他将信上的内容全部读出来。那个随从起先还不服软，扯谎道是清嘉阕氏写信答谢定远郡长官的招待之恩。他们两人听着觉得不对，又见他读得磕磕绊绊，一边转着眼睛似乎在想什么诡计。另一个壮汉便一把拎着侍从的头发将他抬起，恐吓道："狗腿子！这里是汉人区，我随便找个汉人来，就知道信上写的什么，你竟还敢瞒骗我们？"说罢，另一个人抽起马鞭，对着他又是一顿毒打。这个侍从被吓得半死，还哪有胆撒谎，便一五一十地把信上的内容读出来。听了清嘉她们的计谋，千烈手下那两人对视一眼，其中一人先将这个侍从五花大绑押了回来。这会儿，千烈正准备把那封信交给单于呢。

　　措木央听千烈说完，似乎尝到了一丝报复的甜头，道："下贱的东西，竟敢设计拐走我的千山妹妹？"说罢，就要提起马鞭去打那个被绑的人，好出一口气。千烈笑着劝道："央妹，何苦动气，小心这汉人的血污了你的鞭子。"措木央也乐起来，说道："好表哥，依我说，你先别那么快和单于说。我们将计就计，去把千山抓回来，再去禀告也不迟，免得单于又说我们没有真凭实据。"千烈也哈哈大笑道："央妹可是和我想到一起去了，我另一个侍从那天就已跑去守株待兔了；把这个人押回来后，我又派了些部下去增援。我现在过去，估计你那个千山妹妹已是网中之鱼了。"措木央也笑起来："那就有劳千烈大哥把我千山妹妹接回来了。"千烈一口答应："央妹，你就等我好消息吧。"说罢，便带着一队亲信到南边去与先前的人汇合。

　　那天千山跟胡杨母子走后，三人不敢耽误时间，连夜快马加鞭地不停赶路。为了逃避追兵，他们常要绕远路，在路上也须耽搁几天。杨婶怕千山太累，夜里便找个客栈或者人家投宿，等两个孩子休息足了，次日再赶路。一连几日都侥幸没有遇上匈奴追兵，他们也逐渐定下心来。这天晚上，三人在客栈中吃过晚饭，一起围着火炉取暖聊天。杨婶欣喜地告知两个孩子道："我方才问过客栈老板，他说就这么沿途走下去，明天日落前就可以到达定远郡了。"两个孩子都欢呼起来，杨婶看着他们俩疲惫的笑脸，也笑起来，用手轻轻抹掉千山脸上沾的灰，又拍了拍她的衣服，说："千山，你的衣服穿了几日，也都脏了，等会在包袱中找找有什么衣服可以换着穿吧！"千山打开包袱，交由杨婶查看。

杨婶发觉里面除了些平常的日用品外，衣服多是匈奴样式的；因都是忘忧亲手缝制，就连看起来稍简朴的衣裳，比起平民的衣服也显得格外精美雅致，要是换上这些，未免太惹人注意了。加之开春以后，沿途常有劫匪专门抢掠过路人的钱财，入汉地后也会接连遇到盘查，若因衣服惹了是非，倒不好了。杨婶不由得有些后悔，当时实施计划时间紧迫，来不及给千山在汉人区随便买几套衣服更换。

千山见杨婶久久注视着她从王庭带来的衣服，生怕她发现了自己的居次身份，忙轻轻唤了她一声。听杨婶好言道："千山乖，这些衣裳我们不能穿了，你平素的衣服比我们普通的好些，我怕到时会露出什么破绽来，甚至不要带上才更妥当。好孩子，你一会儿就挑几件贴身衣物，剩余的就先不带吧。待我们到了定远郡，杨婶再给你买好看的。"这些衣服已是我较为普通的了，没想到在这里还是比旁人的好上几倍，千山暗自思忖道。无论如何，只要杨婶母子没有看出自己是居次就好，这些衣裳只当是自己过去的生活，留下了便忘了吧。千山听听话话地应了下来，按杨婶所交代的做了。杨婶身边一时半会儿没有小女孩的衣服，只能先拿胡杨的衣服给千山当外套穿着。千山个子小，胡杨的衣服显得宽大极了，她穿的衣服能遮到膝盖，袖子又宛如伶人的水袖。杨婶也乐了，帮她把袖子折几折，千山才把手露了出来。

趁着杨婶去外头烧水的工夫，千山整理起自己的包袱，把不要的衣服留下。胡杨见她果断，对那些漂亮衣裳没有过多不舍，唯独攥着一件华丽的红色嫁衣犹豫良久。这件衣服是她对于美好未来的希冀，就像上次那样，她如今仍不舍得就此丢下。见胡杨好奇地凑过来看，千山有些害羞，而后还是大大方方地将衣服在床上展开来给他看，道："这是我亲手做的。"胡杨看到，赞不绝口。千山叹气道："只可惜，我可能带不走了。"胡杨坚决不同意："这怎么行，这件衣服肯定花了你不少工夫！又这么有意义，怎么说都要带上啊。"千山连连摇头称："不行不行，带着它，给人发现了这么好的布料，肯定会怀疑我们的。"胡杨开玩笑道："那倒不怕，别人问起了，就说你是我未来的妻子，以后就要穿着这件衣服嫁给我，我自然要倾尽囊中之财给你买下最好的布料来。我就不相信别人会说什么！"说着，他一手搭在千山的肩膀上。

恰好胡杨妈妈过来看到这一幕，笑骂道："你小子别胡闹，当心吓着千山妹妹了。"胡杨倒嘴硬，一脸认真地说："反正千山妹妹以后是跟着我们的，不娶她我娶谁？我谁也不娶！"。千山本觉得有些害羞，听他一番话，心里确是有说不出的快乐。杨婶给两个孩子倒上茶，一手搂着一个。三人就这么在火炉边说着笑着，千山觉得自己仿佛已是这个家中的一员，少了许多对王庭的牵念。

次日，他们离开客栈还没多远，便见一个蓄着大胡子的匈奴汉子从旁跳出，在前面截住他们，笑语盈盈地问道："是千山居次吗？我们定远郡的长官收到清嘉阏氏的来信，特意让我来领你们去，还请跟我走。"千山听是定远郡的人来接应，顿时心花怒放，刚想应答；可杨婶见此人是匈奴人，说是来接他们去汉地却说着匈奴语，他孤身一人，身后也没有随从，脸上的笑意似乎隐藏着凶狠，叫人毛骨悚然，只怕是来者不善。她忙接过话："什么千山居次？我都没听说过。我们只是平民，我丈夫在中原做生意，我此行就是带着两个儿女去找他，何须劳烦你们长官呢？"那个汉子正是千烈派去跟踪送信人的侍从，他本想按照信中内容，假扮成定远郡接待的人，在这里守株待兔。他并不认得千山居次，自己平时常跟在千烈小王左右，但小王少去单于庭不说，每次去都离不开四居次；千山居次又常跟在二阏氏左右，更是难得出来见一次。他方才是见眼前的小女孩和五居次约莫年纪，这才过来试探。他见他们没有上当，又细细打量着这个女孩，看她蓬头垢面，身上的衣服恐怕也是捡她哥哥剩下的，看样子也不会是千山居次。他一脸狐疑，还是放他们去了，不过仍一直在他们后边远远吊着，一边再观察着其他过路人。

绕开这个胡子大汉后，杨婶总算松了一口气。她不忘叮嘱孩子们说："看来，我们的行迹暴露，已有匈奴追兵在缘路盘查。你们两个千万不要被轻易套出自己的身份，别人喊你们的名字也不要答应，知道吗？任何人提起清嘉阏氏和定远郡之事的都不要承认，只按我刚刚的说辞去应付就是了。"两个孩子乖巧点头。胡杨不觉疑惑方才那个人为什么叫千山为"居次"，但他看现在形势紧迫，母亲无暇理会自己，千山妹妹也一脸紧张，他不敢问太多，只好作罢。

那个胡子大汉跟了他们一段，忽听得后面传来阵阵马蹄声。他回头一看，原是千烈小王派来增援的侍从赶来与自己会合了，还有一队别的人马跟在他们后头。他们一边向他跑来，一边问："大胡子，你有没有见过一个女人带着一男一女两个孩子？他们应该就在前面不远，那个女孩就是千山居次！"大胡子侍从大惊失色，一边拍马奔驰，领着众人向前赶去，道："他们就在前面不远！我刚刚……嗐，被他们骗了，快追！"而后又扭头问道："可我实在觉得他们不像，你们怎么确定就是他们？"后面的人也赶上来，其中有一个人答道："我们刚经过一个客栈，店老板在门口张罗着卖一些小女孩儿的衣服，吹嘘衣服做工精细，不少人围过来抢着要呢。我们过去一看，见上面好几件匈奴样式的衣服都有我们王庭的图纹，我们怀疑就是千山居次遗留的衣服，便全部买了下来。我们追问那个客栈老板，他说这些都是一个带着一对孩子的妇女留下的，一大早就沿这条道往南走了，说是去定远郡的。那就是千山居次无疑，我们便追过来了。"

等到后面跟着的一队人马也赶了上来，胡子大汉指着他们问："这些人是谁，怎么和你们一起？"又一个人回答道："这不就是大阏氏的部下老訚嘛，这次还是他回去给单于报信的。他领着几个千山居次的随从在路上碰到了我们，便想跟我们去认一认，就知道那几个人是不是千山居次他们了。"胡子大汉点着头，还没追问什么，旁边的老訚就抢着说道："兄弟，你们都是右贤王庭的人吧？嗬，你们有所不知，我前几日跟三阏氏去找人，那三阏氏派人分头去找，可明明千山居次最有可能逃到南边的定远郡，她却偏不派人来这条道。我几番和她提议，她都叫我不要过多干涉。我寻思着觉得蹊跷，便偷偷带人跑来这边寻，没走多远啊就碰见你们的人了。你说千山居次这事闹得，连右贤王庭都惊动了也是够能耐的。话说你们是怎么打听到的？"胡子大汉没有理会他，只搪塞了几句，一行人快马加鞭，没多久就追上千山他们。

还没等千山他们反应过来，那些侍从三下五除二就把三个人控制住了。老訚忙将千山以前的随从带上前来，那随从哆嗦着指认道："中间的就是我们居次，这个男孩我认得，就是那天在街上纵火的，还有这个妇人，正是那晚把千山居次骗进屋的那人。"见形势一目了然，老訚颇为得意地笑了。其他人听闻，纷纷把胡杨和杨婵绑起来押走。他们不敢对千山居次蛮横，还是客客气气地请她上马，在周遭围着她不让她再次逃跑，等千烈小王来了再听他处置。

一路上，任凭千山怎么哭闹，侍从们也无动于衷。那几个被老訚带来的旧侍从觉得愧对五居次，都躲到队伍后头去了。千山见右贤王庭的人待胡杨和杨婵无礼，压着他们在马下行走，还时不时用马鞭催着他们走快些。千山忍不住发脾气道："你们好歹识相些，他们是我的恩人，你们看在我是居次的分上，也该对他们好一点吧。快帮他们松绑！让他们也上马来。"右贤王庭的侍从们见千烈小王不在场，哪里敢和千山硬碰硬，只得遵照吩咐做了，不忘在四周把他们仨紧紧盯死。

一行人回到千山他们昨夜投宿的客栈住下。他们将千山送到房中，几人在外头把守着，胡杨母子则被扔在了马厩里。时至饭点，侍卫将饭菜端来给五居次，千山抓着那人焦急地问道："你们把饭给我恩人吃没有？"见那侍卫摇头，千山就要冲出去给他们送饭。那侍卫哪里答应，频频拦着。千山一怒之下便拽着那人一并出去，口中嚷道："你怕我逃了不是？干脆和我一起去得了！"若仅凭千山之力，哪能拽得动那侍卫，可那侍卫怕她胡来，不敢不从，也只得跟着她去。千山取了饭菜来，亲自把饭送去马厩中，见胡杨母子被看得死死的，千山不忍，朝侍卫喝道："我们再不对，也要吃饭啊，把人饿出什么问题了，看你们怎么交代？"侍卫们没想到这平素柔弱的五居次，今日竟屡次发起那么大的火，都只能灰溜溜地退到一旁去。

趁着吃饭的工夫，三人总算能说会儿交心话。想到昨夜三人还在围炉夜谈、其乐融融，今日三人却皆为阶下囚，真是世事难料，命运弄人。千山见再也瞒不住了，内心的愧疚感把她整个人压得无法呼吸，她朝胡杨母子跪下道："杨婶、胡杨，我实在对不起你们，我其实是匈奴的五居次，却一直隐瞒自己的身世骗你们。我这次其实是被单于逼去莘粥和亲，但我心有不甘，想逃走。这件事从头到尾都是为了我，现在让你们受牵连，我无论受到什么样的惩罚，都于心不安啊！"胡杨这憨小子之前还真的丝毫没有怀疑过千山的话，如今听闻她是居次，不由得万分震惊。杨婶忙扶她起来，将她搂在怀中，安慰道："傻姑娘，其实从你引我们去见忘忧阏氏，还有从这一路以来的种种迹象来看，我啊，早就猜出你是居次了。"千山愕然，在杨婶臂弯间流泪问道："杨婶，你既然早已知道我的身份了，也必然知道带我出逃是天大的罪状，为什么……为什么还要帮我？"

杨婶坦然笑道："我当然知道一旦行迹暴露就是大祸临头。可是我帮你是义无反顾的，哪管什么惩戒？"她转身摸着儿子的头说："胡杨打小我就教他，做人最重要是懂得知恩图报。阏氏和居次三番五次帮我们，我们自当尽力去报答，又怎么会因为惧怕后果而畏畏缩缩呢？再加上你年纪轻轻就要被派去和亲，换作是谁都会心疼不已，单于怎么竟这么狠心！现在听你一说，我更觉得我们所做都是值得的。唉，只可惜，我们始终没帮上忙，二阏氏定是焦心坏了。"千山听杨婶提起母亲，心中更是难过。

胡杨一手拍着母亲的背，一手牵着千山的手，安慰说："是啊！千山居次，我们帮你是义不容辞的，反正只有这一条路了，都是赌一把嘛，说不定能逃出生天呢，你不要太内疚了。"千山听胡杨知道自己是居次后，果然叫得生分了，忙说："胡杨哥哥，你不必叫我居次，我当时……就是怕这样才没有告诉你的。在我心里，我们本就是一家人，万不可再疏离了。"杨婶如昨日一般搂着两个孩子，亲切说："千山说得对，我们就是家人，若要受惩戒，甘愿一同承受。"两个孩子为之动容，一瞬间仿佛什么都不再惧怕了，只希望这一夜永远不要过去。

第三十一回

动情晓理劝单于　弄巧成拙舍千山

冒千烈辞别了措木央后，马不停蹄地往定远郡赶去。这天晌午，他远远就看见一行人朝自己而来，等他们走近，见正是自己的随从押着几个人回来，千烈心中窃喜，想着大功告成，总算可以带回去给央妹一个交代。他眯眼打量着中间马上那个女孩儿，见她蓬头灰脸，穿着不合身的男子衣服，许久才认出她是千山居次，心想：这丫头乔装的技术果然了得，难怪可以三番五次地逃脱，不过最终还是败在我手里。胡子大汉向他把情况一一禀明，千烈见千山死到临头了，还敢作威作福，让胡杨母子骑着高头大马，像上宾一样对待，真是岂有此理！他冷笑道："我来晚了，看来是让千山居次受委屈了。这两个奴才，竟敢把千山居次拐跑，我看他们是活腻了。"说罢，他骑马走近胡杨，一鞭子将他抽下马，杨婶见状，心如刀割；千烈又举起马鞭，狠狠抽在杨婶身上。

千山一瞬间泪如泉涌，她知道这个千烈大哥是个狠角色，忙跳下马，一把抓住千烈扬鞭的手，毫无昨日对待侍从们的威风。她哀求道："千烈大哥，这都是我的错，是我为了逃避和亲才出逃的，他们什么也不知道，是我撒了谎，才让他们把我带走，他们根本不知道我是居次，这一切都和他们无关，请不要责罚他们！"千烈听见千山承认，心想计谋得逞，立即换上一副险恶的嘴脸，吩咐道："来人，把那两个狗奴才都给我用铁链锁起来，押回王庭去。"他手下高声应答，报复般地将二人粗暴地锁着。胡杨母子一边由得他们凌辱，一边还嚷着："要责罚就责罚我们吧，是我们拐了居次，居次是无辜的。"千山的心中在滴血，但她知自己理亏，只能用干涸的双眼怒视着千烈。千烈冷笑着，也用马鞭向千山的坐骑抽去，说道："走吧，居次。"那匹马嘶鸣一声，带着千山向前冲去。

　　一行人回到王庭中，正巧看到那队莘粥使者正在草原上向单于请辞。千烈叫众人在一旁等着，只身走过去，只听莘粥使者说："单于，我们实在不能再等了，若两地不能结成姻亲，是有缘无分，我们今日就先行告退吧。"单于也不做挽留，道："久等了，请向你们首领传达我的问候。"使者正行礼告退，千烈向前一步，在单于耳边说着些什么，单于脸色一沉，皱起眉头，对使者说道："请留步！我们的千山居次前几日外出迷路，现在已然寻回，还请你多留一日，和亲之事，自有打算。"使者心中疑惑，稍加迟疑，还是跟着匈奴的侍从回去等待了。单于把使者打发走后，千烈从怀中将那封信取出，递给单于。单于打开信，唤来一个汉人把信中内容完完整整地念一遍；他又朝千烈所指的方向看去，果然见两个平民被锁起来扔在地上，而自己的女儿千山，却装扮得和乞丐一般，不成体统地坐在马上。单于勃然大怒，立即转身回大营，并叫千烈把千山三人押上来，又叫人把忘忧、清嘉等人传过来问话。

　　忘忧听闻今日莘粥使者就要回去，而三阏氏多日寻千山未果，本以为一切就要平安无事了；怎知忽然来了几个侍卫，在自己帐子外叫喊着要传自己去大营，心中直喊不妙。又听鸾凤本以"阏氏身体抱恙"的说辞拒绝，却被侍卫蛮横地推到一边，忘忧连忙走出帐子问是何事，侍卫冷冰冰地说:"二阏氏,单于传你过去大营,到了你便知晓了。"说罢,就请她往前走。她正走了几步,身后鸾凤也被押了起来,一并带过去。在去大营的路上,竟还遇见了同样被带走的清嘉阏氏。忘忧与清嘉对视了一眼,心中已经猜到七八成,看来千山的事情败露,她们亦在劫难逃了。

果然,才到大营,就见胡杨母子手脚都被捆上了铁链,与千山一同齐跪在大营中间;单于则黑着脸端坐在那;右贤王浑谷邪同千鸿、千烈竟也来了,浑谷邪脸色阴沉,千鸿一脸茫然,而千烈则在一旁得意地看着,就连他那一些随从也跟在后头看热闹。忘忧全身战栗,不知单于将要降何罪于她们,只得与清嘉一同站在千山的身边。千山抬头看向母亲,弱弱地喊了一声"阏氏",眼泪便止不住地流。忘忧心疼不已,她们母女难得重见,却是大祸临头,只觉苦涩。措木央收到千烈报去的消息,也携完察萍急忙赶来,坐在千鸿、千烈兄弟身边等着好戏开场。

单于将千烈交给他的那封信往地上一扔,怒斥道:"你们好大的胆子!现在都敢联合起来蒙骗我了!是不是还觉得自己的计划很周密,要来造老子的反?"清嘉远远看到那正是自己写给定远郡长官的信,她心中懊恼不已,万万没有想到差错竟出在这个环节。单于说罢,那送信的随从被押了上来,单于一怒之下挥刀砍下了他的首级,当场血滴四溅,也溅到了清嘉的裙摆上。看着自己昔日随从的血从他断颈处汩汩流下,清嘉吓得面无血色,腿一软,径直跪了下来。她颤抖着认罪道:"单于,整件事都是我的错,这个计谋也是我出的,都怪我……怪我教唆千山居次这么做,单于你就处罚我这个始作俑者吧,这一切都是我安排的,万不可冤屈了旁人。"单于提着那把淌血的刀走到清嘉面前,怒道:"原来是你这个狡猾的汉人女子,当时我们好心救你,又许你嫁给千鸿。你现在倒好,竟反过来教唆我的女儿逃跑?若不是你。丁零怎么有借口来攻打我们?我将你千刀万剐都不为过!"

他正提刀要砍，听千鸿走上前指着清嘉骂道："死女人！你丢尽了我们右贤王庭的脸！"千烈要拦也拦不住。单于迟疑了一下，还是收住了刀，哼道："别以为你不是我王庭的人，我就管不了你，整个大漠都是我呼延顿的！更不要以为你有了身孕我就可以饶了你，我要你母子小命，是易如反掌。"千烈听闻，有些不快，不过这个表情一闪而过，很快他附和道："单于说得对，这种女人留着有何用，迟早给我们匈奴带来灾难！不妨请单于替我们右贤王庭解决了她，免除后患。"

杨婶听这个姑娘原来就是大汉和亲来的清嘉公主，现在大着个肚子还要与他们一起受罚，她心不忍，跪着往前挪了几步，手脚上的铁链发出哐哐响声，说道："单于，带走千山居次的是我们这些不识相的小人，要杀要剐，你就降罪于我们吧！何苦伤了王庭的和气呢？"单于听了，怒目斥道："你们这些狗奴才还嫌死得晚吗？别以为你说几句识相话我就会放过她。你们这些下贱的东西带坏居次，叫居次成天和你们混在一起，还想把居次劫走，我绝不会放过你们的狗命！你们要找死，我就割下你们的肉来，扔到外头喂狼！"

千山见单于这次要动真格，而这些最亲的人都被自己所牵连，她悔恨不已，也连连叩头求情道："单于，是我自己害怕去莘粥和亲，才做出这大逆不道之事，清嘉阏氏是被我逼的，我阏氏也是不知情的，更不要说胡杨哥哥和杨婶，他们连我是居次都不知道。整件事因我而起，我千山甘愿一人做事一人当。单于，恳求你不要牵连其他无辜的人。"忘忧见千山把罪名全揽在身上，更心痛了，也跪下恳求道："单于，千山不懂事，是我这个做母亲的没有引导好。她从小黏着我，看着几个姐妹都要离开，便耍小孩子脾气任性了一回，闯出这个大祸来。单于，要责罚的人是我，而不是千山啊。"单于本就在气头上，现在一看，个个都争着受罚，仿佛丝毫没有悔意，更是怒火中烧，说道："好啊！既然你们一个二个都想领罪，这还不容易吗？你以为你们串通起来我就不敢罚你们吗？我满足你们，一个都不会放过！来人，把他们都给我带出去活活打死！"

"慢着！"只听大营外有一个女子跑进来阻拦，原是玛拉。她前些日子见那个老闫莫名失踪，本就觉不妥，便领着泽恩、阿忆等手下人回到王庭；一回来就见大营中出了这样的大事，不由得大惊，连忙带着阿忆、泽恩冲入大营。单于见到她，脾气稍微收敛了些，说："玛拉，这事和你无关，你就不要管了。"又顺势朝千烈后面喊去："还有你，措木央，你也出去吧，这里没有你什么事。"

刚说完，忽然下面传来一个声音，道："启禀单于，恕我不敬，阿忆和泽恩那两个侍从恐怕蒙骗了三阕氏，才让三阕氏也和他们站在一边，搜查的时候特意避开定远郡那一路。若不是千烈小王帮忙，恐怕五居次就要被放走了，望单于明察。"单于眉头紧皱，朝说话的人看去，正是老闫，此刻他正站在千烈身后。单于瞪了他一眼，喝说："谁是谁非我自会查清，用你多说？"又命人将泽恩、阿忆绑起，带到胡杨母子身边跪下，道："我说怎么不见了你们两个小奴才，休想这么蒙混过关！来人，给我狠狠地打！"阿忆和泽恩认罪道："此事实属小人之过，三阕氏只是被我们蒙混，与她无关。我们两个下人愿替居次受罚。"忘忧、清嘉身边的侍女如鸾凤等人也纷纷跪在主子身边说道："我们也甘愿替主子受罚。"

不承想，连玛拉也跪下求情道："单于，我确实是知情，故意不去定远郡一路寻找。不瞒单于，我怜悯千山年幼就要被和亲，又欣赏两个忠仆的赤诚，所以也忍不住出手相助。汉人有句古话叫'法不责众'，望单于网开一面，我们都知罪了。"完察萍在一旁听了，冷不丁说道："这叫什么话，什么'法不责众'？我看啊，若以后都说什么'法不责众'，匈奴哪里还管得住，都乱套了。"单于见平日最心爱、最信任的玛拉都与他们联合起来和自己对着干，完察萍的话简直是火上浇油，雷霆大怒道："好啊，好啊，丁零未灭，你们今天倒是一起来造反了！留你们在就是作茧自缚，干脆全都从我眼前消失，我呼延顿要这广袤疆土有何用，到头来竟连身边人都留不住！"

玛拉见单于侧身喘着粗气，直锤自己胸口，她心中难受，便起身走到单于身边，帮他拍着背顺气，轻声认错道："单于，这次实属是我们太自作主张了，没有尊重单于的旨意，挑战了您的权威。方才我们还这么理直气壮地争相认罪，实在是伤了单于的心。"单于听玛拉在耳边细语温存，也冷静了一些，却还是甩开了玛拉的手，指着众人道："好啊，你们这些阏氏、居次是翅膀长硬了，丝毫不把我放眼里了。先有努哈敏，再是图拉，现在连千山也要反我！那我干脆一人给你们一块地，自己独立出去算了，还留在我这个王庭作什么？还叫我单于作什么？"

他又喘了几口气，继续道："忘忧，你平时唯唯诺诺，遵循法度，从不敢做过分的事情，没想到你这次竟然允许她们这么做！还有你，玛拉，你从来都是最能分得清情理的，这次你主动提出要去找人，我都如此信任你、感激你，你却和她们串通一气！你们太令我失望了！千山，你是我最小的孩子，我平时也疼你，而你却做了什么！你阏氏说你不懂事，哼，若是不懂事，哪能在外面混成个鬼样，害王庭花费兵力寻你！"

忘忧惭愧道："单于，我们这次实在是太胡作非为了，可心中从没有对单于大不敬的想法。千山尚小，我一个做母亲的不忍她受这个委屈，更何况我自己已经走了远嫁这条路，暮雪也离了我，所以才一时冲昏了头脑，出此下策，辜负了单于的信任。"玛拉也附和道："单于，我一直敬重你、爱慕你，从我追随你到匈奴那一刻就未曾改变。单于称赞我分得清情理，但之所以分得清情理，才会知道理只是冷冰冰的条框，情才是联通人心的纽带。我当时确实想依理处置，却被二阏氏的亲情、千山的痴情、胡杨一家的恩情和随从的忠诚所打动；想到年轻时我也任性了一回，弃理留情跟着单于来匈奴，现在都不曾后悔。我和二阏氏同为人母，能够理解她的爱女心切。我们这次一失足犯下大错，还望单于不要一时气急酿成千古恨啊。"浑谷邪这时也在一旁劝道："是啊单于，两位阏氏说的不无道理，今日既然大家都平安无事，何不稍加惩戒，就此作罢，像以前一样，一大家子和和美美的岂不好？"倒是完察萍有些不满地瞥了大哥一眼。

单于语气稍微软下来了一些，说道："看在右贤王为你们说话的分上，我就饶了忘忧和玛拉，但并不代表其他人就不用责罚。我知道，你们这些人，包括我那其他几个逆女，这段时间总是不把我放在眼里，是觉得我老了，不像年轻时那么威风，能够叱咤疆场、征服大漠了。我接连打了好几个败仗，又身负重伤，丢了附属国，现在还被别人压在我头上打，你们都觉得我没用了，凡事不用再过问我，可以为所欲为了！我本来没想让千山去荦粥和亲，才反复思量，迟迟没有答应使者。不过现在，我是不会再犹豫了，千山一去，徒增我匈奴实力，打倒丁零、驯服荦粥，这一来，离我统一漠北的宏愿就不远了！我要借这次与丁零的较量，让你们看看我呼延顿宝刀未老。传我命令，召见荦粥使者，后日便派千山居次去荦粥和亲，不得有误！"当众人听到原来单于并没有下定决心把千山送走，如今反而弄巧成拙，都懊悔不已。

千山见事情已成定局，而自己欠旁人的已经太多了，便上前一步，朝单于拜道："单于，千山愿为匈奴汗国略尽一丝薄力。若千山去荦粥和亲能抵消大家的罪行，千山甘愿承受之后的一切。还请单于开恩，免去几位阏氏的罪责；胡杨母子过往与我有深厚交情，我与阿忆、泽恩主仆一场，也请单于免去他们的死罪吧。这当是女儿启程前最后恳求单于的事情了。"单于微微点头，道："既如此，我也答应你一次。泽恩、阿忆你们两个奴才，虽然是非不辨，但看在你们忠心耿耿，作为责罚，你们就跟着居次一起去荦粥。居次年幼单纯，你们记得时刻保护居次左右，照顾好居次。"两人忙谢恩道:"单于放心,我们定以性命保护居次。"鸾凤等侍女也被单于罚去干一些杂活作为处罚;杨婶和胡杨则被从平民贬为奴隶:胡杨被扔去养马场帮忙打马钉服役,而杨婶则被分配去给士兵们缝补衣服,两人都任由匈奴人肆意差遣。至于清嘉,单于看向右贤王庭的人道:"这是你们右贤王庭的人,我就不插手了,留给你们处置吧。"千山见单于开恩,心中总算少了些愧疚。众人见千山为他们恳切求情,得以留存性命,也是感恩戴德。唯有完察萍见单于就此处理,有些不悦。

该罚的也罚得差不多了,单于勉强笑笑,对千烈道:"千烈,这次有劳你把千山居次送回来,又查明了此案,我定会好好嘉奖右贤王庭的!回头我把前些日子打下来的白虎皮给你送过去,用来当靠垫很是舒服。"千烈忙跪下谢恩。这时,只听他身后的老闫说道:"单于,这次我连夜回来报信,又和右贤王庭的弟兄们一同去寻五居次,也算……"单于只是哼了一声,没有搭理他,还没等他说完,便和前来的莘粥使者搭上话:"我们已经商量好,后日将千山公主送去莘粥和亲,你们一路可要小心侍奉。"使者却犹豫着问道:"单于,你们的千山居次突然走失又突然寻回,未免有些蹊跷,试问其中缘由?我们回去也好交代些啊。"

老闫见单于不搭理自己,便又欲向莘粥使者居功道:"其实千山居次她……"单于听闻,立马喝道:"无知小人,你莫凭着是大阏氏手下的老人,就敢大逆不道!来人,拉出去砍了!"左右听闻,便上来要把老闫拖走。老闫挣扎着,一边喊道:"单于,我没有功劳也有苦劳,为什么要砍我?"单于冷笑道:"你屡次不听主子号令,从队伍中出逃;又忤逆犯上,无端猜测主子的事情。你是聪明,可眼中只有是非,没有君臣、没有主仆,如此之人,留你在王庭,将来就是个祸患。"他被侍卫架了起来,连喊着:"大阏氏救我。"完察萍心中不忍,欲向单于求情,可眼看着单于铁青着脸,还难得容得下半分情面?可怜老闫,聪明一世,却成了这场博弈中的替死鬼，在完察萍的冷眼中被拖了出去，三两下就被砍下头和手脚来，扔到荒山野岭喂狼去了。

千烈手下的侍卫都惊得失色，丝毫不敢多言什么。单于又喝使者："你一个荜粥使节，问这么多干什么？我们匈奴王庭中的事，不是你应该打听的。难道你们大王派你来，不就是为了劝我们和亲吗？现在目的达到了，你还想说什么？你便按吩咐把人带回去就是了。"使者不敢再多问什么，只得领命退下。单于又朝其他侍从喝道："你们这些人，谁敢把今日之事泄露一句，刚刚那个人就是你们的下场。"侍卫们纷纷发誓自己绝不会说出去。为千山保住尊严，是单于这个做父亲的，最后能为女儿做的事了。

清嘉被千鸿兄弟连拖带拽地带回营帐中，千烈一路上总把她的过错挂在嘴边，反复教唆千鸿道："这女人引来了丁零，还差点把我们右贤王庭的面子丢光！大哥，我劝你，还是一刀下去，免得留下个什么祸害！"浑谷邪听见，呵斥儿子道："你住口！丁零来搅和不过是无理取闹，是个汉子便亲自到沙场杀敌，别总是在这挑拨离间地怪你大嫂。你小时候我教过你'得饶人处且饶人'，单于都放过她们了，你还干涉什么？何况你大嫂怀有身孕，你总事事针对她，好意思吗？"千烈做着样子赔了不是，却在心中默默咒骂着。

千鸿也忿忿地对千烈道："我的女人，该教训也轮不到你。你先去管好你那堆……给你陪睡的侍女吧！"说罢，便把清嘉一把拽走。后面跟着的侍女劝阻道："千鸿大王当心伤着腹中胎儿。"千鸿浑身酒气，随即挥拳向那些侍女打去，教训："叫你们多事！"而最后一拳则挥在了在清嘉身上，骂道："你个臭婆娘，尽丢我的脸！你只是和亲来的汉族女子，等我以后娶了央妹，再把你休了，你就知道……惨。"说完也骂骂咧咧地出去了。

浑谷邪见两个儿子这样，也叹了口气，对清嘉道："清嘉阏氏，我们父子眼看就要出征，你有孕在身，还是尽早回到右贤王庭休养身子吧，别再掺和无关的事情了。往后，你无事便不要常来单于庭打扰二阏氏她们了，还是多和我的阏氏们照管好右贤王庭吧。"说罢，他冷冷地吩咐侍女道："来人，送清嘉阏氏回右贤王庭休养，你们要好生照顾。"清嘉明白自己惹出这事端来，右贤王不责罚已是开恩，如今限制自己不得擅到王庭也在情理之中；只是可惜不能送千山妹妹，往后也再难见到二阏氏和暮雪了。

清嘉带着侍女和侍卫们，神情恍惚地走出王庭，欲备马回右贤王庭。当她经过大营时，只听得里头单于正跟那些荤粥使者密斟着什么。听得那荤粥使者道："……我们荤粥仍沿袭了过往的部落联盟选举制，但又有所不同，选出的首领与家人住在王庭中，掌握大权，不过只有十年之任。我们荤粥中部落不多，便在其中轮换不休。我们首领才方上任不久，便遭丁零的威胁……""既如此，不如我们……"单于随即凑近些与使节们说了一番话，清嘉在大营外听得不清，只隐约听到什么"十年约""届时送回""不得告诉旁人"等只言片语。那使者应道："好，我们首领也有此意，反正往后与他无干，不必再过多牵连，只求共度眼前之困局。"清嘉听了这几句，便也走远了，她不了解匈奴的传统，思前想后都不知其然，只得将疑团藏在心中，策马离开。

清嘉回到右贤王庭住下后，处处小心谨慎，生怕又惹下什么乱子，也不敢再擅自去王庭中找二阏氏了。烦闷时，她只得和侍女们闲谈着，或是帮衬着其他几个阏氏。在女眷们的精心照料下，不多久，清嘉诞下一女，唤作弄晴，这也是她这段时间以来难得的欣慰。之后她照料着新生的婴孩，生活总算是有了记挂，脸上也浮现出笑意。往后，千鸿对清嘉更为冷漠了，他嫌弃孩子吵闹，借着清嘉要照顾孩子而疏远她；有时酒后来了情欲，便将婆子、侍女连同孩子一并赶出帐去，来找清嘉发泄。清嘉别无他法，只能默默忍受，心底也设法宽慰道：所幸千鸿只是幻想着央妹，要打要骂都是偶然的事；却也不像千烈那样成天花天酒地、左拥右抱，还成日明里暗里嘲弄针对自己。亏得自己所嫁不是千烈，这还勉强好些。

第三十二回

疏提防新娘遭抢　急相救阿忆脱身

临行前,忘忧陪着千山在帐中做着最后的打点,阿忆等侍女帮忙收拾行装,泽恩则去和荦粥的使者接洽,一块儿备好车马。千山如今已然失去之前面对单于时一口应下去和亲的勇气,她内心抽搐不已,话也跟着少了,顾不上收拾,整个人就在床边蜷曲成一团。正如同人惧怕死亡一般,这种恐惧感来源于未知。去了荦粥还能否回来,她不知道;荦粥到底是怎么样的,她不知道;那个和亲的人是怎样的,她不知道。自己过去之后,如能像母亲和清嘉姐姐这般隐忍度日,已是觉得欣慰;若像恕恕姨妈一样受尽折磨,或是连恕恕姨妈的处境都不如,该如何是好?这种快将人逼疯的情绪忽然一下子爆发出来,将白昼渲染成黑夜。

忘忧知她心中忧虑,可一时竟不知如何劝解,只得默默帮着收拾,将愁苦咽下肚中。阿忆打破沉默问道:"二阏氏,五居次之前落在旅店的衣裳还在那些侍卫那儿收着,不知还要不要去取回?"千山脸上漠然,嘟囔道:"不要便不要了,衣服经了他们的手,我才不稀罕要回。"忘忧却叹道:"话不是这么讲,你这一去,也不知道何时能回来。随身的衣物能带就多带些吧。阿忆，你去取回来吧。"千山也没有辩驳，阿忆便应声去了。

待取完衣裳，阿忆快步绕道后头的伙房去，打量着身后无人，便进了伙房中。阿忆的父亲正是在王庭中当伙夫，平时两人各自忙于伙房的工作和照顾五居次的起居，偶尔在闲时才得以相见。阿忆此次就是想顺道来与父亲作别，毕竟此番去莘粥，以后便难再见到亲人了。"爹！"阿忆见到脸上、手上都是煤灰的父亲，便快步朝他跑去，紧紧挽着他的双臂。见到父亲这一刻，阿忆才能做回她这个年纪的小女孩儿，心中满是对亲人的不舍。阿忆父亲也听闻女儿要随居次去莘粥的消息了，他心里很不是滋味。这孩子自幼丧母，自己在她身边陪伴的时间又不多，眼看年纪轻轻就要到山长水远的地方去了，自己这个做父亲的哪里愿意？可他终究是一介穷苦奴仆，哪里能为自己和女儿做得了主。

他见女儿专程抽空跑来伙房，为的就是临别前能和他见上一面，他慌忙将手在衣服上抹了几下擦干净，也拥着女儿。这个姑娘从来坚强，跟了五居次后更是如此，如今却在自己面前哭得像个泪人儿。他心痛不已，用略微干净的手背替她抹去脸上的泪，道："哎哟、傻姑娘！我们不哭、不哭啊，你这一去，还能随五居次回来的嘛不是，又不是见不着了……哎呀，你看我这手脏，把你脸都弄花了，快不哭了啊……"阿忆抓紧机会哭诉道："可是爹，我舍不得你，也舍不得在汉地的奶奶，我们许久都没有回去看望她了。"阿忆父亲也抹了一把泪，道："孩子，没事啊，你爹我在这儿好好的，不要担心；你奶奶那边，我也会托人捎信问候她的。关键是你，在莘粥要好好珍重，还有别忘了照顾好五居次啊。"阿忆点着头，又听父亲道："好了孩子，我知道你抽空出来的，快回去吧啊，别让五居次等急了，要怪罪你可不好了。快不哭了，当心弄脏了居次的衣服。要好好的啊！"阿忆也赶紧抹去眼泪，与父亲匆匆挥别。

她走出伙房时，恰巧听见两个厨娘在一旁讨论着，一个说："听说五居次就要和亲到荤粥了，这么个水灵灵的小姑娘，也是不容易。"另一个人应和道："可不嘛，唉！我听说荤粥部落是上古遗留下来的，那么荒蛮的地方，那个首领估计也不是什么寻常的人。"先头那个道："天啊！这么说，岂不是比和亲去丁零还要遭罪？哎，可怜五居次了……"阿忆听了只觉得反胃，慌忙快步离开；一面告诉自己谣言可畏，一面又忍不住作最坏的打算。

等她快步回到五居次的营帐中，只见千山正持着剪子，将那件红色的嫁衣剪成碎布，二阏氏在一旁极力劝阻着。阿忆大惊，连忙也过去拉下居次。原是千山方才听她们提到那些衣服，忽然想到这件红色嫁衣。这件象征着美好的衣裳，是自己带着憧憬，缝下一针一线，三番五次被自己珍藏着带在身边，始终没有丢弃；可到头来却是一场空，自己终究是逃不过这个噩梦。她只觉心碎，说着："我注定是得不到美满的，还留着它做什么？反正去那僻远之地，我才不要穿着这么好的衣裳去。"一边就用剪子将其撕毁。忘忧见好不容易才抢下来，心有余悸地握着女儿的手，安慰道："不穿便不穿吧。好千山，你不必多想，荤粥与世隔绝、自给自足，又因历史悠久颇受众部落的敬重。听闻那边不会像漠北其他游牧民族那样凶狠霸道，你瞧他们的来使，看得出那边的人该有一定的修养，说不定那是个优秀的首领呢。荤粥虽然遥远，但深居简出也安全不少，以后和匈奴结盟，更是有保障了，乖女儿你不必太担忧。"

千山那满是泪珠的脸上总算燃起了一些希望，她本想扭头寻求阿忆的肯定，却见阿忆的神色不太对，眼神连连躲闪。千山惶恐，拽着阿忆的手连连追问。阿忆毕竟也是个孩子啊，自己本来心中就半信半疑的，哪里瞒得住，便把方才听到厨娘的议论都说了。千山心中好不容易燃起的火光瞬间化成灰烬，她甩开阿忆的手，哭喊着冲了出去。忘忧又气又急，忍不住一巴掌朝阿忆扇了过去，又追出去拉着千山，劝道："傻丫头，不要相信外面闲杂人等说的流言蜚语。千山，你知道吗，正是因为荤粥神秘得很，外人不了解才会乱猜测。或许是那个荤粥的君主为了不让外界轻易进犯，才故意流传这样的谎言恐吓外敌……"千山此时什么都听不进去，好像在那一刻，她的心已经死了。阿忆受了委屈，在营帐中偷偷抹着泪。她看向被扔在地上碎裂的嫁衣，想到居次过往是如何用心对待它的，有些不忍，便还是悄悄地将其叠好，收在自己的包袱里，等以后有机会了再交给居次。

千山跑出去后，一心挂念着胡杨和杨婶的处境，她打听了一轮，赶到他们服役的地方去悄悄看着。胡杨母子穿着破破烂烂的衣服，正在这臭烘烘的养马场上做活儿。千山踌躇着要不要去与他们作别，她怕此时相见，只会徒增双方的伤悲；可若不见，唯恐往后都难再见面了，于情于理都过不去，会留下毕生的遗憾。千山缓缓走到他们跟前，胡杨母子见她到来，终于直起腰来，疲惫的脸上露出笑意来。千山欲拉他们的手，杨婶忙道："千山居次，你怎么到这脏乱的地方来了……唉，当心我们的手脏。"说着说着，三人只觉得悲戚，千山仍拉起两人的手，可一时间话都哽在了喉头，泪，也淌尽了。

她只隐约听得杨婶真真切切叮嘱了一番，就转身离去，留下胡杨与自己独处。胡杨见千山眼神空洞，眼睛已红肿，他在衣服上擦净双手，小心翼翼地从口袋中取出过去千山送他的那条手帕来，苦笑道："这条手帕，就留在我这里啦，好让我也留个念想。"千山低头看着手帕，又抬头看着胡杨，目光在他脸上游荡着，应道："好。可若是我想你们了，我该怎么办？"胡杨环顾四周，又摸了摸身上，挠挠头，有些悲戚道："可惜我这里都没有什么可以给你的……噢，对了，你要骑去荤粥的马，便是我给它打的马蹄铁，打得稳稳的，就是兼程赶路也不怕。"此刻他是多么恨自己的平凡，恨自己什么也不是，以至于心爱的人走了，却什么都帮不上。

千山听着这话，终于恸哭起来，悲伤仿佛侵入了两人的骨髓。胡杨不愿千山太悲戚，又试着安慰道："千山妹妹，你以前曾说自己是个平庸的人，不如你几个姐姐那样，能够为匈奴汗国有所贡献。这次……是不是也算是闯出一条路来，和你的姐姐们一样，也是匈奴的英雄！"千山摇头道："我不要做什么英雄，我只想和你从前一样，能够做一介平民就好。现在这样又有什么用呢？我只希望追求平凡的幸福。"胡杨恨自己长了一张笨嘴，又惹起了千山的伤心事来，不觉也和自己生着闷气。千山回想起过往自己装作是普通的汉人姑娘，两人享受过的那些平凡快乐的时光。而今一人为阶下奴，一人为天边雁，个中滋味愈发难受了。千山不愿再以这种可怕的沉默，凸显两人无法用情感描摹结尾，只凝视着胡杨说一声："胡杨哥哥，我走了。"便要扭头回去。胡杨在身后喊了她一声，几番挣扎着想上前拥抱她，却不敢以他如今的身份胡作非为，也只含泪道了珍重，便目送着千山走远。

临行时，千山拜别了单于，而后再不理会其他相送的人，只是紧紧地拉着母亲的手。她强忍着泪水，不愿母亲在离别时过度悲伤。茫然间，她回头瞥了一眼众人，似乎在寻找暮雪姐姐和清嘉阏氏，却猛然想起暮雪远在氐羌，清嘉已然被赶回右贤王庭了，又怎么可能会送自己。这一去，恐怕这一生都难和两位姐姐再相见了。她拉着母亲的手更紧了，加上了这份思念。忘忧把千山送上马车，对她连同阿忆、泽恩三人千叮万嘱，千山悄悄别过头去不想再听，她怕再听下去，泪水就会流出来。车马启程之际，忘忧又忍不住再上前来抱住这个挚爱的小女儿，千山再忍不住，号啕大哭。那一瞬间，忘忧仿佛觉得千山被这个世界遗弃在那天涯海角，又孤独又无援，也终于卸去那份振作，跟着淌泪。千山一行人远去了，忘忧也该回去了，只剩这无声的泪水流淌了一路。

千山他们到荤粥去，免不了要经过丁零，若要避险绕开，恐怕要费许多周折，耽误一段日子。泽恩恐丁零那边得知消息会有什么风吹草动，三番五次和荤粥使者提议道："依我看，我们还是绕开丁零过去吧，不然这么光明正大经过丁零，恐有危险。他们前些日子与匈奴打得焦灼，而今才趁着月亏，双方收了兵，若被他们缠上，可不是这么好对付的。"使者皱眉，说道："我们这次秘密而来，没有人惊动他们，丁零那边应该并不知情，若按理说不会有什么变故。我们荤粥避世，按照惯例都是尽量在夜间行路，挑小路而行。我们不妨如此，也不容易被丁零人发现。之前居次的事情耽误了好些日子，我怕这次回去晚了，可就难向首领交代了。战事时机紧，可由不得我们啊。"泽恩他们听闻，也不好再反驳什么，只得按他说那样夜行小路，就是难免昼夜颠倒、一路奔波，即使千山在马车中坐着，也觉得有些吃不消。

　　再说丁零王狄灭才方平息了战火。这些日子他们丁零连吃了匈奴几场败仗，莫说不能从匈奴赚来领土，还没少损兵折将，狄灭心中气愤，誓要给匈奴一个教训。这天，他从线人那里得知，大漠上许久没有消息的上古部落荤粥竟主动派使者去找匈奴，而后还传闻说匈奴要和荤粥联姻。狄灭气急败坏，骂道："好他个荤粥，我早就想兼并你，苦于一直没有寻到，这次竟自投罗网了；好你个呼延顿，想要和荤粥一起腹背夹击我丁零？哼，可没这么容易，你是小瞧了我狄灭了！"忽而他又笑道："好啊好啊，我看你这次不是把居次送去荤粥，而是给我送上门了。我让你看看什么叫弄巧成拙。再顺便跟着荤粥的人去端了他们的老窝，让这些个不自量力的东西通通栽在我的手里！"说着他把桌上的东西习惯性地推洒在地，喊一句："来人！"几个侍卫唯唯诺诺地进来了。他先是低声在他们耳边说："你们去安排一下，在路上设伏劫车，把人给我带回来！"等到侍卫们答应正退出去，又喊住他们道，"记得，留几个活口回去通风报信。"

然后仰天大笑，如痴如狂。

　　一天夜里，众人按着原计划行进，阿忆陪着千山在马车中休息，任由其他人簇拥着她们星夜兼程。一队人正在一条狭隘的小道上行进着，两边都是黑黢黢的灌木丛，浓密的云层遮盖着月光，就是泽恩这样的年轻小伙，也不免有几分恐惧。忽然，前方两侧灌木丛中传来金属碰撞的声音，微弱但刺耳。泽恩心中狐疑，忙喊着众人停下。可这时已经来不及了，他们的马车被地上的套马索绊得东倒西歪，众人纷纷跌落在地，车内的千山和阿忆也在睡梦中惊醒，叫唤起来。埋伏在两边灌木丛中的人飞身出来，他们的衣着样貌果真是丁零人，随从们皆奋力与其搏杀。趁众人不备，猛地有人掀开马车帘子，把里面两人套入大麻袋中劫走。其他人见阴谋得逞，也不恋战，扔下死伤一地的随从，也跟着上马飞奔而去。泽恩和使者伤得不重，无奈那些人已走远，他们无力去追回居次，只得先稍微整顿受伤的其他随从，连忙上马分头报信。

　　狄灭正在大营中喝着酒，听得来人报告已将匈奴居次带回，十分得意，把酒碗放在桌上，抬手道："很好！把她给我带去浴火楼，好好关押，别让她给我跑咯！不然……哼哼，你们谁的脑袋都担不起。"手下人听命："小的一定会看好这人！只是她还有一个丫鬟，也被我们带回来了，大王打算如何处置？"狄灭轻蔑地笑道："怎么处置，还用问我吗？想必那丫头也是个小狐媚子，把她扔去万春楼！接下来怎么做，你们自己看着办。"手下的人相互对望一眼，眉开眼笑起来，齐声道："遵命。"就忙退了出去。

　　阿忆和千山一人被两个侍卫押解着，动弹不得。那些侍卫打量着千山和阿忆，随即便要将千山带走，阿忆忙道："哼，你们这些奴才真是狗眼看人低，我才是居次，怎么不先来押我，反倒押我那丫头了？"那几个护卫纷纷轻蔑地笑了："哈哈哈哈，这个丫头片子倒想过做居次的瘾。你看看你皮糙肉厚的，哪块像居次，逞什么能？你也配给大王享用？不过你不要急，你也有一个好地方去。"说完，又纷纷奸诈地大笑起来。千山给他们押走，连连回头看向阿忆，神色中满是惧怕。阿忆挣扎着想跟过去，却被后面那两个彪形大汉推着往另一个方向去了，只能急得干瞪眼，眼睁睁看着他们把千山带走。

两个护卫押着阿忆来到万春楼前，其中一个打了个眼色，另一个人一看就会意。这家伙每次来万春楼，都免不了去找他的老相好，这倒好，把这份美差留给了自己。于是，他押着阿忆，一边往里走，一边在桌上拿起个酒壶，往嘴里汩汩灌酒。阿忆见这明面上是个吃饭的地方，可四周的人鱼龙混杂，不知从何处还飘来些脂粉香气。她不由得皱起眉头，挣扎了几下。那护卫嘴上说要带阿忆去找这里的老板娘，却终于在转角处饥渴难耐，他将酒壶放在一边，便对阿忆动起手脚来。阿忆虽也不娇弱，但毕竟力气不如这侍卫大，周围又是喝酒、又是划拳，声音嘈杂，叫喊又无人听见，眼看就要被这人占便宜。说时迟那时快，侍卫身后伙房的门突然被打开，一个身影猛地从后面拿起酒壶，用力往他头上砸去，把侍卫砸晕，而又将地上的阿忆拖了进去。

阿忆方才被吓坏了，这下好不容易回过神来，定睛一看，眼前这个救自己的人是一个看上去有些丑陋的瘸妇人，她的脸上已有了不少皱纹，皮肤有些皲裂，头发半白半灰的，随意扎着，有不少顺着两鬓垂下，已有垂垂老态。她露出的手似乎比她的脸还要沧桑，微曲的身体仿佛是支架撑起一层枯黄的皮。而她的神色，是用"不怒自威"已经无法形容的可怕，她喜欢盯着人看，不用任何表情便带着狰狞，仿佛一辈子的辛酸苦辣全部干涸在眼中。

老妇人见阿忆用躲闪的眼神打量着自己，也紧紧盯着她看，问她是不是被自己的模样吓到了，是不是害怕自己。阿忆不由得稍微哆嗦了一下，连忙否认道："不会不会，我本身也是个相貌平平之人，恐怕到我老时还不及你呢。"老妇人见她这般乖巧，终于在眉眼间透出一丝笑意，问道："姑娘，你是匈奴和亲去荤粥那个汉人居次吗？"阿忆一怔，否认道："不，我不是千山居次，我只是她的贴身侍女，我叫阿忆。"老妇人看上去有点失望，自顾自地说："我还以为你是忘忧的女儿，原来她叫千山。"之后又喃喃，"不过他们肯定把千山拿去当人质了，怎么可能会丢来万春楼。"阿忆的眼中闪过一丝疑惑和惊喜，她脑中有个念头一闪而过，差点就要脱口而出。不过老妇人听着外头进来的脚步声，便抓着她道："此地不宜久留，我先带你去一个安全的地方。"于是她带着阿忆，挣扎着从伙房的窗户逃出，带着她兜小路先行回到自己住处。

这是一间废弃的柴房，破破烂烂，平常不走动的地方已然全是灰，还有一股淡淡的怪味。老妇人坚信那些可恶的侍卫大官轻易不会到这里，带阿忆来这边肯定最安全。阿忆见到屋中有简陋的床铺被席，才知道这里是老妇人的住处。在这种地方住，简直是过着和匈奴的奴婢一样的生活。她先谢过老妇人的救命之恩，而后不由得脱口问道："婶婶你……莫非是恝恝公主？"眼前这位老妇人正是恝恝，这么多年了，难得听有外面的人叫自己公主，不免感到一丝亲切，同时又惊讶于阿忆竟知道自己的身份，她的眼神变得更加捉摸不透，问道："你怎么会知道我？"阿忆见她果真是忘忧阏氏的亲姐姐，又惊又喜，连忙解释是单于上次拜访完丁零回去，曾和忘忧阏氏提到恝恝公主之事，自己在无意中听到了。

恝恝见这小姑娘认出自己，眉眼间都是欢欣，又听得忘忧还挂念着自己，宽慰不少，感慨道："那个蛮子单于也是的，上次我让他不要在忘忧妹子跟前提起我，他偏不听。我的忘忧妹子啊，听到我这样，可要难受死了吧。这么多年了，总算一直有人惦念我。我何尝不想念忘忧妹子啊，还有她那两个女儿，我倒真想见一见她们。我啊，这一生已经毁了，也罢了……只是忘忧和她两个女儿一定要好好活着。怎么样，忘忧她还好吗？"阿忆忙答："忘忧阏氏很好！有劳恕怨公主费心惦记。"

恕怨却忽然怒道："好什么好？女儿都被送走了，还能有什么好？那个猝犊子单于，难为我上次苦苦哀求他对忘忧母女三人好一点，这些蛮子首领一个个都是狼心狗肺的，早该知道说了都没用。"阿忆猝不及防被她说了一通，一开始当真被吓到，后来却觉得这番话大快人心。阿忆想到千山居次的安危，连忙跪下求道："恕怨公主，求求你想方法救救千山居次，她可是你的亲外甥女啊。"恕怨道："那还用你说？我自然要拼尽全力救她出来。我就是打听到那些烂人要抓千山，于是这几天才四处打探消息。方才碰巧看到那个狗侍卫欺负你，所以也不管你是不是千山了，就先把你救下咯。还有啊，你也不要将那一套礼节搬来我这了，我想我忘忧妹子是应当的，哪有什么费心不费心？反正如今我们俩都是同一条船上的了。"阿忆见恕怨公主的性情有些古怪，但她仗义直爽，与自己是一条心，又对这边熟悉，自己和她在一起时也安心许多，不由得对她由恐惧变成了信赖。

恕怨说："既然你不怕我，那你这段时间先将就着与我一同住在这里吧，我先去打探一下有没有千山的消息。"阿忆再环顾周遭，想着同是汉朝公主，忘忧阏氏与恕怨公主的生活简直不可比拟。恕怨比忘忧大不了多少，却因为这番遭遇，被摧残成这个模样，阿忆不由得十分同情她，止不住眼泪汪汪。恕怨见阿忆湿了眼眶，以为是她觉得住在这破地方受了委屈，便问："怎么样？是不是不情愿住在这里？"听阿忆说明缘由后，恕怨来了这边许久，第一次见有人为她动容，心中也有了久违的感动，她那双眼睛似乎也在慢慢解冻。

恕怨不由得好奇起这个阿忆姑娘的身世，也暂不出去了，和阿忆并坐在一起说话。阿忆也不遮瞒，和恕怨说了自己的身世。原来阿忆的父亲是汉人，年纪轻轻就是一个小将领。有一次，他所在的队伍在和匈奴的战争中被击败，在匈奴人的威逼利诱下，半投降、半俘虏地被带往匈奴。来了匈奴之后，他先是在军中当伙夫，后来单于娶了汉人阏氏，为了迎合她的口味，又把他这个汉人调到王庭当伙夫了，后来还和一个匈奴婢女相爱成亲。那个匈奴婢女在生阿忆的时候难产去世了，阿忆父亲一个男人家的不知道如何抚养阿忆，他身为奴隶又有繁琐的活要干，所幸王庭开恩，允许他送女儿回汉地的家乡抚养。

可他回去之后才发现，家乡的人都因为他降亡匈奴而瞧不起他，更是唾弃这个有匈奴血统的孩子。幸好阿忆的奶奶开明，心疼儿子的亲骨肉，带着她回到自己娘家那边生活，把她带大。那边人烟稀少，乡民朴素，带她回去也没有引来什么非议，只是生活一直清贫。待阿忆渐渐长大，奶奶的年纪越来越大，也该享享清福了，不再经得起折腾。到阿忆十岁左右，刚好王庭这边的千山居次也大了，需要有个比她稍大几岁的侍女服侍。阿忆父亲得知，便把自己的女儿接进王庭中，阿忆的乖巧和朴实让忘忧很是满意，就留她下来做千山的贴身侍女，阿忆起码过上了温饱的日子。当时阿忆和奶奶分别时也是难过不已，这些年只能时常靠书信来往，也见不上几面。这次自己要远赴莘粥，临行前也只和父亲见了一面，都不能向奶奶辞别，内心甭提有多难过了。

恕恕听了阿忆的身世，也很是可怜这孩子。她软下口气问她："忘忧阏氏和千山居次平时待你如何？有没有打骂你，你不妨告诉我听。"阿忆连忙说她们待她都好，二阏氏经常关心自己，千山居次也当她是姐妹一般。可她眼中那点不易被发现的小委屈依然瞒不过恕恕，恕恕又连连追问，阿忆才说："有时忘忧阏氏心系千山居次，情急之下难免会因为居次的事情打骂我几下。不过在我们那边，二阏氏对待我们这些做下人的，已经算是极好的了。"恕恕插话道："哎，什么下人不下人的，你这么伶俐的一个人,我都喜欢得不得了,我那忘忧妹子是怎么回事,以前那么善良温柔,竟也这么待你。不过你也要谅解她,在这些鬼地方,再柔弱的人都要被迫硬气了。你放心,假如我有那么好命,还能有机会见到忘忧,一定要好好说她两句。"阿忆听了十分感动,觉得和恕怨之间更是亲近了许多。恕怨轻轻搂了阿忆一下,道:"时候不早了,我要先去想办法确保千山的安全。你自己留在房中,千万不要发出动静,否则那些恶狗就会来抓你了。"阿忆点头道:"我会的,你也千万小心。"恕怨开门看看四周无人,就静悄悄溜出去了。

第三十三回

千山沦为盘中棋　恩怨不作局外人

　　如今丁零才与匈奴交完手，恕怨来到大街上，看见不少残兵败将正撤回王庭之中，又见许多穿戴整齐的队列往王庭外策马而去，许是狄灭又派了不少兵力去替补增援，估计是要等下一次月盈之时再次朝匈奴发起进攻。其中，人群中有几队侍卫正往城郊赶去，后面还有一些劳工搬着几大摞枕被、竹椅等日用品急匆匆跟着。恕怨在后面悄悄吊着他们，一路跟跄着才赶上这队伍的末尾。她的腿脚不便，再跟下去也觉得为难，只好拦下队末的一个人，问道："你们这是干什么去？"那个人不耐烦，冲着恕怨喊道："还能干啥，给浴火楼送东西去呗。去去去，别挡着我。"原来是浴火楼，恕怨松了口气，也不跟着他们，打算傍晚时分再去一探究竟。

　　这时，她远远看到狄灭的儿子在几个侍卫的前簇后拥之下拐到市集那边去了。恕怨心生一计，也从另一边绕路去市集。这个丁零的王太子狄威大概五六岁，平日里养尊处优的，是狄灭最宠爱的阏氏所生，备受溺爱，养得白白壮壮的。他现在也不小了，狄灭平日闲时总爱带他去学习骑马打猎。今日看来是狄灭忙着处理千山的事，没有时间管他，他才能这么大摇大摆地带着随从出来逛集市。这小子在集市上招摇撞骗，看见摊档上有什么好吃、好玩的，就随手一拿，惹得远处的小商贩都悄悄撤走。

恕怨躲到一个角落里，像变戏法似的把一个鸟形陶哨握在手里，又放在嘴边吹了吹。胖王子狄威正被落荒而逃的商贩惹得无趣，忽然听见墙角一个老妇吹起陶哨，他的注意力马上被吸引了过去。恕怨见他看向自己，又把不知何时变出来的竹蜻蜓和弹弓、泥蛇拿在手中晃了晃，又往里躲了躲，缩在墙后去了。狄威眼前一亮，他虽然常跟着单于去骑马、打猎，十足一个野孩子，但私下里他阏氏从不让他玩这些穷孩子玩的小玩意儿。他寻常在街上碰到了贫民的小孩儿玩这些东西，虽面上不屑，其实对这些小东西垂涎已久，就是没有机会碰。这下可好，他见那个老妇人有意引他过去，便立马支开侍卫，喊道："你们几个没用的东西，那些商贩都走光了，还不快点把他们给我捉回来！"侍卫们听闻，纷纷前去，还有一两个不放心的伴在他身旁。他生怕再耽搁下去，那个拿玩具的老妇人就不见了，急得大叫："你们快走啊，干吗跟着我，再跟着我，我回去叫大王把你们都处死。"那几个侍卫只能不放心地悻悻走开。

狄威来到恕怨跟前，他大概是被玩具迷住了，眼睛死死地盯着，并没有注意恕怨的模样，也不怎么怕她。恕怨拉着他来到一个僻静的地方，狄威不知道她要干什么，便嚷嚷起来："快给我玩啊，你还拿着干啥？"恕怨把手上的东西藏在背后，把手指放在嘴前作出"嘘"声，然后直勾勾地盯着他。或许是被恕怨的气势吓到，狄威不敢再叫喊，有些害怕地退缩一步。恕怨知道那些侍卫很快会寻来，也抓紧时间，开门见山问道："你是不是想要这些玩具？"狄威恳切点头。恕怨说："既然这样，那好，你答应我三个条件，我就给你。"见他没有拒绝，她继续说："首先，你帮我传几句话给大王，听好了，一个字都不能错。你叫他不要对匈奴的居次有任何非分之想，否则她头上随便一根簪子都可以让她了结性命；害死了她，到时便没有和匈奴交易的资本，让他自己掂量。还要让他提防他身边蛇蝎心肠的人加害居次。记住了吗？"狄威似懂非懂地点点头，恕怨让他重复一次刚刚自己说的话，这孩子虽然不懂话中的意思，记得倒是一字不差。

"第二个条件，你不能把这些话告诉其他人，知道吗？"恕怨接着说，"还有，我和你见面这件事，也不能告诉任何人，这是第三个条件。"小狄威点头如捣蒜，就迫不及待伸手去拿那些玩具。恕怨又把手伸得远些，不忘告诫一句，道："小子，别给我耍花招。你不要以为玩具给了你就可以乱说。你只要不遵守其中任何一个条件，玩具就会立马消失。若是不信，你大可以赌一把。"说罢，才把玩具放他手上。狄威为之一振，然后爽快答应下来，飞快地走了。

再说千山和阿忆分开之后，被侍卫带去浴火楼中。她看这栋楼外面都是厚厚的石壁外墙，里面的装潢却全用松木，起到冬暖夏凉的作用。这样的装饰风格在匈奴那边实为罕见，又见底层的地砖尤为精美，中间有一块华贵的白玉石，上面雕着一个太阳，还有两条龙盘着的图案，好像故意放在这里显示王权的权威，只是印在地上也未免奇怪了些。来不及多看，侍卫们就把她推搡着上楼，一直到最顶层的一间卧室里。刚把她推进去，侍卫们就咔嚓一下在外头用铁链把门锁上了。

千山被独自关在房中，难得的独处终于让她的内心稍微冷静下来。这小房间还专门开了个窗户，窗框是也用松木简陋地围起来。她站在窗口前往下看，下面一圈都是侍卫，他们的兵器反射着日光，照得她晃眼。她半躺在床上，努力回想着发生的事情。原本她以为要去荤粥已是最不情愿的事情，但此刻她甚至有些渴望去荤粥和亲，而不是被囚禁在此。她不知道丁零这个敌国将要怎么对付自己，还是说会拿自己当筹码，去和匈奴较量。不过，去哪里不是一样呢？在这也好，在荤粥也好，都已经不能按照自己的意愿生活了。过去的生活又浮现在她脑海中，她试着不去想念单于、母亲和姐姐，还有其他王庭的人，毕竟以后也见不到了，还不如忘掉；可她止不住地想到恕怨姨妈，生怕自己在这里会落得和她一般下场。不过，千山内心仍抱有一丝侥幸，她期盼着单于能将自己解救出去，到时候说不准便不再需要去和亲，又能重回王庭过上从前的生活了。她心里祈祷着，仍抵不过浓厚的睡意，这两天的煎熬让她疲惫至极，很快，她就在胡思乱想中昏昏睡去。

也不知道过了多久，楼下传来了重重踏在木台阶上的声响。千山猛地惊醒，窗外已是日暮，随即便听见了门外的铁链声响起，外头的人纷纷喊着："拜见大王！"再一抬头，只见有个凶神恶煞的猛汉踩了进来，想必就是常听闻的暴君狄灭。千山害怕地打量着，见他身上果然一股杀气，不由得一哆嗦，脑海中飞快思考着怎么去应对，希望尽量不去惹怒他。她故作冷静地看向狄灭，身子却下意识往后缩，前臂微微环抱，放在腹前。狄灭和他父亲一样，素来最讨厌女孩子哭哭啼啼的，当年他父亲狄煞看到恕怨和亲来时哭得稀里哗啦的，瞬间生了厌恶，才一直没有给她好脸色。而这时狄灭看到千山竟然如此冷静，情绪也稍缓和了些。他走到千山面前，色眯眯地盯着千山，忽然又大笑起来，千山只觉毛骨悚然。

忽然，狄灭伸手掐着千山的脖颈，开口道："哈哈哈哈，匈奴的懦夫想要瞒过我演一场好戏？结果还不是给我亲自送上门了。不知道呼延顿得知他的妙计落空，感觉如何？"他得意洋洋地瞅着千山。千山被他挟制着，所幸他的手腕没有下死力，自己还能喘得上气来。她一时不知道如何回答，只好避开他的目光，低下头去。狄灭又道："哼，呼延顿那熊样，还想称霸漠北？我把话撂在这里，整个漠北迟早都是我的，你等着瞧。你落在我手上，是不是不忿啊？"千山听他屡屡口出狂言，还侮辱自己单于，心中气愤，可眼下被这个恶魔控制着，也无能为力，眼下之计还得先讨好他。

千山强颜欢笑，对狄灭说："听闻荤粥是个荒蛮的部落，哪能比得上丁零？大王如此招待我，我落在大王手中，怎么会不忿呢？"千山这么说，本想借贬低荤粥来衬托一下狄灭，顺便也算是自我安慰。没想到一提到荤粥，狄灭就气急败坏，他想到匈奴和荤粥要联合起来攻击丁零，眼中满是怨恨，忽然翻脸大骂，恨不得生吞了这个柔弱的小姑娘。千山怕极了，连忙打圆场说："我们这些小女子又能决定什么，只希望漠北安好。大王你叱咤风云，一定能称霸漠北。"她说这番话时唇齿都在哆嗦，只求狄灭能稍微消消气。

可眼下狄灭仍怒气冲天，已然拔刀出鞘，就要朝千山挥去。在强烈的求生欲之下，千山口不择言道："我都已经被你捉了，你尽可以把我当成人质去威胁单于，又何必杀了我？"狄灭听闻，逐渐恢复了理智，拿她当筹码也是自己原本的想法，便打消了杀念，把刀收回，紧盯着千山。他脸上忽地狰狞起来，愤恨地说："对，你说得对，你就是我的一个筹码罢了，除了不杀你，我干什么都行。我也很久没有玩过年纪小的了。"说完，他将千山一把拽到地上，一只手用力掐着千山下巴两侧，正准备作恶。

这时，突然有侍卫手忙脚乱地闯进来，报说："大王，不好了，狄威王子他不见了。"原是那些侍卫一转眼不见了狄威王子，吓得魂飞魄散，赶紧发散兵力去找，其中几个也匆匆忙忙来报。很快，便惊动了狄灭和他的阏氏。狄灭气急败坏，口中骂了几句。他扔下千山，一刀就把那个侍卫杀死，准备盘问其他人。其他一同前来的侍卫纷纷跪下，求大王饶命。

忽然，从楼下传来侍卫们的一声惊呼，转眼间，那个胖王子狄威便蹦蹦跳跳地跑上楼来，一群侍卫在后面趋之若鹜。狄威口中喊着"大王"，就往狄灭这边奔来。狄灭朝他头顶轻轻拍打一下，又向侍卫骂道："谁叫你们把他带到这里？快回去。"说罢，他带着儿子下楼离开，继而转头说："人虽然找到了，但你们死罪难免，活罪难逃。还有，你们给我守好这丫头片子！"

待狄灭说完话，他们父子来到浴火楼下面，小狄威悄悄凑到父亲耳边，把恕恕说的话如数转告了，他手中紧紧攥着那些玩具，生怕他们忽然消失。狄灭一听，瞬间变了脸色，质问道："是谁和你说的？"狄威忸怩着，坚决不肯说。这时，他的阏氏叉着腰走过来，她听闻儿子已被找回来了，赶紧赶过来。狄威扑到母亲怀中，阏氏转忧为喜，抱着他，说："爷俩说悄悄话呢，我能听吗？"小狄威笑着摇头。阏氏放下儿子，嗔道："大王啊，自从你把那小美人儿藏进浴火楼里，怎么连儿子都看不住了？我看你满心里都是那丫头，我迟早都比不过她的，这倒好，你竟为了这个小丫头片子把儿子都弄丢了，我且饶不了她。"说罢，就带着儿子走开。狄灭反复斟酌着恕恕那番话，心中好像有了些提防。等到阏氏走远，他叫来侍卫，在他们耳边吩咐了几句，也皱着眉离开，不再理会千山。

傍晚，恕恕独身来到浴火楼附近，看见有好几队侍卫来回巡查，目前恐怕还难以靠近，更别提援救千山了。她看向楼上，见顶楼有一个房间亮着烛光，窗口微掩着，里面有人影晃动。这时，有三五个侍卫走向这边，恕恕赶紧在一旁的灌木丛中躲了起来。其中一个侍卫抱怨道："本来守王庭守得好好的，又被调来这里守这闹鬼的屋子，真没劲。"另一个说："对啊，你看那间死人的房子的烛光忽明忽暗的，也是闹心，兄弟，不如去喝几壶酒壮壮胆再来守夜吧。"瞧着样貌，颇像是那天意欲欺负阿忆的那个豺狼，他被恕恕用酒壶敲晕，如今头上还裹着白布条，脖子也半歪着。第三个侍卫呵斥道："你们两个不能再偷喝酒了！毕竟这浴火楼里的那位，可是要重点看守的，万一有什么差错的话，大王可饶不了我们。"说着说着，人声也随脚步声走远。

恕恕在丁零这么久了，之前在万春楼中，也从那些酒客口中听过这浴火楼的传闻。这是一座重新修建的楼，向来十分邪门。传说很久之前，狄煞的父王，也就是狄灭的太王十分钟爱这栋楼，常常在楼中住。后来这栋楼毁于火烧，所幸那时太王不在楼中，没有被伤及。待狄煞继位之后，就命人重建这栋楼，专门赐了"浴火楼"一名，意为浴火重生，还自己设计了一番，弄成现在这个外石壁、内松木的装潢，听说里头还找人弄了个特殊的设计，不过不为外人知晓。重建之后，狄煞也喜欢在这楼中小住，许多年如是。不过在几年前的冬天，狄煞就在这顶楼的卧室中离奇去世了，脑后被插穿了一个窟窿，却不知是何人所为，屋里屋外都没有人进去过的痕迹，楼内也没有留下利器。附近的人们还传言这栋楼经常传出怪声，呜呜呜叫，十分惊悚，纷纷搬离这浴火楼附近。狄煞的儿子狄灭继位之后，认定是这栋楼里的什么邪魔妖道杀害了他父亲，于是一怒之下将当时参与设计和建造的人统统杀掉，为他父亲陪葬。这浴火楼特殊的设计至今也就无人知晓。百姓们听闻浴火楼的传说，也忌讳这栋楼，纷纷避而远之。恕怨心想，这狄灭将千山藏在浴火楼也是神不知鬼不觉，浴火楼的顶层确实是那挨千刀的狄煞的卧室，她猜测千山就被关在了那里。

　　恕怨知晓了千山的去向，见时辰不早，也暗自担忧阿忆的安危，便趁着夜色溜回万春楼，准备拿些剩饭剩菜回去吃。她溜进伙房，里面的伙夫和厨子都已经昏昏欲睡，见她进来，一个人问道："臭婆娘，干啥去啦？一天都没影儿，今天客人喊了那么久，都没有人斟酒打扫，害其他婆娘被老板骂了。"恕怨恶狠狠地瞪他一眼，骂道："乳臭未干的小犊子，要你管？"说罢，也不理会他们粗言滥语的挑逗，只顾把自己那份剩饭拾好，就自顾自出去。刚一踏出伙房，就碰见万春楼的老板娘迎面走来，她一见恕怨就指着骂道："哎呀我说你个老鬼，你也不看看你现在是谁，连打杂都干得这么有脾气？我看看是谁更面子大？"恕怨甩开她抓过来的手，冷冷地说："我干不干活，不用你管。"老板娘冷笑道："好啊好啊，最近你们这些下人越来越狂了，都敢反驳我了是吧，你年轻时不是假清高不和我说话的吗？我之前念在你一把年纪没有难为你，现在看来你是太久没有受皮肉之苦了啊。"恕怨不理她，依然往外走，却被她举起扫帚拦着。

恕怨猛地把脸凑过去，倒把老板娘吓一大跳，她幽幽说："你再拦我，小心我把你和大将军幽会的事情喊出来，你猜到时会不会有人告诉老板？"老板娘冷笑一声："哼，他管得了我吗？他这段时间正忙着几天后的开战大祭呢。这份美差还不是大将军给他的？没有我的功劳，他哪有能耐去打点大祭的事情啊？"虽这么说，还是给恕怨让出一条路来。恕怨听见"开战大祭"几个字，心中猛地一跳，一边往外走，一边不屑地说："能有什么大祭，好像很了不起似的？"老板娘得意地说："你这种小人物又懂什么？大王要亲自带兵攻打匈奴，这次大祭是大王亲自宴请各路将领和士兵的，连小小侍卫都会来，自然是大排场。"恕怨慢慢走远，留下了略为佝偻的背影，却把每一个字都听得一清二楚。

恕怨回到柴房中，不见了阿忆，正纳闷，见那丫头从那个脏兮兮的大柜子里钻出来，内心才安稳了些。原来那侍卫醒来发现阿忆不见了，下午派人四处搜查。搜到这间又脏又乱的旧柴房时，阿忆听见外面有声响就躲到柜子里。本来那些人不屑于进来这破地方，但迫于任务，只能勉强进来看几眼，料想那丫头也不会在这里，没有仔细搜查就走了。阿忆刚才听得脚步声，也先躲进了柜子里，见到是恕怨才敢出来。恕怨把万春楼的剩饭剩菜拿出来，阿忆饿了一整天了，看见饭菜迫不及待要吃。恕怨却拦开她，从怀中取出特意在集市买的一些肉包子和羊肉串给阿忆，自己则准备吃那些剩饭剩菜。

阿忆见恕怨特意为她买来这些食物，心中感动，一定要和恕怨共享。恕怨不肯，骂道："死丫头，我说了不要，你别再拿过来。难不成怕我毒死你吗？"说罢便侧过身去，不理会阿忆。阿忆灵机一动，道："你可是堂堂恕怨公主，怎么能吃这些剩饭剩菜呢？可别被猪狗不如的丁零人恶言恶语糟蹋了，就真把自己当做下人啊！"恕怨沉下脸不答。阿忆拉过恕怨来，好言劝道："你昨日曾说，我们如今是一条船上的人了，既如此，我们就该有福同享，一块儿吃这些好吃的才是。"说着，她将一串肉喂到恕怨嘴边，撒着娇道："恕怨公主，你是我的救命恩人，我都不知道怎么报答你好了，你就让我好好伺候你一回吧。"恕怨笑了，她让阿忆快坐下，接过了她递来的食物，可笑意间流露着一丝凄然。

片刻，她们分着吃完了带回的食物，恕怨和阿忆说起今天打探到的种种情形。她补充分析道："我刚才说的大祭，是丁零军队每次出征前都会举办的庆典。"阿忆问道："所以说，他们虽把千山居次当筹码要挟匈奴，但也势必会攻打匈奴？"恕怨道："没错。所以我们只能想办法救出千山，不要让她在这场恶战中作牺牲品。救出她之后，匈奴才能放心和丁零决一死战。最好让匈奴将丁零一网打尽，将那万恶的丁零烧成灰烬！"

阿忆见恕怨情绪又激动起来，忙将她带回正题，道："恕怨公主，依我看，大祭那天晚上是最有可能救出居次的，城门的兵力和浴火楼的兵力应该都会分散开许多。"恕怨回过神来，肯定道："没错，我也正有此意。"顿了顿，她又说，"不过……要怎么救她确实是个难题，即使我们把她救出浴火楼，城外没有人接应，也不好出去，即使出去了，也跑不远。"阿忆也陷入沉思，半晌说道："确实，我们上次本想带居次逃出匈奴，即使安排了有人在汉地接应，尚不能成功。"突然她为之一振，说道："你说，泽恩他们会不会有幸逃脱，回去和单于他们商量出计策来救居次呢？"恕怨目光冷淡，看得出她并没有抱有很大希望。阿忆央求道："恕怨公主，这几天可否让我乔装去城门那边看看？万一真的有找到自己人在外头接应，总比我们两个人援救更有力。"恕怨无力地闭上眼睛，暂且点头答应。

第三十四回

阴差阳错喜相会　　里应外合巧布局

　　半夜，窗外月色如水，在这微醺的云夜里化开，流入千山的眼眸中。千山独自蜷缩在床上，眼眶浸湿。自从狄灭离开后，她一直诚惶诚恐，根本无法入眠，唯有望着一轮明月，勉强让心绪平复下来。正当她想出了神，忽然，窗外一道黑影闪过，那半掩的窗户被一下推开，有个鬼一样的东西一跃而入，向千山冲了过来，一把匕首飞快移动着，在月色下闪闪发光。千山一时半会儿来不及闪躲，惊呼一声，心想着这次定是完了。

　　突然，房门被猛地推开，两个侍卫飞快冲进来，三拳两脚就把那个刺客打晕制服。杀手脸上蒙着的黑布脱落，他的脸在月色下一清二楚。那两个侍卫互相打了个眼色，其中一个悄声说："是阏氏那边的人。"另一个领会，应一句："快去报大王。"说罢，他一个箭步冲去将窗户锁死，还没等千山回过神，他们已经押着那个杀手走远。门再次被从外面反锁。千山定下神来，才反应过来刚才发生的事情，不由得心跳加剧，独自畏缩在墙角瑟瑟。她不明白为什么突然会有刺客闯入，只是今人为刀俎，已为鱼肉，恐怕自己是性命堪忧了。

而另一边，楼下似乎又嘈杂起来，浴火楼中人见一个人影向远处飞奔而去，那些侍卫嚷嚷着："那个莫不是他的同伙？"另一些喊："管他是谁，别让他跑了。"便纷纷追赶过去。那个人影如离弦之箭，脚步轻盈，很快甩开了追兵。可惜他似乎不太熟悉这边的路，很快，追兵的脚步声又在他身后不远处响起。他正着急，慌忙拐入前面一条巷子中，忽见阴影中立着一个老妇人，阴森森地看着他，他一下刹住脚步，正欲转身，只听她低声吼了一句："跟我走。"那个人一下子难以辨认是敌是友，无奈后有追兵，情急之下只好跟着眼前这个人逃离。这个老妇人似乎对这里很熟悉，只是她腿脚不利索，行动不便，耽误了不少时间。他们七拐八弯来到巷口，却只见另一路人马已在外面守着，一时间难以逃出，他们两人只能悄声躲在巷中的一间旧仓库中，这间仓库存放着些料草，暂且能容身。

那个老妇人先开口问道："看起来你不是那个妖后的人，你鬼鬼祟祟来浴火楼，到底有何用意？"那个人眼神躲闪着，似乎并不是很信任眼前这个丑陋的老妇人，支支吾吾半天，硬是说不出什么。老妇人见他犹豫半天，有些怒了，低声呵斥道："我好心把你救出重围，你告诉我这些，不过分吧。"那个人见她得理不饶人，只好说："实不相瞒，若你无意加害千山居次，我们便是一边的。"老妇人眉毛挑了挑，问道："这么说，你是匈奴那边的人？"那男子点头默认。

巷口的人马正往这边搜查，两人屏住呼吸，凝神细听。本来就快要找到他们，忽然远处又不知传出什么动静，像是故意在把侍卫引开，不一会儿，人群似乎逐渐散去，巷外安静下来。老妇人问："你们的人？"男子摇头。两人都有些惊愕，不知那人是敌是友。老妇人沉吟一会儿，说："你放心，我也打算救你们千山居次，你先跟我来。"说罢，她拉着男子走出巷口，四下观察，见没有什么异常，两人便消失在黑夜中。

狄灭听闻侍卫来报，怒气冲冲地将他那宠爱的阏氏唤来质问。那个刺客确实是她所派，她自从听闻大王把千山金屋藏娇，满心就把千山当做自己的竞争者。其实这都是些子虚乌有的假象，她一点都不应该担心，但是她深知年轻是最大的资本，过个十年八年的，自己老了，千山又正青春，到时自己失宠也可能会成真呐。为了防患于未然，她便吩咐杀手半夜去干掉千山。狄灭有些气急败坏，对着宠妃发了一通火，一边恨铁不成钢地告诉她："你这个妇人见识短啊，你懂什么？千山是丁零的救命稻草，你却要置她于死地！她死了，我拿什么去和匈奴博弈？你以为金屋藏娇是真的吗，不过是有利用价值罢了。哎哟，你真是气死我了！"他一跺脚，震得桌上的杯碗都框框作响。

那阏氏心里有些后悔自己的主观臆断，拉着狄灭的袖子赔了不是。狄灭又问她："你快说，你到底派了几个人去？"她有些狐疑，瘪瘪嘴，说道："只有一个啊，我哪有这么大的能耐哟大王！"狄灭眉头紧皱，沉吟道："刚刚他们给我报说有好几个可疑的人，看来这个千山倒还有这么多人想争啊！"紧接着，他吩咐侍卫更要加紧保护千山，在决战之前绝不能丢。如此看来，恕怨的第一个目的达到了，狄灭很好地把千山保护了起来。

话说阿忆半夜口渴醒来，迷糊之中见不到恕怨的身影，一下子吓醒了，连忙起身四处查看，都找不着她。忽然，门外传来脚步声，仔细一听是两个人的声响，阿忆惶恐，连忙钻进那个大柜子，屏气凝神。门嘎吱一下开了，月色下，恕怨走在前面，后面那个人背对着柜子，看不清脸。恕怨掩好门，点上蜡烛。在烛光的映照下，后面的男子偶尔一转头，阿忆不由得惊呼起来，"砰"一声推开柜门跳出来，脱口而出："泽恩，真的是你！"泽恩见阿忆在此，也是又惊又喜，心中的戒备放下了许多。恕怨见他俩认识，心想这果真就是匈奴那边的人。

三人围着桌子坐下，阿忆惊喜的声音还带着些颤抖："泽恩，你是……你怎么找到我们的？"泽恩有些警惕得看向恕怨，没有马上说什么，只是问道："阿忆，你也是被这位老妇人救下的吗？她是……"阿忆恍然大悟，连忙拉着泽恩站到恕怨跟前，介绍说："你瞧我，这么重要的人都忘记介绍了。你知道吗，我们的救命恩人其实是从大汉来丁零和亲的恕怨公主，忘忧阏氏过往常常提起的姐姐。"泽恩也早有听闻，连忙跪下行礼。恕怨不吃这一套，让他快起，摆摆手说："你也不必当我是什么大人物，我从来没当自己是丁零人，我只认忘忧和千山，又何须提防我。"

泽恩连忙赔礼，又说起先前之事："这件事说来话长。上次你们被劫走，我得幸逃脱，和其他一些伤得不重的弟兄分头给匈奴和莘粥报信。单于知道后，气急败坏，扬言要消灭丁零，只是他又顾虑千山居次的安危，不敢轻举妄动。于是，他便派遣了我们一小路人，设法溜进丁零的王城打探居次的消息。我买通了守城的守卫，几番周折才得以进来。后来，我打听到居次被困在浴火楼的消息，本想着半夜去探探情况，没曾想那边又不知出了什么乱子，警戒森严，还没等我靠近就被发现了。我逃跑的时候慌不择路，若不是承蒙恕怨公主相救，我恐怕已成囊中之物。"

其实恕怨今晚也是一直放心不下千山，便趁阿忆睡熟后一个人悄悄去浴火楼一带观察动静，碰巧把泽恩救下。她现在想想也有些后怕，他们差点就被侍卫追上，碰巧有个人故意引开他们，但她始终猜不透那个人是谁。阿忆有些喜悦道："单于惦念着居次，派你们来接应，苍天开眼，居次可算有救了。那你们有想到什么方法救居次吗？"泽恩叹了一口气，说："丁零目的明确，就是要把千山居次当人质来要挟匈奴。他们也派人来说了，要用千山来换取匈奴在漠北的统治权。"恕怨骂道："啊呸，真够狼子野心，狮子大开口啊，那个狗狄灭竟敢这么大口气。那你们单于怎么打算？"泽恩答道："单于倒是爱女心切，一边让我们前来打探消息，一边与众人想法子。万一救不出五居次，也不能和丁零硬碰硬误伤了居次。可惜丁零反复催促，一时难有应对的妙计。单于开恩，说如果真要以和代战将居次救回，用漠北一部分疆土的统治权换取，也未尝不可。"他顿了顿，"只是……我看大阏氏和四居次看起来并不赞成这样做，还有那个斯图亚将军。我看他们的意思，似乎是漠北的统治权关乎于匈奴的颜面，决不能丢，此举更是联合了莘粥与丁零为敌，哪怕牺牲了五居次……"

恕怨听闻，暴跳如雷："什么？他们竟敢这么说！该死的匈奴女人"，她的语气忽而又哀愁道："可怜你们的忘忧阏氏，一定伤心欲绝！"泽恩也痛恨不已，应和道："正是！忘忧阏氏一再求情，我也说了好些话让单于权衡利弊，却被大阏氏他们说我不识大局，还骂我是不是和丁零串通一气要亡我匈奴。真是岂有此理！"阿忆此时虽也恼怒，可她心中盘算着什么，并没有跟他们二人一起责骂。

等二人平复心情，她看向恕怨，说道："恕怨公主，上次你曾说过丁零举行大祭是势必要出战，这么看来，无论匈奴的态度是战是和，丁零都要一举进攻。想必他们并不会等到月盈之时了，更有可能是待匈奴被迫言和之时，趁其不备大肆进攻，借机将匈奴打个落花流水，到时岂不是又得统治权，又能把大敌歼灭，一举两得。"恕怨和泽恩听她这么一说，便觉在理。泽恩说："这么说来，匈奴必须要全力迎战。只是我们也必须在开打前尽力救出居次，否则……匈奴和居次的安全都难保。""正是这个道理。"阿忆赞同道，"泽恩，这件事情要尽快禀告王庭，请单于准备兵力。"泽恩道："以匈奴的兵力，倒不如以牙还牙来一场突袭，若是能提早准备而又无所顾忌，定能趁机一举歼灭丁零。现在通古斯和乌桓已经答应派兵增援，莘粥对此事也不能再坐视不管，我们王庭原有的兵力不容小觑，加上右贤王那边和氏羌调来的兵力，足以对付丁零。只是最关键的一点，就是我们应该如何确保居次的安全？"

阿忆称："你说的在理。若要先救人，把居次从浴火楼救下已是困难重重，更何况要救出城？"接着，她把之前和恕怨商量的在大祭当天行动的想法告诉了泽恩，泽恩频频点头。他说："依你这么说，大祭当天看守的兵力会减少，我倒有一计，我们不如里应外合将居次救出城去。"说着，他拿出几包白色粉末和几瓶药水，说："这是一种迷魂香和解药，大祭当天你们到浴火楼，把它点燃，去熏晕那些守卫的士兵。你们先喝解药，就不会有事。但是，千万记住这种迷魂香遇酒精后功力大减，假如敌人喝了酒，闻到迷魂香之后作用会大大减弱，甚至可能迷魂不倒。"阿忆小心接过放好。泽恩接着说："我等明天天一亮就出城去与城外弟兄汇合，把这个消息报给单于，让他尽快准备兵马应对丁零，并安排大祭当天派人马在城外接应居次。救出居次之后，趁着他们大祭，我们军队有备而来，大可先发制人。可是……我们要怎么才能把居次运出城去？"两人不由得又陷入惆怅，纷纷看向恕怨。"不必愁眉苦脸的。我知道有一个地方，跟我来。"恕怨说罢便起身往外走。

恕怨带着两人来到城墙边，一直绕到西门，阿忆看着西门的侍卫比正门少许多，以为恕怨要让他们在西门接应。不过，恕怨一直来到了西门侧的一个粮仓前才停下。恕怨带着他们藏在一旁，向他们解释说："这个粮仓，其实是可以通往城外的。运输粮草的马车从仓库另一侧的门进来，粮草可以从城外进来并存放在里面；城内须要补给时，再打开这一侧的门，把粮草运往城内。他们战前一定会运粮，到时这两道门会打开。如果你们能够派人在半途伏击他们的运粮车，装成他们的人在大祭那天运粮进来，便可以找机会在城内伏击，我们到时把千山放在运粮车中运出去就是了。"泽恩低声呼道："好计！我定去禀告单于，同你们接应。"此时天色微亮，泽恩也是时候先走了。临行时，恕怨把自己的入城牌交给泽恩，说："拿着这个，他们就会放你进来。到时你们那边一有消息，就及时通知我们。"泽恩应下，和他们作别。

　　泽恩等人离开丁零之后，便马不停蹄地分头禀告消息，暂且不提。倒是恕怨和阿忆在柴房中等得心焦，如今离大祭时间很近，而路途遥远，单于是否同意、泽恩能否赶回都是未知数，两人只好一边等待，一边商量别的策略。直到大祭前一夜，恕怨正在柴房里画着丁零城的地图，阿忆在房中来回踱步。这时外面传来一阵敲门声，恕怨连忙压着声音问："是谁？"听到是泽恩的答复，阿忆迫不及待去开门。泽恩进来，正色道："单于听了我们的计策大为赞赏，决定将计就计；匈奴那边兵马都已经准备就绪，他们的运粮车也被我们在半路所劫，运粮的士兵也已经被我们的人灭口。我们一路人会装扮成运粮的士兵，潜入城中接应你们。明天夜里，成败在此一举。救出居次后，城外的大部队就开始攻城，你们也好趁乱而逃。单于说，万一营救失败，大军也会在子时发起进攻，所以我们务必在子时前救出居次。"两人领会，恕怨拿出刚才画好的两幅地图，交给泽恩和阿忆各一幅。泽恩道谢告退。

　　阿忆则有些疑惑："明日你我一同行动，为何也要单给我一份？"恕怨有些惨淡地笑了，说："傻丫头，明天又怎么知道顺不顺利呢？如果中途遇到了什么意外，我定当尽力去引开，你照着地图走，按计划营救千山居次，知道吗？还有，万一我被捉拿，你也千万抓紧时间带着千山趁乱从运粮门逃出，不要理会我，照着地图去走就好了。"阿忆直摇头，突然眼睛就湿润了，哽咽着硬是不能回答。恕怨脸上没有表情，只是说："不要忘记，救出居次才是最重要的。万一营救失败，你能逃出去起码也算是逃离魔爪啊，总之不要管我，我自有办法。"阿忆有些哽咽道："我知道救出居次是重中之重，若是救不出，我也会与居次共存亡。可是我决不能落下你的，这几天处下来，你就如我的亲人一般。"

　　虽然几十年的磨难让恕怨不轻易流露出感情，但这番话的情真意切还是让她为之动容。恕怨叹了口气，缓缓说："傻丫头，我何尝不是这么想。如果你是我的女儿就好了。其实我本来也有一个孩儿，假如她活着，也该和你一样大。可惜啊，当时他们逼我逼得紧，我走投无路，只好从万春楼上跳下去。等我醒来的时候，我肚中的孩子已经没了。我化了灰也不会忘记，他们这群恶人，不仅把我毁了，也把我未出世的孩子毁了！虽然是那个恶霸王的种……但终究是我的孩子啊，我怎么可能嫌弃呢？"阿忆第一次见她泪眼汪汪，便轻轻搂着恕怨，啜泣道："反正我从小就没了娘亲，要不你认了我当女儿吧。"恕怨咬着唇让自己尽快冷静，半晌，才半开玩笑地说："这不行，你太亏了，这么好的女孩儿却认这么个寒碜的娘。"两人复说说笑笑，不愿再露出悲情那一面。

大祭当晚，王城中热闹非凡，大营中宾客齐聚，大摆筵席，北面的大草原上篝火冉冉，欢歌笑语。不仅有大官兵都前去赴宴，连城中的百姓牧民也被吸引，纷纷去看热闹。阿忆拿出泽恩给他们的迷魂香，和恕怨一人一瓶把解药喝下。两人举着火把，上马前往浴火楼。本以为大祭这天，浴火楼的兵力会减少，可眼下依然是里一层、外一层地严防死守，偶尔还有一些兵力在附近巡逻，实在是出乎两人意料。看样子几支迷魂香干不掉这么多人，还是要想办法引开大部分的兵力才行。恕怨心生一计，飞快地说："这浴火楼后面的巷中有个放料草的仓库，上次我和泽恩逃跑时曾在那儿躲藏过。我去放火烧它，想必能引开不少兵力去救火。你先躲好，等他们一走开，就见机行事去救居次。"阿忆刚想劝阻，恕怨推了阿忆一把，说："时间紧迫，我先行一步，你万事小心。"她内心固然放不下阿忆，可是来不及想这么多，便头也不回地走了。

果不其然，很快不远处的仓库就起了火，浴火楼外的一大批侍卫乱哄哄地，都冲过去查看。正当此时，阿忆忽见一大队从大祭回来交接班的侍卫向恕怨离开的方向走去。他们一去，必定会把形迹可疑的恕怨抓起来，甚至连今晚的计划都有可能泡汤。阿忆放心不下恕恕的安危，见旁边有辆运炭车，当机立断用炭往自己脸上抹了一点灰儿，抄近路赶到部队的前面。

恕恕刚放完火准备往回赶，忽见前面一队人举着火把朝这边走。她心想糟糕，赶紧沿着过来的那条巷子逃跑。那一队人看见有黑影闪进巷中，也赶紧追了过去。她左冲右撞，设法躲开追兵，疲惫不已。忽然，巷子的另外一头有一个人拉着一辆运炭车跑了进来，她定睛一看，竟然是阿忆。恕恕震惊道："你来做什么？"阿忆来不及多说，随即让恕恕藏进运炭车中，在地上捡起一块木板将她和那些木炭隔开，然后又捡些柴草铺在了车的上方。

说时迟那时快，一队搜查的兵力拐进巷中。他们拦下阿忆，盘问道："喂，你在这里干什么？"阿忆来这边已有了一段时日，也和恕恕学了不少丁零语，幸而丁零语与匈奴语相似，并不难学，如今好歹是用上了。她简洁地解释说自己刚卖完木炭准备回家，顺便拾了一些柴火回去烧。他们见阿忆蓬头垢脸的，也没有过多怀疑，只是问她有没有看见一个人跑了过去。阿忆不慌不忙，说："是有一个黑影撞开我往巷子那头跑去了，连道歉都没有一句。"

正当大部队准备往那边追去，阿忆刚松了一口气，突然护卫长警觉道："且慢！"他回过头，狐疑地盯着运炭车，说："我要检查一下。"阿忆故作镇定，从容地将柴草拨开有木炭的那一边，露出了半车的木炭，还专门用手往炭堆里面掏了一下，整个手臂都插了进去。她笑着说："这能有什么东西嘛？倒是我刚刚回来的时候看见那边有个旧柴房起火了，火势还不小，你们不如去看看？"那些侍卫没有再说什么，便分头去救火和抓人。阿忆赶紧带着恕恕回到了浴火楼前，恕恕从车中出来，用手轻轻抹去阿忆脸上的灰，柔声道："好姑娘，这次你救了我。"阿忆笑着帮恕恕拍打着身上的灰，准备下一步的行动。

第三十五回

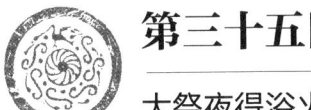

大祭夜得浴火重生　石道内欲谋位再就

"阿忆……"当两人来到浴火楼背后时，阿忆忽然听得身后有人低声叫唤，她回过头去，见不远处停着几辆马车，竟是泽恩等人提前入城在此接应。阿忆悄悄凑上前去，问道："泽恩，你们岂是想要与我们一起攻入？"泽恩摇头说："若我们闯入，定会引起丁零注意，到时营救困难不说，还会耽误攻城大计。不如让兄弟们先分头去引开这楼外的侍卫，到时你们救出居次，我就在这里备好车接你们出城去。"阿忆点头答应。说罢，泽恩手下几人分别骑着马，手里还拉着另外几匹马的缰绳，朝着不同方向跑开，边跑边放开手中缰绳。骑行声和几匹脱缰马的脚步声惊动了楼外侍卫，他们吆喝着朝不同方向追赶。

见时机已到，恕恕和阿忆在楼后熏起迷魂香，并置于楼下窗户的木框外，将烟熏进去。很快，她们透过窗户看到楼内的守卫纷纷倒地。两人见守卫们都晕得差不多了，为了保持药效，又重新烧了几支迷魂香扔进楼中。时间差不多了，两人将提前准备好的匕首护在身前，从窗户跃入。她们迎面看见地面正中镶有一块雕着太阳和两条盘龙图案的白玉石块，恕恕总觉得这块尤其大的地砖有些奇怪，可是一时半会儿说不上来。阿忆伸手试探了一下门旁倒地的守卫，果然被熏得不省人事。恕怨见状，也顾不上研究那块白玉石，便跟着在守卫的衣服中翻找房门铁链的钥匙。不一会儿，恕怨低声道："有了！"便将钥匙从守卫身上扯下。时间紧迫，剩下的守卫来不及一个个查看了，两人便一同沿着楼梯上楼。她们轻手轻脚，生怕弄出声响惊来了人。

没曾想，正当两人准备上顶楼时，突然听到身后有上楼梯的声响，脚步一沉一轻的。两人吓得不轻，急忙回头一看，只见一双如狼似虎的眼睛正盯着她俩，叫人直打哆嗦。借着火光，这个人双颊通红，身上散发着酒气，一副醉醺醺的样子。阿忆心中叫苦："糟了，泽恩说过，一旦碰上酒精，迷魂香的作用将大大减弱。看来这个人成了漏网之鱼。"这正是上次恕怨撞见那个嗜酒的守卫，本来狄灭规定不能在值守时喝酒，但他见今日大祭，其他弟兄都跑去喝酒了，他耐不住性子，特意叫大祭回来的兄弟偷偷给他捎来酒，破例喝了。此人一开始确实被迷魂香迷倒，可后来在酒精的作用下渐渐清醒过来，他隐约听见有人上楼梯的声音，又见身边的弟兄都昏了过去，便慌忙追赶上来。只听那人大吼一声："好啊你们，胆子够肥啊！"便歪着身子扑过来抓两人。走近一看，阿忆发现此人正是上次押解自己到万春楼意图侵犯的侍卫，不由得怒气冲天，转头对恕怨说："你去救居次，我来拦他。"说着便和侍卫扭打在一起。

虽说这个守卫的反应在药效下仍然有些迟钝，但他凭着酒劲加上一股蛮力，阿忆很快便处于下风。恕怨本来已经走上楼梯，可眼看守卫死死掐着阿忆的脖子，一边嚷着："你这个贱人害我被罚来看守浴火楼，这次还敢图谋什么？"就要将其置于死地。恕怨见状，连忙返回来，举起一旁的烛台烧到侍卫的后背上，侍卫嗷的一声放开阿忆弹到一边，恕怨一把将阿忆护到自己怀中。守卫挣扎着扑灭身上的火，但是他药力未过，重心不稳，一个踉跄就撞向桌子，上面的另一个烛台应声而倒，点燃了木墙和桌椅。恕怨和阿忆见状，连忙过来要将火扑灭。那个侍卫如同疯了一般死死拦住两人，一顿推搡下，他将恕怨手中的那个烛台也拍倒在地，连同松木地板都一并烧了起来。浴火楼起火了！这晚狂风呼啸，火势借着风势越烧越旺。阿忆急得朝上面大声叫唤："千山居次，浴火楼起火了，你快下来啊！"

尽管有房门阻挡，千山也因吸入了一定量的迷魂香，意识变得有些迷糊。她忽然听闻楼下传来打斗声，又听得有人喊起火，忙趔趄着走到卧室门前，但这门已被侍卫在外面锁死，根本出不去。阿忆好不容易挣脱了侍卫的纠缠，正要往楼上救居次，可这时楼梯和把手也都已经顺着火势燃烧起来，再难上去。恕怨见状，也忙向上面喊："千山，你快从窗户逃跑，我们到楼下接你。"说罢，连忙转头下楼。守卫见千山难保了，不如把两人抓住说是纵火贼，兴许也能将功补过，便也追着两人下楼去。两人一边躲着他，一边将沿途的桌椅推翻在地，阻碍他紧跟的脚步。

楼外被引开的守卫们见到浴火楼起火，也纷纷赶回救火；在外面等候的泽恩等人心中焦急，说什么也要冲进楼中救人，和正好赶来的守卫在楼外打得热火朝天，一时都进不去。阿忆和恕怨来到一楼，正愁要被守卫追上，忽然脚下那块雕刻着太阳盘龙的白玉石向下一沉，阿忆和恕怨一踩空也跟着掉了进去。她们两人被这块石板翻到这暗道一旁的地面上，那块石板猛地又升上去，"砰"的一声盖得严严实实。等到她们的眼睛适应了这地洞的黑暗，阿忆冷不丁地发现旁边还有一个中年男子正幽幽地看着她们，吓得一声惊呼。恕怨朝她的目光看去，也发现了那个人，忙把阿忆护在身后。那个人平静地说："别怕，他们现在找不到你们了。"阿忆喊道："不行啊，你不能把我们关在这里，我们要去救千山居次。"那个人笑了，说："我这不就是帮你们去救她吗？这条密道，可以一直通往千山居次那个卧室。跟我来吧,她等不了多久了。"说罢,他点起火把,就往前走去。

恕恕和阿忆脸上狐疑,但也不再多问,跟着男子左兜右转。这条石道阴阴凉凉的,将火势彻底隔绝在外面。他们来到一条长长的楼梯前,男子说:"沿着这楼梯上去,就是千山居次那间卧室了。"阿忆方才一直盘算着,见这里确实是居次房间的方位,便急忙冲了上去。没走几步,只见楼梯顶端的地上躺着一个女子昏迷不醒,阿忆将其抱起,一看果然是千山居次!阿忆将她抱在怀中,摇晃着千山,同时按她的人中,可千山依然昏迷不醒。那个男子笑笑:"看来她也找到了这条密道的入口。她又被烟熏、又中了你们迷魂香的毒,才昏迷过去的,应该没什么大碍。"恕恕听闻,慌忙将解药拿出,喂在千山口中。她爱怜地注视着千山,紧紧握住她冰冷的手。

正如这个男子所说,千山本计划从窗子逃走,她挣扎着举起椅子砸开窗户的锁,往下看去,下面火光冲天,何况这里不矮,直接跳下去,恐怕不是摔死就是烧死。她掀开床上的被子和铺床的薄被单,打算撕烂被子和床单,拧成一股绳滑下去。无意之中,千山看见光滑的石头床板上有个凸出来的圆球,自己这几天睡觉的时候,脚总会踢到它,她一直不知道这是什么。她脑子昏昏涨涨,半个身子难受得伏在床上,手不经意旋了一下这个圆球。猛地一下,半张大理石床板移开了,露出了一条地道。她顾不上里面有什么,这段时间受的苦和前途的未知早让她将生死置之度外,加上外面熊熊大火,眼下这条通道恐是唯一的出路了。于是,她摸索着下了地道,只听得床板在她身后盖上,就昏迷了过去。

不一会儿,解药发挥了作用,千山渐渐清醒过来。她睁眼见是阿忆抱着自己,又惊又喜,紧紧搂住阿忆死活不松手,喊着:"我以为再也见不到你了。"她扭头看见一个老妇人也正看着自己发愣,背后还有一个男子举着火把。千山有些惶恐，不由得喊道："阿忆，阿忆，不要让他们抓我回去呀。"阿忆连忙向千山介绍起恕怨来，千山未曾想这就是母亲曾提起的那个苦命的恕怨姨妈，一时愣住。虽然这个老妇人长得沧桑，但在千山看来丝毫谈不上丑陋或恐怖，或许是因为在细细辨认之下，发现她的眉眼竟然与母亲有一丝相像，就连那微微翘起的嘴角也有母亲的感觉，这让千山对这个素未谋面的姨妈有了似曾相识的亲切感。千山这些天战战兢兢受尽委屈，一瞬间竟然遇到了亲人，不由得扑到恕怨怀中，放声大哭了起来。恕怨紧紧搂着她，这是她自离家这么多年以来，第一次碰到真正意义上的亲人，是她始终放不下的忘忧妹子的女儿，她那已经干涸的眼睛也难得地流泪了。阿忆见历经千辛万苦，她们二人终于在异乡团聚，她喜极而泣，道："我还记得，在千山居次小的时候，曾独自到望月斋为恕怨公主祈福，如今竟是恕怨公主救下居次来，原是这一切，一早就有天定的缘分。"恕怨紧紧搂着千山，激动道："好孩子，亏你也惦记着我，原来我并不是孤身一人。"三人围在一起，默默地抽泣着，仿佛将一旁的男子视作透明。

后来，阿忆像是忽然记起那个男子似的，问道："你到底是谁，你并不是我们匈奴的人，为何要帮我们？"只见恕怨脸色阴沉，神情有些复杂，她将千山和阿忆护在身后，一言不发地盯着男子。那个人忽然说道："我是谁……恕怨公主，你仔细看，还认得我吗？"恕怨表情有些狰狞，又有些痛苦，许久才说："燕王，如果没猜错，是你。这么多年了，你为什么还要认回我？"燕王又笑笑，脸色有些惨淡，说："是啊，这么多年了，大家都沧桑了许多啊。"恕怨哼了一声，音调都有些变了："沧桑？当年我被折磨得死去活来，你不是在狄煞面前耀武扬威吗？你这个大汉的罪人，今天也有脸来喊我公主。"燕王也跟着哼了一声，说道："你妇人家家，又怎么知道文帝当时是怎么把我赶尽杀绝的。来投奔丁零，也是我迫不得已。狄煞大王待我和弟兄们多好，他得知我们主动来投靠，十分信任我们，还委以重任，要不我哪能风光一时？又怎像汉地把我当做千古罪人，令我遗臭万年？"恕怨骂道："你休要诋毁我父皇！要不是你当时一个区区诸侯王敢大肆挑衅我父皇，威胁他的皇位，他又何至于要剿灭你？你当时投奔丁零，带着整个燕地作'嫁妆'，让丁零势力大增，反攻我大汉，怎么不是大汉的罪人？如果不是你们这些走狗，惹得汉地内忧外患，当时我和忘忧妹妹又怎会被送来和亲？"说罢，她恨不得要把燕王扒皮拆骨，阿忆和千山慌忙拉住她。

燕王冷笑："若你父皇果真这么好，又怎么会甘心把你留在这里，一直没有一句问候？"恕怨一时不知如何应答，只得咬牙切齿。阿忆却帮着反驳："漠北民族对降亡的汉家弟兄哪有像你说的那么好？我父亲当年被掳，和其他汉人一般被当做奴隶使唤，只有你这些走狗高官，才会被重用。帮丁零恶霸王做事，我都瞧不起你。"恕怨仿佛想到什么把柄，冷言道："你后来怎么忽然就销声匿迹了？听闻还被狄灭追杀，怎么大红人一下子就掉到谷底了？"燕王听闻，一声叹息，换了一种语气道："唉，恕怨公主，你也知道，这种猛兽不好侍候啊，杀人不眨眼的，我也是好不容易捡回一条命。后来匈奴强盛，又把燕地夺过去了，还让大汉赔了一个忘忧公主。我年轻气盛，做了有愧于大汉的事情，刚才我碍于脸面又冲撞了你。其实我现在也时常反省当初，不然我这次也不会帮你们救回千山居次，她毕竟是忘忧公主的女儿。"恕怨依旧是一脸冷冰冰的，反问道："我正想问你，你是怎么知道这浴火楼的机关？"

燕王娓娓道来："其实我当时被狄灭追杀，与这件事摆脱不了干系。相信你也有听闻，狄煞重建了浴火楼，设计了机关，只有他和那几个负责设计和建造的人知道。其实那个机关，就是这条密道，可以从他的卧室通往地下。浴火楼已经被烧毁过一次了，我猜他当时是担心有人会放火加害于他而设计了这条密道，在必要时能够逃生。他万没想到，就是这条密道害死了他。那时狄灭还没有继承王位，但他父王太长寿了，狄灭一直等着继承王位。他那时年轻气盛，急着独揽大权，于是动了杀机。碰巧，那时一个负责修建浴火楼的人和我相熟，不小心将这楼中机密讲与我听。我当时辅佐狄煞多年，心想这老家伙终是有一日要毙命的，何不另寻新主谋个高就？我为了在未来的大王狄灭跟前邀功，于是心生一计，打算让一个刺客沿着这条密道潜入先王的卧室，偷偷行刺。狄灭十分赞许我这个想法，于是先王就神不知鬼不觉地被刺杀，只留下他脑后的一个窟窿。没想到事成之后，狄灭这个老狐狸为了掩人耳目，竟要将知道密道的人都杀了给他父王陪葬，把那个刺客也偷偷除掉。我当时听到风声，知道他下一步就会杀我灭口，于是我就偷偷出城去躲过风头。后来，狄灭为一了百了，干脆捏造了浴火楼闹鬼的事情，从此无人敢靠近浴火楼。其实哪里有鬼，只不过这条地道两侧有些漏风，风声在石道中发出呜呜声响罢了。过了几年，我见风头已过，便回到浴火楼，索性住在这地洞中，来个灯下黑。前段时间得知千山居次被困，她是我们大汉的人，我总不能不救，如果能救下她，总归是抵偿了年轻那件事。有刺客那天，我悄悄出来打探消息，见恕怨公主和一个年轻人被追杀，想必是你们计划来营救了，不如助你们一臂之力。"

恕怨说："所以，那天帮我们引开敌人的，是你。"燕王说："没错。狄灭对我恩将仇报，又屡屡折磨你，想必恕怨公主现在与我是同道中人啊。"恕怨没有理会他，过了很久才说："我听上面的打斗声已经停了，侍卫应该都散去了。不知道火灭了没有？"燕王笑道："不知道你们是不是想出城？如果是，又何必这么麻烦。这条地道本就可以通往城外，我为了打通这里，可花了不少心血。"阿忆欢呼道："那太好了，有劳你带我们出去。只是泽恩他们还在楼外等着接应我们，还有西城门外的弟兄，他们可要着急死了。"燕王说："那正好，我这条密道就是要通往西门外的，你们出去之后就可以与他们接洽。"

阿忆却插嘴道："可是你明知地道一头通向居次的房间，另一头通往城外，怎么不一早就把居次救出？"恕恕冷笑道："他这个人最会审时度势，时机不到，必不会平白无故给你冒这个险。"阿忆和千山正催着他走，这个燕王却一直不肯动，忽然眉开眼笑起来，说："我这次救了你们居次，没有功劳都有苦劳。不知如果我和你们一起出去，能不能跟着其他弟兄一并回匈奴领一份赏？"恕恕骂道："我就猜到你这是无事献殷勤，哪有这么好心为了大汉救千山？我看你不过是见丁零大势已去，借着这个契机，另谋高就罢了。"燕王也冷笑道："你说得没错，我也不必隐瞒，否则这条密道这么多年，我哪天出去不成？难得有这么个弃暗投明的机会，人不为己，天诛地灭啊。"恕恕狠狠啐了一口："墙头草，死性不改。"燕王却一脸无所谓："去不去就由你了！反正你现在上去，愿意和浴火楼一起葬身火海我也不会拦你。"阿忆劝住恕恕："算了算了，能将居次救出去才是要紧的，不必和他计较那么多。"燕王微笑道："还是阿忆姑娘想得通透。"于是领着众人向外走去。

再说西城门粮仓外的部众瞧见浴火楼起火，泽恩等人又迟迟未归，想必是阿忆她们的营救计划出了什么变故，急不可耐。眼看城西这边的兵力纷纷往浴火楼赶去，守城的兵力减少，众人又担心居次安危，纷纷趁乱从粮仓口闯入城中，拿出兵器与这边的侍卫一番厮杀，混进救火的人群中朝浴火楼赶去。浴火楼外，泽恩等人与赶来的大部队会合，一部分人忙于救火，剩下的人合力将守卫们制服绑起。待到火势渐小，泽恩等忙进入浴火楼搜救，楼中的松木建筑基本已被烧成灰烬，还有些横七竖八的烧焦的身体躺在这废墟中。从他们身上的盔甲看，这些人都是丁零的侍卫。顶楼房中却空无一人，他们里里外外寻遍了都不见千山，连阿忆和恕恕也不见了踪影，不由得更为担心。

忽然，城外传来一阵厮杀声，只觉地撼山摇，各路军队从四面八方前来攻打丁零城了。有人吃惊道："怎么这么快攻城？还没到子时呢。"泽恩眉头紧皱，说："想必是浴火楼着火的消息传到了单于耳中，况且我们刚才闯进来也惊动了对方，提前开打了。"城中响起一声号角，救火的士兵们纷纷前去集合，百姓们也四散奔走，只留泽恩他们一队人在原地。泽恩一时说不上是喜是忧，他猛然想起上次有人故意引开敌人，给自己和恕怨一条生路，难不成她们三人是被其他人救走了？念及此，泽恩带着一小批人回到西城门外，等候千山居次的消息，让剩下的人继续在这城中打探居次的下落。泽恩心中默默祈祷，千山居次这次一定能侥幸逃脱的。

第三十六回

尽丁零恕怨难恕怨　赴荤粥千山过千山

沉浸在大祭欢声中的丁零人怎么也没有想到，还没轮到自己明日去偷袭匈奴，整座丁零城仿佛只在一瞬间，就被敌军重重包围。敌军从四面八方、洪水一般席卷丁零城，画有战神蚩尤的战旗在呼啸的风声中展开，形成黑压压一片；他们扬起的漫天黄沙，足以将丁零城吞噬在这黑夜中。丁零的反抗，丁零的挣扎，或许只赢得一声喘息的机会。那一声喘息，远去，传遍了漠北，仿佛只剩一声叹息，吹起漠北草原上的一层风沙。尘埃落定时，整个漠北又恢复到一片死寂。

正如泽恩所料，单于呼延顿未到子时就发起进攻，正因是听闻浴火楼被烧，而千山居次下落不明，他一时不知女儿是死是活，心急如焚；又见西城门那边已然传来厮杀声，再埋伏已无意义，便下令让各路人马一同攻城。一时间，单于和斯图亚带领大军在南城门外进攻，乌桓和通古斯的援军则负责分散东城门外的兵力，氐羌连同荤粥的军队则攻打北城门；正巧西城门那边先起冲突，右贤王浑谷邪和千鸿、千烈连忙带兵去增援。还没等浴火楼失火的消息传到狄灭的耳中，四面的厮杀声足以让他来个措手不及。狄灭急忙在大祭上召集兵马，却一时间不知应当防哪里。城外的攻势越发猛烈，西门外的军队早已在泽恩的指引下从粮仓侧门攻入，与外面大部队里应外合。他们被城内丁零军队发现后，免不了又打得热火朝天。狄灭带着从大祭赶去的兵马与北城门外敌军猛烈厮杀，东门外通古斯军与城楼上的守兵相互射箭，军营中剩余的兵力则冲出南门外与匈奴军队正面交锋。

　　再说在燕王的带领下，恕怨牵着千山、阿忆在石道内兜兜转转，上面轰鸣的厮杀声、战马飞奔的声音、兵器碰撞的声音一直传进石道内，在石壁间回荡，听得阿忆等人心中惶惶。她们没料到匈奴这么快就发动进攻，难道是泽恩那边也出了什么乱子？四人终于来到石道尽头，燕王道："只要我按下这块砖，头上的石板就会打开，沿着这楼梯走上去，出去就已是城外。虽说厮杀声已经走远，我们恐怕还是不要贸然出去，落到丁零军队的手中可就不好了。"他们凝神听了一会儿，外面似乎也没有什么声响。恕怨有些不耐烦，心中也担心泽恩那边出了什么变故，催促道："还要等到什么时候，趁现在外面无人，还不赶紧走？这里只有你带了兵器，你不是想邀功吗？干脆你先上去探明一下，确认无事再唤我们出来。"燕王也不胆怯，按下石砖，就用匕首护在胸前，小心翼翼地往外走。

　　泽恩刚将一批右贤王的军队从粮仓侧门带入城去，他刚返回，准备将另外一批人送进去，忽然见前方地面上有一块石板发出些声响，还微微晃动。他不敢掉以轻心，将一旁几个弟兄唤来，围在这石板附近，纷纷拿出大刀指着石板上方。忽然，石板猛地打开，一个中年男子从里面探身出来，被眼前的景象吓得缩了回去。很快，他又探出头来，问道："看你们的服饰，可是匈奴弟兄？"见他们没有否认，那人又说，"弟兄们少安毋躁，我已将千山居次从石道中护送出来，各位暂且将兵器收回，免得误伤千山居次。"泽恩听闻，一时愣住，周围的弟兄吆喝着，也不敢轻举妄动,只让他快些把居次带上来。那男子朝石道内说了几句,先平稳地爬出石洞,恕怨和阿忆果真将千山居次缓缓送出来。其他人一时间欢声呐喊,纷纷将兵器收起。泽恩见到千山居次平安无事,恍然大悟,原来他们躲进石道之中,怪不得寻不到。他心中安然,忙和弟兄们道:"快,保护居次。"附近右贤王麾下的部队听闻,也聚集过来,将居次保护起来。

这时,西城门那边踉踉跄跄地跑来一个士卒,身上淌着很多血,他对泽恩道:"粮仓的侧门已经被城内丁零士兵围堵,不能再从那里潜入城中了。"泽恩灵机一动,问燕王:"这条密道,是不是可以通入城中?"燕王毛遂自荐道:"那当然,这里也只有我认得下面的路。如果小兄弟信任我,不如就由我带领右贤王部下的兄弟从这里进城去?"泽恩看向其他士兵,一个人说道:"反正今天就是来拼命的,怕他什么?兄弟们,一起去吧!"其他人纷纷赞同。泽恩亲自带领一队精英人马保护居次,又派几个人去向单于报告,让剩余的人跟着燕王从地道进城。燕王临走还不忘说一句:"就请单于和右贤王放心吧,我一定会为匈奴好好效力。"恕怨瞧着他的背影,啐了一口。

等到他们都进去后,泽恩向千山说道:"莘粥来接我们的马车已经在城郊等待,趁现在敌军没来,我们也抓紧时间过去吧。"千山嘴唇有些发颤:"怎么……还是要去莘粥吗?"恕怨也紧紧拉着千山,问道:"看这形势匈奴胜算很大,又何须还要千山去和亲?"泽恩沉吟,道:"我自然不想千山居次去和亲,也特意请求单于,可单于沉吟之后还是将事情敲定,没有回旋的余地;何况这次莘粥那边也派援军来了,可见他们是看在与匈奴联姻的分上才会援助,若居次不去,可能会伤了两国的情谊啊……"

眼见这件事已成定局,千山啜泣:"可是我想再见见单于和阏氏,何况恕怨姨妈也是想见母亲的……"泽恩也轻轻叹息一声,俯身拉着千山的

第三十六回　尽丁零恕怨难恕怨　赴牵粥千山过千山

手道："好居次，这次时间紧迫，二阏氏就没有跟来，单于此时也在忙于迎敌，我们还是先启程吧，免得路上有什么闪失。等到了牵粥，单于、阏氏总有机会来见我们。"千山含泪默应。阿忆拉着恕怨的手说："恕怨公主，看来我们与你也要就此分别，不如先让弟兄们在此保护你，等到匈奴大捷，你与他们一同回匈奴见过忘忧阏氏，再作打算。"说罢，就要带着恕怨向前走去。

恕怨却停下脚步，她久久看着千山，又久久看着阿忆，抚摸着她们的脸庞，突然流下泪水。她拭去眼角的水珠，平静地对两个孩子说："不了，我还有一些事情没有了结，要回去一趟，你们先去吧。"阿忆忽然感到深深的恐慌，直拉着恕怨，让她一定要和大伙儿一起走，不能再回去。泽恩也劝道："对啊，恕怨公主，丁零城今晚说不准就要沦陷，你再回去，太危险了。你难得逃出来了，不要再冒这个险。"千山扑到她怀中，说："姨妈，你那么想念我母亲，她也日日夜夜想念你啊……我现在走了，再也陪伴不了我的母亲了，你就替我回去看看她吧。"恕怨轻轻拍着她的后背，轻声叹息："孩子，看见你，我就宛如见到了忘忧妹子，看来我这辈子，都无缘和忘忧再相见了。"任凭千山和阿忆再怎么劝说，恕怨都没有松口。

牵粥那边得知千山居次被救出的消息，已经派人来催促，阿忆无力挽回恕怨，啜泣起来。恕怨突然软下口气对阿忆说："孩子，你那天和我说，我无儿，你无娘，你我甚是有缘。如果你不嫌弃我，不如今晚，你就认了我这个娘吧。"阿忆连忙擦干泪水，答应道："那再好不过了。你对我情深义重，加之千山居次本就待我如亲姐妹，遇到你们，是我阿忆前世修来的福气。"说罢，她喊了恕怨一句娘亲。恕怨抱紧两个孩子，但很快撒开，接着把一块玉佩交到阿忆手上，说："这块玉佩一直跟随着我，今天就交给你保管了。其实它还有一块一模一样的，可惜我上次从万春楼跳下时不慎遗失。你们两姐妹以后在异国他乡，彼此也好有个照应，千万要小心谨慎。"然后她看向千山："姨妈只能帮你到这里了，以后你见到你母亲，帮我问候她；如果……如果有机会的话，替我回大汉看看吧。"她轻轻推了推阿忆，说："现在我是你娘亲了，你是理解我的。听话，时间不早了，带千山走吧。照顾好她，也照顾好自己。若以后你们心里还有我，多念着我吧。"同时，又朝泽恩点了点头。临了，她忽然想到什么，转头和那些右贤王庭的士兵说："如果城中百姓逃难，给他们留条活路吧，丁零虽可恨，百姓终归是无辜的。"说完，扭头回到石道中，重重合上石板。千山依依不舍，流着泪要去拉恕恕，阿忆攥着玉佩，含着泪把她拉走，坐上荦粥来接她们的马车。而后泽恩等人纷纷上马，将她们二人送往荦粥去。

　　恕恕何尝不知见不到忘忧是个无法弥补的遗憾？她只能安慰自己道：自己在丁零受了数十年的苦，这次能救下千山和阿忆，把她们送出去，也都值了。自己如同一个摆渡人，见到她们平安无事，便没有遗憾了。恕恕出来的时候就默默把石道中的路记熟，而今她沿着石道回到浴火楼，从楼中出来。城中乱哄哄的，百姓们拖家带口四散奔逃，市集上的商品已经被哄抢一空，只剩些没有用、带不走的东西散落一地。偶尔有赶去增援的几队人马在身后呐喊，一边喊着"闪开"，一边冲撞着逃难的百姓。浴火楼旁，从城外潜入的士兵和城中的守兵也打得不可开交，无人敢近。城外的攻势越来越激烈，丁零城变得岌岌可危。恕恕逆着往城外跑的人群，回到万春楼，这个让她一生蒙辱的地方，而今天她要亲手将其毁灭。

　　她捡起地上丁零士兵尸体身旁的大刀，冲进万春楼。这时万春楼里悄无声息，只剩一地的杯盘狼藉和东倒西歪的桌椅。恕恕冲上楼去，走到第一个房间前，用刀把门锁砍开，放出里面的女子。她砍开一个锁接一个锁，把里面困住的、像她一样的众多无辜女子逐一放走。她们也仿佛在这一夜学会了反抗，仿佛终于可以在这一夜将一生的愁苦散尽。她们帮着恕怨，帮每个房间里关着的苦难之人逃出生天。这些苦难而柔弱的身躯向恕怨道谢，潮水一般冲了出去。

可是，恕怨却没有离开。她等所有受苦的女子走完之后，将楼中的窗户一一关上、锁死，神情从容而悲壮。这时，她听见万春楼的老板和老板娘带着他们的伙计回到楼中，恕怨退到角落中，隐藏在黑暗里。只听万春楼的老板呵斥他妻子："你也是的，都大难当头了还回来拿什么？"老板娘骂道："你懂什么，我们的全副身家都在楼上，就这么逃难，没有一个钱，你吃什么用什么？"原来他们和很多贵族一样，从大祭中返回，取些金银财宝准备逃难。

等他们刚走上楼梯，恕怨冷不丁走向门口，砰地一下关上大门。老板和老板娘回过头来，见在烛光的映照下，恕怨的脸一明一暗，如同传说中的鬼。老板娘内心害怕极了，骂道："呸，你在那里干什么，好狗不挡路，你不想活我可想活。来人，把她给我扔出去。"有几个伙计想过来抓她，恕怨将那把大刀举在胸前，对着众人，那些人不知道她又发什么疯，不敢轻举妄动。她像幽灵一般，举着刀对着众人冷笑，在场的人无不起鸡皮疙瘩。时间紧迫，其他人见她不为所动，只顾上楼去取东西，不再理会她。

趁着这会儿工夫，恕怨用身体顶着门，将门口上一左一右两个火把取下，她先将大门点着，又将火把往两边一抛，继而冲上楼去将所有烛台、火把全推在地上。外面大风呼啸，没过多久，万春楼就化作一片火海。楼上的人见火光熊熊，才醒悟过来，纷纷惊呼。可是已经晚了，他们拼命摇晃窗户却无法逃生，连大门也被恕怨锁死。人们上下奔忙，发出呼天喊地的求救，像是替数年来冤屈的生灵呐喊。

恕怨将自己关在那间柴房中，任凭外面传来咒骂和撕裂的叫声。她冷笑道:"二十多年前,我心已死,我就从未想过活着走出丁零。今天我终于等到整个丁零给我陪葬。"她坐在地上,感受这前所未有的温暖和热度。她感觉自己的身体在慢慢融化,喃喃道:"看来无论如何,我永远无法释怀这一生的怨恨,我的忘忧妹子也永远无法忘记这一生的忧愁,多可笑,多可悲……"这万春楼,连同那些曾侮辱她、奴役她的恶人,很快在火海中全部化为泡影。而恕怨自己,也再没能出来。

而此时,大街上,那些被恕怨放出来的人们,如同一个个恕怨的灵魂,继续恕怨未完成的事情。他们纷纷冲向关押犯人的牢狱、奴役奴隶的囚室,把千千万万被丁零贵族压迫的人释放出来。这群本来被无视的、丁零的陪葬品,纷纷冲出了压迫,他们和丁零的无辜百姓一起逃出城去,离开了万恶之源,得到了救赎。不久,在里应外合之下,西面的城门被攻破了,士兵纷纷冲进城中,如同潮水前赴后继,浸满了这座丁零城。他们冲进城后,免不了一番烧杀抢掠,一瞬间,无论是王侯的宫殿,还是平民的房舍,都陷入火海,化为灰烬。城内城外火光冲天,人声鼎沸,宛如丁零过往的一时盛极;最后,大火湮灭,人群散尽,一切重回到黑夜中。这便是恕怨最后感受到的,丁零留下的最后一声叹气,之后它便蛰伏在历史的长河中,等待再一次苏醒。

去荤粥的马车一路赶着,昼夜兼程。泽恩带着弟兄们,和荤粥派来的侍卫一起在马车左右保护居次。这次他们打起十二分精神,时刻提防着,一路无言。待到翻过几座山岭,赶车人松了一口气道:"我们已经到了荤粥,不过离王庭还有一段路。"千山和阿忆一路昏睡,而今也逐渐清醒过来,听闻到了荤粥,颇为好奇,掀开帘子看沿路的景象。这荤粥处在盛行西风的迎风坡,与漠北有山岭阻隔,十足是一个世外桃源。说来也奇怪,山的那边明明还是荒漠,这边的沙地上已然有稀疏的草木,再往前走去,草变得越来越茂密,隐隐还能见到坡下有一片草原。现在已是深秋,在阳光的照射下也不觉得太冷。虽然草已经基本枯黄，周遭的万物却仍显现出别样的生机。沿途有牧民正在放牧，也有百姓正整理农田，准备越冬，一切十分和谐美好。千山忍不住赞叹起这景色，赶车人憨厚地笑了："这里的风景可不算什么，到了王庭那边，景色才叫美，中原那边常说的世外桃源，估计就是我们这里。"阿忆感叹道："难怪你们这么神秘，不与外人往来。这么好的地方，如果被发现了确实会引来很多是非争端。"赶车人点头认同。

千山一时好奇，按捺不住问道："大伯，你们的首领，是个怎么样的人？外面的人对他的传闻有好有坏，我心中实在没底。"赶车人无奈地笑了，道："我只是一个赶车人，知道的也不多。我们荤粥这里沿袭着上古的部落首领选举制。每一位首领，都是由各个小部推举出人来，再由上一任首领决定的。首领嘛，自然比起我们普通人强些。"见千山还想追问，赶车人不知是不愿多说抑或知道的果真不多，只是答道："姑娘你有所不知，我们荤粥固然落后些，也有自己一套特定的规矩，讲求各司其职。我们不仅少与外界接触，其实我们自己人之间，也很少往来。那首领选出来后，便携他的家人住到王庭中去了，平时除了遇到关乎整个荤粥的大事，和其他人都不怎么接触。若你们问我路程还有多远、现在到了哪里，我定当奉告。我们百姓平日里只管做好分内的事，与我们没有交集的事情便不会去管。你瞧，你们问的关于首领和王庭的事情，我想到时自然会有人告诉你们。"

千山见问不出什么来，只好作罢，但听他这么说着，倒觉得有趣：自己曾听母亲讲过，先秦时期汉地有个道家学派，讲究什么"小国寡民"，还说着什么"鸡犬相闻，老死不相往来"；这荤粥虽是个荒蛮之地，倒也有几分这种意思。赶车人见千山凝神细想，又劝慰道："我们荤粥疆域虽小，又是上古的遗民，却崇尚以和为贵，无心卷入外界纷争，王庭内外都是一片祥和。放心吧,姑娘远道而来,想必首领不会亏待你的。"千山听闻,也略为安心了些,如此看来,纵然荤粥的生活不比匈奴,也总比在丁零好上许多吧。

第三十七回

边缘人初尝异客苦　亡国女终圆游侠梦

　　不多久，众人便来到莘粥的王庭，也是绿洲的中心。正如赶车人之前所说那样，这里虽比匈奴更为偏远，但却清秀许多，翻过坡上的草原，接连的农田便显现在眼前，倒是挺像二阏氏常提到的中原景象。这莘粥不大，布置得却相间有置，坡上的草地畜牧，中间平地耕作，背风那边的沙地种些好养活的瓜果，就算有山岭与外界阻隔，莘粥人也能自给自足。千山一路过来，看着新奇，问赶车人道："大伯，你们这不同地方相映成趣，又相距不远，岂不是能常常到不同地方欣赏一番？"赶车人笑笑说："嗐，姑娘，你初来乍到自然是觉得新奇，但我们都习惯自己住的地方了，也不往外跑。我们赶车的尚且能够沿途见见，一般人都是到收成的时候才专程到王庭去参加市集。平常啊，我们都待在自己的部中，很少到别处去的。"泽恩听闻，心想，这里倒是安稳，平素在匈奴，人们牧羊起码都要跑出个几里地。

　　马车慢慢停稳在王庭前，千山刚走下马车，一个衣着华丽的男子迎面走来，宽大的衣服上绣满了奇怪的图腾，整体看来无伤大雅也不失庄重，他身后有五六个侍从跟随着。千山见他这般穿着，一时不知他是不是荤粥的首领，悄悄打量了此人一番，见他五官清秀，慈眉善目间流露着笑意，一时心中甚是欢喜。她刚想开口，那男子却先说道："礼节使官在此恭候千山居次，有失远迎，望多恕罪。"千山听闻，眼中透出一丝失落，自我安慰道："荤粥待我还算有礼节，想必首领也不该是暴君吧。"那礼节使官又说道："千山居次请随我来熟悉一下王庭。"说罢，便带领千山等人去王庭中参观。

荤粥的王庭远没有匈奴王庭那么气势恢宏，加之它置于绿洲之中而不是大漠之内，倒有些小家别院的气质。礼节使官给千山逐一介绍王庭的布置，又将她带到一个装饰典雅的营帐中就座。这里的桌椅都是木制的，材质较实，而木面糙滑适中，散发出淡淡的芳香。一旁的桌上摆着一盘新鲜瓜果，千山一边听使官讲解了许多王庭中的礼节，一边小心翼翼拈起果子吃。好不容易等他说完，前脚刚走，所谓内务官便同样来为千山打点王庭内务。之后负责婚嫁的襟娘又将千山带去梳妆打扮一番。就这样折腾了大半日，各色人等都一一来过了，唯独那个神秘的首领没有出现。

一直到晚上营帐中的喜宴，朝臣都陆续到来，荤粥首领都迟迟未到，千山忍不住问身旁的礼节史官："你们的首领怎么一直没有出现？"礼节史官赔着笑答道："荤粥数年没有迎战，如今一战劳民伤财，攻打丁零归来的兵马正值休整。这是关乎于整个荤粥的大事，首领这会儿忙着安置、慰问受伤的士兵，恐怕……是一时半会儿赶不回来了。"千山无奈，只好在襟娘的引领下草草行完礼节，便让阿忆陪着回房中歇息了。令千山感到万幸的是，阿忆仍是自己的侍女，泽恩仍是自己的侍卫，今早两人也被分别带去随从总管那边指导了一番。如今泽恩在外头打点着，阿忆在这个僻静的房间中帮千山揉着肩，两人有一句没一句地闲聊着，一直等了约莫两个时辰，都不见所谓首领的到来。千山原本那一丝惊恐与不安早已烟消云散，忙碌了一天，现在不知不觉有些困倦。她半眯着眼靠着阿忆，窗外田间的香气在鼻间盈盈。

这时，忽听见外面有脚步声，紧接着门外侍卫纷纷向首领问好。一个约莫三十岁的男子走进房中，阿忆连忙起身，匆匆行礼后退到房外。千山顿时清醒过来，有些紧张地抬头看向首领。他穿着淡雅的服饰，神色也有些许疲惫，除此之外看不出是喜是怒，看起来也并不残暴或仁慈，甚至不如礼节使官那般眉目清秀，如果仔细看，倒是觉着面上有种庄重之气，除此之外便与常人无异。这么一来，千山到底还是有一些失望，同时也松了一口气。阿忆在房外紧张地听着房中动静，却只听得首领非常快地说了些话，大致是在向千山声明她只是自己联姻的妻子，而他自己有真正疼爱的妻子，能给到千山的只是一个名分，两人暂时结合只因与匈奴有利益上的约定。千山作为联姻的妻子，除了一些典礼仪式需要出席，也不会与自己的王庭有更多交集。临了，他不忘交代千山明日需与自己一同参见自己的母亲，还没等阿忆缩回一旁，荤粥首领就大步走出房外了。

次日，阿忆早早为千山梳洗打扮，千山见周遭无人，便悄声与阿忆道："首领说话虽谈不上冷冰冰，也让人觉得没有什么温度。他昨晚丝毫没有提起战事和荤粥的其他事情，好像那些都与我无关似的。唯有说起自己母亲和妻子的时候才有些许热情。"阿忆拢着千山的头发道："这个首领确是有些不近人情，倒不是什么恶人，或许是像赶车那大伯所说的那样，这边人人自成一家，少有外来者的缘故吧。居次你也不必太拘谨，若是主动去与他说些别的，说不准他也是乐意的。"

正说完，礼节使官便来到门外要接千山去大营。千山一路上也碰到些昨日见过的官员和侍从，他们见了千山，或恭敬、或谦卑地行礼，而后便匆匆走远。大营中坐着的王庭成员，居中的是首领。他右边是一位衣着庄重的老妇人，想必是首领的母亲；而左边则坐着一个略施淡粉的年轻女子，搭着首领椅边的手，应是昨晚所说的年轻阏氏。两侧的椅子上，年长的是叔伯兄弟，年幼的是弟妹儿女。若不是意识到这是王庭中，便与看见普通百姓家的其乐融融无异，自己一来倒显得像是多余的客人。首领在这其中一改前日的漠然，与周边人有说有笑。见千山到来，大家收起了嘴边的话语，首领也轻轻抹去妻子的手，走到千山身边，与其一同拜见母亲和众人。

千山有些惶然地看向居中的两位妇人，首领的母亲慈祥地笑笑，客气道："居次远道而来，我们这里地方小，许多方面比不上匈奴，不过也有一番意趣，起码日子安稳。居次难免要将就将就了。"那位年轻阏氏也笑着说："素来听说匈奴有座焉支山，果然是焉支山下多丽人。"其余王庭的成员也都向千山点头致意，千山也一一客气回礼。见过众人后，首领听命于母亲，将千山送出大营。千山怯怯在前面走着，忽然停下问道："首领，我们是否还要去见王庭附近的百姓，素日我们王庭有喜宴，都……""不必，"首领道，"我虽是首领，可这王庭中事终归是自家的事情，荤粥王庭与百姓联系不多，若当真是举国之事，定会昭告；但此为王庭之事，百姓也不会过问。"说罢，他便继续往前走。

千山又追问："首领，那……我们有机会回匈奴吗？或者让匈奴王庭的人来这边看看。"首领摇头："荤粥不怎么与外界联系，漠北也鲜有人知晓我们的踪迹，若是常常派人往来，便容易暴露了；何况山岭相隔，想要回去也不是一件易事。这次兴师动众，也属偶然。"见千山眼中黯然，便补充道，"你实在想与匈奴联系，平日里便写些书信，若我们有人要出去南边，便让他们帮你捎去吧；若你在王庭厌倦了，就和两个侍从到附近去散散心吧，只要不出荤粥就好，你们大抵是不喜被拘束的。"千山谢恩，又听得："我也知道你作为外来人，在荤粥难免不习惯。反正十年约定，忍耐些时日就过去了，彼此都照例行事罢了，何必忧虑。"千山听了不解，正欲追问，君主却已起步走远。

　　接下来的日子，千山便只能间断地和汗国那边书信往来。似乎荤粥人都不会与她有过多交集，在王庭中她既不能像妻子一样被首领宠幸，也不能像奴婢一样侍奉首领，与其他王庭中人不过点头之交，如同边缘人一般。平日里她只能和阿忆、泽恩相伴，在王庭中作作画、做做女红，偶尔去到附近的农田里看人们耕作，赏赏花草。百姓们对这个外来的匈奴居次有所耳闻，却也不过多好奇，只是多看几眼，便又埋头到自己的农活中。仿佛在这样一个分工明确、各顾各家的地方，千山倒成了一个被错置的无用人。这里的生活没什么管束，倒比在匈奴那时自在，只是思乡之苦难以从千山心中抹去。

　　一次，她和阿忆、泽恩偶然到南边那座山坡上散心，竟发现这里也长满了忘忧草。那一刻，千山泪如泉涌，用手捧起一簇将脸埋下去，却不舍得将它们摘下带回。这满坡的忘忧草如同母亲的寄语，成了千山在荤粥的精神寄托，每次极度想念家乡时，都要来这里，从天明一直坐到黄昏。因为常常前去，这边的牧民也渐渐与他们几人熟识。可能是见千山三人都对这片草原有着浓烈的归属感，比起王庭那边的农人，牧民们对他们几个外来的人更热情些，有时还会招待千山三人小住，邀请他们一同牧羊。一户人家的年轻女孩与泽恩意趣相投，千山和阿忆忘不了极力撮合，真就促成了一段好姻缘，这都是后话。

　　说回丁零灭亡之后，沦陷的丁零城和周边的领土都被匈奴接管。由于那晚是右贤王庭的队伍率先从地道潜入城中，里应外合从西城门攻破了丁零王庭，单于给右贤王记了一次大功，并将丁零的一大块领土赏给了右贤王庭。那晚的恶战使得丁零人口锐减，而匈奴王庭近年人口增加不少，在单于接管的那边，单于便下令将一部分原来王庭的人口迁至丁零地区。为了显示出征服者的威严，迁去的匈奴人哪怕原是奴隶，也一律变为平民；

而丁零原来的权贵和民众，都一律贬为奴隶。

而在右贤王庭接管的那边，丁零城沦陷当晚，浑谷邪派两个儿子千鸿、千烈去清理丁零王庭，那恶霸王狄灭早已在匈奴攻城时被手下人杀死邀功，剩下的宫妇一部分也惨死在战乱和大火之中，剩下的都被俘虏起来，绑在一旁。千鸿听闻丁零王庭掠夺了许多珍宝，赶紧带手下人去搜刮；千烈打量着那些被捆绑着的可怜人，嘴角微微勾起，他亲自挑选了好些面容姣好的妃嫔，命人带回匈奴；王庭其他的王侯臣子则任由他们离开；剩下的婢女侍卫才押出去，和其他平民俘虏一并作为匈奴的奴隶。

这时，狄灭那个胖王子狄威见到母亲被带走，一晚上经历的恐惧终于爆发，不由得号啕大哭起来。周围的人见他如此，惊恐万分，认定千烈这个不好惹的狠角色要对这毛孩子下狠手了，他的母亲也惶恐地低声叫他不要胡闹。不料千烈问明这孩子的身份后，竟出奇地耐心，蹲在孩子的跟前好言安抚。那小狄威傻了眼，顿时停住了哭泣，手中紧紧握着恕怨之前送给他的泥蛇和陶哨不敢吱声。千烈见他不哭了，让手下将这孩子也一并带回自己宫中，且不得将一星半点的消息传出去，尤其是匈奴王庭，违令者格杀勿论。此举出乎众人的意料，可军令当前，没人敢多问，手下人只好照做了。

在自行离开的人群中，有一个叫做珑儿的瘦小女孩走在队伍的最前头，昨夜丁零沦陷时，她身处离万春楼不远的雏凤楼中。传闻老皇帝狄煞生性浪荡，尽管王庭中养了许多妃嫔，但成天在外对别的女人始乱终弃。说来也可笑，他却把骨肉仍留在王庭中养着，就安置在这雏凤楼中。珑儿的身世亦是如此，她听闻自己是狄煞老皇帝的骨肉，但她从不知道自己的母亲是谁。珑儿便和其他那些"风流债"一样，尽管在楼中有尚可的待遇，但从小受尽白眼，被正统的贵族所不齿，连伺候他们的侍从都常在背后笑话他们是"杂种"，这种情况在狄灭继位后更甚。昨夜眼看入侵者要

第三十七回　边缘人初尝异客苦　亡国女终圆游侠梦

火烧雏凤楼，侍从们自身难保，纷纷出逃；还是万春楼逃出来的苦命人见这栋楼的孩子可怜，便冒死将他们尽可能救了出去，藏在附近的商铺、民居中，才逃过一劫。珑儿便因此存活下来。

此时珑儿混入逃亡的人群中，人们推搡着，抢夺摊上、地上的物资。珑儿也趁机穿插在人群之间，拾起一些食物、用品等，头也不回地往丁零城外走去。千烈的网开一面正合了她的心意，说实话，她对丁零本就没有什么依恋，珑儿从不想把丁零当做她的故国，现在灭亡了就更不想了。与其留下当亡国奴，她早就想要离开这个像笼子一样的束缚着她的王庭了。小时候，她曾听她的恩人说起外面大漠中偶有漂泊的游侠，不由得心生羡慕，从此幻想着日后有机会就要当一介游侠，四海为家，再不受冷眼，再不受管束。

接下来好几日，她就与其他逃难的人们一起向南行，沿途尚有些人家给他们提供食宿；有些村落的人们逃走了，人们便在他们家中翻找剩余的干粮；有时在破庙裏些柴草过夜。眼见其他的人纷纷留驻在沿途的村落中，抑或花钱买马匹，打算到南边投靠匈奴或汉地的亲戚，渐渐都四散了。可珑儿心性倔强，偏要往大漠深处走。旁人见她一介瘦弱女子，劝说她留下，反被她臭骂一顿，便没有人愿意管她了。与众人分开后，一开始她还得意万分，心想这下总算可以四海漂泊、浪迹天涯了。可当游侠哪有那么容易，她每天就这么漫无目的地走着，本就劳累不已；眼看就要入冬，北方的寒潮席卷大漠，珑儿穿出来的那套衣服也渐渐抵御不住严寒。加之该吃的吃了，该花的花了，身上仅剩的银两连最瘦弱的驴子也买不起，珑儿不由得也有些怯了。

这晚风雪交加，没过多久，枯黄的草原已经覆上厚厚的积雪。珑儿一脚深一脚浅艰难地行走在雪地中，膝盖以下全然被冻麻木了。她用从破庙中带出的柴草紧紧包裹着自己颤抖的身体，迎面吹来的疾风无情夺去了她的头巾,一头黑丝瞬间裸露在风中。珑儿只觉头一冷,意识也开始跟着混沌,人也将要倒下。突然,她听见不远处有一阵箫声随风刮来,她挣扎着抬头望去,竟见到右边山坳之下有几个毡房,仿佛是专门为了收容过路的人。珑儿挣扎着想快步走去,可冻僵的双脚哪里听使唤,一个趔趄就摔在地上,身子朝着山坳滚落,竟已感觉不到疼痛。

等到珑儿渐渐清醒过来,她发现自己已经坐在毡房内,旁边点了一个炉子,暖烘烘的,隔绝了外面的寒意。自己的身上也被披上一张羊毛毯子,手脚在火炉的烘烤下变得麻麻的,身子禁不住直打哆嗦。对面的床铺上坐着一个男子,看上去不算太老,但胡子和头发被风霜吹得凌乱,一时竟无法分辨他比自己年长多少。珑儿有些戒备地打量着他,见他腰间别着一支箫,便问道:"喂,你就是那个吹箫引我过来的人?"那个男子见眼前这个瘦弱的小女孩说话好不客气,不由得也笑道:"这风雪天你一个小姑娘在外面游荡,若不是我,你还能撑多久?"珑儿嘟囔道:"话虽如此,但你又怎会在这里?你是哪儿的人,难道就住在这里吗?"男子摇头道:"说实话,我也分不清我究竟属于哪里人,这些年来四处游历,也是在寻找答案。这些天见寒潮将至,我便建了些毡房,免得路过的人困于风雪之中。碰巧听闻丁零城破,想着会遇上些逃难的百姓,便到四周查看,让他们有个收容之处也好。"

珑儿听闻,不由得直起身子,惊呼道:"这么说来,你便是个游侠了!请问尊姓大名?不瞒你说,我从小就想要当一个游侠,没曾想,今天竟让我遇到了。"她的眼睛在火光中闪着光,脸瞬间也变得红润起来。"我叫凌风,或许算是你口中的游侠吧。"凌风笑道。原来在暮雪离开之后,凌风这些年依旧在外漂泊,四海为家。这几年他仍像过往一样周游各地,唯独没有去氐羌。他好奇地问起珑儿道:"那你呢?你莫不是丁零人?等过几天风雪停了,我再送你回去吧。"珑儿喊道:"不成,我好难得能出来,绝不再回去,我恨透了,那个地方于我而言就像个囚笼。我可是一心一意要做游侠的,见你是游侠,我才告诉你。"见凌风眼中充满关切,珑儿便将身子往前挪,将自己的身世大致说了。末了,她道:"那些狗权贵,仗着自己正统,就敢踩在我们头上,君子报仇,十年未晚,如今丁零被灭,他们有今天也是活该。还有那些不争气的人,明明跟我一样,却逆来顺受,我从不屑于搭理他们。我倒不同,好歹也是半个主子,若是那些下人出言不逊,我就用大嘴巴子伺候他们。"说罢,不觉咬牙切齿。

凌风听闻,也明白了为何珑儿的性格孤僻至此,儿时的遭遇让她变成了一只小兽,竭尽不大的力气嘶吼着,脸上充满了戾气,凌风心中不由得十分怜惜。珑儿见他脸色稍变,不满道:"怎么,连你也觉得我可怜了。还是你一定觉得我暴戾,像我这么一个'杂种'居次肯定当不了游侠?"凌风连忙否定:"游侠与身份有什么关系呢?我认识一个居次,她从小就怜惜大众,只要看见王庭附近的贫困牧民和过路的人,都会救济他们。有一年寒潮来袭,那时我还年幼,一个人被困在匈奴,身上也没有多余的盘缠了。去王庭的一路上见许多牧民的牲口被冻死,他们没有了收入,也没有粮食,而我自己也早已饥寒交迫。当我来到王庭外,许多饥民都聚集在那里,只见那个居次请求单于施舍一些粮食,分给那些牧民,我因此也得以饱腹,度过一劫。当时我远远看着她,心想,她虽是居次,也是游侠。后来,她为了远方的百姓和匈奴的安危,放下一切去当住持……"凌风有些哽咽,他忍不住向珑儿提前这段往事,这段珍藏以久,甚至都未曾向暮雪提起过的往事。那是他第一次见到暮雪,便牢牢记住了这张脸,或许自己从那时起,就已经深深爱慕着她。也是自从那次起,自己便也学着她一般行善,成为一种习惯。

珑儿见他没有说下去,心中也猜到了七八成,便来到他身边坐下,轻轻拍了拍他道:"这么多年你心中依然记挂着她,你这些年四周游历,又一直行侠仗义,一定是很想她吧?"凌风没想到自己情感流露得如此明显,知道珑儿看出了自己的心思,也不隐瞒:"是,遇到她之后,我便以为我有了归属,那就是她在的地方。可是她有家国,而那时我向往自由,所以这些年,我也在寻找我身所属。如今我也学着她这般与人为善,听从本心,我想,虽然她离开了,我们仍然是心灵相通的。""游侠本就该向往自由,四海为家,又何须囿于所谓家国?"珑儿插话道。凌风默然,半晌道:"这个问题,你将来自有定夺。夜色已深,珑儿,你也早点歇息。"说罢,他领着珑儿到后面那间毡房去,点开炉子,铺好床铺,便推门出去了。

珑儿心中仿佛有一根弦被触动,她放松地陷入被褥之中,却不愿这么快入睡。凌风的坦诚,他的仗义,他的深情,与她心中的游侠形象是那么吻合,甚至让她觉得他是那么亲切,她打心底佩服凌风。自己甚至对他产生了莫名的依赖,想着日后若能和凌风一道去游历就好。何况,很久都没有人如此关心自己了,除了自己从前的救命恩人——游侠这个词,也是从他口中得知的。那个人是丁零的医务官,在珑儿小时候,他曾经和她说过,她的母亲怀着她时,被迫从万春楼跳下,昏迷之中竟产下一名女婴。当时狄煞身旁的大臣将医务官喊来,将珑儿接生,只是狄煞那会儿正值气头上,不肯认珑儿,只叫医务官将这个流淌着汉人血统的女婴丢弃,在她母亲醒来后骗她是流产。

医务官一来不敢擅自丢弃大王的骨肉,二来见她弱小可怜,便擅自将她带去雏凤楼中养大。那个医务官一开始还时不时还来看望珑儿,从他口中,珑儿对自由自在、爱恨分明的游侠是如此向往,甚至成为一种信念,支撑着她长大后要逃出丁零游历。后来狄灭继位,医务官怕行迹暴露,也不再来看望她了。医务官怕珑儿想认回母亲,一直没敢告诉她是汉人阏氏恕恕的女儿,只是交给她一个玉佩,说是她母亲身上一双玉佩的其中一个，是当年乘她母亲昏迷时悄悄取下的。珑儿见周遭孩童的母亲身份复杂，心想自己母亲也不一定是什么好的身份，也从来没有问起，只是把玉佩一直带着。凤雏楼与万春楼不过相隔几里，可怜恕恕一生都未曾知女儿在世，含恨而终。

一连数日，珑儿便安心在这毡房中歇息。待到风雪渐小，一日，凌风将烤好的羊架子拿到珑儿房中，两人坐在火炉两端，大快朵颐。珑儿问道："待到风雪过后，我们往哪里去？"凌风拿着肉的手停在空中。半晌，他看向珑儿，问道："你真的决心当游侠？果真不回去了？常在外头风餐露宿，可不是儿戏。"珑儿也严肃起来道："凌风大哥，我要跟随你做一个真正的游侠，一样地行侠仗义，我一定会收起之前的小性子，这是我一直以来想追求的，再艰苦也无所谓，总比回去丁零被匈奴人抓去当奴隶好。"凌风看着眼前的这个小女孩，犹如一头倔强的小鹿，她对游侠的执念，又何尝没有自己儿时的影子？她虽然是丁零人，可和自己一样没有归属，甚至对故国痛恨不已，与暮雪简直是两个极端。而今她确实也无处可去，倒还不如先带着她，教会她一些野外生存的本领，让她明白想象中的世界与真实的游历迥异，再让她自己择路。何况，儿时的不幸让她骨子里带着些戾气，若是带着她行善，总比任由她去作恶好，对她而言或许也是一种救赎。见凌风点头答允，珑儿欣喜地抱拳谢过凌风大哥。见眼前这个丫头个性古怪而率真，凌风不觉眼中充满了爱怜。

第三十八回

慈母仙逝留遗憾　知音重逢慰伤怀

　　今年的寒潮来得很早，才是深秋，这场暴风雪已经昼夜不停地持续了差不多一周。可怜许多丁零人在那场恶战之后流离失所，接管的匈奴军队也未能及时前来补给。凌风和珑儿所过之处，路旁皆是冻死骨，凌风摇头叹息，连一向自诩天不怕地不怕的珑儿也不禁觉得汗毛倒立。她看向凌风，心里庆幸道：若不是凌风大哥相救，我早就是这其中之一了。

　　两人来到附近荒废的村落中，这正是珑儿来时所经过的地方。凌风在破落的屋前顺手拿起几把铁铲，遂又向前走去，珑儿不解，但没有多问，只跟着凌风的脚步。凌风来到一处较高的坡上停下，用其中一把铲子铲开枯树底下的雪块，取火来烧软底下的土块，再用铁铲将泥土松动开，不多久就挖出一个坑来。珑儿看着凌风将一具冻僵的尸身放入其中，不由得向后缩了缩。凌风安放好后，扭头看着珑儿，笑问道："要不要来搭把手？"他见珑儿下意识皱了皱眉，也没有勉强她。刚转回头，只听珑儿在后头小声问道："这些人……与我们何干？而且，不是说死人不吉利吗？"凌风道："常言道，入土为安。这些人生时已不幸，死后若横尸荒野，又要被秃鹰、野狼糟蹋，实在可怜。何况生与死不过是人世间最寻常不过的事了，又有什么忌讳的？""可是……这么多人，我们也管不过来。"凌风大笑道："路过见到，力所能及就帮一把，见不到帮不上的，只能说是缘分不到了。我们做游侠的，本应潇洒，能帮则帮，不要被世俗的道德束缚了。"珑儿站在后面痴痴凝视凌风的身影，好一会儿，终于还是上前去帮着铲土，又拿出帕子来为他拭去脸上冷气凝成的水珠。

不止丁零，这场雪灾也让匈奴深受其害。一连几天，单于都听手下人禀报，有不少牧民的牲口被冻死，那些没来得及收割的粮食也烂在农田中，加之道路被大雪覆盖，粮食和牲口的供应和交换都成了大问题，灾民纷纷向王庭求援。虽说王庭有之前的教训，作了简单的粮食储备，但如今又将丁零纳入版图，人口多了不少，百姓的温饱问题也逐渐显现，单于为此烦恼不已。

自从千山走后，忘忧每天傍晚都到王庭后面的山坡上去，向北方眺望，侍女鸾凤陪在她身边。而今她的两个女儿都不在匈奴，从攻占丁零回来的人口中得知连恕恕也不在人世了，鸾凤明显感觉到忘忧阏氏的精神状态大不如前。她心焦不已，尽管自己每天精心伺候阏氏，可终归是比不上有亲人在身边。这天傍晚，外头风雪刚过，忘忧仍执意要到后山上去，鸾凤屡屡劝阻都没有用，只好帮她穿上厚厚的雪袄，小心扶着她去。忘忧像往常一样向北眺望，口中喃喃道："也不知道千山她那边是不是更冷，阿忆能照顾好她吗？"秋冬的夜来得很早，眼看暮色苍茫，外面的温度愈发下降，鸾凤小心翼翼催促着忘忧回王庭，她十分担心这天气会把阏氏冻坏，就是常人站在这风雪中久了，也经不起啊。在三番五次的劝导下，忘忧才终于回过神来往回走，可就是这一阵子，已经重重地摧残了忘忧的身体。当晚，忘忧就不住猛烈咳嗽起来，鸾凤欲请来医务官，却被忘忧拉着，说："不打紧的，你只叫人过来瞧瞧，王庭那边最近忙着解决雪灾的事情，就不要惊动单于了。都是老毛病，过几天就会好了。"鸾凤听闻，应声出去，心中涌起一股莫名的不安。

　　一连几天，忘忧的病情愈发严重，本该是药到病除的，可这一次服了药也不见好转，就连身体也疲惫不已，只能一直在帐中卧床休息。深秋的寒潮只是个开始，随着时间推移，下的雪又化开了，天气一天天转冷，仿佛没有了尽头。单于上次受的重伤也在这恶劣的天气下复发，胸口扯着痛，仿佛有一根筋连着，牵到头顶都是痛的。他本还想坚持在营中与朝臣争论供粮的事务，刚吼了一嗓子，便猛地一手撑着头伏在桌上，另一只手锤向自己。众人见状，纷纷劝单于去歇息。单于也自觉疲于应对，只好暂时将政务交由右贤王打理，军务交由斯图亚管理，自己暂且卸下这份忙碌。

　　单于见忘忧好几天没有出来了，又听得夜深人静时她帐中传来的咳嗽声，不由得十分担忧。这天闲来无事，他便带上医务官一同去忘忧帐中探望。恰逢忘忧这会儿正被轮番的咳嗽折磨得喘不过气来，鸾凤扶她坐起来缓着气。单于见忘忧的病情不轻，不由得向鸾凤等人骂道："你们这些人都不长心吗？二阏氏身体不佳，怎么一个个愣在这里不去请医务官，也没有人来禀告？"忘忧忙替众人辩解道："单于，不怪他们，这都是些小病小痛，我这里……平常也有备着些风寒的药方，医务官也来看过了，都是老毛病了，单于不必忧心。"说罢，喉头一干，又咳嗽起来。单于忙叫身边的医务官去为忘忧诊治。

　　这个医务官本是医术最高明的，可这次给忘忧治疗了好几个疗程都没什么起色，还咳出血丝来。单于不甘心，一连换了几个医务官来给忘忧看病，都不能根治。到后来，她的咳嗽虽是勉强止住了，但人愈发地憔悴，一整天倚靠在床上，只是望着窗外发呆。单于倒是时时去探望，一去就命人在忘忧床口放一张藤躺椅，一坐就是一天半天。他们两人在帐中，一个

第三十八回 慈母仙逝留遗憾 知音重逢慰伤怀

坐着、一个半躺，时而说几句话，时而沉默着，间或夹杂着忘忧的几声咳嗽，气氛却异常和谐。单于年纪越大，是越来越念着忘忧的好了；他这些年时时感伤，自称是人老了，就容易多愁善感了。很多功与名，他早已不像年轻那般看重，反而是原来那么兴旺的一大家子，走的走，散的散；自己这个统治一方的霸主，终有一天也会不打一声招呼就忽然消失在这个世界上，多么无奈啊。他看着眼前的忘忧，这个阏氏在自己的印象中停留得太少了，少到即使现在成日陪着她，好像也永远都不会够的。忘忧多是闭着眼，偶尔睁眼注视着单于，他已经那么沧桑，他陪着自己，像是一个普通老头一般，再不是往昔那个英武的大将军、那个大漠的王，那么高高在上了。

揹木央见单于这些天总是到忘忧营帐中去，又听忘忧总是咳嗽，生怕单于待久了容易被传染，便对完察萍抱怨："阏氏，单于他身体抱恙，虽说卸下朝政之忙碌，但总是为二阏氏前后打点，也很是费神吧。"完察萍也是有一定年纪的人了，这次反倒劝导揹木央要理解单于的用心，不过末了还是拗不过她，答应私下去和单于说说。单于听闻，明知妻女只是好言相劝，脸上却变得有些严厉，说道："人生大事莫过于生死，你们就不要过于干涉了。说不定哪一天我也随着她而去，到时我卧病在床，你们也要这样对我吗？"完察萍只好作罢，不敢再提。

忘忧的病越发严重，单于心知忘忧可能难熬过这个寒冬，正想派人去通知暮雪和千山回来，只听得部下来报："暮雪居次听闻匈奴遇雪灾、百姓受苦，正带着氐羌存粮前来赈灾。"单于听闻又惊又喜，鸾凤连忙欣喜地告诉忘忧，忘忧听了果然振作不少，让单于先去接见暮雪，自己让鸾凤扶持着更衣起身。暮雪来到营中拜见单于，见单于苍老了许多，又听闻母亲病重，不由得眼角尽湿。外头箫声指挥着侍从将数十车的粮食运去谷仓卸下，大伙儿见二居次忽然带回一大批粮食，不由得欢呼连连，王庭内外不觉热闹起来。暮雪脱下雪袍，与单于一同去见母亲。忘忧强打精神，可依然掩盖不住眉目间的病态，她紧紧握着暮雪的手。暮雪不愿母亲哀伤，只好强忍泪水，朝她请安问好。单于道："好女儿，粮食的事情，你是怎么解决的，可算解了我匈奴的燃眉之急啊！"暮雪见母亲也为此开怀，便起身笑着说了一番，在两老面前，依然像一个急于向父母邀功的小女孩。

原来，暮雪从小听母亲讲汉地的种粮和储粮，当年去氐羌当住持时，想到只靠游牧为生难以抵御干旱和风雪，便也在氐羌指导百姓试着开垦土地、种些五谷；收成之后，又在怀远斋附近建成好几座粮仓存储。这次氐羌的寒潮虽比匈奴的更猛烈，粮食却十分充足，甚至还有多余的粮食能为匈奴赈灾。本来氐羌的百姓还对此举生疑，这次雪灾过后不由得纷纷称颂暮雪的远虑，对她更为敬重。这段时间她听闻匈奴缺衣少食，便将氐羌的事务交由素琴打理，和箫声一起将粮食运回。忘忧听罢，神色难掩自豪，直夸暮雪做得好。单于也赞叹暮雪凡事想得周全，一时又不知如何表示，只好笑说要重赏右谷蠡王暮雪和氐羌百姓。

忘忧坐起来，让奔波数日的暮雪先去更衣修整。待女儿走后，她温柔地叫单于坐到自己身边，单于便将椅子挪到忘忧身旁坐下。忘忧拉起他的手，包裹在自己干瘦的双手中。单于开口道："我这辈子活过来，越发觉得对不住你。"忘忧却已经淡然了："我怨怨艾艾大半生了，现在看看我的两个孩子，自愧不如。看着她们，我想……今生起码是有价值的，我和亲过来之后，近三十年两国没有发生过太大的冲突，两个女儿各自守护一方和平，总算是有贡献，便足矣。单于你待我们大汉好，待我和两个孩子也不差，让我完成我的使命，我已经知足了。"单于沉默很久，问她还有什么愿望。忘忧看向窗外，笑笑说："我唯一的愿望，是死后可以重归故土，落叶归根。"单于许下承诺。忘忧宽慰地笑了，松开手，拿过一旁的披风给单于披上，叮嘱他，天寒记得加衣裳。

第三十八回　慈母仙逝留遗憾　知音重逢慰伤怀

几日之后，日暮时分，窗外大雪纷飞，漫天的鹅绒仿佛要为忘忧盖上一床厚被。忘忧实在太累、太累了，如同闪烁的油灯就要枯竭。单于唤来众人，围在忘忧的营帐中，鸾凤静静立在床边，搀扶着哭得快晕厥过去的清嘉阏氏，自己也默默垂泪。暮雪趴在床边握紧母亲的双手，不再轻易流露感情的她此时已是满脸泪痕。努哈敏数日前听闻忘忧阏氏病重，也连日兼程赶回，在她心中，二阏氏当真就是另一个母亲。她一下马，三步并作两步冲入营帐中，趴在暮雪的旁边唤着二阏氏。忘忧叮嘱了她们几句，松开了手，但仍在四处张望。大家知道她在找千山，这个她最疼爱又最是放心不下的小女儿。无奈连日大雪，荤粥和匈奴的路途不畅，大雪封山，马队无法通行，千山一时半会儿无法回来，见不到母亲最后一面。单于和暮雪三番五次派遣使者过去，可惜就连使者也被困丛山之中，难以抵达。暮雪见单于退到门旁，眼中仿佛流露出悔意，不过没等她看清，他便侧过脸去。忘忧看向众人，见大家脸上尽是悲伤与无奈，深知此生不能与千山再相见。她明白千山的无奈，只能暗自叹息，心中只希望千山日后不要因此痛苦悔恨。之后，她便合上眼，驾鹤西去。

单于下令，举国为忘忧操办最隆重的大祭，又命使者将急信送往大汉，告知他们忘忧的夙愿。景帝此时亦年事已高，念及故人，同意将忘忧接回。而后，庞大的车队簇拥着忘忧的灵柩一路返回大汉，排成浩浩荡荡的长龙，仿佛书写着忘忧看似平淡的一生。暮雪和努哈敏跟在队伍中送了一程又一程，直到出了匈奴边境，两人才策马返回。努哈敏的伤心程度丝毫不亚于暮雪，旁人看了，都深受触动。沿途有些记得忘忧公主的百姓见到车队路过，也在道路两旁跪迎着忘忧的灵车，以示哀悼她。

再说另一边，凌风和珑儿在风雪过后来到丁零故地，两人花重金买下匈奴运去的其中几车高价粮食，并沿途分给逃亡的百姓。"不急不急，每人都有一捧粮啊。"在凌风的安排下，人们正排着队等待，珑儿则在队前给大家装粮。忽然，她看到队伍中有个熟悉的身影，便扔下舀米勺，朝那人奔去，原来那人便是小时候救下珑儿的医务官。时隔多年，两人重见，实在难得。珑儿拉着他就要往队伍前面送，前头的人都发起了牢骚，队伍不由得乱了起来。珑儿喊道："你们不懂，这是我的救命恩人，当然要待他好。"众人见情有可原，才没再多说什么。医务官望着珑儿，感慨道："孩子，你都这么大了。我后来没有去看你，实在是……"珑儿插话道："大人，你瞧，我现在真成了你当时给我讲的游侠了！"

正说着，忽然听到队伍前面又闹了起来，原来是有个人方才趁乱插队，又被人们揪了出来。珑儿前去查看，一看这个人，不由得火冒三丈："我说是谁，没皮没脸的东西。当年你怎么作威作福，如今还来贪小便宜了？看我不打死你。"说罢，便举起一旁的马鞭向其抽去。人们见这个小女孩突然发难，纷纷骚动起来。凌风见珑儿如此，连忙前来制止。珑儿望向众人道："这个人之前是丁零的王公贵族，成日欺凌我们这些人，该有什么好下场？我这个人就是恩怨分明，这个仇我今日就要报了！"说罢又挥鞭打去。地上那个人纷纷求饶："女侠饶命啊，我以前纵然千般对不住你们，如今实在没辙了想来讨口吃的，求女侠开恩呐。"凌风抓住珑儿的手道："算了，给他点教训便是了，大人不计小人过。都是落难的人，网开一面吧。"珑儿这才收鞭。

这时，沿途有匈奴来的马队路过，使者们穿着黑白装束，看上去是要去报丧。凌风警觉，连忙拦下其中一位使者问道："这位兄弟，匈奴发生什么事情了？"答曰："我们忘忧阏氏没了，正要去荦粥给五居次报丧呢。"凌风一听，猛然一震，对珑儿道："我要到匈奴去。"珑儿不解，却见凌风神色悲痛不已，说罢已经转身上马，叮嘱道："好珑儿，这边的灾民有劳你处理，你难得见回医务官大人，就同他一路吧。"珑儿见他要扔下自己，哪里愿意，执意要与他同去。虽然她颇想和恩人叙旧，但眼下

第三十八回　慈母仙逝留遗憾　知音重逢慰伤怀

把心一横，只好拜托医务官帮忙分粮赈灾，三两句话便匆匆与他作别，追赶着凌风去了。

一路上，凌风沉默寡言，难掩愁绪。珑儿很少见他如此动感情，有些不解，她也不认识这个忘忧阔氏为何人，并没有什么感觉。不过她见凌风如此，有些不忍，本想安慰几句，话出了口却变成"逍遥于世的人不应该如此感性"。凌风不理会她，只是自顾自地黯然神伤，一连几日都无法自拔。这天下午，两人来到了匈奴的汉人区，找了一间客栈歇脚。自从暮雪走后，凌风也不曾再来此故地，现在再到来，已恍如隔世。他沉溺于往事之中，珑儿在旁说些什么，也没有听进去，两人好久都没有搭上一句话。

半响，他才对珑儿说："你先在这歇息，我去市镇上喝两壶酒。"凌风自从离开暮雪，便时不时地酗酒，有时候忆起往事，更忍不住喝得酩酊大醉。这段时间遇见珑儿之后，他不想在这个小姑娘面前如此放纵，才收敛了许多。珑儿见他第一次如此失神，说看不惯他身为一个游侠，还如此为世俗所困；可他说喝酒能让心里畅快些，便也由着他去，只是叮嘱他早些回来。凌风来到市镇上，现在这边很多人都搬到丁零去了，远没有以往那么热闹，略显凋敝。镇子上倒是有几家酒馆，可是现在还处于忘忧的大祭期间，酒肆都不开，凌风只好作罢。但他心中不畅，不想回到客栈中，便四处游逛。

不知不觉之中，他竟来到了望月斋附近，他心中泛起了一阵涟漪，不由得想故地重游。许久未至，望月斋比起从前也残旧了许多。这日游人稀少，前庙中只有寥寥几个叩拜的人，一旁还有一位弟子念着经文。凌风来到后庭院，那是望月斋弟子平时生活的地方，常人不能进去。凌风本也不打算进入，只是在门外发愣。忽然，他身后那扇侧门打开，一个年轻的师傅走了出来，凌风转身一看，两人都觉得对方面善，相互打量了几眼。还是那个小师傅先说："想必是凌风大侠了，时隔多年，不知大侠还是否记得，我是灵音。"原来她就是当年的大弟子灵音，修静师太逝世后，就由她来接管望月斋。凌风见到故人，连忙作揖问好。灵音轻轻打量了凌风几眼，眉眼间有些笑意，道："此去经年，物是而人依旧，凌风大侠想进内院坐坐吗？"凌风一时竟不知此话怎解，支吾几声，但见灵音师傅做了一个"请"的手势，脚步还是迈进内院中去。

后庭院那几棵青松常年被诵经声濡染，在这初冬仍然青翠，顶着一些残雪。凌风只顾向前走去，灵音师傅不知何时已然不见了，他走到一排房外，那是他和暮雪过去翻译羌文的地方。突然，房中传来了悠扬的琴声，这一曲这么熟悉，分明就是那首汉曲《故园旧梦》，他的脑海中猛然全是暮雪的音容笑貌。他走到窗前，只见一个穿着白衣的女子低着头弹琴，在夕阳的照耀下，光芒染红了她的衣裳。没等她抬起头，凌风确信，眼前人便是自己多年来朝夕思慕的暮雪。

忘忧去世之后，暮雪这几天心烦意乱，想着到汉人区舒舒心，顺便拜访许久未至的望月斋。她此时正弹着古琴，突然窗外响起一阵悠扬的箫声，她猛地一惊，那就是凌风吹的箫声，她绝不会认错的，可是他怎么也会来这里？她不动声色，合着箫声继续弹奏，曲子仍如同以往一样优美婉转，一气呵成，仿佛两人这么多年里每天都有一起合奏一般默契。曲终，暮雪心中原来的种种担忧也都挥之而去，她本以为自己足够坦然去面对故人，可当抬头看着窗外的凌风——那张压抑已久、久到已经在脑海中模糊了的面容，那一瞬间，她突然释然了，感到了久违的亲切与快乐。凌风看见暮雪抬起头，脸上是灿烂的笑容，眼中全是笑意，仿佛还是当年的她，是那直击他心灵深处的阳光，他抛下了来时所有的怅然。

凌风和暮雪来到望月斋后那块草地，好些年过去了，她不再是柔弱的居次，早已在边陲独当一面；他仍是游侠，却也尝尽人间烟火。这一幕被定格在两人的心中，加深了对往昔的记忆。两人很自然地聊着，相互打趣、宽慰，直至天色已晚。临了，凌风笑道："知故人依旧，甚好。"暮雪笑道："虽如此，可总不应常常缅怀过去，当下该有当下的活法。若是你这个独行侠已找到人同行，便更好了。"凌风注视着暮雪，笑道："同行之人，我从来就有。这次来，便更清楚了。你以前常说的家国情怀和归属感，我这些年也一直在寻找答案。如今，我也渐觉得清晰了。"两人如寻常作别，仿佛不久还会再相见，却没有约定。离开望月斋时，暮雪向灵音师傅道了谢，几日之后便回氐羌去了。

凌风归去时心情大好，根本都不再想借酒消愁了。回到客栈，却不见了珑儿。好一会儿，才见珑儿手中拿着个酒壶从外面走进来。见到凌风，珑儿欣喜地走上前，将手中的酒壶递过去，抱怨道："我见你去了一整天都没有回来，都不知道你去哪了，便出去寻你，想必你是去了酒肆中。可大祭期间酒肆都不开，我心想你没喝到酒心中不快，便想着法子给你找酒来。这壶米酒，还是我出高价找普通人家偷偷买的，没想到你竟先回来了。"凌风接过，笑对珑儿说："好丫头，原来你去给我带酒了。真是难为你了。"珑儿见凌风一消往日的愁云，有些疑惑，但也跟着觉得莫名地开心起来。凌风心想，珑儿这个丫头誓要跟我，她满腔赤诚想要做个游侠。这些日子眼看着她身上的戾气消退了许多，我定会帮她成长为一个好游侠，圆了她的梦。在这边稍住一段时日，两人便继续到处漂泊。此次与暮雪在故地重逢，凌风心中更肯定暮雪就是他此生所爱，两人身隔千里却如同行。只是他不知，之后两人便没有再相见了。

第三十九回
逐沙场胜者得美人　夺失地败兵生阴谋

几年后，中原王朝那边景帝驾崩，武帝即位。这个人物不可小觑，据说即位不久，便推翻先帝遵循的黄老学说，提拔了不少武将，还将诸侯王的势力大为缩减。然而，这一朝皇帝没有派公主来匈奴和亲，也没有再履行前朝和匈奴的约定。原本，汉地每年需向匈奴送来不少粮食、布匹等商品和大量金银，加之公主和亲所带过来的，匈奴能从中赚取不少利益。但现在这么一来，匈奴的存粮愈发不足，同时也给匈奴的国力一发重击。

这天，单于正和右贤王等人探讨如何对付中原，斯图亚忽然来报，称发现中原在长城以南操练军队，恐怕对匈奴有威胁。单于皱紧眉头，喃喃道："看样子，我们之前从丁零手中夺来的燕地，他们是想抢回去啊。"浑谷邪补充说："这个燕地是毗邻中原的地方，水土甚丰，若被夺回，粮食那方面估计更紧张了。""若少了粮食，"千烈道，"我听闻最近不少牧民冒险逃到汉地去，匈奴人口流失，不仅有损匈奴的国力，还有损我们的威严啊。"千鸿按捺不住，骂道："这个汉武帝，算个什么东西！不如我们趁他们没练好兵，在燕地附近给他打个落花流水，不仅可以赚些钱粮，还能让臣民们知道我们比那中原厉害百倍！"斯图亚赞同道："像前几朝一样，如果他们惨败，必定还夹着尾巴来求我们和亲，到时我们趁机向他们要个价，把钱粮都夺回来岂不是锦上添花？"

单于看见这群年轻人热血勇猛，心中甚是欣慰，他心头一动，想要借此机会考验他们几个，嘴上便说："你们说的倒是有理，只是我年过半百，新病旧伤一块复发，忘忧去世后我这身体也是每况愈下，有点力不从心啦。"斯图亚跟了单于多年，一下便猜出他的意思，立刻说道："养兵千日，用兵一时。单于多年栽培我们，不如此次就由我们一试这新皇帝的实力可好？"千鸿、千烈不甘落后，也纷纷请缨。单于见状，点头认可。经过数年的练兵与实战经历，他们几人也渐渐成了有能力的大将，眼下该能担起这个重任。

措木央之前一直在旁听着，几人刚想领命，这时她开口道："听闻那个中原皇帝一直在招兵买马，看来也是有充足准备的。斯图亚……和两位哥哥，这次贸然前去，不会很凶险吗？"千鸿听闻央妹心疼自己，早就想展示自己勇猛过人，安慰道："他们中原有练兵，难道我们就没有临阵磨枪？这场战是要给中原一个下马威，我们常年跟随单于征战，对付区区汉人，能有什么问题？央妹，不必担心我们。"千烈听出措木央话里话外关心的总是斯图亚，心中不爽，但也笑道："央妹，对付中原军队又何须我们大动干戈？倒也不知这次由谁带队伍去攻打？如果是兵分三路，还不知道鹿死谁手呢？"斯图亚也笑道："又或许像汉人说的那样，三家分晋？"说罢千烈和斯图亚一同大笑起来。

单于当然知道措木央这孩子的心总是向着斯图亚。既然如此，正好听千烈一番话，单于想到宝贝女儿以后总会继位，斯图亚确实是个可以辅佐她的如意郎君，不过千鸿、千烈兄弟二人的实力也不容小觑。三人暗中较劲良久，倒不如借此机会让年轻人自己在沙场比拼，以此来挑选未来辅佐阿央的左贤王。如此想，单于道："也好，难得你们请缨沙场，我便让你们三人分别带一支军队去攻打。我看阿央对你们也甚是上心，谁能打赢回来，立下最大的功劳，日后我就把阿央许配给谁。"这么一来，若是赢得这次较量，不仅能抱得美人归，还相当于坐享半壁江山，斯图亚三人像是打了鸡血，纷纷立下宣言要赢得这场战。措木央给单于这么一说，又急又羞，她哪里敢回绝，只好掩面跑出了大营，一边暗自祈祷着斯图亚可以取得大捷，早日凯旋，那么自己的后半生也就如愿了。

临行前，措木央特地打扮了一番去和三人作别。在她姣好的面容上，不难看出昨夜的泪痕。见到三位哥哥，措木央不由得又羞得低下头去，只和千鸿、千烈悄声说了些话，便来到斯图亚跟前。斯图亚见央妹如此让人心疼，紧紧握住她的手道："央妹，你放心，我一定打场大胜战，谁都不能从我这儿抢走你，等我回来娶你！"措木央听此言，心更是跳得厉害。斯图亚轻轻抽出手来向阿央告别，措木央呜咽一声，忍不住紧紧抱住斯图亚，她真的很怕再也见不到他了，抑或是自己不再属于他了。千烈远远看着，眼中升起了一丝愤懑，心中暗骂：斯图亚你个孬种，从小就把央妹的心勾了去，让我们兄弟俩爱而不得。这次，我一定要把央妹赢回来。

这时，清嘉一手抱着几岁大的女儿弄晴，在鸾凤的跟随下追了出来。忘忧逝世后，鸾凤本想随忘忧的灵柩一并回汉，可忘忧生前放心不下清嘉，嘱咐鸾凤日后跟在清嘉左右侍奉。清嘉的肚子微微隆起，看来是有了千鸿的第二个孩子。她追到千鸿马前，伸手去拉丈夫道："千鸿，你果真要去冒险吗？你的孩儿都快要生了，可不可以……留下来陪陪我。"千烈在一旁打趣道："瞧瞧，你那婆娘说的也有理，她舍不得让你娶央妹，不如让给我得了。"千鸿向后骂道："去去去，我的事情你不要管，再来烦我，我回来娶了央妹就休了你。"说完，又激动回过头去地喊着："央妹，等我，等我！"便和千烈策马前去，留下清嘉无助地俯下身子，低声哭泣。

斯图亚和两位表兄领兵走后，措木央每一天都过得煎熬，这个命运被放上赌桌上的人终日不得安宁。她白天无心做别的，只是待在大营里，一听得有侍卫来报，心立马提到嗓子眼，却发现都是些无关的事情，几乎没有前线传来的消息。夜里回去，她觉得自己一人待着时间太慢，便到完察萍的营帐中。如果见到母亲忙碌，则乖乖坐在一旁，任由内心胡思乱想；等到完察萍放下手头的事，她就缠着母亲，说些"斯图亚哥哥一定能赢的，不是吗"之类的话，似乎每问一次，就是一次自我安慰。

完察萍一开始还暗中打趣她这少女情思，不免安慰几句。可措木央每隔一小会儿就要追问一次差不多的话，完察萍心中有些不快，先是敷衍几句，终于眉头一皱，喝道："做你该做的事情去，别成天这么失态。"措木央只好作罢。完察萍心中何尝不是复杂的？她一来知道女儿心属斯图亚，自己对这小伙子也甚是满意，当然期待他能赢得阿央；可是千鸿、千烈又是自己至亲的侄子，倘若阿央为他们所得也没什么不好的。千鸿愚钝些，可千烈的精明与才干绝不输斯图亚，自己总不能不为他们着想。万一他们打败，抑或是在战争中受了伤、甚至于战死，这都是自己不愿看到的。这三人为了阿央，为了自己的前途，心中早就憋着一股狠劲，只是暗自蓄力，从未拿上台面。完察萍早就料到他们三人早晚有一番较量，甚至会一直较量下去。只是当他们开始争夺，完察萍心中多少还是有些发毛，为难极了。

回到自己营帐中，措木央仍不停地思虑。她纵然领两位表兄的情义，可在她心中，千鸿、千烈兄弟桩桩件件却总是不如斯图亚的，她的心此刻全被斯图亚占了去，这些年来的情感又全涌上心头。斯图亚必须获胜，她全然不敢想象另外的结果。侍女们见状，如此这般说了一番，纷纷夸耀斯图亚的将军英明神武，让四居次不要太过担心，才让措木央心中略微舒畅些。只有最亲近的侍女小娜敢打趣道："居次你还是过几日再担忧吧，现在他们恐怕还没去到汉地呢。"措木央假装赏她一个大嘴巴子，心中又暗暗惆怅起来。哪怕在入睡后心好不容易定下来，她一听到外面有成群马匹跑过，又猛然惊醒，连忙叫小娜拿来雪袄，要亲自出去查看，每次总把里里外外的侍从都吵醒，热闹了王庭的半边天。

一日，措木央如常留在单于的军营中，只见几个士兵从南边风尘仆仆赶来，措木央不觉身上发麻，深吸了几口气，眼睛直直注视着他们。其中一人道："回单于，喜报啊，斯图亚将军一举拿下汉军两路兵马，夺得河西和河套几地，不久就率众凯旋。"措木央为之一振，见单于眉目间流露着赞许，她双手环着单于的肩膀，心中的喜悦洋溢到脸上。单于欣喜地拍了拍阿央的手，可转眼间却收了笑意，喃喃道："怎么斯图亚都要凯旋了，千鸿、千烈那边一点儿消息都没有？"一旁的浑谷邪打着圆场说："恐怕是战事紧急，一时半会儿派不出人回来传话。"

不想其中一个报信士兵支吾着道："我们回来的时候，遇到……""你们见到什么，快说！"单于追问。那个人看了看旁边的弟兄，只好接着说："我们回来时，遇到了一些四散奔逃的匈奴士兵，看上去是右贤王庭的人。恐怕……两位将军遇到了劲敌啊。"措木央一听此话，心中更加肯定斯图亚是这次比拼的胜者，但见单于和右贤王脸色不对，硬是将脸上微微透出的笑意憋回去，先行回到自己住处。右贤王脸上担忧，却说道："单于不必劳心，这两个犬子平时也太骄纵些，这次给他们一个教训也好。"单于知道他心中焦灼，面上却过不去，也让他回去再召些兵马，以防不测。

不久，斯图亚便率领部众凯旋，乍一看将士少了许多，原来是在新夺回的地盘驻守。除此之外，还带回了大批钱粮和俘虏，都先行留在王庭等待单于发落。王庭的其他部众见到，不由得士气大振。单于自然高兴，重重奖赏了斯图亚，旁人纷纷向他道贺，右贤王也不例外。措木央此时倒害羞起来,虽然她第一时间跑出大营去迎接,可见到斯图亚时又踌躇在原地,只是看向远方,却不看他。斯图亚知道她的心思,也不去叨扰她,只是远远朝她点头微笑。等到众人散尽,才快步跑来环着她的腰,将她高高抱起……

次日大营内,斯图亚和单于等人讲述战事,措木央紧紧挨在他身边坐着,将他的一举一动都尽收眼中。在斯图亚的叙述中,这场战一切都好,唯遗憾没有捉回汉将李将军。措木央一开始还以为是他自谦,这人捉不捉,有什么了不得。只听单于认同道:"这李广,汉人都称他为飞将军。以前我率兵去攻打汉地时,就是被此人玩弄于股掌之中,错失良机。如果此次能够捉获他,确实能免去很多后患。"斯图亚点头称:"此人确实非常狡猾,他本已兵败被我们捉拿,却能佯死逃脱,不可小觑啊。"措木央安慰道:"以后攻打汉地时,如遇他带兵,更要小心提防便是。除此,斯图亚将军的战功不可没啊。"

刚说完,只听得门外侍卫放进两个衣衫残破、血迹斑驳的士兵,禀报称千鸿将军在燕地以南遇到劲敌,汉军的率兵之人是卫将军,人虽年轻,可战术了得,致使千鸿将军掠夺不成,反而不得脱身。千烈将军前去解围,也不幸被围困,再这么下去,恐怕连燕地以北都有失掉的危险。单于顿足道:"怎么除了那飞将军外,如今汉家还有这般强将吗?看来断不可轻敌啊。"斯图亚回应道:"或许是两位将军又被汉人的雕虫小技所困惑,才让他们的新生小将有了可乘之机。"说这话时,他脸上浮现出几分轻蔑。"单于,不如就由我去助两位将军一臂之力吧。"措木央见他刚回来又要主动请缨,刚要阻拦;只见浑谷邪脸色阴沉,起身向单于道:"不必了,斯图亚将军刚回来,需要整顿些许时日。我那两个犬子无能,就由老夫前去收拾残局吧。"单于准许后,他头也不回地走出大营去。措木央见营中人都没了好脸色,心中犯难,只得示意斯图亚收敛些。

纵使浑谷邪去援助，终究还是晚了一步，大军虽被浑谷邪的兵力解救出来，可燕地还是失了！汉军没有继续北侵已是万幸，更别提去抢占他们的钱粮。这支战败的队伍回到王庭时，完察萍拉着措木央在大营外等待，斯图亚也跟着他们出去，站在单于身旁。浑谷邪在队列最前头，先下马站在一旁，满脸悲怆。完察萍见哥哥这般，心中惴惴不安，哥哥一向沉稳，兵败也不曾至如此。长长的队伍走过，尽是些残兵败将；千烈垂头跟在队伍最后头，经过单于等人跟前时，也下马站在父亲身旁。队伍行尽，唯独不见千鸿。措木央与母亲对望一眼，捕抓到她眼神中的一丝惊慌，不由得打了个冷战，全身哆嗦，问："千鸿大哥……他人呢？"浑谷邪平静地答道："不能力敌，战死沙场了。"千烈沉默不言，眼神冷冰冰地扫过斯图亚。斯图亚起先有些愕然，见千烈这般，又心想：好笑，这哪能怪罪于我？

忽然，他身旁的措木央撕心裂肺地痛哭起来，渐渐俯下身去，直叫人心疼。斯图亚弯腰去扶起她，她却甩开他的手，捂着脸向远处奔去，出乎斯图亚的意料。完察萍本就有些失措，这时被女儿触动，不由得也掩面而泣。知女莫若母，千鸿虽不是她的如意郎君，但也是她至亲的表兄，从小待她千般好。这次他战死，也可以说是为了她，这让她一下子如何承受得了？浑谷邪和千烈见她们如此动情，死灰般的脸有了些神色。浑谷邪安慰道："戎马一生，战死沙场也是寻常事，妹妹不要过于悲伤，也劝阿央不要太悲痛了。"单于等人也宽慰右贤王父子，让他们节哀。

此战虽败，还丢了燕地，念在右贤王庭失子之痛，单于也没有过多责罚，只是让他们回去休整。右贤王庭中，清嘉听闻千鸿战死，几度昏厥过去，之后成日以泪洗面，心中郁郁，腹中的胎儿胎像不稳，险些小产；幸好医务官及时诊治，加之鸾凤精心照料，总算是保住了这个遗腹子。浑谷邪的阏氏更是承受不住失子之痛，一病不起。一日，浑谷邪一人静坐在堂中，千烈入内，忽然上前开口道："父亲，这次我没有救回大哥，是我无能。但你相信，我总有一日会给那个斯图亚几分颜色看看。终有一天，我要夺回我失去的江山和美人，为千鸿和双亲出一口气。"按浑谷邪的性格，若他先前听了这番话，本会劝儿子安分守己，不要痴心妄想；没曾想这次他只默默点头，留下一句："记住，凡事不可着急。"便闭目不言。

经过这次战役，千烈像是长进了许多，对军政之务十分上心，不再似从前靠着机灵劲儿偷懒。按照匈奴这边兄终弟及的规矩，清嘉自然也被纳入千烈房中。她腹中孩子出生后，千烈对大哥的一双儿女甚是照拂，可清嘉的处境却还不如从前。或许是因为得不到措木央的缘故，千烈比起之前更沉溺美色，像是报复一般贪婪地娶妻纳妾。每次去清嘉处，就如同发泄一般，口中三句不离羞辱的话，动辄又在她身上撒气，唯有当着儿女的面才会收敛些。但念在一双儿女年幼，对母亲甚是依赖，他始终没有对清嘉下狠手抑或是逐出府去。

王庭那边，斯图亚此番功不可没，他夺回的河西、河套几地物饶地美，尤其适合牧养战马，足以弥补燕地之失。单于下令将其封为左贤王，并将他与措木央的婚期敲定。在匈奴，通常左贤王就是未来王位的继承者，他将来娶了措木央，又当上左贤王，便可以名正言顺地与妻子一同统治匈奴了。一切总算遂了他与阿央的愿。随着婚期临近，措木央心如蜜甜，早已将千鸿战死那份悲痛抛却，只是残留了一份歉意在心中。越是靠近婚期，她越是羞涩，总是躲在帐中不肯见斯图亚，由得小娜带着众侍女内外打点。只有完察萍心中矛盾至极，眼看这左贤王与宝贝女儿的婚事不得不张扬，越是如此，她心中的刺越深，她何尝不为一对新人高兴，可难免更是愧疚。有几日干脆让玛拉帮忙布置，自己到右贤王庭中小住，好慰藉大哥。

大婚那晚，整个匈奴王庭空前的热闹喜庆，方圆几十里的草原上开着宴会，一簇簇篝火仿佛天上繁星的倒影。按照王庭的传统，新娘子身上的装饰全是心上人捕猎的战利品，戴得越多越显得心爱之人厉害。措木央身穿着红色婚服，上面用金丝绣上凤凰，四周是燃起的火焰图案；颈上、手上、脚腕挂满了兽牙、兽角和兽骨编成的链子，与玛瑙、琥珀交错着编织，沉甸甸地缀满在身上，耳垂上一双金耳坠熠熠生辉；她身披一件珍贵的银狐裘，头上戴着用鹿的头骨磨制成的冠，上面镶上各式珠宝，插满了各种鲜花，如此种种，均是斯图亚所获。作为措木央的近身侍女，小娜也被打扮得极为秀美，她在四居次身边照顾着，为她补好脸上的妆容。

措木央由小娜搀着，在侍女的簇拥下走到众人面前。熊熊火光映照下，她更显娇美，引得王庭内外多少风流汉子前来一睹她的芳容，里里外外围得一层又一层。千烈跟着浑谷邪、完察萍一同前来祝贺，他踩着重重的脚步走到这对新人面前，久久看向措木央，最后目光移到斯图亚脸上，缓缓举杯道："斯图亚，这次是我输了，但我不会输给你一辈子。"斯图亚大笑道："我定当奉陪。"便和措木央一同与之碰杯，三人一饮而尽。而后，斯图亚牵着措木央在草原的最中央起舞，看着重重人群为他们欢呼祝贺，他觉得此刻才是赢得了全世界，比起之前大捷归来、获封左贤王都要满足，更欢喜于有情人终成眷属。

之后几年，匈奴仍算平稳，而波斯那边却陷入风波之中。此时图拉正忙着备战，这次是劲敌是邻国塞琉古。波斯和塞琉古两个国家的恩恩怨怨，图拉也是来到波斯继位后才从史官和老臣口中得知。约莫在一个世纪前，波斯还在塞琉古的统治之下；然而后来塞琉古的势力日渐衰落，自身疲弱，无法管束众多附属国；恰巧波斯那段日子势力大增，到了拉夫掌权之时，便独立出来，建立自己的帝国，还乘机将本由塞琉古管辖的米底亚等几地据为己有。波斯疆域不小，除却核心地带，周边和新收复的区域一直以来由贵族和一些开国功臣接管，震慑着塞琉古，使其不敢贸然进攻；

也震慑着新夺来的地区，让他们不敢起义，这也便是拉夫王位的底气。图拉闻此才明白为何拉夫始终执意把王位传给自己，明白他所说的"贵族垮台就等于亡国"的意思。

图拉本以为上次自己和库卡平定了大月氏，已解决了波斯的大问题，未曾想还要面对塞琉古的摩拳擦掌、新征服地的频繁起义和平民对自己王位的虎视眈眈。所幸她文武双全、软硬兼施，她继承王位以来，在统治不同背景百姓的问题上可谓是费尽了心机。她听从拉夫生前的教诲，尽量不去动摇贵族原本的利益，关系稍远的贵族由库卡和尼夫关照着，又给攻打大月氏立功的将领们赏了封地。波斯平民和新收归的米底亚平民有同等待遇，他们的生活得到重视，变得识相许多，起义几乎绝迹。同时，图拉夫妇注重军队的训练，塞琉古那边见波斯大军未有懈怠，又闻图拉和库卡之前灭了大月氏的气焰，他们武艺之精并不亚于拉夫，暂时也不敢胡作非为，头几年总算安定。

谁知过了几年，塞琉古自以为国力重振，又开始构想宏图伟业，打算再度收服米底亚，和波斯大开杀戒。米底亚的贵族对波斯王室充满敌意，图拉网开一面让他们在原先的领地中继续养尊处优，可他们依旧觉得自己比起波斯贵族，总归是低人一等，又失去了统治权。在塞琉古的暗中教唆下，他们便谋划着和塞琉古勾结，打算里应外合，重新夺回米底亚的统治权。图拉料想他们会出些鬼主意，不过单凭米底亚的实力并无法与波斯军队相抗衡，所以也须早早控制住他们的兵力，不让其轻举妄动就好。可她没想到一场阴谋正在她身边酝酿。

这天，图拉和库卡正在商量排兵布阵，打算给来袭的塞琉古人迎头痛击。他们年幼的女儿湘湘齐齐尔正趴在门外听着众人商议，她看着母亲在正中央威风凛凛地指点沙场，很是霸气，不由得嗤嗤地笑了起来。湘湘约莫七八岁，是图拉的心头肉。图拉来到波斯之后，或许是水土不服，小产了两次,终于才保住了湘湘这个女儿。不久,里面的人逐渐散去,湘湘忙冲到母亲身旁,拉着她的手。图拉和她亲昵了一阵儿,没过多闲工夫理会她,便让她自己玩去。湘湘拉着图拉的手不放,道:"母亲答应过我,要带我回匈奴看看,我们什么时候去啊?"说来也有趣,这孩子在波斯长大,还没回过匈奴,却对母亲所描述的匈奴景象十分感兴趣,总是缠着图拉让她带自己回去。图拉回绝道:"乖女儿,我眼下有一场大仗要去应付,等我忙完了,再带你去。"库卡也在一旁说:"好孩子,现在不是玩的时候。"说罢,他推了推湘湘,喊道:"灯芯、云朵儿,快把齐齐尔带走。"身后快步走来两个侍女,将湘湘哄了回去。

这灯芯原是米底亚的侍女。波斯占领了米底亚之后,要求后者每年要进贡些奴仆上来,灯芯就在其中。在湘湘出生后,因灯芯容貌平平而性子温和耐心,做事仔细,便被派来伺候小齐齐尔了。平日里,云朵儿多跟在图拉身边,不过有时图拉担心灯芯照顾不过来,便让云朵儿帮着一同照顾。湘湘牵着灯芯的手回房,一路上十分委屈。她抱怨着:"母亲之前早就答应带我回匈奴了,但一直都不和我去。外婆也只是很久才来一次。还有外公,母亲总说他是称霸大漠的单于,我却从来没有见过。"

"图拉齐齐尔这次要对付塞琉古那些坏蛋,好湘湘,不要让妈妈担心,等她打场大胜仗,我一定会叫她带你回去。"云朵儿安慰道。灯芯一直在愣神,见到云朵儿安慰湘湘才缓过神来,帮着安慰。湘湘点头,又问云朵儿:"云姨,你会和我母亲一起去吗?"云朵儿有些警惕地侧眼望望灯芯,灯芯马上低下头去,见云朵儿微微点头,她又是一愣,仿佛又在想别的。云朵儿已经牵着湘湘进房中了,她看见灯芯在外面不动,忙喝道:"你今天犯什么糊涂,在发什么呆呢?还不赶快给湘湘齐齐尔铺好床?"灯芯才慌忙进去。

入夜后,湘湘已然睡下,云朵儿也回到图拉处。月上中天,灯芯借口说给湘湘抓萤火虫，悄悄溜出房间。她来到城头，等了一阵子，见西郊升起缕缕紫烟，便出了王宫来到这僻静之地，应是白天与人约好的。灯芯一路诚惶诚恐，走几步就朝四周张望，潜入夜色之中。有个人早早便等在那里，是从米底亚潜进来的，他在黑夜中一动不动，倒把灯芯吓一大跳。灯芯畏畏缩缩地说了好些话，那人语气中有些不满："废话就不必说了，就没有些有用的信息吗？那个小的呢？"灯芯忙应："有，有。图拉齐齐尔正准备攻打塞琉古，云朵儿也会跟着去，不留在这宫中。湘湘齐齐尔她一直很想去匈奴，但苦于没人带她去……"

那个人笑了，灯芯和他贴得很近，看到她的嘴一张一合。"很好，战役的事我们也有收到风声，至于那个小的，那我们将计就计，把她给带出来。"他说。灯芯身体微微颤抖，说道："可是，齐齐尔聪明得很……"那人又笑了，拍了拍灯芯的肩头，说："别怕，云朵儿一走，便是你做主了，你只要把那丫头带出来，我们自会有人接应你。"一顿，又说，"灯芯，以前米底亚贵族不待见你，把你进贡来做牛做马，你也心有不甘吧？我信你是个好苗子，这次立了功，等到塞琉古收回我们米底亚，回去大有你的用武之地，何须一直待在这个低人一头的波斯王室呢？"灯芯听罢，好像确认了心中的信念一般，重重点了点头，和那人商量了好一会儿计策才回去。

灯芯悄悄回到王宫，正当她步入湘湘房中，只感觉后领一紧，随即被人拉到一旁，原是云朵儿专门候在这逮她。她压低声音喝到："你今晚不对劲，上哪儿偷鸡摸狗去了？把齐齐尔落在这这么久，你就放心？幸好我中途回来看一眼，果然不见你。你胆子是越发大了，还说抓萤火虫呢，怎么提了个空笼子回来？"灯芯脸上闪过一丝惊恐，慌忙低下头去："我……我方才确实去抓萤火虫了，可……可是白天太忙碌，实在太困，没忍住找了个地歇一歇，结果……睡着了。一觉醒来，就……"她声音越来越小,连她自己都相信了所说的话。云朵儿见她平素胆小怕事,料想也不敢说谎,便骂道:"你真是懒惰,齐齐尔倘若有什么事,你罪该万死!"灯芯也不辩解,只是低头应着:"是,是,我该死。"心中也不觉如何,只盘算着那个计划。云朵儿见她今晚诚心认罪倒挺乖巧,也就放了她,又不忘交代道:"还不快去陪着齐齐尔。之后我和图拉齐齐尔出去,你千万不要再偷懒了,不然到时唯你是问。"说罢,她看着灯芯回房侍候小湘湘,摇摇头出去了。

第四十回

失道者作恶误己　迷途人存善成仁

　　几日后，图拉夫妇领兵奔赴塞琉古。临行时，湘湘一直跟随母亲到王宫外，库卡将湘湘抱起，在她额上一吻，又将其放到战马上嘱咐了几句，交由图拉接过。图拉也将女儿放在马上，深深拥抱了一阵儿，泪眼婆娑地在她颊上亲吻，说道："湘湘乖，等妈妈回来就陪你周游。"说罢便将其交给马下的灯芯。她不敢耽搁太多，等两人退到一旁后便与库卡、云朵儿等人率众启程。直到连扬尘都消失了，灯芯才把恋恋不舍的小湘湘带回宫中。回到房中，灯芯用衣袖抹去湘湘脸上的泪珠，只听湘湘道："灯芯姐姐，又只剩你陪我了。""图拉齐齐尔很忙，不免忽略了我们湘湘，好湘湘，你要理解母亲。"听这话，湘湘撅起嘴道："我理解的嘛，只是母亲曾经答允我，陪我到很多地方去，都一直没有下文，比如说要到匈奴去……"

　　闻此，灯芯悄悄把门掩上，故作神秘道："齐齐尔说的这事并不难办，我倒有一计。"湘湘振作起来，连连追问。灯芯说："图拉齐齐尔要兼顾许多大事，恐怕一时半会儿没有办法带你回匈奴。我恰巧有几个亲戚要到匈奴去,他们认识路,不如我们跟着一起去吧!"湘湘犹豫:"可是……母亲还不知道呢。"灯芯劝解道:"傻孩子,你又没有单独出过远门,让图拉齐齐尔知道,她未免会担心,你若告诉她,或者让旁人知道,到时候就彻底去不成了。倒不如我们先去找你的单于和外婆,到时再写信给图拉齐齐尔,她自然会去汇合我们。"湘湘眼中闪着光,仍有些举棋不定。灯芯又道:"有我在,不必担心,何况我们湘湘已经是大孩子了,此一去,权当是给齐齐尔一个惊喜。"湘湘经不住劝,便点头答应了。

夜里,趁着人们都入睡了,灯芯在房中收拾行装。湘湘倚在门边,却见她似乎要将所有的贴身衣物和金银细软都带走,心中不解。灯芯见状,忙哄湘湘也去收拾,免不了提醒她不要惊动旁人。湘湘也没有多问,独自回到房中,留了一张纸条在床上,大致是说灯芯带自己去匈奴,让母亲回来之后去匈奴与自己会合。未几,二人收拾完毕,来到宫外,只见马上已经等着两个陌生人,一个魁梧大汉留着大胡子,另一个是美丽的少妇。那个大汉盯着湘湘,用米底亚语问道:"这小丫头片子的,骑马到这么远,能行吗?"虽然在波斯的日常生活中,马不及牛用得频繁,但在湘湘小时候,图拉就将骑马作为一种必须掌握的技能教给她,湘湘的骑行技能不亚于匈奴土生土长的孩子。湘湘听他们用自己听不懂的语言交流,便朝他们笑笑,遂一起启程。

米底亚在波斯西面,按灯芯等人的计划,湘湘将被押送米底亚。时值后半夜,一轮明月总挂在众人前头,湘湘察觉到他们正往西走,不由得脱口而出:"匈奴可是在我们的东面,这样走岂不是远了?"那个大胡子男人听闻,一下怒目圆睁,恶狠狠地回头盯住湘湘。没等他说什么,湘湘又说:"远倒是不要紧……只是而今波斯军队到西边去了,走西面的路,恐怕有很多宫中的人,好容易认出我,这样我们就不能到匈奴去了。"那个少妇听罢,用米底亚语对众人嘀咕着:"这小毛孩讲得也有道理,那边确实已经戒备森严了，还不如先把她带出波斯，藏在一个地方再说？"众人无异议。灯芯忙哄着湘湘说："齐齐尔真是聪明，我们还是走东面的路更好。"说罢，又听大胡子男人用米底亚语问："那边，派人通知了吗？"少妇听闻，点头道："都妥了，如果塞琉古不敌波斯，我们的人会去和图拉谈条件。"

次日，侍女迟迟不见灯芯带齐齐尔出来用早点，在王宫里里外外找了个遍，发现湘湘没了踪影，大惊失色；又找到床上留的那张纸条，更是吓软了腿，连忙叫人去报告远方的图拉。图拉此时已经在和塞琉古对阵，塞琉古说是重整兵马前来复仇，可他们的实力却远未能与波斯相提并论。一两日工夫，塞琉古军队就被打得七零八落，许多士兵落荒而逃；不过他们的大部队和米底亚里应外合，得以偷偷进驻米底亚城中，暂时占领了城池。天色已晚，双方约定日落退兵，日出再战。

图拉她们将营帐驻扎在城外几里的高地上，正回营中歇息，准备明日大举进攻米底亚，平叛残余的敌军。忽听有几个人在帐外呼喊着"图拉齐齐尔"，她便命人将他们放进来，一看，大吃一惊，来人都是湘湘平素的守卫。这几人一见图拉，连忙跪地求饶。图拉听了他们的述说，又接过湘湘留下的字条，不由得心惊胆战。云朵儿在一旁跪下，十分自责："都怪我，平素轻信了那米底亚来的小贱人。"此时离湘湘离开已经好几日，库卡听他们说已发散了人到附近寻找，却始终没有湘湘的下落，他狠狠骂道："一群废物！"图拉略定一下心神，喃喃道："但愿是真的去了匈奴倒好。"

图拉正心神不定，忽然外面又是一阵喧闹，有人来报，称是米底亚的贵族求见。图拉心想不好，忙命放人进来。果然，那人信誓旦旦地说湘湘已经被他们的人带走，现在就在他们手中。如果波斯可以把米底亚归还塞琉古，退兵回去，之前的事情就一笔勾销，一定会将湘湘还回来。云朵儿啐了一声："真的是奸细。"图拉追问他们湘湘现在何处，那个人只称湘湘被保护在某个地方，又道："放心，我们的人把湘湘保护得很好，在齐齐尔做决定前，绝不伤她半根毛发。他们鸿雁传书带回了一条项链，齐齐尔不妨看看认不认识。"图拉接过一看，果然是湘湘的项链，上面印有太阳鸟的图案，她彻底认定了是灯芯勾结米底亚人搞的鬼。只听那人又说："齐齐尔爱女心切，心中必定知道如何抉择吧。否则，这条项链，只能日后留作念想了。"

"不要胡来！"图拉正想和他们谈判，忽然对面的米底亚城里人声鼎沸，一阵浓烟伴着火光燃起，泛起一阵巨浪般的骚动。那个被派来的贵族一下愣了神，被左右守卫绑起压了下去。图拉连忙起身带兵前去查看，原来库卡方才从那人口中听出湘湘并不在城中，已然发了狠劲，带了一支队伍冲过去在城外猛攻。奇怪的是，他们察觉城内的塞琉古军队并没有全力应对城外火力，似乎城中有一股强有力的兵马牵扯着他们。没过多久，城墙上的塞琉古士兵伤亡惨重，城门随之被波斯军队攻破。

库卡和图拉带着波斯军队潮水般涌进城中，却见大量的米底亚平民举着简陋的兵器，押着米底亚贵族，从四面八方迎向他们，还有一部分人正和残存的塞琉古人厮杀。库卡带兵旋风似的将那些塞琉古残兵扫荡干净，此时那些平民已经整齐地排列在他们跟前。一个像平民首领的人物走上前来，用米底亚语嘀嘀咕咕说了一大通。图拉不解，侧身向身后会米底亚语的士兵求助。部队里马上派出一个会米底亚语的士兵上前，向图拉解释道："米底亚的百姓说，以前在塞琉古的统治下，福气都被米底亚的贵族享尽了，平民的生活水深火热，那段日子不堪回首。而在波斯的统治下，平民得以享受和波斯民众同样的待遇，米底亚的贵族失去了靠山，平民的生活才得以改善。如今见米底亚的贵族企图归顺塞琉古的统治，他们想活得更好些，不如和波斯一同抵抗塞琉古和米底亚贵族。"图拉听闻，心中欣慰之极，命人将米底亚那些贵族通通捉拿，关进大牢之中；又吩咐部下安顿好米底亚的百姓，帮助他们重建被战火破坏的米底亚城。

安排好一切之后，图拉匆匆来到大牢之中，欲细细盘问湘湘的下落。这群人哪里还有之前的威风，尤其是他们见到方才从大营被押下来的人，被库卡用沾了盐的鞭子狠狠抽打，身上伤痕累累，直趴在地上嚎叫，众人都蜷缩在角落里瑟瑟发抖。见图拉进来，库卡住了手，从那个人的口中得知湘湘是被贵族中的两兄妹连同灯芯一块带走的，只知他们一路东行，再过几日便到大月氏了。双方只是间或用飞雁传书联系，至于他们具体在哪里却不清楚。

图拉无计，与库卡一同出了大牢。云朵儿跪在大牢外等着，手中拿着剑，说自己误信了灯芯那个奸细，求图拉赐罪。图拉哪里愿意，刚要开口劝解，却终于压抑不住心中的担忧，靠在库卡的怀中痛哭起来。库卡爱怜地抱着她，他深知图拉平素一向坚强，很少感情用事；湘湘出生后，这个女儿成了妻子的软肋。他心中发狠道：若湘湘找不回来，定要把米底亚的贵族们酷刑折磨致死。可是眼下，还是找到湘湘要紧。图拉镇定下来后，便打算留下库卡部队在此驻守，自己火速带人往东边分头寻找湘湘。库卡安慰了她一番，又对跪在地上的云朵儿道："你快别添乱了，去收拾东西跟着齐齐尔一同东去，好生照顾，找到湘湘就算是将功抵过了。"

再说灯芯等人害怕后有追兵，日夜不停地奔驰着，走的都不是什么寻常路，也一直没有被波斯王室的人发现。灯芯作为一个侍女，骑术本就不佳，这些天的奔波对她来说本就是一种折磨；倒是小湘湘恢复得很快，即使晚上只睡一两个时辰，第二天依然神采奕奕。有时灯芯劳累之极，远远落在他们后面，那个大胡子忍不住在前面大声吆喝，听起来大概都是些骂人的话。湘湘特意调转马头去等灯芯，甚至问她要不要自己捎她一程。可湘湘发现灯芯看向自己的眼神十分复杂，甚至好几次不忍和自己对视。

这天，他们正在河边歇着，上空盘旋着一只大雁。"来信了"，大胡子说。大雁停在他的肩上，他拆开米底亚寄来的信，看着看着变了脸色。读完，他将信揉成一团，破口大骂。少妇接过来展开一看，也大惊失色。灯芯慌慌张张地用米底亚语问他们何事，大胡子骂道："那群废物，竟然被我们自己的平民反叛，无法无天了！还让我们把这丫头送回去请罪！"灯芯一下陷入焦虑之中，问道："那我们……回去吗？"大胡子骂道："你疯了么？现在他们的追兵过来抓我们，如果我们现在调转马头，岂不是白白送死？你要回，就一个人回吧，反正这丫头也是你带出来的。"灯芯慌忙道："怎么能够……"又听大胡子说："不如我们把这丫头杀了，弃尸荒野，我们各自逃吧。"灯芯连忙劝："杀不得啊……"她话还没讲完，少妇将马鞭向灯芯甩来，说道："别尽说废话了。既然是回不去，万一被追兵追上，即使把这丫头当人质，我们三人也难敌众多兵力。听闻大月氏和波斯有过冲突，依我看，不如我们去投奔大月氏，反正回去也是死路一条。"大胡子认同道："你说得在理。带上这丫头给大月氏，说是图拉的女儿，说不定大月氏还能给我们兄妹俩重重奖赏一番。"

他们这会儿已在大月氏边陲，若不停赶路，约莫明日就能到达。灯芯此时追悔莫及，湘湘要是落在大月氏那些野人手中，又不知要被怎么折磨了。就是有赏，也只会是他们两兄妹的；自己恐怕是才出狼窝，又入虎穴，只会面临着更悲惨的生活。她在心中大骂自己笨啊，在波斯的生活尽管不如意，总被瞧不起，处处被云朵儿压了一头，但已经算不赖了，图拉齐齐尔对自己仁至义尽，还放心把女儿交给自己。这次她既出卖了自己，也出卖了天真无邪的小湘湘。灯芯先前在米底亚只是个小小侍女，进贡到波斯也无足轻重，她便天真地认为这次只要立了功就能翻身。不承想，自私的贵族们又怎么会和小小奴婢同甘共苦呢？这次他们不过也是在利用自己罢了，事情败露，他们大可一走了之，而自己必定沦为牺牲品。自己这次怎么……干出这事呢！灯芯懊恼不已，她看向前面湘湘的背影，心中暗暗盘算着。

　　子夜时分，他们已经赶到大月氏的地头。灯芯装作精疲力竭的样子，直劝他们先歇息几个时辰再赶路。湘湘见灯芯累了，也附和着说自己赶不动路了，要先歇息下来。大胡子和妹妹到了大月氏后安心不少，见一时半会儿不会有追兵了，他们嘟囔着骂了灯芯几句，还是就地休息下来了。和往常一样，他们将众人的马匹拴在一旁吃草，将小湘湘的双脚用绳子捆上。灯芯看着湘湘，见她并不抗拒，反倒是习以为常了，脸上看不出一丝惊惧，仍甜甜笑着。看样子小湘湘依然被蒙在鼓里，那倒也好，起码她这一路不会觉得害怕。待到湘湘睡去，兄妹俩将灯芯带到一旁，悄声警告："小蹄子，你最好也识相点。要知道大月氏人凶残，你若是逃了去，不是被大月氏人抓去就是被波斯追兵截获，反正他们认定人是你带出来的。若想活命，只能乖乖跟着我们去大月氏邀功，去把那丫头看好，别让她跑了，否则你我性命堪忧。"灯芯俯首低眉，依旧表现出一副顺从的样子，颤抖着说："是，是。"见她如此，兄妹俩才放心睡去。

　　等到两人的鼾声已浓，灯芯悄悄爬起来，拿起藏在鞋中的小刀，割断湘湘脚上的绳子。湘湘猛地惊醒，灯芯示意她不要出声，只是三言两语告诉她这些人要害她，让她自己快些逃。湘湘竟没有多问，她微笑点头，轻声道："我知道的。"灯芯解开缰绳，将包裹递给她，让湘湘上马离开，湘湘却让灯芯与自己一同走。灯芯急了，连忙说他们是自己的亲戚，不会伤害自己的，若是你不走，便没有机会了。湘湘上了马，这夜风声很响，那匹小马又矫健如飞，马蹄声不至于惊醒那两兄妹。

　　等到湘湘走远，灯芯解开了另一匹马的缰绳想要逃窜，不料那匹马一声嘶鸣，惊醒了两人。他们惊觉湘湘被放走，纷纷看向灯芯，怒骂道："你疯啦？"灯芯一脸视死如归，她将三匹马都解开缰绳放走，一面走向少妇。照面时，她一下举起藏在袖中的刀捅进她的身体，一边道："横竖都是一死，倒不如让自己的良心舒坦些。"少妇拧成一团，向后倒去，大胡子"啊"的一声举起大刀向灯芯砍来，灯芯退到一旁的山崖边，在大刀砍下她的肩胛时，她顺势推了大胡子一把，两人一并掉落山崖……

话分两头。自从图拉去了波斯，巴斯佳接受了王庭划给他的草场，那块草场离匈奴王庭比较僻远，甚至已经很靠近大月氏。大概是图拉走后，大阏氏那边不想他再与王庭有什么纠缠。巴斯佳倒也心甘情愿，住在这里终归算是离图拉更近些，总该有波斯那边的一些消息。图拉好几年都没回匈奴了，更别提有时间专程来看他和卓尔鸣，和他们逐渐失去了联系。这么多年过去，巴斯佳一直都没有成家，刚开始卓尔鸣还会不时催促下，甚至让丈夫介绍些好姑娘给哥哥。巴斯佳总是不领情，还让他们不必瞎操心了。时间久了，卓尔鸣也逐渐体会到哥哥始终放不下一个人的感受，后来也就没有再提起这些事了，只是时常接哥哥到自己那边小住，抑或是来看望哥哥，有时还带着丈夫孩子一起来，好让巴斯佳感受一下家庭的温暖。巴斯佳在自己的牧场上仍干着老本行，每天赶着成群的牛羊在草原上穿行，自觉内心充实。除了自给自足，他还时常拿些奶肉制品到大月氏的集市去交换些钱和粮食，尽管卓尔鸣也常常带这些必需品给他，但也乐见他多外出走动一下。

这天，巴斯佳像以往一样带着些羊毛和牛羊肉干来到离大月氏最近的那个集市，他学着别的小商贩一样，将马绑在后面的树上，把带来的商品在前面的地上摆开。这一来二往的，他与这附近的摊档都熟识，相互招呼了一番。只听旁边大饼摊的摊主用不咸不淡的匈奴语说："听说今日有大月氏的商队过来，应该能有好生意呀。"果然过了中午时分，许多大月氏人骑着马过来了，马上驮着许多麻袋，一时间集市里好不热闹。

刚整理好摊子上的东西，巴斯佳一抬头，只见一个大约七八岁的小女孩骑着一只小马立在自己摊前，迷茫地看着，静得像一个雕塑，只有那匹马的尾巴还在抽动。一旁的大饼摊主见巴斯佳愣住，便打趣道："老兄，你这是怎么了，看见小姑娘都忘记招呼啦？"他也打量了她一下，见这姑娘的打扮和样貌不太像当地人，也不像是来买东西的，便用大月氏语问道："姑娘，你需要什么？"不想这姑娘似乎听不懂他的话。

巴斯佳回过神来，便也问了她几句话。这小姑娘听到巴斯佳的匈奴语，瞬间来了精神，但她似乎只会几句简单的匈奴语，她说自己叫湘湘，之后又比手画脚地说了一些巴斯佳听不懂的话。在波斯的时候，湘湘很少机会说匈奴语，幸好母亲私下教她一些简单的用语，她一直没有忘记。同时她又兴奋起来：眼前这人讲的正是匈奴语，难道自己已经来到匈奴了吗？巴斯佳有些茫然，他见小姑娘已经十分疲惫，嘴唇也因为太久没有喝水而干裂了，便让她在自己摊位后坐下来，自己赶紧去附近小河打了些水过来，又将自己摊位上的食物都拿出来给她吃。湘湘又饥又渴，先是喝了两大碗水，又狼吞虎咽地吃起那些牛羊肉干。大饼摊主见这些食物不顶饱，也将自己摊上的大饼拿来给湘湘吃。

湘湘吃饱喝足，便对两人道谢。巴斯佳见这小姑娘像是迷了路，便问她是从哪里来的，也不打算摆摊了，不如等会儿就把她送回去。湘湘又说了一番，巴斯佳艰难地理解着，大概听懂了她从西面过来，已经走了好几日了，还问这里是不是匈奴。方才巴斯佳乍一见这小姑娘，竟觉得她颇为熟悉，甚似初见时的图拉，只不过她年纪尚小，样貌尚未长开，脸上多了几分稚嫩，自己才愣了神。如今见她边说边比画着，举手投足间更为亲切，这不可能是错觉，心中更是疑惑了。湘湘说道自己打哪来的时候总是说着一个词，可巴斯佳一直不太理解那个词的意思。直到大饼摊主插了句："那词，是波斯的意思吧？"巴斯佳才醒悟过来，同时心中一震，随之又宽慰自己道：大概波斯女孩的言行举止都与图拉很像吧？可是她怎会大老远跑来这里呢？

　　隔壁摊主是大月氏人，他常年走东闯西，波斯语和匈奴语都会一些。湘湘见到他竟能懂波斯语，十分惊喜，两人竟聊起来了。湘湘看上去天真无邪，但也有一定的冷静和警戒心，并不会事事都往外讲。末了，大饼摊主向巴斯佳解释道："这姑娘的意思是说她在半路走失了，所幸遇到了大月氏的商队，队伍中一个带小孩的年轻妇人见她乖巧，便带上她一起，一直来到这里。湘湘说她在匈奴有亲人，一直很想过去。巴斯佳老兄你不就是匈奴人吗？不如你带她回去，帮帮她也好。"巴斯佳心想也是，湘湘既是波斯人，在大月氏都无亲无故，这里离匈奴比波斯近些，不如先把她带回匈奴牧场，再喊卓尔鸣他们过来，一起想法子帮她找亲人。卓尔鸣比起自己，一定更有办法照顾湘湘。巴斯佳又叫大饼摊主问湘湘情不情愿跟自己回匈奴，湘湘冷静打量了他一番，好像单凭眼睛就能看出人的好坏似的，随之欣然一笑，便答应了。

　　次日，两人启程前往匈奴，湘湘对沿途的一切都十分感兴趣，对这边的食物也没有什么不适应的，就是干冷的风吹得她的脸发红，手也有些龟裂。湘湘的精力甚好，她能一路不停地讲话，通常都是两种语言夹杂着，尽管巴斯佳不完全懂她在讲什么，不过他倒十分乐意听着，这好些年来，自己的耳朵从来没有这么热闹过了。湘湘甚至喜欢让巴斯佳大叔教自己匈奴语，她机敏得很，只需教一两遍就能熟记下来，这一日下来，甚至都可以用匈奴语连续说好几句话了。这份聪明劲儿又让巴斯佳想起图拉来。

　　不出几日，两人便回到巴斯佳的牧场，湘湘见母亲时常描述的牧场终于出现在自己面前了，欣喜万分，一整天也顾不上吃东西了，总是去看成群的牛羊。巴斯佳见湘湘如此热爱草原，不由得会心一笑，在劝她回来喝水时问道："你们那边，有没有牛羊？"湘湘答道："有是有，只是这么大一群、又这么有野性，确实很少见。"巴斯佳见湘湘成日在草原上玩得很开心，心中很是宽慰，只是她的身世总牵着他的神经。他托过路的牧民给卓尔鸣捎了信，希望快些帮湘湘找到亲人。

这天，卓尔鸣收到哥哥的求助信，便带着丈夫和儿子一起来到。她心想湘湘一个小孩在这不免孤单，带上儿子格多安过来，好让他们互相有个玩伴。湘湘见有人来探访，也顾不得一旁的小羊羔，好奇地跑来，用那双长着长睫毛的大眼睛打量着众人。或许是突然见到那么多人，她有点害羞地躲到巴斯佳身旁。小格多安与舅舅相熟，正玩闹着，他看到这位水灵灵的波斯女孩，顿时也安静下来，害羞得拉着母亲的手。卓尔鸣才一见到湘湘，便不由得脱口而出："哥哥呀，这小姑娘不就活脱脱从前的小……"巴斯佳点了点头，兄妹两人心照不宣。哥哥不懂得打扮，用自己儿时的衣服给湘湘装扮得像个牧羊女，她看到不禁笑得发颤。卓尔鸣此次过来倒是买了许多好看的衣服和饰品来，湘湘见到，喜欢得不得了。卓尔鸣带着她去梳洗打扮一番后，让与湘湘年龄相仿的格多安带她去玩，自己和哥哥聊聊。

见无旁人，卓尔鸣激动地说："哥哥呀，也不知是什么缘分，竟让你碰上这么个小图拉。这孩子说不定真和图拉有什么关系。这种直觉，错不了。"见巴斯佳不敢相信，卓尔鸣又说："你想呀，她说自己来自波斯，在匈奴又有亲人，这不巧了吗？对了哥，你有没有问出湘湘在波斯、或者在匈奴的亲人？"只见巴斯佳笑着挠挠头说："这不等你来问了嘛，你身为人母，比较会和孩子打交道。"卓尔鸣很惊讶哥哥那么久都没有问出湘湘的身世，苦笑着打趣他还是那么笨。

格多安领着湘湘在牧场上疯玩，两个孩子有了伴，玩的东西也就多了，像牛毛球、挖跳兔、沙嘎这种平日里玩不到的游戏，湘湘见到甭提多兴奋了。等到玩厌了，两人又去赛马和捉迷藏，虽是竞技，格多安总是让着湘湘，见到她笑得灿烂自己也不觉得吃亏。到了用晚膳时，两个小孩已经玩熟了，在大人看来，他们语言并不通，却能交流无阻。看到他们一家人都如此好相处，湘湘也和卓尔鸣亲近起来。

　　卓尔鸣和湘湘闲聊了一会儿，问道："小湘湘，你喜欢匈奴吗？"湘湘忙点头，她的匈奴语已经流利了许多，又补充说自己很喜欢卓尔鸣阿姨一家子。卓尔鸣有些感动，随即说："我们也很喜欢湘湘啊，阿姨年轻的时候也有一个波斯的好姐妹，知道你从波斯来就好像见到亲人一般。可惜她后来回到波斯去了，我很是想念她。"湘湘好奇起来，道："那很简单，只要告诉我母亲，她总有办法的。"卓尔鸣手心已经全是汗，继续追问起来。湘湘说到母亲，像打开了话匣子，道："我的匈奴语就是母亲教的，母亲其实是半个匈奴人……"听着她这样说，卓尔鸣心中更是确信无疑了，当她告诉湘湘自己要找的是图拉齐齐尔——波斯至高的王时，湘湘惊喜万分，放心地告诉他们自己的身份。巴斯佳和卓尔鸣感动极了，兜兜转转，小湘湘竟是图拉的女儿。卓尔鸣用手帕搽去眼角落下的泪，将湘湘抱紧，旁边那几个大小男人也暗暗感叹缘分的奇妙。

　　这晚众人丝毫没有了睡意，他们在牧场点上篝火，围在一起谈天说地，巴斯佳和卓尔鸣三两句离不开图拉和湘湘在波斯的生活，而两个孩子又对大人们年轻时的事情尤其感兴趣。湘湘将这一路的经历和盘托出，众人不由得夸赞她察觉出那几个反贼图谋不轨后还能如此镇定。湘湘那不咸不淡的匈奴语惹得格多安哈哈大笑，卓尔鸣总是护着湘湘，假装要去教训儿子。玩了一天，两个孩子也累了，卓尔鸣在哄孩子们睡下之后，便又出来与两人商量怎么通知图拉。

　　巴斯佳叹了口气："真是苦了图拉，宝贝女儿被坏人带走，这会儿肯定心急如焚，我们还是尽早通知她为妙。妹夫，你有没有办法？"卓尔鸣丈夫略加思索，道："我没去过波斯，那边人生地不熟的，仅凭一己之力恐怕很难找到齐齐尔。不如我们先将图拉送回王庭，报告过单于后，让他差人去通知齐齐尔,虽然会耽搁几天,但岂不是更保险?"卓尔鸣赞同道:"正是如此,这样湘湘也能见到亲人,王庭势必会保护好湘湘的。"说罢,众人便决定第二天就带湘湘启程到王庭去。

第四十一回

乐莫乐地远众星聚　　悲莫悲树倒猢狲散

次日,湘湘听闻卓尔鸣夫妻说要带自己到匈奴王庭去,开心得手舞足蹈,她本就十分想见到匈奴的亲人,如今因祸得福,可算是实现了自己一直以来的心愿。巴斯佳本不打算跟去,可湘湘和他好几天相处下来,已经十分信任他、依赖他,拉着他的袖子道:"巴斯佳大叔,你和我们一同去吧。"卓尔鸣便趁机邀他一起去:"哥哥,反正你也好久没有回王庭那边,不如索性与我们同住几天,免得湘湘挂念。"这其实并不完全是她真正的想法,卓尔鸣都已经当妈妈了,心中仍喜欢打些鬼主意:这么多年来,她多么期盼巴斯佳能有缘再见到图拉,这次跟湘湘一起去无疑是唯一的机会。巴斯佳听她这番话也不无道理,便答应一并前去,多陪湘湘几日。

巴斯佳一家人陪着湘湘来到王庭外,只见一支匈奴的使队正朝着他们这个方向跑来。卓尔鸣丈夫一看,为首的那位信使是自己认识的,便上前去招呼:"好兄弟,你们这是去做什么?"那个人急匆匆回道:"老弟,单于这几天病情加重,我们这就去请三居次赶回来,另外几个居次也有兄弟兵分几路去请了。"听闻这队人正是去找图拉,他三言两语和他们说明情况,便请求与他们同去。共事多年,那领头人自然是信得过他的,看了看湘湘那边,便道:"这可是大事,须让三居次知晓,不能耽误,好兄弟,我们先行一步,你且去禀告单于。"待他们走后,卓尔鸣丈夫便去和王庭外的侍卫说明一番,那几人随即进去禀告玛拉。

不多久,玛拉快步走出王庭,见到湘湘俨然一副有女初长成的样子,颇像图拉小时候,又惊又喜,连忙牵起外孙女的手。湘湘只在幼时见过玛拉,记得已不是很真切,只觉来者亲切,猜到是外婆,也兴高采烈地和她亲昵一番。玛拉见图拉并没有在跟前,心中疑惑,她看向巴斯佳等人,巴斯佳一时紧张,竟不知如何讲起,还是卓尔鸣大概了解情况,一五一十向玛拉道来,同时也请她放心,告诉她自己的丈夫已经叮嘱使队去禀告图拉。玛拉听着外孙女这一路的惊险,心中惊颤,所幸湘湘平安归来。她忙向巴斯佳等人道谢,派人好好招待他们,自己先带湘湘去见单于。

玛拉紧紧攥着湘湘的小手,带着她在单于大营之外逗留了一阵儿,她不知道这么径直进去会不会把单于吓一大跳。单于病重以来,都是玛拉和完察萍轮流陪着单于。这天本是玛拉陪着,单于见她出去好久都没回来,迷迷糊糊间喊着她的名字,玛拉听闻,便让湘湘在外面等一会儿,自己先进去和单于禀报。单于见玛拉进来,便问她王庭外是谁,有什么事去这么久?玛拉答道:"单于,我可是带了个小女孩回来看望你啊。"单于猛地一起身:"千山回来了?"想想又说:"不对啊,我今天才派人喊她们几个回来的,哪有这么快到?"玛拉听了有些心酸,随即便把湘湘带了进来。湘湘见病榻上的老头子并没有自己想象中那位威震四海的单于外公那么可怕,心中的陌生感少了许多,怯生生地主动喊了句:"单于……"

单于见到眼前人,不由得又是一振,颤颤巍巍地一边指着湘湘,一边看向玛拉。玛拉一瞬间泪流满面:"单于,这是湘湘,是我们图拉的女儿！"单于也喜极而泣，倒是湘湘机敏地上前笑着安慰他们。单于接着又如玛拉一般，直问图拉是不是也一并回来？玛拉将湘湘的经历原原本本地复述一遍，单于握紧湘湘的手，喃喃道："老天有眼啊，我本来还想，这一来一回这么远，哪怕派人去通知了，我恐怕临死前都见不到图拉了。现在虽然不一定见到图拉，但老天将'小图拉'带给我看两眼，我也知足了。可怜图拉，这会儿估计担心坏了。"玛拉安慰道："这次可谓是机缘巧合，老天送了小湘湘回来。图拉那边，我已经命人尽快通知了。"说来也怪，自从湘湘回到了王庭，单于精神了不少，病情虽不见好转，但每日都不愿卧床歇息，总是要起来带湘湘到处转转。湘湘也乖巧，总围在单于和玛拉身边。她对于一切都好奇，平素又礼貌机敏，连完察萍和措木央见到她都喜欢得不得了。

再说图拉带人一路东行追查，一直没有半点消息。这天，众人来到一处山崖上，只见地上躺着一具少妇的尸体，身着米底亚的服饰，她的胸口插着一把小刀，尸身已经稍微腐烂，许多蝇虫在她身旁飞来飞去。图拉不由得感到眩晕，神经紧绷起来，云朵儿在一旁连忙扶着。忽又见崖底有一男一女两具尸体，最后的动作还在互搏，那具女尸被一把大刀由肩部劈开，要不是有骨肉相连，身体都被分成两半，众人见状，胃里泛起一阵恶心。图拉凑过去一看，从经已浮肿的脸上认得这具女尸正是灯芯；而从那具男尸的服饰上看，明显是米底亚的贵族。

图拉忙命人在这山崖周边四处搜寻，就是没有找到一丝湘湘的踪迹。云朵儿在一旁也暗自纳闷，按理说这灯芯该是和这两人一伙的，怎么最后自相残杀起来？这里是大月氏的地头，莫非……这灯芯后来又想投靠大月氏，把湘湘献给他们，然后被米底亚人发现后杀害？这大月氏之前和我们波斯有仇口，如果湘湘真是落在他们手里可就糟了！云朵儿一着急，不由得将想法脱口而出。图拉一听，连日来音信全无的绝望感一下袭来，不由得痛哭起来。当了母亲以后，湘湘便是她内心最柔弱之处，这几天的担忧、恐惧，在这一瞬间全爆发了。

云朵儿见状，吓得连忙跪下掌嘴，劝慰道："居次，都怪我胡思乱想，害居次担忧，我胡说八道，齐齐尔福大命大，定不会被大月氏劫了去。"图拉却执着于她的推测，说什么都要去大月氏讨个说法。部下的人连忙劝阻，连声说齐齐尔这么一去就是送死，不仅救不了小齐齐尔，分分钟还要断送自己性命。图拉明知很危险，可念及女儿的安危，还是执意要去，她不顾众人的劝阻，还说了一番"你们不必跟着我去送死，要是他们真的绑走了湘湘，你们就回去让库卡格尔来收拾大月氏！"之类的话。云朵儿平素虽也冲动，但此时也不愿图拉去冒险，依然要拦图拉。图拉使猛劲甩开她的手，吼道："再不去就来不及了！"就上马要往前奔去。

正在此时，几个部下忽然在她身后喊住她，说是刚才搜查时遇见一队匈奴兵，有要事禀告齐齐尔。图拉脚步稍微迟疑了一下，她只听后面有人喊道："三居次留步，湘湘齐齐尔就在匈奴王庭，你不要着急！"她一下愕然，身子忘了跟上马的节奏，一下子被甩下马来。她也不觉得疼痛，径直爬起身来，冲着那个匈奴士兵问道："你说的可是真的？"那人连连点头，将湘湘的情况简单讲了，其他人也点头称确实在王庭见到湘湘。图拉见到那些人确实是匈奴的使官，一下子定下心来，眼泪再次夺眶而出，连忙请他们带自己一同回去。她一路上欣喜之极，使者们不忍心将单于病重之事如实告诉，但他们心里也踏实了很多：这个距离比波斯近上一半有多，现在赶回匈奴，总算有机会让单于见到三居次最后一眼。

图拉一回到王庭，就火急火燎地要找湘湘，侍卫忙将她带去大营中。她一进去，只见单于坐在主位，湘湘和玛拉分坐他两侧，还有好多人在一起宴饮，仔细一看，两个姐姐努哈敏和暮雪都在，乌桓的小王萧载也跟在母亲身边，还有几个人背着她看不清楚是谁。原来，巴斯佳等人在王庭留了几日，明日就要返程了，单于打算好好感谢巴斯佳一家人，特意宴请他们。

　　湘湘眼最尖，一眼见到图拉，马上扑了过来。其他人见图拉回来也纷纷起身。巴斯佳见眼前的图拉亭亭玉立，风尘仆仆的她更是平添了一丝王者风范。只是可怜这些天来她又疲惫又忧心，眼睛哭红了，脸也有些浮肿，但那双眸仍如年轻时一般明净。图拉搂着湘湘，一眼就认出了转过身来的几人有巴斯佳和卓尔鸣。她一时惊得开不了口，怎会料到今日竟在此与他们重逢。巴斯佳大哥更沧桑了，脸上、手上的皮肤被太阳晒黑了许多，脸上生了不少褶皱，腰身也微微有些发福；卓尔鸣的打扮更成熟了，容颜到底不胜当年，脸上的温和慈爱却盖不住她原先那机灵劲儿。她牵着个和湘湘年纪相仿的小男孩，更显得有烟火气息。图拉眼眶再一次湿润了，哑声道："巴斯佳大哥、卓尔鸣，原来是你们……救下了湘湘。你们过去待我这么好，而今又是我女儿的恩人，我怎么担待得起。"巴斯佳也低头含泪，卓尔鸣感慨道："这一切都是缘分，缘分呐。"图拉看向卓尔鸣身边，猛然认出这就是当时卓尔鸣总是去会面的那个王庭侍卫，时隔多年方才竟没认出来，她不由得扑哧一下笑出来，搂着卓尔鸣打趣道："你看你，当时我就看出来你们两情相悦。"三人相认，免不了一番寒暄。

　　湘湘这些天和大家也熟络了，也不怯场，见众人坐定后，她便请母亲做翻译，手舞足蹈地一半匈奴语、一半波斯语地正式讲一次自己的经历。当她讲到灯芯是怎么放自己走的，她语气变得严肃而哀伤："我一直都觉得灯芯姐姐是个好人，她答应带我来匈奴，虽然中途被那两个坏人骗了……那晚要不是灯芯姐姐悄悄放了我走，他们两兄妹好像就要把我抓去大月氏了。我跑出来后，骑着马一直往东走，到了那个集市才遇见巴斯佳舅舅。就是不知道，灯芯姐姐后来怎么样了？"湘湘见母亲叫巴斯佳大哥，便也改口叫他舅舅。图拉听闻，大致已经心中有数了，她怕湘湘难过，用匈奴语给大家说了灯芯的遭遇，大家纷纷叹息；湘湘似懂非懂，眼中流露出一丝悲伤，连连追问。图拉不知道要不要告诉湘湘真相，一时语塞；倒是小格多安听懂了，在一旁用简单的匈奴语和湘湘说："灯芯姐姐很厉害，给了坏人们应有的惩罚，她也做了自己不会后悔的事情。"众人在心中纷纷称赞。

倒是努哈敏听完湘湘的经历后，一直掩面，暮雪发现她在偷偷哭泣，连忙安慰，萧载更是大声询问起母亲来。这一来，整桌人都知道她在哭。努哈敏有些不好意思道："我就是想起小蝶了……为什么迷途知返的人都不能有好结果的？"一提到小蝶，她又啜泣了。众人都曾听闻她和小蝶的故事，又在心中叹息一番，难怪她听了灯芯的事情后会如此难过。

图拉忍不住问道："怎么大姐姐、二姐姐也刚好都回来了？"努哈敏脱口而出道："单于病重，自然要喊我们回来。"她见图拉愕然，慌忙收住话："怎么……你还不知道这件事？"卓尔鸣的丈夫连忙起身认罪："小的该死，还没来得及告诉三居次。"图拉这时才发现单于被酒熏得微红的脸之下，藏着死灰一般的皮肤，她大惊，继而愧疚不已。单于反而大笑安慰道："图拉，不必难过。人总免不了一死的。而今老天有眼，让我死前还能陪宝贝外孙女玩一阵儿，机缘巧合下还能让你少走些路程、及时赶回来看我，我已经很知足了。"众人听闻，不觉又心酸起来。

图拉已许久没有见到几位姐妹了，暮雪这些年容貌竟没怎么变，性子依旧娴静温婉，却不难看出事事更有主见了，想必是在怀远斋清修的缘故。措木央随着年龄增长，不再像往日带着稚气的脸庞，愈发美艳动人，举止间就能将旁人迷住。而努哈敏已经是少妇了，在姐妹几人中，越发有大姐的气质。众人知道单于是难好起来了，完察萍和玛拉不如年轻时那么好精力，斯图亚又在忙着处理军政大事，王庭上下的杂事全靠努哈敏在打点。她压抑着心中的悲痛，有条不紊地准备着单于的身后事。众人见她变了很多，为人处世更加成熟了，很是欣慰。努哈敏带着儿子萧载一同回来，这么多年过去，萧载已是个十岁出头的孩子了，他见母亲前后忙碌，无暇照顾他，也十分懂事，自个儿带着湘湘和格多安到一旁玩耍。

眼看着单于的身子就要垮下，可依然未见千山归来的消息，努哈敏心急如焚。她前段日子接连派了好几批使者去荤粥，加上一开始派的都有四五波人马了，怎么依旧不见千山的身影。午后，她策马出王庭外查探，派去荤粥的其中一批使者回来了，却没有把千山带回。努哈敏怒火中烧，冲上前揪着为首的使者质问："没用的东西，五居次她人呢？怎么这点小事都办不好？你们一个二个都不想活啦？"那个使者吓得脸色发白，苦着脸跪地求饶："长居次饶命，居次有所不知，荤粥隐秘，本就难寻。我们的人好不容易找到了荤粥，荤粥那边竟不放人。我们的人来回求见了几趟，他们接见的人都只是说什么'我们稍后就护送你们千山居次回去'，就将我们的使节打发走了，实际上根本就没把话捎到五居次耳中……"

努哈敏狠狠跺着脚骂道："反了他们！他们凭什么不放千山回来？"那个使节叩头道："长居次息怒，后来还是我们的人偶然遇到从前侍候五居次的泽恩兄弟，一问才知道实情，原来，这段时间荤粥首领的母亲卧病，荤粥首领庭正为她举办七十大寿冲喜，生怕让五居次回来沾染了……丧气，恐怕不吉利；又称寿宴要整个王庭的人出席，才显心诚。""呸，他的母亲难不成还比我们单于重要？上次忘忧阏氏病重，千山已然未能归来，成为遗憾；这次定不能再让千山错过了……"努哈敏别过脸去，话中流露着哀伤。

忽而她又转过脸来骂道："混账东西，怎么你们知道了还不同泽恩闯进去把居次带回来？""回长居次，我们本也想着闯进去将千山居次带回来，可是他们的王庭极为排挤外人，我们本都闯进去了，却又被他们驱逐出来。"努哈敏此时只得发难："你们明知道单于时间不多！我不管，你们无论如何都要把千山居次带回来，否则你们人头落地。还不快去！"话音刚落，只听身后小云寻来道："居次，单于那边快不行了，我们快回去。"努哈敏无奈，只得丢下那群使节在原地，跟着小云走了。

　　大营外众人悲戚，正候着单于一个个唤进去交代最后的话。努哈敏匆匆赶来，只因太急，便径直进了营帐之中。只见此时暮雪伏在单于床前，问道："……可是这件事为什么一直没有告诉大家？"单于叹气道："怎么做也是为了保护千山。要知道这些年王庭中表面风平浪静，内里其实免不了争斗，尤其是你大阏氏和阿央他们，俨然已经有了自己的一派势力，这些我都是知道的。"努哈敏想着这些话恐怕单于是本要避忌着自己的，有些窘迫，正想退回出去，单于却招手喊她留下，只顾继续对暮雪说："阿敏走后，她们费了不少心思清除旁人对阿央的威胁，我在时尚如此，我不在时，若她们知道这个期限，又不知有什么动静。我是想等过了这段时间，王庭都安顿下来了，到时你再将千山接回，好好待她，倒更为妥帖。"努哈敏虽不知他们所说何事，可一听千山二字，又忍不住掩面哭泣。单于猜想大概是千山无法回来，也无奈道："只怪当时我一时执拗，将小女儿送去莘粥，这就是上天给我的惩罚啊。"

　　待到暮雪出去，努哈敏单独留下，她想不到单于一上来就说了句："敏啊，这几天辛苦你了。"本来努哈敏并不想当着单于的面难过，可一瞬间，她再次泪如泉涌。单于又接着表扬她身为大女儿一直很坚强，一直顾全大局。这些年她和单于的关系弄僵了几回，待父女和好之后又独身去乌桓了，她很少再和高高在上的父亲如此亲近。又听单于接着说："阿敏，以往父亲独断，和你有些小纠纷，现在想想，我不该如此啊，希望你不要放在心上。以后我也管不了你啦，你勇敢地去追求自己的幸福吧。"待努哈敏稍稍止住哭声，单于又道："方才的话，你也该听的。你毕竟属于乌桓的人，日后你四妹妹掌权，部族之间难免有利益纷争，要怎么处理与王庭的关系，情理亲疏，全靠你自己去把握了。"

随后，单于嘱托斯图亚和措木央要携手把国家治理好，继续完成统一漠北的大业。措木央从小被单于捧在手心里，现在眼看"手心"就要没了，悲痛欲绝，哭得上次不接下气。单于依旧觉得这四女儿最让人心疼，他不惜花了好些力气去安慰她，和她叮咛了好久，更不忘让嘱咐斯图亚一定照顾好阿央。接着又依次见了图拉、千烈和几个外孙，和他们说了好些话。

眼下就剩下玛拉和完察萍站在一旁，这是两个心甘情愿跟了他单于一辈子的女人。他拉起玛拉的手，问她："我死了之后，你可怎么办呐？你跟我来匈奴大半辈子了，千万不要委屈了自己。"玛拉说想回到故乡和图拉他们生活在一起，单于放心地点点头，眼神中还是有一丝惋惜和不舍。他最后叫来完察萍，见到单于想要起身，完察萍连忙俯下身来，贴着他的脸。单于的声音越来越低，在她耳边叮嘱她要辅助好女儿们，又说："你是右贤王庭的女儿，也是我的妻子。以后我不在了，还得花点心思平衡一下右贤王庭和单于庭。右贤王庭的千烈是个狠角色，要当心他对斯图亚不利；退一步讲，斯图亚那孩子打小跟我，但是人嘛……要是他以后到了我这个位置，如果对阿央不好，右贤王庭永远是阿央的靠山啊……"说罢，单于的胸口只剩下微弱的气息，他抬起头，唤所有人进来，和所有人强调要家和，姐妹几个要团结，万一以后千山回来了，要好好待她。终于再也说不动了，与世长辞。

单于死后，王庭内外笼上了悲痛的气氛。为了显示出单于的威严，更是匈奴的威严，斯图亚要求匈奴上下要为单于守丧三年，匈奴的附属国也要按照匈奴的标准举行大祭，盟国和附属国都要上缴牲口、粮食作为贡品和祭品。努哈敏见他主动揽起，也不便再插手了。大祭过后，措木央继位，斯图亚和完察萍作为辅佐陪伴左右。右贤王浑谷邪意识到该是年轻人的天下了，也让千烈继承了王位。右贤王继位那天，浑谷邪还不忘悄悄嘱咐完察萍："好妹妹，要知道你是右贤王庭出来的，千烈这孩子是你的亲侄子。这孩子性子烈，有时难免不小心冲撞阿央和左贤王。我百年之后，如果这小子有什么闪失，还望妹妹你多管教、多批评他。"完察萍自然明白，答应下来。

暮雪和努哈敏住了一段时间也各自回去了。巴斯佳一家因图拉的挽留多住了些时日，眼下也要作别了。故人重逢又要分别，图拉心中不舍，可波斯那边还有事务要处理，她又不敢耽搁太久。每当意识到巴斯佳为了自己而坚决不娶，心中就多一份内疚。她提出把巴斯佳接到波斯去生活，好好招待他。巴斯佳不想麻烦图拉，更怕自己过去了会让图拉为难，便说道："我一辈子在匈奴草原生活，都习惯了，就不必迁去了。再说我一时半会儿很难适应波斯的生活，在这里离我的妹妹一家也近些。"但图拉还是在波斯以湘湘齐齐尔的救命恩人的名义给巴斯佳留了一个住处。湘湘也劝道："巴斯佳舅舅你闲时便来波斯住一住嘛，不然湘湘会很想你的。"转头又看向格多安，只见他挽着卓尔鸣的手，脸上有些难过，便又上前拉着他的手道："不要难过，到时让舅舅带你和爸爸妈妈一同来看我。"巴斯佳敌不过母女二人的盛情邀请，又知湘湘不舍得自己一家，便答应会在空闲时去波斯与他们会面。两个孩子也在大人的鼓励下拥抱作别。安排完巴斯佳的事，图拉也把母亲、女儿一同接回波斯。或许，单于这个主心骨离开之后，这个大家族也就飞鸟各投林，很难再团聚了。

第四十二回

改恶念颢天归隐　露锋芒千烈蛰伏

帮王庭打点完单于的大祭，努哈敏回到乌桓，整个人像是泄了气一般，这个时候她内心的悲伤才真正流露出来。萧载虽说已是个半大的孩子，但见母亲成天闷闷不乐地呆坐着，时而愣神，时而默默伤怀，他也有些手足无措，只想母亲快些振作起来。他时常缠着努哈敏，想尽法子逗她开心，或是故意做些无稽之事引她注意，却往往被她训斥一顿。还是小云在努哈敏要对儿子动怒之前，把萧载拉到一旁玩去了。萧载既委屈又无奈，拉着小云吐苦水。小云劝解他道："你啊，这个时候就不要去惹你母亲了，让她独处一会儿吧。单于不在了，她心里不好受。你把她惹生气了，可是连我都要骂的。"萧载只好听话地到外面待着。

碰巧他一出门，便见朗天叔在不远处驻身下马。原来，朗天也听闻了单于去世的消息，前些日子已经派人给匈奴送去些财货祭礼以表慰问，他更担心的是阿敏回乌桓后觉得难过，便特意赶来看望她。萧载看见朗天叔过来了，脸上一副得救的表情，连忙迎了上去。自从努哈敏和朗天和好之后，他们双方部落间交好，加之两地本就同源，人们更增加了彼此往来。

朗天时常抽空来乌桓看望他们母子，有时还会住上一段时日，或是邀请他们去通古斯做客。如今乌桓上下敬重努哈敏夫人，也不会说什么闲话。而萧载自幼便和朗天叔关系很好，两人形同父子，甚至有时他惹怒了母亲，朗天叔总有办法让母亲息怒。朗天先是佯装要教训萧载，实际上是将他拉到一旁玩闹着讲理开解，再去哄好了努哈敏，不到一炷香的工夫，便让母子俩重归于好了。故当母亲生气时，萧载时常搬出朗天叔当救兵。

眼下，萧载飞奔到朗天叔跟前向他问好，就一边拽着他径直往里走，一边说："母亲从匈奴回来之后就难过得很，朗天叔你快去劝劝她，她一定听你的。"两人走到努哈敏营帐外，见她正坐着责备一个小侍女，那个小侍女被她骂得眼圈红红，正在收拾被夫人摔在地上的杯盘。萧载和朗天打了个眼色，做起嘴型来，他学着朗天叔往常总爱说的一句开头白：哟，是谁惹我们长居次生气了呀？没想到此时朗天却摇摇头，他摸了摸萧载的头，轻声说："你母亲心中一定不好受，我们还是留她一个人安静一下吧。"

他刚要带萧载出去，努哈敏瞥见他们在外头，便喊住两人，一大一小的两个人便乖巧地走过去。努哈敏抬头望了一眼朗天，轻声说一句："单于没了。"之后就哽咽起来。朗天连忙俯下身来轻轻搂着她，阿敏将头靠在朗天肩上，号啕大哭。朗天爱怜地安慰着，他懂得，阿敏在匈奴是大姐姐，起码要在阏氏和妹妹面前表现得坚强；只有在自己面前，她永远是那个小女孩。努哈敏一边哭，一边呜咽着说："我向来任性，从小就喜欢和单于对着干，做错了不少事情，总惹得单于生气。等到我真正成熟稳重了，却不能时常陪在单于身边，好好尽孝。现在单于不在了，我又能怎么办，我实在觉得对不住他。"

朗天听出阿敏话中的懊悔与遗憾，可惜生死离别自有定数，只得安慰道："好姑娘，虽说你后来陪在单于身边的时间不多，可单于见到了你的成长,他知道他的阿敏变得更好了,以后也会好好的,他心中一定很欣慰吧。"努哈敏听着,情绪也渐渐缓和了下来。听朗天提议他们三人可以出去游历、散散心,努哈敏摇摇头,眼神中有些悲允,说:"你就带萧载去吧,正好他这段时间怪闷的,我就不去了,让我一个人留下静静也好。"朗天怂恿道:"阿敏,我们通古斯东面的大鲜卑山下,也就是我们的龙脉附近,有一片茂密的林场。通古斯有一个传说,听闻萨满的子民老去后,魂魄都会飘到大鲜卑山的林场,那里的每一棵树都藏着一个先人的灵魂。所以每当人们极度思念故去的人时,都会去那片林子里待上一阵儿。有去过的人回来说,那片林子里清幽静穆,能实现所谓的天人感应,我一直都很想去一探究竟。阿敏,既然你思念单于,不如我们就一块儿去。"萧载附和说:"母亲,我们一起去吧,我也想感应到祖先。"努哈敏心中动摇,随即答应下来。

朗天三人到了通古斯后一路骑马东行,他们并没有带什么人一同前去,只是派了些侍从远远跟着。一路上眼见着草原逐渐点染上青绿色,汩汩的雪山融水顺着山谷而下,成为溪流融入到化冰的大河之中;有时路过山坳,见那儿的杜鹃花在阳光照射下慢慢燃了起来,再行进至下一处时,便已是映入眼帘的一片花海。牧民们赶着牛羊出来尝着新草,孩童们从毡房中跑出来,到融冰的河流中捕捞些小鱼小虾。看着满眼美好的春色,努哈敏的心绪也开朗了许多。

这天,他们来到了大鲜卑山之下的一条大河边,朗天估摸着说:"那片林场应该不远了,沿河骑行便可到达。"看着清洌的河里不少碎冰漂浮而下,萧载不禁嚷嚷道:"如果有船可以渡河就好了。你们看,这水流挺急的,如果坐船去一定很快就到了。"努哈敏白了他一眼,说道:"恐怕是你嫌累,不想骑马了吧?"正说着,萧载忽兴奋地嚷起来,用手指向不远处。努哈敏看过去,前方还真搭了个简易的码头,有一只大羊皮筏子在

第四十二回　改恶念颢天归隐　露锋芒千烈蛰伏

那停着。萧载得意极了，连忙跑了过去。船夫是个很和善的老人家，见三人前来，心想这定是来出游的一家子了，忙招呼道："坐船吗？"朗天上前，向老人家打探那片林场，船夫笑吟吟地说："正是正是，这条河便是通往那片山林之中，我在这开船，就是常常摆渡人们去那里。"萧载满脸期待地看向朗天，朗天赞同道："既然老伯熟路，我们就坐一程船吧！"

老船夫一路很健谈，说自己一辈子都干这个，和女儿女婿一起住在林场那边；女婿也干这个，他自己守着这条河和这片林场一辈子了，也总算有人继续干下去了。平日里时而有些萨满人来这边拜祭祖先，也有猎人前来杀牲口祭山神，以祈求山神赐予他猎获。除了摆渡，他们一家子主要也依靠那片林场过活，像拾柴烧火、打野禽、摘果子充饥，都多亏了这片宝地，养活了多少他们这些普通人。船沿着河流飘去，他们越发觉得周遭空灵静谧。经过山口时，萧载看见山口上的几棵大树被削去了些树皮，树干上绘了一幅人脸，冷不防被吓得一哆嗦。船夫笑道："不怕不怕。山神游荡于山林之间，我们不好找，一些猎人便将这些画当做山神的化身，方便在这山口祭拜。这边本就安静，人们来祭奠时，怕惊动了祖先和神灵，都不敢喧闹，所以啊，就更显得肃穆了。"三人意会，默默地欣赏着两岸的风景。

待船行至林场深处，他们辞别了船夫，下了船。这片林子果真是茂密无比，走进里面便不见天日。努哈敏走在最前头，林子中不少桦树、柏树，还有一些阔叶的树木。林子深处，时而还有些鹿和狍子穿梭林间。阵阵微风好似拭去了内心深处的泪痕，同时风声钻过叶间、树间，如同许许多多的先灵在吟唱。这里肃穆幽静，却丝毫不会让人感伤。他们在里头兜兜转转，努哈敏终于停在一棵树前，将双手放在脸前，闭目冥思。她追忆起那些故去的人，久久伫立着不愿离开。萧载还年幼，经历也少，似乎感觉不到那般神奇，但他的心灵也如同像洗涤过一般纯粹、干净。努哈敏只觉心中的伤痕被慢慢抹平，不知过了多久，她缓缓睁开双眼，再环顾一周，微笑着拉起身边两人的手，有些留恋地走了出去。

走出林场时，已是夜幕降临，一轮明月当空，偶尔飞过一只孤雁，夜晚的旷野有几分宁静，与林场里的氛围遥相映衬。努哈敏沉醉其中，转头感谢朗天，赞叹不虚此行。朗天见她开怀了许多，也欣慰不已。此时老船夫的羊皮筏子远远向他们驶来，老船夫邀请他们道："现在天色已晚，不便过河，你们一家子不如晚上就在我家留宿，明日一早再起行？"努哈敏听老船夫说他们家就在河边，在这般美好的地方留宿，何乐而不为呢，便爽快答应下来。

他们跟着老船夫到他家里，老船夫的女儿做了一桌好菜招待他们，又拿出林中摘取的果子和松仁给他们品尝。这个姑娘有着山野女孩的朴素美，倒有几分别致。然而，三人却一直没见老船夫的女婿，不由得问起。老人家解释道："他晚上常会去林场巡查，再带些果子松仁、捡些柴火回来。"正说着，屋外便传来敲门声，老船夫的女儿连忙去开门。她丈夫应该已是习惯家中有人留宿，他从容地将肩上的木柴卸下，又把几个篮子交给妻子，才转身向朗天等人打招呼。他一转头，脸上的表情像是凝固了一般，连忙低下头去，找了个借口就进房中了。

朗天和努哈敏也如同石像一样定在那里，这个人虽是平民打扮，可那张脸分明就是颢天，只是比起十多年前更加粗糙黑黝。努哈敏和朗天好不容易安定下来的神经再次紧绷，他们都停下筷子，密切留意着颢天在里头一丝一毫的举动。努哈敏想起往事，心中不安，也顺势拦下萧载夹菜的筷子。老船夫察觉到他们的神色有些不寻常，不过并没有多说什么，依旧客气地说："怎么停下筷子了呢？不要客气，多吃些吧。"努哈敏想起当年之事仍心有余悸，索性将碗筷放下不敢再吃。但她觉得老船夫不像是坏人，难道是被颢天蒙骗了？

只听老船夫又向屋内叫去："颢天，你怎么一回来就躲在里头，快出来陪陪客人嘛！"果然是颢天！努哈敏心中气愤，这家伙，居然连名字也没有换，就躲在这里！颢天听老丈人叫唤，迫于无奈，只能出来与妻子并排而坐。见到努哈敏的目光冷冰冰地看向他，他躲闪的目光中多了些愧疚和尴尬。当年朗天留有情面，放了弟弟一条活路，但是否已经原谅了他，连朗天自己都说不清楚。但他知道阿敏是始终介怀的，自己当年不够决断，没有杀颢天，阿敏虽说理解，可毕竟还是一直放不下这件事。老船夫看出努哈敏等人的敌意，猜到是王庭的故人，他开口问颢天道："是你之前认识的人吗？"颢天看了朗天等人一眼，便如实向老丈人介绍。努哈敏不禁有些恼怒：原来老船夫是知道颢天的身世的，怎么还要招他种大逆不道的罪人为婿，简直破坏了这林场的神圣！

老船夫也不隐瞒，主动与他们说起往事。原来，当年颢天造反被贬成了草民，又知道了自己的真实身份，遭世人唾弃。他留住了性命，独自流落在外，没人愿意与他打交道。终有一日，他来到这山麓的河边时，只觉得自己已到了天涯尽头，而无人再会接纳自己。他不想欠着哥哥一条命，原本惜命的他竟在这绝望中想不开，要跳河寻死。恰巧老船夫在河边等客，将颢天拦下来，带他回家开导了一番。"嗐，这么年轻的人，有什么理由不能痛改前非？哪怕是寻死了，也挽救不了过去犯下的错啊。"老船夫当年是这么对颢天说的。他真心实意对待颢天，劝他在这里住下，反正这里人烟稀少也没什么人认得他；并教他一门渡河的手艺，坚信颢天可以改过自新、有所作为。

颢天一直泡在名利场上，从来没有人这么真心信赖他，他被老船夫打动，日复一日跟着老人家学习摆渡，慢慢地掌握了这门手艺；他时常去林中自省，这片圣山净林中所蕴涵的力量和那先灵的低语，渐渐除去他内心的许多邪念。后来老人家见颢天有长进，还将自己女儿嫁给他。一开始颢天十分惧怕来往留宿的客人，几番向老丈人表示要改名换姓，老人家却劝解道："改名换姓无非就是不愿面对过去的自己，要躲避以前的经历。但如果连自己灰暗的过去都不愿面对，又算什么改过自新呢？你若是怕被认出——别人一看你的样子便知晓，即使你改名换姓又有什么用呢？既然现在的颢天已经有了新面目，又何须再改名呢？"颢天被老丈人的道理所折服，又抱着侥幸心理，觉得这边没有什么人会认出他，便一直没有改名。

老船夫一再和朗天他们强调颢天已经改过自新了，末了，老船夫命颢天向朗天和努哈敏真挚道歉。朗天听闻弟弟浪子回头，能够自食其力、过上普通人的幸福日子，心中宽慰，过去种种权当是颢天年少轻狂惹出的祸，就让它们过去吧。他选择相信了弟弟，也选择原谅了他。努哈敏看颢天一改过去的骄横，十多年过去了，她也不再像过去那样冲动，慢慢学着放下一些事情。虽然她想起颢天的过去时，心中依然有一股愤恨，但是若仔细去想这些愤恨究竟为何物，又想不出个所以然来了。现在她看着颢天的日子过得不差，自己的生活也不赖，心中有了一丝对颢天的怜悯。或许是想看到迷途知返的人也能有好结局，努哈敏还是选择了谅解，或许这是对小蝶、对灯芯她们的另一种救赎。

颢天一别多年，自然也是牵挂着许多故人，他看着萧载疑惑地倚在努哈敏身边，便猜到这就是当年她肚中的孩子。他有些发颤地朝朗天和努哈敏问好道："一别多年，大王和夫人可好？还有贵叔，贵叔他还好吗？我一直惦念着他。"朗天点头道："一切都好，贵叔他年纪大了，也就没再跟在我身边了，他如今在王庭中颐养天年呢，你就放心吧。或许……有机会的话他也会来看你的。"颢天点着头应下，笑意中藏着几丝泪花。几人聊了些家常，才各自歇息。

次日，努哈敏等人谢过老船夫启程返回。途中，朗天劝慰努哈敏道："好阿敏，你瞧你都放下了过去的恩怨，原谅了颢天，也该原谅自己啊。

单于之事，就不必再责怪自己了。"努哈敏点点头，笑对朗天道："放心吧，我现在不会那般固执了。"他们回去之后，再没和颢天有联系了；倒是这一趟奇遇让努哈敏和朗天唤起过去种种回忆，反而更加珍惜当下的彼此。

再后来，他们渐渐放下了颢天的事情，因为通古斯和乌桓或又将面临新的威胁。统一漠北是单于的夙愿，朗天从努哈敏口中听到这点，不禁隐约担心起来。单于走后的这几年，斯图亚的确揣着一副统一漠北的雄心壮志，四处寻找着下一个"猎物"，说不定哪一天就要来招惹通古斯了。朗天料想得到，过去自己与单于看着阿敏的分上，毕竟始终没有交手，可单于死后，两地的大仇便落到了他和斯图亚之间了。他倒不怕与斯图亚之间的恶战，只是担心过去努哈敏和单于好不容易和解的争端又要被重新挑起，自己和努哈敏的关系又再遭挑战。一次，他将心中的顾虑如实告知阿敏，她看上去并不担忧，安慰道："你放心，措木央是我亲妹妹，她若还忌惮着我，他们大概也不会直接进犯通古斯和乌桓的。"

朗天抓住她的手，爱惜地看着她，好一会儿才讲："可是阿敏，父女间尚且可以留些情面，手足分家之后，往往就没有什么情面可讲了。通古斯毕竟是匈奴在漠南的大敌，你们纵然有再亲近的关系，一山终究是容不下二虎的。"努哈敏叹了口气道："其实我一直以来何尝不知他们的野心？不仅是我，其实连单于也是心中了然的，只不过一直看破不说破罢了。这些年来，我看着他们屡次挤兑着其他几个妹妹，当年我和乌桓有难，斯图亚却冷眼旁观、不加营救，现在连央妹也变得如此。"她眼中残存着一丝感伤，但很快她的目光便硬朗起来，道："既然这样，与其说我还去匈奴那边唯唯诺诺，不如干脆就好好做我的乌桓人了。如果他们安于现状，我们也不争什么；可如果他们要夺乌桓，无论如何，我都不愿让乌桓居于匈奴之下的。若你们通古斯与匈奴有纷争，也不必忌惮着我，只当我是乌桓人就好。"

她这么说并不是绝情，匈奴现在是措木央当家了，如果乌桓又重新隶属匈奴，难不成自己还要做她的臣子？还不如安安稳稳地做一邦之主，和她平起平坐才好。朗天见努哈敏决心和自己站在一边，又惊又喜，心里踏实了许多，更为亲昵地抱紧努哈敏，又忍不住嘲弄道："我早就看那个斯图亚不顺眼了，成日恃才傲物，之前单于在时对你尚且如此；他先前不过是呼延顿的一只猎犬，让他统领天下，我看未必能成。"努哈敏听到朗天议论起匈奴那边的人，一开始难免有些不悦，不过她向来对斯图亚颇为不满，又想起先前的事情，便由得朗天说了。

正如他们所言，斯图亚继任左贤王的这几年里，雄心勃勃地将老单于未实现的目标全当做自己的使命。单于故去后，近年来天公不作美，冬天常犯寒潮、夏天雨水更为稀少，王庭的士气有些低落。斯图亚想要稳固自己作为新任左贤王的威望，顺便弥补大小灾害带来的损失，自然就少不了去扩张征战了。斯图亚本想先去攻打通古斯，以报乌桓之仇，可却被措木央劝住，道："通古斯和乌桓再怎么说，都和阿敏姐有着千丝万缕的关系。我们还须顾忌着阏氏和大姐姐的情面，单于才没，我不想这么快就和大姐姐闹出矛盾。阿亚，我们不妨先将下一个目标对准大月氏，等缓过几年，再考虑通古斯和乌桓不迟，也好看看形势的变化再定。"斯图亚应承道："也好，单于当年协助乌孙摆脱大月氏进攻时，将乌孙王年幼的太子扉靡带回匈奴当做义子，期盼他日后能效忠匈奴、重击大月氏。只是后来单于觉得王庭人多事杂，便将扉靡交由右贤王庭抚养成人。眼下，便是调用这颗棋子的好时机了。"

措木央也觉得此举甚好。若派些兵力协助扉靡回乌孙复国，大败大月氏，顺带将乌孙收归为附属国，岂不渔翁得利？只是斯图亚到右贤王庭带回扉靡，免不了要和右贤王冒千烈商议。自从上次右贤王庭颜面大损，千烈和斯图亚算是结下了梁子。措木央不放心，她担心千烈不愿让扉靡与斯图亚见面，打算和斯图亚一并去，甚至提出让大阏氏出面。斯图亚却不愿阿央在右贤王庭露面，更不想因这点小事惊动完察萍，便劝阻道："欸，这助乌孙复国之事，你已经同意，难不成他右贤王还敢不放？我看右贤王向来目中无人，也好借此事让他知道，所有的人和物终究都是由王庭调配，哪里轮得到他摆着副臭脸。你就放心吧，我自有道理。"接着他亲昵地抱起妻子，亲吻她的脸颊，又轻轻放下，蹲下来小心抚摸她的肚子，笑着说："央妹，你就安心养胎，不必太操劳伤神。"说罢，他吩咐小娜照顾好阿央，就直奔右贤王庭去了。

前几日，千烈就听闻斯图亚要去攻打大月氏之事，昨日王庭又派人来传话说左贤王要见扉靡。千烈窝着一肚子气，他是真不想让斯图亚带走扉靡，这乌孙太子虽是老单于带回的，可一直养在右贤王庭，是这边好不容易拿到的一颗筹码，怎么能说放走就放走？不过斯图亚怎么说都是王庭的人，要明目张胆地违抗旨意，自己还没有这么蠢。千烈闷闷不乐，便传令让谋士南阿古进来。这个叫南阿古的，其实就是之前那个投靠丁零的燕王。丁零城破那晚，他带领右贤王的队伍从石道攻入，为匈奴立了大功，后来随右贤王庭的人回来，他便趁机留下，改了这个匈奴名字。他一生圆滑、老谋深算，倒是被冒千烈所倚重，认为他能助自己一臂之力。千烈继位之后，便将其留在身边重用。

南阿古料到这年轻的右贤王一定为乌孙太子之事发愁，劝解道："右贤王，你觉得王庭那边这次过来，仅是为了带走扉靡吗？"千烈听着突兀，便让他走近，追问道："他们不就是为了让我们没有机会攻占大月氏和划分乌孙吗？你且说，还有什么目的？"南阿古压低声音道："大王，左贤王恃才傲物，他明面上是想要走一个人，可实则反映出他这段时日更为忌惮你，是要变相打压右贤王庭啊。"千烈有些醒悟，便开诚布公地和他商议："难道要任由斯图亚用我们的人吗？"南阿古干笑道："大王不要误会，右贤王你精明能干，我明白你是不愿一直居于左贤王之下的。不过目前看来，左贤王刚站稳脚跟，又得到女单于的支持，你纵使心中不忿，也不便与他针锋作对。还不如让他胡闹几年，我们右贤王庭只管养精蓄锐，等到他们精力耗尽，才轮到我们上场可不是？"

这番话正中千烈下怀，他告诫自己要忍耐。南阿古又言："左贤王和女单于的大权定会遍布四野，我们不必相争，只要想方设法从中挑拨获益，不费吹灰之力，只要等日后一网打尽便可。"千烈的野心被熊熊燃起，又问起眼下乌孙之策。南阿古眼中闪过一丝得意，娓娓道来："我只是觉得有的人哪怕夺下了乌孙，如果管不住，又有什么用呢？其实我一直有个疑惑，大王认为用一个人，是留住他的人重要，还是留住他的心重要？"千烈明白他话里有话，见他煞有介事的样子，便让他不要拐弯抹角，有话直说。南阿古捋着胡子，道："在棋道中有明棋暗棋之说，明棋要走，暗棋要藏。大王的义子不止一个，这次扉靡被带走，便是走了明棋做掩护，正好保全丁零王子那颗暗棋啊，这岂不是我们右贤王庭的后招嘛。更何况，明棋虽走，也终究是我方的棋子啊。"

前文有云，当时千烈率右贤王庭的部众去收拾丁零的残局，便偷偷将狄灭的小胖王子狄威带回匈奴，悄悄收为义子，将其养大成人，连同他那年轻的母亲也纳为阏氏。狄威从小自是对这个义父崇拜有加，对千烈言听计从。当时知情的心腹都被安插在右贤王庭，其余人被杀了灭口，王庭对此更是一无所知。千烈深感这南阿古的计谋实在高明，他对南阿古耳语一番，布置下去。南阿古毕竟是阅历颇深，随即提醒千烈道："我们汉地先秦的老子有言，'善行无辙迹'。右贤王自当有野心，但万不可暴露，一定要学会保全自己。若大王信得过我，不如就让我去……"南阿古低语几句，千烈领悟，让他依计行事。

随后，千烈便带着南阿古去和扉靡长谈，千烈告诫扉靡道："右贤王庭这些年来对你不薄，若你日后复国，当上乌孙的王，可要念着这边的交情。左贤王颐指气使，不能变通，助你复国无非是利用你，倘若日后你被左贤王所挟制，或是他要对乌孙不利，靠山仍然是我们右贤王庭。"太子扉靡被他们一番话所折服，心中对斯图亚有了些许防范，又答允会维持与右贤王庭的交情。次日，斯图亚来带走扉靡，千烈竟没有半点阻拦，实在出乎斯图亚的意料。他转念一想，还以为右贤王是被自己的权力紧紧钳制，折服于左贤王庭。

　　斯图亚一鼓作气，带领扉靡协同自己的部众，去给大月氏一个教训，匈奴攻其不备，把大月氏打得落花流水。不日，他不仅助扉靡夺回乌孙原有的领地，还将其西面原属于大月氏的地盘打下，一并当作贺礼送给乌孙统治。扉靡对匈奴千恩万谢，乌孙也理所当然地成为了匈奴的属国，置身于匈奴的管辖之下，按时向匈奴进贡。斯图亚为长自己志气，显示他这个新首领的威风，回匈奴后，特意在王庭大摆庆功宴，宴请群臣和将士，还专门去请右贤王庭的人来参加。庆功宴上，斯图亚不见千烈，只见右贤王庭的几个谋士和将军，其中就有南阿古。斯图亚有些不满，虽然右贤王不在场，但他还是想展示自己的威风，便假意过去和南阿古等人搭讪，问道："怎么不见千烈兄弟？难道是不愿给我斯图亚面子？"南阿古赔着笑说："哪敢，哪敢。右贤王身体抱恙，便叫小的几人来了。"

　　随后，南阿古有意无意地支开右贤王的人，单独向斯图亚敬酒。南阿古一饮而尽，随即长叹一声道："唉，倘若右贤王能像左贤王和女单于一样对军政之事上心，我们做小的就不用这么脸面无光了。"斯图亚听他一说，马上来了兴趣："噢？此话怎讲？"南阿古故作犹豫，在斯图亚催促下，假装不情不愿地说道："自从右贤王上次沙场受挫，就一直提不起劲来，成日沉迷酒色，不愿理会外事，也不愿与王庭分忧。这么下去可怎成？"这点斯图亚是有听闻的，说是千烈得不到央妹之后纳了不少女人，饮酒作乐，自我麻痹，没想到如今竟然越来越放肆了。他眉梢眼角都暗暗有了喜色，巴不得那千烈就这么颓废下去，丝毫不要分自己的权。

南阿古见斯图亚毫不起疑，便又加几分火候，悄声道："不知左贤王是不是也疑惑为何能如此顺利地带走犀麋太子？嗐，莫怪小的胡说，还不是因为这边派人禀告右贤王时，他正与人畅饮，哪里愿意管这事？说来惭愧，今日右贤王他不来，哪里是身体抱恙，不过因为中午又去寻欢作乐、喝得酩酊大醉，现在恐怕还在酣睡呢。你说……总是要为这样的主子打圆场，我们这些小的多难办啊。"斯图亚看出这人有些意思，似乎想要"弃暗投明"，他正觉自己在右贤王庭少个心腹，何不趁机将此人纳入自己麾下？眼看着又有不少将士过来找自己敬酒，这晚看来是不便与他有过多交流了。斯图亚只是再次询问了他的名字，多聊了几句就去招待其他人，但暗地里已经对南阿古分外留意起来。

第四十三回

一厢情愿索进贡　十年期满踏归途

为掩人耳目，千烈将计就计，成日装作丧失斗志而去寻欢作乐，又常常纳妾和赠送珍宝，彻底迷惑了斯图亚。斯图亚自以为他自甘堕落，暗暗高兴，不但不加劝阻，反而常常将一些附属部落进贡的美人珍宝送去右贤王庭。倒是完察萍也信以为真，听闻这些事情气恼不已，有时免不了去右贤王庭教训千烈一通。千烈也瞒着完察萍，总是装作醉醺醺的样子出来见她，每次只是口头上应付着，完察萍痛心疾首，不得不拿出已故的浑谷邪和千鸿来说事："臭小子你作孽啊，你父亲才过去，千鸿又早逝，整个右贤王庭就靠你啦，你偏这么胡闹，对得住他们吗？难道你忘了你父亲生前如何教导你的吗？一定要为右贤王庭争气呐。"每每此时，千烈总装作懊恼，可过一两天又重蹈覆辙。完察萍实在没辙，似乎已经见到右贤王庭之后的没落，一方面愧疚于辜负了哥哥的嘱托，另一方面又暗暗庆幸自己没有将措木央嫁与这样一个败家子。

南阿古和斯图亚也渐渐熟络起来，每逢商讨大事，右贤王总会派南阿古代替自己过来。对于军政之事，南阿古眼光独到，时常为王庭乃至整个匈奴的大局着想，斯图亚愈发赏识和重用他。自从汉武帝登基，汉地不再像往常一样进献粮食，加之汉地兵力防范加强，偶尔大举进攻去掠夺也是收获甚微，不是长久之计。这几年天气诡异，雪旱之灾较以往亦是有过之而无不及，往往一场大灾荒就能为接下来的几年造成惨痛的影响。这些问题在老单于当家之时已然存在，待到他斯图亚掌权之时是愈发严峻起来了。为了追寻水草，王庭也迁了几次。即便斯图亚试图通过战争来转移百姓与王庭间的矛盾，但粮食问题早晚都是要解决的。

这天，斯图亚和部下商议是否要再次攻打汉地，众部将近年来征战不断，又对汉地日益增长的军事实力有所耳闻，难免有些不情愿，只是不便劝阻。只有南阿古劝斯图亚道："以小人之见，攻打汉地不在一时之急。若能先统一漠南漠北，再学春秋战国之计，通过连横合纵，集众人之力一举消灭汉地岂不更好？"斯图亚听此计，也觉有理，如今单凭匈奴倒真不一定能打下汉地，若能集漠南漠北之力，胜算一定大许多。"只是……"他问道，"一日不打汉地，我们的粮食问题又如何解决？"南阿古料到他有此疑问，即刻答道："虽然我们世代以猎、牧为生，氐羌尚且能借鉴汉地种粮存粮，想必我们亦能参照此举，供给更多粮食。若左贤王信任小人，不妨由我说服右贤王，在右贤王庭周遭的荒地种些耐水旱的作物，看看成效如何，届时再大力推行。我想右贤王也不会干涉。"

他见措木央点头认可，又继续说："此外，小人听闻辇粥与世隔绝，那边水土肥美常年，适宜种植粮食。五居次和亲到辇粥亦快满十年了，如此紧密的联盟关系，让他们定期进贡些粮食以解燃眉之急我看也不为过。"措木央有些迟疑："可是……当年与辇粥和亲只为解丁零之急，并没有协定额外种种。况且辇粥是古老的部落，如此要求会不会有些莽撞？"南阿古却说："欸，女单于你天性善良，是我们匈奴之幸。但是俗话说'无毒不丈夫'，要知历代好首领皆是枭雄。既然与辇粥结盟联姻，

第四十三回　一厢情愿索进贡　十年期满踏归途

就是互相为了谋取更多利益，偶尔狠一些又何妨？现在女单于和左贤王扬名漠北，这小小部落早被你们的威望所折服了，哪敢不从。加之之前他们屡次不肯放千山居次回来，错过了单于和二阏氏的大祭，本就理亏；若他们不肯，我们就戳其痛处，大不了兵戎相见。"斯图亚同意道："正是此理！管他是不是古老的部落，如今实力够硬才能称霸漠北。我们不妨派使者去荦粥索要粮食，他们若不愿意，我们便以攻打收复他们作威胁。"措木央思虑良久，终也认可。

再说回许久未提及的荦粥。几年前，泽恩与牧民家的女儿如愿成亲，千山也恩准他与牧民家一同生活，只留阿忆在自己身旁侍候。有了泽恩在山坡这边照应，千山主仆二人倒是常来小住几日，调剂枯燥的王庭生活。一日，泽恩正在草原上忙活，竟碰见一队匈奴的使节。为首的认出泽恩是五居次跟前的人，火急火燎地迎了上来。一问才知道，单于病重，长居次三番五次遣人来接五居次回去，都被荦粥首领打发了，只因他母亲卧病在床，正办大寿冲喜，生怕千山回去沾染了丧气。泽恩也着急，和妻子交代了几句，便带着使节，欲冲入王庭求荦粥首领开恩，无奈王庭人多势众，被赶了出来。

单于去世后，泽恩生怕居次受不了这般打击，只是尽量想法子瞒着。但是这么大件事哪里瞒得住，几月之后，单于去世的消息还是在荦粥传开了，千山自然也知晓了。忘忧去世那会儿，千山本已因大雪封山见不到母亲最后一面，悲痛欲绝，差点寻了短见。她被阿忆和泽恩劝下后，一直想回匈奴祭奠母亲和见见单于，苦于一直没有机会，中途只是通了几次书信。没曾想，还没等到自己回去，匈奴却传来单于去世的噩耗。再一次的错过让千山心如死灰，她闻讯后在房中发狂一般嘶吼着，随即瘫软地跪在地上。阿忆连忙来扶她，只见她抬起头时，愤怒的眼中留下一滴泪来。"我要去质问他们，"她喃喃道，随即大喊，"我要他们给我一个说法！"便起身冲出房间，阿忆拦都拦不住。她怕居次生事，便追出去跟在后头。

　　荤粥首领此时正陪在卧病的老母亲身边，只听外面吵闹，又闻说千山居次求见，料想是千山得了消息。他怕惊扰了母亲，只得出来将千山带到一旁。千山含泪质问道："大王，我虽嫁过来荤粥，可始终是匈奴人，为什么，为什么这么大的事情自始至终都不告诉我？"荤粥首领看来早有防备，只是打着圆场道："单于走得太急，来不及派人来通知。千山，你要节哀。"千山眼中的怒火骤然升起，似乎把眼泪蒸干："你胡说，明明匈奴前后派了几波人马过来，却只有我不知晓，这些事情都有人告诉我了，休要抵赖。"荤粥首领从未想过千山会如此张狂，自知理亏，含糊道："你也知道，之前正值我母亲寿宴，念在多年的情分也应为她老人家冲喜，你不便回去。若是告知了你也只是徒增悲伤，还不如不知道的好。""你不告诉我，是因为我知道了会请求你，左右你也不会答应，还省了这份心是不是？我在母亲过世时已经不能回去，我只怪山高路远，大雪封途，怨不得人。可是这一次……你却只顾让我为你的母亲冲喜，而我的父亲垂危，都不容许我回去作别，这就是我在此多年的情分吗？"说罢，千山垂下泪来。

　　此时，外面的侍卫来报："大王，山外说是匈奴二居次要来求见千山居次。"荤粥首领犹豫道："匈奴服丧三年未过，你们二居次又是打匈奴来，恐怕身上仍不吉……不能放她进来。"千山脑中"嗡"的一声，随即跪在荤粥首领面前，口气一下软了下去，央求道："大王，二居次是我同胞姐姐，是我当下最亲的人了，求你网开一面让我见她。"阿忆此时也冲进来跪在一旁说："大王，你若是怕二居次身上沾染了丧气，不能进来，不如让千山居次跟随她到氏羌一段日子，好让她有个慰藉啊。"这时荤粥首领母亲也差侍女来问为什么外头闹哄哄的。荤粥首领一时心烦意乱，便

第四十三回　一厢情愿索进贡　十年期满踏归途

也退让一步，答应让千山跟二居次到氐羌暂住一段日子。

千山一见到二姐姐，瞬间泪如泉涌，扑到暮雪怀中。这到氐羌的一路上，这么多年了，她终于可以像孩子一般肆意地述说、哭泣，在暮雪面前，她始终是被疼爱的小妹妹。暮雪固然也悲痛，可性子依然强韧，千山在她身上总能看到母亲的影子。怀远斋清幽庄重，千山在这里情绪也慢慢平静下来。她每日跟在暮雪身边拜神女像，与教众和弟子聊天；晚上暮雪又带她到观星塔顶看星象，心才得以慢慢疗愈。

这日，箫声进来说："荤粥派了使节来报老阏氏病逝，已经派人来接五居次回去。"千山也知终有一日还是要回去，只是一日不来，始终心存侥幸。她此时终究还是绷不住了，又倚着二姐姐哭起来道："单于当年为什么这么狠心，偏要送我到这样一个地方去？"这时，暮雪忽然叹了口气，挽着千山坐到床上，道："或许，我们都错怪单于了。"

见无外人在，暮雪便将缘由全盘托出："单于逝世前曾告诉我，其实你和亲到荤粥去约定，只有十年期。当时，单于碍于形势，加之我们误打误撞地一搅和，只能先将你送去荤粥。我已注定要终身驻守氐羌，单于不忍你重复我的命运；荤粥也权当和亲一事是权宜之计，而不想真正与外界过多来往；加之荤粥首领也只有十年的任期，双方便约定十年之后，将你还回匈奴。只不过这件事单于没有告诉过任何人。我也问过他缘由，单于深知大阏氏早有让措木央继位的打算，也与斯图亚等人自成一派。在阿敏姐、图拉和我离开后，恐怕会把矛头对准你。单于也担心在自己离开后，他们更是对你不利，便将这件事隐瞒下来，只待十年之后，王庭都安顿下来了，到时候再由我将你接回，其他人也不好干涉。再不济就同我在氐羌长住，有我护住你，旁人不敢胡作非为。"此时千山才终于得知单于的用心良苦，她悲痛欲绝，这些年心中对父亲的怨念都变为愧疚和遗憾。

阿忆在一旁不忍千山如此哀伤，劝道："若居次想念二阏氏和单于，我们不如直接逃回王庭去，反正这一路都是自家人马，莘粥鞭长莫及也干涉不了。"千山却颓然地摇摇头说："单于和母亲在时，我尚不能归；如今人已逝，我再回去又有什么用呢？"暮雪动容，答应千山道："好妹妹，等十年期一满，届时单于的三年大祭也结束了，我就亲自到莘粥接你回来。"说罢，她拿出一个包裹给千山，道："这时母亲生前放在房中的神女像，你从小也见惯的，母亲去世后我一直留着，你带在身边吧。"千山答应下来，又在暮雪的帮助下，在怀远斋皈依了神女教，好在那个无亲无故的地方有个寄托。这次回去之后，因有个十年的期盼，千山不至如过往那般迷茫。她便听从姐姐所言，将神女像摆在房间，如同儿时母亲摆在房中一样。她见此神像，犹如见到母亲、身处在王庭母亲房中。她每天都朝神女像诉说心声，满心希冀着期满归家，总算有了坚持下去的希望。

　　说回这次匈奴的使节来到莘粥，他们先是客套一番，说两地的交情如何长久，莘粥首领摆出一副和颜悦色的神情，也寒暄了几句。忽然，匈奴使者话锋一转，竟提出让莘粥定期进贡粮食，说匈奴会以骏马兵器作为回赠。莘粥首领没有思索，直接谢绝道："我们莘粥向来自给自足，恐怕用不上这些回礼。先前我与先王达成了一致，双方联姻只为解一时之困境，而不会有过多往来，更不会彼此进贡、贸易。新单于的好意我们心领了。"

　　那个使者听他没有一点回旋的余地，有些恼怒："我们女单于和左贤王伉俪近年声威大震，想要与你们礼尚往来都是给足面子了。若不是看在姻亲关系的分上，我们匈奴早就把你们区区小部落征服了。"匈奴使者的无礼让莘粥首领十分不满，他呵斥道："放肆！我们当时好心助你们解围，救下你们五居次，我们莘粥是自上古的部落，连你们老单于都对我们敬让三分，什么时候轮到你们这些无名小卒来胡说八道？"匈奴使节丝毫不怯场，干脆揭短说："看来我们老单于的敬让是付之一炬了。但凡莘粥能领一点情,也不至于把单于去世的消息故意瞒着千山居次,还三番五次阻挠居次回匈奴探望。"

莘粥首领见双方已经撕破脸,一怒之下干脆命人拿来一纸合约,在众人面前展开,说:"你们有所不知,当年我和呼延顿签订的和亲合约,他不舍小女儿和亲,为解眼前之围,便约定了十年期限。我们莘粥向来多一事不如少一事,不过是见此举可以消灭丁零这个威胁,十年不久,便才答应。双方约定看十年后的局势,才作决定是否继续结盟。今年十年期限已到,理应将千山送回,你们蛮横在先,我们自然不会再续约。我即将卸任,往后也与我无关了。若你们要攻打莘粥,我们莘粥人只有誓死捍卫。"使节将那份合约接过,见上面所写果然如此。他万万未料到会是这般进展,十分懊恼自己一开始就给莘粥下马威,要是完成不了任务,回去定当被左贤王重罚。再怎么说,战争也是下策。莘粥位于群山之中,地势易守难攻,硬攻只会两败俱伤,漠北多年来分分合合,而唯独莘粥一直能够保全不是没有原因。使者连忙为自己方才的莽撞无礼道歉,欲向莘粥首领争取谈判的余地。

忽然,千山从外面闯入,使者如见到救星一般,央求千山居次为他说情。不料千山对莘粥首领道:"既然十年期已满,你我再无关系,待我收拾几日,便回匈奴。"使者大惊,让千山三思。千山等待这一天良久了,下定决心道:"不必再劝我了,你若怕接我回去会被女单于责罚,也不必麻烦了。二居次定当派人来接我。"末了,匈奴使者知道两地的关系无法修复,只好无奈地告辞返回。

临行前,千山一边收拾行装,一边等待暮雪前来。自从上次从氐羌回来,阿忆第一次见居次心情如此舒畅,也跟着欣喜道:"泽恩前一阵子已经遣人给二居次送信,二居次眼下应该在途中了。"千山欣然道:"我想去南边山坡看看那些忘忧草,好摘些回去祭奠母亲和单于。你且收拾,我去去就回。"阿忆不放心她独自前去，千山却劝她不必跟随。

来到山坡上，她小心翼翼地将一大把、一大把的忘忧草摘下捆起，插在带去的大瓦罐里。忽然，她发现山崖上长着一棵淡蓝色的忘忧草，竟不是寻常的黄色花瓣，迎风挺立在那里。这么罕见的忘忧草千山还是第一次见，她不由得被吸引住，快步凑过去，甚至想把它摘下戴在衣襟前。可是那颗奇异的忘忧草向着山崖外生长，通往那边的路很是崎岖，那块地方常年没有日照，地上还长了好些青苔，想要摘取甚是困难。千山放慢脚步，好不容易踏上崖边，就要伸手去够。可就在她扯下蓝色忘忧草的那一刻，身体失去平衡，脚下一滑便摔倒在山坡上，一路顺着山坡滚落。

阿忆见千山久久未归，心中不安，也赶了过去，却在山坡半途发现千山被一块巨石拦截住，人已经昏迷过去。她的怀中紧紧抱着那个装满忘忧草的瓦罐子，一只手上紧紧攥着一朵蓝色的忘忧花。

千山昏迷了足足三日，除却身上的擦伤，想必头部也受到碰撞。这日，她终于醒来，直呼头痛，阿忆忙扶她坐起，却见她打量着四周，眼中有些茫然，竟问："此处是何地？"她看到以往的侍女，显得十分冷漠，像是全然不认得，甚至有种对陌生人的恐惧。唯有见到阿忆和泽恩时，才稍有些熟悉感。阿忆和泽恩大惊，试探地问起过去的事情，可千山已经忘却了许多，只是在脑海中有模糊的印记。两人心中十分自责，急切地想帮千山恢复记忆，却也是徒劳；尤其是对于王庭和莘粥的生活，千山几乎全然忘却，只是对童年时在母亲身边和在汉人区玩闹的趣事想起几分。阿忆和泽恩无计，只能期盼二居次来时能有办法，或许去到氏羌静养一段时间能助居次恢复。千山倒是尤其喜欢将神女像抱在怀中，成日安安静静地坐着。

前些日子，暮雪收到泽恩的来信，便着手准备去接千山，言行间是许久未见的兴奋。她吩咐素琴去给千山等人收拾出住处来，又叫箫声去备好马匹，准备天亮之后就启程。暮雪刚坐下，只听阿萨来报："住持，掌星长老想见你。"暮雪有些愕然，问："掌星长老不是正在闭关？为何突然见人？"阿萨道："说是见星象异常，住持你去便知道了。"暮雪点头，跟着阿萨一同前去。掌星长老背着手站在观星塔顶，见暮雪到了，转过身来，脸上满是担忧，道："不知住持有否看星象？舆鬼凌月，中央积白气，随风飘向北方。白者为尸气，而时有狂风，恐怕北方将有灾情啊。"他顿了顿，又说，"住持要去北方荤粥接五居次，可主住持生辰的轸宿闪烁不定，此一去，恐有危险啊。"

暮雪默然，随即道："不成，我定不可负千山之言，况且路途凶险，更要护好千山，我明日启程前去请求神女庇佑，定不会生事。"阿萨也在旁劝道："住持三思，你大可以派我们去接五居次回来，何须亲身前往，断不可被北边的灾情所累啊。"岂知暮雪听此话，更毅然道："我身为住持，维护氐羌安定是我本职，何况有灾情，更需我亲身去查看。""住持……"暮雪看向掌星长老道："长老的好意我心领了，长老，我知道星象变幻莫测，主宰着天命吉凶，我暮雪从来敬畏；可我也相信事在人为，既然能够预知祸福，只是任由其发展未免太徒然，若观星象能使人未雨绸缪地去趋福避祸，那岂不是更能发挥它的价值嘛。"说罢，她便拜别长老，携阿萨一同离开，掌星长老伫立在原地，捋着胡子低头沉思。

次日清晨，暮雪在拜完神女后，便同箫声、阿萨等部众一同启程，留素琴代理怀远斋事务。时值初春，才下过几场雪。一连几日，一路上天朗气清，并无不妥。当众人来到氐羌北部，这边雪山众多，山腰有些许村落，是通往荤粥的捷径，一行人便向此行去。忽然，只听见隆隆声响，其中还夹杂着冰雪滚落的声音，仿佛从天外传来。"不好！"阿萨惊呼，"是雪崩！听说几十年前就有过，埋了不少村落。"暮雪忙道："各部众，快去各家各户让他们朝两边撤离，别耽误时间。"众人得令，分头去了。

暮雪正也带着几户人家往外撤，忽见一个小娃从家中冲出来，奔向雪山的方向，他的母亲在后头喊道："娃子，危险，危险，快回来！"原来这娃子才跟母亲闹别扭，死活不肯听母亲的话，愣是往外头跑。暮雪大惊，眼看大片的雪块飓风一般冲下山来，那个母亲想去把儿子追回来，也往外头跑。暮雪忙劝住："大娘，危险，你先跟他们走，我去救孩子。"说罢，便朝着小娃的方向追了过去。箫声和阿萨在远处看着，惊呼"不好"，也跟着冲过来，却仍有一段距离。雪块滚下的速度越来越快，离两人也越来越近。只见暮雪终于从后面抓住小娃，使劲往边上跑去。可是此时那团白色烟雾已经来到眼前，暮雪眼前一模糊，被迎面而来的巨大冲力一带，脚下一滑，便跟着跌倒。她极力将小娃护在身前，翻滚着用背挡住雪块。不知多久，一切都停下来了，她将小娃尽力一抛，而人也昏了过去。

当阿萨等人赶到，扒开暮雪身上覆盖的雪块，将她扶正，她已如冰块一般冷，却仍有游丝的气息。那个小娃被抛在一旁，被众人清理掉口鼻中的雪后，他"哇"的一声扑到母亲怀中直哭。箫声脱下雪披为二居次盖上，又为她搓热手脚，暮雪才终于醒了过来。箫声欲抱起暮雪到百姓家中取暖，回头却见方才的村落已淹没在皑皑白雪之中。获救的人们在一旁也啜泣起来。暮雪虚弱地说："我很快就要归去了，这点气息是我体内仅存的真气，不必折腾了。我不在之后，让素琴接任住持一职；那夜我看星象，见西北方主匈奴运势的天狼星日渐黯淡，陷入井宿这张大网之中，如掉入无底汪洋，恐怕有衰落之凶象。我对不住千山，姐姐食言了，不能再照顾千山了……"说罢，暮雪眼角流下一滴泪来，合上了眼。

这天晚上，珑儿和凌风正在戈壁上各支起一个毡房歇息。珑儿在睡梦中突觉有一位抱着琴的红衣女子站在她面前，静静地说着些话，她的声音时而飘渺，时而亲近，珑儿仿佛听见她说"若你爱一个人，并不要对他百依百顺，不能迷失了自己，要成长为一个真正的游侠"，后来又说"若日后你们不能同行，便到氐羌怀远斋去"之类的话。珑儿不明所以，只是怔怔地点头。不一会儿，红衣女子便随风消失了。她猛地扎醒，坐起来定睛一看，哪有什么人影？而这时，另一边的凌风突然听到一阵悠扬的琴声，脑海中闪过暮雪回首一笑的画面，她仿佛在说：心中最认同的地方便是归属。随后她拨弄琴弦，踏着韵律而去。凌风忽地坐起来，冲出房外，天地间万籁俱寂。珑儿听见他冲出去也从另一个毡房披衣出来，她告诉他自己的梦，凌风仿佛懂了什么，潸然泪下，盘坐在毡房外吹起箫，珑儿陪在他身边。

辇粥的众人又等了数日，仍不见二居次派人来接。辇粥首领三番五次地催促，阿忆见千山而今身体才大愈，神智还不是很清醒，屡次苦苦哀求，让他允许千山多留一段时间养病。可辇粥首领丝毫不留情面，坚决说他自己承诺的事情从来说一不二，既然双方已没有了关系，何必再有瓜葛，又再一次提出送客。阿忆无奈，只好和泽恩商议如何是好。阿忆道："二居次未到，之前使节的队伍又走了，千山居次的情况不知能不能经受山高路远的奔波，眼下都不知何去何从。如今女单于当家，眼看着五居次又失去了记忆，王庭中不知还有没有千山居次的容身之处？"泽恩道："我前些日子又派了人到氐羌去查看情况，倒不如先启程去氐羌为妙，没准在半途上能遇见二居次的人马。"不过泽恩已在辇粥成了家，按照辇粥的规定，平民外出要得到批准，且泽恩的妻子已有了身孕，泽恩实在不能去太久。在泽恩的请求下，辇粥首领允许他送千山一程，不过一定要在特定期限前赶回。泽恩这边的牧民邻居们与千山、阿忆相熟，送行时，牧民们纷纷送来一些干粮以备路途中不时之需，并嘱托泽恩好好送她们回去。

几天后，阿忆和泽恩等人在路上碰见许多信奉神女教的信徒从四面八方赶往氐羌，觉得奇怪，便拉着其中几人询问。只听得他们说暮雪住持忽然仙逝了，这么年轻实在太可惜了，他们正要赶去怀远斋朝圣祭奠。而暮雪离开的那一日，正是千山发生意外之时。一瞬间，两人犹如五雷轰顶，都淌下泪来，一时不知是为了暮雪还是千山。可怜五居次这十年来在外受了不少苦，现在难得能回去，却连最后一个至亲也失去了。

两人将车马等在一旁，泽恩说："氐羌一下子失去了主心骨，恐怕又要乱了，我们还是先不要去添乱吧。何况……五居次记不得事，让她见到这般场景，受了刺激，只怕会让情况恶化。我们不如还是先回王庭。"阿忆叹气道："先前我们坏了女单于的进贡大计，也不知她会不会给居次好脸色。千山居次现在这样也不会对他们有什么威胁了，料想亲姐妹，总不至于容不下。眼下只能先行回去，见步行步吧。"又不免想，或许千山与二居次姐妹间真是有感应。其实让千山失去记忆未尝不是一件幸事，他们作为旁人都觉撕心裂肺的痛楚，若千山真是个明白人，又如何承受得住？恐怕二居次也不想妹妹太过悲伤吧。

他们收拾好心情，回到千山身边之前先擦干了泪——他们哀伤也好、怜悯也好，断不可在居次面前表现出来。千山见他们过来，拉着阿忆说："我前几天做了一个梦，梦到一个抱着琴的红衣姐姐，她知道我名字，喊我妹妹，还让我多珍重。"阿忆想不到千山冷不丁这么一说，悲从中来，忍不住泪如雨下，泽恩也别过脸去。千山见他们如此悲怆，也跟着流泪，喃喃道："她好熟悉，我一定是认识她的。我好想她。"

第四十四回

亲姐妹冷血拒手足　旧相识热心济孤身

　　于是，众人改道朝王庭出发。这天，他们一行人经过丁零王庭旧址，丁零被匈奴接管后，部落得以重建，原先的丁零人有了去处，或迁到更远的地方维持生计，或委身为奴。新迁居过来的匈奴人在这里扎下根，开了些酒楼客栈供南来北往的人歇歇脚，这漠南漠北的分水岭处逐渐有了些人烟，再远些的草原上便是些零零散散的牧民，丁零城仿佛又恢复了往昔的热闹。阿忆一路走来，见到在丁零城谋生的各色人等，忍不住想起十年前的往事，更是十分想念恕恕。千山见她眼圈红红，知道以往这里一定发生过许多风波，只恨自己想不起来，便向阿忆询问。阿忆多想告诉她发生过的一切，只是见千山难得忘却那些不如意的过往，又不忍心如实告诉她，只是说："以前，你姨妈恕恕就在这里生活，还在危难中救下我们。"千山若有所思，微微点头。

　　见天色已晚，一行人找了个酒楼歇脚。原先的废墟已经没有残留什么痕迹了，但从方位看来，这便是万春楼的旧址。阿忆驻足踌躇，终是抬脚进去。酒楼里的伙计见来了客人，连忙吆喝着招待他们进去。这边的人很是热情，有人将他们的马带去喂食，有人赶紧去收拾下榻的房间，有人进后厨把大盘肉、大碗酒拿出来招呼他们。酒楼中还有好几桌客人。千山一路都没在这么大的酒楼停留过，猛然见到身边人来人往，倒有些拘谨，将椅子往阿忆旁边靠了靠。阿忆握住千山的手，以示安慰。泽恩正愁要不要先遣人回王庭禀告，便趁这个机会与阿忆商讨。说者无心，听者有意，一个伙计正在一旁为他们添酒，无意中听到他们谈及把五居次带回，还在讨论要不要将她带回王庭。他添完酒后，将酒壶放在一旁就急匆匆地跑进后厨。

不一会儿，他便拉着一个老厨子出来了。那厨子定睛看了看千山那桌，颤颤巍巍地绕了过去，对着阿忆老泪纵横地大喊道："闺女啊，我总算见到你了！"阿忆正和泽恩说话，被吓得一个激灵，一转头见到这老厨子，也大喊一声"爹"！原来这个老厨子就是阿忆父亲。当年匈奴宣布将王庭一部分百姓迁到丁零城，若是奴隶则恢复他们的平民身份。阿忆父亲当年与女儿匆匆作别后，就眼睁睁看着女儿跟随千山居次到莘粥，再无音讯。他为了离女儿更近些，加之想要摆脱被奴役、受欺辱的处境，便跟来丁零生活，在这家新开的酒楼当厨子兼伙夫。没想到今天在这里竟能见回女儿。他们父女相认，千山、泽恩和其他的伙计都觉惊喜。不过在众目睽睽之下，阿忆父亲只是和女儿坐下喝了几杯，三言两语之后，便抹了抹泪，推脱要先到后厨干活去，他不忘拜托其他伙计好好安顿千山一行人。

夜里，等到众人都歇下了，阿忆才有机会独自到已经打烊的酒楼里与父亲坐下好好说话。阿忆完完整整地将他们当年如何被劫到丁零，又如何被救出，如何在莘粥度日等经历给父亲长话短说一番。阿忆父亲一边流泪，一边念道："哎哟，娃子们都遭的什么罪……"后来又频频说，"总之人没事就好，现在见到就好。"他们说起恕恕公主，当他得知这里原来就是万春楼的旧址，他拉起女儿的手带她进了后厨，找出几支白蜡烛点上火,又找来一块看上去还算完整的木柴,用刀削平整,再写上"恕怨公主"几个字。"娃儿,你娘去得早,恕怨公主认你为干女儿,是咱几辈子修来的福分呐。"说罢,他将木板插在窗台上,将白蜡烛放在跟前,带着阿忆连连叩拜,一把眼泪、一把鼻涕地叩谢恕怨公主的救命之恩。阿忆拿出恕怨留下的那块玉佩,捧在手中,贴在满是泪的脸上。

后来,他们又谈及千山居次,阿忆父亲摇头感慨:"五居次怎么就这么苦,之前多好一小姑娘,短短几年便无亲无故了,这几年受的苦也多,现在还落下这个毛病,你说这,这……唉!"当他们说到千山之后的去向,阿忆父亲忽然神秘兮兮地对女儿说:"其实,胡杨一家也过来丁零了。你说……要不要让居次见他一面?"阿忆有些吃惊,问道:"阿爸,你怎么识得胡杨?"阿忆父亲说:"当时你们没能带居次走,还被抓了回来,胡杨和杨婶不就被留在王庭罚做奴隶了吗?我那时就认识他们了,也听说了他们一家和千山居次的事情。那次大迁移,胡杨和母亲也搬来了丁零城变回了平民,或许他们也是为了更靠近荤粥吧。他们就住在这附近,胡杨那孩子依旧靠打马钉和冶铁为生,有时也去做做苦力,他们一家和我一直有联系,相互有个照应吧。"

阿忆心中惊喜,连忙追问:"那他们现在怎么样?"只听父亲娓娓道来:"先几年,胡杨很自责,总怪自己太平庸,没有能力保护好千山,杨婶和我只能劝解他,说这不是他能力及的,倒不如祈佑千山居次在荤粥平安。可后来拖着拖着,胡杨也老大不小了,前几年,杨婶实在不想耽误下去,这边汉族姑娘也不少,便经人介绍为他娶了妻子。他妻子也是被迫来塞外生活的汉族姑娘,乳名叫媛媛。她年幼时本是汉地归氏的大家闺秀,后来家道中落,父亲还欠下一屁股债,不但日子贫困,还屡屡遭到当地的地主恶霸欺负。一次归老爹因还不起债务,那些恶人逼着他拿女儿来还债。归老爹哪里狠得下心,眼看被他们逼得走投无路了,只好带着媛媛躲到匈奴来定居。媛媛样貌又好，又勤俭持家，杨婶很是喜爱；媛媛见胡杨朴实能干，心中也喜欢，这桩婚事便定了下来。婚后他们夫妻恩爱，还诞下一子，唤作念本。这可不嘛，胡杨勤劳能干，媛媛相夫教子，倒也挺般配。"

　　阿忆听闻胡杨的近况，却也犹豫起来，须知胡杨已有家室，千山又忘却了以前的事情，若是让居次和他重新相见，恐怕不妥。阿忆父亲倒是十分想要让两人重逢，说："我看胡杨这孩子，心中还是念着千山居次，不然当初也不会主动提出到这里生活。一直以来，只要有从北边来的车马，他还向他们打听荤粥的事情呢。杨婶在世时，也总是提起忘忧阏氏一家的恩情。这孩子等了十年，没想到真等到千山居次回来的一日。让他们相见，总算能减轻他的自责；如果不和他讲，到时千山居次回到王庭生活，恐怕又很难见到了，终是遗憾。"话糙理不糙，阿忆怕去胡杨家中不便，就拜托父亲第二天去把胡杨领来与千山相见。

　　次日，胡杨跟随阿忆父亲匆忙赶来，阿忆一早便和千山打了底，帮她慢慢回忆儿时的趣事和玩伴，千山对这些旧事倒是有印象，但至于后来如何与胡杨一家分别的，却都忘了。阿忆父亲已经将千山的前后经历与胡杨交代，胡杨听闻千山的遭遇，仿佛心被上了绞刑，一路走来又觉眼前这一切如梦似幻，本以为千山一去无归期，她还能出现在自己面前一定是奇迹。胡杨远远便看见桌边坐着的那个娴静女子，头上插着一根木簪，散落在后面的碎发被编成了一些细碎的麻花辫，头发依然乌黑顺滑，如同十年前一般。胡杨心中激动，跨进门时被门槛绊了一下，险些没站稳。

　　千山转过头来，愣住了，抿着的嘴似乎有些紧张，可她那双乌黑明亮的眼睛分明忽地笑了，然后流下了两行泪来，洗刷了脸庞上那层仿佛是隔阂的黯然，只是沉默不语。阿忆见状，欣喜道："居次，你记得是不是？"千山迟疑地点点头，而后又摇摇头。胡杨忙走上前来叩见居次，而

第四十四回　亲姐妹冷血拒手足　旧相识热心济孤身

后起身说："居次记不记得我又有什么所谓？能再见到居次，是胡杨这些年来最大的幸事了。"众人坐下闲谈了一番，胡杨邀请大家到家中做客，可阿忆犹豫，道："我们与媛媛姐素未谋面，一下过去这么多人实在叨扰，怕是不便。"千山见阿忆迟疑，便接过话道："我见大家亲切，阿忆与伯父又数年未见了，不如就先到伯父家中小住几日叙叙旧如何？"

阿忆父亲自然大喜，便邀大家到家中，亲手做了一桌好菜招呼。泽恩已经派了些侍从先回王庭禀报，阿忆父女挽留千山居次在丁零多留几日，等千山的体力恢复得差不多了，再行前往也不迟。在千山看来，阿忆给她描绘的王庭十分遥远陌生，让她回去，并没有一丝归家的喜悦，倒是有些惶恐。胡杨见千山如今不喜言谈，说话做事总是小心翼翼，唯有阿忆在身边时才安心不少；有时众人聊得欢了，她看似托着脸听着，眼神却是飘渺的，像是在思考着什么。竟不知是因过往受到太多的磨难，还是因为失去记忆造成的。胡杨心疼不已，席间总是时不时关切地望向千山。她有时和胡杨对视，便微微一笑，似乎叫他不必担心。听闻莘粥给泽恩的期限有限——他很快就要返程，恐怕不能陪同居次回王庭了，胡杨哪里放心得下，也请求护送居次回去。阿忆父亲有些惊讶，问道："这一路不近，你就这么跟去，放下这么些活计，媛媛能同意吗？"胡杨十分坚决道："我如实告知，想必媛媛可以理解。这次我怎么说都不能再让居次单独冒险了。"众人见他一番情意，也不好阻拦，便约定好几日后启程，与胡杨暂且分别。

晚上，胡杨回到家中，和妻子商量这件事。媛媛听见胡杨主动提起千山时，心中已觉不妙。这些年来，她嫁给胡杨后，胡杨一直待她好。婆婆在世时，他们偶尔会谈起千山居次，不过当着她的面并没有细说，只是有好几次，她无意中听到了婆婆和胡杨提起一些旧事才大致了解。好多次，胡杨明里暗里会朝北边的人打探莘粥的消息，虽然总是石沉大海；他还将当年时千山送他的手帕珍藏起来，不轻易让其他人碰。这些她都是知道的，知道胡杨还一直惦记着千山。在杨婶去世前，依然不忘嘱托胡杨："千山居次是我们的恩人，更是我们的亲人，千万不能忘啊！如果未来老天开眼，让你重新遇到了她，千万要报答她的一片情意。"媛媛听到这些话有些不自在，无奈当着胡杨妈的面不好说什么，只是媛媛心中一直有所隔阂。不过她仍心存侥幸：千山居次已然远去，而且又是那么高高在上，又怎么可能再与自己一家有什么交集呢？

当她得知千山已然归来，还与胡杨见了面，脑子里"轰"地一下，一时间心乱如麻。又听闻他要亲自将千山送回，心中更是惶惶，她劝阻道："这一去一回就是好多天，我一个女子独自留在这里，儿子年龄还小，凡事都没有个照应。万一路上遇到什么事情了，这……这可怎么办？"胡杨也心疼妻儿，见妻子郁闷，劝慰了好久，但媛媛心中愈是不情愿，直劝他留下。她怕吵醒隔壁的儿子，低声争吵起来："这个家全仗你了，你就这么扔下我们孤儿寡母吗？"胡杨实在不放心千山的处境，终究一咬牙决心和他们一起去。媛媛拗不过丈夫，眼睁睁看着他第二天清早驾着马车走了，心里憋屈不已，燃起了一丝愤恨。当儿子过来搂着她问胡杨去哪儿时，她喃喃答道："你阿爸去去就回，他这次送佛送到西，等她回到王庭应该不会有什么瓜葛了。也好，就此做个了断，他会回来的。"

次日，众人临行前，泽恩在千山面前重重叩拜三次，请五居次——这个自己跟随了二十多年的主子好好珍重，便挥泪而别。说来也怪，他们遣人去都有一段日子了，却迟迟未见王庭那边派人来接千山。众人心中不免有些忧虑，料想是亲姐妹，四居次总不会强人所难、狠心拒绝吧？一行人便带千山启程前去。

再说王庭那边。斯图亚前段时间从使队口中得知莘粥与匈奴断交之事，此事非他所料，不由得恼羞成怒，成日埋怨千山不识大局，似乎要把责任全推到千山身上去；又认为荤粥首领的言行十分掉他面子，竟要准备出兵攻打荤粥。泽恩派来的人见他无意接回千山居次，就识相地不再提起这件事了，有些心地好的侍从忍不住去请求女单于。揩木央难免有些于心不忍，和斯图亚提起要派人将千山接回。可斯图亚一心忙着准备攻打荤粥之事，一口回绝道："这烂摊子都是你那妹妹惹的，现在还想让咱们接她回来？她就是被荤粥赶出来的人，荤粥不要的人却让我们收留，这不是自损颜面吗？"揩木央见他如此冷漠，忍不住和他辩解几句，说的都是些姐妹情分。斯图亚的口气软了下来，轻轻搂着她，劝解道："央妹啊，你一定是世上最好心的人了。可是你想，她在丁零那边遇见她的老相好，又有人照顾，说不定比接她回来过得更快乐些。她当年冒死出逃不就为了要过这样的生活嘛？你接她回来，说不定别人还不乐意呢。我们啊，就别为这些琐事争吵了。"揩木央被他一说，也觉得没必要再争论什么，便不再提起。

这天，斯图亚正要带兵去荤粥，忽然南阿古匆忙赶来，说："左贤王，荤粥暂时打不得啊。"斯图亚忙唤他到跟前来，问道："什么事情这么慌慌张张的？"南阿古禀告道："据我了解，汉地那边先前决定和西域小国通商贸易，我就觉得有些不妥。你说这汉地自给自足的，还要做什么贸易呢？今日一看，果然大事不妙了，他们那个汉武帝素闻我们匈奴与大月氏不和，竟要派使队前去大月氏，欲与他们结盟一起夹击匈奴！"斯图亚骂道："好他个汉武帝，竟敢踩到老子头上了！"他意识到西域那边随时可能有一场战役，便连忙下令停止向荤粥出兵。"之前我们不是助乌孙复国么？不如叫乌孙先去教训大月氏一番如何？"揩木央提议。"那当然好啊！"斯图亚赞同道，"趁汉地与大月氏私通前，就将大月氏打个落花流水，看哪个小国还敢与汉结盟？"南阿古下意识地笑了笑，紧接着他收敛笑容说："不过请女单于和左贤王放心，右贤王已派人在沿途布下埋伏，待到汉地的使队经过，我们就依计抓获他们，让他们无法前往大月氏。"斯图亚听闻，连连称赞南阿古有远谋。

这时，营外忽然有侍卫来报："启禀女单于、左贤王，有几个平民将五居次送回，不知如何处置？"斯图亚听闻，立刻将汉地的莽举的愤怒发泄在千山身上，忙说："她倒还有颜面回来，这汉人没一个好东西，去去去，把她轰走。"南阿古的脸色一沉，不过没有被其他人看出来。措木央一时有些犹豫，毕竟这么做显得很不近人情，还是在大庭广众之下。于是她劝住斯图亚，对侍卫说："把五居次接到大营中吧。"说罢，她便和斯图亚一同过去，让南阿古先行离开。

千山等人在大营外等候，过了一阵子，里面出来几个侍卫，把千山请去大营，但只许阿忆跟随，而把阿忆父亲和胡杨拦在外面。千山一路走着，她看到王庭守卫森严，只觉得有些骇人，她将双手紧握放在身前，低着头快步往前走去，有时则转头看看阿忆。待她们来到大营，措木央和斯图亚已经在那里等待。措木央有十年没有见到千山了，只觉她脱去原先那份稚气，变得更加成熟美丽了，只是一路风尘、衣衫破旧，跟个普通的平民女子没有两样。她打量着妹妹，眼神中有一丝嫌弃，不过旁人只看出她欢欣至极，迎上前和妹妹问好。千山定在原地，冷漠地看着她，许久才冷不丁挤出一个笑容。措木央的笑僵在脸上，很快，她收起笑容，退回原来的地方。阿忆慌忙跪下行礼，向他们解释千山是如何失去了记忆，又道："千山居次十年来一直困于荤粥无法归匈奴，如今十年期满得以归家，心中一定是欣喜的，岂敢有对单于和左贤王大不敬之意？这次回来，还望女单于开恩。"完察萍听闻千山回到王庭，也出来查看。千山对她的态度依旧是十分冷漠，似乎也将她当做陌生人。完察萍倒也不介意，她见千山的确可怜，又因为一番心意去摘忘忧草才跌落受伤，便提出带她们去陵墓祭奠单于和忘忧。

忘忧的灵柩运回了汉地，匈奴的陵墓只是一个衣冠冢。千山来到单于和忘忧墓前，接过阿忆递来的从莘粥带回的干花，跪着将其洒在墓前，深深叩拜，喃喃道："千山来晚了。"完察萍见她不似自己想象中的伤感，想必是忘却前事的缘故，便问道："好孩子，你还记得你的单于和母亲吗？"千山凝神，半响她答道："在一个小房间里，母亲坐着床沿，将我搂在怀中，单于在一旁坐着，笑着与我们说些家常话，时不时还夸赞我几句。姐姐走进来，也过来搂着母亲，轻抚我的脸……"完察萍有些诧异，道："你的单于，他是个叱咤风云的大漠之雄，该是在大营中，抑或是在沙场上。""我所能想起的画面，只有那一幕了，其他的我都记不得了，他们只是最平凡、最幸福的父母，在那个温馨的小房间里。"千山低语，随即流下泪来，低声哭道："单于，母亲，都是女儿不好，把你们从脑海中弄丢了。都是我不好，千山把姐姐也弄丢了，这次没能带她来见你们……"阿忆在一旁掩面哭泣，完察萍听闻，也不由得别过脸去抹泪。

另一边，待千山等人走远，斯图亚试探揩木央道："依央妹之见，是欲留五妹妹在王庭？"揩木央见千山完全不熟识这里，如同陌生人一般，不由得有些反感，留她在此相当于多了一个负担。揩木央心里打起了退堂鼓，可嘴上却说："若不收留，她又认不得人，在外又无处可去，也是可怜。"斯图亚依然坚决反对说："你留她下来，又是何苦呢？如果营中有人欲勾结汉地，借机拥护千山，长久下来，岂不是会留下祸患？你看她是记不得事情了，可又怎么知道是不是装出来的？说不定就是在莘粥混不下去了，现在装个失忆回来以掩人耳目。你这么好心，到时被暗中伤害还不得而知呢。加上现在汉地和我们的关系如此紧张，你可不要忘记她有汉人血统，现在不是讲仁慈之时，汉地欲置我们于死地，为何还要对这个汉族女人行善？"揩木央本就希望斯图亚多说些理由说服自己不要留下千山，现在一听，句句在理，暗自下定决心不留千山。斯图亚怕她没有死心，又劝道："央妹，就听我一次吧。而且我听闻那个老相好和她一同前来，而今就在王庭外等着，让她那个老相好照顾她不就得了，又何必我们费心。"措木央点头默许。

半晌，千山祭奠完单于阏氏回来了。阿忆正假意问道："不知千山居次是不是住回原来的地方？"谁知措木央一下变了脸色，拒绝道："千山破坏了荤粥与匈奴的盟约，而今汉人要与大月氏联合夹击匈奴，怎知是否又是你们在背后搞的鬼？千山是被荤粥逐回的，在外面也有住处了，也就不必回到王庭了。"阿忆十分惊讶，连声辩解："荤粥之事只因十年期满，与五居次没有关系，大月氏之事更是与五居次无关，女单于不要血口喷人……"措木央喝住她："大胆奴才！别再口出狂言了，她这一闹，我们不治她罪已是看在姐妹情面，你们就休想得寸进尺了。"阿忆跪下，哭述道："五居次可是女单于你的亲妹妹，年纪也最相近；当年二阏氏在世时，常带你们一同玩耍。女单于不可忘却姐妹情谊啊，求女单于让五居次留下吧。"措木央铁了心肠，任凭阿忆怎么哭着、跪着哀求，都不心软。阿忆又向大阏氏求情，完察萍可怜千山，开始也替她了几句好话，可措木央怕自己松口，便向完察萍说："母亲，这是我和斯图亚商议好的，母亲就不必干涉了。"完察萍本还想多劝几句，见他们夫妻俩都商定了，也不好再多说了。

阿忆求了许久，哭到嗓子都沙哑了，直言千山的困境："女单于，五居次已经记不得往事了，你就允许她留下吧，她留下来又怎至于妨碍到你呢？单于和二阏氏都走了，二居次也已经不在，五居次没有亲人了，你就权当施舍，念在你们的手足之情……"她越说越激动，甚至惊扰了大营外的护卫。措木央不愿闹得众人皆知，也不愿陪她们耗时间，只说一句"送客"，便起身离开。阿忆本还想追过去，千山拉住她，说："看来他们都不欢迎我，我们也没有必要留下来了，我们走吧。"千山看起来并不伤悲，毅然拉着阿忆的手走出王庭。

第四十五回

利熏心毒夫疑暗鬼　情蔽眼妒妇害淑人

千山和阿忆走出大营，前者漠然，后者脸上忿忿然带有泪痕，胡杨和阿忆父亲大概已经猜出了结果，彼此都没有说话，识相地向外走去，只剩沉默的空气酝酿着阴云。众人走远后，胡杨忍不住停下，张嘴大骂女单于不讲人情，阿忆父亲也直说着"造孽啊，造孽啊"。阿忆不想众人沮丧，提出再想想别的去处。不一会儿，她忽然想起右贤王庭，忙说："我们不还有清嘉阏氏嘛？说不定她可以帮着居次求求情，让右贤王留下她。"却听胡杨连声反驳道："不得行，不得行，清嘉阏氏为人善良，必定是情愿留下千山居次的，只是右贤王生性凶残，清嘉阏氏寄人篱下，哪里能够作主？"他们两人曾被冒千烈使计捉回，若不是他，千山居次也不用遭这么多罪，二人也不至于被棒打鸳鸯了，难怪胡杨听到右贤王便觉得反感，死活不从。

阿忆思前想后，波斯遥远，乌桓那边也不相熟，除了右贤王庭眼下哪还有别的选择？她坚持要去右贤王庭碰碰运气，说："如果不去试试，又怎知他们不会留下居次呢？不如我们先稍作歇息，过几天去一趟右贤王庭才好。"胡杨哪里愿意将千山送去，忽然灵机一动道："千山居次可以先在汉人区住下，我们先前在汉人区的住处还能用上，我写信让媛媛带儿子一块过来住，也方便照料千山居次。"阿忆心觉不妥，又不好直说，便看向千山。可千山全然不记得他们所说之地，也不好偏劝。

正着急，只听后头有人叫住阿忆父亲，众人回头一看，阿忆父亲连忙上前打招呼，原是他以前一同在王庭当伙夫的老熟人。两人寒暄了几句后，老熟人笑道："老伙计，我正巧要找你啊！本来还想捎信到丁零去给你，没想到你也在这里。"阿忆等人听闻才知道，这个老熟人刚从汉地回来，之前受阿忆父亲所托，去看望阿忆远在家乡的奶奶，却发现她得了病，许久都没有好转，只盼在风烛残年之日有儿子和孙女陪伴，便捎了封家书来，盼着他们有机会能回去。阿忆父亲向故人道谢后，转过头来，面有难色。阿忆明白父亲是希望自己尽快回到汉地见见奶奶，自己从小由奶奶抚养长大，这件事之前也是和恕恕讲过的。自从被带到匈奴后，她便一直没有再见过奶奶，如今又得知奶奶生病，自然是归心切；可自己和父亲就这样走了去，千山居次还没有个好着落，又怎么放得下心。回汉地山长水远，自己与父亲又走得急，总不能带上千山居次。自己跟了千山居次多年，泽恩又走了，如今居次有难，总不能扔下她不管不顾啊。

这时，千山忽然开口道："其实方才胡杨所说的有理。我现在是被逐回的人，自己也不情愿当什么居次，认得我的人也很少。我在这附近随意找个地方住下，和百姓们一起生活，慢慢就适应了，你不必担心我。"阿忆知道千山是怕自己不忍心抛下她回汉地才出此言。"可是……"她还没说什么，千山便安慰道："放心吧，我只是忘记了以前的事情，又不是傻，虽然我也不记得什么了，但我可以像小孩子一样慢慢从头学起，就当是重新开始新的生活，总能好好过下去的。倒是方才在大营中，你也听见了，现在汉匈关系紧张，战局一触即发，你们赶紧回去，晚了回去就怕路

第四十五回 利熏心毒夫疑暗鬼 情蔽眼妒妇害淑人

上会遇到什么状况。"胡杨听千山这么说,也劝他们说:"汉人区民风淳朴,那所住宿还是以前二阏氏相赠,又有街坊邻里相互照应,何不在那里暂住一段日子?"阿忆担心媛媛心中不悦,到时会与千山相处不来,这会子也把心中忧虑直说了。胡杨却说:"不必担心,媛媛她也是个讲理的人,千山与我们同住,就当是一家人相互扶持,她不会有什么意见的。"

阿忆看向千山,千山也点点头以示认可。阿忆和父亲向千山跪下感谢她的体谅,又向她含泪告别。眼看数年的主仆情再度放下,千山也很伤感,一边扶阿忆起来,一边说:"我本来能记住的人就不多,现在又少了你们。"字字真切,阿忆听后,心都要碎了,她拉着千山的手,将恕恕留给她的玉佩交给千山,只为让这玉佩像亲人一般继续陪伴千山居次。胡杨嘱咐他们到了以后要写信回来报个平安,见时候不早,四人便分道扬镳。

胡杨带着千山前往汉人区。一路走来,汉人区过去的旧相识同胡杨打着招呼,但对于千山而言,即使之前见过,如今也是生面孔了。她在荤粥多年,早已习惯形同避世的生活,如今一下回到市井之中,不免心中惶恐,只是安静地守在胡杨身边,由胡杨去应付这一切。不久,两人便回到以往的住处,如他所料,这里依然完好,只是长年不住,里面布满沙尘,免不了一番清扫。这个院落,还是之前他们的房屋毁于战火后忘忧阏氏为他们购置的。这里如此宽敞,日后胡杨把妻儿接来,同千山四人一并住下也是绰绰有余的。他们二人清扫干净这个院落后,千山挑了一个相对僻静狭小的房间住下。胡杨本想把她安置在庭中向阳的大房间之内,但他知千山如今不喜喧闹,也不再干涉。

夜里,胡杨写信让媛媛带着儿子一并前来定居在汉人区。胡杨一边写着,心中暗暗叹气,他虽然在阿忆面前信誓旦旦地认定媛媛能容下千山,但内心不免担心妻子不能接受千山与他们一起生活。他没有选择将千山送去右贤王庭是有他的私心,一来是认定右贤王冒千烈不会对千山好,二来是急于回报千山母女以往的恩情。他不知道自己这么做是不是对的，但事到如今只能硬着头皮往下走了。几日以来，胡杨常陪千山一同闲谈，慢慢帮她回想起过去的趣事。他十分耐心，若千山想不起来，便把一些往事和这边的风土人情当讲故事一般娓娓道来，又将不愉快的事情略过不谈。千山心中触动，感念胡杨对自己的情义，又暗暗担忧日后若他的妻儿来了，害怕他们因自己这一个累赘之身起纷争，这是她最不愿看到的。

媛媛接到胡杨寄回的信简直是又气又急，本以为胡杨将千山送回王庭就了事了，没曾想他还要自己和儿子离开这生活了好多年的地方，去和千山同住！这一去，无非就是想让自己去伺候那个居次，自己怎么可能接受得了？本来之前胡杨妈还世时，谈起千山，她媛媛也只能是笑脸相迎，但是现在她真的不想再忍让。她不明白，一向那么安守本分的丈夫，为什么一牵扯到千山居次的事情就像发了疯一般，现在还要给自己一家人惹出这么大的麻烦事。之前胡杨与自己意见不合的时候，她大不了就是软磨硬泡，丈夫总是心软让着自己的；可如今丈夫竟然丝毫不顾自己的感受，直接写信回来让自己过去。千山居次就算再可怜，自己这口气确实不能咽下。只可惜她一个妇道人家远在外头，这个时候自己又怎能作主，她只好憋着一口闷气，收拾好行装带儿子前去汉人区。

媛媛还是第一次来到胡杨在汉人区的院落，有些惊诧。这边宽敞明亮，加上汉人区的生活更贴近汉地的风俗习惯，住起来远比在丁零要舒服。不过当胡杨一再强调这院落多亏了忘忧阏氏的大恩，媛媛又觉得住在这里浑身不自在。她心中窝着火，只能私下有意无意地和胡杨抱怨："我们一家人好不容易变回平民，现在倒好，又要侍奉个什么居次，这不重新做奴婢了。"胡杨知道妻子话中有话，但他深知也是委屈了妻子，没有与她争论什么，只是和她一再解释千山一家以往同自己和母亲的交情。媛媛只好继续忍气吞声。

平日里，胡杨吩咐她多帮衬着千山，她也只得照做，主动揽下大多数的家务活儿。千山对待媛媛和胡杨的儿子念本一直很随和，她知道媛媛对她的态度不甚友善，又因为自己的缘故和屡次胡杨争吵，心中过意不去，便也尽量不介入他们的生活，独自待在房中。有时她不忍心让媛媛过于劳累，主动上前和她分担家务。媛媛总把她劝下，叨叨说："你是居次，这些琐事等我们这些下人来做就行。"千山以为是自己的身份让媛媛感到隔阂，笑着打趣道："我算是哪门子的居次，我和你们是一样的。何况你们待我这么好，就如同亲人一般。"但媛媛恰恰是听不了这些话，颓然地嚷着："我们哪能与你相提并论啊，我宁愿你是高高在上的居次了。"千山有些窘迫，更觉自己是个局外人。这种感觉似乎在从前也有过，可她一时想不起来在何处了。

倒是媛媛的儿子念本很喜欢千山，千山对他们一家的善意和忍让都被他看在眼中。这孩子年纪虽小但十分懂事，他不想母亲生气，常常在母亲与千山不和时，找借口将两人拉开；胡杨白天外出工作拉活儿，有时千山一个人外出，念本放心不下，亦主动陪着千山出去。没曾想这些被媛媛看在眼里，只会让她更加失落：连自己最亲的儿子都向着外人，这世上还哪有人向着自己呢？

更让她感到困扰的事情还远不止这些，也不知道是谁认出了千山居次，说漏了嘴，不知从什么时候开始，千山居次在胡杨家中的消息被传开了。这下可好，汉人区的人都知道了这件事。有时有些小孩儿好奇心重，总爬到墙上想一睹千山居次的容貌，更有一些爱看热闹的人常常用各种借口来敲门打探，让媛媛疲于应付。媛媛更担心家里的东西被小偷小摸之人顺了去，或是有一些胡搅蛮缠之人过来挑事，弄得家无宁日。胡杨出去时，媛媛在家总是心惊胆战，外面一有什么动静，她就感觉心中那根弦又紧绷起来，逼着她在里头拿些花盆水缸堵在门后，又拿些碎瓦片倒插在墙头上；一见到有什么人要来打探，又不得不像个泼妇似的"去去去！"地喝走他们。

再说斯图亚，他把千山赶走后，心中依然忍不住提防着这个五居次，或许是这段时间汉匈的局势紧张，他自己的神经也愈发敏感起来，总念叨着"汉人都是狡猾的"，对于千山还是心存芥蒂。倒是努哈敏听闻千山被赶出王庭，一连写了几封信来责骂，直斥他们无情，还让他们将千山接回，不然就自己来接。连远在乌桓的努哈敏都要过问此事，这还了得？斯图亚不敢把努哈敏来信的事告诉措木央，他怕央妹心软，又改变主意了。

一天夜里，斯图亚忽然梦见老单于，呼延顿在梦中的模样朦朦胧胧，像是在对他说着些话，斯图亚仔细辨认着，只听见几句"戒骄戒躁，小心谨慎，左稳己身，右加防范，切不可被乱象迷惑，否则这位置可就要拱手让人了"。他一下惊醒，身旁的措木央睡意蒙眬地问他："怎么了？刚才你在喃喃什么啊？"斯图亚全身是汗，许久才缓过来，口中念着："没什么，没什么。"次日，他瞒着措木央，叫来几个侍卫，在他们耳边嘱咐几句，还让他们注意行踪，不要过于张扬。那几个侍卫领命，就乔装出王庭去了。

一日，家中没有粮食了。如今千山如此惹人注目，备受外人关注，也不便出去，胡杨又外出谋生去了，媛媛只好自己去集市中买些存粮回来。她一开门，就见门外有两三人交头接耳在议论纷纷，见她出来赶紧走开。媛媛已经见怪不怪了，没有理会他们。待她走到集市，就觉附近有人对她指指点点，她走到米铺前，假装站定挑选，听得那边有个妇人说："你知道吗？这就是那胡杨的妻子。那胡杨以往可风光了，从小和五居次玩到大，听说还和她立下什么夫妻之盟。"另一个打住她："或许就是小孩子玩过家家，哪里能够当真？"那个人却不认输："什么嘛？你没听说，他差点就要带五居次一起私奔了，当时王庭还派了几拨人到我们这来搜查哩。"又一个人附和道："对啊对啊，听闻胡杨还留着一条手帕作为定情信物呢。唉，这次千山居次回来，八成是王庭不要她了，看样子要在胡杨家长住下去咯。可怜他这个妻子，倒是像个局外人。""你懂什么，人家这是一妻一妾，多惬意啊……"媛媛已经不是第一次听到这些闲言碎语了。胡杨和杨婶以往就在这汉人区生活，免不了有许多熟人在；现在千山居次一来，各个都自诩和胡杨一家很熟识，单凭道听途说就在胡编乱造，说不定就是见胡杨母子过往受了忘忧阏氏的恩惠而眼红不已。之前媛媛见他们背地里瞎讨论也就算了，如今竟当着自己的面毫不顾忌。她实在再难忍受，一股怨恨顶在胸腔，怒气冲冲地扔下银子，一把扛起米袋回到家中。

她刚将米袋放下，只见千山正和念本一起在院中坐着，手中摆弄着自己的针线。原来，这天千山见到媛媛出门前匆忙放下的针线，隐约觉得自己是会做的，一下心血来潮，忍不住拿起来缝了几把。这些做女红的技能，看来并没有随记忆忘掉。她见念本在外面玩耍时，把外衣磨穿了个口子，便想帮他补好。媛媛本就怒火中烧，现在见千山竟随意碰自己的东西，不由得大声呵斥千山。千山慌忙将手中的针线放下，一紧张，碰倒了桌上的一杯水。千山连声道歉，连忙找些碎布想要擦拭干净。念本见母亲勃然大怒，有些害怕地帮千山辩解："阿妈，居次只是在帮我缝衣服，你不要怪她。"媛媛火气未消，快步走进房中，将胡杨珍藏起来的那条手帕翻出来，一把扔在千山脚下，说："要擦就拿这个擦！"千山小心地拾起手帕，却突然觉得这条手帕十分眼熟，一下愣住。媛媛见她如此，情绪再绷不住了，迁怒于千山，吼道："我看你就是在装失忆，其实比谁都精明！"便一把将千山手中的手帕拍掉在地。

正巧，这时胡杨干完活儿回来。看到这一幕，他快步走过去拉开媛媛和千山，他见自己收好的手帕被扔在地上，慌忙捡起，向媛媛喝道："不是让你不要碰吗？你怎么就这么小心眼儿容不下千山呢？"媛媛哪里能忍受胡杨这么对她，把心一横要大吵一场，道："是，定情信物当然不能让我碰了。千山才是你的心上人，我只是你们的奴婢！"胡杨懒得理她，只顾着安抚千山的情绪，千山没料到媛媛竟如此愤怒，一时被吓得不知所措。媛媛见胡杨无动于衷，一边哭一边继续骂道："你是居次，多了不起啊，施舍些小恩小惠就要让别人一辈子感恩戴德，任凭外面的风言风语把我们一家拆散！"千山回过神来时，深知自己不能再留下来，自己已经给他们带来太多的麻烦，便执意要离开。胡杨更加认定是媛媛伤了她的自尊心，千山才会走的；又觉得自己对不住千山，这次把千山接来竟然弄巧成拙。他誓死挽留，忍不住对媛媛吼了句气话："要走也是你走！"媛媛一听，这还得了！便也赌气摔门而出。胡杨还在气头上，干脆由她去，千山和念本欲追出去也被胡杨拦了下来。

媛媛越想越气，自己一家人原先好好的，自己也一直温婉贤惠，这千山一来，却把自己逼得像泼妇一般。儿子还小，他若听到那些风言风语会作何感想？方才的争吵声引来了不少邻居，媛媛尽力摆脱他们，只管像盲头苍蝇一般盲目走着。她抹着一把又一把泪，丝毫没有留意身后有人跟随。她刚拐进了一条偏僻的巷中，眼前一片漆黑。忽然，有几个人冲过来，一个人用布蒙着她的脸，又感觉有人用匕首抵着她的腰，低声说："不要吵。"媛媛吓得魂飞魄散，只好被他们架着走进巷子深处，一声都不敢吭。那几个人停了下来，媛媛只听一个人问："确定她是住那里？"另一个人说："对，四处问了，邻舍都这么说，不会有错，动手吧。"媛媛大惊失色，忍不住蹲下身去，低声哭喊着："各位大哥，我不是千山，我不是千山啊，你们找的是她吧，你们别杀我。"那几个人一阵迟疑，揭开她脸上的黑布，将火把举过来照着她的脸，问道："你真不是千山？"媛媛慌忙答道："我真的不是，我是胡杨的妻子，你们要去杀千山，那正好，我巴不得她快点从这个世界上消失，你们去吧，就当是行行好……千万别杀我呀。"

那几个人其实是左贤王府派来暗杀千山的侍卫。那夜斯图亚梦见单于后，更加一心认定这千山回来是要对他们不利，除非杀人灭口，否则他始终不得安心。听了媛媛的话之后，他们对望了几眼，其中一个问："多大仇多大恨，你果真这么讨厌她？"媛媛刚才只是说了几句气话，没曾想正好合了他们的心意，便一把眼泪、一把鼻涕地哭诉着这些天来自己受的委屈，还添油加醋一番，说得好似她与千山不是你死就是我亡一般。

等她说完，一个侍卫对带头那个人说："我们的行踪很容易暴露，不如干脆借刀杀人？"带头的侍卫认可道："不错，正有此意。"便一把抓住媛媛的衣领，说道："既然你和她苦大仇深，那我就给你一个机会。"说着，他从怀中拿出一瓶药粉，让媛媛拿着，"这是一瓶砒霜，你既然与千山同处屋檐下，能够轻易接触到她，我只要你在她的水中加进去，神不知鬼不觉地毒死她，你就能如愿以偿，我们也不会找你麻烦。"媛媛刚才添油加醋地骂千山只不过是为了保命，她再恨千山，也从未想过要杀她。媛媛不禁犹豫起来。

那个人见她踌躇不决，便恐吓道："你如果不听我们的吩咐去杀千山而是放走她，或者敢把这件事说出去，我就要你们一家人与千山那丫头同归于尽。"媛媛又被吓得说不出话，只是直勾勾地看着他，木木地点头。那个人又说："你最好给我灵光点，如果你敢违抗命令，你们四个人都是逃不掉的，我们就一直在这附近。不妨告诉你，我们是左贤王的人，你们被我们盯上，插翅难逃。"说罢，他一松手，媛媛径直摔在地上。那些侍卫朝巷子另一侧越走越远，只剩媛媛几近麻木地坐在地上，紧紧握着药瓶的手已经发青。

第四十六回

右贤王欲纵故擒　五居次逢凶化吉

再说清嘉从南阿古口中听闻千山居次从辈粥回来，却被王庭抛弃，她忧虑不已，三番五次想去见千烈，求他收留千山。前文提到，千鸿死后，千烈纳了清嘉为阏氏。清嘉为他生下一儿一女，可千烈依然对她冷冰冰的，从不给她好脸色。而今料到她会为千山求情，千烈只顾到各个阏氏的帐中饮酒作乐，丝毫不理会她。清嘉没有办法，在外面干着急。正好见南阿古经过，她知道南阿古是唯一劝得动千烈的人，赶紧抓住这根救命稻草。清嘉匆匆说了一番话，让南阿古念在大家本都是汉人，帮自己一把，也帮千山一把。南阿古干笑道："阏氏言重了，我南阿古何德何能？正巧我们刚把汉地派去大月氏的使队捉了回来，我正要去和右贤王禀告此事，不妨连千山居次之事一并与右贤王提起。"清嘉听闻右贤王将汉使捉下，又是一惊，连连追问右贤王为何要捉拿汉使？又请求南阿古劝右贤王放过他们。南阿古不便多说，只是笑笑："右贤王要捉他们，自有用处。至于说放了他们嘛，我南阿古哪有这么大能耐去左右这件事呢？"说罢，他便要去见千烈。清嘉不放心，让他带自己一同去，南阿古答应下来。

第四十六回　右贤王欲纵故擒　五居次逢凶化吉

千烈看到清嘉跟着南阿古一并前来，猜到了八九成，在南阿古禀告完汉使之事后，微微点点头，又稍有愠色地问南阿古道："你带她来做什么？"南阿古朝清嘉使了个眼色，清嘉连忙为千山和汉使向千烈求情。千烈冷笑道："你说留就留，说放就放，那于我和右贤王庭有什么益处？你不是不知道，我冒千烈是个只讲利益、不讲情面的人。"清嘉哪里讲得出什么理由，只好看向南阿古救助。南阿古干笑一声，凑过去在右贤王的耳边嘀咕一番。千烈眉头紧皱，又频频点头，仿佛两人又在商讨什么大事。末了，千烈看向清嘉说："你要留千山，还要放汉使，也不是完全不可能，只是看你愿不愿意答应我的条件、能不能维护好右贤王庭的利益了。"清嘉内心难免惶恐，可她心系千山和汉使的安危，顾不上问是什么条件便答应下来。南阿古在清嘉耳边说了几句，清嘉心中一紧，她知道右贤王庭无时无刻不在酝酿着几场大阴谋，可她怕千烈反悔，便也咬牙答应。

依照千烈提出的条件，清嘉跟随南阿古前去大牢看望那些汉使。清嘉一路十分犹豫，来到牢房外，清嘉不由得停下脚步，看向南阿古问道："这样做真的好吗？"南阿古知道她心中不甘，反问道："阏氏，若能放出那些汉使，又能救回千山居次，何乐而不为呢？"清嘉牙齿咬着嘴唇，声音有些颤抖道："可是……右贤王要让汉使回去言及与武帝交好，不就是想私下联手……还要违反女单于的禁令私下与汉做贸易，这不就是公然造反吗？"

南阿古示意她不要张扬，压着声音说："阏氏，右贤王的决策哪里轮到我们谈论？唉，人这一生，谁不图个名利？右贤王得势，对我们这些右贤王庭的人岂不是更好？又何须担心这么多？"清嘉连连摇头："不，不是的。他天天暗地里招兵买马、做贸易，不还是为了养更多军队；他现在与汉合谋，虽意在左贤王府，但像他这么一个冷酷无情的人，夺位之后一定会反咬汉一口,南阿古你不会想不到的。你也是汉人,总不能真的派人去骗取武帝的信任啊!"

南阿古见她有些失控,把她拉到一旁,郑重其事地说:"做贸易从来都是互利的,你怎么能断定只有我们获益?坐到这个位置,谁不想一统天下,如果汉武帝果真与右贤王合作,那就是他的愚昧,汉地到时遭到报应也是咎由自取。清嘉阏氏,你要清醒一点,你我之前虽然都是汉人,但现在入了这右贤王庭,右贤王才是我们的衣食父母,我们理应处处为右贤王庭着想,你也不想你的儿女们今后不好过吧。总之,汉人答不答应是他们的事情,你可千万不能从中作祟,否则,我南阿古也是不讲情面的。"清嘉一时语塞,只好作罢。

南阿古让清嘉在外面先等着,自己先进大牢中试探一番。那些汉使见有人进来,纷纷看向别处,向后靠在墙上,丝毫不理睬进来的人。南阿古堆起笑容,问道:"各位兄弟受委屈了,改日我向大王求求情,让你们吃好些住好些,可好?"一个使者骂了一句:"呸,奸诈的匈奴人,尽干些不见得人的事!"随即他们似乎醒悟过来南阿古说的是汉语,纷纷盯着他看。忽然一个老使者嚷着:"这不就是以前卖国求荣的燕王吗?怎么没死在丁零,倒在匈奴蛮子手下作犬了?"其他人不认得南阿古,不过一听年长的使者一说,也纷纷把怨气发泄到他身上:"呸,狗汉奸,你也有脸来见我们?"匈奴士兵不知他们瞎起什么哄,便喝起来,纷纷举起兵器。

南阿古并不理会他们怎么骂,他见带头的那个使者长官并没有跟着众人一起骂,只是冷冰冰地看着他,南阿古便走到他身边。那个使者见他过来,冷漠地说:"我们就算是被你们捕获,骨气还是有的,你别指望来劝降我们。"南阿古干笑道:"我才没有工夫来劝降你们。你们这些人,单有骨气有何用,一直被困在这里,去不成西域,外面有重兵把守,你们插翅难逃,还不是有辱武帝交给你们的使命?"这句话让在场的使节都激动起来，他们眼中流露失望和恼怒，纷纷咒骂匈奴人奸诈，像是被囚在笼中的鸟儿发出垂死的哀嚎。

那个带头的使者眼中失望至极，也忍不住向南阿古喝道："怎么？你来就是要羞辱我们吗？"南阿古哼了一声，道："你们这些人真就把人心当成狗肺，我这次来本还想着设法放你们走，既然不领情那我也不多管闲事了。"见那些使者没有人相信他，个个都看向别处，安静如雕像。南阿古假意服软，说："好了好了，信不过我，总该相信清嘉公主吧？"说着，就到外头将清嘉请进来。

那些使者一见果真是清嘉公主，纷纷叩拜。清嘉离开汉地以来第一次见到这么多故园人，不禁落泪。使者长官见到清嘉，心中暗叹，这个昔日柔弱的公主，哪里能够救他们出走？不过他转念又想，既然她是匈奴右贤王的枕边人，说不定还真有机会劝右贤王开恩。他抱有一丝希望，跪下参见清嘉，又把他们是如何被武帝派去西域出使，半途又是如何被右贤王的人劫下关在这里的来龙去脉一并讲了。清嘉听完，问道："你们这一次，果真是非去西域不可？"那个使者警惕地看了看南阿古，没有回话。南阿古深知他们信不过自己，识趣地走出营外。使者见他走远，压低声音说："这次出使西域非同小可。圣上素闻大月氏与匈奴不和，只有与大月氏、乌孙等西域小国联合，开拓河西走廊，才能断匈奴右臂，减少其对汉的威胁。之后如果条件成熟，还要与西域诸国通商，甚至一路至波斯。如果我们这次不能前去西域，就是有辱了武帝的使命，有碍汉室的大业啊！"

其余使臣听闻，纷纷哀求清嘉设法放他们走。清嘉为难地说："其实让右贤王放你们回去也不是不可能，只是……"这时，她余光瞥见南阿古又溜了进来，便没有再说下去。南阿古接过话来："你们有所不知，右贤王自幼受汉文化熏陶，连名字都是仿造汉人所起，他不像匈奴王庭那个女单于和左贤王那么奸诈恶毒，一心只想汉匈两地和平稳定。你们的清嘉公主苦苦哀求，才知右贤王本也无抓捕你们之意，只是唯有通过这种方式，才能让汉匈有可能联合。如果你们不信，不妨让清嘉公主一讲。"清嘉见汉使们执意要不辱使命，只好硬着头皮说："其实右贤王一直与王庭不和，他深知王庭要大举进攻中原，认为此举有损两地和平，故有意与圣上和谈，希望联手削弱匈奴左贤王的势力。他还愿与汉通商，将匈奴作为汉与西域贸易往来的中枢。若日后右贤王果真坐上匈奴单于之位，还望与中原互不干扰、和平往来。无奈怕引起王庭注意，他不敢光明正大地与汉往来，才出此下策。"

南阿古见清嘉讲得像模像样，安心地点点头，提出如果要释放使队，就要留下一部分使者，带领右贤王庭的使节一同去参见武帝。那些汉使听闻，想这右贤王无非是要借助汉的一臂之力去夺权。若能够干预匈奴的内政，恐怕大汉只会获益更多。既然困在这里也一事无成，且不论这是不是个圈套，自然要先行至西域再说。领头的使者一口答应下来。夜里，那个汉使长官便带领着大部队重新踏上前往西域的路，其他汉使则如约带上右贤王的使臣返回参见汉武帝。南阿古依照右贤王的吩咐，将数十个汉人奴隶打扮成汉使，押进大牢中，以防日后王庭那边问起。清嘉完成了千烈给她的要求，免不了缠着千烈让他尽快去接千山回来。南阿古前几日派出线人打探千山的下落，得知她在汉人区。千烈听闻，也如约派他率人前往汉人区寻找千山。

再说左贤王的人走后，嫒嫒坐在地上缓了许久，终于惶恐地将药瓶塞入袋中，摇摇晃晃地往回走。家中，胡杨从儿子的口中了解了事情始末，猜想嫒嫒一定是在外听到些流言蜚语，才迁怒于千山。他知道妻子的委屈，打算等嫒嫒回来后再将她哄回。倒是他听闻千山并没有忘记做女红，有些惊喜，便唤千山出来，给她针线，打算再尝试帮她记起更多针法技艺来。千山心中不安，才拿起针线，便抬头看向窗外，和胡杨说："天色已

第四十六回 右贤王欲纵故擒 五居次逢凶化吉

晚，媛媛姐怎么还不回来？外头杂乱，我们还是赶紧去把她找回来吧。"胡杨有些心疼："难为你，媛媛她总是这么对你，你却还这么帮着她。"千山回答："其实媛媛她对你是真心的好，你不要总是责怪她。她与我生气争吵，常常都是我有错在先，她的本心是善良的，并无恶意，反而是我，给你们的生活添了乱。时候不早了，你快去劝她回来吧，她一个女子在外，这么晚了不是很安全。"念本心中挂念母亲，也劝父亲去将母亲劝回。

胡杨正要出去，便见媛媛推门进来，胡杨也松了一口气。他本想拉近两人的关系，打着圆场道："千山惦记你，刚刚还叫我去找你。"媛媛心中一阵惨淡，怎么原来胡杨都没想过去找我，反而是千山说了他才听。她下意识摸了摸袋中的药瓶，把心一横：假如除掉千山，胡杨一定会恨死自己，怎么样都不会原谅自己的了。但是千山在一日，胡杨现在对她也没有好到哪里去，再恨她多一点，又有什么区别？若能保全一家人的性命，她宁愿如此。她没有多说什么，就径直回了房。

胡杨见媛媛回来之后，整个人的神色不太对，目光有些呆滞，一声不吭地就回到房间，以为是自己伤了她的心，她余怒未消才暗自生闷气。千山也发现媛媛有些不对劲，有些担忧，胡杨便说道："没事，我去看看她就好。"又劝千山和念本都早些歇息，自己便回去哄妻子。媛媛见胡杨走进来，连忙把刚拿出兜的药瓶藏在枕头下面，眼神躲躲闪闪的。胡杨搂着她，轻声说："我的好娘子，刚才是我该死，说了难听的话。你知道我这个人总是有口不择言的坏毛病，我以后再不这么说了，你可千万不要怨恨我啊。"

媛媛看了他一眼，眼中有泪。他便又用另外一只手抱着她，解释道："好媳妇儿，我知道这段时间你受了委屈，是我一味想要帮助千山居次，没有在意你的感受。可是这庭院本就是忘忧阏氏赠予我们的，又怎么忍心把千山居次赶走呢？"如果在往常，媛媛听闻丈夫这么说好话，早就心都化了。可此时，她却像一只受惊的小猫在陌生人的怀中哆嗦，她宁愿丈夫再惹怒她，让她有勇气对千山下手，而不是像现在这样打起了退堂鼓。

她屈从于那几个杀手的威胁，咬紧牙关，说道："我方才其实也有反省自己，之前对千山居次的态度实在是太恶劣，都是我小鸡肠肚才会把事情弄成现在这样。"她的嘴唇一直发抖，她拼命克服着，终于还是哭出声来。胡杨以为她在真心悔过，连忙安慰一番，连声赞美她是最善解人意的妻子。终于，媛媛止住了哭声，她一手握住枕头下的药瓶，忽然像被雷击中一般站起身来，闪烁其词道："我……不如我这就……给千山居次倒杯茶赔礼道歉。"胡杨听闻，总算放下心头大石，提议和她一同去。媛媛执意自己一个人去就行，便拿起茶杯，走出房间去倒茶。

千山房中的灯还亮着，媛媛端着那碗有砒霜粉的茶，在院子里踌躇许久。这次定不能再迟疑了，她心中那根紧绷的弦，倘若再被什么柔软触碰，马上就会绷断，只会将家人置于危险之中。她深吸几口气，走近千山房间，只听千山在房中哼唱着一首曲子，是她许多年没有听到过的汉地小曲。这边汉人本来就少，而且大家常常受压迫，为了谋生疲于奔命，没有什么人会有闲工夫去唱以前的曲调。听见门外有脚步声，千山的歌声停止了，媛媛难得主动来找她，千山有些愕然，不过仍挽着她到房中坐下。媛媛看见千山的桌上摆着未完成的刺绣，上面的花鸟鱼虫等图案做工十分精致，甚至比汉族女子绣得还好。年少时与几个女伴一起哼着歌谣、在河边做女红的情景在媛媛脑海中闪现，她心神一乱，竟有些喘不过气来。媛媛挣扎着将茶杯递过去，颤抖地说："千山居次，之前我的态度恶劣，对你大不敬，你就喝下这杯茶，原谅我吧……我今生有许多对不住你的地方，只能来世才慢慢还了……"千山接过茶，笑吟吟地说："媛媛姐，你言重了。该抱歉的是我才对。我深知收留我对你们的生活影响太大了，其实我一直都很愧疚。但又怕自己搬出去住，会辜负胡杨的一片心意，更怕他会因此误会你。你能谅解我、接纳我，千山感激不尽；我如今会做女红了，想必能独自存活，你们不必再为我操劳了。"

这时，念本抱着几捆竹简来找千山，正巧看见母亲也在，便寻思着替千山说说好话："娘，其实千山居次对我很好，她这几天都在教我读书识字，今天你出去买米，她是见到我的衣袖被刮破了，想帮我补好，才用了你的针线。"千山笑着摸了摸他的头，道："好孩子，你娘亲和我已经重归于好了。"说罢，拿起那杯茶就要一饮而尽。就在这时，媛媛忽然喊："不要喝！"千山愕然，媛媛抢过那杯茶，声音中带着哭腔："这杯茶……已经冷了，我给你换……"话还没说完整，她手中的杯子无力地掉在地上，整个人软软地坐在地上，颓然地崩溃大哭起来。

胡杨听见茶杯摔落的声音，以为两人起了什么矛盾，赶紧过来千山房中，却见妻子如此悲怆，千山和念本在一旁不知所措。胡杨大惊，连忙也蹲下抱紧妻子，焦急地询问。媛媛一边哭，一边口齿不清地说："是我不好，是我要害千山居次，我是十恶不赦的罪人了……你们是不是不会原谅我了……可我是真的没有办法了，我也不想这样啊……"媛媛如同中了邪一般，胡杨等人完全不知其所云。千山蹲下温柔地拉着她的手，说："我不是好好的吗，你哪有伤害我呢？"念本机警，遂也蹲下靠在母亲身边问："娘，你是不是碰上什么事情了，不妨说与我们听，我们都是亲人，总能一起面对的。"等到媛媛情绪稍缓，终于把她受胁迫的事情一五一十地说出来。胡杨等人哪里想媛媛只出去了一会儿就碰到这么大的事情，也乱了阵脚。胡杨无奈，只能劝千山不如暂且去右贤王庭投靠清嘉阏氏，"他们的探子就在附近，如果放走了千山居次，我们一家也不会有好下场的"。媛媛说着，又崩溃大哭起来。

千山把心一横，说："既然如此，而今也没有两全之计，干脆我自己寻死，决不让他们加罪于你们。"胡杨一听，连忙反对，提出大家一起收拾行装，和千山一同连夜潜逃。千山直摇头："斯图亚想取我性命，哪有这么容易逃脱，如今别无他法，无非就是一死，一命换三命也是值得。念本这么小，总不能牵扯到这件事里。反正这个世界上我也记不得很多人，记得我的人也很少，这么一了百了也好，不用再拖累更多人了。"媛媛见千山如此决然，又听此言可怜，不免心中愧疚。千山趁他们不备，迅速从桌上拿起剪刀，就要对着自己的喉咙插过去。胡杨手疾眼快，赶紧来夺，念本和媛媛也帮着胡杨。众人正在争抢，忽听见外头有打斗声，他们正发愣，院门已被人踹开，一群侍卫涌入，很快就来到千山房外。

带头的人正是南阿古，他一进来看见几个人僵持在那，还以为胡杨等人要害千山，连忙叫人把剪刀夺下，控制住胡杨一家子。南阿古先前在丁零的石道内见过千山，上前俯身请安。千山哪里还认得南阿古，还以为他们是斯图亚的手下，便喊道："我才是千山居次，要杀要剐随你们，放过胡杨一家人吧。"南阿古听闻，才想起千山失忆，已不认得他，更不知他如今不是燕王了。看来胡杨等人无意要害千山，南阿古便让手下放了他们，堆起笑来："千山居次可千万不要误会，我们是右贤王特意派来保护千山居次的，外面几个左贤王的人图谋不轨，已经被我们解决了，居次可以放心了。"胡杨问："难道是清嘉阏氏答应收留千山居次了？"南阿古微笑点头。

媛媛听闻，连忙跪下，上前挪了几步对南阿古道："大人啊，我们这些日子一直收留千山居次，没有功劳也有苦劳。我们这次惹上了左贤王那边的人，不知什么时候就要大难临头了。求大人发发慈悲把我们一家人也带去右贤王庭吧，求大人救我们一命啊！我们去右贤王庭，心甘情愿侍奉千山居次，就算做牛做马都愿意啊，大人千万留条活路啊。"南阿古看向千山："这就要看千山居次的意愿咯。"千山曾从胡杨和阿忆口中听闻右贤王从前是对自己不利的，而今却来救自己，难道果真只是因为清嘉求情，或是故意与左贤王过不去？不过见到胡杨一家因此才有活路，千山还是快速地点点头，道："一定要把他们也带上。"媛媛拉着儿子一并朝千山跪下，涕零道："千山居次大恩大德，不计前嫌，我们一家人何以为报啊！"千山忙扶他们起身。媛媛双手合十，口中喃喃："果真是神女保佑，神女保佑，这次总算得救了，得救了。"四人匆匆收拾行装，在南阿古队伍的护送下前去右贤王庭。

第四十七回

左贤王独断失良机　　大阏氏明察洞逆心

得知南阿古等人已经出发护送千山等人回右贤王庭，清嘉这几日常常在右贤王庭外徘徊，仿佛生怕稍不留神，右贤王就要把千山遗弃。直到现在，清嘉想起多年前偷听到的"十年期"之事，才恍然大悟。在清嘉三番五次的恳求下，千烈终于答应让千山与她同住。侍女鸾凤是看着千山长大的，听闻后激动得连连拜谢神女开恩，并当着清嘉的面起誓一定会照料好千山居次。忘忧和暮雪的相继离开已让她们心碎，如今难得见回千山，她们自当加倍珍惜，更是盼望中途不要出什么意外。鸾凤见清嘉阏氏心中忧虑，有时便与她打趣，猜想千山居次是否还认得她们。虽说听闻千山倒是认得一些相熟的故人，清嘉也不敢抱太多的期望，只求能见到她就好，想起往事来还徒增伤悲。

这天，南阿古的队伍远远出现在原野的尽头，千山被簇拥着坐在马上，胡杨一家跟在后头。清嘉和鸾凤欢呼着迎了过去，将千山接下了马，带她进去接风洗尘。千山不再是从前王庭那个瘦弱的小女孩了，十载风沙，她早已出落成亭亭玉立的娥眉，她的身姿圆润了一些，但仍然纤细，脸庞和穿着更是被烟火气息所洗沥；只有那双清眸，不知是因为一直在荤粥这样的世外之地生活，还是因为忘记了过去的纷杂，仍然如少女一般。鸾凤见回千山不由得眼泪汪汪，握起了她被吹得冰冷的手。自从旁人帮着千山记起母亲之后，千山对儿时与母亲和暮雪姐姐在一起的生活有了些回忆，对匈奴的人和事也有了印象。她握着鸾凤满是茧的手，又将清嘉的手叠过来，说道："你们以前定是与我和母亲、姐姐一块生活的，对不对？"她一边想着，竟能讲出过往的一些琐事，也回想起了她们的名字，让对面的两人不禁泣涕涟涟，心中欣慰不已。

清嘉的几个孩子也从大营中跑出来，远远地看着，他们很少见母亲如此激动。大女儿弄晴被几个更小的孩子环绕着，目光却被队伍后头与自己年龄相仿的念本所吸引。他们一家子被众多侍卫看守着，他的眼中并无半分退缩，一直搀扶着略显疲惫的母亲。千山被清嘉等人带走之后，右贤王庭也派人将他们带到下人们住的伙房中住下，等待千烈的发落。正如胡杨一家子所料，他们来到右贤王庭，又重新沦为下人；不过能够苟且偷生，胡杨夫妻心中尚能接受，只是心疼年幼的儿子也跟着他们受这般苦。几个孩子追随着清嘉等人跑回去了，弄晴仍慢慢踱着。念本早也注意到这个女孩远远看向他，经过她身边时便朝她笑着招手，弄晴心中欣喜，愈是格外留意起念本来。

当晚，千烈礼节性地出来见了千山，又将胡杨一家唤来，千山反正已忘却了过往的过节，反而是十分礼貌地朝千烈道谢。千烈看了一眼胡杨，只见胡杨只是低着头不与他直视，便"哼"了一声，将胡杨分派去兵营打下手，没有过多提起别的事情。他又瞥了一眼媛媛，见她相貌姣好，便走上前来轻佻地摸了摸她的脸，媛媛厌恶地退后几步，用力咬着嘴唇不去看他。幸亏胡杨这时已经被带下去，不然只会徒增他的怨恨，却无能为力。清嘉怕他继续胡作非为，连忙向他将媛媛讨来伺候自己，千烈瞟了她们一眼，也没有阻拦。媛媛这等样貌的女人，他身边多的是，向来都只当作玩物，他从不贪恋。

　　至于念本，千烈正想着如何处置他，这时，一个体量壮实的青年男子走进大营，来到千烈身旁悄声问道："义父，人都安排好了，明日要去兵营演练吗？"这个男子约莫十六七岁，穿着匈奴贵族的衣服，尚未成熟的脸上却是杀气腾腾，少了旁边千烈的那份奸诈和阴沉。原来，这小伙子正是当年狄灭的儿子狄威。这些年来狄威一直在右贤王庭养精蓄锐，实则是千烈有意安排。他当年早已图谋控制丁零，而这个小太子，就是作为对抗斯图亚的一颗棋子，意在日后让狄威去丁零复国，再将丁零掌握于股掌间，狠狠挫伤斯图亚的势力。十年过去，狄威已经长大成人，养兵千日，用兵一时，很快就到了用这颗宝贝棋子的时候了。相信不多久，整个丁零就都是他冒千烈的地盘了。

　　他点点头，回应道："那是自然，要切记带领兵马刻苦训练，有朝一日才能实现大志。"顿了顿，又说，"对了，你去训练，正巧缺了个小随从。"他指了指念本，"那小子，就由你差遣吧。"媛媛见这狄威凶神恶煞的，不是个什么好侍奉的主，不由得心中战栗；但见儿子好歹也有个主子跟着，而不是去做苦力，心里也稍稍有些安慰。弄晴正悄悄在大营外留意着内里的动静，见念本被狄威带走，亦心中惶惶。她素来知道狄威这个小霸王是何等无法无天，对待下人如同对待畜生一般，所幸她恃着是冒千鸿大女儿的身份，狄威对她一直也算是毕恭毕敬的。念本走出来时正碰上她满是忧虑的双眼，他朝她眨了眨眼似乎在安慰她不必担心，自有应对的法子。

　　千烈走后，众人的心终于能松弛下来了。清嘉迫不及待地将帐幕放下，把自己的几个孩子唤来，鸾凤也拿出许多果子糕点摆开在桌上，准备与千山好好叙叙旧。媛媛有些惶恐不安，不知该不该在一旁听着，清嘉温柔地让她和鸾凤一并坐下，媛媛倒有些受宠若惊了。自从清嘉嫁到右贤王庭之后，以前忘忧在世时尚且难见几面；二阏氏和暮雪离去之后，这边孤清悲凉的气氛愈发浓烈，只剩鸾凤相伴，再少有这样热闹的时候了。这次将千山盼来，总算让她心中有了些慰藉，或许这也是为什么她之前无论如何也要答应千烈条件的原因。

众人坐定后，千山问清嘉是如何求得千烈收留自己的，清嘉知道其中有些隐情很难叙说，但又不好相瞒，只好含糊地和她们说了这次是如何与右贤王交换条件救下千山。千山问道："他留下我，一定也是因为我有什么作用吧？"清嘉念及右贤王这次与汉使所作的交易，猜想他之后一定是想与汉地有更多联系，才因此留下千山以备不时之需，可背后的阴谋却是她不敢细想的。"不过你不必担心，"清嘉安慰道，"他就算是留你有用，总不舍得伤害你。"

千山好不容易安定下来，鸾凤不愿提及眼前的苦闷，便主动回忆起过去的往事来。鸾凤是看着千山长大的，说起千山小时候最喜欢吃什么、玩什么，一说开了就滔滔不绝。虽说是叙旧，但千山很多都记不得了，倒是像听故事一般新鲜，好像把从前的那股鲜活血液重新注入自己的身体中。正说着，千山从怀中取出一条手帕，小心翼翼地将其打开，里面是一株风干了的忘忧草，这株忘忧草不同寻常，竟是蓝色的，这正是她在莘粥摘取的那株。其他装在瓦罐中带回的忘忧草上次已经留在王庭单于和母亲的墓上，只有这棵蓝色的忘忧草她还一直带在身边。现在她拿出来，众人都如同见到宝贝一般，鸾凤连忙将它插在一个精致的小花瓶中，摆好放在清嘉的床头。

众人谈起忘忧阏氏，鸾凤想起之前收拾忘忧的遗物，留存了许多带在自己身旁，这会儿便拉着千山去看。两人走后，清嘉的几个孩子也觉得大人说话太没趣，吵吵着要自个儿玩去。弄晴心中盘算着去狄威的军营中探看，便借此机会带他们出去，只剩媛媛陪在清嘉身边。媛媛又惶恐起来，想要站起，清嘉却让她坐下就好，她只得低下头去，许久才看清嘉一眼。见清嘉对她笑笑，她连忙跪在地上感谢清嘉将她带回，否则自己就要落在右贤王的手中了。清嘉让她快些起来，说："都是汉人，相互帮忙、照应也是应当的，不必谢我。"

媛媛刚坐好，只听清嘉问道："胡杨将千山接回家中，你心中一定不好受吧？是不是也怨过千山？"媛媛乍一听，以为清嘉阏氏要来兴师问罪了，不由得全身一哆嗦。可她看清嘉的眼神中并没有责怪，反而有一丝同情和理解，像是姐妹谈心的样子。媛媛鼻子一酸，在这里她无亲无故，外面常是些看热闹的人，又不能与胡杨和念本直说，这件事她只能一直憋着心中。如今见清嘉阏氏如此关心自己，不由得如数讲给她听。最后她红着眼说："都是我，之前过不了心中的坎，还差点儿……害了千山居次。可是阏氏啊，我在这里过活，胡杨和我们的儿子就是我的全部，我太害怕我们的家会有什么变故了，我不能失去他们啊，所以我……我才轻易被外面的流言迷惑。都怪我，千山居次那么好一个人……"

清嘉倒也不清楚下毒的事，只是劝解道："我的好媛媛，你们在这里孤苦伶仃的，又何尝容易？其实换了谁，开始时遇到这样的事一定都不好受，这不怪你。只是方才你也听了一些千山小时候的事情，她虽贵为居次，但一样孤独、一样做不了主。所以你也不必完全理会外面的言论，其实胡杨之于千山，不过是年幼时的玩伴，杨婶给了千山家人一般的温暖。忘忧阏氏和千山曾经帮助过胡杨母子，胡杨现在这么做是为了报答千山和忘忧阏氏的恩情，别无他意。千山这孩子很单纯，你对她好，她便对你好。这次你们共患难，倒不如坦诚相见，与我们一道相互扶持，总比心中有隔阂要好。"媛媛动容，悔恨当初对千山使坏，便当着清嘉的面承诺之后一定不会再胡思乱想，会和胡杨一起好好照顾千山居次。

说回王庭那边。不久，南阿古如常去王庭参与朝政，很快千山在右贤王庭之事就从他口中传到措木央和斯图亚耳中。斯图亚除不掉千山，原已诧异；没曾想平时对外界不闻不问的千烈竟也来管千山一事，十分疑惑。南阿古语重心长地劝谏道："莫怪小人心直口快，小人只是觉得，王庭不让五居次回来，实在有失妥当。虽然女单于不愿留五居次必是有难处，但左贤王此举，只怕被外人留下话根子，到头来反说我们王庭的不是。"措木央毋庸置疑地看了斯图亚一眼，斯图亚眼神中有些慌乱，忙问："都知道千烈和千山有过节，你们右贤王留下千山，有何用意？"南阿古双手一摊，笑道："这个……小的哪敢随意揣测右贤王的意图？"随即他用一种大无畏的眼神瞟了上面的两人一眼，又说："只是小的也有所耳闻，传言道王庭不仅不留五居次，还欲图谋其性命。假如这些话被旁人听去，一定会认为我们王庭不讲情面，还不及右贤王庭不是？"

斯图亚倏然起身，指着南阿古问："这些话，你是哪里听回来的？"南阿古重新堆起笑说："左贤王请息怒，小人那天被右贤王派去接回五居次，见有几个歹人要害居次，便将其捉拿，那几个歹人竟口出狂言说是王庭的人，还说是左贤王指使的。我心想这一定是要陷害王庭，有辱王庭的名声，便将那几个反贼杀了。"措木央听此言，瞪着斯图亚，眼神中有些恼怒又有些狐疑，斯图亚涨红了脸，大声反驳道："简直是胡说八道，这就是赤裸裸的栽赃！我们王庭怎会做这种事情！"他继而想起些什么，又问，"那么是不是已经处理除了这些人？其他人没有听到那些反贼的话吧？你们右贤王知道吗？"南阿古微微笑道："我也料想到是那些反贼信口开河，坏我王庭名声，我们自然不会相信。而且那群反贼已被我们灭口，区区这些小事，何须惊动右贤王呢？"斯图亚算是松了一口气。

措木央见状，也猜到了大概，忙和南阿古说："你是个聪明的人，懂得说话做事，也懂得我们的难处，日后大有重用的机会。之前我们岂是不愿收留妹妹？这里是她的家，什么时候回来我们都是欢迎的。只是我们见她那个旧相识与她一道来，她不识得我们，却很依赖那个胡杨。我们便以为由他去照顾妹妹更方便些，他们一起会更快乐。妹妹向来也喜欢过些朴素的生活，何况他们过往还一起……出逃，这次便是圆了他们的梦。现在千山妹妹住在右贤王庭，与清嘉阏氏一同生活，她们自幼相识，也是皆大欢喜。空闲时我们定当去拜访妹妹和千烈表哥。你去和千山居次说，日后如果在右贤王庭住得不惯了，随时回来便是。"南阿古意会，见话已带到，这边也再无事吩咐，便退下。

南阿古走后，措木央收起往日的顺从，注视着斯图亚，质问道："他说的暗杀千山，到底是怎么回事？"斯图亚理亏，见瞒不住妻子，只好一五一十地说了。措木央越听越气，骂道："你胆子越来越大了是不是？还知道瞒我了？你说说，这次给右贤王庭捉住了把柄，你看怎么办吧？如今这些大事你都不与我商量了，是不是完全不把我放在眼中了？到时是不是就要独揽大权，瞒着我和孩子在外面金屋藏娇，再一脚把我踢开，带着他们篡权谋反？"斯图亚明白央妹一直信任自己，让自己共同统揽大权，这次自己没有和她商量就私自行动便是犯了大忌，连忙请罪道："央妹息怒！央妹息怒！单于让我一生辅佐央妹，我从不敢对不起央妹啊！这次我自以为是，我该死，央妹你千万要原谅我。你怎么责罚我都行，千万不要怀疑我对你的忠诚啊。"措木央这才勉强消了气，不过依然忿忿地骂着："你这脑子到底都在想着什么鬼点子？当初死活叫我不要留她，自己倒还想去杀她，她一个人没兵没马的，连个住的地方都没有，又怎么能威胁我？这下可好，差点让人捉住把柄了。"斯图亚心中也懊悔不已，他不由得自责道："都是我成日疑神疑鬼的，这下她去右贤王庭了，反倒有可能和那边勾结起来，我怎么当时就一时糊涂呢！央妹，这事全赖我！"措木央听他这么一说更加气急败坏，无奈木已成舟，只能想办法找机会把千山接回王庭来。

完察萍路过大营，听到两人争吵，便进来查看。她早也认为将千山赶走不妥，不过当时见斯图亚一再反对千山留下，便没有阻止；如今事情已成定局，他们小两口也因此闹矛盾，也不必再指责他们了，只当是经验不足买个教训。斯图亚见完察萍过来，自然是羞愧不已，他怕被完察萍误解，便将单于托梦之事也全盘托出，旨在表明自己是会错意，才差点酿成大祸。完察萍听闻单于的梦话，心中有些不安，提出要到右贤王庭去看看。措木央如同抓住救命稻草一般，忙说："母亲德高望重，待我们小辈甚好。千山见到母亲说不定肯跟随你回王庭，千烈表哥也一定会听从母亲的话。"完察萍笑道："我只不过是去看看右贤王庭的情况，又没有强迫千山回来，你们如今倒想她回来了，反倒有些欲盖弥彰。"斯图亚连忙夸完察萍英明。

次日，千烈见完察萍到来右贤王庭，料想是为了千山的事，他知道在南阿古去游说一番后，王庭那边也不敢对千山怎么样了，便出来接见姑妈，边走边说："大阏氏，今天怎么难得有闲心来找你侄子我啊？"完察萍也笑道："什么话？我什么时候没来看你了，倒是你每次都不愿陪我久点，光顾着你的美娇娥去了。"千烈一边接待完察萍，一边让人唤千山出来。完察萍见了千山也没有多说什么，只是亲切地拉起她的手，说道："我可怜的孩子，你这些年在外面可是受苦了。上次你四姐姐与你久别重逢，一时心急，才闹出些误会来，你可不要放在心上。这次难得回来住下，有什么需要的尽管和大阏氏说，如今你四姐姐忙于朝政，都没有人陪我说说话了。"千山也客客气气地简单问候几句，完察萍笑笑，就让她忙自己的事情去。

千烈知道完察萍是个明白人，便也不再提千山归宿的事情。两人闲聊了一阵儿，完察萍看了一眼站在一旁的南阿古，忽道："我才想起个事来……你们先前不是将汉使捉拿了吗？阿央和斯图亚他们忙，一直没有时间料理这事，让我顺带来看看这些人。"千烈知道南阿古已经用汉人奴隶替换汉使关进大牢，他丝毫不慌乱，便让南阿古领着大阏氏去大牢中查看，自己装作不理事的样子，先行告辞。

　　完察萍来到大牢中，见那些"汉使"个个面黄肌瘦，虽穿着宽大的使节衣服，也掩盖不了他们皮肉上的新伤旧患。这些人一见到她进来，便像是哀嚎着什么，连连跪地求饶。南阿古解释道："这些汉使死活不服管，有人还一心想要越狱，被我们的侍卫打了几顿，终于不敢胡作非为了。"话虽如此，完察萍却好生奇怪：从前忘忧和清嘉嫁到匈奴时，她都是有见过汉使的，那些汉使尽管风吹日晒、日夜兼程，也不会这般凄惨；况且那些使者不论怎么被匈奴恐吓、责罚，都始终不卑不亢。怎么如今这些人竟是这般模样？完察萍心生一计，支开南阿古道："你们有没有从他们身上查出汉皇帝送去西域的谕旨？不妨让我带回去给女单于看看。"南阿古心中暗喜，幸好先前早有准备，便应声去取。

　　待南阿古走远，完察萍让右贤王庭的侍卫都到大牢外面去把守，便在身边的一个侍女耳旁密言几句，让她前去问话。这个侍女是之前汉地进贡过来的，会说汉语，她依照完察萍的吩咐，走上前去，告诉大牢的人："弟兄们你们听着，我们大阏氏有令，我们捉的是汉使，不会伤及无辜，如果你们如实告诉自己的身份，就可以放你们走。"这一问，大牢中的人纷纷朝完察萍跪拜，口中大喊"冤枉"。他们如实招来，说自己其实都不过是右贤王庭的汉人奴隶，不知为何就被抓来顶替使者的罪名，但凡是求饶或逃跑都会被毒打。完察萍一听，便知他们不过是南阿古捉来的替罪羊，真正的汉使早就被放走了。这时，南阿古将假谕旨取来，完察萍不动声色，将其接过，只是微微点头，随意问了一些基本情况，交代了几句便回去了。

　　回到王庭后，完察萍思来想去，不知这是南阿古自作主张，还是千烈自己的主意。她只怕是千烈不管政务全盘交给南阿古，到头来反被这个汉人害了；若是直接与千烈说，恐怕这小子也听不进去。完察萍知此事非同小可，还是将这件事告诉了措木央。措木央深知汉使绝不能放至西域，而今已有好些时日，恐怕是覆水难收了。眼下只能派人到西域打探消息，探探大月氏到底有没有与汉达成同盟。

完察萍离开大牢之后，南阿古偶然从囚犯的口中听闻大阏氏曾找汉人侍女向他们问话，深感大事不妙，便连夜找千烈商量对策。南阿古之前确实是低估了王庭，如今可糟了，真相暴露之后自己再难左右逢源，只能乖乖在右贤王手下做事；可右贤王大抵会把他南阿古推出去抵罪，如今他进退维谷，总要想个两全之策让自己好全身而退才好。

南阿古将事情告诉千烈后，便试探性地问道："这件事因小人而起，大阏氏也不清楚事情始末，不如还是由小人出面担责，好让他们不会怀疑右贤王你啊。"千烈也不傻，他当然知道南阿古只能靠着自己这座山，像他这么个机谨的人，若自己真将他作为替罪羊，说不定他反手就将自己针对斯图亚的全盘托出。他知道得太多，又还有可用之处，倒不如先稳住这个人，借此机会让他像条狗一样好好忠于自己才好。想罢，千烈连连否定，说："这怎么能行！放走汉使乃是我的主意，我会担下这份责任来。只是姑妈尚能饶恕我，斯图亚那小子定不能放过我啊。"

南阿古听他一说，就放下心来，知道千烈暂时会保全自己，便认真地为他出谋划策："大王的宏图伟业是那么大的一盘棋，偶尔一些小失误，让他们抓住又何妨？干脆顺其自然，大事化小、小事化了。"千烈已经基本明白了他的用意，故意问道："此话怎解？"南阿古意会地和他对望了一眼，意味深长地说："其实如果王庭问起，我们便说此次不过是谋求钱财才放的汉使，男子汉大丈夫哪有不贪恋钱财的，说白了又何罪之有？更何况，如果说是汉使和清嘉阏氏图谋好的，他们让清嘉阏氏在右贤王面前美言几句，称若是放了他们，以后就常有贸易往来，还让汉地源源不断地进贡佳品给我们右贤王庭。大王您只是一时蒙蔽，信了清嘉阏氏的话，相信大阏氏一定能够谅解。"千烈一再点头，基本认可这个办法，清嘉这个人，让她掺和进来，未尝不是一件好事啊。"只是，"他忽然想起，"清嘉她对这件事情，也是知道个大概的，万一她向央妹说起，恐怕于我们不利啊。"南阿古笑道："大王大可放心，清嘉阏氏是我们王府的人，她的两双儿女都还在大王手下，相信清嘉阏氏也是个明白人，一定懂得怎么维护大王的。"千烈心中暗喜道：斯图亚，就你也想和老子玩？好戏才刚刚开始呢。

不日，王庭这边便收到了探子的飞雁传书，经过这么一查探，竟得到意料之外的消息：大月氏当时被匈奴警告后，没敢与汉联合；可汉使又跑去乌孙游说，乌孙王不知好歹，竟答应与汉和亲。措木央没听母亲的劝阻，忙将事情告诉斯图亚。完察萍当时随即为千烈捏了一把汗，这小子放任下人，竟惹出大事来，斯图亚哪肯轻易放过他？果然，斯图亚得知此事后勃然大怒，乌孙可不比大月氏，之前自己还帮他们复国，约定好从属于匈奴，如今却出尔反尔，竟也有归顺汉地的意图。斯图亚欲发兵攻打乌孙，要给那群不识相的小人一个教训。他怒道："冒千烈那小子我看他是要造反了，如此肆意妄为，明日我就带领部众，和女单于一同去右贤王庭兴师问罪。"完察萍担心斯图亚和千烈冤家路窄，会引发单于庭和右贤王庭的争执，不仅让阿央为难，还伤了匈奴的和气，便也决定跟随前去。

第四十八回

作玉碎清嘉替罪　保瓦全千山屈从

果然，正如南阿古所料，措木央那边很快就为此事找上门来。千烈和南阿古装作若无其事地来到大营中。斯图亚见不得这两人还如此嚣张，忙喝道："你们好大的胆子啊！怎么还不知罪？"南阿古应声跪下，千烈气势犹在，反问道："噢？不知何罪之有啊？"措木央见千烈竟斗胆反驳，脸上也有了愠色，喝道："荒唐！你们自作主张、胡作非为，可知酿成多大的祸？"于是便完完整整地将他们如何放走并替换汉使，汉使如何与大月氏和谈不成反去找乌孙，乌孙出尔反尔主动与汉亲近，两地达成和亲之事全盘托出。千烈也没有料想到乌孙王如此大胆，匈奴对其恩威并重都不能遏止其野心，神色中微微有些惊诧和恼怒。

完察萍见他如此，想着：看样子难不成千烈这小子也不知情，因为成日不理朝政而让那个汉族下人钻了空子？既然如此倒不如给侄子一个台阶下。她向来看不惯南阿古这个汉人常围着两边的权贵转，还油嘴滑舌地说些闲言碎语，便道："看来千烈你是并不知情，你成日放荡不羁，被这个卑鄙的小人瞒骗了都不晓得！"说罢，她恶狠狠地盯向南阿古。刚想治他的罪，千烈却反驳道："姑妈你有所不知，这件事与他无关，放走汉使乃我指使，这种做事的小人又何须作替罪羊？"完察萍心中直骂千烈愚钝，这件事非同小可，斯图亚一向看不惯你，好不容易抓住把柄又怎能轻易放过？斯图亚见完察萍有意包庇右贤王庭的人，本就有些不快；如今见他敬酒不喝喝罚酒，就不能怪自己无情了。于是，他喝道："右贤王，你好大的胆子啊！明知道女单于下令不能放走汉使，你竟敢胡作非为，还酿成如此后果，我看你是有意谋反！"

完察萍正愁着如何开口解围，只见千烈忽然哈哈大笑起来，道："好啊，好啊，男子汉大丈夫贪图区区几个小钱，就被你说成大逆不道。如此不讲情面，怪不得你连五居次都要逐走。""你……"斯图亚被他一顶撞，气得一时不知如何反驳。还好完察萍及时接过话来，对千烈说："你个逆子！这个时候就不要再狡辩了，不管你是出于什么目的都好，大错已经酿成，一码归一码，谈其他的事情有何用？还不快些向女单于请罪？"千烈这才收敛了些，礼节性地朝措木央跪下请罪道："千烈贪图小利，不顾后果而闯出祸端，望女单于恕罪，我甘愿承受一切责罚。"措木央让他先起身，随即看了一眼母亲，才问道："你方才说为了小利而放汉使，到底是为何？你坦诚告知事情始末，若果真不是与汉勾结谋害王庭，无意谋反，又能将功补过，或许还能从轻发落。"

千烈见事情的发展果真如南阿古所预料那般，心中有底，便装作恼怒，说道："这一切都要怪清嘉那个贱女人！她三番五次哀求我让她去见汉使，不料却与汉使暗中勾连，那些汉人让她求我释放他们，还说若是我释放他们，他们携带去西域的钱粮会分一半给我们王府，还约定回到汉地之后会定期进贡。我当时财迷心窍，加之匈奴这段时间的钱粮尤为匮乏，清嘉又在一旁软磨硬泡，我一时心动就放了他们。哪里知道会酿成这般大祸！果真是臭婆娘，哼，狡猾的汉人果然没一个好东西！"

第四十八回　作玉碎清嘉替罪　保瓦全千山屈从

　　完察萍点点头，问他："那如今你可知罪？"千烈会意地再次跪下，懊悔地说："我当然知罪，我又悔又恨啊！只怪我太少理政，不懂得识别阴谋诡计。之后我再不会自作主张，什么事情都一定会和央妹有商有量。"听到这句，措木央瞥了斯图亚一眼，斯图亚本不想如此轻易放过他，但自知有把柄在对方手上，也不好发作；又见千烈朝着他们再次跪拜，口中喊道："央妹，姑妈，我知罪了，绕过我这一次吧。"完察萍见他配合，心中释然了许多。

　　这时南阿古插话道："右贤王这次果真是被一时蒙蔽才作出此举，他从来都是一心向着匈奴的，求女单于开恩，饶恕右贤王一次吧。放汉使是小人所为，求单于、大王责罚小人吧。"完察萍哼了一声，说："你这个放走汉使的罪魁祸首，责罚是必少不了的。"但心中暗暗夸奖他识相，也帮着打圆场道："我看千烈此举并无恶意，只是他目光短浅并无远见，不如女单于就给他一次改过自新的机会，让他往后再为王庭效力、将功补过如何？"措木央赞同道："那就听从大阏氏所言，命你将汉使所给的钱粮统统上缴王庭，望你借此机会洗心革面，不要再成日沉溺酒色而不理朝政，以待日后功过相抵。"千烈起身，向她们深深一拜："千烈定当谨记央妹和姑妈所言。"眼见千烈再次得逞，斯图亚心中不快，但他不敢违抗两人的旨意，只好作罢。

　　虽放过了千烈，斯图亚可不会放过其他的下人，他一声令下，将南阿古和看守大牢的侍卫一并押走，连清嘉也要带回去问罪。千烈亲自带人去清嘉住处，将其押解出来。那时清嘉正与千山等人在营帐中谈天，突然大门被一脚踢开，千烈带着几个侍卫闯入，指着清嘉下令道："来人，将这个贱人带走。"妇孺们都慌作一团，死命拉着清嘉，不让她被带走。清嘉急得跪在他面前，问道："大王，我何罪之有啊？"千烈"哼"的一声，喝道："还敢狡辩！勾结汉使，暗中使计让我放走他们，以达到汉和乌孙联合的目的，清嘉，你下的好大一盘棋啊！"说罢，便上前一步，扇了她一掌。清嘉的几个孩子吓得抱成一团直哭，鸾凤连忙请令带他们出去。清嘉听到这番话，脑子里"嗡"的一声，心中寒意渐起，右贤王会这样做，也是见怪不怪了，自己说到底不过就是一颗棋子。她之前也曾和这里的其他人说过整件事情的缘由，众人大致都明白了清嘉是被当做"替罪羊"，但心中无可奈何，只能咒骂右贤王的蛇蝎心肠。

不料此时媛媛竟忽然起身，朝千烈吼道："是你当初让清嘉阏氏去的，怎么到头来还赖清嘉阏氏了？你自己本来就要谋反，你胆敢把她当做替罪羊，我就要告诉王庭你的真实意图……"千烈脸色一沉，径直走过来掐着媛媛的脖子把她逼到墙上，媛媛瞬间闭气，不能再说出一个字。千烈低声骂道："我怎么用人，怎么说话行事，什么时候轮到你来干涉？既然你知道了不该知道的东西，今天我就要你知道后果。"说罢又看向其他人，道："你们给我记着，我要弄死一个人就像是弄死一只蚂蚁一样简单，你们要是敢声张出去，我要你们统统给清嘉陪葬。"

眼见媛媛被他掐得脸色发青，清嘉慌忙过来拉着千烈道："大王，我知罪，一切都赖我，你就让人带我回王庭赎罪吧。其他人什么都不知道，大王你莫要责罚他们，我定会教他们怎么说话做事了。"千烈听她说完，冷笑几声，顺势把媛媛往旁边一推，放了手，媛媛一下摔在地上，久久不能喘上气来，昏了过去。清嘉转头，泪眼婆娑对千山等人说："你们不要做傻事了。这是我的命，怎么样我都认了。当时我救千山居次是自愿的，怨不了谁。我好歹也是阏氏，他们捉了我去，一定不敢太过分的，你们不要担忧了，更不要以卵击石。"

清嘉已被两边侍卫们押着，千烈上前一步再次警告她："你去那边，怎么说、怎么做，我想你现在是清楚了。如果你不识相乱说话，别忘了你的两双儿女都在我手上，假如事情败露，不仅他们没有活路，连千山他

第四十八回 作玉碎清嘉替罪 保瓦全千山屈从

们,也不得好死。"清嘉想到方才孩子们楚楚可怜哭泣的样子,不禁落下泪来,哀求千烈:"右贤王你行行好,他们可都是你和千鸿的骨肉啊。我这次去定会担下所有的罪名,万一我在那边没有活路了,你一定要好好待他们……"千烈嗤了一声,以示默认,便推着清嘉远去。弄晴眼见母亲被带走,哭喊着追了过去,却被侍卫们拦了回来。她又担心弟弟妹妹看见这一幕,只能强忍着泪颓然回到营帐中。

众人走后,千山和鸾凤帮媛媛又是喂水,又是掐人中,好不容易才让她喘过气来。媛媛清醒过来之后,已经不见了清嘉阏氏的踪影,不由得抱着千山放声大哭,咒骂右贤王险恶,简直是禽兽一般。鸾凤在一旁哄着哭着跑来找母亲的孩子们,一边也默默垂泪,喃喃骂着匈奴人实在没有人性,怨汉族公主的苦命。千山知道他们无不都是被自己所牵连,心中自责万分,她暗自斟酌有什么计策可以救出清嘉,可一时无解,又急又悔。媛媛咒骂完右贤王,又黯然哭诉:"我们这些人要遭这些非人的罪,这都是命;可是念本这么小,又怎么能遭得起啊?"

原来,这几天弄晴见念本在狄威营中吃了许多苦头,心中自是难受,见他甚是思念母亲,夜里便偷偷带他来见媛媛。媛媛发现他身上被马鞭打得青一块紫一块的,一问才知道,原来他常常被那个小霸王狄威拿来出气。她心疼不已,自己却又无能为力,本已焦急万分;如今一想,更是显得更无助了。千山知道媛媛的性格刚硬,生怕她又会为了念本做出傻事来,忙以此劝她说:"媛媛姐,你之后说话做事千万不要像今天这么冲动了,不然不仅自己遭罪,万一牵扯到念本,让他一并受罚就更糟了。"鸾凤把孩子们哄好了,也过来安慰媛媛道:"对啊,我们是哑巴吃黄连,但凡事一定要忍,不然吃亏的还是自己人啊。"媛媛把话听进去了,答应她们不再冲动。有时心中想想千山等人这么多年在这凶残的匈奴王庭中度过,实属不易,但如今该怜悯的是自己和家人。只是如何想办法把清嘉救出来，又成为她们渺茫而迫切的心愿了。

一日，侍卫报乌孙来信，千烈全身一震，先是恼怒，而后又想弄清其中玄机，便命人将信使喊进来。千烈先给了信使一个下马威，他满脸怒容道："你们乌孙出尔反尔，罔顾我们匈奴的恩情，私自与汉交结，还有脸派信使过来？"说着他拿起大刀，扬言要杀来使。信使吓得腿软，连忙请罪，将缘由一一道来。原来，乌孙当时为了求得大国庇佑，便抱着侥幸，瞒着匈奴与汉和亲。后来，乌孙王得知匈奴王庭因为知晓了此事，准备大举进攻乌孙；但他们与汉商量好的和亲之事又不敢反悔，如今正夹在两者中间十分为难，故特意前来向千烈救助。千烈骂道："呔，你当右贤王庭是什么地方，坑害了我们还反来求我们庇护，当我们是吃素的？"信使连忙唯唯诺诺地说："我们乌孙不过是一个小部落，哪有什么话语权，还是一直承蒙匈奴右贤王庭庇佑。我们大王从小被右贤王庭抚养成人，这次有罪，自然也是要听从右贤王你发落，还请右贤王开恩，求王庭网开一面啊。以后乌孙愿意悔改，为右贤王效力。"

千烈心中暗笑，乌孙这话里有话，分明是让右贤王庭救他们，并顺节表忠心。见乌孙王在关键时候还是信任右贤王庭，千烈的怒火也平息了些。不过他自己一时想不出什么两全之策来阻止左贤王攻打乌孙，便派人捎了一封密信给南阿古，让他见机行事与王庭周旋。同时，千烈让使者转告乌孙王，他们这次罪不可赦，差点酿成右贤王庭与单于庭间的纷争；不过既然他们已与汉和亲，覆水难收，自己也不会过多干涉，并想办法劝阻王庭的出兵，不过日后何如将功赎罪，就要看乌孙王了。此番话字里行间都是右贤王庭对乌孙的恩情，千烈相信乌孙王一定也是识相的，以后若是用得上他，基本可以放心。

再说王庭那边，清嘉和南阿古等人被押在大牢中，措木央和斯图亚因要准备出兵去攻打乌孙，一时半会儿顾不上处置他们。不过斯图亚的心结不在于此，他见这次小小一个清嘉都敢如此嚣张，心中不由得又放心不下千山，他愈发担心万一千山与千烈相互勾结，岂不是对王庭有更大的威胁？他越来越后悔没留住千山，愈是后悔，愈是忍不住在措木央面前提起。措木央刚开始总要加倍斥责他几句，后来听多了干脆同他一起忧虑起来。她把心一横，想着干脆一不做二不休：既然不能将千山劝回王庭，也不能任由其留在右贤王庭，一定要让她有别的去处。

不过很快，他们就顾不上千山与乌孙之事了。这天，有人在朝上向措木央和斯图亚禀报，称自从暮雪住持圆寂之后，王庭与氐羌的联系甚少，氐羌无人接管大小事务，单靠侍女素琴无法掌控大局，一些好事之徒乘虚而入，又开始惹是生非。这么下去，氐羌很快会再度动乱。措木央一时无计，唯有立即下令派兵镇压，但这也不是长久之策。夜里，她想着这诸多事宜，愈发头痛，便披上外套在营中来回踱步，一筹莫展。斯图亚明白阿央心事纷乱，也起身陪伴在她左右。措木央道："以戎显威是匈奴一贯的作风，可却不是长久之策，容易元气大伤，单于当年就是如此。""南阿古此人倒是诡计多端，若是央妹首肯，明日不妨传他来商量对策。"斯图亚不知为何忽然想到南阿古这个右贤王庭的谋士，措木央有些惊讶："怎么如此还能信得过他？""这人虽总是心猿意马，但老谋深算，时常能有妙招。不妨借此机会看看他的表现，以决定日后是重用他还是除掉他。"措木央沉吟一会儿，同意下来。第二天便借着审讯犯人的名义将他悄悄传了过来。

南阿古收到右贤王的密诏，又听闻氐羌动乱之事，心生一计，正愁着没有机会去面见王庭的人，恰好女单于和左贤王就来传他上殿，这是个大好机会，他便胸有成竹地去到大营中。一见措木央和斯图亚，他就自觉地认罪道："我明知放走汉使不妥，还听命释放，也不禀告王庭，实在是罪该万死。我一直自以为知道对什么人说什么话、做什么事；明知这事不妥，以为右贤王平素待我有恩，要忠于右贤王就不便将这事透露……小人犯下的错，千刀万剐我也认了。"措木央听他一说，心中感慨这个人果真聪明，这番话无非是表明自己会忠诚于待他好的主子，也无非是告诉措木央他们，他手中有他们的把柄，但不会随意乱说。

不过既然话都说到这份上了，也不必过于显山露水，她便问："那好，既然你知错，能改便好。现在这个局面，你们右贤王庭打算怎么弥补滔天大罪？"南阿古道："依小人之见，如今可不便攻打乌孙啊。"斯图亚知道他一定有自己的道理，故意呵斥："这叫什么话？乌孙都要踩到我们头上了，难道就任由他们与汉结交，到时联合来夹击我们不成？"南阿古不慌不忙地解释道："小人岂敢如此妄想！只是一来小人听闻氐羌地区不甚安宁，眼下不如先解决内乱，再去惩戒乌孙；如果出兵乌孙，只会让氐羌的反贼更加肆意妄为。二来乌孙与汉和亲是右贤王庭的失误铸成的，与其花大工夫去阻止双方和亲，不如就当做是右贤王买的教训，好让右贤王庭不敢再胡作非为，以求今后将功补过。"斯图亚明白南阿古是暗示自己以此作为右贤王失误的把柄，日后说不准还能借题发挥，正中其意。

斯图亚继续问道："倘若不追究乌孙的过失，又有何计阻碍乌孙归顺汉朝？"南阿古答："小人倒有一个想法。我们不妨将计就计，也派居次到乌孙和亲，并命乌孙王要将匈奴的居次娶作大阏氏，与汉朝的公主相互制衡；顺便派一对我们的人马跟随和亲队伍一同前往，好监督乌孙王，让他日后不敢胡作非为。"措木央犹豫道："计虽好计，只是我们王庭哪来的居次去和亲？你该不会想让千山去吧？外人指责我们无情无义还不够多吗？"南阿古知她会这么问，连忙否定道："又何须动用王庭的居次？据我所知，右贤王庭的外戚那边也有好些居次，回头女单于下令让右贤王挑个乖巧美丽的居次，认作是我们匈奴派去和亲的居次不就成了？这也算是让右贤王庭戴罪立功了。"措木央和斯图亚均表示赞同。

第四十八回　作玉碎清嘉替罪　保瓦全千山屈从

"况且，"南阿古继续道，"恕我多言，氐羌的动乱也并非无计可施，这也倒为千山居次谋得另外的好去处。""莫非，是让千山到氐羌去？"斯图亚一时激动，抢过话来。"正是，"南阿古道，"如今氐羌无主，故才动乱。千山居次是暮雪居次的亲妹妹，又信奉神女教，若派她去继承姐姐的住持之位，妹承姐业合情合理。她是王庭的人，好让氐羌不敢胡作非为，继续归顺于王庭。暮雪居次先前是右谷蠡王，如今千山居次过去，自然也可以封她这个称号，这么做总算仁至义尽，旁人便不再会议论女单于薄情寡义了。"斯图亚正愁着没法将千山从右贤王庭支开，听南阿古这么一说果然是两全之策，直称妙计，措木央也点头默许了这个做法。他们见南阿古果然是可用之人，便留他一条活路，以回右贤王庭传旨为名，将其放了回去。

右贤王庭收到旨意后，千烈对于派居次去乌孙和亲一事并无异议，很快便寻了个适龄的居次到乌孙和亲去，任凭他那边的亲戚苦苦挽留也不理会。他依照南阿古的计谋，派上一队人马跟随和亲队伍驻扎到乌孙，捎信到乌孙去时，还特意不说是王庭派遣的和亲，而是他右贤王庭主动请愿的秦晋之好。不过对于放千山去氐羌之事，千烈似乎不太满意。千山是他费尽心思拿来的棋子，还没派上用场就要送走，未免不太甘心。南阿古怕他执意不放人，王庭那边不好交代，便劝道："大王，能够将千山送走以息事宁人，将乌孙之事抹去未尝是不错的选择，就不必和王庭那边纠缠不清了。"可千烈沉吟良久，没有回答，只是让他先下去，看样子依旧是不太情愿。

思来想去，千烈担心王庭那边派人来劝千山去氐羌，晚上用膳后，便捷足先登，去和千山开门见山地说了这事，让千山亲自去回绝。"千山，虽然我和你以前有过隔阂，如今前嫌抹去，你就在我们王庭好生住下。你刚回来，总比又动身去那僻远之地要好。"千烈很难得不似以前那般强硬。千山听后不免有些举棋不定，她自己固然是有些不情愿去氐羌的，虽说那是她姐姐昔日当住持的地方，但正如右贤王所言，她好不容易能栖身下来与故人相聚，不愿再去山长水远的地方，也是合乎情理。正想着，千烈又说："你只要安分留下，我就想办法救出你的清嘉姐姐，也让胡杨一家得以在此栖身。"这时他听见门外有脚步声，而千山迟迟未表态，便撂下一句话："至于怎么选，我想你心中大致有数，明日再给我答复吧。"说罢，便离开了。

千山在他的威逼利诱下不禁愣了神，鸾凤和媛媛掀帐进来，问及千烈所言，千山一一道出，她们俩自然也是不情愿千山再度漂泊。不过千山忽然转念一想，道："如今清嘉姐姐在王庭手中而非右贤王庭，连冒千烈也无法将其救出。倒不如以我去氐羌为条件，恳求王庭释放清嘉，不就有机会救出她了吗？"鸾凤想起忘忧阏氏临终前最不能放下的，还是女儿千山的安危，如今自己势必要尽全力保护她，于是她挽留道："或许我们还有其他的法子救出清嘉阏氏，居次你先不要太冲动啊。"千山握住她的手说："我能在这里栖身，全仰赖清嘉姐姐救我；如今她因我而遭罪，我怎么样也要救她出来。"媛媛心中动容，道："居次你不要总为他人着想，也要为自己考虑考虑呀。"千山抓住媛媛的手，补充道："我这样想，何尝不是为了自己考虑呢？如今纵然千烈留我，可我栖身在右贤王庭，始终是寄人屋檐下，前途渺茫。以他的为人，说不准哪一天我就被当做棋子弃了，倒还不如回到氐羌去，也算独居一隅，鞭长莫及不用受王庭威胁。"

三人正说着，忽然有几个和媛媛相熟的侍女匆忙跑来，口中喊道："不好了，不好了。听闻训练场那边，小念本被狄威王子毒打了一顿，昏迷过去了。"媛媛吓得花容失色，三步并作两步跟随她们飞奔到军营的训练场去，千山和鸾凤也急忙跟过去查看。训练场上，念本昏迷在地上，狄威和其他部下早就不见踪影，只剩几个好心的人围在一旁。在匈奴，下人被主子虐待的事情并不少见,被打伤后往往都不加救治,让他们自生自灭。念本这年龄还不算是最小的,旁人都见怪不怪了;即使有好心的人不忍看到这般惨状,也都无可奈何。胡杨也到了现场,正跪在儿子身边,把念本抱在怀中,一边唤他的名字一边痛哭。

媛媛等人走近一看,念本身上全是伤痕,后脑勺上有一根长长的鞭痕直落脖子根,据说他就是被狄威从马上这么甩了一鞭才昏了过去。媛媛见儿子这般惨状,几乎哭晕了过去。千山见状,忙吩咐旁边的人做一个简易的担架,要将念本抬去医务官那里。旁人却没有动手,一个胆大一点的人说:"千山居次,医务官不会救治我们这些奴隶的,能不能撑过去,就要看命硬不硬了。"千山气急败坏:"不能够!我好说歹说也是王庭的五居次,我亲自去说,总不能不医治。"旁人也不好再说什么,只好把念本送了过去。

医务官看着昏迷的念本,本也如人们所说的不愿救治奴隶,奈何千山软硬兼施道:"他只是一个小孩,又受那么重的伤,你医者仁心,救救他吧。你不必怕右贤王问责,他问起来,你就当是给五居次医治吧。右贤王听到是我,相信也不会说什么的。"医务官碍于千山五居次的身份,又知晓如今连右贤王都有求于她,今天还亲自去找她,便还是为念本疗伤了。这时弄晴也闻讯而来,她见念本在病榻上无法动弹,也吓得不轻,倚在鸾凤身旁挽着她的手臂,身体不住地颤抖。

所幸念本只是被击晕过去,暂时没有什么大碍。他不久便清醒过来,虚弱地搂着母亲痛哭。据念本说,那个右贤王的义子狄威脾气十分暴躁,对待下人心狠手辣,稍有不如意就痛打下人出气,念本前段时间也遭了不少罪。幸好他为人乖巧,懂得顺着狄威,不至于时常受虐。今晚,狄威因为没有完成右贤王给他的训练任务,而被说了一通,本就心情不好。他一时火急要喝酒,便命念本去取酒来,恰好伙房的酒都打完了,要等他们上新的酒，便晚了将酒送到。狄威二话不说就是一顿痛打，要不是当时胡杨也恰好在训练场打下手，拼死拦下狄威，恐怕念本早就被打死了，连胡杨也被打得伤痕累累。媛媛听闻，心疼得直掉泪，不停咒骂狄威，一激动起来，又扬言要去王庭揭发右贤王收了狄威为义子之事。千山和鸾凤忙将她拦下来，纷纷劝告她不要冲动，否则只会被右贤王害了。媛媛哭诉着："我实在没辙了，总不能眼睁睁地看着儿子被打死啊。反正留在这里，只有死路一条了……"

千山一咬牙，下定决心说："如此看来，即使我和你们一家被收留在右贤王庭，冒千烈这帮豺狼定也不会如自己所说那样好好待我们。既然如此，我们就不必留在这里了，你们也不要再为了我在这当下人。记得之前听姐姐说过，氐羌众生平等，又有共同的信仰，定会比这里好上许多，我要带你们一并去氐羌。"其他人连忙劝阻，念本挣扎着道："居次姑姑，不必为了我再次奔波了！"胡杨夫妻也如是说。可千山一心牵挂着清嘉和胡杨一家人的安危，把心一横。她见营外夜幕方起，不顾他人的挽留，喊人牵来一匹快马，带上几个随从，趁着千烈没有发现连夜赶往王庭，欲亲口答应措木央自己愿去氐羌，只留下众人惶惶。

第四十九回

江湖侠应征悟归属　　天涯客齐聚探平生

这夜，措木央听闻千烈不愿放千山去氐羌，一直睡得不踏实，想着第二天自己要亲自去争取一下，好言相劝千山一番。不想，她才睡下没多久，就听营帐外传来侍卫的喧哗声，连方熟睡的孩子也惊醒了。这时，只听小娜进来禀告称："单于，外面千山居次从右贤王那里来，侍卫们正拦着她呢。"没想到这个妹妹竟自己送上门来，措木央忙让小娜为自己披衣，命人请千山居次进来，自己也亲自出去大营接见。措木央和颜悦色地拉着千山落座，还没等她开口，千山就开门见山道："单于，你们不就是想让我到氐羌继承暮雪姐姐的衣钵吗？我去便是了。"措木央喜出望外，连忙握住她的手说："好妹妹，你能不计前嫌，这么为匈奴着想，实在太好了。之前我们多年未见，难免有些误会，我又怎么会嫌弃你呢？至于外头传闻所言的左贤王暗杀之事，更是外人挑拨离间，是莫须有的罪名。千山你这么聪慧，一定是懂得的。"千山勉强笑了笑，措木央又笑道："五妹妹，你到氐羌去后，如果想家了，随时回王庭都可以。你这一去啊，还能继承暮雪的右谷蠡王之位，我会派许多随从和侍卫伴你一同前去，你就放心吧。"

千山礼节性地拜谢，说道："我倒没什么，只是有两件事情恳请单于答应，才能安心去氐羌。"揹木央让她不必客气，只管提出来。"清嘉阏氏与我交情颇深，此次她犯了错，想必是给佞臣所误，恳求单于饶恕她一次，让她回右贤王府自行反省，这是其一；其二，胡杨一家待我忠诚，也情愿一直侍奉我，我一个人在氐羌无亲无故，不知单于能否让他们跟随我一同前去？"在揹木央看来，清嘉并不是什么厉害的人物，这次只不过是个替罪羊，即使放回右贤王府并无大碍；至于胡杨一家更是不足挂齿。只要能让千山肯听话去氐羌，这些小小条件何惧答应？于是揹木央便爽快地应下千山的请求。她害怕千烈次日出面干涉，干脆命人备好车马，护送千山回去收拾行装，直接送她去氐羌。

果然，次日千烈听闻揹木央已和千山达成共识，王庭更派了车马亲自护送，也再难抗命，只能眼睁睁地由得他们去氐羌。千山在侍卫的护送下，回右贤王庭先行收拾打点，她欣喜地找来媛媛他们，让他们也快些收拾与自己一并启程。胡杨一家闻此讯，连连拜谢千山。千山将念本扶起，那条又深又长的鞭痕还残留在他的后脑勺上，千山爱怜地抚摸着他的脑袋，也让胡杨夫妇赶紧起身，不必多礼。媛媛迟迟不肯起身，含泪道："千山居次，过去是我以小人之心度君子之腹，几番差点害了居次，我实在是愧疚不已。如今居次大人有大量，救我们于苦海之中。往后无论居次去到哪里，我们一家子定当会忠诚跟随。"千山忙将其扶起，答允道："我们患难与共，如同亲人一般，自然是应当在一处的。"胡杨见两人重归于好，心中的大石终于放下了，有说不出的轻松自在。

鸾凤本也想跟随千山一同前往，她不愿辜负忘忧阏氏所托，希望好好跟在千山身旁照料她。不过千山劝她留下，道："鸾凤妈妈，这些日子你如同母亲一般待我好，我实在感激。我去氐羌之后，有媛媛在我身边，听说暮雪姐姐的侍女素琴也在，不必担心我。反倒是清嘉阏氏一个人在右贤王庭中，甚是孤单，你不如留下与她为伴，好好侍奉她吧。"鸾凤含泪答应，久久握住她的手作别。千山将自己的行装简单收拾起来，她没有忘记带上那尊神女像，却将那株风干的蓝色忘忧草留给鸾凤——她和母亲主仆一场，也好留个念想。

启程前，弄晴也跟着鸾凤出来相送，她恋恋不舍地看向念本，念本走到她跟前，也不舍地垂下头去朝她道别。媛媛忙跟过去答谢弄晴居次这段时日来对儿子的照顾。待到清嘉被释放出来，回到右贤王庭，千山等人早已离去了。一想到千山为了搭救自己，又要漂泊远方，临行前自己却没能见上她一面，如同十多年前她一别去莘粥时那般。清嘉为此黯然神伤，心中又徒增了一个遗憾，她久久在营帐外垂泪，直到鸾凤将其搀回。

时隔多年，千山再度来到怀远斋中，素琴早已在斋门外相迎。山坡上开满了马蔺花，绕着古朴的斋院更显清幽宁静。胡杨年幼时曾跟随二阏氏和二居次来过这里避难，这边景色依然，可物是人非，不由得伤怀。千山对素琴仍有些朦胧的印象，或许是长期在这种远离凡尘的环境中熏陶，素琴的话更少了，甚至比起姐姐还更像一个修身静心的住持。素琴将他们一行人迎了进去，她已将一切打点妥当，令千山一行人倍感温馨。

素琴对于五居次失忆之事有所耳闻，安慰道："在怀远斋中修心养性，有助于五居次唤起过往的记忆。"胡杨等人听此言，面露喜色，不过又担忧千山一旦找回了回忆，连同那些悲伤的事情也一并记起，不就徒增烦恼了吗？素琴笑笑，说："千山居次不必勉强，我们神女教的要旨不就是'听从本心'嘛？有些事你若实在记不起来，那便是冥冥中不让你想起过往的事，好的、坏的，都是过眼云烟，忘却与否，顺其自然便是。"千山细细思考，也觉有理，她总是只记得以往待她好的人，却记不住不好的人和事，或许真是冥冥中如此，铭记需要记得的人和恩情便好。这么想来，千山豁然开朗。

众人又向素琴问起暮雪的事情，素琴黯然道："那次雪崩后，住持便没能回来。后来掌事弟子阿萨回来，称住持临终前吩咐往后氐羌的一切事务交由我打理。可单凭这一句话，无论是氐羌的民众抑或是王庭那边，都不可能就此把大权交给我，我也不敢擅自继承住持的位置。氐羌一下子群龙无首，才有了这段时间的骚乱。暮雪住持圆寂后，箫声把她的灵柩送回大汉去了。箫声自己本也是汉人，就回到中原落地生根，守着居次了。""那你有没有想过要一同回去？"媛媛问。"居次将大任委托于我，无论谁来继承这个衣钵，留下辅佐都是我的使命。"素琴答道，"何况我在这里多年也已经习惯，这边地远心静，没有什么不好的。"次日，在素琴的指引下，千山完成了住持的继位仪式。那些好事之徒见王庭派来新的住持，加上措木央增加了氐羌的驻军，都不敢再惹是生非了。氐羌的动乱渐渐平复，千山等人终于过上一段安宁日子。

王庭解决了乌孙的问题，氐羌也恢复如常，措木央和斯图亚又开始着手一统漠北的大计了。这次，他们终于将目标转向通古斯和乌桓。措木央这几年常希望阿敏姐可以带领乌桓重新归顺匈奴，她看在姐妹的情分上，不想动用武力，但自己又说不动努哈敏，便三番五次地请求母亲给阿敏写信，劝说乌桓尽快归顺匈奴。努哈敏自然是不愿意的，儿子萧载也逐渐大了，自己的生活也过得安宁，为何要回去给措木央称臣？听闻措木央连千山都容不下，自己有权有势，回去匈奴后措木央更会容不下自己。努哈敏屡次婉言相拒，她明白只要母亲尚在，自己毕竟是她的亲女儿、措木央的亲姐姐，她一定舍不得眼睁睁看着措木央出兵攻打乌桓；倒是通古斯那边的局势可能一触即发。她察觉到这样的苗头后，连忙派人给朗天传话，让他尽早招兵买马，做好准备。

果然，完察萍得知努哈敏不愿意归顺王庭，也不强求。这些年她看着措木央一步步登上匈奴至高无上的宝座，愈发觉得亏欠了努哈敏很多，既然大女儿甘愿在乌桓安安稳稳地过日子，就由得她吧。完察萍私下里劝阿央不要攻打乌桓，也不要强求姐姐："阿敏和你是亲姐妹，只要地盘掌控在自己人的手中，便都是我们匈奴的领地，就不必计较这么多了。阿敏从小的性格都是不羁的，你看单于当年也任由她独立出去，阿央，你也由得姐姐自由些吧。"措木央无计，又去征求斯图亚的意见。斯图亚沉吟一阵，说："既然大阏氏不同意攻打乌桓，我们不如先去攻打通古斯，抢他一块领地来抵还乌桓的债，顺便试探一下大居次的用心。若她无心干涉我们与通古斯的纷争，我们自然也不必干预乌桓；若她有意帮通古斯抵御我们，我们便以此为据，认定她与通古斯相互勾结，日后一并将乌桓也占为己有便是。"措木央表示认同，准备出兵大举进攻通古斯。

匈奴和通古斯大战在即，努哈敏放心不下朗天，特意前去通古斯送他出征。朗天知道阿敏一直担忧这场战事，她夹在匈奴和通古斯中间更是十分为难。朗天扶她坐下，拿出好酒来与她小酌几杯。朗天神色轻松，装作一本正经地和努哈敏打趣道："报告长居次，我方兵马已备好，粮草也充足，等着敌方过来好让我们小试锋芒。"努哈敏被逗笑了，但依旧有些担忧，问道："果真不用我们乌桓派兵增援？"朗天收敛了笑容，认真道："不，你们乌桓不必出兵。乌桓若是干涉了这次战斗，只会叫你更难做。何况今日匈奴攻打我通古斯，明日或许就谋求乌桓，还是保存实力为好。放心，区区一些匈奴兵，我们对付得了。"努哈敏动容，倚在他怀中。

这时，小云按照居次的吩咐，拿过来一盘饺子。努哈敏连忙起身，在小云手中接过盘子，亲自端来朗天面前，道："俗话说'上马饺子下马面'，你快趁热吃。"朗天笑着接过，一边吃，一边称赞着美味，又夹起一个要喂努哈敏。努哈敏轻轻摇头，她望着朗天，用手抚摸着他的脸，声音有些发颤，道："一定要打赢回来，知道吗？等你回来，我就煮面给你庆功。"多年前萧承因战争忽然离世，让她对于战争一直有种恐惧，她绝不希望这件事再发生在朗天身上了。在她心中，其实输赢并不重要，只是一旦输了，说不定就回不来了。朗天知道她又想起往事，便握着她的手，答应道："当然。我们经历过这么多分分合合，最终还能在一起。打完这场战，无论外面斗得如何遍地狼烟，我们都不要再参与了，我要和你好好过日子。"努哈敏少时狂傲不羁，如今心却如少女一般柔软。她目送朗天出征后，自己仍留在通古斯，帮着朗天调度后方的粮草兵器，也等着他回来。

话分两头。再说暮雪离开后，凌风只觉心中空落落的，仿佛那一直支撑着、牵引着自己的信念轰然倒塌。起先，他整个人颓靡下去，常常酗酒昏睡，不再如从前那般洒脱。珑儿见他行为放荡，丝毫不像一介游侠。若是连自己的内心都解脱不了，还怎么闯荡行善？她想起那天暮雪在梦中的话，也开始管束起凌风来，第一次这么耐着性子去劝慰他。凌风觉得珑儿仿佛是暮雪派来自己身边的，也听从珑儿的话，不再嗜酒了，只是偶尔苦闷至极才小酌一杯。他听进了珑儿的话，相信自己与暮雪哪怕天人相隔，仍是心有灵犀，自己这么做实在是叫暮雪失望，便也逐渐振作起来。

凌风听闻暮雪的灵柩送回了汉地，又想起暮雪曾说过"落叶归根"的话，还说只有心里最认同的地方才是故土。也许是想到自己半生漂泊，从没有国与家的归属感，凌风愈发想回到自己的故土通古斯看看，想与珑儿在通古斯长住下来。这些日子，凌风尝试着主动去了解通古斯的习俗和历史文化，他时而跟着牧民一同在牧场中放牧，时而到河边与船夫闲谈，时而帮着当地的萨满教徒举办大祭，觉得十分闲适惬意，心中好似有根软弦被触及了。当他看到当地的百姓悠然地过着简单的生活，孩子们在草原上愉快玩闹着，常常不由得驻足愣神。珑儿在一旁扭头看向他柔软下来的眼神，有些困惑，不知这些家长里短的生活何处吸引了这位大游侠，倒埋怨起凌风不似以往那么干脆了，催着他往前走。

这天，他们正在毡房中打盹。忽然听见外边有人在大声宣读着什么，凌风起了好奇心，便出去和其他牧民一同听着。原是一队士兵路过，宣告着通古斯即将要迎击匈奴，正在四处征兵。珑儿见他冷不丁就出了去，也跟出来，一听原是一些士兵拿着征兵的告示到处宣讲，便想拉凌风回去，说："这些事情与我们无关，就不要看热闹了。通古斯要打仗，我们也快些去别处吧。"不承想凌风依然站着不动，凝神听着那些士兵讲话。珑儿好生奇怪，换作是从前，凌风定不会如此。但她也没有再劝，自己先回到毡房中。

夜里，两人在毡房外烤了只羊羔吃。火光映在他们脸上，四周皆是漆黑，唯剩点点星光。这是多美妙的一幕啊，珑儿心想，如果就这么一直下去该多好，用以前的苦换来今日梦想成真，也是值得了。忽然，凌风发声道："通古斯要和匈奴打仗了，我想去参战。今天那些士兵说，想入伍的人明天就要到西面的军营集合。"珑儿很是惊愕，心中是万分的不情愿。自己好不容易有所依靠，又成为梦寐以求的游侠；凌风一走，眼前的美好都被带去了，或许，他也一去不回了。珑儿极力劝阻道："你怎么出尔反尔呢？以前你不是说战争都是无聊的，都是没有意义的，只会害苦了无辜的人；又说战争从来和我们游侠无关，不是吗？哪个部落胜了，哪个部落输了，我们换个地方照样过活，又何必投身其中去管这害人的事？"凌风认真地看着珑儿，微微摇头，道："我曾瞧不起所谓大国博弈，认为都是些名利场上权力的游戏，自己制定规则给自己玩，到头来害苦了百姓。我一介游侠，与我何干？但后来我才明白，若没有大国博弈，没有这些战争，你我又哪有这般安稳？恐怕早就不是游侠，而是遊魂了。"

珑儿不甘心，又拿出暮雪来压他："之前托梦给我们那位神女，是那么关心你，万一你在战争中有什么意外，她一定是不情愿看到的。何况，你要追求绝对的自由，怎么能投身到这些部落里头呢？"凌风想到暮雪，眼中闪烁着光,温柔地说:"如果她在,一定会支持我这么做的。以前她和我说过许多家国情怀的话,我不能理解,只觉得有她的地方就是我的归属。后来,甚至因为追求自由错过了她。现在年纪大了,更是与她心意相通了。我半生漂泊,离开她之后,我一直在思考自己的价值何在,活着的意义是什么,哪里才是我的归属。我茫然了半生,最近来通古斯,才逐渐想通。""哪怕通古斯是你的归属,那便在这里生活就是了,又何必要参战?再说了,活着就一定要找到什么价值和意义吗?只要轻松快乐不就够了?这已经是多少人梦寐以求的生活了。"

见珑儿急得直问,凌风略微思考,道:"我虽不信奉神女教,可一直认为'与人为善,听从本心'十分在理。我之前一直是这么做的,如今突然想学她一样,为自己家国做点什么,也就不妨听从本心吧。"那晚,珑儿劝不住凌风,大哭了一场,好像哭完之后,两个人也和解了。珑儿不再想干涉他的事情,次日,便由得凌风独自前去应征入伍。临行前,他留下了全部的盘缠给珑儿,自己这段时间已经逐渐教会她游侠的生活技能,珑儿如今也掌握了净水煮食、取火搭帐;也如当初对自己的承诺,完成了对她的救赎和那个真实的游侠梦。至于未来的路,还应该交回给她独自选择。两人只是像寻常一样作别,便各赴天涯。

凌风走后,珑儿又恢复了孤独。没有了凌风这个主心骨,有时她茫然地走在大漠之上,不禁有些想念凌风,也留恋和他一起漂泊时所有的美好。但她并没有难过太久,好像她生来就不善于大喜大悲,仿佛只是凌风的马车捎了她一程,到地方了,便下车作别,不至于太过伤悲。或许珑儿生来性格孤僻,本就认为所有人和物都不过是陪伴着走一程,相聚别离,对于她而言实属正常;往后独行的时候,念着曾经的过客,就够了。通古斯将要开战,珑儿也要启程到下一个地方去了。她想起梦中的暮雪所言,决定要去氐羌看看。凌风在时,他们从来没有到访过氐羌,据说是他和暮雪曾经的约定。现在她一个人了，反而可以自由地前去。珑儿总是从凌风口中听闻神女教，据说氐羌地区几乎每个人都信奉神女教，信徒口中神圣的怀远斋便在那里，便决意前去拜访。

骑行数日，珑儿终于来到氐羌。这边的人们质朴，在这山原之中自成一派、安居乐业。民居簇拥着居于中心的怀远斋，如同向着太阳歌颂；怀远斋的香火远扬，仿佛光芒布泽着周野，整片山原都笼罩在这祥和的信仰之中。外头大漠上的游牧的人与这边的百姓比起来，倒像是野人一般了。珑儿问明了到怀远斋的路，融入前去朝拜的人群中。沿途，她看着百姓们拖家带口寻常度日，竟也有些感触。过去她不明白凌风为何如此，或许是独行久了，她竟也开始向往着在世间有个亲故。

她看见一个在街头卖艺的人，一边拉着胡琴，一边吟唱着什么。珑儿没有听懂，她还是被深深吸引住了，脚步慢了下来，她下意识地摸了摸口袋，里面已经没有了零钱，只剩一些银锭子。平素凌风在时，见一些贫苦之人在路边，都会施舍他们；倒是自己即便有恻隐之心，也会嫌麻烦，不会停下脚步施舍。可此时她的心忽然疯狂跳动着，有一股热血冲上头顶。她走到附近的小摊档换了些零钱，拿出一小撮放在卖艺人的跟前，并赞美了他几句。卖艺人笑吟吟地道谢，又用这边的土话和她聊了几句。珑儿听不懂他的话，但觉有一丝光芒在内心化开了，仿佛一只蝶破蛹而出。珑儿有些欣喜地快步走去，正如梦中的暮雪所寄望那样，自己摆脱了对凌风的依赖成为游侠。她在心中感念凌风救赎了那个戾气的自己。

不多久，珑儿便来到怀远斋。这个地方让人心静所言非虚，才踏进斋门，她脑中的繁杂尽消失了。珑儿很喜欢这种感觉，加上她本来就没有什么牵挂，竟开始觉得或许自己适合留在氐羌。她看着周围有许多氐羌百姓，或在静默，或口中喃喃，或在低声地交谈着什么，人与人相处十分和谐。这段时间的孤寂感油然而生，向来孤僻的珑儿竟有些想找别人搭话，在此之前是少有的。她跟着几个捧着茶的侍女走进内院，见到连廊中有好些人坐着闲谈，那其实是千山和素琴他们。珑儿见他们这么多人便有些怯了，看样子他们原先相熟，是自己误入了内院。她正想往外走，千山见她年龄与自己相仿，又风尘仆仆的，一时起兴，便喊住珑儿，邀请她一同坐下品茶。珑儿心中一动，和众人说明来意。素琴也不介意她并不是信徒，见她与神女教有缘，更是接纳。

众人听她讲着过去的经历，素琴听闻她梦中抱琴的红衣女子，便想到暮雪居次，只觉奇怪。千山也惊呼道："那个红衣姐姐，也曾出现在我梦中。"突然，千山看见珑儿挂在腰间的玉佩，像极了阿忆留给自己的那个，便轻声喊道："玉佩，那个玉佩。"众人疑惑，千山便将阿忆给她的玉佩从怀中取出，拼过去一看，竟和珑儿的玉佩是一对。众人不禁纷纷惊呼起来。阿忆曾给她讲起玉佩的来历，千山这段时间在怀远斋静修，一些往事慢慢地浮现脑海，加之这个珑儿方才也说她原先是丁零人。这么想来，难不成眼前的珑儿跟恕怨姨妈有什么关系？

千山不禁问起这个玉佩的来历，珑儿看见成对的玉佩，也来了兴致，便说："我只是听说这个玉佩是母亲传给我的，但是我至今都不知道我的母亲是谁。"见众人不解，珑儿便把她过往在丁零的经历讲了出来。离开丁零已有十多年了，珑儿早就没这么在乎过往的事情，她的神色平淡，语气中不再带着怨恨。珑儿提到她母亲从万春楼跳下，众人恍然大悟，原来这个珑儿正是恕怨的女儿，恕怨的孩子原来并没有夭折！大伙儿更为称奇，直慨叹缘分的奇妙。

千山更是喜出望外，这么说来，珑儿并不是没有亲人，她是恕怨姨妈的亲女儿，自己便是她的亲人，而阿忆也是她的干姐姐。珑儿一时间得知自己竟还有这么多亲近的人在这个世界上，又是意外又是惊喜，她也如同打了鸡血一般，缠着千山给她讲母亲的故事。千山一时间激动起来，许多尘封的记忆像是忽地复活了一般，竟能将丁零之事一概讲出。她拉着珑儿哽咽道："太好了，可惜阿忆不在，若是她知道，该有多高兴啊。就是恕怨姨妈一直都不知珑儿你尚在人世，她之前一直苦苦想你……"珑儿一边听着母亲的事迹，一边紧紧握着玉佩，原来十多年前丁零王城沦陷之日，母亲也在燃烧着最后的光和热。她能感受到母亲受到的苦比自己多得多，母亲的敢爱敢恨更让她十分敬佩。她悔恨当年怎么没能认回恕怨，让她至死都不知道女儿还活在这个世上，成为永远的遗憾。同时，珑儿也有些理解了凌风所说的生命价值和意义，无论本身是否轻松快乐，或许找到这份价值和意义，才算是活过的见证吧。

千山和珑儿好不容易姐妹相认，众人纷纷劝珑儿留在怀远斋。珑儿本就热爱这里的氛围，加之亲人的温暖是她一直没有体验过的，于是也诚心诚意住下来。素琴见她有意于神女教，又颇有悟性，也常常跟她讲解。听素琴说："其实神女教最核心的要旨是跟从自己的内心，无所谓外界的纷扰，保持内心的平静和善意。"珑儿回想起这一路，原来凌风救赎自己成为游侠，正符合神女教的教义，若他当年就悟到这点，恐怕就不用与暮雪分开了。珑儿心中感触，遂也决定信奉神女教，好好与千山他们相伴。

第五十回

数载蓄谋得复国　一朝随心思归汉

当王庭出兵攻打通古斯的消息传到右贤王庭，千烈也象征性地派了些军队前去增援，随即便召南阿古商讨下一步的计划。"趁着王庭防范空虚这个好机会，"千烈说，"我们也要准备抛砖引玉了。"南阿古会意，问："敢问右贤王是指丁零这块砖吗？""没错，"千烈点头，"之前我让你私下去寻找、召集丁零的旧部残兵，办得如何？"南阿古得意地上前一步，低声说："一切就绪了右贤王，我发动昔日俘虏来的丁零兵将，召集有复国之心的亡国之士。他们得知右贤王有意扶助狄威太子复国都感激不尽，大赞我们右贤王庭仁义。依照您的命令，我悄悄带狄威王子去见丁零旧部，他们如今已然在丁零城内外布置就绪，粮草兵器也已经偷偷运过去了。只要右贤王一声令下，随时可以起义复国。右贤王只管放心，这一切都密不透风。"千烈点点头，又问："狄威他这段时间以来的训练，效果如何啊？"

南阿古将在外面等待的狄威请进来，狄威参见过千烈后，恭恭敬敬地说："义父，这段时间我按照你的吩咐带兵训练，已经掌握了行兵布阵。同时，也按照义父的策略在丁零城内修筑多条通往城外的密道，安排旧日部众严防死守，数架高轮大车也已备好。待到时机成熟，便可起义复国。"千烈正色道："好，你给我谨记，定要用我分派与你的兵力重振丁零。现在王庭兵力分散在通古斯，若这样也败在王庭手下，莫论复国，到时女单于一声令下，派我去讨伐丁零，我可不会留情面。"狄威遵命，又保证道："义父助我复国，他日功成，定不会背叛义父，更不会透漏右贤王庭的半点机要。"千烈满意地点点头，让他退下。等狄威远去，千烈继续和南阿古道："等到日后王庭和丁零、通古斯纠缠得差不多了，我们也是时候协同中原一起攻打王庭了。南阿古，你继续保持与汉地的联络，千万小心，莫走漏风声。"千烈边说着，一场争霸战也在他脑海中徐徐拉开，眼下诸方棋子均握在自己手中，他联想到日后各部落群起而攻王庭，不禁暗自得意。南阿古得令，见千烈目露凶光、勾起嘴角痴想着，便也恭维了几句才领命而去。

那边斯图亚率领部众直逼通古斯，士兵们气焰高涨，一如几十年前单于带兵猛攻通古斯的情形。不过，朗天也是有备而来的，他不似他父王那般莽撞，排兵布阵丝毫不输于匈奴。双方大军打得胶着，久久没能分出胜负。莫说匈奴兵不能如愿长驱直入打至大鲜卑山下，就连攻占下一块高地或河口都实属不易，没守住几日又被通古斯军夺回。

正当匈奴的部队在通古斯无法抽身时，丁零城内外杀声雷动，狄威如同从天而降一般，率领丁零的旧部和匈奴守军厮杀。丁零百姓这十多年被贬为奴隶，替匈奴人当牛做马，此时终于有了翻身的机会，也纷纷援助狄威的队伍。其他匈奴的民众则四散奔逃，守城的士兵寡不敌众，见久久没有援兵，有的士气低落四散溃逃，有的甚至投降敌方去了。斯图亚身在通古斯，措木央独守着王庭，她听闻丁零告急，不觉大惊，连忙调兵遣将，命剩余的守军增援丁零城，又让千烈带兵去攻打叛贼。千烈佯装答应，他见狄威果然没有辜负他的栽培，估计不出几日，匈奴便守不住丁零城了。于是他带兵过去只是虚晃一枪，让丁零的势力不至于烧到匈奴的其他地方，却不为了彻底平息战乱。措木央失望至极，直称右贤王不得力。很快，丁零起义的消息也传到斯图亚的耳中，无奈他的部队远在通古斯、被敌军纠缠着，远水难救近火。他急于将通古斯攻下，可越是着急，越是无法一蹴而就。双方又耗上些许时日，斯图亚心系丁零，不再恋战，只得让兵马轮流掩护着撤退，再前往丁零增援。

等到斯图亚赶到丁零王庭时，千烈佯作兵败，先行从丁零撤出。此时丁零城已经被狄威的势力牢牢掌控，他们防守严密，又得民心，加之斯图亚的军队千里迢迢赶来，已没有什么斗志了，想要一时半会儿夺回丁零几乎是不可能的。此时天寒地冻，匈奴士兵长途行进本就元气大伤，还怎么能敌向来生活在漠北的丁零人呢？如果一直和丁零军队耗着，只会慢慢消磨自身的元气。斯图亚也懂得这个道理，坚持了几日就暂时放下了丁零，让部众先行回去休整，日后再反扑丁零。

措木央与斯图亚分析了一轮，依然想不明白为何丁零忽然有如此强大的势力支持复国。措木央十分恼怒，下令派人严查。他们严刑拷打那些捉来的俘虏，逼他们讲出背后的因由。可这些丁零人，要么是逃出的俘虏，确实一问三不知；要么是那些意欲复国的遗臣旧部，他们一心为丁零卖命，哪里肯出卖狄威和背后的右贤王庭，甚至有的人在被捉拿、拷打时，便将随身携带的毒药吞下，瞬间毙命；从其他属下和丁零百姓那也是一无所获。狄威从小对父亲狄灭的专横耳濡目染，又领略过千烈的威严，他对部众的管理自然也是十分蛮横。他警告知情人，一旦此事泄露出去，格杀勿论。这样一来，哪里还会有流言蜚语传出？

千烈假败后，先是假装颓废，后又装出一副沉迷酒色的模样。他以战败为借口，将知道实情的人统统杀掉灭口，只留下南阿古等几个亲信，因此千烈的阴谋得以被很好地隐瞒起来。措木央虽怀疑是右贤王庭搞的鬼，但又没有确凿的证据指向他们。她不好定夺，便悄悄召来南阿古盘问。南阿古早有准备，趁机向措木央分析道："依小人所见，这件事定是那些丁零人一手谋划的，他们将太子狄威偷偷养大，一心为了日后复国。女单于可听说过中原先秦时越王勾践卧薪尝胆之事？要知道，亡国之徒向来善于忍辱负重。王庭这段时日忙于处理乌孙、氐羌和通古斯之事，才疏忽了他们的诡计。"经他这么一说，措木央也渐渐以为是丁零反贼自己搞的鬼，只好不再追究千烈那边了。

说回凌风应征入伍之后，和一些牧民一起到西面的军营中，与其他士兵一同集中训练了一段时间。他自由自在惯了，起先不甚习惯被管束，也不喜成日在血汗中搏杀。可后来他竟慢慢适应了这样的生活，终于不觉得排斥，还结识了一群弟兄。他们听说凌风原是游侠，都对他的过往感到好奇，在空闲时常要他讲些趣事儿听听。这是凌风多年来第一次融入到一个集体中，各人的心如同筷子般被捆成一束，十分奇妙。不日，他和通古斯的弟兄们一并在沙场上和匈奴士兵混战，合作杀敌时的凝聚力让他更是热血沸腾。战争中免不了死伤，当他们看见那些战死的弟兄时，这群平素淳朴的牧民都铁了心，人人决意要将匈奴侵略者赶出通古斯。

不多久，只见斯图业的队伍逐步撤退，看来战争很快就要结束，成败在此一举。通古斯的士兵更为英勇，紧紧咬着敌方不放，一连追杀出百里外。凌风也奋力和匈奴的后部兵力搏击，他和一个敌人在马上纠缠着，大刀挥舞得比呼啸的寒风还响。敌人想赶紧摆脱凌风，他将大刀护在自己跟前，情急之下一甩手，刀就直向凌风飞去，而敌人则趁机逃窜。凌风没料到他这一招，急忙躲闪，但哪里赶得上刀的速度。幸亏此时他的马在雪地中打滑了，矮下身去，凌风顺势一躲，可那把刀还是深深扎进了他的左臂中。在这么冷的天里，连冰冷的刀刃扎进皮肤的感觉也变得麻木。凌风强忍着后知后觉的疼痛，追上前补上几刀，将敌人击倒。而他自己也再没有力气了，伏在马背上向一旁奔去。隆冬腊月，雪花飞舞，他感受着伤口的鲜血流在了冷得僵硬的身上，鲜活而滚烫。

战马将他带到一个无人的地方，他再支撑不住，翻身倒在雪地中，仿佛掉入绵软的稻草堆里。这时，远方传来大捷的欢呼声，凌风心中欣慰，享受着久违的独处。他静静躺在雪地中，想着过去的事情。夕阳照在身上，他终于感受到一丝暖意。经过连日的征战，此刻他筋疲力尽，实在是太困倦了，脑袋昏昏沉沉的，渐渐睡了过去。朦胧之中，他梦到了暮雪，如同几年前的那个梦一般，暮雪穿着一席红衣，站在夕阳斜照中。梦中，暮雪从来笑着，她的指尖时而弹出悠悠琴声，时而握着笔翻译起经文，时而帮忙盖起毡房，时而捧出粮食赈济着百姓，又将粮食递到他面前。

待凌风被战友找到时，已是夜幕降临。夜晚的温度更低，他伤口的血早已在寒冷中凝固。战友们担心他睡着后会失血过多，或冷死在雪地中，就再醒不过来，连忙将他唤醒。凌风环顾四下的黑暗，一时不知是醒是梦，他仿佛觉得暮雪仍在这世上，离他不远，只是与她天各一方，一时见不到而已。凌风在风中打着寒战，也清醒了不少。战友们将他带回军营中帮他包扎伤口。凌风仍回味着方才的梦，又不觉想，虽说自己这次的伤不足以致死，但假若自己战死了，以后就永远梦不到暮雪了。他没有什么信仰，从不相信死后可以与亲友团聚这种说法，要使思念存得更久，只能珍惜此生。为了以后还能在梦中见到暮雪，他想，应该好好活着。

次日，通古斯王呼延朗天来到军营中，嘉奖打了胜仗的将士。他奖赏了凌风等为通古斯立下赫赫战功的新兵，邀请他们继续留在通古斯的队伍中，为部族效力。一些弟兄因打了胜仗热血澎湃，便顺势留了下来；一些牧民见大敌已退，仍想回到原地过回普通的日子，便悄悄离开，呼延大王也没有阻拦。凌风没有多想，他亦婉拒了呼延大王的盛情，经历了这一次已经足够，往后就不再参战了。从此是做回游侠，还是回到家中安定下来，凌风还不知道；只是无论他怎么选择，都比从前更坚定、更潇洒了。

再说千山和珑儿等人在怀远斋生活了一段时日，彼此更为熟识了。日复一日，他们几人随着信众拜祭神女，以求避祸趋福；午后，媛媛和胡杨则帮着弟子们在斋内清扫打理，念本跟在素琴和阿萨身边，学着汉字和羌文，珑儿免不了跟在千山身边，看她做女红，陪着她闲谈；待众人用过晚膳闲下来，便聚在屋中围炉品茗。众人都逐渐习惯了氐羌的生活，唯对传闻中的掌星长老颇为好奇。千山过去在暮雪的带领下曾登上观星塔，这次也陪珑儿去过几次；不过他们来了好些日子，却未曾见过掌星长老一面。据阿萨说，在暮雪住持离开后，长老就一直闭关不出，这次也没有接见新住持。

这天，他们正围在一起谈话，忽听侍从来报汉地有人捎来一封信。大伙儿都有些惊诧，素琴接过信拆开，见是箫声寄来的。原来，箫声回到中原后，好不容易安顿下来。他怕素琴挂念，几经周折才托了人送信来氐羌。因路途遥远，又遇风雪和战乱，耽搁了不少时日。素琴念着信，才知箫声把暮雪的灵柩送回大汉时，景帝尚在位，念在暮雪是自己当年亲自加封的"忠义之女"，箫声等人跋山涉水将灵柩送回，算立下了大功。刚好靠近匈奴的定远郡下有一个县令被贬谪，就顺势任命箫声担任县令。不过那时景帝年事已高，没有太多的精力如当年忘忧公主那般，为暮雪举办隆重的祭奠；只是层层传令下来，委托定远郡的长官和箫声一同安顿好暮雪的后事，将暮雪葬在母亲忘忧公主旁边。

不承想，信的后半部分竟提起阿忆来。千山和珑儿惊奇地接过信来瞧，原来前些日子阿忆和父亲回汉地时经过定远郡，机缘巧合之下见到了箫声。阿忆不知道千山等人已经来了怀远斋，心中放不下千山居次，她一直担忧千山的去处，便求箫声在信中拜托素琴将千山居次接到怀远斋生活。后来，箫声一直与他们保持着联系。阿忆和父亲回到家乡后，在阿忆奶奶的撮合下，她与发小成了亲，她丈夫对她呵护有加。不多久，阿忆奶奶就与世长辞了，她能在最后的时间有家人陪伴，又看到心爱的孙女成了亲，不留遗憾地走了，也算是圆满。信中还提及，匈奴与通古斯、丁零决战的消息传到中原后，当朝的武帝认为如今是出兵攻打匈奴的好时机，恐怕过不了多久汉匈必有一战，如今边塞紧张，箫声也提醒素琴多加留意。

读完来信，千山感慨道："原本还以为我几番迁徙，从此就要与阿忆断了联系；如今误打误撞竟收到了她的消息，实在太好了。"其他人正传阅着信件，千山无意中道："阿忆回大汉了，我也好想回去啊，大概那里才是我的归宿吧。姨妈和母亲生前欲归不得，若我能帮她们圆了这个梦该多好。"她说话的声音很轻，不过还是被旁边的珑儿听见了，她的嗓门大，应了一声："想回就回嘛，既然是母亲说的，如果你回去，我也跟你一起。"其他人纷纷看向她们，千山脸一红，连连摇头，道："我不过只是想想而已。我在这里当住持就要安安心心的，别提回中原了，这简直是不可能的事情。"珑儿却一本正经地说："既然有这个想法，不妨去试试。我们神女教不是说听从本心嘛，这个要旨说起来容易、做起来难啊。"众人都笑称珑儿才是最能遵从神女本意的人。

当晚，胡杨和媛媛回到房中休息。媛媛想起千山的话，竟萌生出带千山居次回汉地的想法，忽然开口道："我觉得珑儿姑娘的话在理，千山居次这么多年都被人呼来唤去，从不能遂心中的愿望。难得她这次主动提了出来，又寄托着对前人的思念，我之前欠居次太多了，如果不为她做些什么，我心中愧疚。我们不如护送她回去？"胡杨一惊，继而理解了媛媛的心情。他何曾不想报答千山，只是千山说得在理，她来了氐羌当住持，又怎么可能轻易离开？况且箫声在信中也说道，汉匈交战在即，如果两国交战，四处兵荒马乱，外面又天寒地冻的，这一路的安危如何是好；若自己二人去了，念本年幼，又怎么放得下心？媛媛倒动了真格，劝道："我们不妨先去找素琴商量，看有没有什么法子。"胡杨半信半疑，也动了心。他们两人来到素琴房中，恰好千山和珑儿也在，他们说明了来意，想知道千山是否有一丝希望离开氐羌。

当千山得知他们几人如此在意自己的话，愿一路陪自己回去，她反而惊诧不已。那天她所说的确实不是玩笑话，可她从未觉得可以实现，生怕会像十多年前那样弄巧成拙。她当然想回中原、回到母亲的故乡，大漠的尔虞我诈已然让她倦怠；她这些年来一直在漂泊，倘若回到中原，那里应是她的最终归属，回去之后，再不远离。只是她始终放不下氐羌，如今这一派生机的氐羌全是暮雪姐姐这些年的心血啊，自己哪能置之不顾？珑儿却劝道："如果千山你有意回去，即便有万难，都不能阻挡本心。要践行神女教的要旨不能只在口中说说，我们不妨把这次归汉作为一次朝圣，才能更加领悟神女教的本意。"

素琴听了他们的想法，沉吟许久，半晌才说："让居次离开，同时稳住氐羌，也不是完全没有法子，我有一计，只是还须掌星长老的援手。可要劝服他答应，绝非易事。现在汉匈间还没有战乱，要动身须抓紧时间，不然一旦战事打响，就难有机会回去了。所以无论如何，我们都要一试。"众人忙追问是何妙计。素琴道："氐羌向来以星象为尊，认为星象能卜吉凶、定安危，所以人们总依据星象行事。掌星长老能观天象，自然受氐羌民众崇敬。若是长老肯配合我们编造一套说辞，让千山居次顺理成章地离开氐羌，而民众不会生事，这事就能成。"众人听了，都决定一试。

素琴找来阿萨，求他请掌星长老出山。阿萨听闻，直皱眉道："长老从来敬重星象，称这是神灵的旨意。依长老的性格，岂会胡乱编造。他老人家正闭关修行，我们贸然打扰，还提出这么无理的请求，徒让他生气罢了。"素琴叹道："你就帮我们一试吧，我们就如实和长老说便是。他答允与否，我们也不强求了。你我侍奉暮雪住持一场，自然知道住持生前最放不下的就是千山居次；住持没能接上妹妹，抱憾而去，我们也该尽力帮帮千山居次才是啊。"阿萨动容，低下头去。半晌他抬起头来，也答应同他们去试一试。

众人跟随阿萨来到观星塔前，远远便见到有一人穿着飘飘白衣，正背着手立于观星塔之上，竟是掌星长老。众人不禁疑惑，掌星长老今夜怎么没有如常闭关修行，而是独自在此，像是专程等候他们一般。阿萨忙领着众人向前拜见，只听长老道："今夜，我见氏宿主星闪烁，周围众星又薄雾笼罩，似有疑云，便猜想你们一定是有事相求了。"众人听闻，纷纷称奇，直言长老料事如神。掌星长老转过身来，看着千山，有些黯然道："这位定是暮雪住持的胞妹千山住持吧。雪灾那晚，我观主暮雪生辰轸宿黯灭，便知她还是免不了劫难。千山住持，你漂泊多地，终来接替暮雪的位置，助我们氏羌安定，老朽实在感激啊。"千山忙向长老回礼，更觉自己亏欠了氏羌和长老的好意。又听他问："你们这次来是为何事，不妨直说。我若能帮上，也是我的幸事了。"素琴望了一眼大伙儿，便将他们的思虑直说了。听罢，长老默然，转过身去看向漫天的星宿。素琴猜想他定是觉得他们胡来，心中更是忐忑，忙补充道："望长老恕我们冒昧相求，我们也知道此事实在令长老为难，只是神女素来指引我们听从本心，才斗胆来叨扰长老。"可长老依旧静默得如同塑像一般，没有明确拒绝，也没有责骂动怒。

大伙儿正面面相觑，良久，掌星长老长叹了一口气，道："当年，暮雪临走时曾和我说，星象虽主宰着天命归宿，可也要须知事在人为；如果单靠星象预知祸福，任由事态发展不作改变，便失去了占星的价值。我那时不解，还觉得暮雪毕竟是年轻妄想。直到看见她纵然得知吉凶，仍跟随着本心，不遗余力地试图去改变，果真挽救了数十人的性命。我才知道，是我悟了半生，仍不如她通透啊。"众人听他谈起暮雪的往事，又是敬畏，又是神伤。掌星长老看向千山，道："千山住持终究不似你暮雪姐姐那般，若强留你在氐羌做住持，也是难为了你。如今氐宿的主位星不如从前那般明亮，又间或闪烁不定，像是迟疑，有被南方吸引之意，我都是知道的。我观了一辈子的星，我想，这次是该像暮雪住持那般事在人为了。既然你本意不在氐羌，我也愿以此天象助你一臂之力。回汉吧！"千山听闻掌星长老竟愿意违背向来的意图来帮自己离开，一时感激涕零，连连拜谢。众人也惊喜不已，都围过来长老身旁，依长老的吩咐行事。

　　当晚众人回去后，各自去收拾着行装，准备启程回汉。媛媛带着儿子来到素琴房中，她朝素琴跪下来，道："素琴，我此一去，别的都无牵挂了，只是……我终究是放不下念本。回中原的途中须经历千辛万苦，念本这么小，我怎么忍心让他跟随我们同行呢？"素琴拉起媛媛，轻拍着她的背，说："如果你不介意，大可将念本留在我身边，我会尽心将他抚养成人的。"媛媛再三拜谢素琴，她眼中含泪，又让念本给素琴姑姑跪下，念本也懂事地表示自己会留下来好好听素琴姑姑的话。媛媛交代完念本之事，便出去同千山一行人启程了。千山看着胡杨和媛媛要与儿子分别，哪里忍心，又劝道："你们为了我受了这么多苦，难得安定下来，就不必跟随我了，不如留下来陪陪念本吧。"媛媛含泪摇头，她已然下定决心，拉着千山说："我们一家子的命都是居次搭救来的，我也发誓要始终跟随在居次的身后，居次你就了却我们这番心意吧，让我们在路上好好照顾你。"千山动容，没有再拒绝。胡杨已备好一辆大马车和数匹快马，珑儿也去备好路上所需的粮水物资。

　　夜里静悄悄的，没有旁人知晓他们的行迹，也没有侍从跟随。素琴带着众人悄声出去，经过前斋神女像前，她跪下诚心为千山一行人祈福，这次自己不能陪同他们"朝圣",只能祈求神女保佑他们平安。众人也都在神女像前叩拜一番。素琴、阿萨和念本将他们四人一直送出怀远斋,也是时候作别了。媛媛拉着念本的手,哭成个泪人儿,她让儿子往后好好听从素琴姑姑的话,照顾好自己。念本乖巧地点头,也搂着母亲轻声抽泣。千山等人逐一向素琴和阿萨道谢,又哄着泣不成声的念本。月色当空,深邃的天空更显得怀远斋静谧。看着他们坐上车马,素琴和阿萨向他们道别:"你们尽管放心去,剩下的交由我们处理。"马车向前开动了,念本跟在素琴身后目送他们远去。胡杨看着前方,喃喃道:"走,咱们回家。"

第五十一回

汉匈争霸拉帷幕　乌桓取道越坎坷

次日，旭日才升起时，千山住持在夜里与世长辞的消息就在氐羌子民间传开了。据说掌星长老半夜突见氐宿的主星离位，而后黯淡熄灭，深感不妙，便出山来找住持，侍从们才发现千山已在睡梦中逝世，皆觉悲怆，只能按照她生前所愿，将其葬在怀远斋后的巨松之下。眼见着暮雪住持才离开不久，千山住持又生变故，氐羌一下陷入了无主之境。子民们觉得惶恐，纷纷前来怀远斋中朝拜，一是为了祭奠千山住持，二则请求难得露面的掌星长老给予人们指引。怀远斋中，一些重感情的妇女不禁向神女哭诉，为何急于召两个年轻的住持回去，不保佑她们多享受些人间的美好？素琴在一旁劝住信徒们，开解道："昨夜神女托梦给我，她派到人间的住持其实是她身边的女伴，她们在神女身边时青春永驻，但派到人间之后便会慢慢老去。神女不忍，只让她们把最美好的一面展现在我们面前，到了一定时日便召她们回去了。"人们听闻，纷纷问起神女示下。素琴又道："神女见我素来跟随暮雪住持和千山住持，又受她们所托，便嘱咐我先行代理着怀远斋的事务，静待下一任神女的到来。"过去暮雪住持外出时，氐羌之事都是交由素琴代理，信徒们历来信任、敬重她，大多没有异议，纷纷称其为素琴住持。

不过其中也不乏质疑声，人们便看向掌星长老，请他老人家发话。掌星长老捋着长须，缓缓道："近来我观星象，恐怕主氐羌之氐宿良久不能有主星归位了。而原在氐宿主星旁的伴星却比过往明亮，日后氐宿还需借着这伴星的光芒啊。"众人听了，更觉素琴无疑是代掌住持之位的天选之人。又听长老道："只是有一事，东方青龙宫的氐、房、心、尾几宿向来易生风雨，只怕在主星尚未归为时，间或会有灾星乱入主位，以致氐宿乱象、民生不保。因此还须靠氐宿众星凝聚一气，阻止乱星入内，静待下一颗主星遇神女星后归主位，才能长久明亮，光泽笼罩氐羌而长盛不衰。"氐羌众人不再质疑，纷纷决意要守护好氐羌免生祸患，一切听从素琴住持的安排。这么一来，那些有野心的人被震慑住，不再轻易妄为。氐羌民众跟随着素琴住持，继续安稳度日。

不日，千山住持圆寂之事传回王庭，措木央一时不敢相信千山忽然离去，她反复盘问送信的侍从，又亲自遣人到氐羌去查看。亲信回来禀报称一切如实，而氐羌那边也没有再生出动乱，依旧由素琴代理住持之位，掌控氐羌大局。措木央听闻氐羌这次竟无作乱，心中称奇，又见子民都敬重素琴，既对王庭构不成什么威胁，便由得他们了。在确认了千山逝世的消息后，措木央难免有些难过和愧疚，小娜在一旁劝解着，也不由得为二阕氏母女的早逝悲戚。措木央命匈奴上下也如暮雪圆寂时那般为千山大祭三月；又将素琴认作是王庭的居次，将右谷蠡王之位交给她，以减轻心中的愧疚。只是可怜清嘉和鸾凤，她们当真以为千山病逝，鸾凤自觉有负二阕氏所托，清嘉也认为是自己害了千山，要不是为了救自己，千山又怎会客死他乡呢？为此，两人自责不已，日日沉浸在悲痛之中无法自拔。往后，清嘉和鸾凤只能相互扶持，在右贤王庭中勉强度日，要不是还有两双儿女要拉扯大，恐怕她们已没有什么生活下去的勇气。

再说千山一行人一路跋涉，因千山假死之事已在氐羌和匈奴传开，他们便不敢从氐羌和匈奴过；加之汉匈两地眼下形势愈发紧张，听闻汉人区中匈奴士兵已和汉军起了摩擦，处处封锁，刀光剑影。他们只能绕远些，经乌桓归汉。幸而珑儿有做游侠的经验，懂得如何在大漠中扎营生火，加之有充足的钱粮，众人在她的带领下驰骋着，还能应付得过来。他们担心战火很快就蔓延至乌桓，于是加紧步伐赶路。只是天寒地冻的，车马也行不快，他们心中焦急，仿佛有一颗炸弹随时点燃。

这天，他们行至乌桓边塞，却发现连乌桓的防守也变得愈发森严，几乎隔绝了与匈奴、氐羌的往来。还没走多远，前面忽然来了几队乌桓守兵拦着他们。守兵见千山等人来历不明，穿着一身不知什么偏远地区的打扮，又不像是匈奴人，不知有何居心，就是不肯放行。胡杨上前苦苦央求那些守兵，珑儿性子急，也上前理论。没说几句，双方一激动还起了争执。

原来，努哈敏才接回凯旋的朗天，不久便听闻汉匈开战在即。不日，她便收到王庭的请求，惆怅道："王庭那边还让我与他们一道抗击中原军队，这个时候倒想起我来了。"乌桓距中原更近，若是汉匈交战，夹在中间实在为难，说不准还会被其中一方误伤。朗天知阿敏的苦衷，分析道："若中原军队要攻打匈奴，免不了要先经过乌桓，揩木央他们不过是把你当做桥头堡，让乌桓军队先与汉军耗上一阵子。汉军兵力太强，即使乌桓有能力抵挡一些时日，也只会是两败俱伤。这分明是拿乌桓挡刀，万不可答应。""可是，"努哈敏犹豫道，"我毕竟是匈奴人，再怎么说也有血亲之情，又岂能袖手旁观？"又听朗天劝道："阿敏，你是一邦之主，不仅要顾及王庭的情义，更要顾及乌桓百姓的安危。乌桓去迎战，无疑是以卵击石，作为小部落，能不参与战局自然是最好的。乌桓现在不再是匈奴属地了，你当初选择独立出来，现在又何必淌这摊浑水中呢？"努哈敏应道："也好，我先回乌桓布置，若遇哪方忽然来袭，也好有个准备。"于是努哈敏辞别了朗天回到乌桓，调度部众严加防范内城和外疆，又遣人给匈奴和汉地送信，以示乌桓并无干涉的意图。

这日，努哈敏才休整了一阵，便马不停蹄到外疆来视察防守情况。她刚吩咐了呼雷几句，便听见不远处喧闹起来，忙带着小云过来查看。众士兵见夫人亲自前来，纷纷让出一条道，又把千山等人团团围住。努哈敏以为他们捉住了什么厉害的人物，走近一看，却发现其中一个女子十分面熟，竟像是她数年未见的千山妹妹。努哈敏大惊，脑子里"嗡"的一声，自己前些日子明明才从王庭那边得知千山身故的消息，怎么可能在这里出现？她以为是自己思念千山，一时认错，便吩咐守卫们散开，走近这个女子仔细打量着她。

眼前人也正定睛看着自己，只见她眼中忽然泛起泪光，轻轻喊了句："阿敏姐姐。"努哈敏的心猛烈跳动着，眼前人确实是千山，旁人传言她失忆，她竟然还能认出自己。自己又何尝不想念千山呢？自从听说她被措木央所弃，努哈敏气愤不已，曾派人去接千山过来，却得知她已留在右贤王庭，只好作罢；后来又听她去了氐羌，不多久竟身故了。她心中遗憾难过，听到消息时几近昏厥过去。可如今千山竟好好地在自己面前，努哈敏快速地把事情想了想，大概猜出千山是佯死出逃。眼下耳目众多，她怕此事泄露，也不好与千山相认，便朝千山笑笑，然后将他们几人先行拉到一旁盘问。

努哈敏支开旁人，只留了小云在身边。胡杨认不出努哈敏，还以为她是来盘查的长官，便上来叩拜道："报告长官，我们要回中原，无奈无法从匈奴过去，只能借道宝地。时间紧迫，还望长官放行。"原来千山是要回中原了，想必是在这里无亲无故，便打算回母亲的故地吧。念及往后

第五十一回　汉匈争霸拉帷幕　乌桓取道越坎坷

两人再难相见，努哈敏又鼻子一酸，拉起千山的手道："现在局势紧张，你们怎么还到处乱走？"千山轻声答道："阿敏姐，我要回家去了。"努哈敏本还想要留下千山，但见她去意已决，乌桓这边亦水深火热，也不好再阻拦，只道："好，既如此，你就安心地回去吧。我本以为再见不到你了，今日我们姐妹相见，我也无憾了。我和王庭已没有什么联系了，你们赶路，只管放心去吧。"

说罢，她吩咐小云去拿些盘缠粮草给千山他们，随即转头对众兵将说："看来他们只是单纯想借道，就破例放他们过去吧。"士兵们让出一条路来让他们离开，千山走到努哈敏跟前时，停下来久久注视着她，不愿离去。努哈敏强忍着泪，用手帮千山整理了一下衣衫，又用帕子为她擦去泪，边说："好丫头，路上情况复杂，千万小心。回家之后，一切珍重。"一挥手，便扭头让他们快些通行。努哈敏悄悄抹去泪水，她将擦拭了两人眼泪的帕子紧紧攥在手中，目送着马车渐渐走远。她唤来一小路侍卫，吩咐他们悄悄跟过去护送他们一程。

等到千山众人行至汉地的边塞，此时汉匈之战已经打响，熙熙攘攘的难民从各处涌来，时不时还碰上许多赶去增援的军队，杂乱的脚印使雪地变得狼藉。一日，一队汉军正在沿途抓壮丁，人群躲闪着，拥挤着，把千山一行人的车马冲散了，千山、媛媛和珑儿下了马车，相互拉扯着，但很快被人潮挤到一边。天寒路滑，媛媛一个踉跄险些摔在地上，亏得被身边两人急忙扶着。胡杨守着他们的马车，寸步难行。这时，对面有几匹快马朝人群冲过来，人们纷纷闪到一旁，胡杨一下子控制不住马匹，马车朝一旁侧翻过去，胡杨也跟着摔在地上。马车里面的粮草和胡杨身上的银两散落一地，难民们见状便涌上来争相抢夺。胡杨拼命想护住，始终敌不过逃难者人多势众，三两下工夫，便都被他们抢走了。千山几人找到胡杨，慌忙将他和马车扶起。胡杨愧疚万分，要知道大多数钱财都是交由他保管，马车上的粮草也被抢夺一空了。她们三人身上剩的碎银若节省着用，不过只能再维持个三两天，不用多久，他们便要沦落得身无分文了。更糟糕的是，一次他们停下在一个驿站歇息时，有一队士兵路过，见他们绑在外面吃草的马品相优良，竟抢了去。他们见连唯一能够代步的马车都被夺走，几近绝望。

他们只能盲目地往前走着，幸好没过多久便到了一个小镇，他们走了一日又倦又饿，眼见天色已晚，还是先到镇里找个落脚之处。镇子上的居民因害怕战争波及，许多人早已逃到南边去了，只有为数不多的店铺还苟且度日。几人来到一家粥店，女店家笑着招呼他们坐下，又飞快往返后厨给他们上茶。她的手背上有个梅花烙印，神态行为并不像路上见到的其他人那般垂头丧气。他们不禁纳闷，想着都要打仗了，女店家怎么还有这般热情？胡杨用身上仅剩的零钱买了一碗白粥，刚捧上来，饥肠辘辘的几人都咽着唾沫。胡杨忍着饿，将粥推给三个姑娘，让她们先吃。三人迫切地拿起勺子，却只是一小口、一小口地抿，还没吃几口就要推给胡杨。看着隔壁桌的人在吃肉包子，千山和珑儿忍不住多看了几眼，眼中流露着羡慕。这时，女店家忽然捧来两笼包子和三碗粥，胡杨他们诧异，坦言这不是他们点的。女店家笑笑说："谁都有困难的时候嘛，这一顿是我请你们的，先吃饱了再作打算。"众人感激，又推托了一番，而后实在抵不住饥饿，便接受了这份好意，连连道谢。

而今局势动荡，只有零星客人。招呼完旁人后，女店家便坐过来陪他们聊天。她说自己叫阿月，这些年和丈夫在此开粥店维持生计。珑儿好奇问道："现在许多人都纷纷往南边逃了，你们怎么还留在这里，万一打起仗来，这边也不安定啊。"阿月释然道："其实在哪过活不都一样吗，我能陪在爱人身边，守着这家店，好好珍惜所拥有的就足够了。"大伙儿都赞扬她豁达。

阿月轻笑着，也忆起往事来："当年我曾经被一个负心汉抛弃在酒楼里卖唱，也一度绝望地想去寻死。幸亏偶然遇见了小蝶妹妹，她和你们一样是从乌桓过来的。当时，她用凤凰涅槃的故事劝勉我要坚强活下去，还留给我一笔钱。我手上的梅花烙印便是与她结义金兰留下的印迹。我听了小蝶的话，攒下钱来把自己赎出酒馆，后来又遇到了我的丈夫，开了一家粥店。他对我很好，生活是过得去的。如果我能亲口告诉小蝶，该多好啊。"众人听她说完，打心底里替她高兴。千山隐约觉得小蝶这名字耳熟，却一时想不起来。话匣子打开后，阿月也问起他们的情况，胡杨大致交代说他们原是汉人，想趁着开战前回到中原去，无奈路上种种遭遇让他们沦落到现在这般境地。阿月劝道："现在天色已晚，不如就将就着在我们这里留宿，明日再做打算吧。"千山他们再三道谢，赶紧吃完饭帮着阿月夫妻收拾粥店。

自从战争爆发，阿月的生意就更难做了，甚至时常遭人洗劫。不过有时遇到一些难民，他们仍会用积蓄适当地提供帮助。阿月知道千山他们回中原心切，次日，她便让丈夫抽空到附近的市镇给他们买来驴车，牵到胡杨跟前道："本来想给你们找马车的，可是现在战争打响，附近的马匹都被征去了，只能用驴车代替。"说罢，又往媛媛手中塞了一些粮食、银两。胡杨他们哪里肯收，连忙推脱。阿月说："你们就收下吧，我报答不了小蝶的恩情，只能尽可能地多帮着来往的人，也算是我报答小蝶妹妹的一番好意了。"千山等人自然是感激不尽。临行时，阿月不忘补充道："我知道东边山林中有一条小路，离这里只有几日路程，穿过去便很快到达汉地了。你们若担心前方路上又遇到乱象，不妨从那里走。"千山他们谢过阿月，拜别而去。

他们继续一路奔波。时值严冬，寒潮一波较一波猛烈。他们走得匆忙，衣衫不足以抵御严寒，没过多久，媛媛就不慎惹上了风寒，咳得厉害。他们省下许多钱给嫒嫒买药,但是沿途卖药的地方很少,买到的药又良莠不齐,嫒嫒服下后并未见好转。他们很快又拮据起来,只能变卖着身上、头上的饰品换钱。珑儿也学着凌风那样,寻些可食用的松仁果子来充饥,或打些野味来烤。到了夜里,他们有时厚着脸皮找好心人家投宿,实在找不到了,就凑合在驴车里过一宿,几个人轮流守夜,尽量省下现有的钱粮。不仅如此,沿途不少人家和客栈因嫌弃嫒嫒的咳疾,都不肯给他们留宿。如此折腾了几日,反让嫒嫒的病情加重,她愈发气喘得厉害,胡杨几人十分心焦,却无计可施。

　　嫒嫒怕耽误他们,甚至提出让他们先走,不要带着自己这个累赘了。千山厉声喝住她:"你才不是累赘,你答应过我,无论如何都要跟随我的,我们可要相互支撑着走下去才好。"其他人也表示坚决不会扔下嫒嫒。珑儿安慰道:"我们暂且先在驴车中将就一日,明日进入山林中,便有更多野果松子充饥,也一定有许多野生药材,说不准可以治好你的病。"不过珑儿只是说对了一半,山林里确凿有她所说的益处,可山林间的寒气比起外头还要瘆人。次日,没走多久,嫒嫒就全身发颤,直打哆嗦。胡杨连忙将外套脱下裹紧妻子,千山摸了摸嫒嫒的额头,惊觉已经发起热来了。千山心中发愁,只盼今晚能找到有人烟的地方,哪怕花尽钱财,都要让嫒嫒好好歇息一晚才好,否则嫒嫒哪能熬得下去?

　　日暮时分,山林中渐冷,嫒嫒咳嗽几阵,又不停喘息着,几近接不上气,一直倒在千山怀中,没有办法直起身来。再行一阵,地势逐渐平坦,眼见地形也开阔起来,像是有人烟。前面的高地是一片紫竹林,千山眼尖,看见林中有炊烟升起,不由得嚷了起来:"好了好了,我们今晚总算有落脚之处了。"大家听了也都顺着她所指看向不远处的炊烟,提着的一口气总算松下。嫒嫒好不容易缓上一口气来,说:"还不知道他们肯不肯收留我们。"胡杨回头,伸出手握住嫒嫒冰冷的手,安慰道:"别瞎想,世上总有重情义的人,之前不也遇到了阿月他们吗?"嫒嫒看着他真挚的眼神,心情才稍微放松着。

他们逐渐靠近那片高地,快步走进那片竹林中,没行多远便看见一户大院落,空气中弥漫着草药的甘涩芳香,飘散得很远。这下,大伙儿心中更是燃起希望,既然这户人家会煎草药,说不准还能治好嫒嫒的病。一行人小心翼翼地来到院落中,他们快步上前,叩响紫竹做的大门。不多久,大门开了一条缝,一阵浓郁的草药香味向他们袭来。一个年轻的侍女露出半张脸,打量着他们。千山恭恭敬敬地表明他们投宿的来意,嫒嫒闻到屋里飘出的药味,便又不住咳嗽起来。侍女见状,连忙先让他们进屋中躲躲风寒。他们进去之后,才看见这个侍女另一边脸上原来有一块疤,手臂也有好几处疤痕,都吓了一跳。珑儿不由得对她留意起来,这么多伤痕,莫非是被主人家虐待?儿时的经历让珑儿最恨欺凌,也对不敢反抗的被欺凌者怒其不争。之前她和凌风在一起时,惩善除恶之事可没少做,倒是离开了凌风之后,就很少有这样的机会了。这次一见,她便又心痒痒起来,默念一定要管这件事了。千山和珑儿扶嫒嫒坐下,胡杨将驴车牵到别院去,那个侍女也随即进去禀告主人家。

不多久,一个年轻女子从里间走出,她的装束更加典雅,看来是这家小姐。这个小姐十分有教养,客客气气地和千山等人打了招呼,便和他们坐下闲谈。珑儿心中猜疑,这家小姐言谈举止庄重得体,也不像是虐待下人之人,唯有继续观察。听她说自家姓谷,先父精通草药,便专门在这深山中住下采药研究。自己小名维素,从父亲那里习得医术,也学先父那样,时常给附近人家行医。众人听闻,心中称赞。又听维素对嫒嫒说:"我见姑娘受了风寒,若不嫌弃,不如由我给姑娘诊诊脉?"嫒嫒连忙道谢,维素按住她伸出的手诊起脉象来。望闻问切一番后,她便拿来竹简,快速写下几味药,吩咐有疤痕的那个侍女去熬来给嫒嫒喝。胡杨欲拿出些银两酬谢维素，她却连连罢手，说："不必，不必。我与媛媛姑娘有缘相见，尽我之力略施援手，又何须以钱财相报？"她身边的其他侍女补充说："我家小姐平素遇到有困难之人，从不索取诊金。"维素淡淡笑道："不必多言，全赖家父教诲。"胡杨等人纷纷夸赞谷家心善。珑儿心想，若真如此善良，怎么会虐待一个小侍女呢？她心中称奇，借着帮媛媛取药的说辞，便去跟上那个脸上有疤痕的侍女。

来到后厨，珑儿帮着冲洗药材，趁机问起这个姑娘身上的伤。侍女扭头看向珑儿，见她一脸担忧，眼中竟有一丝笑意，说道："姑娘，你定是以为我是被主人家虐待的了。其实啊，这是当年救小姐的时候被猛兽伤的，已经很久了，不碍事。"珑儿不由得好奇起来，侍女把药材放入药罐之后，生上火，一边摇扇子，一五一十地将往事讲给珑儿听。当年，自己和维素小姐一同上山采药，怎知忽然遇到野兽，当时维素小姐十分惧怕，其他侍从又分散到不同地方去采药了，一时半会儿喊不来人帮忙。自己见猛兽就要朝两人袭来，便将小姐护在身后，拿起采药的锄子朝猛兽冲了过去与其搏斗。自己眼疾手快，平素又有习武，几锄子下去便伤了猛兽要害。那猛兽挣扎着发起恶来，可惜自己力气不够大，被猛兽撞倒在地，脸上手上都受了伤。眼见其张开血盆大口，自己命悬一线，小姐从后拿起石头砸折其尾，那兽又转过头去攻击小姐。所幸之前两人的叫喊声唤来了其他随从，众人及时赶到，将她们从猛兽口中救出，这才逃过一劫。

珑儿见她话语中虽流露着一些后怕，但更多的是和小姐共患难的骄傲，珑儿不由得称赞一番，对其十分赏识。侍女说："我从小与小姐一起长大，还记得小时候曾经有个叫小蝶的姑娘在此留宿，她叮嘱我一定要好好待小姐，保护小姐；而小姐听了小蝶姑娘的话，也一直待我如同亲人一般。我们虽是主仆，实际上情同姐妹。"又是小蝶，珑儿心想，这难道与之前阿月姑娘说的是同一个人吗？这时药也熬好了，珑儿便没有再多问，和侍女一同把药倒在碗中拿出去给媛媛。

其他侍女也煮好了晚餐，维素邀请客人们一同用膳。桌上以素菜为主，维素笑着解释道："这山林中，隆冬万物都在休养生息，动物不常出没，就是出来也为了觅食，我们顺应时节，不忍猎杀。可惜也没什么新鲜食材，只能吃些之前采下的笋干，调好味就着主食吃。若是春夏时节能采下鲜笋，加以白灼，再点调料，那味道清淡，却才叫鲜美异常。"大伙儿只吃这几味笋干和木耳炒成的菜肴都已觉味道甚佳，若要真能尝到鲜笋，该是什么人间美味。千山说："我似乎记得，阿忆提起过小时候和奶奶一起生活在汉地的江南，那里也有大片大片的竹林，她想必也是吃过的。"胡杨道："对，等来年春暖，我们回到那边，也一定可以品尝到。"说罢，便笑着看向媛媛和千山。媛媛也笑着握住他的手，只是眼中多了几分悲怆。

夜里，珑儿和千山依偎着躺在床上，听见隔壁媛媛虽还在不时地咳喘，但已缓和了许多，想必是维素的药起了作用，加之温饱也有了保障，情况在往好的方向发展。珑儿见千山并无睡意，忍不住将今天她与小侍女的谈话告诉了千山。千山笑说："好姐姐，所以说嘛，别总是往坏的方向猜想，很多人都是与人为善的。"珑儿瘪瘪嘴："你呀你呀，受过的苦还不够多吗，难得还是这么相信人。"话音刚落，只听得千山口中喃着"小蝶"的名字，她愈发觉得这个名字熟悉，"我之前一定认得一个叫做小蝶的人"，可千山一时半会儿想不起来，愈发头痛，只感觉她也在乌桓这边的。珑儿让她不要心急："哎呀，叫小蝶的人并不少，此小蝶不一定是彼小蝶。你的记忆已经在好转，或许过几日便能想起了。你越是逼自己，越是记不起来呀。"千山只好作罢。

第二日，众人本要向谷家辞行，维素却极力挽留："你们不妨在这里多住几日，这位姑娘病都没好，难不成就这样启程？中途再染风寒，病情可又要加重。"众人抵不过她的好意，加之确实担心媛媛的身体，便留下了，对谷家再三道谢。胡杨平日里想要回报谷家的善意，便跟着谷家的侍从一起去采药劈柴，反而让维素有些过意不去。她每天一早便来查看媛媛的病情，吩咐侍从定时为媛媛煎药、熬汤，加上一些饮食的调理。不出几日，媛媛的病情果真改善许多，在午后阳气盛时，都能下床到庭院中活动身子了。

这天，小姐如常过来给媛媛诊病、开药方，只见媛媛问侍女拿来针线，正在缝补破烂的衣服，还有一些补好的已经叠好放在行囊中。维素有些惊讶，问道："姑娘怎么这么快就要走了？"见维素到来，媛媛忙起身，连声感谢维素的妙手良方，客套一番后，她说道："我的病也快好了，在这里住下实在叨扰谷小姐，我们明日也该接着赶路，有劳谷小姐这段时间的关照了。"维素劝她再多留一会儿，媛媛说自己的病已经耽误了不少时间，再拖下去怕是拖累了千山他们回汉的行程，坚持要离开。维素只好叮嘱她说："即使病情好转不少，但此病容易反复，我等会儿再开个药方，千万记住要再坚持服用三个疗程。"说罢，便转头吩咐侍女去为他们备齐草药。

千山他们见媛媛执意要走，只好遂她的意。维素嘱咐他们尽量不要让病人受寒受累，若是到了市镇，记得按照方子备着草药，最好能够找到地方熬药。胡杨他们点头答应。维素说着也不住忧虑起来，要知道，这些条件谈何容易。她不由得皱着眉头问："可是你们身上的钱粮如此紧张，这样下去又能维持多久？"见众人愁眉不展，她忽然拿起媛媛放在桌上的针线，说："你们若会刺绣、缝补这些女红，不如一边赶路，一边做一些手工拿去卖，好歹能够赚些钱来补贴买药、食宿等各种开销。"众人被维素一提点，皆觉得茅塞顿开，纷纷称赞维素良言可鉴。

次日，维素来为他们送行，她将一张药方和几大包草药交给胡杨，又送了些针线给嫒嫒，还准备了些钱粮给他们带着以备不时之需。千山连连感激维素"授人以渔"的恩情，众人便与谷家辞别。之后，他们一连几天都按照维素的吩咐慢慢赶路。离中原越近，市镇也逐渐多起来，食宿和草药也得以保障和补充。千山努力拾起做女红的技能，做手工赚钱，嫒嫒虽然还在病着，但也和千山一起做着刺绣，帮补着众人的积蓄。珑儿也开始跟着学，在她们的提点之下进步飞速，很快便能做些简单的成品，她甚至能够无师自通地做一下泥蛇、弹弓等小玩意儿拿去卖，一连几天，在几个市镇中都有不错的销路。如此，虽然而今形势动荡，买的人不算多，但好歹也叫有了收入来源，足以解决温饱和支撑嫒嫒的药费，眼看着一切都往好的方向发展了。

第五十二回

临绝境老侠相救　归故土小人暗谋

好几日下来,眼看离中原已经越来越近,一行人悬着的心也逐渐放下。不过越接近两地交接的边陲,局势的紧张愈发显现,四处流民很多,市镇也因为常年摩擦而破败,莫说买卖变得困难,就连仍然开着的食肆和客栈都少有。听其他过路的人说,这边原先就有许多豪强仗着地处交界无人管束而强抢掠夺,如今民生不安,他们更是变本加厉地行凶作恶,提醒打这过的人千万要当心。众人听了,不免又担心起来。

这天,他们一早便起来赶路,听闻前面有座小城,媛媛说:"我们快些过去,到了前面进了城,就是汉地了。"一路上并无险情,可是媛媛心中总是惴惴不安,尤其是想起儿时家中被豪强凌辱的经历,更觉毛骨悚然。时将日暮,当他们拐进一条僻静的小路时,身后不远处不知何时跟着几个彪形大汉,中间一人似乎是什么纨绔子弟。媛媛一阵战栗,觉得来者不善,催促着胡杨快些赶车:"天快黑了,这边豪强众多,个个蛮横,还是快些赶到城中吧。"胡杨把车赶得更快了,却始终甩不掉后面的人。忽然听得后面有人朝他们喊道:"美人儿,请留步。"众人心中发怵,胡杨更是使出全力抽打着驴儿。

过了一阵子,慌不择路的驴车好不容易才与后者拉开了一段距离。正当他们拐出巷口时,忽然,几个彪形大汉拦在前方,逼迫他们停下。没多久,后面的人也堵在他们身后,为首的正是那纨绔豪强。这人远远就看到这边驴车上几个姑娘长得很可人,便起了贼心,想过来强占。他想要的人没有得不到的,尤其这段时间难民多,前几日好些逃难的漂亮女子都屈服在他的手下;何况看样子这行人的"油水"可不少,这次岂不是财色兼收。豪强走上前来,用一双色迷迷的眼睛打量着车内的几个女孩,珑儿太瘦小,媛媛大病初愈、脸色苍白,他看中了千山,这张别致的脸庞尤其动人,便一心想要得到她。

珑儿将其他两个女孩儿护在一边,胡杨下车作揖道:"我们欲回汉地,借道于此,还望大人高抬贵手。"豪强见状,冷笑一声,道:"借道?你都这么说了,难道不用留下点什么东西吗?来人,照惯例做事。"他手一挥,几个打手得令,从他的眉头眼额早就明白老大想得什么,随即一哄而上将众人赶下车。其中两人上车胡乱翻找,其余人阻挡在胡杨等人面前。胡杨眼看他们将钱财夺走,又将布匹草药散落一地,拼死上前阻止他们抢砸,反被他们左右开弓打了好几拳,打得他一个跟跄摔在地上。媛媛赶紧哭着拉起胡杨,劝他赶紧走,别干傻事,这些东西不要也罢。千山从地上拾起给媛媛买的草药,死死抱住。那些打手见她夺回草药,便上来猛推她一下,趁她不备,将她手中的药扔在地上狠狠地踩,一边骂:"婊子,我们拿走的东西你休想拿回。"

豪强见钱财抢得差不多了,便命打手们将众人控制住,而他自己则走到千山面前,将千山死死钳制着,对千山说:"这么个美人儿,怎么能被这般羞辱呢?小美人,你不就是想要那些草药吗?亲我几口,你便能拿回去了。"千山在他拱过来的脸上啐了一口。豪强怒了,捏着她的小脸,冷笑道："哼，我看你是敬酒不喝喝罚酒。好，我就把你们都带回去，做我的奴才，看我以后怎么对你！"说完，就要去撕千山的衣服。

千山拼命挣扎着，无奈力气不如豪强，挣扎不开。眼看着千山被调戏，胡杨拼尽全力挣脱开两边的人，朝着豪强冲过来，说："放开她！"但还没冲到面前，就被打手们抓回去。豪强怒斥："把这多管闲事的贱人给我好好教训。"打手们将胡杨按在地上，一顿拳脚交加，胡杨瞬间鼻青面肿，哀嚎连声。媛媛心疼啊，拼了命过来想要拉开打自己丈夫的人，可是她哪里够别人体格强健？她一挣扎，反被抓住她的人一揉拧，狠狠一推，摔得很远，倒在地上不省人事。胡杨被几个人压着打，也无法反抗，眼看妻子被打伤，躺在地上不知生死，只能狠狠地流着泪，把自己的嘴唇咬出血，痛恨自己的弱小。

千山拼尽全力，又是扣他指甲，又是用脚踢他，又是扯他发须，狠狠地反抗着豪强所为。而此时珑儿不知从哪里挣脱了出来，见对方不备，趁机溜到一边，搬起一块大石头就要往一个正在打胡杨的打手头上砸。怎知那石头太重，珑儿搬得慢了些，又弄出些许声响，那个人突然一回头，见珑儿要袭击他，便抢过石头扔到很远的地方去，砸碎在地，然后抡起拳头就要砸向珑儿的脸。珑儿吓得连忙一边躲闪，一边喊着救命。

就在此时，一把雄厚的声音吼着"住手"，接着有几个人冲了进来。大家定睛一看，是几个老者，他们的体格壮实，丝毫不输身强体壮的年轻人。豪强见他们过来，冷笑道："难不成我们还怕你们几个老鬼？兄弟们，给他们一点颜色，上！"于是那群强盗放开胡杨等人，纷纷拔出小刀向老者们冲过去。老者们也丝毫不畏惧，喊道："我歹！你们这群暴徒，前来受死。"便赤手空拳冲上去应战。双方打得十分激烈，千山和珑儿连连喊着让他们小心，却完全没办法帮忙，只得连忙将胡杨和媛媛扶到一旁安置下来。众人刚坐稳，只见老人们三下五除二地，便把暴徒打倒在地不得动弹，而他们自己只是受了一点皮外伤。收拾完暴徒，他们连忙过来查看胡杨等人的伤情。媛媛依旧昏迷着；胡杨脸上身上处处伤痕累累，口鼻处皆有血渍，被打得头昏目眩。一个暴脾气的老人见状，忍不住上去给他们一人补了一刀，那群暴徒就都一命呜呼了。

这时，一个一只眼睛失明的老人说："老潘头，别瞎折腾了，快，赶紧领他们去疗伤。"那个叫老潘头的老人一把抱起胡杨，千山和珑儿架着媛媛，跟着众人来到不远处的一个院落中。门楣上有个陈旧的牌匾写着"元老院"三个大字，原来这些老人都是些老兵了，怪不得方才身手矫捷，一点儿不输于年轻人。院里的其他老人方才听到外面有打斗声，早就纷纷来到前院查看情况。见他们果然带了几个受伤的百姓回来，有几个会医术的老兵连忙上前给胡杨等人进行一些简单的治疗，其他人则腾出地方给他们躺下疗伤。

千山他们终于从极度惊恐中缓了过来，向老人们道谢。一个腿脚不利索的老人摆摆手，说："一日为兵，一生为民，虽然我们年老不中用，却始终把除暴安良当做本分。"交谈之下，才知这群老兵之前曾经在这个边陲小城驻守半生，而今老了，便住在这个元老院中安享晚年。碰巧出去散步时见到刚才一幕，不由得上前去教训那些恶人一番。老兵们看胡杨他们伤势不轻又惊吓过度，便让他们多住几日安心养伤。听闻他们要回中原，那个叫老潘头的老兵安慰道："放心，这里已属汉地，而且水粮充足，环境又好，只管安心住下，我们大可帮你们把守，不必怕外面那些豪强流寇。"

在老兵们的保护下，果然没有人再来惊扰，千山等人总算吃下'定心丸'，在此好好疗伤。在老兵们和千山姐妹的精心照料下，媛媛第二天就苏醒过来了，但她极度虚弱，气色比原来更糟了。媛媛执意要去见胡杨，不甘心躺着，千山劝阻了几次也没有办法，只好和珑儿一同搀扶她到胡杨身边。媛媛见胡杨全身是伤,心疼不已,掉下泪来,挣扎着要去斟水给丈夫。照顾胡杨的老兵忙接过水来,说道:"姑娘,交给我就好,养伤要紧。"在胡杨的勒令下,她才乖乖跟随千山姐妹回房去。可一旦没有其他人在身边,她又溜到胡杨房间,为他烧水、搽药,没日没夜地照顾胡杨。胡杨哪里忍心,忙喝住妻子,让她好生歇着,别再照顾自己。她才有所收敛,不再折腾。

胡杨毕竟正值壮年,休养了一段时间后,伤好得也快,基本已经痊愈了;媛媛虽然虚弱,倒也能正常活动了。只是媛媛之前的药被那群恶人踩掉,这个边陲小城又没有那几味药卖。大伙儿不敢耽搁,只得急着赶去前面的市镇。四人前去和老兵们辞别,老兵们见他们恢复得这么快,不仅替他们高兴。胡杨不由得夸赞道:"这个元老院真是个风水宝地,我们才能这么快好。"千山附和道:"正是,正是,老爷爷你们在这块福地生活,一定会健康长寿的!"

"独眼"老人一听,不由得哈哈大笑:"好孩子,你们真会说话,这个元老院之所以能盖起来,多亏我们院主赵大人好心啊,一直都对我们这么好。好多年前有个姑娘也路过这里住了几天,她父亲也是当兵的,她也好心啊,还特意和赵大人说要好好对我们。唉,那个姑娘叫什么来着?好像叫小蝶……"其他人应和道:"对,对,是叫小蝶,她是个好孩子,一辈子忘不了。"胡杨等人再次听闻小蝶的名字,便十分笃定之前这个小蝶是十多年前这一路上的同路人。老兵们劝他们道:"这里条件虽好,毕竟地方偏远,物资不多,药物也所剩无几了。不如你们加快赶几程路,前头物资便更充足了。"千山等人再三道谢,在小城里买了些必备物资,便告别老兵们,继续上路。

只是好景不长,几日之后,新一轮寒潮来袭,一路上再度风雪交加。媛媛之前本就落下了病根子,加之这次被推倒在地又极度恐慌,她的身体状况堪忧；如今抵御不住这寒潮，更是每况愈下了。她这几日的咳嗽带着沉重的喘息声，前几天还带了血。其他三人忧虑不已，几乎将所有的衣物都拿来给媛媛围上，遇到些客栈茶馆就买来热茶给媛媛喝。夜里，媛媛咳得夜不能寐，胡杨也不愿合眼，坚持着要起来照顾她。这么一来，千山和珑儿怕胡杨次日没有精力赶驴车，提出要和他轮着照顾媛媛，可胡杨还是希望自己陪着妻子，让她们安心休息。媛媛夜里不能眠，她还坚持做手工活帮补着，说是要充分利用时间，众人不让她这样，她一开始还犟，后来身体实在撑不住了，只能卧在床上费力地咳嗽。

雪融的这几日，天更冷了。胡杨见业已进入了汉地，便找了一家客栈住进去，打算先避几天寒。媛媛此时已极度虚弱，众人搀扶着她进客栈底下的茶馆中坐下，点上一壶热茶给她暖手。饭菜还未上桌，众人喝上几口热茶，冻僵的身体似乎在这温暖中融化开，精神也变得恍惚。媛媛望着大家，眼神中不由得悲戚起来。这几天她常常伤感，自己怕是无缘回中原享福了，这大伙儿在一起同甘共苦的日子，也怕是不能再经历了。胡杨见妻子怆然，知道她一定又在胡思乱想，忙说："我的好媛媛，你不要多想，过几天若能碰上一个像谷小姐一般的神医，说不定就能好起来了。何况我们这一路一起经历了那么多事情，都走过来了，哪次不是逢凶化吉？像一开始长居次放我们过来，后来又遇到了许多好心人不是……"胡杨正说着，忽然，千山似乎想到些什么，喃喃道："长居次，小蝶，小蝶……"她忽然开口道，"我记得了，阿敏姐姐的侍女就叫小蝶，听说当年她背叛主子，跟着叛逃的呼延将军去了汉地；而后又悬崖勒马，还回去救出了阿敏姐。莫非他们所说的小蝶姑娘正是她？"珑儿听闻，沉思道："他们从乌桓逃来汉地，好像确实是这一条路，莫非真是她？"

忽然，一个在他们周遭打扫卫生的伙计向他们这桌靠了过来，似乎是听见了他们的谈话。众人看向他，只见这个人的精神似乎是不太正常的，一味对着他们做鬼脸，口中咿咿呀呀喊着什么。自从上次他们一行人被豪强欺凌，神经变得极其敏感，他们不由得感到有些恐惧，纷纷防备起来。胡杨把媛媛挡在身后，千山姐妹站起身来，生怕他会做出些冒犯的举动。客栈的店家是个中年男子，他看出他们的顾虑，连忙过来将那个伙计劝走："去去，他们说的事情与你无关，快去干活。"然后扭头和他们解释说："我这个伙计虽然是有点疯疯癫癫的，但是不会伤到人，甚至很胆小，你们不要害怕。"听到店家这么说，众人才安心了些，回到原位上坐好。不过倒也奇怪，既然是疯疯癫癫的人，怎么还要收留他当伙计呢，难不成是这世道太乱，招不到伙计了吗？众人心中疑惑，问起缘由来。

"这个疯子和我是一个村的，"老板给他们添了茶水，娓娓道来，"之前他有个远房表弟生活在乌桓，叫呼延庄，乌桓和这边不远，他们年轻时有过联系。许多年前，有一次呼延庄在乌桓碰到麻烦，想过来找他避难，住上一段时间避避风头。他拗不过，只好答应了。怎知道那个呼延庄不知好歹，他目中无人惯了，进了我们的村庄后，因为一点小事和一个乡民发生口角，便用马鞭把别人打得皮开肉绽的，后来还干脆一刀杀了他。这件事告到了乡长那里，碰巧乡长的父亲是被匈奴人害死的，一直对胡人恨之入骨，如今更是火上浇油。他咬牙切齿，哪管呼延庄是匈奴人还是乌桓人，便命令收留呼延庄的人赶紧把人交出来，否则后果自负。这人是胆小惯的，他害怕自己受牵连，哪里敢一直瞒下去。虽然他明面上答应呼延庄会庇护他，但乡长追查到的时候，还是私底下说出呼延庄的下落，连连请求乡长放过表弟。乡长哪里肯答应，当晚便让他带路去藏匿的地方，趁着呼延庄熟睡时便将其残忍地杀死了。听闻他看见自己的远方表弟当场毙命后，跪地哀嚎，乡长也没理会便带部众走了。第二天乡民再见到他时，他已变得疯疯癫癫了。唉，也许是因为自己背叛了表弟而感到过意不去吧。"

店主顿了顿，千山一瞬间似乎将呼延庄和小蝶的事情全盘想起，便道："是了是了，当初带小蝶走的，正是呼延庄，他原先还是乌桓的副将，却在危难关头当逃兵，让阿敏姐吃了不少苦头。原来他也没有走成，竟命丧于此。幸好小蝶姐姐没有跟他执迷到底……唉！"珑儿却浅笑道："这大概就是可怜之人必有可恨之处吧，叛徒终究还是被背叛了，这是他的报应啊。"媛媛叹了口气道："话虽如此，只是可怜了小蝶。"珑儿却不屑道："她毕竟也当过叛徒，做错了事本就要受到惩罚，哪论你最后有什么转变啊。"媛媛心中黯然，心想：我之前曾要害千山居次，如今这般，也许便是对我的惩戒。

胡杨见媛媛不接话，又不知其因何惹起愁绪，只好转移话题问店主："那后来呢？"店主接着说下去："他疯癫之后，乡里的人都十分排斥他，他原先的工作也没了，房屋也被无赖强占，变得流离失所的。我知道他只是因自责而疯癫，并无害人之意，干活也勤勉。我开了这家客栈，不忍心他这样下去，便找他来当伙计，包他吃住，让他不至于受饿。"胡杨等人十分感动于店主的好意，回头一看，那个疯伙计竟也在默默垂泪，想必他是听到了众人的谈话吧。

这场暴风雪过了许久仍未停息，媛媛似乎是撑不过这场寒潮了。她知道自己时日无多，奄奄一息地躺在床上，胡杨正在一旁守护着，她握着在他的手，轻轻说着什么。她看上去并不感伤，反而是放心不下胡杨能否带着两个女孩儿走完这漫漫长路。胡杨紧紧搂着她，抚摸着她的头发，一遍一遍念叨着："你会好起来的，我们很快就要到家了。"媛媛只是摇头，轻声说着："阿杨，不要抱有幻想了，我不能陪你们走完这条归家的路了。只是剩你一个人了，要保护好居次和珑儿。"胡杨不让她说这些晦气的话，他安慰道："我们一定会带你在中原住下来的，到时还要把念本接回来，一起好好生活。好媛媛，你不是说，要等到春天来时，吃一口江南的鲜笋吗？"嫒嫒惨淡地笑了，她换了几口气，才轻声道："念本托付给了素琴姑娘，我也没有什么放心不下的了。胡杨，来世我还要做你的妻。如果能在你小的时候就遇到你，该多好啊。"说罢，她的泪水夺眶而出。胡杨啜泣着，仿佛是一个小男孩一般依偎着嫒嫒，说："嫒嫒，我对不住你啊，我这一生都还不清你对我的情。"

嫒嫒深情地看着胡杨，伸手帮他抹去泪水，让他不要多说了，又叫他去找来千山和珑儿陪自己再说说话。胡杨只是大声唤着她们，自己半步也不舍得离开嫒嫒。千山姐妹与嫒嫒相伴一路，见她渐渐虚弱下去，都哭成了泪人儿。两人并排趴在她床边搂着她，不许她离开。嫒嫒在她们耳边又说了些姐妹间的体己话。临了，她喘息着，似乎已经十分疲累，只叫众人把自己带出客栈，不要死在别人的客栈里面，这样不吉利，别人就没法做生意了。

老板在外面本要送热粥进来，猛地听到这话，眼含热泪。一个人到最后一刻还在为别人着想，这是个多好的人啊！他抹干眼泪走进来，说："人这一辈子啊，走一遭，不容易。只望是舒舒服服地来，舒舒服服地去，你就好好在这里休息，我不忌讳这些。"嫒嫒报之以笑意，对众人说："你们让我一个人待一会儿，让我安安静静地离开吧。"胡杨哪里情愿，只是把众人劝了出去，自己留下守着妻子。嫒嫒已经再吃不下一点东西，胡杨便也不眠不食地陪了她三天三夜。待到风雪停了，嫒嫒也长眠在这个小村落中。胡杨剪下嫒嫒的一缕青丝揣在怀中，亲手将妻子埋葬。良久，他站起身来，红着眼眶，带着两个女孩儿继续奔赴归程。

这天，他们一行人终于踏入了汉地的定远郡，简单用过午膳后，千山和珑儿担心胡杨难以从忧伤中走出，便提出到周围逛逛。听客栈老板说当地有个公主庙，是他们县令专门修建来纪念那些和亲到塞外的汉族公主的。千山与珑儿对望一眼，当即问明了路要过去看看。三人快步走进庙中，迎面看到几个高大的塑像被人们供奉着，仔细一看，当中竟有忘忧和恕恕的塑像。几个在庙中敬奉香火的当地百姓见他们几人的装束似乎自外地而来，便向他们解释道："我们这个地方离匈奴近，以前屡遭蛮夷侵扰。自从忘忧公主和亲到匈奴之后，二十多年来几乎没有发生过大动乱。现在就不似从前那么好啦，眼看战火又烧起来了，希望几位公主在天之灵继续保佑我们定远郡平安吧。"说罢，百姓们便转过头去恭敬朝拜。千山见自己母亲如此受当地百姓爱戴，被自己民族的人供奉着，原来她这些年所受的苦一直有人记得，她一时激动，眼泪汪汪。珑儿第一次从塑像中见到母亲的真容，一向倔强的她竟也唰地流下泪来，跪倒就拜。这么一来，反倒是当地的人们惊诧不已。见已回了汉地，胡杨也不再隐瞒，如实将她们二人的身份向众人直说了。周围的人都愣了神，待他们反应过来，便纷纷着广而告之了。

消息很快就传到县令那里，他听闻马上赶来，此时千山和珑儿已被当地人团团围住，一边嘘寒问暖，一边送上许多吃食。众人见县令来到，纷纷让到一旁。千山一看，这个县令竟就是箫声。原来这公主庙是箫声主持修建的。箫声重见五居次，又惊又喜，连忙将他们带去县衙好好安置。千山向箫声介绍了胡杨和珑儿，坦言上次他的信送去怀远斋时，其实他们都在。箫声直称奇妙，又问起他们怎么会在这危险关头回汉。三人便将这些时日来的种种经历向箫声讲述，箫声直感慨这一路的不易。

他问起千山接下来的打算，本打算也像上次一样层层通报汉室，说不准圣上开恩，还能接其回汉宫生活。千山却是看得通透，道："最近战事吃紧，汉匈关系紧张，莫说武帝无暇理会；我与他们本就隔了几重，又怎会留我，白养一个人呢？"她看向珑儿和胡杨，道："汉宫无非也是钩心斗角的地方，我宁愿安安稳稳地与他们一同生活下来，像普通百姓一样安居乐业便好，就不必再惊动汉室了。"箫声会意，提出让他们就在自己县中住下，好有个照应。可千山却说想先去南边见见阿忆。箫声沉吟一阵，也答应下来："如今战事紧张，定远郡恐会受战火牵连。居次若先到南边去避一避也是好的。"千山他们在这边休整了一段时日后，箫声本想亲自送他们几人过去，可碍于京城下了急令，要求定远郡的官员驻守在原地加强备战之事，他只好派部下护送他们过去。千山不想声张，便只坐最普通的马车前去。

一日，千山等人来到阿忆所住的县城，他们在一处茶馆用膳，打算吃完便去拜访阿忆。他们才坐下没多久，忽见从外面进来一伙人径直朝他们几人走来。那伙人打量了他们几眼，便朝千山道："千山居次，有失远迎，请多多见谅。"千山不由得一怔，一时疑惑他们怎么认得自己，没有接话。那伙人继续说："我们县长大人得知千山居次远道回来，特意吩咐我们来接几位贵客到县衙好好招待。"千山看向胡杨和珑儿，起身婉拒道："不必客气，何须劳烦县长大人。"那些人也没管千山他们愿不愿意，只是催着："若居次不去，我们可不好交代啊！"又跟送他们来的随从说："兄弟们你们只管放心回去，拜访完县长大人后，我们自然会将几位贵客送回。"说罢，便半推着千山等人走出门外坐上马车。千山见形势不对，正要叫喊挣脱，却被身后人用一把匕首抵着，让她不要乱来，另外几人也同样如此对待胡杨和珑儿。

原来这一切都是这边的县长捣的鬼。这个新调来的县长时常搜刮百姓，本就是恶债累累。当地民众怨声载道，苦于他被郡守包庇，百姓一直投诉无门，这县长便仍我行我素。这次，他收到风声说一个叫胡杨的把从前忘忧公主的小女儿千山居次给送回来了，正从定远郡来自己县中定居。从前箫声送暮雪居次回来有功，被先帝大加封赏，又任命为县令，他早就有所耳闻。这次好端端地又来个胡杨，他心中有鬼，生怕自己这个区区县长之位要落入胡杨手里了。他暴虐成性，宁可杀错一千都勿放过一个，得知他们暂时还未向汉室禀报，便找来几个亲信，吩咐他们时刻留意千山等人的动向，最好神不知鬼不觉地把他们抓起来，随便安个罪名让他们死在大牢里算了。

千山三人被关押在大牢之中，都被强加上了些莫须有的罪名。牢头有了县长的指令，自然恣意妄为，他命人绑起胡杨就打，一边还骂他们竟敢冒充公主的女儿来行骗。千山和珑儿被关在另一个牢房中，她们依偎着缩在墙角，听着隔壁胡杨撕心裂肺的叫嚷，心疼不已。千山用匈奴语与珑儿耳语道："看来他们只是针对我和胡杨，并不知道你的身份，快些找机会走，去找阿忆。"珑儿会意，她在包裹中取出些银两，用蹩脚的汉语向外头的狱卒求情道："我不过是他们的一个小小婢女，我可是什么都不知道啊。这些就拿来孝敬大人们，求大人们行行好，放我回去照料老母亲吧。"千山装作怒斥道："你怎么能拿我们的钱财换自己的自由？我当时怎么就收了你这么个卖主求荣的侍女！"那些衙差听闻这番对话，又扫了一眼珑儿，见她瘦瘦小小，果然信以为真，认为放走她也不会有什么威胁，便接过钱财，将她打发走了。珑儿侥幸逃脱，她心中默念着箫声之前所说的阿忆的住址，便一路问着人找了过去。

阿忆一家此时正围着火炉取暖，听见敲门声，她便去打开门，见一个瘦弱的姑娘站在门外哆嗦着，问自己是不是叫阿忆。她十分惊奇，要知道在汉地认识自己的人并不多。她见珑儿冷得厉害，便忙邀她进屋中取暖。珑儿便将事情的来龙去脉简单和阿忆说了，她怕阿忆不信，还将那玉佩拿出来给阿忆看。阿忆看到果然是恕怨公主的玉佩，一时间五味杂陈，又听他们一路经历了种种磨难，更是心疼得直掉泪。她丈夫在一旁听着，忙安慰两个姑娘不要情急，先一起想想法子救出千山和胡杨来。

阿忆聪慧，她深知这个县长的德行，一下便想到了他的企图。她分析道："若我们做个人情，告诉他千山并不是什么居次，这样的话，胡杨就不会威胁到他，说不准会放他们出来。"说罢，阿忆便将家中的银两和值钱首饰统统拿出来，以此在地方官那儿买个人情。阿忆丈夫理解阿忆和千山的主仆情深，亦没有什么怨言；珑儿见阿忆心甘情愿冒着被抓拿的风险，倾家荡产也要救出千山，心中触动，一把抱着她，直称她不愧是自己的姐姐。

阿忆夫妻来到县衙中，花了不少人情终于见到县长。她主动承认千山和胡杨两人是自己的远房亲戚，是来投靠自己的，根本就不是什么居次，忘忧公主的女儿早在氐羌身故了。县长当然也心知肚明，若千山的"名堂"被摘掉，那两人也承认自己是普通的平民，自然就不会威胁到自己的官职了。他看在阿忆献上这么些钱财的分上，就当和阿忆给彼此找了个借口，草草把加在千山和胡杨头上那些莫须有的罪名给摘掉了。

县长命人将胡杨和千山放出来，让阿忆一家子把他们领走。姐妹三人相见，免不了抱头哭诉，阿忆丈夫也忙拿出跌打疗伤的膏药给胡杨敷上。阿忆一家担心这个地方官再来找他们什么麻烦，怕夜长梦多，干脆和千山等人一起连夜搬到箫声那个县住下来，有箫声照应着，他们心中才能安定些。箫声见才没几天就出了这么些变故，颇为自责，更是将他们几人接到身边好生招待了。

第五十三回

机关错用难回天　关山历尽空余恨

正如千山他们在定远郡所见一般，汉匈双方的攻势愈发猛烈，边塞烽火狼烟，百姓一下陷入水深火热之中。那边，措木央早早派遣匈奴大军攻入汉地，好给武帝一个下马威。斯图亚亲自率兵前去，信誓旦旦地向措木央承诺一定会将汉军击溃。他的队伍士气高涨，上万的匈奴骑兵如沙尘一般涌入边塞的几个郡中，劫掠杀害了几千民众，还将前来迎击的李将军部众团团围住，放狂言要杀他们个片甲不留。

但这次汉军不再示弱，汉地这边苦于匈奴的骚扰久矣，见他们愈发猖狂，誓要给他们个教训。朝廷备好兵马，封卫将军为大将军，统帅几路兵力到北边去攻打匈奴；同时，命边塞郡县的长官疏散百姓流民，并招收兵马粮草配合朝廷的援兵。汉军人多势众，共有十万余人之多，加之前期训练有素，不出几日，便顺利抵达增援，解下匈奴重围。他们不仅夺回边塞的城池，更是率兵直逼匈奴。斯图亚不敢轻敌，再三派遣队伍去夹击汉军，在半途拦截，以防他们威胁到王庭。双方兵戎相见，尽力搏击着，互相损耗对方的兵力，一时分不出个胜负来。

措木央本想着汉军在大漠中，既难有援兵，又难有补给，应该很快就耗尽元气，像往常一样退回汉地。不想近年来汉军的势力大增，骑射之术尤为长进，在大漠交战也不在话下，久久没有泄气。而且汉军诡计多端，似乎像是变着魔术一般用着各种兵法，他们善用迂回、近搏之术，有时明明处于下风，却总能出其不意地反败为胜，打得匈奴军队措手不及。倒是斯图亚这边，时间久了，粮草也消耗了不少，匈奴本就缺少存粮，这么大规模的征战更是让他们难以为继。措木央担心斯图亚的情况，欲与汉军速战速决，不断派兵增援，到底收效甚微，再多的兵力也难以快速占领上风。不久，他们竟阻挡不住敌方的攻势，势力浩大的汉军在大漠长驱直入，直逼王庭，只留后部与斯图亚的军队纠缠。措木央心系斯图亚，又担心王庭的安危，不由得有些慌乱，只得派人去召右贤王带兵增援。她明知千烈近年来颓靡不已，又向来看不惯斯图亚；可他毕竟手揽大权，麾下有不少兵力，眼下别无他策，只能用他。想必他念在同为匈奴效力，也能振作退敌。

千烈早闻斯图亚不敌汉军之事，心中暗喜，何况与之对战的还是当年击败大哥的卫将军，更有报复之快感。如今措木央来请自己去增援，他便依照部署好的那样，先是留住部分兵力守着王庭和右贤王庭，再悄悄传南阿古去与汉军接应，自己则领命前去，名为援助斯图亚，实则帮着汉军想方设法地刁难他们。在千烈的干扰之下，斯图亚的队伍犹如被人挠了痒痒，左躲右闪的，吃了不少亏，原本一日能抢先行达的路，偏被汉军远远甩开，队伍中也免不了损兵折将；加之千烈这边与汉军通了气，故意在夜里饮酒作乐，不加提防，给汉军留了一条通往王庭的捷径。这样一来，汉军如虎添翼，很快便占了上风，不出几日便北去几百里，沿路击退了万余个匈奴兵，眼看就要攻至王庭了。

起先，王庭见千烈这段时间以来浑浑噩噩的，怕他难以胜任带兵作

第五十三回　机关错用难回天　关山历尽空余恨

战，又恐他生事，便派去一个副将与他携手应战。那副将不知全情，把千烈为难斯图亚的做法看在眼中，质疑他有通敌的嫌疑，便想派人告知王庭。他在明面上也总干涉千烈，劝他看在同为匈奴人的分上，应先共同对敌，再解决与左贤王的纠葛，何必在这种时候胡来。千烈早看不惯王庭对他的监视，一气之下便以违抗军令为由将其杀掉。其余部众愈发忌惮右贤王的威严，再不敢违抗千烈的号令。

　　斯图亚哪能忍受千烈与自己公然作对，双方明明有机会合作对敌，却因千烈的妄举将自己队伍连日的血汗白费了，若不是看在大敌当前不好再起内讧，斯图亚恨不得将千烈生吞活剥。当千烈无故处死副将、过失放走敌军的消息传回王庭，又听斯图亚愤恨地罗列出千烈的种种罪状，措木央是又气又急。她知道千烈从来就对斯图亚有敌意，可实在不应该在这紧急关头公报私仇；如今见千烈添乱，一时又不能将其召回，忙找母亲前来商议。

　　完察萍心知千烈和斯图亚之间这么多年来的恩怨终于摆上了明面，可她即使到了此刻，仍没有料想到千烈还有更为大逆不道之举在后头，以为他只是单纯地想让斯图亚损兵折将以泄私愤。措木央亦以为千烈仍有悔过之意，便让母亲传口谕给他，让他收敛些，好将功赎罪，否则就要下军令状将他处死。完察萍知道女儿这次是动了真格，便也在口谕中用苦良心地和侄子讲了许多道理：如今大敌当前岂是开玩笑的时候，即使你无法御敌也不该干预斯图亚，这样下去只会给斯图亚留下把柄，到头来什么利益都得不到。可千烈收到口谕后，只是轻蔑一笑，全把姑妈的话当做耳旁风。

　　不过事到如今，千烈不免也有些慌乱，他没想到汉军攻势竟比自己想象中迅猛许多，竟就要长驱直入王庭，即便是自己与他们有所勾结，也不一定能抵挡住他们的去路。何况自己只想对付斯图亚，并不愿让汉军伤到央妹和王庭，否则自己便真成了匈奴的罪人了。但他转念一想，措木央居然敢用军令状来威胁自己，看来不给点颜色他们两夫妻看还不行。南阿古见右贤王举棋不定，便捋着胡子，献策道："既然汉军的攻势如覆水难收，大王又想掌握主动权，我们何不就等汉军先行一步，我们只需稍后赶到与左贤王他们好好商量便是了。"千烈一听，也冷笑着点头。他随即派人遣信至王庭，大致是提醒他们大敌当前，应将单于庭先行向北后撤至焉支山一带。那边有戈壁、沙漠作屏障，引敌军深入，再一举歼灭才好。措木央眼下见匈奴失势，王庭也保不住了，千烈的计策不无道理，只能先做缓兵之计。王庭众人便在护卫军的掩护下暂时将王庭迁至焉支山下，并将大军召回休整一段时日再战。

待斯图亚带兵回到王庭，忍不住连连咒骂千烈，催着措木央将其处死。措木央也不想再忍耐千烈了，决心出手对付他，便将其召来算账。千烈大步流星地走入大营中，眼神中流露出得意，他说道："央妹、姑妈、斯图亚，好久不见啊。"他竟没有半点愧疚，反是一副胸有成竹的样子，直视着端坐的完察萍三人，仿佛早就准备好要来与他们谈判一番。措木央三人坐在对面脸色阴沉，完察萍见不得他嚣张的样子，脸色一变，骂道："你个逆子，怎么能如此作孽，叛变匈奴？如今王庭已被那汉军占去，大损匈奴雄风，你还有脸在此嬉闹！"千烈哈哈大笑，既然到了这个地步了，也不怕把话说开："焉是叛变匈奴？我实在不愿害匈奴，只是我向来看不惯斯图亚这小子，这只单于的狗。"斯图亚气得眼冒金星，忽地提刀起身；措木央见他嚣张跋扈不减，恼怒不已，骂道："呸，你个匈奴叛徒还敢口出狂言，犯下什么错你心知肚明，要领什么罪也不需我多说。大敌当前，我不会再顾念什么往日的情分了，冒千烈，你还不跪下受罚？"

千烈却镇定自若，他只是向措木央行了一礼，反问道："都这个时候了，怎么单于放下诸多要务不管，倒来问我的罪？单于不会是觉得如今退居一隅，就全无顾虑了吧？"措木央见他竟还敢嘲弄自己，又羞又恼，正欲下令处决他，南阿古却在一旁跪下求情道："女单于，请听小人一言。右贤王所言实在也是替匈奴着想。如今王庭众人虽暂且安身，但我们在此处毕竟没有根基，若往后汉军攻来，王庭之内的粮草很快便会耗尽；若是长久无法突围，又不得援兵，匈奴只会持续失势后撤。小人想右贤王也是为了提醒女单于要先加以筹备和防范啊！"斯图亚不屑道："区区小事，我们早有谋划。这几个月来，单于已派人去请乌桓、氐羌和乌孙等属地带兵马和粮草前来增援，又何须右贤王操心，接下来便轮到解决你的事情了！央妹，别跟他废话了！"

正当措木央下令道："右贤王冒千烈公然勾结敌军，毁我匈奴大计，来人，将他带下问斩！"忽然，几队侍卫焦急地闯入大营中，向措木央和斯图亚禀报情况。他们正是措木央派去各处的使节。据他们禀报，乌桓和通古斯按兵不动，氐羌地小，何况素琴与王庭也并没有过多联系了，自然也不愿卷入这场战争中；莘粥与匈奴的关系在之前已经僵化，又怎愿贸然以粮草相助；乌孙同时与汉、匈交好，固然也不会轻易掺和；波斯路远，加之大月氏在西面屡屡阻挠，也无法前来救援；而丁零在北方作乱，眼看匈奴后撤，这些日子屡屡前来进犯，平添不少麻烦。

千烈听着侍卫们口中的一字一句皆如自己所预料，又见措木央三人的脸色愈发难看。他知时机已到，便鼓着掌上前几步，轻狂道："更糟糕的是，我们右贤王庭与汉贸易多年，又懂得开辟荒地、种粮存粮，而今竟还有吃不完的粮草、用不尽的财物。只要我一声令下，那些心中惶惶的百姓和士兵便立刻来投诚到我的麾下。单于要杀我，恐怕打错了如意算盘呐。"斯图亚怒斥道："放肆！你以为我们不敢杀了你吗？溥天之下，莫非王土；率土之滨，莫非王臣。右贤王庭的一沙一石，本就是单于庭的，还轮得到你说话吗？""想不到左贤王也精通汉地古文，此文我也略通一二。只可惜，历年来'旅力方刚，经营四方'的人是在下，"千烈哈哈大笑,继续说道,"莫不说右贤王庭的一兵一卒没有我的号令不敢轻举妄动,就是丁零、乌孙,乃至汉军,只要我一声令下,岂敢不从?"时至今日,王庭的人才看清千烈的真面目,原来他这么多年来不过是装作颓靡,实则一直忍辱负重、暗暗发力,与各方勾结,只为将王庭逼到孤立无援,好一报他右贤王庭当日之仇。完察萍的手颤抖着,连声骂道:"你个逆子!"措木央忙劝慰着母亲,斯图亚也气得一把抽出刀向千烈砍来。

这时,只听得外头几个将领快马赶来,直报道:"单于、大王,不好了,汉地这次又派了一个年轻的霍将军,连同卫将军一起向焉支山攻来了!"措木央大惊失色,斯图亚狠狠瞪了一眼千烈,起身道:"单于,让我带兵前去,我定当誓死抵抗汉军,保我匈奴。"说罢,便领兵而去。不料,这次汉军趁着胜利的余威,更加士气高涨,加之那个新上任的霍将军年少有为,带领大军势如破竹,没几天工夫就越过了焉支山近一千里地,将王庭重重包围。千烈没想到汉军还会再次攻来,深入这不毛之地穷追猛打,这一步并不在他们双方的协商之内。他怕匈奴不敌,也率右贤王庭的兵力前去迎战,一边又派南阿古去向汉军打探情况。

一连几日,措木央在大营中坐卧难安,不停打探着最新战况,又遣人去前线补给。可王庭被困,粮草又少,恐怕已坚持不了多久。好不容易待到双方停战,斯图亚和千烈的大军归来休整,措木央见斯图亚身上全是伤痕,心疼不已,忙拉他回营中包扎。完察萍见千烈也受了不少伤,知他出了力,仍是顾及旧情也带他来疗伤。斯图亚看向千烈,眼中似喷火一般,啐道:"你个反贼,不就是垂涎我今时今日的位置,羡慕我有央妹而你永远得不到,便干这下流的事!如今引狼入室,我看你到头来连自己的小命也难保。"千烈哪里肯屈服,仍轻蔑地看着斯图亚,说:"哼,我只要一发话,就能把丁零和乌孙援兵叫来,再让汉军退下,大批的粮草也归你们。只看你们配合与否。"完察萍怒道:"都什么时候了,还想与我们谈条件！你是不是非要置匈奴于死地不可！"千烈笑道："既如此，今天我们就开门见山，但凡你把左贤王之位和央妹都给我，我不单可以免你一死，还能将王庭从水深火热中救出。"

此话一出，措木央便啐了一口，道："没皮没脸的东西！我与斯图亚才是天作之合，你休想！"见措木央并无半点迟疑，千烈恼羞成怒，冷笑道："哼，央妹，你别傻了，你以为他那小子是真心待你好吗？他不过是一直在利用你罢了。若不是想尽办法得到你，他哪能统治匈奴，不过还是小小将军罢了！真正的匈奴主人，是你，还有我右贤王！"措木央听此言，不禁侧目看了看斯图亚。他攥紧了拳头，头颈上青筋直冒，半晌却沉默着低下头去。千烈看着眼前的央妹愤懑地抿着嘴，这个他垂涎已久的梦中情人，如今虽为人妇却风韵犹存，至今自己见到她依然心动不已。

千烈眼神迷离地往前走，一边道："真心待你的，只有我和死去的大哥。为了获得你，我不惜用一切手段，也不在乎被万人唾弃，我一生都在等着你，为了这一天，这些年我容易吗？央妹，你怎么就不能体会我的真心？难道你的心中就只有这小子，从未想过我们兄弟二人对你的好吗？千鸿为了赢得你，都战死沙场了；我不能拥有你，玩弄了千百个女人，可我从来看不上她们，我只为了有一天能拥有你！难道这份真心还不够天地可鉴吗？"

措木央听到千鸿为自己战死，心中那根刺被触碰，瞬间没有了杀气，全身哆嗦着。突然，千烈一个箭步上前，用刀架着措木央，一把将她搂住。自从央妹成亲之后，这么多年来，他第一次可以亲密地接触央妹，他的脸埋在她颈脖的头发中深深吸着她的芳香。斯图亚等人哪敢轻举妄动。突然，千烈猛然后退，撂下一句狠话道："总之，你们自己看着办，我给你们一炷香的工夫考虑，如果想好了就到外头和我说，我一句话便可让汉军退却；如果不从，哼，就等着王庭灰飞烟灭吧。"说罢，他便大踏步走出去。

措木央心中杂乱，这些年她与斯图亚和千烈兄弟的情仇恩怨一下涌入脑中，使她头痛欲裂。千烈走后，她也匆匆从大营的后门跑出去，想找个地方独自冷静。营中，斯图亚举起大刀，习惯性地想将桌上的物品全部劈烂，如同往常他生气时一般。可他的手举在空中，颓然地将刀扔在地上，抱头坐下。完察萍誓想不到左、右贤王之争会让王庭和阿央陷入万劫不复之地，之前自己一味为王庭和阿央的前程算计，到头来反落到这个地步，心中悔恨不已，直用手捶打着胸口。

半晌，斯图亚冷静下来，对完察萍说："大阏氏，冒千烈要针对的不过是我。既然他有方法将汉军撤退，还维系着与周遭部落的联系，为了保全匈奴，更不能让央妹和你置身险境，不如就让他得逞，以求保全大局。"完察萍没想到一直要强的斯图亚此刻竟如此冷静地说出这番话，她还犹豫着，斯图亚又劝道："措木央才是真正的单于，我与冒千烈的争执是不会有赢家的，只有保全央妹才是上策。若是冒千烈要饶我，我也绝不会苟且偷生。我本就是一介小将，这么多年全赖王庭和老单于的栽培，我理应血洒沙场，维护王庭。冒千烈深爱央妹，你又是他姑妈，他绝不会加害于你们。只要在死前能够见到央妹和匈奴平安无事，我便可瞑目。"

完察萍见他在生死关头如此重情重义，实属是条好汉，阿央没有看错人。她深知斯图亚讲得在理，自己做母亲的，焉能看着女儿白白送死？既然冒千烈那小子有这般的深谋远虑，甘愿忍辱负重，对阿央又是一片痴情，或许眼下这个选择才是对阿央最有利的。只是她暗暗担心阿央会不情愿，欲要去问女儿的想法。斯图亚见完察萍并不反对，他深知阿央难以舍弃自己，可现如今情势危急，来不及劝她，也来不及听她的决定了。为了保全措木央和王庭，他灵机一动，便写下一纸断绝书，欲交予冒千烈。断绝书写道：左右贤王之争与王庭无关，今斯图亚与王庭断绝往来，右贤王须击退汉军，辅佐王庭，再行了断左右贤王之恩怨。单于措木央与左贤王斯图亚从此一刀两断，恩断义绝，再无瓜葛。

再说措木央来到原野上，她躲在一个无人的角落坐下，哭泣着。她看着远处焉支山下狼烟滚滚，撤回来的尽是残兵败将；天边哀鸿啼叫，仿佛哀悼着大漠上无人收殓的尸骨；天色被染成死灰一般，还有一轮带血的残阳。措木央抽噎着，她从小生在了盛极的匈奴，哪里见过这般壮烈惨相。眼看王庭被占，南边的白羊、楼烦诸部也被汉军夺了去，单于的心血都败在了自己手中，她心如刀割，终于尝到了悔恨的滋味：是我辜负单于所托，我本就不该坐在这个位置上。母亲和我向来一意孤行，当初把几个姐妹尽赶逐出去，如今终于落到了这个万劫不复之地。归根到底，自己才是匈奴的罪人。她渐渐停止了抽泣，心中发了恨，坚决道：我辜负了匈奴，辜负了单于，如今又哪有颜面苟活，不如与斯图亚一并留在此抗敌，与这王庭共存亡。至于千烈所言，我确实对不住千鸿，可我从始至终只爱着斯图亚，又怎么会与他决断、隐忍度日。如今，我唯有将单于之位赔给冒千烈，当做还千鸿的人情，只求他放了大阏氏和几个孩子就是了。措木央低下头去，看见原野上尽是新长的嫩草。她伸手去碰触那些嫩草，自己过往多喜欢这春日的光景。新的一年来了，可惜家国将破，她无法留在新一年的匈奴王庭了。

措木央想着，神情恍惚地往大营走去。她路过一条河流时，低头看见自己的脸庞，忽然悲怆地大笑起来，如痴似狂。也罢！世人不过总垂涎我的面容，千鸿、千烈和斯图亚，也是为此相争，最终一失足而成千古恨！我原以为这张脸是我毕生的珍宝，原来，这竟是我这一生最大的错误，除此之外，我就一无所有了。措木央顿感万念俱灰，一气之下竟拔出匕首，在脸上刺着、划着。一瞬间，鲜血从她姣好的面容上淋漓而下，染红了领口，顺着她细嫩的皮肤在脖颈流过；而那张往日众人艳羡的脸庞，一时间血肉模糊，宛如远方丘壑间染红的河流。

小娜见女单于久久未归，正好前来寻措木央，见此状况，不由得掩面尖叫起来，豆大的泪珠顿时从她的脸上滑落。她奋力拉着措木央，止不住地啜泣着，口中颤抖道："我的好居次，你为什么要这样！你为什么这么傻啊！"措木央没有理会她，踉跄着径直往回走。沿路的侍从见到此骇人的场面都吓得纷纷叫嚷着躲闪。斯图亚听外头混乱，便循声去查看。在掀开帐幕那一瞬，他正好与措木央对视。完察萍和斯图亚哪里料到她竟自毁面容，两人脸色惨白，不由得倒吸了一口凉气，完察萍更是几近昏了过去。

措木央木然地往里走着，忽然，她的目光落在桌面那封断绝书上，看到"单于措木央与左贤王斯图亚从此一刀两断，恩断义绝，再无瓜葛"一行，她耳边"轰"的一声，只觉心如死灰。她一松手，这封断绝书飘然而下，如今自己颜容尽失，誓想不到连斯图亚都要抛弃自己，活下去还有什么意义。她猛然举起匕首，朝着自己脖子抹去。还好斯图亚眼疾手快，一个箭步冲过去，夺下措木央悬在空中的匕首，喊道："央妹，你为什么要这么做啊！"措木央流下泪来，脸上的血水和泪水混在一起，看上去更为恐怖。可斯图亚哪里还会在意，他死死紧抱着措木央，一遍又一遍地唤着她。完察萍好不容易缓了过来，她老泪纵横，哭着解释道："阿央啊，斯图亚他哪里是苟且偷生抛弃你啊，他不过是为了保全你，不想让你去送死啊！"措木央望着斯图亚，失望地摇头，苦笑道："斯图亚哥哥，你难道到现在还不知道我的心意？你竟要舍我与那个冒千烈？这一切本是我的错，我下定了决心要和你誓死捍卫王庭，我将面容毁去，就是要死了冒千烈的心。难道，这些年我们的情义还不够日月可鉴么？你轻易把我拱手让人，我即使这么活下去，一样是生不如死，你就甘愿我留在世上受这般折磨！"

斯图亚心中触动，他一把抓起那份断绝书，将它撕得粉碎，踩在地上。他紧紧搂着措木央，深情地对她说："央妹，都怪我，我这般武断，实在对不住你的一片真情。能得央妹一人心，能娶这一烈女子为妻，我斯图亚此生足矣，夫复何求！从此刻起，我决不再与央妹分开了。既然我们有负匈奴，就由我们一同去承担，把我们一生在王庭的美好回忆一并埋葬。"两人互表心意，执意与王庭共存亡。

完察萍哪里忍心看着他们双双赴死，起先一味劝他们干脆把单于之位交给千烈，让他摆平这场祸乱，自己几人再另寻出路，也算是"留得青山在"；可措木央夫妻铁定了心，哪里是她劝得动的。终于，完察萍不再开口，只留下一声叹息。措木央不愿母亲和几个孩子留下陪葬，她便私下唤来一队侍卫，并吩咐小娜跟在其中，让他们护送完察萍和孩子们先行离开，寻个稳妥的地方暂住些时日；又遣人传话给千烈，骗称她已然答应他的要求，正吩咐部下交接之事，让他再候一阵，先让出一条道，好让大阏氏和孩子们撤去安全的地方。千烈听闻心花怒放，他不假思索地大手一挥，就将他们放走。

千烈又等了些时辰，却迟迟未见措木央出来，他担心两人变卦，正欲去大营找他们。忽然，他听见身后马蹄声轰鸣，一回头，见昔日王庭的精英队伍正整齐排列着朝自己奔来。为首的两人，左边是斯图亚，右边那人脸上血迹斑驳，十分惊悚，竟是他日夜垂涎的央妹！措木央还没等他从震惊中缓过神来，便冲他喊道："大胆叛徒冒千烈，休想我们会答应你的无理要求！今天我和斯图亚决心誓死捍卫匈奴，与尔等反贼决一死战。"斯图亚也道："没错！我与央妹决意同生共死，你就死了这条心吧！过去的恩怨，我们就在沙场上解决。你若还有些良知，就与我们一同退敌；否则，你就等着被世代匈奴人唾骂吧！"千烈见央妹宁愿自毁面容也不肯跟从自己，宁愿与斯图亚一并战死也不与自己苟活，他绝望地仰天长啸，而后颓然地狂奔而去。王庭之外，汉军见匈奴军队准备开战，也已然排列整齐，准备进攻。千烈见南阿古惊慌地迎面跑来，口中喊着："大王，不好了，我按照你的旨意去找卫将军，让他依照约定不要再次进攻。可卫将军哪里肯听，就要和那霍将军一同率领汉军攻过来了！看来，他们这次是动真格了！"

冒千烈无计，眼看连焉支山也要失守了，只好返回王庭，率兵与斯图亚部众一并抵抗汉军的攻势。可他们终究不是汉军的对手，对方有备而来，所率将士皆骁勇善战，没过多久，卫、霍二人一鼓作气，兵分两路打下焉支山、祁连山二脉，将漠南的河西与河套地区收回，斩获了匈奴士兵几万余人，再次大伤匈奴元气。

在这次恶战中，斯图亚和措木央携手应敌，与汉军纠缠了几日几夜。后来，两人身上伤痕累累，终是如生前所愿，与匈奴共存亡，双双倒在了焉支山下。两人的尸首靠在一处，正如生前那般依偎。在残阳映照下，他们的血染红了青草、河流，为山坡涂上了一抹胭脂。山谷中，一首悲歌回响着："失我祁连山，使我六畜无蕃息；失我焉支山，使我妇女无颜色。"歌声夹杂着冰雪融水的汩汩声响，仿佛是匈奴在河西的绝唱。

第五十四回

大漠苍茫沉浮定　风月亦关儿女情

后来，千烈在几百名亲信的拥护下，冲破了汉军的包围，继续往西北边逃走，与剩余的匈奴大部汇合，继承了匈奴单于之位。先几年，千烈一度振作，誓要报昔日之仇，他几度率兵南攻，进犯汉地边塞诸郡，几番掠夺，立下军中威信。可没过多久，东边的通古斯、西边的大月氏和北边的丁零等地见匈奴气数大不如前，竟联合起来，从四处起兵攻打匈奴。千烈怎么也没有想到，以前这些他极力拉拢作棋子、用来对付斯图亚的部落，如今竟趁火打劫，反将自己一军。这个与左贤王斗争了半生的冒千烈，带着他自以为坐拥半壁江山的右贤王庭，如今也沦落到孤立无援之境。他隐忍了半生，离间营私，却唯独忘了自己也是匈奴的子民。那些曾被匈奴压迫的部落，哪里管你是左贤王还是右贤王，只当你是匈奴王庭的人罢；管你从前如何拉拢，待到时机成熟，终归要群起而攻之。可怜千烈，到头来机关算尽，反害匈奴失了大势，如今也到他自食苦果的时候了。

不出意料，匈奴大败而归。千烈吃了几场败仗，之前的雄心壮志也随之灰飞烟灭了。他失了美人，眼看连江山也丢了大半。他真正地变得颓靡。失去措木央后，他也不再贪恋美色，将之前纳的阏氏或杀或放，统统抛弃，让她们带着孩子离开王庭，而自己则是成日酗酒不理军政。他按照南阿古的提议，退居到漠北的狼居胥山下，这里深入大漠之中，料想汉军不会再攻来，也能更好颓靡度日，得过且过。南阿古看不惯他的行径，屡屡劝他自强，都被他当做耳边风。南阿古自觉匈奴气数已尽，他虽年迈，但仍想着弃暗投明，便以年老还乡为由，暗地里再次回到汉地，欲带领汉军进攻漠北王庭，立下战功好让自己有个落叶归根之处。彼时汉武帝已收回了漠南之地，汉使源源不断地通往西域，甚至直达波斯进行商贸交流。汉武帝知道匈奴的威力不似从前，便打算趁机一举攻下漠北，好彻底消除匈奴对汉的威胁。

不多久，汉军整顿兵马，卷土重来。卫、霍两大将军凭着对战匈奴的丰富经验，分两路向漠北王庭包抄。千烈自甘堕落已久，又少了南阿古这个谋士在身边，哪里还能抵御大规模的汉军来袭？加之南阿古引着汉军直奔漠北王庭，汉军进军神速，往北出了二千余里，一直来到狼居胥山，将漠北王庭打了个措手不及。很快，匈奴便输得一败涂地，再难如从前那般扬威大漠。千烈知道匈奴沦落到今天的地步全赖自己，他回想往日自己不择手段，又见而今的破落之态，只觉愧对匈奴，无颜苟活。在王庭被攻破之日，他在大营中自刎谢罪。

攻陷漠北王庭后，南阿古也被汉军抓获。他嘴硬地向霍将军求情道："我今日随汉军攻打漠北王庭，也算将功赎罪，若这两回没有我的功劳，汉军又焉能这么快击退匈奴？"霍将军呵斥道："呸，你个卑鄙小人，不过是个左右逢源的墙头草。难道你改了名，我便不知道你是从前的燕王吗？击败匈奴是大汉的神威，全赖当今圣上的英明和将士们的神勇，哪轮得上你这反贼？昔日你背叛大汉投奔丁零，不惜将燕地出卖给胡人，灭我大汉之威风，今日便是你赎罪之时。"说罢，便将南阿古就地正法。南阿古年轻时背叛大汉，几次易主，如同狡兔三窟得以苟活，还谋得高位；到头来总归是要还清从前的孽债，也算是他的报应了。

此后，匈奴也被彻底赶到了漠北，再不敢南侵。所幸乌孙与右贤王庭曾有婚约，西、北诸部落素来与匈奴有渊源，得以让匈奴有退避之所，并未赶尽杀绝。大汉的霍将军病逝后，中原也没有再大举进攻匈奴，两地逐渐靠着姻亲和财货往来，亦战亦和，匈奴才能在西北一隅安身数载。到了东汉，匈奴又分裂为南匈奴与北匈奴，有许多胡地的民族都是其后裔，这都是后话。

匈奴被汉军灭了气焰之后，也无力再掌管氐羌事务。趁匈奴无暇管治，素琴便借机将氐羌从匈奴分了出去，就如其他许多往日臣服于匈奴的小部落一样。素琴在氐羌多年，民众也信服了这个住持，依旧将素琴住持作为氐羌之首领，将怀远斋作为神圣之地。素琴像以往一样，学着中原的方法种粮、存粮，也时常到附近传播神女教的福音。因为害怕周围的部落侵略而失了氐羌族这块圣洁之地，素琴还自行发动氐羌百姓组成自卫军，守卫氐羌部落的一方安宁。百姓们与汉地的联系也多了许多，或走动、或贸易，连同神女教一起，氐羌的文化也逐渐向汉地的边缘渗透着，倒让边区稳定不少。

后来有一日，素琴方在怀远斋朝拜，只听弟子来禀报，称外头有几个衣衫褴褛的妇人和孩子前来求见，说是住持的旧相识，看上去从远方逃亡而来。素琴一惊，忙出去接见，一看来者，竟是清嘉和鸾凤等人。原来，当时冒千烈放逐的阏氏中就有清嘉和鸾凤，眼看四野战火纷纷，她们被逐出来后无依无靠，思来想去，只能带着几个孩子，前去氐羌投靠素琴住持。他们一路上吃了不少苦，还有个较为年幼的孩子因饥寒交迫在半途夭折了，其他人也狼狈之极。素琴忙领着清嘉一行人进去，命侍从和弟子好生服侍他们，为他们换上干净保暖的衣裳、拿出饭菜给他们充饥，又命阿萨去里头唤念本出来。

念本这些年跟在素琴身边，承蒙素琴姑姑教养，如今长进了不少，已是个半大的孩子，都可以帮着料理氐羌的事务了。一别多年，念本再次见到清嘉和弄晴母女，不由得红了眼睛，他抹了一把泪，奔上前去朝众人行礼。弄晴再见到念本，不由得莞尔一笑，连日来奔亡的愁苦终于卸了下来，心中踏实了不少。见弄晴如今也长到了如花似玉的年纪，念本不觉怦然心动。过去自己落难到右贤王庭时，全仰仗着清嘉阏氏和千山居次等人打点照拂，如今他们落难，念本更是尽心尽力照顾着他们，好让他们在氐羌过得安心些。就这样，清嘉一行人便暂且在怀远斋住下，与素琴众人一同安生度日，虽不似从前那般大富大贵，却颇为安然。

在汉军大肆进攻匈奴时，曾有汉使前去波斯，和图拉商量是否与汉合作，从东西两边夹击匈奴，一举将其击溃。面对攻打匈奴的种种好处，图拉念在旧日情分，毅然拒绝了汉使。她看出匈奴大势已去，波斯路远，即使派兵增援也无济于事；何况汉地与波斯也有商贸往来，又怎好贸然出兵。能为匈奴留条退路，便是她唯一能做的事情。同时，得知汉军即将大举进攻匈奴，她连忙将巴斯佳和卓尔鸣一家人接回波斯躲避战乱，好让他们免受流离失所之苦。巴斯佳一家躲过匈奴的劫难，自然是感恩戴德。

可好景不长，汉匈交战使丁零和西域诸部颇受牵连，也免不了往西迁去，再度挑起了波斯和大月氏、塞琉古等地的矛盾。塞琉古之前被波斯打败，心有不甘，如今见大月氏与波斯产生了摩擦，便趁机进攻，企图夺回米底亚。图拉和库卡屡次带兵镇压，好不容易才平定了祸端，没有让塞琉古得逞。可眼看波斯的贵族和功臣群体日益庞大，有动摇王位的企图。图拉恐其叛乱，欲学着汉地那般推行"推恩令"，以分散功臣和贵族的势力。可波斯终不是汉地，贵族和功臣因见此举动了他们的利益，反而纷纷骚动，欲要联合起来谋反，就连尼夫和库卡的远房贵族也怨声载道。图拉一时慌乱，凭她麾下之势力难敌众人。她骑虎难下，还是前去平叛谋反，终归在一次战役中命丧沙场。图拉去世之后，库卡掌权，他恢复了旧制，又有远方贵族几支作为靠山，终于平复了叛乱；又以稳固关系为由，在父亲尼夫的提议下娶了一个米底亚的年轻贵族女子续弦，生下几个孩子。

　　湘湘齐齐尔已是大姑娘了，母亲生前将巴斯佳和卓尔鸣家人接来波斯，她和他们时常往来。图拉去世后，湘湘料想巴斯佳舅舅一定还沉浸在悲痛中无法自拔，便特地过来看望他。见到湘湘到来，巴斯佳几近破碎的心才算有了些慰藉。湘湘将波斯王室的近况讲给巴斯佳听，他听闻库卡掌权再娶，心中有难掩的愤懑；但他怕湘湘也因此记恨自己的生父，非但不敢表现出来，还尝试着安慰她。不过湘湘淡然地笑着摇摇头，道："这也是人之常情，我能理解的。母亲不在后，我在王室中也不如以前那么受关心了。不过我也长大了，这些都无足轻重了。巴斯佳舅舅，你不必为我操心的。"巴斯佳听闻很是欣慰，湘湘的成长是有目共睹的。不过湘湘还有后半句话没有告诉巴斯佳，那便是她看着巴斯佳舅舅对自己母亲一片痴情，为了她终生未娶，心中十分尊重他。

　　湘湘不仅和巴斯佳常往来，也和卓尔鸣一家人关系密切。经过这么多年的交集，渐渐地，湘湘便与卓尔鸣的儿子格多安坠入爱河。湘湘一直认为统治者的身份不适合自己，她虽生在波斯，可冥冥中却和母亲图拉有着一样的情结，那便是向往着大草原的生活。见汉匈战火渐息，卓尔鸣一家离开匈奴久了，也十分想念以往自由自在的游牧生活。湘湘见状，便与格多安商量着对于未来的设想，两个年轻人边说着，内心兴奋不已，随即便去禀明了巴斯佳和卓尔鸣。巴斯佳兄妹听闻湘湘想随他们一同返回漠南，还想在郊外的大草原上养些牛羊，耕种山麓下的几分田，嫁给格多安，和他们一家人无忧无虑地生活在一起。巴斯佳兄妹又惊又喜，见两个年轻人已经做好打算，都欣然同意。他们兄妹又想起图拉，心中动容，边笑着边抹了一把泪。可湘湘并没有这么快启程，她说："外婆毕竟是我的长辈，也是王室的一分子，我还是要先征询她的意见。"

玛拉如今已是花甲之年，她虽经受丧女之痛，但也看淡了许多事情，依然乐观硬朗。侍女云朵儿如今跟在她身边侍奉着。图拉战死后，云朵儿悲痛欲绝，一心想自戕殉主。此情此景恰好被前来处理女儿身后事的玛拉看见，她感念云朵儿这丫头对图拉情意深重，不忍她就此抛下性命，便好言将其劝下来，认作是自己的干女儿，两个人也能在余生互相慰藉。库卡自觉对不住图拉，他和新妻子依然对玛拉十分敬重。依照玛拉的吩咐，库卡帮玛拉在宫苑之外购置了一个清净的小院落，让她一个人在那住下。而且孙女湘湘时常过来陪伴她左右，巴斯佳一家也常常来探望她，生活还算顺意。

湘湘此次来探访外婆时，将心中的想法如数告诉了玛拉。多年前，玛拉和大哥拉夫一起将图拉接回波斯，没能让她和心爱的人在一起，玛拉一直觉得很愧对女儿，这次决不能让孙女留下遗憾，于是不假思索地赞成她的决定。湘湘谢过外婆，又去向父亲辞别。库卡和新妻子见湘湘主动把王位继承权让给他们两人的孩子，心中自然十分欢喜，齐声答应湘湘日后会好好孝敬玛拉的。湘湘心愿达成，不多久就和格多安一家搬回到漠南定居，一家子在辽阔的牧场上共享天伦，仿佛数年前的光景。玛拉偶尔也会来到孙女这边小住一段时日，颐养天年。湘湘真正地和巴斯佳成为了亲人，或许，湘湘心想，这也是母亲最朴质的愿望吧。

再说乌桓和通古斯那边，因没有卷入汉匈之争，两地得以保全，换来很长一段时间的安宁。这么些年过去，萧载也长大成人了，努哈敏便放手让儿子亲政。开始时她还会在一旁辅佐，后来见萧载对于朝政之事已有自己独到的见解，带兵打仗也不在话下，干脆放心让他全盘接管乌桓的事务了。加之有萧德、呼雷和卜卫这三大得力干将相助，努哈敏更是不再忧虑什么。像努哈敏当朝时一样，卜卫疏通着军政内外；呼雷被努哈敏提拔为将军，多年来精专于调兵遣将；萧德作为四朝元老，协助萧载处理日常政务，足以镇住乌桓上下。萧德虽已年近古稀了，但依然老当益壮，用努哈敏的话说"比以前还要精明了"。小云则回到努哈敏身边侍奉着，两人如姐妹一般，关系更为紧密。

将乌桓的大权交给萧载后，努哈敏终于卸下此重任，轻松不少。二十多年过去了，她一直以乌桓之事为己任，凡事以大局为重，赔上了多少心血；如今一朝得释放，她宛如十八岁生日宴席时被单于批准单独外出那般自由快乐。她少了约束，更是常去通古斯找朗天，一去便在那边住上好长一段时日，每回都待到心中挂念儿子，才回乌桓。萧载看在眼里，这些年来也渐渐了解了两人的往事，有时虽在嘴上打趣着母亲，心中却是十分理解甚至艳羡母亲和朗天叔的感情。

一次，朗天陪着努哈敏回到乌桓，两人在草原上慢慢骑行着，他侧过头去看着努哈敏的脸庞，这一幕宛如二十多年前一般美好。他不由得开口道："阿敏，你不是说过，一旦将位置交给萧载，便是我们两个人的生活正式开始的时候吗？"努哈敏脸一红，说："话虽如此，可怎知他们愿不愿意？"朗天含情脉脉地看着她，说："迎娶你，是你我二人的事，只要不会影响两地的安稳，无所谓旁人同不同意。"努哈敏动容，她紧握着朗天的手，仍表示要问明萧载的态度。

回到大营之后，她便将此事试探性地问了问萧载。萧载不但没有反对，还极力撮合两人。"母亲，"他劝道，"自幼朗天叔就待我如亲儿子一般，又常年关照我们母子，一如既往地待你好，这些我都是看在眼里的。你和朗天叔这一路过来实属不易，如今难得等到了对的时间，对的人也还在，不如借此弥补之前的遗憾，努力去追求这份幸福，让这段缘分善始善终吧。"萧载一心把母亲的婚事包在自己身上，尽管旁人免不了有所非议，他每次都主动站出来力排众议。努哈敏和朗天见萧载如此开明懂事，心中宽慰。

在萧载的大力操办下，努哈敏终于如愿嫁给了朗天，在通古斯长住下来，有了正式的名分，总算弥补了两人年轻时的遗憾。这件事轰动了两地民众，在大婚那天，两地上下一片欢腾，努哈敏穿着华丽的婚服，看着眼前久违的喜庆，还有周遭争相庆贺的声音，不觉热泪盈眶，与朗天紧紧相拥。此后，通古斯和乌桓的关系更加紧密，子民来往得更频繁了。不久，努哈敏和朗天迎来了他们的孩子。努哈敏已年至四旬，仍冒着风险执意生下婴孩。女儿出生的时候，朗天在一旁陪伴着，神色满是焦急，一如他当年陪着她生下萧载时一般。他请来了医术最高明的医务官和经验丰富的接生奶娘，生怕他心爱的阿敏出半点意外，抹杀了这来之不易的幸福。所幸阿敏还是顺利撑了过来，母女平安。待朗天迫切地进大营中照料阿敏时，只见她的脸上洋溢着幸福的微笑，想到通古斯后继有人，自己也终与心上人喜结连理、终成眷属，此生无憾了。朗天温柔地捧起阿敏的脸，轻轻吻在了这个心爱女子的脸颊上。几代江山之后，乌桓一度被汉地吞并，通古斯势力强大，立足于中原的东北侧，被汉人唤作鲜卑。后来两地分分合合，随着中原王朝的兴衰，也衍化成不同的游牧民族，其中以契丹最盛。

同在通古斯的还有凌风。话说当年他从队伍中离开后，还是回到几十年未曾归的通古斯故土，长久地住下来。家中的叔伯兄弟见到他漂泊多年归来，甚是惊喜，连忙为他接风洗尘。凌风生性幽默，为人坦荡，家中小辈见到他只觉亲切；又听他在外多年，总是缠着他给他们讲述在外闯荡的经历。平日里，凌风如往常一般，会拿出些家中余下的钱粮来赈济族中弟兄和邻里，甚至帮助过路的人。这次回来，他对通古斯和凌氏一族的过往有了兴致。闲时，他不免向老一辈人问起久远的轶事；有时他静下心来，便拿来纸笔，将自己的游历记录下来。

一次，他无意中翻看起伯叔家中的羌文藏书，凌风的心弦被猛地触动着，将藏书借到家中，在烛光下认真翻译起来。在夜深人静时，凌风看向窗外的月色，不觉住笔凝思。他吹熄了蜡烛，披衣起身，背着手在屋中缓缓踱步，恍如回到从前与暮雪一起在望月斋翻译经文的日子。夜色渐深，窗外寒气侵骨，又恍若那夜他负伤时梦到暮雪。凌风思念至深，心血涌动，脑袋灵光一动，全身也变得炽热无比。他快步回到桌前，提笔写下几句话，依然觉得暮雪一直陪伴在自己左右：

琴箫为伴同望月，

怀人路远莫相寻。

暮色苍茫披残雪，

惜身唯望能梦君。

汉地那边，胡杨众人在定远郡定居下来后，几人住得近，凡事相互有个照应，还时常凑到一起畅谈聚餐。阿忆的丈夫务农，他为人老实巴交，对待大家总是和和气气的。他和胡杨很快便熟络起来，女人们在茶余饭后聊得热火朝天时，他们也相互有个伴。箫声在公务之余，也常抽空与故人闲聊一番。胡杨有这么些个朋友时常谈心，渐渐从媛媛逝世的阴影中走了出来。起初定远郡遭战火侵扰，幸得在箫声的护佑之下，阿忆和千山等人仍旧安好，众人也帮着县里筹备粮草、安置流民，人人都出一份力，好帮箫声减轻些负担。

如今战乱平息，边境地区的百姓终于能够安居乐业，脸上有了笑容。阿忆一家依然专心务农，胡杨也继续从事打铁的老本行。倒是千山和珑儿有想法，两人做起小本生意，在当地开了个纺织店，除了缝缝补补，还做起刺绣和小工艺品来，每到赶集之时便拿到市集去卖，能帮补不少家用。千山心灵手巧，珑儿也学得快，他们将汉族的女红和以往接触过的胡地乃至波斯的针织手法融合起来，绣品做工新颖且美轮美奂。她们的店做得有声有色，在当地也可称得上是小有名气，众人见了，又是夸赞，又是欣慰。

空闲时，千山和珑儿不忘到公主庙去祭拜自己母亲的塑像。一次，珑儿突发奇想，她见边塞地区的百姓在精神上没个寄托，倒一心一意潜心研学起神女教来，有意在中原将其发扬光大，好让百姓们能求得趋福避祸，又能教化他们行善积德，总归是件好事。千山见这个平日里古灵精怪的姐姐奇思妙想，竟也有些道理，便带她去找箫声。在箫声的支持下，珑儿在当地建起一座永安斋，自己亲自当起了住持，和当地百姓讲起神女教来。这些平日备受战争侵扰的人们心中有了寄托，不再像过去那般成日惶惶。渐渐地，神女教也在当地流传开来，颇受百姓的欢迎。

一日，大伙儿正聚在阿忆家中用晚膳，忽见箫声快步走入，脸上尽是喜色。众人见他如此，忙问其故。只听得箫声一五一十地将事情讲了。原来，最近朝廷里常有地方长官徇私、剥削百姓的流言，圣上为了加强对地方的管治，特意将天下分为十三州，设监察刺史。之前那个欲要加害他们的县长的种种恶行被刺史连根拔起，他连同他在郡中的靠山一并倒台，都被贬到边塞服役去了。这一来，大家总算出了一口气，众人心头畅快，纷纷痛骂着，左一句"恶人终有恶报，不报只是时候未到"、右一句"好一个新官上任三把火"，而后又纷纷笑起来。

随即，他们又得知箫声前些日子被郡里的长官举荐，接受武帝的策问；箫声德才兼备，深得圣上的赞赏。正好那边的郡长垮台，便将箫声升迁为郡长，不日即可调度过去。众人听闻，更是喜出望外，这么一来是锦上添花了。胡杨和阿忆丈夫干脆将酿好的米酒取出来，和箫声一同举杯相庆。阿忆想到可以跟随箫声回到家乡，更是涕泪涟涟，已经忙着回屋收拾行装了。其他人见阿忆心系故土，也纷纷表示会随着他们一家过去那边生活。待到箫声告辞，众人也分头去准备了。

临行那天，千山有些不舍这片曾与匈奴毗邻的土地，欲到北边的山坡上，再向北眺望一眼以作别。毕竟往后要去更南边的地方，想要北望匈奴，就更难了。才出了门，忽见阿忆匆忙朝自己跑来，手中捧着一团红色的布料，眼中满是泪花。千山迎了上去，接过来展开一看，竟是自己当年亲手缝制的嫁衣。千山惊喜，忙问起这件衣服怎么会在这里。阿忆见千山记得，也笑了起来，絮叨道："这件衣服，原是你当时去荤粥前撕碎了的，我当时觉得它是你的一番心血，丢弃了可惜，便替你收了起来，缝补好之后就一直放着。后来我几经周折，都带上了它，这几年安定下来竟忘了，还是这几日我收拾东西时无意翻出来的。千山，我本想着找个机会还给你，又怕你看见这件衣服难过。你说过这件衣服代表着美好的未来，我想，如今是时候给回你了。"千山缓缓接过衣服，轻轻抚摸着，多少前尘往事，刹那间全涌入了她的心头。

千山向阿忆道了谢，她抱着衣裳，先到公主庙去拜别了母亲和恕恕姨妈的塑像，而后便如常走到北边的山坡上——那里也长满了郁郁葱葱的忘忧草，花开得正旺，她端坐下来，向北眺望。如今朝北看去，也看不见什么，无非近处是一片青绿的原野，远处是一望无边的大漠。只有千山心中了然，这片土地发生了多少故事，谈笑间有多少风与月，又埋葬了多少壮烈和悲凉。有时，她极目远眺，去寻找那条从匈奴归汉的路，可远远望去，只有风沙，或是被什么遮掩着视线——那条母亲和姨妈曾念想了千万次的路，她们曾经的去程，也是她的归途。

千山闭上双眼，这次，她的眼前有了许多活生生的景象，耳边也有了声响。她的记忆宛如潮水，却在回溯着：仿佛她还未经历多年的异乡漂泊，回到了王庭之中。那个时候，单于还在，母亲也在，众姐妹都在。单于仍是那个威震四方的草原之王，母亲依然年轻亲切，几位阏氏依旧和蔼；措木央还有着稚嫩单纯的脸，图拉仍未见她的舅舅，暮雪姐姐也未穿上住持的衣裳，大姐姐努哈敏正摆着她十八岁生日的宴席；而自己这个年幼的孩子，在长满忘忧草的山坡上，被阿忆叫唤着，正等着扑向母亲的臂膀。清风一来，马蹄声一响，这一切变得很轻很轻，飘入云烟之中，化成了一首长歌，在苍茫的大漠中悠悠回荡。

后来，千山有时会和胡杨谈起之前的事情，她对经历过的事情感到有些神奇，也有些熟悉。或许正如素琴所说，有些事情忘了，未尝不是一件好事；而有些事情记得，未尝是一件坏事。他们不免会谈到平凡，千山之前是多么希望不平凡，而在经历些大风大浪之后才渐知平凡可贵。终究，所有的轰轰烈烈都是要回归到平淡中，而心也会落到最沉寂。现在他们终得平淡，便是弥足珍贵。（下卷完）

2020年8月4日于广州完成初稿
2022年8月12日于广州完成二稿
2022年8月21日于广州完成定稿

我和我的三个世界

  在成长的过程中，我逐渐发现，我的脑海中其实有三个世界。第一个世界便是现实，这是大家都熟识的，就不必过多赘笔。而在我小时候，家中常有一群公仔伙伴，我回到家后，往往便投身其中。它们各有名字，性格分明。久而久之，俨然形成了一个秩序分明、情感交叠的小世界。因外人并不能融入，也不知其详，这第二个世界。至于第三个世界，则是我后来发现原来自己的脑海中有那么多人物和故事。他们或在我独行时，或在夜深人静时，慢慢生长、蔓延，结成一张很大的网，形成一个脱离现实的世界。乍一听，或许会觉得可怖，其实这三个世界之于每个人，都是存在的，至少在年少时。不过，随着年龄、见识的增长，很多人渐渐脱去这些稚气和奇思，而囿于现实的繁杂罢。于我，第二个世界也随着成长慢慢枯死，第三个也不如从前灵光了。我学着在清醒中保持童心，寄望于它们尽可能活得久些。毕竟它们加起来，才是完整的我。

  《漠庭长歌》里的故事，一开始也是我第三个世界里的故事。大概在我的高中时期，它便慢慢在我的脑海中形成了。有别于其他，我觉得它实在可读，竟将其写了下来，在大学时期完成了初稿；而后几番增改，最终得以定稿。起初，我并没有意图、亦没有勇气将第三个世界的故事在第一个世界呈现。后来我遇到了一位老师，她曾和我说，如果作品写出来却只是给自己看，那和写日记无异；我也从她身上学到了一个好作家最重要的三样东西：诚意、好奇心和勇气。经过再三的思考与挣扎，我终于决定将其成书，并将其拟为"半架空"的长篇小说，历史背景落在西汉时期的匈奴及诸部。或许这样，《漠庭长歌》便有了它的生命，而不只是一个飘渺的梦。

其实在一稿时，此书原名为《痴情儿女》，只因起初的着眼点实为大漠儿女在王庭兴衰中的不灭感情，这一点在题记里仍有痕迹可见。在二稿时，因进一步完善其中情节和背景，使其更偏向于一部半架空的历史小说；感情不过是当中流动着生命的血脉，而这一错综复杂、令人唏嘘的故事正应了第五十四回中的"清风一来，马蹄声一响，这一切变得很轻很轻，飘入云烟之中，化成了一首长歌，在苍茫的大漠中悠悠回荡"。于是才有如今《漠庭长歌》一名。说起几次增改的感受，我不妨说得通俗些：写初稿时，就如吐唾沫一般轻快，只为将心中的故事写出来；而改二稿却是痛并快乐着，仿佛这次吐出的是心血，毕竟它是一本书，总是要伤些元气来给予书中人物以生命啊。到了第三稿，即是定稿，这次只需对些繁枝细节动手，相对于前两稿，过程也短些。整个过程中，当我陷入其中的世界，每次都要花好些时间才能走出来。我曾记下了这么一段文字："每个画面都好像正在脑海中经历那般活灵活现，每个人物都好像曾经一起相处过那么亲切。想这一切时，仿佛每下脉搏都迸发着无限的活力，每个细胞都在热情地悦动，每条神经都在汹涌。"这下，我愈发能体会曹公笔下的荒唐言和辛酸泪，而我如今竟也成为能解其中味的痴作者了。

至于本书的风格和语言，在行文和遣词上大体有些"仿古"的倾向，其中不乏对话。同时，小说采用了章回体，每一回拟定尽可能工整的七字或八字对仗回目以涵盖其情节，亦得以与行文风格相衬。如果你问我为什么要采用这种并非当下主流的语言和风格，我想，或许是因为我在年少时热衷于阅读《红楼梦》和金庸先生的武侠作品，一来是写作风格受其影响，二来更是当做致敬经典。

《漠庭长歌》中的各色人物，我粗略计过，应该不下几十号人。在一稿完成后，我曾邀友人阅读，读者们称赞名字特色的同时，也偶有反映人、地名及其关系的复杂。书中的人物和部落间的关系，大致是依照开头背景中所介绍扩充发展，起初可能一时容易混淆，若是顺应情节发展，便可逐渐厘清。我亦作了主要人物关系图谱，方便读者阅读。此书毕竟为长篇，我希望其呈现的不是"快餐"，而是值得细细品味的一场盛宴，以及盛宴落幕后的余温。除了书中的主要角色，我也颇喜爱一些小人物，比如恕恕、南阿古、阿忆父亲等，他们的笔墨不多，依然同主要角色那般鲜活有棱角，在一幕幕风云变幻下拥有别样的人生。作者既是角色的创造者，又是每一个人物。能够尽量立体饱满地展现人物的处境与矛盾、情感和信念，这也是我塑造书中人物的追求所在。

书中故事的时间与地域跨度甚大，具有宏大的时空感，它并非传统意义上的武侠小说，但或许不同部族和人物的交互，也构建了一个不一样的"江湖"。我试图用浪漫的想象并依托一定的历史背景，将这一概念延展和创新到更广阔的领域，呈现出部落间的兴衰治乱和平凡的难能可贵。说到底，这本书也是我的一个乌托邦。从前我读小说时，书中最吸引我的往往是一些温馨的氛围，我相信其中藏着作者的真情，而可以将背后的阴谋算计暂且略去：比如《红楼梦》中众姐妹在大观园中玩耍作诗的亲密让我羡慕，又如《家》《春》《秋》中大家族下的年轻人相互沟通扶持的亲情。在《漠庭长歌》中，当写到王庭众人的几次相聚，或是怀远斋中的天涯沦落人品茗畅谈时，我也不免沉醉其中，哪怕那只如烟花的一瞬温暖灿烂。

无论如何，《漠庭长歌》的创作也是对我的一种救赎，它在我屡次迷茫的时候给予我前行的勇气，让我这个容易放弃的人真正坚持完成一件事情，也在这几年的创作过程里，给我带来超乎寻常的快乐，成了我的精神支柱，我将永远感恩。最后，只愿《漠庭长歌》能给每一个读到这本书的有缘人带去些什么：或是感悟，或是温暖，或有所得，或是现实满地鸡毛下的避难所和乌托邦，又或能给予你们生活的多一份力量。

本书初稿完成后，我邀请了刘超、李菲、李德良、余兆波、余芷莹、邹淑芳、钟健辉、梁燕萍、颜潘杰、魏嘉妮（按姓氏笔画排序）等友人进行阅读并给予友情点评，之后综合他们的反馈意见对书稿做了二次修改，在此对上述首批读者的大力支持表示衷心的感谢。

快快

2022年8月22日